ヘブン

新野剛志

幻冬舎文庫

【登場人物】

真嶋《まじま》　貴士《たかし》　「武蔵野連合《むさしのれんごう》（ムサシ）」元ナンバー2　「甲統会《こうとうかい》」系三次団体「縄出組《なわでぐみ》」幹部の高垣清吾《たかがきせいご》を殺害　暴走族「毒龍《どくりゅう》」との乱闘後、海外に逃亡

ナ　ム　タイの合成麻薬ビジネス組織の幹部

カ　オ　ナムの部下

島本《しまもと》　愛慈《あいじ》　芸能事務所「ライク・ヘブン」社長

高橋《たかはし》　月子《つきこ》　「ライク・ヘブン」の従業員　刑事の父親が殺人容疑で逮捕された

田伏《たぶせ》　孝治《こうじ》　元刑事　現在は「西新宿総合探偵事務所《にししんじゅくそうごうたんていじむしょ》」の探偵

花井《はない》　誠《まこと》　「甲統会」系三次団体「花井組」の元組長

岡野《おかの》　智代《ともよ》　「迎賓館《げいひんかん》」の接客リーダー

吉　岡　ナムの所属する組織に囚われていた元やくざ

城戸《きど》崎《さき》正吾《しょうご》　「ムサシ」の元リーダー

大　竹　「ムサシ」の元メンバー

北林《きたばやし》　政志《まさし》　モデル事務所「ヘリテージ」の元マネージャー

宋《そう》　大建《たいけん》　老華僑

酒井《さかい》　建一《けんいち》　「毒龍」の元頭領

ヘブン

プロローグ

神が見えたぞ！

ぬかるみにタイヤがはまり、急減速した。倒木にでもぶつかったような衝撃があった。真《ま》嶋《じま》は前方に投げだされ、運転席のバックレストに体を打ちつけた。

旧型のランドクルーザーはそのままぬかるみを抜けだし、すぐさまスピードを上げる。密林が迫る細い山道を、車体を揺らして駆け下りる。そのときタイ人の運転手が叫んだのだ。

真嶋はタイの言葉などわかりはしなかった。しかし不思議なことに、このときだけは、「神が見えたぞ」とはっきり理解できた。

仏教の国にも神がいるのか。真嶋は自分が理解したことにも、運転手が神を見たことにも疑いをもたず、かすかな驚きをもってそう考えた。

隣に座るタイ人が運転手に向かって怒鳴ったが、それはもう理解できなかった。たぶん、気をつけろとでも言ったのだろう。細い山道を、ときには七、八十キロにも迫るスピードで夜通し飛ばしてきた。カーブでもさほどスピードを緩めず、対向車がきたら確実に死が待っている。本当にそう言ったなら、いまさらな言葉だった。

もともとこの国の人間は運転が荒い。命の安さが無謀な運転を誘発しているように思えた。神など見えるのも、命の価値が低いから——死が近くにあるからなのだと真嶋は直感した。この国にきて四ヶ月、自分の命も軽くなってきているのだろう。どんなに山道を飛ばそうと恐怖はわかなかった。ここでくたばるなら、それまでの命だと達観していた。

夜が明けたころ、平地に下りた。集落をふたつ通りすぎ、再び山を登り始めてすぐ木製の柵に囲まれた敷地が見えてきた。樹木が生い茂り、敷地内にどんな施設があるのかはわからないが、広大であることはわかる。柵が現れてから一分ほど進み、ようやく門が見えた。石積みの門柱、鉄格子の門扉。ランクルが停まると、門扉が開き、男がふたりでてきた。ベルトに抜き身の銃を無造作に差し込んだ男たちは人相が悪い。しかし凶悪な印象より貧しそうな印象が強いのは、これまで会ったこの国の多くの犯罪者連中と一緒だった。

先に降りたタイ人が守衛と言葉を交わしてから、戻ってきた。「カモン」と言うので真嶋は車を降りた。守衛のひとり、薄い口髭《くちひげ》を生やしたひょろっとした男が、ついてこいという風に首を振った。真嶋はあとについて門に向かった。

門には「ヘブンリーランチ」と英語で表記されていた。天国の農場とでも訳すのだろうか。

門を潜り、ぬかるんだ赤土を進む。車のドアが閉まる音が響いて、背後に目をやった。泥に汚れたランクルが門のなかに入ってきた。ぐるりと転回し、そのまま門をでていく。重いエンジン音を響かせ、もときた道を戻っていった。これで帰りの足はなくなった。

敷地は山というより緩やかな丘陵状の地形で、朝露がしたたる森を抜けると、一定間隔で樹木が植わった果樹園のようなものが丘の上に延びていた。低いところには、人家と思われる小屋がいくつも建っており、農場はひとつの村のようなものだと理解した。

果樹園から離れるように、道は再び森のなかに入っていく。守衛のあとについて、ひたすら歩いた。日はすでに高いところにあり、影を落としながら道を照らした。しかし、ぬかるみが乾ききる前に、またスコールがやってくるのがいまの季節だ。

やや開けた場所にでた。無数の鶏が地面を駆け回っていた。大きな小屋が森にへばりつくように建っていた。高床でガラスのはまった窓があり、鶏小屋という感じではなかった。

守衛が立ち止まり、小屋のほうを指さし、言葉を発した。何を言っているかは理解できないが、笑みを浮かべた顔は楽しげだった。真嶋は首を横に振った。守衛はルック、ルックと鼻にかかった声で叫ぶ。要は小屋を見にいってみろというのだろう。早く先に進みたい真嶋は、再び首を振った。しかし、守衛はがっかりしたような表情をして、なおもルック、ルックと言う。真嶋は見てしまったほうが早いと思い直し、道を外れて小屋に向かった。

鶏が逃げまどうように真嶋の進路を開けた。小屋に近づくと、その向こうにも一回りほど小さな小屋が建っていることに気づいた。窓もない簡素な造りで、たぶん鶏小屋なのだろう。そちらのほうから、こつんこつんと、木を打つような音が聞こえた。

真嶋は階段に進み、小屋のデッキに上がった。窓は開いていて、なかからポップな音楽が漏れてくる。ひとの声は聞こえない。小屋に近づき、窓からなかを覗いた。

見た瞬間、おかしな光景だと思ったものの、その本当の意味に気づくまで少し時間がかかった。二十人ほどが、床に手と膝をついて動き回っていた。ポップミュージックにのって朝の体操でもしているのか。しかし、子供がはいはいをするのとはまた違った妙な軽さがある、と気づいたとき、真嶋の目はそれを捉えた。慌てて視線を振った。闇雲に視線を散らし、やがてひとりひとりに視線を配ることで何がどうなっているのか、はっきり摑むことができた。

本来、ずるずると引きずっているはずの、膝から先がなかった。それればかりでなく、腕も肘《ひじ》から先がないのだ。だからちょこまかとした動きになり、妙な軽さを感じた。みんなそうだ。ここにいる二十人ほどの人間すべて、両の膝から下、肘から先がなかった。

男が多いが女もいる。若いのも年取ったのも、みんな赤児のように床をはい回っている。真嶋は寒気を覚えた。グロテスクを超えた光景に恐ろしさを感じた。神を見たような、その存在を肌で感じたような、気持ちの悪さにおののいた。

足音が聞こえた。真嶋は振り返った。

男がデッキに上がってきた。やせ細った貧相なチンピラではなかった。高級とは言いがたいが、幅の広い顔に浮かんだ笑みに余裕が窺《うかが》えた。ただ、服装はひどい。血の飛び散ったよれよれのTシャツ姿。手にもった中華包丁にも真新しい血がついている。男は包丁をひらひらさせ、クォクォッと鶏の鳴き真似をした。鶏をさばいていたところだと言いたいようだ。

「ヘイ、ジャパニーズ・ギャングスター」

目を丸くし、ばかにしたような顔で、そう呼びかけた。

この男は、真嶋が何者であるか知っている。やはりただのチンピラではない。

「ドゥーユー・ウォントゥーシー・マイボス？」男はたどたどしい英語で訊いた。

「イエス」と答えた真嶋は、少し気取って、「シュアー」と付け足した。

もちろん会いたい。そのためにここにやってきたのだ。

日本からタイに逃れてきて四ヶ月。真嶋はタイの裏社会の扉をノックし続けた。扉となるのは末端のドラッグ密売人などチンピラばかり。どうにか扉をこじ開け、これまで三人のボスを紹介してもらったが、チンピラに毛が生えた程度の者からそれなりに名を知られた者へと順調にステップアップしていき、ようやく本物のビッグボスに辿り着けた気がする。タイ北部の山岳地帯。かつては麻薬の一大産地として知られたこの地に根を下ろすボスと、いったいどういう話ができるのか、真嶋自身想像ができていなかった。もともと大きな計略などない。運を——運命を試すようなつもりで動き回ったが、ただの逃亡者がここまでこられたのだから、それなりに運はまだ残っているようだ。

包丁をもった男は、笑みを浮かべて頷《うなず》いた。ふいに視線がそれたので、反射的に真嶋はその視線の先を追った。いつの間に現れたのか、デッキの縁にへばりつくように、男たちが五人、立っていた。たぶん、高床の下を潜ってきたのだろう。いつも腹を空かしていそうな貧相な男たちは、階段など使わなかった。デッキに手をつき、よじ登る。

「ドゥーユー・ウォントゥーシー・マイボス?」再び、包丁の男が訊ねた。

真嶋は答えなかった。デッキに上がってきた男たちを見ていた。いま逃げだしたら、ここまできた意味はないと思った。

開いた窓から小屋のなかを窺った。短い手足を動かし、かさかさと軽やかに動き回る新種の創造物。しかし、それを神々しく感じるのは、小屋の外から眺めているからだろう。真嶋は足を引き、くるりと反転した。デッキの上を駆けだした。

ひとりの男が前を塞いだが、体を低くして肩からぶちかました。倒れた男を飛び越え、木のデッキを蹴る。横から人影が飛び込んできた。手で払いのけようとしたが、腰にタックルを決められた。倒れざま、伸びてきた足に側頭部を蹴られた。

いったん視界はブラックアウトしたが、意識はどうにかたもてた。腹ばいになった体を五人がかりで押さえつけられる。どうやっても身動きがとれなくなった。

足音が聞こえた。泥だらけのスニーカーが目の前に現れた。見上げても顔は見えない。見えるのは体の脇にたらした包丁。錆《さび》もなく、いやにつるっとしていた。

男がしゃがみ込んだ。真嶋を押さえる力が強まった。

「ドゥーユー・ウォントゥーシー・マイボス？」男は顔を近づけてきて言った。

真嶋は男の目を睨みすえ、「イエス」と吐きだすように言った。それは神の名だな、と思い至ったとき、男は包丁を振り上げた。

頭をデッキに押しつけられた。左手をふたりがかりで押さえられる。

あっけない痛み。閉じた目に盛大な閃光が散る。

目を開けた。消えたと思った痛みが、雪崩《なだれ》のように押し寄せ、顔を歪めた。

かすむ目で、離れたところにある、自分の体の一部を見た。血に染まった断面。

真嶋はそこに吹きつける風を感じた。

1

フロアーから漏れ入る重いベース音が、ＶＩＰルームの空気を揺さぶった。城戸崎正吾《きどさきしょうご》は腰を浮かしながら、あたりを窺った。

三つ離れたテーブルに、大口を開けて笑う女がいる。モデルの関恵《せきめぐみ》だった。

なんだよ恵ちゃん、きてくれたのかよ。城戸崎は腰を浮かしたままグラスを手に取った。

お礼に俺のモノをかわいいその口にぶちこんでやろうかい。城戸崎はふふっと鼻で笑った。

まあ、無理か。恵ちゃんの事務所は怖いお兄さんがついてるからあとあと面倒なことになる。

——って、俺、本気でやろうとしてたのかよ。城戸崎はグラスの縁をなめた。

「いやいや城戸崎さん、オープンおめでとうございます。また今度もいい店ですね」

そう言って城戸崎のいるテーブルに男がやってきた。

「おお、よくきてくれたな。ありがとよ」

誰だ。まったく見たことねえ顔だ。真っ黒に日焼けした四十代。シャツのボタンを三つも外している。もう十一月だというのに、なんだそのかっこうは。絶対いつか皮膚癌になるぜ。

「まあ、楽しんでいってくれよ。またな」城戸崎はそう言って手を振り、男を追い払う。日焼けした男は嬉しそうな顔をして離れていった。

「城戸崎さん、どうも」

入れ替わるように、スーツ姿の男がテーブルの前に現れた。

「あれ、森本君かい。なんだよ、きてるなら、早く声かけてよ」城戸崎は目を丸くした。

「いまきたばかりなんですよ。いや、すっかりご無沙汰しちゃって。城戸崎さんがまたお店をやると聞いて、これは挨拶にいかなきゃと仕事を抜けだしてきました」

「ほんとご無沙汰だな」と言ってやると、森本は気まずげな顔をして頭を下げた。

森本は広告代理店の社員でスポーツ事業部に所属している。父親は大物政治家で、遊び人のドラッグラバーだった。四年前のあの事件以来、城戸崎と距離を置いていたが、そんなやつは珍しくもない。ことに、世間に名の知られた連中は、火遊びはもう終わりだとばかりに続々と離れていった。とはいっても、それから一年もたたずに経営していたクラブ・フィッシュを閉めたから、顔を見せにくることもできなかったわけだが。

「さすが城戸崎さんの店ですね、音響も抜群です。やっぱ、店のクオリティーはオーナーで全然違ってきますね」

「ありがとよ。だけど、俺はオーナーじゃないぜ。今日は俺もただの招待客さ。――そう、俺は、オブザーバーって感じ？　まあ、色々と関係はあるけどな」

そう言って城戸崎は片目をつぶる。自分は表にでない陰のオーナーであることを臭わせた。

森本は察しよくにやりとし、訳知り顔で頷く。

席を立って、森本に表のオーナー、木村を紹介した。事件以来そっぽを向いて不義理をしたやつだが、この森本は人脈があり、いい客を連れてくる。大目に見てやってもいいだろう。

城戸崎は広いＶＩＰルームを練り歩いた。森本にしたのと同じような挨拶を交わし、関恵がいる席に落ち着いた。恵の隣に割り込み、初めましての挨拶。オーナーさんですかと訊かれりゃ、はいそうですと答えるしかねえだろう。まったく、いい匂いがするぜ、この女。

実際のところ、城戸崎はオーナーでも陰のオーナーでもなかった。このクラブ・ポワソンを運営するのは木村の会社だし、金を出している陰のオーナーは別にいた。前のクラブ・フィッシュでも同じだった。実質的オーナーは別にいて、城戸崎はクラブの顔として表にでているだけ。もちろん、ＶＩＰルームにふんぞり返っているだけではない。ドラッグの臭いに近づいてくるジャンキーどもに、望むものを用意してやるのが仕事だった。実際は売ることよりコネクションを作ることが大きな役割になるが、端折《はしょ》っていえば職業はドラッグの売人ということになる。城戸崎はそう呼ばれても、不満はなかった。オーナーでも売人でもなんでもいい。いまいる自分の立場が好きだった。この店では、あまり表にでることができないのは残念だが、しかたない。あの事件以来、世間の目も警察の目も俺に対して厳しかった。

城戸崎は武蔵野《むさしの》連合《れんごう》の元リーダーだった。いつの間にか半グレ集団などという呼称がすっかり定着した、暴走族ＯＢの集まり——通称ムサシ。やくざにも向かっていく無軌道ぶりながら、組織としての実体がないから警察も手をだせないと言われていた。それが四年前、多摩川の河川敷で現役暴走族と乱闘事件を起こした。

城戸崎に次ぐ地位にあった真嶋貴士《たかし》を中心に、ムサシの主立ったメンバーが乱闘に参加したが、乱闘中に相手のひとりが死に大きな事件となった。参加したメンバーは全員、凶器準備集合罪などで逮捕された。乱闘中の死で、誰が実際に手を下したか特定するのは難しいのではと当初見られていたが、相手側とムサシ側から得られた目撃証言がぴたりと一致し、容疑者は特定された。すでに逮捕されていたうちの五人が再逮捕され、起訴された。現在では刑が確定し五人は服役している。ただし、特定された容疑者のうちのひとり真嶋貴士は、事件当日に国外に逃亡し、現在も逮捕を免れている。

真嶋は指名手配を受け、街中でその顔をさらしものにされているが、手配容疑は河川敷の傷害致死だけではなく、ムサシメンバーで甲統会《こうとうかい》系の暴力団縄出組《なわでぐみ》組員、高垣清吾《たかがきせいご》を殺害した容疑も含まれていた。どういう経緯かわからないが、乱闘のあと真嶋は自宅マンションに戻り、そこで高垣を殺害したと見られている。そしておかしなことに、その部屋からは女の絞殺死体も見つかっている。女の殺害は別の容疑者が特定されているが、さらにおかしなことに、追跡していた刑事がその容疑者を殺害してしまった。まったくわけがわからない。

そもそも、乱闘事件の犯人が特定できたことがおかしなことだ。乱闘中に誰が手を下したか、やった側、やられた側、双方の証言が一致することなど、ありそうもない。そのへんに関して、城戸崎は疑問に思わなかった。あの乱闘事件がしくまれたものだと知っていたからだ。武蔵野連合を潰そうと考えた暴力団の命《めい》により、乱闘の前から死体は用意されていたし、犯人を特定する証言者も決まっていた。ムサシ側の証言者を用意したのが城戸崎だった。

裏切り者と呼ぶやつがいたら鼻で笑ってやる。自分は誰も裏切ってなどいない。

もう十年以上前、すでに活動をやめていた武蔵野連合のOBを再結集させ、犯罪者集団に仕立て上げたのは他ならぬ城戸崎だった。そしてそれは城戸崎のケツ持ち、指定暴力団烈《れっ》修会《しゅうかい》の直参、市錬会《いちれんかい》の幹部、尾越《おごせ》から依頼されたものだった。烈修会や甲統会など、友好関係にある関東の指定暴力団は、やくざになりたがる若者が減っていることを危惧し、暴力団には属さない、若者が憧れるような犯罪者集団を造り、自分たちのシノギの手伝いをさせようと企図した。真嶋にも、城戸崎が紹介した甲統会系のケツ持ちがつき、シノギが与えられていた。結局、半グレ集団はやくざの意思によって生まれた。悪目立ちし、制御の利かなくなってきたムサシを潰そうと考えたのもやくざの意思だ。城戸崎はその意思に従っただけで、最初から最後まで行動は一貫していた。だから裏切ってなどいないのだ。

主要メンバーの服役や海外逃亡で、ムサシはほぼ消滅した。乱闘に関わらず、無傷ですんだメンバーのうち使えそうなやつは、個別に組織が後ろ盾になったり、あるいは正式に杯を交わしてシノギを手伝わせている。城戸崎もひとり、元メンバーを預かっていた。

乱闘にはまるで関わっていなくても、河川敷の事件のあと、城戸崎もムサシのメンバーとして警察から睨まれることになった。これまで通りの、派手な密売などできるわけはない。ムサシの溜まり場として有名になっていたクラブ・フィッシュは閉めるよりほかなかった。細々と顧客を繫ぎ、どうにか売人と呼べるだけの仕事はしてきた。あれから四年、武蔵野連合の名はいまだに世間の記憶から消え去ってはいないようだ。それでも、表舞台から消えた自分の名をネットで見かける機会は、格段に減った。そろそろ表にでてもいいころだ。

ここのところ、城戸崎や市錬会のドラッグビジネス周辺で、立て続けにトラブルが起きてやや気持ちがくさっていた。しかし、今夜を境に状況は好転するだろう。

また、ドラッグの臭いを嗅ぎつけ、いい女やあほな男がここに集まってくる。いや違う、ドラッグをポケットいっぱいに詰め込んだ、俺の臭いを嗅ぎにくるのだ。オーナーでもなんでもない城戸崎がこの店に立つのは、その臭いづけのためといっていい。人生はパーティーさ。ひとが集まってなんぼだ。

「ハイ、ハーイ、城戸崎さん。開店おめでとう。いい店だね」

艶のある高めの声が近づいてきた。目を向けた城戸崎は驚き、腰を浮かした。

なんでお前がこんなところきてんだ。——えっ、もしかして俺が呼んだのか。でなけりゃ、パーティーがあるなんて知るわけないよな。それにしても——。

「ご招待、ありがとう。ほんと素敵なクラブね。フロアーでちょっと踊っちゃいましたよ」

グレイフランネルのスリーピースを着たナムは、品よくスマートな体をくねらせた。

「おお、ナムさんよくきたな。だけど、ここは俺の店ではないよ。立ち上げに関わっただけでね」城戸崎は立ち上がって言った。

関恵がこちらを見上げた。なんだオーナーじゃないのかという顔。まあ、しかたがない。

「でも、ここで城戸崎さんは踊るんでしょ。最高のダンスで東京中のダンスラバーを魅了するって言ってたものね」

「そんなことを言ったか？」

「ええ。私もダンスを盛り上げるお手伝いをさせてもらいます。がんばりますよ」

やはりここのことを話したのは自分のようだ。俺はこいつになんでも話してしまうな。

ナムは合成麻薬の供給元であるタイの組織の幹部だった。日本のやくざと商売を始めたのは最近のことで、市場調査のため、ここしばらく東京に滞在している。城戸崎はケツ持ちの尾越から面倒をみてやってくれと言われ、時々、飲みにいったり食事にいったりしていた。ナムは合法的な会社も経営しているらしく、日本の官憲に身元を疑われることはないと言っていたが、一緒にいるところを大勢に見られるのはどうかと思う。

「じゃあ、ナムさんに振り付けも頼もうか。最高のダンスが手に入れば、東京は俺のもんだ」

やっぱ今日は昂ぶる。恵の顔が自分の腰の横にあると気づいて、さらにやばいくらいに昂ぶった。ふと喧騒のなか、携帯の着信音が耳に入った。上着の前を開くと、音が大きくなった。内ポケットに手をつっこみ、携帯を取りだした。

「大竹です。いま話せますか」城戸崎がでると、そう言った。

大竹は城戸崎が預かる、元ムサシのメンバーだった。

「話せるからでてるんだろ。なんだよ」

大竹の声に張りつめたものを感じて、不機嫌になった。

「またトラブルが起きたみたいです。なんでも剣応会《けんのうかい》が怒ってるって、尾越さんから——。

城戸崎さんの携帯が通じなかったらしくて」

「怒ってるって、俺にか」

「細かい話はしませんでしたけど、尾越さんの苛立った様子から、そんな感じもしました」

剣応会は甲統会系の有力二次団体。関東圏の覚醒剤の大元締めとしてその世界では知られている。末端の売人から見て、天上界そのものともいえる組織がなぜ自分に怒りを向けるのだ。そもそも城戸崎が扱うのは合成麻薬が主で、覚醒剤などたかが知れていた。

「わかった。尾越さんにすぐかけてみる」

城戸崎は通話を切った。

「すまん、ナムさん。ちょっと席を外すよ。すぐ戻るから、またそのとき話をしようぜ」

社交辞令ではなかった。城戸崎は本当にナムと話をしたいと思っていた。悪いことが起きたのなら、なおさらだ。ナムは中国系らしい切れ長の目を細め、「待ってます」と言った。

しかしその日、ＶＩＰルームに戻ることはできなかった。大きなトラブルに見舞われた城戸崎は、しばらくクラブ・ポワソンに近づくこともできなかった。

2

「ラブ慈、最高。ほんと、ベスト・オブ・社長よ。生きててよかった」

舞子は黒々とした瞳をきらきらさせて言った。

「大袈裟だよ。たまたま運がよかっただけなんだから。だいたい、舞子がこんなに喜んでくれるとも思ってなかった。俺もほんと嬉しいよ」

島本愛慈《しまもとあいじ》は、かっと目を見開いて言った。瞬きをしたら、涙が一筋こぼれそうだった。いやだな、四十を過ぎると涙腺が緩くなる。大したことでもないのに。

「喜ぶに決まってる。ハリウッド映画のキャンペーンなら、テレビとかの取材もくるよね。まともなメディアへの露出なんて久しぶり。それに、これって一回だけじゃないんでしょ」

「確かに。今回は急だったから、とにかく明日現場にきてくれということだったけど、主演俳優が来日したときとか、色々イベントをやるような話はしていたんだ」

「えっ、あたし、ハリウッドスターと共演できちゃうかもしれないの。すごすぎ」

茶化したような言い方だったが、夢見るような目は本物だった。

アイドルは夢を与えるのが仕事で、自分は夢など見るものではない。島本の頭に、そんな言葉が浮かんだ。しかし、それを舞子に言う気などもうとうなかった。

島本が社長を務める「ライク・ヘブン」は小さな芸能事務所だった。オフィスも狭く小規模だが、業界に顔がきくわけでもなく、あらゆる意味で弱小の事務所だった。所属タレントに満足のいくブッキングを入れてやる力もないのに、夢を見るな、などと厳しいことは言えない。とはいえ、そこに後ろめたさがあるわけでもない。所属タレントが条件のいい事務所に移籍できるのなら、島本は喜んで送りだすつもりだ。それができないからこの事務所にいるわけで、ここが彼女たちの居場所だった。

「月ちゃんもありがとう。月ちゃんがこの仕事見つけてくれたんでしょ」

舞子がそう言うと、机に向かって事務仕事をしていた月子《つきこ》が顔を上げた。

「たまたま耳にしただけなんです。今度、まほさんとレポーターをやるタレントさんの事務所に、当日の衣装のことで電話したら、それどこじゃない、所属タレントが事故でけがして、明日の仕事に穴を開けてしまうって、なんだか大騒ぎしてたから――」

月子はそれでどんな仕事か聞きだし、島本に報告した。その仕事をうちのタレントに回してもらうことはできないですかねと。島本はすぐに動いた。

つき合いのない映画配給会社にいきなり電話し、けがをしたタレントの代わりに、うちの子を使ってもらえないかと頼んだ。聞けば、近未来ＳＦ映画のキャンペーンで、メインは人気お笑いタレントだが、その後ろで、忍者風衣装をまとい、派手なポージングで盛り上げる役のひとりが欠けてしまったようだ。島本はコスプレが趣味の舞子を売り込んだ。宣材写真とプライベートのコスプレ写真を送ってみたら、すぐに、明日、現場によこすよう連絡がきた。

とにかく月子のファインプレイだ。月子がライク・ヘブンの事務スタッフとして働き始めたのは一年ほど前から。まだ二十一歳と若く、社会経験も浅いが、これまで期待以上に働いてくれていた。

「月ちゃんの機転が何よりだけど、いきなり電話するラブ慈の図々しさも見上げたものよ」

「もともと図々しかったわけじゃないぞ。みんなのためにがんばってるんだと思ってくれ」

ひとにどう思われるかなどかまっていたら、この業界ではやっていけない。

「ありがとうございまーす。ほんと、あたし、がんばりますから」

舞子は胸の前で拳を丸め、ガッツポーズをとった。ありきたりな表現方法だが、ただのポーズではない。何か決意を固めたような力強い目をしていた。

好きだなあ。うちの子たちは、みんな汗が似合う。だから応援したくなる。いちばんのファンが社長というのはどうかと思うが、それはまちがいのない事実だった。

デスクに腰かけていた島本は、よっこらしょと尻をもちあげた。身長は百七十センチで体重は八十キロを超える。以前は小太り程度だったのに、この仕事を始めてから止めどなく増えだした。きっと幸せ太りなのだと思っていた。

「さて、俺たちもそろそろ帰ろうか」

舞子を見送り、デスクに戻った島本は、正面のデスクの月子に言った。

もう八時を過ぎた。明日から休日とはいえ、急いでやらなきゃならない仕事はないはずだ。

月子は「はい」と答えたが、仕事を続ける。物販グッズの図案をチェックしているようだ。

ライク・ヘブンの所属タレントは全部で八人。シンガーソングライターがひとりいるが、あとはみんなグラビアアイドルだった。稼ぎ頭は宮里まほ。深夜のバラエティー番組のレギュラーをもっている。二十人ほどいるレギュラーの女の子のなかのひとりで、ほとんど画面に映らない回もあったりするが、そんなものでもうちの子たちのなかでは知名度が抜群で、事務所主催のイベントでは、まほ目当てのファンがいちばん多い。では次に多いのは誰かというと、困ったことにタレントではなかった。ここのところイベントでMCをやるようになった月子のファンが増えていた。

高橋《たかはし》月子はライク・ヘブンただひとりの従業員だった。いわゆる事務仕事だけでなく、マネージャー的なことからタレントのスカウトまでこなす。そしてイベントではMCも。

MCといっても、出演者紹介や物販の案内を簡単にするだけで、会場を盛り上げるようなトークをするわけではない。もともと人前にでるのが苦手らしい月子は、その案内すらも事務的で素っ気なかった。それがツンデレ好みの男どもに、大いに受けたようだ。

この現象は島本にとって意外ではなかった。最初からそんな盛り上がりを期待して、月子を舞台にひっぱりあげた。とくに先を見越す目があったわけでもない。月子はうちの所属タレントの誰よりも容姿が優れているのだから、そんな予想も簡単だった。舞台に上がるとき、月子に眼鏡をかけさせたことが、唯一島本の戦略と言えるかもしれない。

そもそも月子がライク・ヘブンで働くようになったきっかけは、島本が街でスカウトしたことだった。その透きとおるような白い肌が街ゆくひとのなかで際だっていた。儚《はかな》げな容姿はグラビアアイドルには向かないかもしれないが、サブカル系アイドル的な売り出し方ならいけるかも。そんなことを頭では考えていたが、要は自分の好みだった。

月子は間髪《かんはつ》を容れずに断った。しかし、その理由はこれまで聞いたことのないものだった。

私、芸能活動はできないんです。やりたいとも思ってないですけど、やる気になったとしてもできないんです。いきなりそんな謎めいたことを言った。

月子は最初から不思議な子だった。とにかく話をさせてくれないかという島本の説得に応じ、喫茶店にはついてきた。そしてそこで、なぜできないのか、進んで理由を説明した。

私の父親、ひとを殺したんです。だから、芸能活動はできません。覚えてますか、四年前、女のひとを殺害した犯人を刑事が絞め殺した事件があったのを。その刑事が私の父です。

島本はその事件を覚えていた。事件発生当初、マスコミでは大きな話題となった。刑事がひとを殺しただけでも話題になるが、殺された男も女を殺害しており、その現場が、のちに指名手配犯となる武蔵野連合の幹部の部屋だったのだ。さらには、その部屋にもう一体殺害された遺体があったのだから、マスコミが飛びつかないわけがない。しかし、事件からひと月もたたず、その刑事が取調べ中に自殺したため、刑事と殺された男についての報道は下火になり、海外に逃亡したと見られる武蔵野連合の幹部についての報道に集中していった。

島本は驚いたし、納得した。月子をタレントとしてデビューさせるのは困難だ。あっさり手を引こうと考えていたとき、月子がまた驚かせることを言った。私を事務所で働かせてくださいと身を乗りだした。今度は島本が断る番だった。これまでずっとひとりで事務所をやってきた。それでなんとかやってこられたし、従業員を雇えるほどの売り上げもなかった。

月子は大手モデルクラブでモデルをしていた経験があるらしい。短い間だし、裏方の仕事がわかるわけではないけれど、業界の雰囲気はわかりますと売り込んだ。売り込まれるほどの会社でもないのだが、そんなふうに必死になって言われると嬉しい。なぜ必死になるのか疑問に思うこともなく、島本はなんとかできないかなとそれこそ必死に考えた。

島本はもともとアイドル好きのオタクだった。もっとアイドルに近づきたかったし、一緒に仕事がしたくて、勤めていたゲームソフトの制作会社を辞めて事務所を立ち上げた。こんなアイドルにもなれそうな元モデルが働きたいと言っているのに、断ったら、事務所を立ち上げた意味がなくなるような気がした。金銭的なことは無視して、雇うことに決めた。

結果的に金銭的問題はなかった。月子が働き始めてから、まほのレギュラーが決まったり、月子自身がふたりの子をスカウトし、その子たちにそこそこ仕事が入るので、売り上げが増えていた。もっとも、売り上げが増えていなくても問題なかった。自分の報酬を削ればすむことなのだ。大事なのは、月子が働きだして、自分の生活に張りがでたことだ。

仕事は楽しい。やりがいもある。四十を過ぎて家族も恋人もなく、古いアパートでのひとり暮らしであっても、自分は充分に幸せだとこれまでも思っていた。しかし、仕事からアパートに戻ってきて、早く明日も仕事がしたいと、なんだかうきうきしたような気持ちで眠りに就けるようになったのは、月子が働き始めてからのことだ。

向かい合わせに机を並べて仕事をしている。間は一メートル半で視線を合わせるのに丁度いい距離だ。週に三回は一緒に昼食をとっている。いまだに月子の好物はわからないが、意外にもモスバーガーよりマクドナルドのほうが好みであることは知っている。一年がたつのに、打ち解けているとは言いがたいが、それはたぶんお父さんのことがあって他人に心を閉ざし気味だからだろう。けっして自分に問題があるわけではないと思っていた。

「月子ちゃん、今日はありがとう。舞子もほんと喜んでた。俺もなんか嬉しかったよ。月子ちゃんがうちの子たちのことを大切に思ってくれてるとわかって」

島本は一メートル半離れた月子を見ていた。

「お給料をいただいてるんですから、当たり前のことです」月子は下を向きかけたが、また顔を上げた。「でも、私も嬉しいです。自分のしたことであんなに喜んでもらえるなんて」

島本は笑みを浮かべて頷いた。

「そう。それが仕事の基本なんだよ。誰かの笑顔を見たいって気持ちがひとを動かすんだ」

アイドルと一緒に仕事がしたい。仕事を始めたのはそんな理由だ。しかし、タレントの子たちの笑顔が見たい、がんばっている姿が見たい、ファンの熱狂を感じたい、そんな気持ちが仕事を継続させる力になっていた。そしていま、月子の笑顔が見たいと思っている。

月子が笑うことはある。けれど、どこか抑えた笑いだ。心から笑うことはないのではないか。ひと殺しの娘である自分に、笑う資格はないと考えているのかもしれない。

月子は仕事に戻っていた。島本もパソコンに視線を落とす。しかし、すぐに月子に目を向けた。蛍光灯の明かりを受け、月子の艶やかな髪がリング状に光っている。天使の輪だ。昔、シャンプーのCMでそんな風に呼んでいたのを思いだした。

ふいに月子が顔を上げた。何ですか？　と問うような目を向けた。

きみの笑顔が見たいんだ。島本の心に言葉が浮かんだ。

「月子ちゃん、つき合わないか？」

えっと口を開けた月子は首を傾げた。「どこにつき合うんですか」

「いや、そういうことじゃなくて。俺とおつき合いをしてくれないかと——。その、交際してくれないかということだよ。真剣にきみのことを想っている」

月子はまた「えっ」と言った。顔がみるみる強ばるのがわかった。

「あの、答えはいますぐじゃなくても……」島本は不安になり、そう言った。

「社長……、私が殺人犯の娘だからですか。殺人犯の娘だから、どうせつき合う男もいないだろうから、自分がそう言えばほいほいのってくると思ったんですか」

「月子ちゃん……、そんなわけないだろ。俺はただ、きみのことを——」

聞きたくないとばかりに、月子は大きくかぶりを振った。

「いや、どうしよう。困ったな」

島本は困っているわけではなかった。月子との関係をどうしようかなどと考える余裕もなかった。島本は傷ついていた。その傷が広がっていく。

月子は別に傷つけるつもりで言ったわけではないだろう。本気でそう思っているだけ。殺人犯の娘だからつき合おうと言ったのだと。つまり月子は、そうでもなければ、この男が自分につき合おうなどと言えるはずがないと思っている。二十も年が離れた四十過ぎの男。太っていて汗っかきで金もない。そんな男がどうして私につき合おうなどと言えるのかと——。

「ごめん、忘れて。舞子ちゃんが喜んでいるのを見て、浮かれてしまったのかな。軽率な言葉だった。ほんとごめん。許してね」

自分も忘れよう。簡単なことだ。表面さえ取り繕っていれば、そのうち心もついてくる。

ただ、笑顔を見たいと思った気持ちも忘れられるだろうか。

月子は顔をうつむけていた。やはりどうしたらいいかわからないのだろう。ここは帰ったほうがいいと腰を上げたとき、廊下を駆けてくる足音が聞こえた。ドアが勢いよく開いた。

「舞子、どうした」

帰ったはずの舞子が、戻ってきた。膝に手をつき、肩で息をしている。

「大変よ。明日美ちゃんが逮捕されちゃった。いまニュースサイトを見てたら――」

「なんだって。なんで明日美が」

にわかには信じられなかった。明日美はグラビアで売り出そうとしている、うちのなかでもいちばん新しい子だった。大学に通う、とても真面目な子なのに。

「覚醒剤の所持でだって。――ねえ、ねえ、信じられる？　一緒に逮捕されたのが俳優の丸《まる》山啓輔《やまけいすけ》だっていうのよ。なんで、明日美ちゃんがあんな大物と知り合いなわけ」

まるで憤慨したような言い方が島本の耳についた。

ガタッともの音がした。目を向けると、月子が立ち上がっていた。

「どうした」

「…………」月子は放心したような顔で口を開けた。「どうしたらいいんでしょう。こういうとき、私、何をしたら……」

「そうだな。事務所として対処しないと」驚いてばかりはいられない。

弁護士をつけてやったほうがいいのか。その前に明日美の親と連絡をとらないと。いやまず、そのニュースを見てみないことには始まらない。島本はパソコンに向かい、インターネットのブラウザを開いた。丸山啓輔、逮捕と検索ワードを打ち込みながら、ふと顔を上げた。月子は突っ立ったままだった。まだ放心しているのかと思ったが違った。息を詰め、必死に何かを考えているような顔をしていた。

3

「まったくもって、とんだとばっちりだぜ。俺はその施設が、上のほうの組織と関係しているなんてまるで知らなかったんだ。それなのによ」

城戸崎はソファーにもたれて言葉を吐きだした。

「上のほうの組織というのは？」

「それはな――」と言って言葉を止めた。「そんなのはナムさんが知らなくていいんだよ」

城戸崎はふーっと息をついて、ローテーブルのグラスをとった。正面に座るナムがシャンパンのボトルを取り上げ、城戸崎のグラスに注いだ。

「とにかく、甲統会系の力のある組織でな、丸山にシャブを売ったのはどこのどいつだと怒ってるらしい。それが尾越さんの耳に入って、慌てて連絡してきたんだ。俺を名指しして怒ってるわけでもないからまだいいけどよ、でっかいとこに睨まれるのはいい気しないぜ」

城戸崎はシャンパンに口をつけた。温《ぬる》くなっていて甘ったるく感じた。

六本木にある城戸崎の個人オフィスでナムと飲んでいた。二日前のパーティーで城戸崎が中座したまま戻ってこなかったので、ナムは様子を窺いに、シャンパンをもって訪ねてきた。

あの日、俳優の丸山啓輔が覚醒剤所持の現行犯で逮捕された。二流のグラビアアイドルとキメセク——シャブで感度を高めてセックスしている真っ最中に踏み込まれたらしい。

城戸崎は、トレンディー俳優の生き残りである丸山啓輔となんら繋がりはない。知人に頼まれ、覚醒剤の売人を紹介しただけだった。ただ、案外大きな取引になりそうだったので、末端の売人を紹介するわけにもいかず、城戸崎は尾越の部下の中迫《なかさこ》を頼った。

中迫は市錬会の下にぶらさがる三次団体、中迫組の組長だった。尾越は組持ちの市錬会幹部で、中迫はもともとその尾越の組にいたが、独立して自分の組をもった。しかし、それはいってみればダミーだ。市錬会の収入源は覚醒剤の仲卸しだった。日本の覚醒剤流通は海外の製造元あるいは供給元から直接仕入れる大卸しが頂点にいる。その下に仲卸しがいて、仲卸しはさらに別の仲卸しに卸すか、密売組織に卸している。

段階を経て末端に流通させるのは、流通の利便のためだけでなく、警察に摘発された際、上まで捜査の手が及ばないよう各段階で防御壁を作るためでもある。覚醒剤ルートの全容解明などとマスコミが騒いでも、摘発されるのはせいぜい密売組織までで、大卸しが摘発されたなどという話は聞いたことがない。ただ、単純にピラミッド型の流通システムでは警察の手から完全に逃れるのは難しい。そこでもし捜査が迫ったときは、各段階で、とかげの尻尾切りを行う態勢ができている。

市錬会で仲卸しを仕切っているのは尾越だ。中迫は現在も実質的に尾越の部下であり、尾越の命を受け、市錬会のために動いているだけだった。しかし、もし警察の手が迫ったときは、中迫組が仲卸しとして摘発されるよう形が整えられているらしい。

市錬会は合成麻薬も扱っていて、それは供給元から直接仕入れていた。城戸崎はその販路を拡大させるため、組織に組み入れられている。もちろん、組の杯を受けていない城戸崎はとかげの尻尾だ。

とにかく、中迫に話をもっていき、密売組織と知人との橋渡しをした。その知人というのはある大手企業の接待所で支配人のようなことをやっており、どうも丸山はそこに出入りしていたようだ。支配人から丸山にシャブが流れていたことは城戸崎のあずかり知らないことだが、密売組織のほうでは把握していたようで、丸山が逮捕されたと知り、大騒ぎになった。それが中迫、尾越の耳に入り、さらに剣応会が怒っているという噂も聞きつけた。

剣応会の怒りの理由を尾越もわかっていなかった。尾越は剣応会に連絡を取り、何か不備があれば関わった者を詫びに上がらせる旨つたえた。しかし剣応会からその必要はないと回答があり、城戸崎に災厄が降りかかることはなかった。ただこの二日、寝覚めは悪かった。

「ほんと大変でしたね。でも、何もなくてよかったです。ドラッグのもめ事というのは、血を見やすいですからね。それはどこの国でも一緒でしょ?」

「よしてくれ」城戸崎は不吉な思いに駆られ、ぶるぶるっと首を振った。しかし、ナムの顔に冗談ですよとでも言いたげな笑みが浮かぶと、とたんに心が解《ほぐ》れだす。

なんなんだろうね。このタイ人と話すとやけにリラックスする。日本人にくらべ表情が豊かだから、こちらの話をすべてのみこんでくれているような気になるのかもしれない。それで、つい話しすぎてしまう。気をつけようとは思うのだが、ここのところ愚痴りたくなるようなトラブルが続くものだから、なかなか抑えられない。とはいえ、そもそも一連のトラブルの始まりはナムの組織に絡んだものだった。それで愚痴って味をしめた感はある。

市錬会が、ナムが幹部を務める組織から合成麻薬を仕入れ始めたのは、つい十ヶ月ほど前のことだ。中国や台湾の供給側組織との橋渡しをする華僑のブローカーに、ぜひ使ってやってくれと紹介されたようだ。ナムのボスも中国系のタイ人だそうだ。

トラブルはナムたちと取引を始めてすぐに起こった。合成麻薬を使った客が変調をきたし、交通事故を起こしたり、ナイフを振り回したりして警察沙汰になった。事故後、泡を吹いて失神している姿がニュース映像として茶の間にも流れている。そのうち何件かが、うちの顧客だと確認がとれた。市場調査で来日したナムに文句を言うと、ナムは商品に質の悪いものが混ざるのは避けられないとこともなげに言った。しかし長い目で見ればうちは質のいいものを供給できるとも断言した。まだ長い目を検証できるほどの時間はたっていないが、それ以来、似たようなトラブルは起こっていない。しかし、そのトラブルが引き金になって、うちの売人がふたり警察に引っぱられ、痛手は被っていた。

その他のトラブルはナムたちとは関係がない。市錬会と取引のある密売組織がふたつ、立て続けに摘発された。大がかりな摘発などめったにないのに、立て続けに、しかも両組織とも自分たちの卸し先だったことで、市錬会はかりかりしている。自分たちが狙い撃ちされているのではないかと疑心暗鬼に陥っているようだ。

「まったくよ、こんなことがいつまで続くのかね」城戸崎は、自分の腿をぴしゃりと叩いた。

「確実にいえるのは、いつかは終わる、ということ。永遠に続くことはありえないよ。だから、それまで踏ん張ればいいんです」

「なんかそれじゃあ、ずいぶん長く続くように聞こえんだよな」

「それはきっと、耳のなかに何かがいるからですね。ほじくりだしてみたら、心配性と書かれているはずですよ」

そう言ってナムは立ち上がる。体を前に傾け、城戸崎の顔に向けて息を吹きかけた。

「よせよ気持ち悪い」

「吹き飛ばしてやろうと思ったんですよ」ナムは両手を広げ、ソファーに腰を落とした。

ほんとに気持ちわりい。城戸崎は手で顔を払った。ソファーにぐったりもたれかかり、はっと笑ったら、どうでもよくなってきた。ナムのおまじないがきいたのかもしれない。

ドアがノックされ、大竹が顔を覗かせた。「お話しちゅう、すみません」

「どうした」

せっかく、気持ちが解れたのに、また何か起きたのではないかと心がざわついた。

「ナムさんのお連れさんがお見えになりました」

「なんだよ。通してやれ」

大竹がドアを大きく開くと、小柄な男が肩をゆすりながら悠然と入ってくる。

ナムの部下のカオだ。入ってくるなり甲高い声で喋りだす。怒ったような顔をしている。

城戸崎はこのカオに何度か会っているが、部下のくせに、いつも態度が偉そうだった。

見た目からして変なやつではある。つるつるのスキンヘッドで眉もないのは、城戸崎の知り合いにも何人かいるが、鼻梁の真ん中あたりに、ＢＯＸという文字のタトゥーを入れているのはかなり変だ。いちばん目をひくのは、その肌だ。タイ人にしては色白で、妙にてらてらと艶があり、見た目、ゴムのような質感だった。小柄でずんぐりしているから、ゴムまりといった印象で、蹴飛ばしてやればどこまでも跳ねていきそうだった。

　カオの声がどんどん大きくなる。遮るようにナムが「カオ」とひときわ大きな声で言った。

「この男の不作法をお許しください。森で野生の豚に育てられたものですから」

　ナムがにやりとしなければ城戸崎は本気にしたかもしれない。

「トラブルが起きたのでこれで失礼します。カオがどこかで入れ歯を落としたそうで」

　今度はナムは笑わない。本当にそんなことで、と思っていたら、カオが大きく口を開けた。見える限り、下の歯が一本もなかった。驚く城戸崎に、カオは右手を差しだした。なんだと目を凝らして、ぎょっとした。五本の指すべて、第一関節から先がないのだ。

「カオ！」とナムがたしなめるように言った。カオは手を引っ込めた。

「それじゃあ、いきます」ナムは立ち上がった。

「いっちまうのか」

「またきますから。それまでに何も起こらなければいいですね」

　なんだよ、ちきしょう。せっかくリラックスできたのに、最後にきて不安にさせやがって。

　ナムの言葉を聞き、城戸崎は何かが起きると確信めいたものを感じた。

4

コップの周りを蟻が一匹、はい回っていた。

いったりきたり。目的があるわけでもなく、ただ右往左往しているように見えた。

田伏《たぶせ》は寝ぼけ眼を指で押さえ、ぎゅっと瞼を閉じた。ソファーの上に起き上がり、毛布を剝いで背もたれにかけた。口のなかが粘つき、喉が渇いていた。

手を伸ばし、コップを摑んだ。そのなかの液体は、飲んでも渇きをひどくするだけだとわかっていたが、口元へ運ぶ。唇をつける寸前で危うく止めた。液面に蟻が一匹浮かんでいる。ぴくりとも動かない。田伏はコップをテーブルに戻す。狙いすまして動き回っていた蟻の上に――。楽にしてやった。

トイレにいって顔を洗った。びしょびしょになった床に顔をふいたタオルを落とした。

ソファーに戻ると肌寒さを感じて、床に捨ててあったシャツを肌着の上に羽織った。

田伏孝治《こうじ》は煙草に火をつけ、オフィスを眺め回した。いつもと変わらない朝だが、何か違いを探している。ビルの四階にあるこの部屋に、蟻が二匹も紛れ込んでいたことが、何かの予兆のような気がしたのだ。何を探せばいいかわからず、耳を澄まして、息を詰めた。嫌な臭いがどこかから漂った。自分の胃から湧き上がるのだと気づき、いっきに息を吐きだした。

冷蔵庫にあったプロセスチーズを三切れ食べ、水をがぶがぶ飲んだ。やることはたくさんあったから、とりあえずデスクに向かった。ノートパソコンを立ち上げ、書きかけの報告書を開いただけで、あとは椅子の背もたれに体をあずける。時間が過ぎるのを待った。

煙草を二本灰にしたところで、インターフォンが鳴った。田伏は体を起こし、ドアに向かった。鍵をかけていなかったのだなと確認しながら、内側に向かって開いた。

「なんだ、あんたかい」

自分のがっかりした声を聞き、田伏は苦笑いをした。

「誰かを待ってたのか」中迫は踏みだした足を止め、言った。

「いや誰も。こんなとこに足を向ける人間なんていやしないだろ」

「だったら、看板なんてかけておくな。いじましいぜ」

それがそんなに悪いことだとは思えないが、中迫はひどく顔を歪めて入ってきた。

「ひでえ臭いだ。貧乏学生の下宿だぜ。ほんと看板おろせ。ここで寝泊まりしてんのか?」

中迫はソファーの毛布に目を向けていた。田伏は毛布を丸めて物置部屋に投げ込んだ。

看板をおろせ。中迫は適当に嫌味を言ったつもりだろうが、案外鋭い。オフィスをかまえ、看板を掲げている意味があるのかと、自分でも思っていた。

西新宿総合探偵事務所。それが田伏の掲げる看板だった。依頼は刑事専門の弁護士の下請けがほとんどで、無罪を証明するための証人や証拠を捜したり、検察側の証拠を突き崩すためのアドバイスや調査を行ったりする。田伏は四年前まで本庁の捜査一課で刑事をしていた。依頼は途切れることがなかったが、下請けだから、さほど稼げるわけでもない。家族もなく贅沢をする気もないので、それで充分ではあった。

飛び込みの依頼を受け容れる必要はなく、依頼人に会うとしても弁護士の事務所でなので、自分のオフィスをもつ必要性はあまりなかった。そんなことだから、自宅とオフィスの家賃を払うのはもったいないと思い、最近、自宅アパートを引き払い、この事務所で暮らすようになった。風呂もキッチンもない事務所なので、こっちを引き払って自宅に看板を掲げたほうが生活するには楽だったが、住所が新宿のほうがオフィスとしては聞こえがいい。ただの見栄だし、唯一の贅沢ともいえた。

「お前に仕事をもってきてやった」中迫は黒いコートを脱ぎながら言った。

「俺は間に合ってる。誰か恵まれない探偵に仕事を回してやってくれ」

「ふざけんな。俺は、仕事をやれと命令してんだ」

「なるほど」そういうつもりであることは最初からわかっていた。

「すぐに取りかかってもらうぞ」

中迫はソファーにコートをかけ、腰を下ろした。テーブルに足をのせた。

「その足をどけてくれないか。あんたの汚い靴底を見ながらじゃ、話に集中できない」

田伏は中迫の正面に腰を下ろした。中迫は片足を上げ、ごつっと踵《かかと》を打ちつけた。

「なんだ、お前。元刑事のプライドかなんかか。そんなもの、どこに残ってんだよ。臭い息まきちらして、しょぼくれた顔した四十男が、いっちょ前にやくざにむかついてんのか」

「中迫さん、あまりひとの心を踏みにじらないほうがいい。どっかに残ってる、ちっぽけなプライドがぽんと弾けるかもしれない。それがお互い、悲劇に繋がったりすることもある」

田伏はテーブルのコップを取り、焼酎に口をつけた。口に入った蟻を吐きだした。

「もちろん、俺にはそんなプライドなどどこにもない。さあ、どうぞお好きなかっこうで仕事の話を――。なんなりとお話しください。ぽんと弾けて昔の仲間に漏らしたりするようなことはありませんから。どうしました、子分が覚醒剤でももち逃げしましたか」

嫌味たらしく言うと、中迫は口を歪めた。どう反応したものか、迷っているような表情だ。とはいえ、話そうかどうか迷っているわけではないだろう。この男はひとを見る目はもっている。目の前の元刑事が警察にたれこんだりすることはないと見極めている。そんな能力がこの男たちの生命線だ。

中迫は烈修会系の三次団体、中迫組の組長だった。年齢は田伏より四つ若い。覚醒剤がらみのシノギをもっていることはわかっているが、具体的にどんなポジションにいるのかまでは、田伏にもわからなかった。

田伏が中迫と知り合ったのは、刑事を辞めたあとだった。関係は探偵と依頼人。中迫はシノギがらみの表にはだせない調査を依頼してくる。田伏はそれを断らなかった。

「最近、危険ドラッグやシャブの摘発が目立つと思わないか。お前も、ニュースぐらい見んだろ」遊びは終わりだというのか、中迫はテーブルから足を下ろして言った。

「そのうち、いくつかが俺のシノギに関係している。売人やらなんやら、ごっそり引っぱられていった。狙い撃ちされている感じはするが、警察にその意図はなかったろう。誰か、俺の近くにいた人間がリークしてるんだ。そいつを突き止めてほしい。たぶん、そいつの後ろには誰かいるはずだ。俺を潰そうと考えているやつだ。それも突き止めてくれ」

「あんたの周りにいる人間をひとりひとり洗うのか?」

「摘発された売人らの情報をもっていたやつを何人かピックアップした。そいつらの身辺を洗えば何か見えてくるはずだ。慎重にやってくれ。そいつの首根っこを摑むより、その後ろにいる人間を炙りだすほうが重要だ」

中迫はコートのポケットから、折りたたんだ紙を取りだし、田伏のほうに差しだす。

二枚のコピー用紙。名前とプロフィールがワープロできれいに打たれている。

俺の近くにいた人間と言ったが、中迫と実際に交流がある人間とは限らないだろう。中迫はうちの組とか、うちの組織という言葉は使わない。あくまでも個人でやっているかのように、俺とか俺の、とつける。組織を守るための用心を、しょぼくれた探偵の前でも怠らなかった。

一枚目の用紙には三人の男のプロフィールが列記されていた。ざっと目を通すと、三人のうちふたりは組織から離れた元暴力団員だった。二枚目はひとりだけ。名前を見て、田伏は顔を上げた。

「花井《はない》もリストに入っている。当然だろ」中迫がばかにしたように言った。

ばかにされてもしかたがない。頭が回っていなかったと痛感する。

花井誠《まこと》は、中迫から初めて調査を依頼されたときの調査対象者。花井が組織から足抜けするにあたっての身辺調査を依頼された。その後も一度身辺を洗っている。花井はいわば知りすぎた男で、それこそ警察にリークでもされたら組織はかなりの打撃を受ける。リストに入っているのは当然だった。

「誰がいちばん怪しいかではなく、確かな証拠がほしい。いいな」

「この四人以外、という可能性もありえるんだろ」

中迫は考える間をおいて口を開いた。「絶対にないとは言わない。だが、俺はこの四人のなかにいると思っている」

やくざものにしては、誠実な答えなのだろう。調査の結果、このなかにはいなかったと報告しても、たぶん、はいそうですかと素直に受け容れることはないだろうと田伏は覚悟した。

「報酬はどうなる」

「なんだ、報酬なんているのか」

「日当は値上げしていない。前回と同じだ。着手金として、一週間分を前払いでもらう」中迫の言葉を無視して言った。「必要経費はどこまで認める？　たぶん、ひとりかふたり同業者に助っ人を頼むことになる。最悪、俺の日当の倍額の必要経費が毎日発生する。それプラス、実際かかった経費だが、そっちは交通費くらいなものだろう」

「そんなもんなら好きに請求しろ。単純な張り込みくらいなら、どっかから若いやつを連れてきて、手伝わせることもできるが」

「単純な張り込みなんてものはない」田伏は静かに言った。

「――まあ、いい。しっかり結果をだしてくれよな。すぐに取りかかれ」

中迫は立ち上がり、コートを取った。「おい、どうした。すぐに取りかかれと言ったろ」

田伏は素直に立ち上がる。デスクに向かいながら口を開いた。「先日、俳優の丸山啓輔が覚醒剤所持で逮捕されたな。あれもあんたのとこと関係してるんだろ」

「関係ねえよ」中迫は苛立ったように言った。

「いいか、お前はリストの男たちを調べればいいんだ。俺の仕事のことは詮索するな」

中迫はチンピラのような目で睨むと、大股でドアへ向かった。

この男は思った以上に追いつめられているのかもしれない。

5

電話が鳴った。コール音が二回、三回。

いつもワンコールで受話器を取る月子が電話を見ていた。ようやく手を伸ばす。

「いいよ月子ちゃん。俺がでるから」島本はそう言いながら受話器を取り上げた。

ライク・ヘブンですとでたが、何も返答はない。もしもしと言っても、無言だった。島本は舌を鳴らして受話器を戻した。

「いたずらだった」

こちらを見ていた月子が頷いた。ありがとうございますと小さな声が聞こえた。

「世の中、クソみたいなやつが多すぎる」詮無いことだが、島本は電話に向かって毒づいた。

無言電話やいたずら電話が何度もかかってきていた。覚醒剤所持で捕まったタレントの事務所にいたずら電話をすることで、いったいどんな喜びが得られるのだろう。

藤川明日美が逮捕されてから四日たった。かかってくる電話の数はだいぶ減ったが、それでも午前中にかかってきた電話の半分以上は、マスコミ関係者からの明日美に関する問い合わせだった。逮捕された翌日などはひどいもので、電話が鳴りやむことはなかった。事務所の前で、島本は集まってきたマスコミ連中の質問を受けた。懇切丁寧に答えたはずなのに、それでもなお電話してくるのはなんなんだろう。

連日、外で待ちかまえる芸能記者もいた。外にでると寄ってきて、何か新しい情報はないかと訊いてくる。一度、明日美の家族のことを訊かれ、個人的なことはコメントを差し控えさせていただきますと言ったら、牙を剝かれた。タレントに個人的なことなんてあるわけないだろ。あんた、罪を犯したタレントを所属させていた責任があるんだよ。それ、わかってんの。こういうときにセンセーショナルなこと言って、話題を盛り上げるのも事務所の役割だろ、とさんざんな言いようだった。

実際、トラブルに乗じて名を売ろうとするタレントや事務所など、この世界には珍しくないのだろう。けれど、大きかろうが小さかろうが、事務所の役割に違いなどない。たとえ罪を犯したのだとしても、できるかぎりタレントを守ってやるのが自分の仕事だと信じていた。もちろん、守るのは明日美だけじゃない。事務所も他の子たちも、それに月子もだ。

父親のこともあるから、月子をマスコミの前に立たすようなことはしなかった。事務所のスタッフだと知られないよう、月子と一緒に外にでることはなかった。

四日前、交際を申し込んで、気まずい思いをさせてしまったが、その後、明日美の事件の処理に追われて、そんなことにかまっていられない状況になった。何ごともなかったように、ふたりで力を合わせ、このトラブルを乗り越えようとしている。たぶんこのまま、月子とは元の関係に戻れる気がした。島本はもうすでに、あのときの月子の言葉を気にしていない。

明日美の情報はなかなか入ってこない。当然ながら、報道は大物である丸山啓輔に偏っている。一昨日、覚醒剤は明日美が所持していたもので、自分は勧められてつい使用しただけだという丸山の供述が報道され、島本は口惜しさで涙をにじませた。

そんなはずはないのだ。明日美は本当にいい子だった。まるで作ったところのない、丁寧で素直な受け答えが話していて気持ちよかった。見た目も地味で、抜群のスタイルとのアンバランスさが男性受けすると月子がスカウトしてきた。サブカルや文学に詳しく、グラビア以外でも活躍を期待していた。誰が見ても、明日美の真面目さ、気立てのよさはわかるだろう。それに引き替え、丸山は若いころから女にだらしがないという噂だった。今回も元CAの奥さんがいながら明日美と関係をもった。スポーツ新聞の記事によれば、以前より業界では、丸山には薬物使用の噂があったそうだ。たぶん世間のひとも、丸山の供述をそのまま信じることはないだろう。ただ、公共の電波であんなでたらめが流されたことが、どうにもがまんならなかった。明日美の供述がわからないから、よけいにだ。

島本は明日美が連行された湾岸警察署にいってみたのだが、まったく相手にされずに追い返された。明日美の親に連絡をとり、一緒に明日美を守りましょうと呼びかけてみても、弁護士に任せているからと、会おうともしてくれなかった。

何もわからない。タレントにとっての父親ともいえる自分が、何ひとつわからないし、手を差し伸べることもできない。取材陣に囲まれたとき、自信満々に明日美について語った。しかしあのとき、取材陣がいちばん知りたかったことには答えられなかった。丸山と明日美はどうして知り合ったのか、どういう関係であったのか。

事務所の子たちに訊ねてみたが、明日美から丸山の話を聞いていた者はいなかった。ワイドショーやスポーツ新聞などをチェックしているが、そこでもふたりの関係について明確に語る者はいなかった。明日美はまだ駆け出しで、マイナーな男性誌でグラビアの仕事を三回したていど。芸能人として丸山との接点などあるはずもないのだ。しかもふたりが逮捕されたのは、丸山の知人の部屋。知人のところに連れていくというのは、親密な関係を窺わせる。

「おはようございます」と声が聞こえ、島本はパソコンに向けていた顔を上げた。

所属タレントの千鶴が入ってきた。とくにオフィスにくる用事はなかったはずだ。

「どうした。なんか用があったか」

「ううん。ただ、オフィスの様子が気になっただけ。まだ混乱してるのかなって思って」

明日美が逮捕された翌日、所属の子たちのほとんどが、心配してオフィスに集まってきた。彼女たちの前で島本は、みんなを守ると宣言した。あのときの高揚感が、いまはもう懐かしく感じられる。

「まだ、マスコミのひと、外に何人かいた。ライク・ヘブンのタレントさん？　って声かけられちゃった」千鶴は嬉しそうに、笑みを浮かべた。

なるほど、それが目的かと島本は得心した。千鶴は胸が大きく開いたセーターを着ていた。胸の谷間を強調するそれは、彼女なりに考えた、グラビアアイドルらしい服なのだろう。

明日美が逮捕された翌日に集まってきたときは、確かにみんな動揺していた。けれど次の日以降は、いまの千鶴みたいに浮き立っている感じだった。ブログにアクセスするひとが増えたとか、仕事先で明日美のことを訊かれたとか、注目されるのが嬉しそうなのだ。島本は、彼女たちのそんな気持ちを責める気はなかった。ただ、自分の前では見せないでほしい。

「オフィスのなかは、もうだいぶ落ち着いたから大丈夫。とくに用がないんだったら、月子ちゃんと、昼食にでもいったら」

そろそろ正午だ。事件以来、月子とは一緒に食事をしていない。

「でも、いくときは別々にでて、お店で落ち合ってくれよな」

そう言い足すと、千鶴はなんだかスパイみたいと笑った。

ふたりで相談し、ランチの店を決めたようだ。先にオフィスをでることになった月子が立ち上がったとき、電話が鳴った。月子がデスクに向かったが、先に島本が受話器を取った。

「はい、ライク・ヘブンです」

すぐにぼそぼそした声が聞こえ始めた。一瞬、またいたずら電話かと思ったが違った。

「週刊ラストの記者をしている飯島といいます。藤川明日美さんの事件で取材をしていまして、いくつか確認したいことがでてきたのですが、話を聞かせていただけませんか」

島本はとくんと心臓が跳ねるのを感じた。自分はこれを待っていたのだ、と突然思えた。一流の週刊誌。暴きだした秘密。

「わかりました、すぐにどこかで会いましょう」


飯島とは事務所から近い、マークシティのなかのカフェで会った。

飯島は島本よりいくらか年下の三十代後半。地味なスーツ姿だった。名刺交換をして、週刊ラスト編集部の文字をしげしげと眺めた。文字そのものにパワーが秘められているのではないかと思えるくらい、見ているだけで心強く感じた。

飯島はあまり笑わない男だった。この度は大変なことで――、と労《ねぎら》いの言葉をぼそぼそと言ったが、温かみは伝わってこない。ひとの秘密を暴くのが得意そうだ、と期待した。

「現在の明日美の状況を教えてください。どんな供述をしているのか、どんな様子なのか」

島本はいきなり訊ねた。飯島は四の五の言わずに、一度頷くと口を開いた。

「どんな様子かはわかりませんが、概ね罪を認めているようです。覚醒剤を使用したことも、所持していたことも」

「――所持って？」一瞬聞き逃しそうになったが、島本は言葉をしっかり捉えた。

「所持は所持です。現場にあった覚醒剤は彼女のものだということです」

「そんな――」

「警察との細かいやりとりは、私にはわかりません。ただ、そういう話が耳に入ってきた」

相変わらず不明瞭だったが、飯島は遮るように言った。

島本は明日美が覚醒剤を所持していたという事実を、どうにか呑み込もうと努めた。

「ただ、警察がもともとマークしていたのは丸山でまちがいない。常習的に使用していたことを把握していたはずです。だから、藤川さんは丸山に頼まれて、覚醒剤を入手した可能性もあるのではないかと、私個人は考えています。それで、正直にお答えいただきたいんですが、彼女に覚醒剤を使用しているような兆候はありませんでしたか」

飯島は、汗が多い、言動がおかしい、などの例を挙げた。島本はもちろんないと即答した。

「藤川さんの親御さんにはお会いになりましたか」

「いいえ、会ってくれないんですよ。用があれば弁護士のほうから連絡すると言って」

「藤川さんの親御さんと、丸山の事務所の幹部が接触しています。藤川さんについてる弁護士は、どうやら、丸山の事務所が手配したようですね」

「丸山の事務所って、原井オフィスですよね。なんで――」

「おかしな話ですよね、一緒に捕まった愛人の弁護士まで事務所が面倒みるなんて。考えられるのは、丸山に有利な判決を得るため、藤川さんをコントロールしようとしていること」

理由などどうでもいい。明日美の親は自分の娘が所属する事務所ではなく、愛人が所属する大手を頼った。島本は恥ずかしさで、顔が熱くなった。同時に、明日美を奪われたような口惜しさも感じた。大きな足に踏みつけにされたような気分だった。

「それでもおかしいと思いませんか。有利な判決ってなんでしょうね。丸山は初犯です。もし丸山が覚醒剤を自分で買って使用していたとしても、いい弁護士をつけてやれば、普通に執行猶予ぐらい勝ち取れる。わざわざ藤川さんに自分の息のかかった弁護士を差し向ける必要はない。覚醒剤以外に何かあるのかもしれない。藤川さんに喋られたら困ることが」

それもどうでもいいこと。明日美の親が、原井オフィスを頼ってもいい理由にはならない。

「藤川さんの親御さんは、島本さんが会いたいと言ったのを拒否したんですね」

島本は口を開かず、頷いた。

「それは、原井オフィスからの指示だったのかもしれない。なんで事務所がそこまで動くんでしょうね。あそこは黒い噂がある。もしかしたら事務所も、背後にいる大きな組織の指示で動いているのかもしれない」

ぼそぼそと喋る飯島の言葉には説得力があった。大きな組織、と島本は頭のなかで呟いた。

「ところで、ふたりが警察に捕まったのがどこだかご存じですか」

「丸山の友人の部屋だって聞きましたけど」

「そう、ある企業の接待所で働いている男の部屋なんですが、男はそこで暮らしているわけではないようです。西麻布にあるマンションで、普通の勤め人が借りられるような家賃とも思えない。なんだか、おかしな話です。あと、丸山はこの友人から、藤川さんを紹介されたと言っているようです」

明日美がどうして丸山と知り合うことができたか、疑問に思っていたが、間にひとが入っているなら納得できた。大物の俳優をぽんと紹介できてしまう人物とは何者なのだろう。

「この男は現在、企業の接待所で働いているのですが、かつては大手のモデル事務所でマネージャーをしていた。だから丸山と接点をもっていても不思議ではないんですが、藤川さんとはどういう繋がりだったのかを知りたいんです。北林政志《きたばやしまさし》という名を聞いたことはないですか。モデル事務所、ヘリテージの元マネージャーです」

「いや、聞いたことないですね。もちろん、ヘリテージは有名ですから知っていますけど」

言ったあと、島本の記憶の扉を何かが刺激した。ヘリテージをもっと身近に感じられる何か。——そうだ、有名だから知っているのだけれど、それだけじゃない。扉が大きく開いた。

「どうかしましたか」飯島が目を細めて訊いた。

「なんでもないです。昔、ヘリテージのモデルが好きだったなと思いだしただけで」

島本は笑ってごまかした。

ヘリテージ。それはかつて、高橋月子がモデルとして所属していた事務所だと思いだしたのだ。そして、明日美をスカウトしたのも月子だった。

6

ガードレールに腰かける田伏に、黒人の男が突然話しかけてきた。大きな身振りで、早口な英語を繰りだす。

「何言ってるか、わかんねえよ」田伏は大柄な男を見上げて言った。

「コレハ、刑事サン、スミマセンデシタ」男は腰を折り、急に甲高い日本語で言った。

いったいなんなんだ。陽気に体を揺らしながら離れていく、男の背中を目で追った。考えるのもばからしい。ただ適当に言っただけだろう。自分に刑事の臭いが残っているわけはない。田伏はふんっと鼻で笑う。口元がにやけている自分に気づき、気持ち悪く思う。

田伏は手にしていた携帯を耳に当てた。ふざけた酔っぱらいに声をかけられないよう、電話をかけている振りだ。視線は通りを挟んだ斜め向かいのビルに据えてはずさない。退屈を紛らわすことなどできなかったが、それでかまわなかった。

仕事に楽しさなど求めたことはない。それは刑事であるときから変わらない。それでもあのころは犯人逮捕にいたれば大きな喜びを味わえた。地道な捜査の先にそれが待っているからこそ、どんな退屈な仕事にも耐えられるのだと思っていたが、そうでもないようだ。この仕事をやるようになって、田伏は自分の忍耐強さを知った。とくに大きな報酬が待っているわけでもなく、刑事のころのように結果をだす喜びがなくても、退屈さを淡々と凌いでいる自分にある日気づいた。仕事だけでなく、生きることにも自分は淡々と耐え忍んでいると。

人通りは増えていた。午後十時過ぎの芋洗坂《いもあらいざか》は、まだまだ駅のほうから下ってくるひとのほうが多い。田伏は車道を下ってきた一団に押しやられ、歩道に上がった。

焼き肉店の横にあるビルのエントランスに目を向けていた。入るときはそこからだったが、でてくるときは違った。二階がテラスのようになっていて、外から直接階段で行き来できる。

その階段を使って下りてきた。男ふたりに女ひとり。先頭にいるのがマル対、花井誠だった。花井は時折振り返り、すぐ後ろの、肩が剝きだしのドレスを着た女と話している。ゆったりとした足取り。ソフトスーツとでも呼ぶのか、カジュアルなスーツをTシャツに合わせ、いかにも遊び慣れた感じの服装だった。どこをとっても、精神的な余裕を窺わせる佇まいだ。

女の後ろから下りてくる男は、セーター一枚の軽装で、小脇にクラッチバッグを抱えている。花井はひとりで入っていったから、店のなかで待ち合わせしていたのだろう。

三人は歩道に下りてくると、立ち話を始めた。田伏は坂を下り、距離を置く。通りかかったビルの脇に、適当な外階段を見つけて数段上がった。ビルの陰に隠れて三人を監視した。

一昨日、中迫から依頼を受けた四人の調査対象者のうち、田伏が最初の調査に選んだのが花井だった。花井は以前にも身辺調査をしたことがあり、調べやすそうだと思えた。

花井がかつて所属していたのは烈修会系の市錬会だった。しかしいたのはたった一年ほどの間だ。それ以前は、甲統会系の三次団体、花井組の組長をしていたが、四年前にシノギがなくなり組は解散を余儀なくされた。どういう経緯で系列違いの市錬会に拾われることになったのかは知らないが、花井を引き取る市錬会の思惑はわかる。いつでも切れるとかげの尻尾にするのにちょうどよかったのだろう。他の系列からやってきた異分子。警察に摘発を受けたとき、罪を全ておっかぶせて、ひとりでやったことと言いやすい。組をかまえていたぐらいだから、それなりにできるやくざのはずで、シノギをまかせることもできる。たぶん、中迫の前任者が花井なのだろう。

花井が組を抜けたくなったのは、勝手の違う他系列の組織に馴染めなかったというのと、ひとの手足となって働くことにうんざりしたというのが理由のようだ。やはり一度自分の組をもって采配を振った人間が、使われる身に戻るのは難しいのだろう。そんな愚痴をこぼしているのを、何人かが聞いていた。

かつて暴力団の足抜けは簡単にはいかなかった。指詰めだとか制裁だとか、足抜けできないよう、それなりの罰が用意されていた。しかしシノギが激減している現在、やめたがっている組員を引き留める力が組織にはなくなっていた。それに、足抜けを希望する暴力団員の相談に警察が積極的にのるようになった。無理に引き留め、警察に泣きつかれでもしたら、内部情報が漏れたり、デメリットが大きい。あっさり認めるケースが多くなっているようだ。

しかし花井は知りすぎた男だ。かつてなら無理に辞めようとすれば命をとられたかもしれない。とにかく市錬会としては、辞めさせるにしてもそのまま放りだすわけにはいかず、身辺調査で、他の組織に移ることはないか、警察にたれ込むことはないかを推し量ろうとした。

花井の身辺に不穏なものはなかった。結婚していて子供がふたりいた。時間があるときは近所の公園でキャッチボールをしたり、子供とすごすことが多かった。組長時代の蓄えがいくらかあり、足抜けしたらそれで商売をやるつもりだと周囲に話していた。実際にその準備も始めていた。派手に飲み歩くこともなく、すでに堅気に戻ったような生活だった。田伏は見たままを報告しただけで、組織がどう判断したか知らないが、花井は堅気に戻った。

田伏が二度目に調査を行ったのは一年ほど前、定期健診みたいなものだったが、タイミングとしてはまさに調査をしておくべきときだった。花井は堅気になってから始めた焼き鳥屋を潰していた。離婚し、子供は元妻のほうについていき、ひとりになっていた。離婚の原因は店の経営難から口論が多くなり、嫌気がさしたのだと、元妻から直接聞いた。

店を潰した花井は、知り合いが経営する廃棄物処理業を手伝っていた。店を潰し家族に逃げられ、しょぼくれた顔をしていた。それでも、荒んだ生活というほどのものではなく、坦々と毎日をすごす姿は田伏にとって身に覚えのあるものだった。昔の仲間と会っている様子はない。まだ四十になったばかりで、もう一度花を咲かすことも可能な年齢に思えるが、そんな野心などまるで見えなかった。終わった男。野心も怒りも愛もない。面倒なことを起こしそうもない、というのは田伏の単なる感想で、探偵としてはただ見たままを報告した。

そんな花井が誰かに組織の情報を売ったりはしないだろうと思っていた。またしょぼくれた顔を見られるだろうと期待した。花井に特別な感情をもっているわけではない。ただ、花井とは因縁というか、共通点がある。甲統会系の夷能会《いのうかい》と武蔵野連合の真嶋との争いの余波で互いに仕事を失っていた。

　四年前、大規模な闇金組織が摘発され、それを取り仕切っていた夷能会の幹部、松中が逮捕された。逮捕されたとき松中はよほど頭にきていたのだろう、真嶋にやられた、あいつにたれ込まれたんだと大声でわめき、聞かれもしないのに、真嶋が闇金の実働部隊の長として指揮をとっていたこと、その後袂《たもと》を分かって、決着をつけようとしたのが多摩川河川敷での乱闘事件であることまで話した。事情聴取が始まってから松中は黙秘を通したため、それらは表にでなかったが、捜査関係者は、闇金組織は真嶋に潰されたという認識をもっていた。

　花井の組は夷能会の枝で、闇金組織の下で取り立てをしていた。なんとか摘発は逃れたようだが、闇金組織が壊滅したため、いっきにシノギがなくなり、組は解散に追い込まれた。

　恨んでいるかどうかは知らないが、花井は真嶋に自分の組を潰されたようなものだった。田伏は、そこまで真嶋から直接の影響を受けていなかった。

　多摩川河川敷乱闘事件の日、先輩刑事である高橋が岸川という男を殺害した。真嶋だと誤認してのことだった。田伏は高橋の事情聴取にあたった。本来は許されないことだが、田伏は聴取中、部屋をでて高橋をひとりにした。その間に高橋は首を吊って自殺をした。田伏は減給処分を受け、その後、依願退職をした。それだけだった。

　田伏は階段を下り、歩道にでた。ホステスが花井に手を振っていた。花井が何かを言ったのだろう、ホステスは花井の腕に手をかけ、しなを作る。また手を振り、頭を下げた。

花井と連れが歩きだした。田伏は慌てて後退した。六本木通りに向かうだろうと思っていたが、ふたりは芋洗坂を下りだした。車道にでて、こちらに渡ってくる。田伏は階段を駆け上がった。一階と二階の間の踊り場に立ち、真下を通る花井たちに視線を注いだ。

セーターの男が花井よりいくらか若いとわかった。花井の少し後ろを歩き、花井の言葉に大きく頷いている。主従関係がよくわかる。

人通りの多い歩道をふたりはスムーズに歩いていた。ふたりともそれなりに強面で、前からくる歩行者は、あるていど手前からふたりを避け、道をあけた。

花井の歩き方に威圧感はなく、どちらかといえば、チンピラに近い軽さがあった。ズボンのポケットに手を突っ込み、体を不規則に揺さぶり、軽やかに足を繰りだす。威圧感はないが、チンピラっぽい狂気はかすかに感じる。何より、生気が漲っていた。

一年前のしょぼくれた姿はどこにもなかった。六本木へくるまでもそうだったが、キャバクラで遊び、アルコールが入って、ますます花井の変貌は顕著になった。いったい何があったのだ。金が入った、あるいは稼げる仕事についたのはまちがいない。しかしそれだけではないはずだ。終わったはずの男が復活した。愛か、怒りか、野心か、何かを取り戻した。

花井たちが通りすぎると、田伏は階段を駆け下り、歩道にでた。ふたりのあとを追った。

六本木ヒルズの横を走る通りにでて、麻布方向に進んだ。そのまましばらく歩き、鳥居坂下手前のビルに入っていった。ふたりはエレベーターに乗り、三階に上がったようだ。そのフロアーには割烹料理屋があった。田伏は通りを挟んだ歩道に立ち、ビルを監視した。

日付がかわる前に、花井たちはでてきた。ひとり増えて三人になっていた。白髪頭の小柄な男が三人の真ん中にいた。六十前後ぐらいの年齢だろうか。地味なスーツにサングラス。背の低さを補おうというのか、やけに背筋が伸びていた。

いちばん若い、セーター姿の男が、歩道の端に寄った。麻布方向に顔を向けるのを見て、田伏はその方向に歩きだした。男はタクシーを拾おうとしている。

早足で男たちから離れた。二十メートルほどいったところで、やってきたタクシーがハザードランプを点灯させた。田伏は慌てて、男たちがいるほうの歩道に移った。タクシーは停車し、ドアを開けた。白髪の男が乗り込む。花井とセーターの男は歩道に立って見送る。

どうすべきか田伏は迷った。花井と別れたあとセーター姿の男を追うつもりだったが、白髪の男も気になる。道の向こうから空車のタクシーがやってくるのを見て、手を上げた。

白髪の男が乗るタクシーを追った。

前のタクシーをつけてくれと言って以来、運転手は刑事さんと、田伏に呼びかけるようになった。茶化しているだけかもしれないが、それでしっかりあとを追うならと、田伏は否定しなかった。実際、運転手は適度な距離をおいて、ときには無理をしながら、先行する車のあとを追った。もっとも、白髪の男が乗るタクシーは、ずっと真っ直ぐ進んでいたので、難しいのは信号のタイミングだけだった。六本木通りから国道246号に合流し、進んできた。環状七号線を渡り、駒沢をすぎたあたりで、まさかと、かすかながら勘が働いた。環状八号線をすぎ、二子玉川まできたときには、確信に近いものにまで変わっていた。多摩川の上にかかる橋を渡り、神奈川県に入った。すぐに右折し、多摩川沿いを走る。土地勘のない田伏でも、橋を渡ったあたりが川崎市高津区であることぐらいは知っていた。

先行するタクシーは左折して住宅街のなかに入った。田伏は運転手に距離をあけるように命じた。もう見失っても問題はないはずだ。つけられていると察知されるほうがまずい。

住宅街に入って一度角を曲がった。もう間違いない。小刻みな動きは、この界隈に目的地――たぶん住まいがあることを表している。田伏は次の角を曲がり、停めるように言った。

タクシーが停まって、ここはなんという町か訊ねた。運転手はカーナビを見ながら答えた。

「川崎市高津区の久地《くじ》というところのようですね」

「二丁目か」田伏は勢いこんで訊ねた。

運転手はカーナビに顔を近づけ、確認に手間取った。降りて住居表示を確認したほうが早いか。そう考えていたとき、運転手が嬉しそうな声で叫んだ。

「ああ、そうですよ。ここは二丁目です」

やはりそうか。

久地などという地名にはまるで馴染みがなかったが、田伏は今回の調査に際して、その名を記憶に刻んでいた。二日前、中迫から渡されたリストのいちばん上にあった人物、宮越武《みやこしたけ》夫《お》の住所が川崎市高津区久地二丁目だった。年齢は五十八歳。市錬会の元幹部だ。

7

外にでても誰も寄ってこなかった。

事件から七日目、さすがに張りついていても何もでてこないとマスコミ連中も気づいたのだろう。島本はがっかりしながら、あたりを見回す。声をかけてきたら、ハイエナどもめと罵《のの》ってやろうと、意気込んでいたから、肩透かしをくった気分だった。

島本は怒りが長続きするほうではなかった。マスコミに対しては、八つ当たり気味に怒りが湧いただけだったからなおさらで、ふーっと息をついたら消えた。代わりに本命に対する怒りが増した。いや、怒りというより、なんともいいようのないむしゃくしゃした気持ちだ。

道玄坂の路地裏から国道沿いにでて、歩道橋を渡り、ホテルに入った。この界隈のランドマーク的存在の高級ホテル。近くにあっても、足を踏み入れるのは初めてだった。

スウェットシャツに皺の寄ったチノパンというかっこうだったから気後れした。なんでこんなかっこうのときに呼びだすんだと、腹立ちが募る。エレベーターに乗り込み、十一階のボタンを押した。「ああ、いきたくね」と思わず口をついた。

結局のところ、怒りなどのとげとげした気持ちで自分を焚《た》きつけなければ、足が進まなかったのだ。いったい、大手の芸能事務所の幹部と会って、何を話せばいいのだ。暴力団とも繋がりがあると噂される事務所。社員だって強面《こわもて》なのではないかと考えると恐ろしい。

昨日、原井オフィスから電話があり、丸山と明日美の今後について事務所同士で相談しないかと提案があった。島本は原井オフィスと話すべきことなど、何ひとつ思い浮かばなかった。ただ、明日美の情報が何か得られるかもしれないと、その提案に乗ってしまった。

島本の心のなかは錯綜していた。気が重いだけでなく、明日美を奪われたような、敵愾心《てきがいしん》もあった。しかし、それは真正面から相手にぶつけられるものでもない。見かけ上、原井オフィスは、金をだしていい弁護士をつけてくれただけなのだから。

十一階の部屋。ドアを開け、部屋に迎え入れたのは強面ではなかった。「すみません、お忙しいところ」と眉尻をさげ、心がこもった声で言うのは、長身の整った顔の男だった。

強面ではなかったが、これはこれで対峙するのが嫌になる。渡された名刺には営業管理部長とあった。きっと仕事ができるやつなのだろう。服装は案外ラフで、ざっくりとしたセーターに太めのイージーパンツ。皺の数は島本のパンツより多そうだ。いずれにしても、どんなかっこうだろうと、この男はこのホテルに入るとき、気後れなどしないのだろう。

営業管理部長畑中太一は、島本にソファーを勧め、ポットからコーヒーを注いだ。

「相談というのは、どういうことですか」畑中が向かいのソファーに落ち着くと、島本は言った。喧嘩ごし、とまではいかないが、棘《とげ》のある言葉になった。

畑中は気にした風もなく、一度頷き口を開いた。

「藤川さんの保釈が決まりました」

「いつですか」島本は勢い込んで訊ねた。

「いつでも。取調べはもう終わりです。起訴され、あとは裁判を待つだけ。保釈金を払えばすぐに釈放されます」

「保釈金ですか」

いったん明かりが見えたような気がしたのもつかの間、島本は暗い気持ちになった。一千万円とか二千万円とか、高額な保釈金を払って釈放された有名人の報道を思いだしていた。

「保釈金は四百万円です」

「そんなものなんですか」

畑中は眉をひそめた。「それでも相場よりは高いようです。たぶん、有名な弁護士を雇えるくらいだから、このくらい払えるだろうとだした額ではないかと弁護士の先生はおっしゃってました。ちなみに丸山は五百万です」

意外に安いものなのだなと島本は思った。それでも一般庶民にとっては大金だ。

「保釈金はうちの事務所で立て替えさせていただきます。藤川さんの親御さんともそういう方向で話がついています」

「なんだろな。どうして自分の事務所のタレントでもないのに明日美にそこまでするんだろ。弁護士の世話もしたと聞いてますよ。ほんと、なんなんだろう」

島本は昂ぶる気持ちを抑えていた。それでも声が震えた。

「島本さん、失礼なことをしているのは承知しています。頭越しに勝手に話を進められて、不快に感じられていることと思います。申しわけありません。どうしてかという質問に正直に答えれば、もちろん丸山のためです。ふたりをトータルでケアし、警察に協力したほうが、スムーズに手続きが進む。起訴まで早かったのはそのためです」

つまり、スピードを金で買うということだと島本は理解した。

「それが第一の理由ですが、それだけじゃない。藤川さんは成人しているとはいえ、まだ学生です。丸山は五十に近い年齢でほんとにもういい大人なわけですから、もし藤川さんのほうから誘ったのだとしても、止める責任はあったはずなんです。それがこんなことになり、事務所としても責任を感じている。藤川さんへの支援はその気持ちの表れでもあるのです」

「明日美のほうから誘ったとはどういう意味です。明日美に罪を押しつけるつもりですか」

「かりに、そうだとしても、という話です。そういうことを私たちが議論しても意味がない。裁判が決めることです」

　綺麗な顔をしている人間は得だ。言葉も綺麗に感じる。信じようと思えば信じられる。ただ忘れていけないのは、自分はこの男個人と対峙しているわけではないということだ。この男は原井オフィスを代表しているだけだ。先日、飯島が言っていたことが、耳に残っている。原井オフィスには黒い噂がある、背後には大きな組織がいるのかもしれないと。

　飯島から丸山の友人、北林政志の話も聞いた。モデル事務所ヘリテージの元マネージャー。以前に仕事で関わった雑誌の編集者に北林を知っているか訊ねてみたら、知っていた。北林は統括マネージャーをしていて、業界でそれなりに幅を利かせていたそうだ。

　もちろん、月子にも訊ねてみた。すると、ヘリテージにはたくさんマネージャーがいたからよく覚えていないと答えた。北林は統括マネージャーで、その他おおぜいではない。覚えていないなんてことがあるだろうか。なんだか怪しいと思った。

　とはいえ、そんな月子への不信感はいまや小さなものになった。背後にやくざがいるかもしれない――いや、もう、いるとほとんど確信に近いものを抱いている原井オフィスに対する不信感にくらべたら、取るに足らないものだ。

「私たちの利害は衝突するようなものではないはずです。互いに所属タレントの今後を心配している。ふたりは罪を認めているのですから、起訴の内容がどうあれ、判決に執行猶予がつけばいいわけです。弁護士の先生によれば、ふたりともまず大丈夫だろうとのことです」

畑中の言葉は変わらず綺麗だった。島本は仏頂面で聞きながら、思わず頷いた。

「保釈金の四百万円ですが、今日中に納めようと思っています。ただ、ひとつ条件がありまして、それで島本さんにご足労願ったのです。今後、マスコミには接触しないでもらえますか。あと、釈放になった藤川さんとも。彼女とは会わないし、電話もしない。その条件を呑んでいただけるなら、保釈金を肩代わりします」

「なんだって。なんでそんな条件をつけられなければならないんだ」島本は大声をだした。

「スムーズに公判に進んでほしいですから。ふたりにはなるべく静かな状態で公判に臨んでもらいたい。保釈されれば、マスコミがまた騒ぎだす。それを最小限に抑えたいのです」

「マスコミに接触しないというのは、いいですよ。別に、話したくもないんだから。だけど、明日美に会うなというのは呑めない。会いますよ。うちの所属タレントなんだから、会うに決まってるだろ。会って本人の口から、今回のことがどういうことだったか聞かなければならない。その上で、できることがあるなら、彼女の役に立ちたいんだ」

「法律の知識があるんですか、お金をたくさんもってるんですか。失礼ながら、役に立てることなんてないと思います。ただ話を聞くだけでは意味がないと思いませんか」

「話を聞いて、なんでこんなことになってしまったのかがわかれば、二度と過ちを繰り返さないようアドバイスもできるだろ。俺は、彼女のことをいちばん理解してるんだ」

自分の声が言い訳がましく聞こえ始めたが、島本はかまわず言い切った。

「理解できているとは思えませんね。彼女がどうしてこんなことになったのか、わからないんですか。彼女は芸能人として売れっ子になりたかった、有名になりたかったからに決まってるじゃないですか。丸山と寝れば、大きな仕事がもらえるかもしれない。そう思ったからですよ。あなたがいい仕事を与えてあげられるなら、こんなことにはならなかった」

「ばか言うな！」震えないよう声を張った。「そんなわけないだろ。明日美は頭がいい子だ。俺が与えられるもの、与えられないもの、それがわかっていて、うちと契約してる。その範囲で一生懸命夢を追おうとしていた。だから、そんな焦っていたわけないんだ」

「夢は大きく広がっていくのを忘れたんですか。若いひとの夢をそんな小さいところに閉じこめておこうとしたのだとしたら、それこそ大きなまちがいです」

「うるさい、黙れ。俺は帰る」もう聞きたくなかった。島本は立ち上がった。

「ちょっと、待って。冷静になってください」そう言う畑中の声はさすがに冷静だった。

「島本さんの感情なんてどうでもいいことじゃありませんか。藤川さんにとってどうしたほうがいいか、真剣に考えましょうよ。あなたがどうしたいかじゃなく」

「俺は……」島本はそこまで言って、口を閉じた。明日美の役に立ちたかった。ただそれだけだ。しかしそれも、結局は自分がしたいことなのか。

「藤川さんに接触しないと約束できないなら、藤川さんは保釈されない。結局は会えないんですよ。あなたにとっても藤川さんにとっても、何ひとついいことはないんです」

いいことはある。大手芸能事務所の――この綺麗な顔をした男の言いなりにならないですむ。やはり自分がしたいことだった。島本は砕けるように、ソファーに腰を戻した。

「保釈後の藤川さんの面倒は私たちがみますのでご心配なく。マスコミからがっちりガードします。もちろんあなたからガードすることもできるのですが、排除するようなことはしたくない。だから事前にお願いしたわけなんです。これは私たちの誠意だとお考えください」

畑中は誠意を消し去り、最後通牒のように言った。

ホテルをでると、外は暗くなっていた。日が落ちるのがずいぶんと早くなった気がする。島本はくるときの倍くらいの時間をかけ、オフィスに戻った。

「お疲れさまです」

オフィスに入ると月子が言った。

島本はその声に救われた気がした。自分には帰る場所があるのだとほっとする。守るべきものがあっても、何もできない自分の非力さを思いしらされたあとだったから心にしみた。

結局、明日美には会わないと畑中に約束した。明日美のために辛い選択をしたのだとかっこよく考えるようにしたが、畑中に負けたのだという気持ちは拭えなかった。

デスクに向かっても仕事をする気にはならなかった。やることはたくさんあったが、こんな日はサボっても誰も文句は言わないだろう。

「月子ちゃん、仕事を早めに切り上げて酒でも飲みにいかないか」

島本は椅子にもたれ、気楽に誘った。パソコンに顔を向けていた月子がこちらを向いた。

「酔わせてどうかするつもりですか」

月子の顔に笑みが浮かんでいた。それは島本が見たいと思っている笑みとは違う。

血の気が引いた。頭の線が一本切れる感じがあった。

「ふざけるな！」島本はデスクに手を叩きつけた。「俺をなんだと思ってるんだ。俺は、社長だぞ。みんなのことを大切に思ってるんだ。本当にそうなんだ」

言葉が出尽くした。立ち上がってみても心の収まりは悪く、デスクをもう二回叩いた。

月子はぽかんと口を開け、島本に目を向けていた。

「あの、すみません。冗談のつもりだったんです。なんか疲れている感じだったので」

「……冗談なのか。そうか」

体の力が抜けていく。膨らんだ心も急速に萎《しぼ》んだ。あとには、ざらついた余韻が残った。

「そう、疲れてんだよな、俺。大声だして悪かった。今日は先に帰るわ」

島本は努めて明るい声をだした。横歩きで、デスクの脇にでた。ドアへ向かう。

「あの――」横を通りすぎようとしたとき、月子は顔を上げて言った。

島本は慌てて手を振り、それ以上言うのを止めた。月子の言葉を聞くのが怖くなっていた。

8

「ふざけんじゃねえよ。一発撃ち込んだろか」

ガラスをびりびり震わせそうなほど、圧力のある声だった。

いったいどんな体の構造をしているのかと訊きたくなるほど尾越の声はよく響く。迫力があるとかのレベルではなく、背中から手を突っ込まれて心臓を鷲掴みにされたような、気持ちの悪さを城戸崎は感じた。誰もがそう感じるわけではないだろう。尾越の大声は、酔っぱらうと手がつけられなくなるほど暴れた父親を思いださせた。眼鏡の奥の陰険そうな瞳に睨まれると、父親に殴られたガキのころの記憶が蘇り、くさくさした気持ちになるのだった。

ただ、城戸崎はそれを苦に思っているわけではなかった。尾越に会うのはせいぜい月に一、二回だし、たまには、死んだ父親のことを思いだしてやるのも悪くはない。

糞みたいなやつだったが、死に方も糞みたいだった。酔っぱらってどぶ川に転落し、そこで死んだのだ。朝、母親に言われて捜しにでかけた城戸崎は、父親の死体を発見し、石を投げてやった。そこらにあった石がなくなるまで投げ続けた。そこまで思い浮かべることができたら気も晴れる。いまもそうだった。尾越の声を聞きながら、にやにや笑っていた。

「あいつら、何様のつもりだ。ただちょっと、台湾のやくざと人脈があるからって、偉そうにすんな。――おい、城戸崎、何笑ってんだよ」

尾越が陰険な目で睨んだ。城戸崎は表情を強ばらせ、首を横に振った。

――また最初からやり直しだ。どぶ川にうつぶせになった父親の姿が消えていく。

「尾越さん、本当に弾を撃ち込む気ですか。そんなことしたら、やばいことになりますよ」

城戸崎は心配そうな表情を作り、言った。

「誰が俺にアドバイスしろと言ったんだよ。よけいなこと言うな」

白髪交じりの長めの髪をかき上げ、尾越は向かいのソファーに腰を下ろした。

隣に座る中迫は、ずっと腕組みをし、押し黙っていた。立場上、いま直面するこの問題に、いちばん頭を悩ませているのはこの男だ。喚《わめ》いても何も得るものがないとわかっている。

昨日、剣応会が覚醒剤を仕入れている台湾の供給元関係者が覚せい剤取締法違反、営利目的の密輸容疑で逮捕された。密輸組織の台湾人ふたりの他に、手引きをした日本人ひとりも挙げられた。貨物として輸入した建築資材のなかに仕込んだ覚醒剤を、倉庫に運び入れた直後、警察に踏み込まれた。押収量は百キログラム。末端価格でおよそ七十億円相当だった。

覚醒剤の大卸しは、剣応会のような大組織ばかりでなく、中小の組織も行っているが、扱う量は少なく、日本への密輸も自前で行うことが多いようだ。大組織の場合は、海外の供給元が、あるいは供給元と提携する密輸組織が日本に持ち込み、大卸しへ引き渡される。引き渡し前の段階で官憲に摘発、押収された場合、それは供給元の損失となる。

今回も剣応会に直接の金銭的損失はなかった。ただ押収された百キロのうちの多くが剣応会に渡るもので、代わりの覚醒剤が密輸されるまでは、一時的に供給量が絞られる。そのしわ寄せが市錬会にくることになって、尾越は焦り、怒っているのだ。あんたのところはトラブル続きで組織として信用できないから取引量を減らす、と剣応会の幹部に言われたそうだ。

次回の取引は予定の半分に減らされそうだという。在庫はあるが、それでは通常の商売は賄いきれない。他の大卸しにあたるか、仲卸し組織に融通してもらうか、早急に対処しないと取引先に逃げられてしまう。黙って腕組みをする中迫は、たぶんそのへんを思案している。

フロアーの音が、ここ個室のVIPルームまで伝わってきていた。クラブ・ポワソンはパーティーの真っ最中だった。イビサ島のクラブでレジデントを務めるスターDJの主催で、クラバーが大挙してつめかけている。パーティーが俺を待っていると城戸崎の心がうずいた。しかし、市錬会のドラッグビジネスが頓挫してしまえば、自分のパーティーも終わるのだとしっかり理解していた。だから城戸崎はソファーに腰を据え、中迫と尾越を窺っていた。

尾越が組んでいた腕を解き、手で膝を打った。妙案でも浮かんだのかと思ったが、口を開くと「ちきしょう」と吐きだした。

「剣応会のやつら、俺たちのトラブルが飛び火して自分たちもトラブルにみまわれたように考えているらしい。そんなわけねえだろ。俺たちのトラブルと、密輸組織の摘発が関係してるわけないんだ。次元が違う話だろ。それをよ……、ほんとむかつくぜ」

隣で聞いていた中迫が大きく頷いた。組んでいた腕を解いて、言った。

「ほんと、むかつきますね。一発撃ち込んでやりましょうか」

城戸崎はずっこけそうになった。ようやく口を開いたと思ったらそんなことだ。

城戸崎は暴力が嫌いなわけではなかった。暴力はときにパーティーを盛り上げるのに役立つ。しかし、尾越や中迫が口にした暴力はパーティーをだいなしにしかねないものだった。

もっとも尾越も中迫もそれがわかっているから、本気でやるつもりはない。覚醒剤はやくざにとっていまでは数少ない安定した収入源だ。表だって組同士がぶつかることはなかった。

だからこそ城戸崎はがっかりしたのだ。口先だけの意味のない言葉を吐く暇があったら、もっと建設的なことを考えてほしい。そのために怒りの捌《は》け口《ぐち》が必要なら、自分がいくらでもなってやるぜと城戸崎は思うのだった。


ノックをしたのかもしれないが、ぼんやり酒を飲んでいた城戸崎には聞こえなかった。いきなりドアが開き、てらてらした肌のぼうず頭が顔を覗かせ、ぎょっとした。

感情の読み取れないカオの黒々とした瞳が見つめていた。

「おじゃましますよ。ここにひとりでいるって、マネージャーから聞いたもので」

カオの後ろからナムが姿を現し、ＶＩＰルームに入ってきた。

「なんだい、パーティーにきてたのかい」

ナムは派手な色のシャツを着ていた。カオはいつものミリタリージャケット姿だ。

「市場調査ですよ。みんなドラッグをきめてるのかしら。いい感じにハイになってたよ」

きっとやってはいないだろう。城戸崎がここで売るのは顔だけだった。

「どうかしました？　また憂鬱な顔をしてますよ」ナムが腰を下ろして言った。

「別になんにもねえよ。俺だって人間だからな、気分に波ってもんがあんだよ」

「それは喜ばしい。自分が人間だと確信できるのですから、城戸崎さんは幸福ですね」

ナムは妙にしみじみと言った。なんとも次元の低い幸福だなと城戸崎は思った。

「人間であれば、社会の色々なごたごたは避けられないってことだよな」

「やっぱり、またトラブルですか」

城戸崎は曖昧に頷いた。

尾越と中迫は、なんの解決策も導きださないまま帰っていった。

「城戸崎さんも私も、ひとをハッピーにさせる仕事してます。だから、そんな顔をしていてはいけませんね」ナムは考え込むように腕を組んだ。

横に立っているカオがぐふぐふと鼻を鳴らした。目を向けると、にかーっと笑った。いや、歯を剝きだしているだけで、笑ってはいない。――ああ、と城戸崎は思い至った。上下立派な歯が並んでいた。先日落としたと騒いでいた入れ歯が見つかったことを伝えているのだ。

「そうだ、いいこと思いつきました」ナムは大声で言った。「パーティーを開きましょう。ここを貸し切って、内輪の人間だけを集めれば、いくらでもはめを外せるでしょう。私が主催しますよ。なんでもありのエキサイティングなパーティー。きっとすっきりしますよ。人間であることも、生きてることもありがたく思えるようになるんじゃないですかね」

「生きてることがありがたいって、いったいどんなパーティーだよ」

「それは動物になるってことですかね。本能を解き放てば、きっと生きる喜びでいっぱいになるんじゃないでしょうか。すてきな女の子たちを用意しますよ。あとはドラッグも」

「女の子はタイ人なのか」

「そうですよ。いけませんか」

「タイの女は、お金、お金、ってうるさそうだからな」

「そんなのは、日本の女の子も同じでしょ。口にだすか、ださないかの違いだけです。タイの子たちは、明るくてあっけらかんとしている。そこが魅力だと思いませんか」

「まあ、へんな駆け引きをするのも、面倒なときもある。あっけらかんとしているのはいいかもな。――いや、いいよ。なんだか、オ兄サン、オ金モッテル、とか言われてみたくなってきた。ただし、美人に限るぜ」城戸崎は気分が盛り上がってきた。

「もちろん、とびきりの美人を用意しますよ。――そうだ、タイ料理のケータリングもいれましょう。一夜限りのタイ・ナイト・パーティー。日頃お世話になってるみなさんに、私からの贈り物とさせていただきます。ぜひ、お仕事仲間もお呼びください」

「おお、みんな喜ぶぜ」尾越は参加できないだろうが、中迫はそれこそタイやフィリピンの女が好きだから、喜ぶだろう。

「ドラッグは何を用意しましょう。商売道具ですから、最高のものを見繕って。覚醒剤も用意しておきましょうか。合成麻薬だけじゃなく、うちでもいいのを提供できるんですよ」

ナムの言葉が急に商売っけを帯び、城戸崎は少し興ざめした。

9

谷口輝がマンションからでてきた。

田伏は助っ人に頼んだ同業者の森島に尾行を任せて、車から降りた。

谷口がでてきたマンション、パセラ赤塚に向かった。オートロックのエントランスを通りすぎ、隣のマンションの駐車場に入った。真っ直ぐ奥まで進んだ。

パセラ赤塚はオートロックだが、たいしたセキュリティーではなかった。外廊下になっていて、隣のマンションの上階に上がれば、住人の出入りもまる見えだった。

駐車場のパセラ側は、その外廊下に沿っていた。とくに塀などなく、パセラの外廊下の手すりが塀がわりのようなものだった。手すりの縁までは百八十センチほどの高さがあった。

田伏はワンボックスカーの脇に立ち、周囲を見回す。午後二時。住宅街であまり人通りはない。腕を伸ばし、手すりの縁に手をかけた。ワンボックスカーのバンパーに足を乗せ、飛び上がるようにして手すりの上に体を乗せる。足をかけて乗り越え、外廊下に着地した。

田伏はエントランスに向かい、エレベーターに乗った。四階に上がり、いちばん奥の部屋を目指して廊下を進んだ。その部屋を谷口が訪れたことを田伏は確認していた。

谷口は六本木で花井と一緒に遊んでいた男だ。その翌日も花井と会い、二時間ほど喫茶店で話をした。その後田伏は谷口のあとをつけた。

昨日までの二日間でわかったことはそれなりだった。住んでいるところと名前と年齢——三十三歳。あとは元暴力団員であることぐらいだ。元の同僚に問い合わせ、花井と同じく甲統会系の三次団体に三年ほど前までいたことがわかっている。尾行してみた感じでは現在勤めている様子はない。しかし、忙《せわ》しなく動いてはいた。一昨日も江東区、足立区のマンションを訪ね、最後にここ、板橋区赤塚にあるパセラ赤塚を訪れた。昨日は別々にふたりの若い男と会った。雑踏で待ち合わせし、ひとりとはカラオケへいき、二時間滞在した。何度か部屋の前を通ってみたが、うたっている気配はなかった。もうひとりとは百貨店の屋上へいった。多くの時間、谷口が一方的に話していた。それらの行動で見えてきたものはある。それをもう少し確かなものにしようと、このマンションに忍び込んだのだ。

六本木からあとをつけた宮越武夫は、監視しても谷口ほどの動きはなかった。

市錬会の幹部だった宮越が会を離れたのは、表向きは健康上の理由だった。実際に肝炎を患っているが、それよりも会のナンバー2である理事長と反目していづらくなったというのが本当のところらしい。仕事はしておらず、女に店をやらせて食わせてもらっている。同業者を雇って監視をさせたが、三日間動きはなく、ひとまず撤収させている。

田伏はいちばん奥の部屋の前にきて、しゃがみ込んだ。ドアに耳をつけた。すぐに男の声が聞こえた。何を言っているか内容までわかるほどはっきりしたものではなかったが、張りのある声はセールスをしているような調子だ。

声は途切れ、またしばらくすると聞こえてくる。ひとりだけではない。声が途切れた間に、かすかに他の声が聞こえていた。たぶん別の部屋で話しているのだろう。

聞いているうちにわかったのは、話が途切れるのは、電話で相手の話を聞いていたりするためではないかということだ。途切れたあとに始まる言葉が、その前に喋っていたことを繰り返しているように感じることも多かった。

田伏は立ち上がった。エレベーターが動いていた。階数表示のランプが上階に移動していく。この階で止まる可能性は低いと思いながらも、ドアの前から離れた。

外廊下を進む途中で、エレベーターは止まった。ドアが開いて若い女が降りてきた。田伏は女とすれ違い、そのままエレベーターに乗った。ドアの前にいたのは五分ほどだったが、やり残したことはなかった。谷口が何をしているのか、おおよそ理解できた。

たぶん谷口が訪れた部屋を回ってみれば、どこからもああいった声が聞こえてくるだろう。電話でのセールストーク。声が途切れるのは、断られるか、いきなり切られるかして、中断したから。そしてまた別な相手に電話をかけ、最初から始める。だから同じ言葉を繰り返していたのだ。しかし、何かしらの商品を売る普通のセールスとは思えなかった。

振り込め詐欺。あるいはそれに類する特殊詐欺をはたらくグループと見てまちがいない。昨日、谷口が若者と会っていたのは、新規メンバー採用の面接みたいなものだったのだろう。谷口は実行グループを管理する役目を負っているはずだ。花井がその上に立ち、指示を与えているのだろうが、グループの頂点にいるのか、さらにその上がいるのかはわからない。

田伏は下赤塚の駅に向かいながら、考え続けた。花井が市錬会のシノギの情報を売ったのか。田伏が考えるべきことはそこだった。そして注目すべきは金の動きだ。

花井たちがゆとりを漂わせ六本木で遊んでいたのは、詐欺で稼いだ金があるからだろう。しかし、無から金を生みだすことはできない。詐欺を始めるにも、マンションを借りる資金や、足のつかない携帯電話や銀行口座などの道具を用意する資金もいる。その金をいったいどこから得たのか。

花井がグループの頂点ではなく、誰かさらにその上にいて、資金もだしている可能性もなくはない。しかし花井は、自分の組を解散し、使われる身に戻ってみたものの、それが合わなくて足抜けした男だ。また誰かの下で働くとは思えなかった。

市錬会の情報を売って得た金を、特殊詐欺を始める資金にしたのではないか。筋は通っているものの、確証はない。中迫は確実な証拠がほしいと言っていた。

夜、助っ人を頼んでいるふたりの調査員から報告を受けた。谷口はあのあと別のマンションを一軒回り、自宅に戻ってそのあとは動きがなかったそうだ。花井のほうは、午後六時になってようやく自宅からでてきたが、また六本木のキャバクラにいっただけだった。

花井にも動きはあまりない。情報を売った相手と金を受け取った時点で縁が切れているなら、この先いくら監視を続けても接触することはないだろう。確実な証拠を摑むのはかなり難しそうだった。諦めたわけではないが、現時点でわかっていることを中迫に報告した。すると意外なことに、一発叩いてやるかと中迫は即断した。

翌日正午過ぎ、監視している調査員を撤収させ、練馬にある花井の自宅マンションに乗り込んでいった。中迫と中迫組の組員金杉、そして田伏も同行するよう求められた。

エレベーターもない、古いマンションだった。いきなり高い家賃のマンションに越して、金回りのよさをアピールするほどのばかではないようだ。花井が在宅していることはわかっていた。中迫がインターフォンに向かって名乗り、話があると告げた。

やくざの追い込みを初めて直に見た。ドアが開くやいなや、なかに押し入り、いっきに相手を制圧する。すっかり戦意を失っていても相手を殴り続けるところを含め、警察の踏み込みとかわりがなかった。ただ、警官のほうがたいがい興奮している。床に倒れた花井を蹴りつける中迫も金杉もいたって冷静に見えた。マスクで顔を隠した田伏も、なんの感情ももたずに、早くも血だらけになった花井の顔を見つめていた。

中迫が花井の上に馬乗りになった。殴りつけながら言った。

「お前、詐欺グループを組織したらしいな。いったい、どっからグループを作り上げる資金を手に入れたんだ」

中迫は手を止めた。花井は大きく胸を上下させる。

「早く答えろよ」

中迫はそう言ったが答える暇を与えず、また殴り始めた。

なかなかうまい尋問だ。相手に言い訳を考える余裕を与えない。いきなりの暴力によるパニックが抜けきらないうちにがんがん責める。

「お前が詐欺グループのトップにいることはわかってる。資金をだしたのもお前だろ。どこから手に入れた」

はったりも交える。そんなことははっきりわかっていない。

中迫は花井の髪を摑み、頭を床に打ちつけた。

「やめろ、言うから」花井が叫んだ。

「言ったらやめてやる」

ごつごつと花井の後頭部が音を鳴らした。

「裁判だ。民事裁判で勝ったんだよ」

「なんだと」中迫は思わずといった感じで手を止めた。

「詐欺グループを訴えて、金を手に入れた。その金で詐欺グループを作った」

「お前、ふざけてんのか」

中迫は花井の頭を床に叩きつけた。拳を顔面に浴びせる。

「おいよせ」田伏は一歩踏みだし、声を張った。

花井は冗談を言っているような顔ではなかった。ふざけた話だが、とっさに思いつくようなことでもない。

「判決書はもっているのか」中迫の暴力がやんで、田伏は訊ねた。

花井はマスクをした田伏に目を向け、怪訝《けげん》な顔をした。

「もってるぜ。それを見れば冗談なんかじゃないとわかる」

馬乗りになっていた中迫は立ち上がった。

見せてみろと中迫に言われ、花井は動きだした。

廊下から部屋に入った。六畳ほどの部屋は、チェストやハンガーラックやマットレスでいっぱいだった。花井はチェストの上にある厚紙製の書類棚から、書類を引っ張り出した。

「訴訟は一度じゃないのか」花井が手にした数枚の書類を見て、田伏は訊いた。

「三回続けて勝ったのさ」花井は手で鼻血を拭いながらにやりとした。

手渡された判決書を見た。原告はどれも花井誠。被告はパシフィックオーシャンリゾートなど、怪しげな会社名が記載されていた。一枚目の「主文」は、被告は原告に約束した四百万円を支払えとあるから、原告花井の勝訴であるのだろう。

「いったい、どういう裁判なんだ」

「こいつはいわゆる高額当籤《とうせん》金詐欺だ。一千万円が当たりましたから、手数料三万円を払ってください、すぐに振り込みますからってな。それで三万円を振り込んでも何も音沙汰ないから、訴訟を起こしてやったんだ」

「そんな明らかに嘘とわかる話に乗って、裁判を起こしたっていうのか」中迫が呆れたように言った。

「手数料を払ってるんだから、これはちゃんとした契約だ」

「しかし、そんな会社は実体がないはずだ。どうやって裁判に引っ張りだせたんだ」

田伏が言うと花井は目を向け、またにやりとした。

「あんたは、アドバイザーかなんかかい」

花井の顔から笑みが消えないうちに、田伏は一歩踏み込んだ。拳を繰りだし、渾身の力で花井の顎を打ち抜いた。花井は脱力したように、ストンと床にへたりこんだ。

「無駄口を叩かず、質問に答えろ」

田伏は言ったが、脳震盪《のうしんとう》でも起こしたか、花井はしばらく口もきけなかった。

「なんだっけ。ああ、そうそう、実体がないからどうにもできない。だから、最初は引っかかった振りをして、金を渡しただけで終わったんだ。しかし、一回引っかかると、同じような連中がわんさと押し寄せる。電子メールにずらっと怪しげな会社が並んだよ」

花井は座り込んだまま、得意げに言った。

「詐欺師でも、律儀なやつはいる。ずらっと並んだ会社をひとつずつ調べていくと、ちゃんと登記している会社のひとつやふたつはあるもんなんだ。その場所に事務所があることを確認したら、連絡をとって金を振り込んでやればいい。もちろん一千万が振り込まれることはないから、適当なところで、こちらから電話をかける。だいたい手続き上のトラブルで遅れていましたとか言ってくる。俺はそこで、あとあと向こうが払いやすいよう、減額しておくんだ。四百万円でいいから、すぐに振り込んでくれと。向こうはもともと払う気はないから、はいわかりましたとあっさり言う。さらに手数料を要求してくることもあるが、ちゃんと払ってやる。もちろん、電話のやりとりは録音している」

中迫は腕組みをして聞いていた。時折、田伏のほうに顔を向けた。本当のことかと問いかける目をしている。

嘘ではないだろう。判決書は本物であるし、拾い読みしてみたが、「事案の概要」に一千万円の当籤金の話がそのまま記載されていた。べらべらと素直に語るのは、中迫の暴力がきいたからだと考えれば、納得できる。しかし、どこか違和感があった。この男は中迫に乗り込まれるのを予期していたのではないか。判決書の入っている棚を迷わず開けたことなど、ちょっとした理由も見つけられるがそういうことではなく、ほとんど勘のようなものだった。

「そのあとは内容証明郵便をだして、訴訟の手続きさ。弁護士任せで大丈夫だ。すべてがうまくいったわけじゃないが、法廷にまで引きずりだした三件は、すべて勝訴で金も手にいれた。全部で七百万。遊んで暮らせる金じゃないが、商売を始める元手くらいにはなるだろ」

まずはひとつの拠点から振り込め詐欺を始めるのなら、それくらいで充分だろう。

「別に俺が考えだしたことじゃない。ひところ、シノギで食えない一部のやくざの間で流行《はや》ったようだ。なにしろ、住むところは借りられないし、銀行口座も作れない。だが、裁判を起こす権利は残されてんだ。これを使わない手はないぜ。もしかしたら都市伝説のようなもんだったのかもしれないが、そういう話を聞いて俺は覚えていた。そして実行して成功した」

「その金で詐欺グループを立ち上げたという証拠はあんのか」

中迫が訊いた。

「おい、いったいなんなんだよ。俺がどの金を使おうと、関係ねえだろ」

「証明できなきゃ痛い思いをするんだから、関係あるんと違うか」

中迫は酷薄な表情を見せたが、手をだしはしなかった。

「そんなもん、証明できるわけないだろ」

「訴訟でせしめた金は銀行口座に入れてないのか」田伏は訊ねた。

「もちろん入れたさ。もうやくざじゃないからな。預金通帳を見せりゃあいいのか」

見せろよと中迫に言われ、花井は立ち上がった。

「もうほとんど、資金に使っちまった。残ってないぜ」

通帳をもってきた花井は、それを差しだしながら言った。

田伏は受け取り開いた。中迫も寄ってきて覗いた。

八月に一件、九月に二件、訴訟により勝ちとった金が振り込まれていた。最初は少額だったが、九月の終わりごろから、数十万円単位で下ろし始め、いまでは残高が数万円ほどだ。

「じゃあ、詐欺のグループは立ち上げてまだ間もないのか」田伏は訊いた。

「九月から準備を始め、仕事として稼働を始めたのが十月だ。まだひと月ちょっとだよ」

「その割には羽振りがよさそうだな」

「こんなものは泡銭《あぶくぜに》だからな。金が入れば使っちまうだけさ」

「宮越さんと会っているらしいな」

中迫が言うと、花井は驚いたように顔を向けた。

「それがどうした」

「なんで会ってる。ただの飲み友達じゃないだろ」

「訴訟のとき弁護士費用をあのひとから借りた。その後の協力もお願いした」

「あのひとも詐欺グループに加わっているのか」

「まあ、そんなところだ」

「歯切れが悪いな」中迫は間髪を容れずに言った。

「上に立つ人間がふたりも必要とは思えない。やくざにケツ持ちを頼むならわかるが」

田伏は疑問をぶつけた。

「あのひとは、マネーロンダリングの指南役だ。そういうことには俺よりくわしい」

田伏は中迫に目を向けた。その視線の意味を察したらしく、中迫は頷いた。

「なあ、頼むから俺の組織を潰さないでくれよ。金を注ぎ込んで作り上げた。まだそれほど稼いでもいないんだ。頼むぜ」

「さあてな。どうしようかね」

実際、中迫は花井をどうしようか迷っているのだろう。田伏も同じ、判断がつかなかった。高額当籤金詐欺を訴え金を手にしたのは本当だろうが、市錬会の情報を売っていないとは言い切れない。それを判断するのに役立つことでもなかったが、田伏は根本的な疑問を花井にぶつけてみることにした。

「どうして、詐欺を始めようと思ったんだ。ついこの間まで、お前はしょぼくれていた。心に何ももっていなかったことは、外から見てもはっきりわかった。それがどうしてなんだ」

この男を焚きつけ、立ち上がらせたものはいったいなんなんだ。

10

「お客さん、明るいうちから、飲みすぎじゃないですかね」

店のおやじがカウンター越しに言った。

垂れていた頭を上げると、はっきりと迷惑そうな表情を浮かべたおやじの顔があった。

「すまない。俺は勘違いしていたようだ。場末の居酒屋には、糞みたいな酔っぱらいが似合うと思って演じてしまった。いつもの高級な男でいたほうがよかったか」田伏はそう言って、笑みを浮かべた。

迷惑そうだったおやじの顔に嫌悪の色が加わった。

田伏は満足して立ち上がった。「お勘定!」

高くはないが、安くもない勘定を払って、店をでた。池袋駅西口一帯のごちゃごちゃした繁華街を通り、駅へと向かった。

花井の血はあれ以上流れなかった。さらに叩いて吐かせるような手間をかけるほどの根拠は見つからなかった。もともと疑っていた、詐欺グループを立ち上げた資金のでどころがある程度納得のいくものだったので、花井をそのままにして田伏たちは退散した。

田伏の質問に花井は答えた。

「神のお告げがあったんだ」と花井は言った。お前はまだまだできると聞こえてきたから、その気になった。やってやろうじゃないかと発憤したのだという。その言葉を信じるならば、神のお告げというのは、自分の内なる声だろう。どうしてその声が聞こえてきたのか、どんなきっかけがあったのか、さらに問うべきだったのかもしれないが、田伏は訊ねなかった。

中迫は明日から別のやつを洗えと言った。

花井は白だときっぱり判断をつけたわけではないようだったが、いま監視をしてもぼろをだすはずはないから他をあたったほうがまだ生産的であるのは確かだった。

しかし田伏はやる気になれなかった。花井を監視して、情報を売ったのはこの男に違いないといったんは思った。いまさら心を切り替え、他をあたるのは、なんとも億劫に感じた。池袋駅で西武池袋線に乗った。各駅停車で四駅目、桜台で降りた。

北口をでて氷川台のほうへ進んだ。商店街を抜けると、閑静な住宅街に入る。名前から受ける印象と同じく、平和な感じのする街だ。平凡だともいえた。

ゆっくり十分ほど歩くと、駐車スペースに覆い被さるように、二階から上が張り出した三階建ての細長い住宅の前にでた。ここへくるまで、何軒も同じような住宅を見かけた。桜台を象徴する、平凡な建て売り住宅といえるのかもしれない。

田伏は郵便受けの横のインターフォンを押した。はいと聞こえた女の声に、田伏だ、と被せた。ほどなくして玄関が開いた。サンダルをつっかけた美枝子が、ドア陰に顔を見せた。

「どうして?」美枝子はいきなりそう訊いた。

「どうしてだろうな。俺は忍耐強くないとわかったからかもしれない」

適当に答えたが、たぶん会話は成り立っている気がする。

「どうしてくるの?」

美枝子は薄い眉を寄せて訊く。やはり、会話は成り立っていたようだ。

「久しぶりに顔が見たくなった。その答えじゃ平凡か」

「久しぶりって、この間きたばかりじゃない」

「この間って、あれは春だ。もう半年も前だぞ」

美枝子は溜息をつき、頭を大きく振った。「半年よ。半年の間にあなたと二回も顔を合わせる必要があるの。私たちはもう一生顔を合わせなくても不思議じゃない関係なのよ」

「元気か」田伏はドアノブを摑んで言った。

「あなた酔っぱらっている」

「そんなのは自分がいちばんよくわかっている。――元気そうだな」

「元気です。それが確認できたからもういいでしょ。帰ってください」

「赤ん坊はどうしてる。元気か」

「あなたに関係ないでしょ」美枝子はひときわ大きな声を上げた。

「落ち着け。顔を見せてくれなんて言いださないから。ただ元気かと訊ねているだけだ」

「どういう答えを期待してるの。病気にでもなってればいいと思ってるの？」

田伏は思わず目を見開いた。まさか美枝子に心を見透かされているとは思わなかった。未練があって訪ねてくると勘違いされていなくてよかったとはいえるが。

美枝子は三年前に別れた元妻だった。憎み合って別れたわけではなかった。ただ、ふたりでいると辛くなるだけだから、お互い楽になろうと別れたのだった。いまも憎んではいない。

ただ、不幸になっているのを期待しているだけだった。

「帰るよ。旦那さんによろしく伝えてくれ。もちろん元気なんだろ」

美枝子は口を開かなかった。顔を強ばらせ、怯えた目で田伏を見つめた。

田伏はノブから手を離し、背を向けた。

もうこない、と考えたが、前回の訪問のときもそうだった。前夫の訪問を受け、辛そうな顔をしているのを見て、それで充分だといまは思えるのだが――。

後ろでドアが閉まる音がした。田伏は駅に向かって歩を進めた。

平凡な街で平凡な幸せを摑んだ女が田伏には理解できなかった。優しい夫はまだいい。つまらない建て売りの三階建てもいい。どうにも理解できないのが、元気な子供がいることだ。生後十ヶ月の女の子。名前は恵美利。欲張りな名前だった。

美枝子も欲張りなのだ。また子供を産むなんて、どういう神経をしているのだ。春奈を忘れたのだろうか。春奈の死を脇に置いて、どうして自分だけ幸せになどなれるのだろう。

春奈は田伏と美枝子の間に生まれた子供だった。元気な子だった。心の優しい子でもあった。

四年前、警視庁を退職し、上司から紹介を受けた運送会社で働き始めた。最初の一週間は研修だった。会社員としてそのままでは使いものにならない三十八歳の新人を手厚くもてなしてくれた。研修が終わり配属部署に初出勤した日、会社から帰ってきた田伏を、美枝子と春奈は駅まで迎えにきた。驚かせようと、駅から少し離れたところで待ちかまえていた。

田伏は改札をでてしばらく進んだところで、ふたりの姿に気づいた。車道の向こうに、手を繋いだ妻と娘を見た。ふたりとも笑顔だった。田伏は立ち止まってふたりの姿を眺めた。そのときまで、正直警察の仕事に未練たっぷりで、新しい仕事への意欲などまるでなかった。けれどこのとき、美枝子と春奈のふたりさえいればいいと、心から思えた。家族一緒に暮らせるなら、どんな仕事だろうとかまいはしないと。

なかなか足を進めない父親に業を煮やしたのだろう、春奈は繋いでいた母親の手を振り払い、田伏に向かって駆けてきた。春奈は五歳だった。走るときは脇目も振らない。父親のことしか見ていなかった。田伏は不安を覚えて一歩踏みだした。そのとき、建物の陰から車がでてきた。春奈のほうへ進むのが見えた。

田伏は止まれと叫びながら駆けだした。しかし、もう遅いと心の底で悲鳴が上がった。春奈が車道に飛びだしたところに、軽トラックが突っ込んだ。悲鳴とブレーキの音が重なった。

車はそれほどの速度をだしてはいなかった。しかし、幼い体を引き裂くには充分だった。なんとかひと晩はもちこたえたが、翌朝、病院で息を引き取った。

小さな棺とともに家に帰ってきた田伏は、テーブルの上に置いてあった描きかけの絵を見つけた。春奈が自分からお父さんの絵を描くと言いだしたのだそうだ。顔は父親を直に見ながら描くつもりだったと言う。春奈はここへ帰ってくるつもりだった。当たり前のことだが、田伏はその事実を見せつけられ、さらに打ちのめされた。

時間が止まった。その絵を破り捨てない限りは時間が止まったままであることはわかっていたが、そんなことは誰にもできはしない。させはしなかった。のっぺらぼうの自分の顔を見ながらしばらく暮らした。結局、会社には二、三回出社しただけで辞めることになった。

夫婦の間に溝ができたのは互いに相手に対して悪い感情があったからではない。いつも春奈の死に対して互いに責められているような気がしてしまうからだった。春奈の死から一年がたって離婚したときは少しほっとした。春奈の描きかけの絵は田伏が保管している。現在の春奈への想いの違いは、それが手元にあるかないかの違いだけではないと思うが、いくらかは関係しているだろう。ただ、なんであろうと、自分たちの子供は春奈しかありえない。どうして、他の子供をもつことなどできたのか、理解ができなかった。

美枝子に対して憎しみがあるわけではないし、怒りがあるわけでもない。禁忌を犯したひとを見たような、嫌悪と恐れを感じる。春奈が天国で悲しんでいるのではないかという恐れだった。だから美枝子の不幸を探す訪問をした。美枝子が不幸になれば春奈が喜ぶと信じていたわけではなかったが、娘の悲しみを癒す方法がわからない父親の気休めだった。

新宿に戻り、酒を飲んだ。これも気休めだ。調査がうまく進まなかったことも、美枝子の不幸を見つけられなかったことも、輪郭がくずれぼんやりしていったが、形を失った分ひとつに融け合い、無性に苛々した。さらに二軒はしごし、気が晴れないまま、帰宅した。

上着を脱ぎ、セーターを脱いでTシャツ姿になった。物置部屋にいき、積んである収納ボックスを上から床に下ろしていった。いちばん下のボックスの蓋を開け、押し込められた、見たことがあるようなないような服をかきわけ、ナイロンのポーチを取りだした。

ソファーにいき、ポーチから取りだしたものをテーブルに並べた。ゴム管、注射器、針、覚醒剤の入ったパケ。田伏は鼻から大きく息を吐きだした。

キッチンにいき、小皿に水を張ってソファーに戻った。キャッシュカードで適当な量、たぶん四ミリグラムくらいを砕き、小皿に入れて水でといた。

この時間に打ったら、眠れなくなるだけで無駄なこと。寝てしまったほうがいいとわかるのだが、飲み屋からの帰り道に思いついて、打とうと決めてしまった。

二週間ぶりだから、とくに躊躇《ためら》う必要はない。もともと、自分が依存症になるとは恐れていなかった。頻繁に使っていたのは離婚の前後で、頻度も一回の量も増えていった。しかし、おかげでやる気がでて、探偵事務所を立ち上げることができた。ゴム管で腕を縛った。

天国にいる春奈に近づけるわけではない。最初のころはそんな期待をしたこともあったが、覚醒剤はロマンティックな薬ではない。気持ちを上向かせ、苛立ちや悲しみが消える。悲しみを忘れることに罪悪感を覚えないこともないが、春奈の記憶と自然に向き合えるようになるのだから、そこまで後ろめたく思う必要はない。

浮きでた血管に針を刺した。親指でゆっくりポンプを押し込んでいく。逆流した血が注射器のなかで煙のように渦を巻く。ポンプを押し切り、大きく息を吐きだした。

覚醒剤に即効性はなく、効くまで五分から十分はかかる。しかし、打ってすぐ、不思議と静かな気持ちになるものだった。効いてくると活発になって、じっとしていられなくなる。田伏はそんな薬の影響下にいるときより、むしろこの静かな時間が好きだった。

音にも気配にも静けさを感じる。春奈が迎えにきてくれるような気になる。もし、一緒に天国にいけると確信がもてれば、田伏は自ら命を絶つだろう。そんな危険をはらんだ静けさでもあった。幸いなのか残念ながらなのか、自分は地獄への切符しかもち合わせていない。

ふと、春奈が地獄までついていってもいいと囁《ささや》いたらどうするか、自問が浮かんだ。

尻のあたりがそわそわと急かされるような気分になって、田伏は即断した。

いこう。一緒に地獄にいこう。

家族と一緒にいられるならどんな仕事でもかまわないと思った、あの日の感覚と同じだ。地獄でもかまわない。春奈は自分が守ってやる。

地獄へのいき方はわかっていた。覚醒剤の量を増やしていけばいいだけだ。中迫に言えば、いくらでも用意してくれるだろう。田伏は想像した。どんな宗教観ももたないから、地獄の詳細はわからない。とにかく恐怖と苦痛しかもたらさないところだろう。しかし、手はいつも春奈と繋がれている。ひどく甘美な地獄が待っているはずだ。

11

三人の絶妙なハーモニーは天使のコーラスのようだった。まさに「天国祭」に相応《ふさわ》しい。当たりだな、と島本は胸を躍らせた。自分の読みが当たり、ぴたっとはまったときの気持ちよさは何ものにも代えがたい。才能など何ももち合わせていないけれど、こういうプロデュース力だけはけっこういいものをもってるんだよな、と自画自賛した。

来月十二月に開催されるライク・ヘブン主催のイベント、「天国祭」のリハーサルを、スタジオを借りて行っていた。

いまうたっているのは、うちの所属タレントのなかでも歌のうまい順に三人選んだ、即席のユニットだった。

「あの三人、ちょーうまい。ほんと、鳥肌立っちゃった」近くにいた舞子が話しかけてきた。

「まほちゃん、うらやましいな。歌もうまいし、顔もかわいいもん。やっぱ、テレビのレギュラーもてるのは、まほちゃんみたいな子だよね」

「舞子だって、まほにない、いいところがあるよ。テレビのレギュラーなんて、運とか相性に左右される部分もある。舞子にもそのうち回ってくるかもしれない」

舞子は溜息を響かせた。「そう言ってくれるのは嬉しいけどさ、映画のキャンペーンも二回で終わっちゃったし、そのあとも仕事、全然決まらないし、ほんとやんなっちゃう」

映画のキャンペーンは急遽ねじ込んだ仕事なのだから、二回でもやれただけラッキーといえた。しかし、その後の仕事という面では、島本も憂慮していた。事務所全体としてみても、なかなか仕事が決まりづらいのは、やはり明日美の事件の影響と思われた。

明日美は四日前に保釈になっている。原井オフィスが用意した車に乗り込むところをニュースで見て、島本は胸が締めつけられた。思ったほどやつれてはいなかったが、こんなことであの気立てのいい明日美が全国に晒し者にされるなんて不憫に思えた。すぐにいって言葉をかけてやりたかったが、自分はどこにいるかすらもわからないのだった。

「あああー、大物タレントと寝れば仕事くるのかな。だったらあたしもやる。覚醒剤はやだけど、寝るくらいだったらほんといいから」

「舞子、そういうこと言うもんじゃない」島本は思わず大きな声をだした。

三人の歌がやんだ。リハーサルスタジオが静まり返った。

「ああ、邪魔してごめんごめん。続けてくれ。――いや、休憩を入れよう。十分の休憩だ」

三人は怪訝な顔をしながらも、はいと声を揃えた。

「ごめんなさい」島本が顔を戻すと、舞子は言った。「でもほんとにそんな気持ち。誰かがそうやって仕事取るなら、あたしだってって思う。だって口惜しいもん」

舞子は言いたいことを言うと、くるりと背中を向けていってしまった。

島本は大きく息を吐きだし、喉元をさすった。舞子の言葉が明日美の言葉でもあるような気がして、喉元を締めつけられる感じがした。

「社長、ちょっと相談したいことがあるんですけど、いいですか」

織田翔子が駆け寄ってきて言った。

「どうした、初舞台に向けて、不安でもあるのか」

翔子は今年入ったばかりの新人だった。大きな舞台は今回が初めてだ。

翔子は言いにくそうに、うつむいた。「ちょっと、お金が関係することなんですけど」

「今日は大サービスで、お金のことでもなんでも相談に乗る。遠慮せず、話してごらん」

翔子は小さく頷き、顔を上げた。「あたしも同じなんです」

そう言われても、思いあたることが何もない。

「何が同じなんだい」

「明日美ちゃんと同じなんです。いろんな男のひとと寝てる」

「そうなの、かい」

驚きでうまく反応できなかった。それでも、その言葉の違和感をすくい取ることができた。

「いろんな、ってどういうこと。明日美は別にいろんなひとと寝てたわけじゃないだろ」

「同じなんです。あたしも明日美ちゃんも同じところでアルバイトしてた。お茶を運んだりもするけど、気に入られたら寝ることもあった。そこは有名な会社の社長や政治家が集まるところで、たまに芸能関係者もくるんです。丸山さんもそこにきてました」

「じゃあ、明日美はそこで丸山と知り合ったのか」

翔子は頷いた。

そんな話はどこの週刊誌にも書かれていなかった。島本の胸の鼓動が速まった。自分はとんでもない話を知ろうとしているのではないだろうか。

「あたしは、あまり薬を使うことはなかったんです。でも、相手が使うひとだったら、もたされてた。その薬を落としてしまったんです。そうしたら、やくざみたいなひとが、弁償しろ、金を払えって言ってきて。七十万円なんて、あたしに払えません。だけど払わないとどうなるか怖いし。それで社長に相談しようと思ったんです、どうしたらいいか」

「やくざから金を？　薬って、覚醒剤だろ」

どうしたらいいか、そんなことは自分だってわからない。

有名企業の経営者や政治家、そしてやくざまででてくるなんて、もう次元の違う世界だった。自分が足を下ろす地面に続いている同じ世界の話だとはとても思えない。

「どうして……。どうして、そんなことにふたりが関係しているんだ」

翔子は窺うような目で見た。「あたしと明日美ちゃんは一緒なんです」

「それはもう聞いたよ」

「そうじゃなくて、うちの事務所に入ったの、一緒なんです」

「一緒？　まあ、そうとも言えないことはないか」

入った時期は違うが、今年入った新人という意味であるなら、一緒とも言える。――いや、それだけじゃないか。

「もしかして、事務所に入るきっかけが一緒だったと言いたかったのか」

翔子は頷いた。

明日美も翔子も、スカウトしたのは月子だった。しかしそれが、ふたりが恐ろしいことに関わるようになったきっかけに、どう関係しているというのだ。「――まさか」

思いついた考えに、島本は啞然《あぜん》とした。背筋に寒気が走った。

「月子ちゃんなんです。スカウトされたとき、そのアルバイトも紹介してくれたんです」

12

深夜に入って、パーティーはどろどろに乱れていく。いよいよ盛り上がってきた。

城戸崎はＶＩＰルームを練り歩いた。ひとが楽しんでいるのを眺めるのはいいものだった。もちろん、それは自分が楽しめていてこそではあるが。

「タカヒロ、ここで始めんじゃねえぞ。お前のきたねえけつなんて見たくねえからな」

ソファーでタイ女の露わな胸を揉みしだき、舌をからませるタカヒロに言った。

すんませんとこちらに顔を向け、すぐに女の胸に吸いついた。

まったく、どんだけ女に飢えているんだ。だっせえなと思うが、しかたがないとも思える。いまや武蔵野連合の名前だけで、女がよってくるようなことはない。かつていい思いをした連中は、いつものものたりなさを股間にぶら下げているはずだ。

ナム主催のタイ・ナイトは盛況だった。武蔵野連合の生き残りたちがこれだけ集まるのは久しぶりだ。なんで食ってるのかわからないやつもいるし、ケツ持ちがついたり組員になったやつもいる。いいところを見せようと連れてきた、その友人関係もけっこういた。

城戸崎としては、シノギの手伝いに利用しようとしただけで武蔵野連合に思い入れがあるわけではなかった。それでも、リーダーともち上げられ、先頭に立ってバカ騒ぎした当時を懐かしく思い返すことはあったし、こうしてまた集まれば、気分は最高に盛り上がる。

関わりのある売人連中もきているし、中迫組の若い衆もかなりはめを外している。組長自ら、女の股間に手を伸ばしまくっているんだから当然だろう。

「おう大竹、今日はお前もはめを外していいんだぜ」

酒を運んでいる途中の大竹を捕まえて言った。

「大丈夫です。俺も楽しんでますから」

「きてるのは、先輩連中が多いからな。まあ、適当に相手してやれ」

大竹の二代あとで暴走族としての武蔵野連合は解散している。だから後輩は少なく、上を見あげればずらっとうるさいのが並んでいた。それでも、かつての大竹は生意気な後輩だった。代が離れすぎていて、自分の下で面倒をみるようになるまでのことはよく知らないのだが、先輩など屁とも思っていないという態度をとることがよくあったらしい。現在はすっかり丸くなり、城戸崎に逆らうことなどなかった。

四年前のあの事件のころは真嶋の下で働いていた。真嶋が消えたあとも、真嶋のグループを統率して、しばらくは振り込め詐欺をやっていたようだ。しかし、どういうわけか、そのグループを自ら解散させた。そして、しばらくぶらぶらしていたところを、城戸崎が拾った。

城戸崎は表向き真嶋と反目していたわけではないが、組織からの命を受け、真嶋潰しに動いていたので、真嶋の下にいた大竹を警戒していた。しかし、大竹はグループを捨て海外に逃亡した真嶋に怒りをもっていた。それを目に見える形で示したので、城戸崎は自分の配下に置くことに決めたのだ。

大竹は真嶋の幼なじみを殺した。真嶋が唯一心を許せる堅気の男をその手で殺したのだ。真嶋がその男――増田和幸を信用し、自分の片腕にしようとしていたことは組織の調査でも確認できていた。

無口で何を考えているかわからないところがあるが、城戸崎はおおむね大竹を信用していた。城戸崎が使う売人たちの管理もしっかりやっていた。

ＶＩＰルームをぐるりと回り、中迫がいるテーブルに戻った。タイ女を横にはべらし、中迫は優雅にシャンパンを飲んでいた。女の向こうにはナムが座っている。

「城戸崎さん、楽しんでる？」城戸崎がソファーに座ると、ナムが訊いてきた。

「まあな」

「まあなじゃ、だめよ。今日はいっぱい楽しんでもらわないと。――あれ、女の子がいないですね」

ナムはあたりを見回した。「ジャスミンちゃん、どこいるの」

城戸崎はナムの部下、カオを見ていた。ナムの傍らに立つカオは、鳥の骨にしゃぶりついていた。もう肉などついていないのに、時折舌鼓を打って満足そうに微笑む。相変わらずの不気味さだった。

「ああジャスミンちゃん、きた。はいそこ座って」

城戸崎の前に簡素なワンピースを着た女が現れた。肌の浅黒さでタイ人だとわかるが、それがなければ日本人と見まちがうような美形の子だった。よろしくお願いしますと舌足らずに言うのがなんともそそる。中迫がつまらなそうな顔でこちらを見た。うらやましいのだ。

隣に座ろうとする女の尻の着地点に、城戸崎はさっと手を置いた。女の尻が手の上に——。中指を上げると、綺麗に尻の割れ目に入った。きゃっと声を上げ、女は腰を浮かす。

俺はガキか。城戸崎は女の腰を抱え、自分のほうに引き寄せた。

「城戸崎さん、お薬はいりますか。今日はシャブも用意してますよ」

「いらねえ。俺はドーパミンがじゃぶじゃぶでる体質だから、必要ないのさ」

「それが正しいのでしょうね。売るだけで自分は手をださない。私もそうですから。でも、うちの覚醒剤を試してみてほしかったですね。ほんとにいいものだから」

「見ただけでわかる。濁りがなく綺麗な結晶だ」中迫がタイ女の内腿をさすりながら言った。

「さすが中迫さん。うちのはミャンマーから入ってきたもので、あそこは軍が管理してるから、すごく質がいいんです。かつての北朝鮮からのものは質がよかったでしょ。あそこは日本軍が昔建てた工場で国が管理して作ってたから上質だったわけです。それと同じくらい、いいものよ。保証します」

「なんだい、ナムさん。話が仕事臭くなってるぜ」中迫が女のスカートをまくり上げる。

「どうぞ、続けてください。ちょっとだけ、お耳を貸してください。中迫さんのところが、現在、苦しい状況にあると噂で聞いてます。ですので、何かお手伝いできないかと思っているのですよ」

「どう手伝ってくれると言うんだ」

「もちろん覚醒剤の供給です。足りない分をうちで用意します。必要なだけ早急にお届けします。この先長く取引ができるのなら、初回は大幅なバーゲンプライスを約束しますよ」

「ナムさん、勘違いしてるぜ。うちは仲卸しなんだ。供給元と直接の取引はやらねえ」

「中迫さん、いまはそんなのんきなことを言ってるときではないんじゃないですか。量を確保できないと、卸し先を他に奪われてしまいますよ」

　中迫は女の下着から手を抜いて、眉をひそめた。

「それに、いま表の世界ではＩＴの発達で流通のしくみがどんどん変わってきている。その流れはいずれ裏の世界にもやってきます。なかを抜いて、なるべく直接取引する方向に向かうのは目に見えてる。だからいまのうちに川上のほうに近づいておいたほうが、あとあと生き残る確率が高くなるように思えるのですが、どう思いますか」

「確かにな、生き残る方法は考えておかなきゃなんないだろう。だがな、ナムさん、裏の世界はそう単純には動かないぜ。なかを抜くという動きがあれば、こっちはそれを潰す方向に動くかもしれない。だから、そう焦って動き回ることもないんだよ」

それも単純な考え方だろうと城戸崎は思った。覚醒剤ビジネスは、やくざの世界にとっては大きく確実な収入源で、最後の砦ともいえた。それを守るため、売人の縄張り争いみたいなことはあっても、組織同士が覚醒剤がらみのもめ事でぶつかり合うことはない。警察の目を引き、ビジネスそのものを潰されるのを避けるためだ。だから、小さな組織でも、コネと度胸があれば、海外にいって直接買いつけていきなり大卸しを始めることもできる。もっともこれはやくざ内の話だ。海外の組織や堅気が参入しようものなら、排除の方向に動くはずだ。いまのナムの話でいえば、なか抜きを誰がやるかで、やくざの動きも違ってくるだろう。

「では現状に話を絞りましょう。どうなのですか、足りない分を補充する段取りはついたのですか。まだなら、ぜひ私のところで用意させてください。あとの話はいいです。今回だけでかまいませんので。大幅にディスカウントしますよ」

「まあそこまで言ってくれるなら、いい返事をしてやりたいところだが、やっぱ無理だな。

うちはあくまで仲卸しだ。そのスタンスは変えられねえ」

「その気にさえなれば変えられますよ」

ナムは励ますようにガッツポーズをとった。

「それにな、ナムさんたちと取引をするようになって、なんだかおかしなことが起こるようになった。げんをかつぐって言葉、わかるか。何も根拠はないが、経験則で、あることをしたりしなかったりすることだ。そのげんをかついで、ナムさんとは新たな取引をしない」

「私たちが疫病神だっていうんですか」

「気を悪くしたら、すまねえな。べつにナムさんたちが悪いって言ってるんじゃない。ただ、俺は昔気質のやくざだから、そういうことを気にするだけだ」

「わかりました。中迫さんに悪いことが起こらないように祈ります。心優しいですから、私たちは」

ナムは両の手を合わせ、頭を垂れた。カオが慌てたように、ナムと同じポーズをとった。

「すみません、お楽しみのところ野暮な話をしてしまって。まだまだ時間はありますから、存分に楽しんでください。食べものも残ってますね。城戸崎さん、いっぱい食べてください。いっぱい食べないと背が伸びませんよ」

「背のことは言うな」城戸崎はむっとして言った。

ナムはすみませんと言ったが、珍しく笑っていない。拗《す》ねたような顔をして立ち上がる。通路にでたとき、男がやってきてぶつかりそうになった。慌てて後退したナムがよろけた。

「おお、ジャスミン、こんなとこにいたか。なかなか戻ってこないから捜したぞ。早くこっちこい」

やってきた男が立ち止まり言った。調子外れの大声だった。

「おいおい、彼女はいま俺とお楽しみ中だ。俺が飽きるまで待ってなさいよ」

城戸崎はジャスミンの閉じた腿に手を差し込み言った。

「彼女は俺とひと晩つき合う約束をしたんだよ。だから俺のもんだ。邪魔すんな」

男は視点の定まらぬ目で城戸崎を見た。だいぶ酔っぱらっているようだ。

明るい青いシャツにグレーのウールパンツ。ありがちなパーティーファッションだけにださい。誰だ、こんなやつを連れてきたのは。見たことのない顔だから、誰かの連れだろう。

「ジャスミンちゃん、この男とそんな約束したのですか」ナムが訊ねた。

「十万円くれる、言ったから」

ナムは呆れたように頭を後ろに反らした。「それは大金。プライベートなことは私も何も言えない。――ねえあなた、十万円払って好きなだけ遊んでください。でも、パーティーが終わったあとね。いま彼女は仕事中だから、迷惑かけないで」

「俺のどこが迷惑だ。――お前、その手をどけろ」男は目を剝き、城戸崎に言った。

城戸崎は女のスカートの奥に手を伸ばしながら、にやにやと笑った。

「お前、いったい誰の連れだ。その答えによっちゃ、やばいことになるぜ」

大竹や中迫の部下がこちらに向かっていた。内輪のパーティーだから、暴力沙汰になっても止めはしない。それもパーティーのうちだ。

「誰の連れでもねえよ。俺は俺だ。好きなときに好きなとこにいくんだよ」

そう言ってテーブルを蹴り上げた。シャンパングラスが、綺麗に横倒しになった。

「うるさいね。この男、こっちでつまみだしてもいいですか」ナムが眉をひそめて言った。

「ああ、いいぜ。どこでも、こいつの好きなところに連れていってやってくれ」

「カオ――」

ナムがタイ語で何やら指示をだした。簡潔な言葉にカオは頷くと、男に向かった。

カオは長身の男の肩ぐらいまでしか背がなかった。男は近くにやってきたカオを見て驚いた顔をした。

「なんだよ」と男が口にしたとたん、カオは動いた。一歩踏み込み、男の足に見事な回し蹴りを入れた。バシンと小気味のいい音が響いた。

倒れかけた男の懐に肩をぶち込み、カオはそのまま肩に担ぐようにして男を引きずっていく。スタッフルームのほうへ向かう。男が意味不明な言葉を叫び、肘でカオの後頭部を二度強打した。カオは男を床に投げ捨て、頭を押さえた。

これは効いただろう。酔っぱらってはいるが、男もただ黙ってやられるタイプではない。カオはどうやって男を排除するか。城戸崎は余興気分で、眺めていた。

カオはポケットに手を入れ、何かを取りだした。それを右手の親指にはめた。中指にもはめる。鉛筆のキャップのようなものだ。男がよろよろ立ち上がった。蹴られた足が痛むのか、体が右に傾いている。怒りに顔を歪め、カオに殴りかかった。

カオはひらりと左にステップして、男の拳をかわした。男の腿の後ろ側に蹴りを入れた。のけぞった男の髪を左手で摑み、右手で男の腹を突く。男は息を詰まらせたような声を上げた。カオは男を抱きかかえるように、体を密着させた。右手で腹のあたりを突き続ける。

男がしゃくり上げるような声を二回漏らした。口を大きく開け、顔を強ばらせている。普通に殴られているときの反応ではない。さっき指に着けていたものはなんなのだ。

「おい、誰か止めろ」男が白目を剝いているのに気づいて城戸崎は言った。

カオが男を抱えながら、こちらを振り返った。向かいかけた男たちが足を止めた。

カオは顎を上げ、得意げな表情をしていた。男の鳩尾《みぞおち》あたりに当てていた手を離す。城戸崎はひゅっと息を吸った。五本束ねて尖らせた指が、男の体からでてきたように見えたのだ。

いや、指ではない。金属のキャップだ。

カオがものすごい勢いで男の腹を突きだした。まるでセックスの最中のように、一定のリズムで男の口から声が漏れた。確実にカオの指が男の体のなかに入っていく。

「やめさせろ」城戸崎は叫んだ。

男たちが動きだしたとき、「ひゅーっ」としゃくり上げる声が高まった。男たちはまた足を止めた。カオの手が男の体のなかにすっぽり入り込んでいる。ジャスミンが悲鳴を上げた。

カオは男の体から手を抜いた。手は血だらけ。指の先から、どろっとしたものが滴った。

男は床に崩れ落ちた。

城戸崎は腰を上げた。が、足に力が入っていなかった。一歩踏みだすのに時間がかかった。なんだ、これは。恐怖ってやつか。

倒れた男のところに、ナムが真っ先にいった。周りを大竹や中迫の部下が囲み、中迫、城戸崎が遅れていった。

仰向けに倒れた男。シャツの胸のあたりに血が染みていた。鳩尾のあたりは、生地に吸収されずに血溜まりになっていた。

「やりすぎてしまいましたね。だめです、死んでます」

ナムは首を横に振ると、険のある声でカオに向かって何やら言った。カオは眉尻を下げ、しょげた顔をした。指にはめた尖ったキャップを抜き取った。

「おい、どうすんだよ」中迫がナムに顔を向けた。

「やってしまったことはしかたがありません。死体の処理をお願いします。かかった費用は請求していただければ払いますので」

「処理ってなあ——」

「やるしかないでしょ」ナムが城戸崎の言葉を遮って言った。「私はこの日本ではたいしたこともできない。ドラッグビジネスを続けるためにはやってもらうしかないです。カオが警察に捕まりでもしたら、厄介なことになるのはわかりますよね。ですから、お願いします」

ナムは頭を下げると歩きだした。カオがそのあとについて進んだ。

城戸崎はナムから視線を外し、中迫に目を向けた。中迫はぽかんと口を開けて、死体を眺めている。

「さあ病院に運ぶぞ。まだ間に合う」城戸崎はこちらに目を向ける客を意識してそう言った。

ほとんど内輪の人間だから、どうにか口止めはできるだろう。

大竹が上着を脱いで男の胸にかけた。中迫の部下がスタッフルームのほうに運んでいく。

「中迫さん、こういうときにどうにかする方法があんでしょ」

「ああ、いま考えてたとこだ。なんとかする。とにかく、ドアを塞いで、誰もここからだすな。絶対にあの男はあとかたもなく消してやる。ナムたちの処分はそのあとだ」

中迫の声がいつもと変わりがなかったので安心した。城戸崎の足の震えも収まっていた。

13

自分は鈍感なのだろうか。島本はいつもと変わりのないオフィスをぼんやり眺めながらそう思った。

昨日までこのオフィスで働くことが自分にとってはこの上もない喜びであり、日々の生活に彩りを与えてくれていると思っていた。しかし、いまになって考えてみれば、会話が弾むわけでもなく、むしろ、触れてはいけない地雷のようなものに緊張していた気がする。そんなことを無視して素晴らしいものと捉え続けた自分の感性が、理解できなかった。

昨日スタジオで、翔子から、月子に紹介されたアルバイトの話を聞いた。月子はオフィスで留守番だったため、あのあと月子と顔を合わせたのは今朝になってからだ。それからずっと向かい合わせで仕事をした。どうして、夜の接待の仕事を紹介したのかと問い詰めることなく、普段通りに接することができた。やはり、自分は鈍いのかもしれない。

対決するのが怖くて先延ばしにしようという気はなかった。最初から、仕事あがりに、と決めていた。そろそろ六時。島本は月子に目を向けた。

パソコンに向かい、集中してキーボードを打っていた。もう就業時間も終わりだから適当に流していこうというような気配は見られない。いつもそうだった。

「月子ちゃん」

すぐには反応しなかった。強めにエンターキーを叩き、月子は顔を上げた。

「はい、なんでしょう」

「どうしてなんだ。なんで、翔子や明日美にあんなひどいバイトを紹介したんだ」

そう言っている間に怒りがこみ上げてきた。島本は気を静めようと、大きく息を吸った。

「昨日、翔子からすっかり話を聞いた」

月子の表情に変化はなかった。わずかに瞳を揺らしただけ。驚きもしなければ、怯えもしない。きっと、自分に知られたからといって、どうということもないと、侮っているのだ。

「何か言ってみろよ！」

島本は怒りを声にのせて吐きだした。

「なぜ、怒ってるんですか」月子は落ち着き払った声で言った。

「かけだしのタレントがキャバクラで働いたり、愛人になったりするのは、芸能界では当たり前のことじゃないですか。私が紹介したのも、それと同じようなたぐいのものです。明日美さんも翔子ちゃんも何をするのか理解した上で、話にのったんです」

「覚醒剤を使うことは聞いていなかったと翔子は言っていたぞ」島本は声を震わせた。

「それは私も……」

「知らなかったというのか」

明日美が逮捕されたと聞いたとき、月子はひどく驚いていた。あれは逮捕されたことに対してだけではなく、覚醒剤を使っていたことを含めての驚きだったのだろうか。

「知っていようがいまいが、結果的に明日美の人生を狂わせたんだぞ。それをなんとも思わないのかよ。俺が怒るのは当たり前だろ」

「責任は感じます。でも、やると決めたのは明日美さんです。断ることもできたんです。辞めたってよかったのに、薬を使いながらバイトを続けたのは、明日美さんの意思です」

「俺はそんなことが聞きたいんじゃない。どうしてだって訊いてるんだ」島本は遮って言った。「どうしてふたりをバイトに誘った。なんで、ここで働こうと思ったんだ。最初から、おかしなバイトに引き込む目的でうちに入り込んだのか」

月子の口から釈明が聞きたかった。誰かに脅され、しかたなくやっていたとか、父親が自殺をしておかしくなっていたのだとか、何か事情があるなら聞きたかった。

「ここで働こうと思ったのは、ただなんとなくです。ふたりを誘ったのは、自分でスカウトした子たちが立派なタレントになれるよう、お手伝いをしたかったからです。自分を磨くためのお金も、仕事をとるためのコネも必要だろうから、ちょうどいいと思ったんです」

「彼女たちのためになると思ったなら、なんで俺に話さなかったんだ。そんなことじゃないんだろ。何か理由があって、そのバイトをやる子を探していたんじゃないのか」

「社長は自分とは考え方が違うだろうと思いましたし、この芸能界の見方も違うと思ったので話しませんでした。バイトに誘った理由は他にありません」

「じゃあ、どうしてそんなバイトの存在を知っていたんだ。たまたま知っていたわけじゃないだろ。そのバイトを知っていたから、この事務所で働こうと思ったんだろ」

いったい自分は何を聞きだそうとしているのだ。どうやっても、自分が望むような理由を月子が言いそうにないともうわかっているのだから、とっととここから叩きだせばいいのに。

「たまたまです。以前にモデルクラブにいたとき、知ったんです。それだけです」

答える月子に悪びれた様子はまるでなかった。

「もういい、わかった。いますぐここから消えろ。もう二度と俺の前に姿を見せるな。うちの子たちにも近づくんじゃないぞ」

月子はすぐに腰を上げたが、パソコンに向かいキーを叩く。

「そんなのはいい。早くでてけ」

「すみません。ホームページに昨日のリハーサルの様子をアップしていました。途中なので、あとはよろしくお願いします」

月子がそう言って頭を下げるので、島本は無視することもできず、「ああ」と言葉を返した。なんだか負けたような口惜しさを感じた。

月子は席を離れ、ハンガーラックからコートとバッグをとった。

「お世話になりました。短い間でしたが、ありがとうございました」

そう言って深く頭を下げた。トートバッグを肩にかけ、ドアへ向かった。

「待て。俺が警察に通報するかどうか気にならないのか」島本はふと思いついて訊ねた。

月子は足を止め、こちらを向いた。

「警察にしらせるはずがないと思っていたのであまり考えませんでした」

「どうして俺が警察にしらせないと思うんだ」

「社長はこの事務所やタレントの子たちを大切に思っています。だから、警察にしらせて、これ以上大きなトラブルに巻き込まれるようなことは絶対にしないと思っていました」

見透かされていたと知っても、腹は立たない。ただ薄気味の悪さを感じた。

「この事務所は社長にとってまさに天国みたいなところですよね。自分にとっての最後の居場所。そこにたどりつけた社長は幸せなひとです。そこからはみだす必要はないんですよ」

「どういう意味だ」

「どういう意味でもないです。ただ幸せなひとだと思っただけです。それをだいじにするべきだと一般的な感想を言っただけです」

「警告のつもりか。首を突っ込むなと言いたいのか。首を突っ込むといったいどうなるんだ。痛い目に遭うとでも言うのか」

「わかりません。ただ、私に関わろうとすると、ろくなことにはならないと思います」

「俺が関わろうとするはずないだろ。でていけと言ってるんだから」

つき合わないかと言ったあのときのことを思いだし、島本はかーっと顔が熱くなった。

「ふざけるな。俺がお前に関心があるとでも思ったのか。消えてくれ。俺の前から消えろ」

激した自分の声が、滑稽に聞こえた。島本はドアに向かう月子から視線を外した。でていくのを待たずに、網膜から姿が消えた。姿だけでなく、記憶もすべて消えてくれと思った。

ドアが閉まる音が聞こえた。

しーんと静まりかえった部屋。しばらくオフィスのなかを、ぼーっと眺めた。それは現実の風景ではなく、空虚で薄ら寒い、心象風景のように感じた。

ここは天国なのか。月子の口からでた言葉。自分の仕事をそう形容されたのは初めてだった。自分でもそんな風に考えることはあまりない。「ライク・ヘブン」という事務所名は、この仕事を始めるとき、アイドルと一緒に仕事ができるなんてまるで天国だなと茶化して考え、そのまま事務所名にしただけだった。それでも、天国という言葉は、島本にとって特別、思い入れのある言葉ではあった。

島本の父親はプロテスタント系の牧師だった。両親と妹ふたりの五人家族で教会に暮らし、いつも神を意識させせられてはいたが、それ以外では、周りの友達とくらべても、とくに変わった生活ではなかったと思う。それは、母がさほど熱心な信徒ではなかったからなのだろう。親がクリスチャンで子供のころから教会に通ってはいたようだが、生活すべてを信仰に捧げるほどの熱心さは母になかった。父と結婚したのも、通っていた聖書読書会で若い牧師と出会い、たまたま恋に落ちただけで、信仰心とは関係ないようだった。

島本は幼いころから聖書の読み聞かせを受けていたが、アニメとゲームが好きな普通の子供に育った。信仰に厚く、子供のしつけにも厳しかった父親は、いっさいゲーム類を買い与えることはなかった。学校から帰ると、友達の家でゲームをすることが多かったが、かんじんの日曜日は教会の礼拝やその手伝いがあってなかなか遊びにいけないのが不満だった。

母の様子がおかしくなってきたのは島本が中学に入ったころだ。母は教会の仕事をあまり手伝わなくなった。信仰に対する疑問も口にするようになった。神を信じる者のみが救われるという教えや、自分が救われるため、天国へいくために隣人を愛するという考え方はおかしくないか、というようなことを子供たちの前で口にした。母はもともと博愛主義者で、それに通じるキリスト教の教えに興味はあっても、自分が救われることや天国にいくことには無頓着なようだったから、言っていることは以前と変わりがない。ただ、批判として口にするのは初めてだったから、島本は意外に思った。

母が妹ふたりを連れてでていったのは、島本が中学三年生のときだ。でていく理由は、夫婦関係においてあまりに平凡なものだった。母は父が浮気をしていることに腹を立て、別れることにしたのだ。父の浮気相手は、教会で開かれる聖書の会の生徒。二十代の主婦だった。天国マニアの女、と母は言った。まだ若いのに死んだあと天国にいくことを何より望み、そのために一生懸命神に祈りを捧げ、その挙げ句に、神に近づく早道だという、子供だましのような牧師の誘惑にあっさりひっかかってしまうかわいそうなひとだと嘆息した。しかし、自業自得だとも言った。自分の利益ばかり考えて教会にやってくるからそういうことになる。うちの信徒はそんなひとばかりだと嘆きながらでていった。

母の言っていることは真っ当だった。自分のためではなく、他人を愛し、広く多くのひとのために祈りを捧げるほうが愛に溢れている。しかし、島本の心には何も響かなかった。むしろ、子供だましの誘惑にのってしまうほど我を忘れさせる、天国というものの威力に衝撃を受けた。うちの家庭を壊した憎むべきものと認識しながら、それほどひとの心を惹きつけるものの存在に強い興味を抱いた。

　天国にいきたくなったわけではない。どれほど素晴らしくても死んだあとにしかいけないのであれば、意味はなかった。生きているうちに、天国マニアの女にとっての天国と同じくらい我を忘れさせるものに出会いたいと思った。

　ゲームは好きだけれど、父から止められればやらないでいられるのだから、それほどのものではない。では何かと、周りを見渡しても、心を惹きつけられるものはなかった。

　父親とふたりの生活は思いのほか快適だった。家族といて楽しい年ごろではなくなっていたから、三人がいなくなっても、それほど寂しいとは感じなかった。食事は金を渡され、コンビニやファミレスで好きなものを食べられたし、父が島本の生活にあれこれ口だしすることがなくなったので、好きなだけゲームをやることもできた。

　父と女の関係は続いているようだったが、父は楽しそうには見えなかった。めっきり寡黙になり、食事はまともに摂らないし、身だしなみも乱れがちだった。げっそり痩せて、無精髭が時折顔を覆い、牧師というより修行僧のようだった。しかし聞こえてきたところによると、日曜の礼拝のあとの説教に磨きがかかったと、教会の信徒からの評判は悪くないようだった。姦淫の罪を犯した父は、天国への道を絶たれた。それでも天国に必死にしがみついて、祈りを捧げているのだろうか。それが説教に磨きがかかった理由だろうか。

高校卒業後の進路にも父は何も口だししなかった。島本はコンピューターグラフィックスの専門学校に進んだ。そのころ島本は自分の天国を見つけた。テレビで放送される、アイドルユニットのオーディション番組に夢中になった。少女たちが必死になってデビューしようと奮闘する姿に心を動かされたし、応援したくなった。彼女たちがデビューしてからは、他県のコンサートまで追っかけ、実際に応援した。アイドルユニットのなかから、さらにいくつものユニットができると大忙しだった。

自分が彼女たちのいちばんのファンかと訊かれたら、悩むこともなく違うと答えただろう。他のアイドルに浮気することもしばしばだし、いきなり乗り換えることだってあった。応援しているときは真剣でも、気持ちが移るときはある。それを変に義理立てして気持ちを抑え、ひとりのアイドル、ひとつのグループを応援し続ける者もいるだろう。けれどアイドルは神ではない。いや、たとえ神だとしても、結局は自分の楽しみのために崇め奉るわけだから、自分の気持ちを抑える必要などないのだ。

自分の利益ばかり考える信者が多いと嘆いた母を、真っ当だとかつては思ったが、大人になってそれはまちがっていることに気づいた。

無私の心で隣人を愛し、祈りを捧げるのは尊いことではある。しかし、そんなひとばかりであったら、そもそも神様、宗教などは必要ない。救われたいという我欲を満たすために、あるいは我欲にまみれた人々に一定の歯止めをかけるために宗教は必要とされた。ことにキリスト教は性悪説をとっている。罪深い人間を救うための宗教なのだから、自分の利益ばかり考えるひとたちが集まっているなら、それは本来の目的にかなった状態ともいえるのだ。

あくまでも自分の楽しみのため、就職してからも全身全霊でアイドルを崇め奉った。三十歳を迎えるころには、メディアへの露出が少ない地下アイドルにはまり、ライブに通い詰めた。応援し、彼女たちが成長していくのを楽しんだ。そして十年前、三十二歳のとき、もっとアイドルに近づきたい、自分の手でアイドルを育てたいと思い、会社を辞めてライク・ヘブンを立ち上げた。

もともと、ライブ中心の地下アイドルを売り出すための事務所だった。ライブを企画し、ファンクラブを運営し、グッズを制作する。それをひとりでこなし、どれもが楽しかった。しんどいこともあったが、それすら楽しめた。ただし、月子が言ったような天国ではありえない。仕事だから、しんどい、ではすまないこともあった。

会社を立ち上げてから四年目。五人組の地下アイドルが順調に育ち、ライブをやれば一定のファンを確実に呼べるようになっていた。仕事の幅も広がり、小さなイベントなどにも呼んでもらえるようになった。ただ、それだけで食べていけるほどの給料はだせず、みんなバイトをしていた。ある日、事務所にファンから電話がかかってきた。おたくのタレントに金を騙しとられた。詐欺で訴えるぞという抗議の電話だった。

うちのタレントから、本人が着用したという衣服をネット経由で買ったが、値札がついた新品で、着用した形跡などなかったという。よくよく聞いてみれば、買ったのは下着で、数回着用して洗濯したものという触れ込みだったそうだ。

島本はメンバー全員を呼んで聞き取り調査をした。結局、五人のうち四人が、ファンに私物を売っていた。最初は着なくなったステージ衣装を売っていたが、数が限られるので、服や靴などに移行し、ソックスや下着にエスカレートしていった。ただ、洗濯ずみとはいえ下着を売るのは抵抗があるので、新しいものを買ってきて、洗濯して売ったのだそうだ。たまたま値札を取り忘れたものが交ざっていて、今回発覚することになったようだ。四人全員が新品の下着を偽って売った経験があった。

島本は愕然とした。ファンを騙すこと以前に、私物を売って小遣い稼ぎをしたことが信じられなかった。そんなのはアイドルのすることではない。ただ、問題にすべきは犯罪となりかねない行為に手を染めたことだった。その事実を重く受け止めた島本は、グループを解散し、四人を解雇した。残ったひとりも自分ひとりだけでは――と言って辞めていった。

島本は残念でならなかった。五人ともアイドルの活動を本当に頑張っていたのだ。しかしそれがあだとなったともいえる。振り付けの練習に励み、バイトの時間がなかなかとれなくて、楽なほうに流れてしまった。島本も反省していた。地下アイドルの生活とはそういうものだと当然のことのように考えていた。島本は再起をはかるにあたって、稼げなくて当たり前という考えを捨てることにした。デビューしてすぐに生活できるだけの給料を渡すことなどとうてい無理だが、少なくとも稼げる可能性のある売り出し方をとろうと決めた。地下アイドルは封印し、グラビアアイドルにシフトした。

それから六年、まほがレギュラー番組をもつようになり、小さな事務所にしてはよくやっていると思っていたところに起きたのが、今回の事件だった。結局、同じことの繰り返しだった。小さな事務所では、どうやってもうまくいかないものなのかと自信をなくす。

月子を追いだしはしたが、それで終わりではない。明日美には何もしてやれなかったぶん、翔子の力になってやろうと思っていた。警察には頼れない。脅された金を払う気もない。では、どうすればと考えると、胃が痛くなる。

いったい、ここのどこが天国なんだ。

島本は立ち上がり、月子が使っていたデスクに移動した。あらかじめ準備をしていたように、机の上はすっきり片付いていた。パソコンの画面に目を向けた。適当なキーをひとつ指で押すと、スクリーンセーバーが取り払われた。月子のやりかけの仕事が現れた。

ホームページにアップするはずだったニュースブログ。昨日のリハーサルの様子を伝える記事は、ほとんどできあがっていた。たぶん、最終確認をしていたところだったのだろう。

実際はリハーサルに参加していない月子が書いたものだから、文章はある意味、とおり一遍であっさりしたものだった。その代わりに写真がふんだんに貼りつけられている。振り付けの確認をする舞子の真剣な横顔。まほ、葉香、千鶴のユニット三人が大きく口を開けて笑っている姿。お昼のお弁当をかきこむ翔子。どれもいい写真だ。撮ったのは島本だが、選んだのは月子だ。スクロールしていき最後に現れた写真を見て、驚いた。タオルを首にかけた、むさくるしい中年男。自分の写真だった。

なぜこんな写真を――。うちの子たちのファンが見ても喜びはしないだろうに。

写真の下にキャプションがついていた。もちろん月子が書いたもの。

〈いちばん張り切っていたのは社長かも。うちの事務所のお父さん〉

それを読んだ島本は、ふいに熱いものがこみ上げてきた。

「ばっかじゃねえのか」思わず目を潤ませる、気持ちの悪い四十男に向かって言った。

そこに書かれた言葉が嬉しかったわけではなかった。ただそれを読んだとき、これらの写真を選んだ月子の、うちの事務所に対する愛情を感じ取ってしまったのだ。

島本は溜息をついて、椅子に腰を下ろした。カーソルを移動させ、最後の写真に合わせた。

クリック二回で写真は削除された。

14

田伏は飲食店の看板が並んだビルの地下に下りていった。金の龍があしらわれた看板の下を潜り、店内に入った。予約した田伏だと店員に告げると、店の奥にある個室に案内された。

「待たせたな」なかに入ると田伏は言った。

約束の時間ちょうどだったが、先にきていた植草洋太郎はビールを飲んでいた。きたばかりですと植草は言った。ビールの中瓶はほとんど空に見えた。

「わざわざ新宿まで足を運ばせて悪かったな」

「わざわざってほどの距離じゃないですよ」

植草は赤坂署組織犯罪対策課に所属する刑事だった。田伏の後輩で、四年前のあの事件当時は本庁の組対四課に所属し、自殺した高橋とコンビを組んでいた。

「それにここにきたのは、情報収集のためでもあるんですから」

植草はそう言って皮肉めいた笑みを浮かべた。

田伏もそれにつき合い笑みを浮かべたが、いまさらな皮肉で面白くもなんともなかった。

植草は田伏が市錬会と繫がっていることを知っている。組対で暴力団関係の捜査・情報収集にあたる植草にとって、田伏は情報源になりそうなものだが、実際は大して役に立たなかった。植草も市錬会と繋がっていて、田伏がもっているていどの情報なら知っている可能性が高いからだ。

植草が市錬会の誰と繋がっているかは知らない。刑事を辞め、覚醒剤を使うようになって中迫と繋がりができ、話をするうち、市錬会が植草から警察関係の情報をえていることを知った。それに田伏も乗っかって、警察関係の情報が欲しいときは、植草に頼むようになった。

暴力団と繋がっているからといって、植草が悪徳警官だというわけでもない。中迫によれば、飲食の接待には応じても、植草は金を受け取ることはないらしい。情報のやりとりをするだけで、交通違反をもみ消したりもしない。とはいえ、現在では情報の交換であっても暴力団員との交際は厳格に禁じられているから、ばれたら植草はまずい立場に立たされる。金ももらわないで、なぜ昔気質のマル暴刑事を気取るのかはよくわからなかった。

オーダーを取りにやってきた店員に、瓶ビールを二本追加し、メニューも見ずに、麻婆豆腐や餃子など、中華の定番を適当に頼んだ。

「どうですか、もうかってますか」

店員がビールを置いてでていくと、植草は田伏のグラスに注ぎながら言った。

「そんな必死に稼ぐ気はない。それでも、警官をやっているときよりはいい。――市錬会にもらう金を除いてもだ」

　変なプライドが頭をもたげ、田伏はそう言い足した。年若い刑事に鼻で嗤《わら》われると思ったが、植草は痛みでも走ったように口の端を上げた。

「刑事を辞めて、元の給料より稼げる人間なんて、そうはいないでしょ。田伏さんは成功者ですよ」

「俺が警察を辞めてよかったというのか」

　怒気を含んだ声が、口から飛びだした。

「いや、そんなことを言ったつもりはないですよ。……すみません」

　植草は頭を下げると、視線を外した。

「すまん。何をかりかりしてるんだろうな、俺は。ちょっと寝不足かもしれない」

　たぶん、そんな理由だろう。他の理由を考えるのも億劫だった。

「いいんですよ。ちょうどあれから四年。いろいろ思いだしてしまいますよね」

　確かに、高橋が事件を起こしたのは十一月の終わりだった。しかし、田伏にとって大きいのは、その後のことで、この時期、とくに心がざわつくことはなかった。

「思いだすのか」田伏は訊ねた。

「そうですね。とくに一昨日、田伏さんから連絡があって、なんだか色々思いだしました」

高橋が起こした事件は、この男が同僚の犯行ではないかと気づき、発覚した。きっと、気づいたときの衝撃はそうとうなものだったろう。そして最後は自殺での幕引き。心に影を落としたはずだ。

「俺を恨んでいたりするのか」

「まさか。自殺を選んだのは高橋さんです。田伏さんのことは何も――」

植草の表情は硬かった。何かしらの思いはあるはずだった。

高橋が自殺したとき、上司や上層部からは当然、叱責を受けた。しかし、仲間うちからは責めるような言葉はほとんどなかった。それどころか、よくやったなと労いの言葉を何度かかけられた。不祥事を起こした警官は警察の恥。連日マスコミで報道され、恥をさらし続けるくらいなら、最後は潔く自ら命を絶って終止符を打てと望む古い体質の警官はいまだに大勢いた。そういう警官たちは田伏を同類だと思っていた。

高橋は事件発覚後、わりあい素直に岸川を殺害したこと、真嶋と誤認したことを認めた。しかし、なぜ真嶋を殺害しようと思ったか、その動機は語ろうとしなかった。

殺害を認め、犯行状況なども詳しく供述していたので、いつでも検察は起訴できるが、身内の重大事件だけに、警察としてはできるだけ手元に置いておきたかった。動機の解明が終わるまでは――、となんとか検察と話をつけてはいたが、それでも限度はある。

あれは翌日に勾留期限が迫った寒い日だった。高橋の様子はいつもと違った。取調べに入る前に、「クリスマスは家族と過ごせたのか」と珍しく高橋のほうから話しかけてきた。「夜、寝顔だけ見にいきました」と田伏が答えると、「娘さんだったな」と高橋は言った。そうですと答えると、高橋は笑みを浮かべて頷いた。しかし、取調べを始めるとこれまでと変わらず、動機について質問がおよぶと固く口を閉ざした。

取調べにはいつも監察官がひとり同席していた。取調べ中、口を挟むことはないが、細大漏らさず高橋の供述を聞き取ろうと絶えず集中していることは窺えた。午後に入って、その監察官の携帯電話が鳴った。監察官はしばらく休憩だと言って取調室をでていった。自分がいない間は何も話すな、ということだ。田伏はそのつもりだったが、いきなり高橋のほうから供述をする意思をしめした。

「俺がなぜ、真嶋を殺そうと思ったか知りたいんだろ」机に両手を置き、前屈みになって言った。「警官としてはもちろん、ひとりの人間としても気になるだろ」

早口で言う高橋の顔には、かすかな笑みが浮かんでいた。

田伏は話を続けさせたかったからでもあるが、「気になりますね」と素直な言葉を返した。

高橋は田伏の手を押さえた。「メモを取るな。これは供述ではない。お前にだけ話すんだ。誰にも明かさないと約束するなら聞かせてやる」と顔を近づけ、血走った目を向けた。ひとまず約束して、あとで撤回すればいいと考えていた田伏に、高橋は畳みかけた。

「もし供述調書にしてもってきても、サインはしない。それどころか、供述をひっくり返す。これまでの供述すべてでだ。俺は殺していない。共謀はしたが、実行犯は別にいるとな」

この期におよんで容疑を否認されたら、目も当てられない。警察は何をやっていたんだと検察から罵倒されるだろうし、混乱は必至だ。起訴もできるし、否認以前の調書は有効だから、有罪にももちこめるだろうが、荒れた公判はマスコミの注目を集め、警察の恥をさらにさらすことになる。警察組織としては絶対に避けたいことだった。田伏個人としても。

決断は早かった。あとのことはまた考えればいい。ここで聞かなければ、ずっとわからないままの可能性もある。田伏は誰にも話さないと約束した。

高橋は娘の話を始めた。高校生の一人娘が真嶋のグループの罠にはまり、売春をさせられていた。ドラッグもやらされていた。高橋はそれをネタに脅され、刑事の魂を売るはめになった。だから殺そうと思った。お前も娘がいるなら俺の気持ちがわかるよなと訴えかけた。

高橋が話したのはそれだけ。詳細を知りたかったが、それよりもやらなければならないことがあった。田伏は正式な供述をするよう高橋を説得した。そういう動機なら裁判で情状を考慮してもらえる。ひとの親であるなら誰でも理解できることだからと高橋の腕を摑んだ。

田伏の説得を高橋はおとなしく聞いていた。力の抜けた顔をしていた。目が潤んでいるようにも見えた。田伏が話し終えると高橋は言った。

「俺の気持ちが理解できるなら、ひとつ頼みを聞いてくれ。供述するかどうか、ひとりになって考えたい。娘のことを考えたいんだ。少しの間だけ席を外してくれ。頼むよ」

田伏はあまり考えることもなく、腰を上げた。娘という言葉にほだされたからではない。熱に浮かされたような高橋の表情が死にゆく者に見えたのだ。死ぬ、と思ったわけではない。ただそういう表情の者の頼みは、聞いてやらなければと思えた。もちろん、同僚であり、先輩であるから、それに対する情もあっただろう。

実際のところ、あのとき自分が何を思ったか、はっきり覚えてはいない。潔く死んでくれと明確に考えていなかったことは確かであるが、自殺の可能性をまるで考えていなかったわけではないはずだ。取調室をでるとき、ドアを半分開けておこうと思ったのに、考え直してきっちり閉めたのを覚えている。あのときどうして気が変わったのか。

ドアの前に立っていた。時折耳に神経を集中させた。一度、かたっとかすかな響きを捉えたが、そのあとは何も聞こえなかった。

五分ほどたったときだった。何か胸騒ぎがしてドアを開けた。ただ、監察官が戻ってきやしないかと不安だっただけかもしれないが、そんな感覚だった。

パイプ椅子にくくりつけていた腰紐を解き、それを窓の格子にひっかけ首を吊っていた。

床に座るような体勢で、わずかに尻が浮いた状態で死んでいた。

のちに監察室の尋問を受けたとき、もの音を聞かなかったのかと田伏は何度も訊かれた。息ができない苦しさでのたうち回ったはずだと。しかし耳で捉えたものは、本当にかすかな音、一度きりだった。そもそも立とうと思えば立てるのだから、それを抑えられるなら、のたうち回るのも抑えられたのではないかと思う。とにかく恐ろしいまでの精神力だった。

高橋の死に際の告白は誰にも打ち明けなかった。裁判は開かれないし、本当のことを語ったか確認しようがないから、死者との約束を破ってまで話す意味もなかった。

あのとき、なんで取調室のドアをきっちり閉めたのだろうと、たまに考える。閉めていなければ、高橋を死なすことはなかったし、自分が刑事を辞めることもなかった。そして春奈が死ぬこともなかっただろう。田伏にとって、高橋の死は、そういう記憶でもあった。

「高橋さんの娘は元気にしているのか」

田伏が訊ねると、植草は、えっと驚いた顔をした。

「どうして、俺に訊くんですか」

「高橋さんの相棒だったから、年賀状のやりとりぐらいしているかと思っただけだ」

「まったくつき合いはないですよ。現在どうしてるか耳に入ってきていません」

「そうか、ならいい」

なんだかおかしな反応だと思ったが、とくに気にすることはなかった。

店員が料理を運んできた。丸テーブルにすべての皿がのってから、田伏は今日きてもらった用件を話し始めた。

「あらかじめ言っておくと、これは市錬会がらみの用件だ。やくざに話が筒抜けになる。もし何か情報をもっていても話したくなければ話さなくていい」

植草は頷き、餃子に箸を伸ばした。

「街に安い覚醒剤がでまわっているらしい。小売り価格に変動があるかどうかわからないが、売人への卸値が市場価格より大幅にディスカウントされているらしいんだ」

中迫からの新たな依頼だった。情報を売った人間を割りだすほうの依頼は後回しでいいから、この件について早急に何か情報がほしいという、ざっくりとした依頼だった。中迫自身、ひとづてに聞いた話のようで、はっきりしたことはわからないようだ。中迫の切迫した様子から、ディスカウントされたシャブの卸しを受けたのは市錬会が関係する売人なのだろう。

「何かそのへんの噂を聞いていないか。なんでもいい、調査のとっかかりがほしいんだ」

植草はビールで口のなかのものを流し込むとこちらに顔を向けた。

「どうした」

「その話、俺が市錬会に伝えたんですよ。三日前ですね」

ない。

驚きはすぐに落胆に変わる。植草がネタ元なら、市錬会が摑んでいる以上の情報は得られない。

「そうなのか」

「まあ、互いに接触している相手が違うから、こういうこともありますね」

植草は、売人をやっているやくざ者からその話を聞いたそうだ。その男は、別の売人から、市価よりも大幅に安く卸してくれる仲卸しがいて、そっちに乗り換えないかと誘いを受けた。話をもちかけたほうはすでに仲卸しを乗り換えているらしい。男はなんだか怪しい話だと思い、誘いを断った。どちらも、市錬会の枝にあたる、三次団体に所属しているようだ。

「ふたりの売人の名前とかまではもちろん伝えてません」

「ふたりが、供給を受けているのは、市錬会系からなのか」

「さあ、俺も薬物は専門じゃないんで。ただ、その話をもちかけてきたやつは、元ムサシのメンバーらしいです」

「それも市錬会には話していないのか」

「ええ。それを話せば、誰だか特定できるでしょうからね。べつに元ムサシの極道がどうなろうと知ったことじゃないですが、俺も刑事ですから、自ら引き金はひきたくない。だいたいいつもこんな感じですよ。情報は伝えますけど、中途半端で、連中が何か行動を起こすまでの確証は与えない。まさか田伏さんのお手間をとらせるとは思いませんでしたが」

酔いが回ってきたのか、言葉が軽かった。

「なんで市錬会の使いの、俺には話してくれるんだ」

「田伏さんだって同じじゃないですか。別にやくざが怖くてやってるわけではないでしょ。まあ、いろいろしがらみはあるんでしょうが、田伏さんから漂ってくるものは刑事とあまり変わりありませんから。言い方は悪いかもしれませんが、刑事ごっこをやってる感じだ。何を伝えても、分別をもって悪いようにはしないと信じてますから」

「刑事ごっこか」

「すみません。気を悪くしたなら、謝りますよ」

一瞬、むっとはしたが、言われてみれば、そんなものかもしれないとも思った。そして、田伏は花井のことを思いだした。活力を取り戻したあの男はやくざごっこか。——いや、やくざではない。

「なあ、面白い話を聞かせてやるよ。さっき、ムサシからやくざに転身したやつの話がでたが、やくざから半グレに転身するやつもいるんだ。考えてみたら当たり前だよな。半グレは、やくざみたいなめんどくさい組織を敬遠した不良がなるもんだが、やくざの不自由さをいちばんよくわかってるのはやくざなんだから」

「そういう人間を実際に見たんですか」

「つい最近、実際に会った。元組長や元幹部クラスが集まって、特殊詐欺をやってたよ。他にも何かやってるのかもしれない。もともと犯罪のエキスパートなんだから、いくらでもできるだろう。やくざみたいに、法律の網をかけられてないからのびのびしていた。これから、はやるかもしれないぞ、元やくざの半グレ化。頭の隅にでも留めておいたほうがいい」

植草は思案顔をして頷いていた。

「確かにありうる話ですね。ありがとうございます。でも、なんでそんな話を」

「やくざのほうが変化を恐れず、優れているのかもしれないってことさ。刑事は辞めても刑事ごっこがせいぜいだからな」田伏はジャケットの内ポケットに手を入れた。

「要は、買いかぶりってことだ。外からどう見えるかしれないが、俺の中身は刑事じゃない。分別なんてもち合わせちゃいない」

そんなことを見極められない植草は、やくざにも劣る。中迫なら、そんなへまはしない。

田伏はポケットから携帯を取りだすと、発信履歴から中迫の番号にかけた。

「ああ、田伏だ。元ムサシの売人が、市錬会の系列にいるはずなんだ。そいつが、激安シャブの仲卸しを紹介すると誘ったらしい。すぐに調べてみてくれ」

田伏は憤然とした顔の植草に笑いかけた。

15

城戸崎は耳に当てていた携帯を外し、電話を切った。

「やっぱり、繋がらねえな。だめですよ」正面に座る中迫に向けて首を横に振った。

「そうだろうな。普通は翌日には詫びにくるもんだ。それが四日もたって音沙汰ないんだから、もうタイに戻ったのかもしれない」

「どうですかね。なんか、ふらっと現れるような気もするんですよ」

城戸崎は振り返ってドアのほうに目を向けた。

ナムにきてほしいと思っているわけではない。どちらかといえば、トラウマみたいなものか。さすがにあれには肝を潰した。手を体内に突っ込み殺すなんて。心臓でも握り潰したのだろうか。死体を一時的に安置した部屋は血の臭いでむせかえっていた。思いだすと胃がむかむかしてくる。

遺体の処理はうまくいったと中迫は言っていた。どう処理したか、細かいことは聞いていない。よけいなことは知らないほうがよかった。

殺された男は、吉田啓一という名だった。大竹と同じ代の元ムサシ、上山の連れだった。

上山によれば、吉田は地元の友人で、前日クラブででくわし、あの日のパーティーに誘ったそうだ。前日たまたま会って誘っただけなので、吉田があのパーティーにいくことは誰にも知られていない可能性が高い。現在、ひとり暮らしであるのも、こちらには有利だ。不動産関係の会社に勤めているというから、いずれは捜索願いがだされるだろう。

パーティーにきていた者たちが、はたして口を閉ざしていられるか定かではないが、あれこれ気をもんでみてもしかたがなかった。でたとこ勝負で、対処するのは慣れっこだ。案外、どうにかなるものだと、経験上知っている。

「どうして宿泊先も知らねえんだよ。まったく危機管理がなってねえぞ、城戸崎さん」

自分だって知らなかったくせに。城戸崎はグラスを手にして、溶けた氷の水を口に含んだ。

「ブローカーのほうとは連絡がとれたんですか。ナムたちの居場所を知らないんですかね」

「宋《そう》さんと話はした。宋さんも、わからないそうだ」

ブローカーの宋は横浜に住む華僑で、日本のやくざに台湾や中国の組織を紹介する仕事をしていた。ナムが所属する組織を市錬会に紹介したのが宋だった。

「タイの組織とは連絡がとれるから、聞いてみるとは言っていた」

「じゃあ、何かわかったか連絡とってみてくださいよ」

中迫はむっとした顔をして携帯を取りだした。そのときドアをノックする音が響いた。城戸崎は慌てて背後を振り向いた。

　ドアが開き、大竹が顔を見せた。

「氷のおかわりもってきました」

「おお、気が利くな」

　大竹が入ってきた。パック詰めの氷をボウルにあけると、水割りを作りだした。

「濃い目にしてくれ」携帯を耳に当てていた中迫が言った。

「でませんか」

　城戸崎が訊ねると、中迫は携帯を耳から外した。

「また、あとでかけてみる」

「もうやつらとは取引しないんですよね」

「いくらなんでも度が過ぎるぜ。飼ってる手下がいかれてるんだとしても、詫びにもこないんじゃ、結局みんな同レベルと見てまちがいない。まともに取引できるやつらじゃねえ」

　野生の豚に育てられたといいまでは半ば信じている、あのカオが、この事務所の絨毯をもう踏むことがないと思うと安心する。ナムと話ができないのは、それほど残念ではなかった。

「ただ、落とし前だけはつけさせるぜ。最悪タイに乗り込んでいってもいいと俺は思ってる。少なくとも、慰謝料として一億は積んでもらわないとな」

中迫はときどき、できもしない大きなことを言う。実際の行動はなかなか堅実で、お前も一緒にこいなどと言いだすことはないから、まったく害はなかった。

携帯電話が鳴りだした。中迫のだ。

「おう」と電話にでた中迫は、真剣な顔で聞き入り、相づちを打った。

「そうか、わかったか」大きな声で言うと、携帯を耳から離し、こちらを向いた。

「おい、元ムサシで、うちの系列で売人をやってるやつは誰だ」

元ムサシ、系列。このふたつが城戸崎の頭のなかでうまく交わらなかった。

「そいつがディスカウントされたシャブを仕入れて売ってるやつだ」

中迫の声がやかましく響いた。城戸崎は考えるのを諦め、大竹のほうに顔を向けた。

「誰だ」

「尚幸《なおゆき》ですね。室田《むろた》尚幸。小塚組で世話になっています」

中迫は携帯を耳に当てると、その名を告げ、指示をだした。

「知ってるなら、早く言え」

「すいません。気が利かないもんで」

大竹は城戸崎に顔も向けず、マドラーをかき回しながら言った。

「なんだ、ふて腐れてるのか。ムサシの仲間を売りたくなかったってことか」

「いえ、そんなことないです。殺せと言われれば、殺すことだってできますよ」

大竹が顔を上げた。めったに笑わない男が、口元に薄い笑みを浮かべている。

真嶋の幼なじみを殺したと言ったときも、こんな表情をしていたと城戸崎は思いだした。

16

四十年ほど生きてきたなかで、あとあとまで記憶に残るいやな電話というものがいくつかある。さっきかかってきた電話も、まちがいなく、その仲間にくわわることだろう。

島本は椅子に座って頭をフル回転させていた。焦るばかりで、考えがまとまらない。時計を見た。待ち合わせの時間に間に合わせるには、あと五分以内にここをでなければならない。

月子を事務所から追いだしたあと、月子のやりかけの仕事をチェックした。一時間ほどかけてほぼ把握したとき、携帯に翔子から電話がかかってきた。

翔子は、バズさんに会ってくださいといきなり言った。相変わらず、話の要領を得ない子だった。バズとはいったい誰かと訊くと、もちろん、私を脅してる怖いひとですと答えた。

島本はその言葉だけで、怖気《おぞけ》を震った。

翔子のところにバズから電話があり、いつ金を払うのか訊いてきたそうだ。翔子は社長に相談した、社長が話をつけることになっていると言ってしまった。それで向こうから、だったらすぐに会いにこさせろと、時間と場所を指定した。それが二十五分後の八時半。代々木第一体育館の前でだった。

翔子を責めてもしょうがない。あの子がやくざと渡り合えるはずはないのだ。いつ払うんだと電話口で怒鳴られたら、そこから逃れるため、どんな秘密でも口にしてしまうだろう。ただ、自分だってやくざとうまく渡り合えるわけではないし、負けずに恐ろしく感じていた。しかし逃げるわけにはいかない。これは自分のために祈る宗教ではないし、他に乗り換えようとあっさり心変わりできるアイドルの応援でもないのだ。ただの仕事とも違う。なんと呼べばいいかわからないが、自分の居場所だった。

時計を見た。もう向かわないと間に合わない。

島本は立ち上がった。引き出しを開けて、財布を取りだす。尻ポケットにねじ込んだ。考えなきゃ。どう対処するか決めておかないと、何も言えずに小突き回されるだけだろう。弱点はなんだ。ハンガーラックのマウンテンパーカを取りながら考えた。

すぐに浮かぶのは、警察だが、やはりどうしても頼る気にはなれない。

他に弱点はないかと考えても、相手のことを何も知らないのだから浮かびはしない。やくざみたいというだけで、本当にどこかの組に所属しているのかもわからない。年齢は三十歳前後で、普通体形。髪は短く刈り込んでいるそうだ。上唇が厚く、凶暴そうな顔をしている。外見がいくらわかっても、弱点は見つけられない。あとわかっているのはバズという呼び名だけ。確かに、ドラッグの売人が本名を名乗るはずもないから当然だろう。

これだけの知識ではどうにもならない。島本はパーカを着込み、ドアへと向かった。

部屋の明かりを消し、ドアを開けた。鍵を取りだしながら、ドアを閉めた。

えっと驚くくらい、唐突に頭に浮かんだ。弱点を見つけたというより、気づいたというほうが正しい。最初から見えていたことだった。だから唐突に浮かんでも不思議ではなかった。

しかし、まだ相手の弱点がわかっただけだった。それをどうにかして手に入れなければならないし、うまく使いこなす方法を考えなければならない。

とにかく向かわなければ。歩きながら考えよう。島本は鍵をかけ、ドアを離れた。

道玄坂を渡り、ラブホテル街を突っ切り、東急ハンズのほうへ向かった。ハンズの横の坂を上り、公園通りに入る。坂を上り切れば、代々木第一体育館だった。

歩きながらずっと考え続けていた。相手の弱点を手にする方法はわかった。しかしうまく実行できるかどうか定かではなかった。坂を上り切ると、体育館の特徴的な屋根が、夜空をバックにシルエットになって見えた。正面から向かおうとしたが、ふいに気が変わった。駐車場に沿って坂を下り、ぐるりと回って原宿のほうから体育館の敷地に入っていった。

ここで待ち合わせるのだから、バズは事務所が渋谷にあることを知っているはずだ。島本が渋谷のほうからくると思って、そちらに目を向けている可能性が高いと思い、原宿のほうに回ってみた。

階段を上がっていくと、五、六十メートル先に待ち合わせの体育館が見えた

島本は階段の途中で足を止め、体育館の原宿口のほうに目をやった。その前には誰もいなかった。約束の時間から六分過ぎている。そのていどで、帰ってしまうことはないだろう。まだきていないのかもしれない。あるいは、自分と同じように、どこか離れたところから見張っている可能性も高いと思った。

二十分が過ぎたころ、歩いてくる人影に気づいた。原宿口の向こう、渋谷側から原宿側のほうへ歩いてくる。近づいてきて、男であろうことはわかった。白っぽいニット帽をかぶっていて、髪型はわからない。男は、島本がいる道路サイドとは反対の奥まったほうへ、敷地を横切るように進んだ。

奥まったところには、腰かけるのにちょうどいいガードレールがあった。実際にカップルふた組と、男がひとり腰かけている。人影はそちらに向かっていた。腰かける男の前で止まったとき、島本はやはり、と思った。

腰かけているのは小太りの男だった。

まったく声は届かなかったが、何か話しかけているようだった。ニット帽をかぶった男はすぐに、小太りから離れ、もときたほうへ戻りだす。ふいに足を止め、あたりを窺う様子が見て取れた。

きっとあれがバズだ。翔子からうちの社長は太っていると聞いていたのだろう。それで小太りの男に声をかけた。バズが歩きだした。手元が明るくなっている。その明かりが頭のほうへ移動する。電話をかけているのだ。

声が聞こえた。何を言っているかはまるでわからないが、脅しかけるようなトーンが伝わった。たぶん、社長がこねえぞと翔子に文句を言っているのだろう。バズはこのあとどうするのだろう。もうこないと諦めて帰るのか、またもとの位置に戻って、現れるのを待つか。

このままあとをつけていくのは危険だ。原宿側から渋谷側に通り抜けるひとなど、ほとんどいない。太った男があとからついてきたら、どういうことか、バズはすぐに悟るだろう。

島本はそろりそろりと階段を下りた。階段を下りきると駆けだした。きたときのルートを逆に辿ることにした。もしバズがそのまま帰るなら、急がないと見失ってしまう。

島本はバズのあとをつけ、なんとか自宅を探りだそうと考えていた。それは名前以上に知られたくないものである気がした。

ずっと小走りできたが、公園通りに繋がる駐車場沿いの上り坂まできて、普通に歩くのさえ困難になった。島本は坂の途中で足を止めた。前方を見ても、バズらしき姿はない。もういってしまったのだろう。腰を折り、膝に手を置き、肩で息をした。

足元に落としていた視線を上げたとき、三十メートルほど先の歩道を男が横切った。信号無視をして車道にでる。公園通りに向かって渡っていく。白いニット帽を被っていた。

奇跡が起きたと喜んだのも束の間、困難な現実に直面する。バズの歩調は速い。あれについていけるのか。ああ、足がちぎれそうだ、と心のなかで思う存分弱音を吐いた。しかし、なんとしてもあとについていく。自分は社長なのだ。事務所のお父さんなのだから。

島本は手で腿をばしばし叩きながら、青信号が点滅する横断歩道に足を踏みだした。

人通りが少なくなって、いよいよ緊張が高まった。これまでは見失わないようにと、ひたすらバズの背中に意識を集中させていたから、緊張も感じなかった。しかし、これからは、見失うより、気づかれる危険が高まる。どうか振り返らないでくれと、祈っていた。

先ほど、東急本店の横の道を歩いているときコンビニに入った。島本は店に入らず、外で念願の休憩をとった。でてきたバズはレジ袋いっぱいに何か買ってきた。家か仕事場が近くにあるはずだ。

バズがレジ袋を揺らしながら、脇の道にそれた。井の頭線神泉駅の近くだろう。島本はこれが最後だと力を振り絞り、足を速め、緩い坂を上った。バズが消えた角を曲がるとき、緊張した。曲がるとそこにバズが立っているような気がした。

しかし、そこにはいなかった。バズがぼろいアパートの敷地に入っていくのが見えた。

「ちょっとそこの若者、落とし物したよ」島本はあらかじめ用意していた言葉を言った。

いったん見えなくなったバズの姿が路上に現れた。島本は深呼吸をしながら近づいた。

「なんだ、落とし物って」

バズの顔を初めて正面から見た。なるほど、凶悪な顔をしている。

「このアパートにお住まいですか」

モルタルの外壁がねずみ色に変色した、ぼろいアパートだった。

順調に決めていた言葉を繰りだしてはいたが、それ以外言えるのか定かではなかった。

「俺がこのアパートに住んでいたら、なんだって言うんですか」

言葉が丁寧になったと気づいたが、その意味まで考えはしなかった。

「私は織田翔子が所属する事務所の社長です。会う約束をしていたでしょ」

バズは口をぽかんと開き、目を細めた。ちょっと純朴な顔に変わり、うまくいきそうな予感が走った。しかし、突如目つきが変わった。

「お前、なんでこんなところにきてんだよ。ふざけんな」

バズはレジ袋を落とし、向かってきた。いきなり平手で頭を叩かれた。服を摑まれ、体を揺さぶられる。顔を叩かれた。島本は顔をうつむけ手で防御する。

「ちょっと。俺はあなたの仕事も知ってる。住んでるところも。そんなことしていいのか」

「本気で苛つくぜ。ひとんちまでのこのこついてきやがって」

うつむけた顔に下から手が飛んできた。

「いいのか、警察に話して。ここにヤクの売人が住んでると通報するぞ」

「サツに言えるのか。通報するんだったら、最初からそうするだろ」

バズは服から手を離し、肩を小突いた。

「あなたと話をして、もう翔子に金を請求しない。近寄らないと約束するなら、警察には言わないつもりだった。それを拒否するなら、警察にいくしかない。ちゃんと警察が捕まえられるよう、ここまであとをつけてきたんだ」

「さっさといけ」

「どこに？　警察に？」

「帰れって言ってんだよ。もう金もいらないし、女に近づかないから帰れ」

「もう、いいんですか」

バズは興奮を抑えるように息をついた。「さっさと消えろ。二度とくるんじゃねえぞ」

「二度とこない。だけど、翔子に何かあったら、わからないぞ。何度でもくる」

「女には何もしねえよ。だけど、あんたに手をだすのはかまわないんだな。気をつけろよ」

島本は足がすくんだ。バズのいたぶるような笑みに背筋が粟立った。

「俺は怯えてるよ！」島本はやけになったように大声を張り上げた。「だけど、絶対にあとにはひけないんだ。事務所の社長だから。あなたみたいに怖い人間にはなれないけど、めんどくさい人間にはなれると思う。覚悟しておいたほうがいいですよ」

言えた。決めていなかった言葉が綺麗に着地した。

島本は自然に浮かんだ笑みを見せつけ、踵《きびす》を返した。後ろを振り返らなかった。

17

月子は広尾の駅をでて有栖川公園のほうに進んだ。日が沈み、ひとけのなくなった公園のなかを通り抜け、住宅街を歩いた。

住宅街とはいっても、大使館や、一見、住宅と見分けのつかないレストランなどもあり、純粋にひとが暮らす場所という感じではない。そもそも超高級と呼べるような住宅街に暮らす人々の生活が月子には想像できず、初めてここを訪れたときから、違和感しかなかった。

金持ちに対して、醜悪なイメージをもっていた。しかしそれは、けっしてねたみや憎しみからくる負のイメージではなく、ファンタジーに近い、デカダンスな美をともなった醜悪さだった。だからこそ、この住宅街で営まれる現実の生活というものが想像できないのだ。

月子はもともと美しいものが好きだった。しかし美を追求するなら、醜いものにも目を留めるべきだとあるひとから言われ、関心を向けるようになった。そのうち醜いものにも美しさを見出すようになった。それはたぶん、自分の醜さに気づいたからなのだろう。醜さのなかにも美があると思うことで自分を肯定できる。自分の醜さに絶望しないための防御反応みたいなものだろうと自己分析していた。

昨日、ライク・ヘブンをくびになった。社長は自分のことを蔑《さげす》んでいるのだろうが、そう考えてみても、心に突き刺さるものはなかった。最初から、社長にはどう思われようと気にしないようにしていた。接待所のアルバイトに送りこむ子を調達するため、事務所で働こうと決めたわけで、いつかはこういう日がくるだろうと覚悟はしていた。

ひどいバイトと社長は言ったが、勘違いしている。クスリを使ってゲストと寝ることなど、しょっちゅうあるわけではない。明日美や翔子がやっていた主な仕事はラウンジのホステスだった。ゲストが特別なサービスを求めなければ、飲み物を運んだりするだけで、高額な日当をもらえる。これほど割のいい仕事はまずなかった。

車も入ってこない静かな路地を進んでいくと、月子が目指す場所が現れる。高い塀に囲まれた敷地は、この界隈でも群を抜いて広かった。塀越しに見える建物は、コンクリート造りで、茶色い壁面に黒い屋根が被さっており、落ち着いた雰囲気があった。住宅にも見えるし、企業の接待所だといわれれば、そんな風にも見える。ただ、屋根の奥まったところから尖塔が突きでており、遠くから見ると教会と勘違いするひともいるだろう。実際に、かつては宗教団体のものだったらしい。それを十年ほど前にベンチャー企業としては古株のアイトーク社が買い取り、接待所として活用していた。

アイトーク社は名前はよく聞くが、何をやっているのかよくわからない会社、という印象があった。この接待所に関わるようになって知ったところによると、もともとは求人広告のフリーペーパーを発行する会社として発足し、そこから、出版、人材派遣、不動産と手を広げていったようだ。現在はグループ企業が二十社以上にものぼる複合企業で、創業者の東原邦靖がいまも会長としてグループを引っぱっている。政界との距離が近いのは、官僚出身の作家で、民間人閣僚として政治の世界でも手腕を振るったことのある山中武治が取締役に名を連ねていることからもわかる。ここでも現役の政治家と頻繁に懇談を重ねているようだ。

木製の大きな門は閉ざされている。その横にある、小さな扉の前に立ち、インターフォンを押した。

いつもながら応答はない。監視カメラで顔を確認してロックを解除するだけ。カチッと音が聞こえて月子はノブを捻った。なかに入ると、十台ほど車が駐められそうなスペースが門の先に広がっていた。その奥に接待所のエントランスがある。

ガラスの自動ドアを潜った。看板は掲げられていないが、いちおう接待所には広尾迎賓館という名前があった。ただ、アイトークの社内では〝チャーチ〟の名で通っているそうだ。

更衣室で制服に着替え、厨房の隣の準備室でコーヒーメーカーをセットしていたとき、支配人の北林政志が入ってきた。

「月子ちゃん、よくきてくれた。――まあ、スカウトした子が急に辞めるっていうんだから、代わりをするのは当然だけど」

「べつに私が翔子さんを管理していたわけではないですけど」

紹介をしただけで、その後のケアまで約束していなかった。ただ、今後も北林との関係を保とうと思ったら、翔子の代わりがいなくて困ってる、きてくれ、という頼みを断ることができなかった。とはいえ、ライク・ヘブンを解雇され、紹介する女の子をスカウトするのも難しい状況で、どうやって北林と接触を保つか、いまのところ何も考えがなかった。

「よしてくれ。俺の管理責任であることは充分わかってる。秘書室長や会長から、さんざん吊し上げられたんだ。月子ちゃんにまでそんな言い方されるとは思わなかったよ」

北林は接客をする女性スタッフの管理だけでなく、迎賓館全体の管理もまかされていた。ここの運営に関し、北林は自分の裁量でだいたいのことが決められるが、今回の丸山と明日美の事件に関しては、その範囲を超えてやりすぎたと会長らから叱責を受けたそうだ。

北林は丸山に頼まれ、覚醒剤の売人を見つけてきて紹介した。そればかりでなく、売人と直接取引をしたくないという丸山の希望を聞き入れ、女の子たちに覚醒剤をもたせて、売人の手先のようなこともさせた。それではまるで、接待所が覚醒剤を提供しているようだし、そもそも売人など紹介するべきではなかったのだと責められた。会長がかわいがっている芸能関係者の希望はできるだけ聞くように、と言われていたからやっただけなのに、と北林は愚痴をこぼしていた。

解雇されると北林は覚悟していたようだが、どうにかいまだに首は繋がっている。すぐに辞めさせると、事件への関与を疑われると懸念し、様子を見ているだけなのかもしれない。

「とにかく今日はよろしく頼む。ゲストはひとり。経済評論家の曽根さんが六時から会長と懇談する。酒はいらない。サンドイッチなどの軽食は冷蔵庫に入ってる。何か質問はある」

月子はコーヒーメーカーをセットし終えて、スイッチを押した。北林に顔を向ける。

「部屋は応接室ですね」

「ああそうだ。ひとりだからね」

一階には応接室とダイニング、パーティーが開ける宴会場がある。二階には会議室と客室が五部屋並んでいた。地階に下りる階段もあるが、その先に何があるかは聞いていない。下りてはいけないと、北林に釘を刺されていた。

「あと、質問というか、確認ですけど、ゲストが特別なサービスを希望しても、私は応えられません。よろしいですね」

「ちょっと待ってよ。それはないだろう。この仕事を引き受けるということはそれを含めてのことだし、いまさらそんな――」北林は長い前髪をかき上げ、顔をしかめた。

「いまさらって、前に頼まれたときも言ったはずです」

以前、明日美の代わりに仕事に入ったことが一度ある。そのときもそう伝えたが、何も言われなかった。もっともあのときはパーティーで、他にも接客の女の子たちは大勢いたが。

北林は月子が以前所属していたモデル事務所「ヘリテージ」の統括マネージャーだった。事務所はこの接待所と同じように、政治家や官僚などの大物たちに夜の接待をするラウンジを運営していて、そこに事務所の子たちを送りこんでいたのが北林だった。月子も北林に雇われた男に騙され、セックスに溺れ、ラウンジで男たちの相手をさせられた。そのことで北林を恨んではいなかった。騙されたとはいえ、セックスの快感に溺れたのは自分だし、そのひとのためなら他の男たちに抱かれてもいいと、決断したのも自分だった。世間知らずで、ひとを見る目がなかったとは思う。ただ、それを若かったからしかたがないと自己弁護する気にはなれなかった。若かろうがなんだろうが、それがあのときの自分で、騙された自分を誰よりも責めていた。

ラウンジには武蔵野連合の真嶋がいた。あとから報道された写真を見て、あれがそうかと気づいただけだが、父親がラウンジに乗り込んできたとき、確かにそこにいた。

父親は夜の接待を終えた月子をつれて帰った。娘が何をしていたかすべて知っていた。うちひしがれていたのは、そのせいだけではないだろう。自分が現れるまで、父親が真嶋とどんな話をしていたかわからないが、きっと刑事である父親は真嶋に負けたのだと思う。のちに真嶋を殺そうと思ったのはそういう経緯があったからに違いない。

父親の死に関して月子はほとんど無感覚だった。もともと父親は家にあまり寄りつかなかったから、いなくなったという喪失感みたいなものは湧いてこなかった。自分がラウンジで男の相手さえしなければ、といった責任も感じない。真嶋を殺そうとして失敗し、自ら命を絶ったのはすべて父親の意思なのだ。そこに自分の感傷を無理にはめ込む気はなかった。

ただ死の重たさは感じる。ひとりの人間の死というものが、周囲の人間の空気をどれほど重くするか月子は知ったし、その影響を自分も受けていた。

真嶋の周囲では五人が死んでいる。真嶋の部屋にふたりの死体が残されていた。父親がひとり殺し、自らの命も絶った。そして、武蔵野連合がおこした河原での乱闘事件でもひとり死んでいる。重たい死。それが五つも並んでいる。月子は真嶋という男に興味が湧いた。五人もの命に影響を与えた男。自分もなんらかの影響を受けていたのは間違いない。自分の意思でラウンジにいったと思っていたのに、真嶋に操られていたのではないか。そしてこの空気の重たさも、あの男が及ぼす力が影響しているのではないか。そんな感覚が拭えなかった。

二十歳を迎える前、ひとり暮らしを始めた月子は、そんなことばかり考えていた。ある日、月子は、ヘリテージに事務員として雇ってくれないかと頼みにいった。ラウンジに真嶋がいたのだから、ヘリテージと真嶋は繋がっている。真嶋はタイに逃亡したといわれていたが、いつか戻ってきたときヘリテージで働いていれば、なんらかの情報を得られるかもしれないと小さな期待を抱いてのことだった。ラウンジの件で脅すような言葉もちらつかせたが、向こうはまったく気に留めた様子もなく、断ってきた。それから半年ほどして北林から電話があった。ヘリテージを辞め、ここで働き始めていた北林は、企業の接待所で接客の仕事をしないかと誘った。仕事の内容を聞いて、月子はすぐに断った。自分にはできない仕事だった。いまでもセックスには溺れている。初めて性の悦びを知ったときの快感を再び得ることはできないかと、身の内でもがいている。やろうと思えば、知らない男と寝ることもできるだろうが、月子は決心していたのだ。セックスはしないと。ただひとりの男を除いては。

　それからひと月もたたないうちに、島本にスカウトされた。ライク・ヘブンで働くことが決まり、月子は北林と連絡をとった。接待所で働く子のスカウトをやらせてくれないかと頼み込んだ。北林も真嶋と繋がっているはずで、その細い繋がりにしがみつきたかったのだ。

「月子ちゃん、大人になろうよ。できないの一点ばりじゃなく、どこか妥協点を探そう。まったく、できないわけじゃないんだろ。口とか手とかで男を悦ばせる方法もあるわけだし」

　月子は首を横に振った。自分の決めごとに、それらが含まれているのかどうか、わからなくなっていた。それをいまここで考えるのも面倒に感じた。

「もし、ゲストがサービスを求めたら、今日は生理だとでも言って、断ってください。それでも納得しなければ、またそのとき考えます」

「いや、それじゃ、だめなんだよ。あの評論家、ここへくるときは間違いなく、特別サービスを求めてくる。そのために、ここへくるんだと思う。生理でできないなんて言ったら、なんでできる子を置いておかないのかと、きっとむくれるよ。そんな話が会長の耳に入ったら、俺の立場がね……。事件のこともあるし、まずいんだよ」

　泣き落としのつもりだろうか。まったく心に響かなかった。

　とにかく、セックスをするしないで、ひとからあれこれ言われたくはなかった。気軽に触れてほしくないし、口にしたくもない。自分のなかに閉じこめ、ぐつぐつと熱く滾《たぎ》らせ続けなければならないことであるのに、口にしたら、熱が逃げていきそうな気がした。

「今日、岡野《おかの》さんはいらっしゃらないんですか」

「くるよ。でも、彼女はどうかな。曽根さんが彼女を指名したことはなかったはずだ」

岡野はここの接客スタッフでリーダー的存在だった。北林が転職してくる以前から働いており、他の仕事はせず、専業で毎日のように入っているらしい。年齢もいちばん上で、確か二十九歳だと言っていた。前回、月子が明日美の代わりに入ったとき、いちから仕事を教えてくれたのが岡野だった。

「岡野さんも、やはり特別なサービスをするんですか」

接客中も眼鏡をかけている岡野は真面目そうで、夜の接待をしているところが想像しにくかった。

「そりゃあ、ここにいるわけだから――。もちろん、そうだよ」

なんだか歯切れが悪かった。

やはりあの噂は本当なのだろうか。岡野は会長の愛人だという噂があると翔子から聞いた。

「じゃあ、私の他にも選択肢があるわけですよね。だったら、評論家の先生も、そんなにむくれないんじゃないですか。――とにかく、私は生理だと伝えてください。そして、岡野さんを薦めてみてください。それでも私がいいと言うなら、そのときこそほんとに考えます」

「考えるんじゃなくて、やるって言えよ」北林は凄むように言うと、一歩ふみだした。

「もうこの話は終わりにします。まだするのでしたら、私はいますぐ帰ります」

北林は目を見開いた。月子はじっとその目を見つめた。

ドアの開く音が聞こえて、視線を向けた。

「こんばんは」

岡野智代《ともよ》が無理に作ったような笑顔を向けて、入ってきた。

「こんばんは。よろしくお願いします」

月子は北林から離れ、岡野の正面に立って言った。

「あら、前にも一緒にシフト入ったことがありましたよね」

「はい、高橋といいます。いつもひとの代わりばかりで、今日は織田さんのピンチヒッターです。前回からだいぶ時間があいているので、また色々と教えてください」

「大丈夫よ。今日は楽なシフトだから。お茶を運ぶくらいで、あとはやることないはず」

岡野の顔に、またわざとらしい笑みが浮かんだ。そうだった。前に仕事をしたときも、いつもこんな笑みを浮かべていた。おおげさで、まじめそうな岡野には似合わない笑み。

よく褒めるひとでもあった。いまの言い方、よかったわよ。髪の毛、綺麗ね。そのネックレスかわいい。いつも唐突で、とってつけたような感じ。まるで誰かに言わされているようでもある。わざとらしい笑みも含め、一緒にいて居心地のいいひとではなかった。

「あ、コーヒー淹《い》れてくれたのね」岡野はコーヒーメーカーのほうに目をやり言った。

「気がきく。もうこれだけやってくれれば、あとは何を忘れていても、問題なしよ。――あっ、高橋さんの指、綺麗。細くて白くて羨ましい」

どうしてコーヒーメーカーの話をしながら手に目がいったのか謎だった。

ありがとうございますと言うと、岡野は顔いっぱいに笑みを咲かせ、ほんと綺麗と言った。

また今日も居心地の悪い時間を過ごすことになりそうだった。


六時ちょうどにやってきた曽根を、スタッフ総出――月子と北林と岡野で出迎えた。他にメンテナンスを担当する常駐のスタッフがいるらしいが、表にでてくることはないようだ。

会長は遅れていると伝えても、曽根は気にした風もなかった。四十代なかばくらいの曽根は、柔道でもやっていたようながっちりした体格だった。その見た目に相応しく、偉そうな感じだったが、きっと会長の前ではそんな態度は見せないのだろう。

すぐに会長もやってきて、月子は飲み物を運んだ。曽根の視線を感じた。体のあちらこちらを這い回る視線から逃れるように、応接室をでてきた。準備室に戻ると、次は私がいくからねと岡野は言ったが結局、呼び出しのブザーは鳴らず、岡野の出番はなかった。

八時前に、帰る会長を見送った。曽根はしばらく二階で休んでいくようだと北林に伝える会長の声が聞こえた。北林は頷きながら、ほらね、とでも言うような目を月子に向けた。

ゲストが帰るまでは、月子たちも帰れなかった。曽根が岡野を指名すれば、月子は帰れるのだろうが、会長が帰ってから十五分たっても北林は何も言ってこなかった。八時二十分になって、ようやく北林が準備室に現れた。

「曽根さんは本当に休憩だけしていくみたいだ。このあとBSのニュース番組への出演があるらしくて。――岡野さんは帰っていいよ。月子ちゃんはお茶をもっていってくれるかな」

「どうして私なんですか。今日、岡野さんは一度も飲み物を運んでいません。岡野さんにいってもらってもいいんじゃないですか」

月子は岡野の耳など気にせず言った。

「そうよね。いいですよ、私、いきますから」

そう言った岡野のほうを見ると、笑みを浮かべていた。不快げな表情はまるで窺えない。新人が生意気なことを言っても、本当に気にしていないのだろうか。

「ふたりで勝手に決めないでくれるか。俺は適当に頼んでるわけじゃない。曽根さんが、月子ちゃんにお茶をもってきてもらいたいと言っているんだ」

「本当に休憩なんですか。お茶なんて誰がもっていっても――」

「男は、お茶をもってきてもらうだけでも、若いほうがいいんだ。そういうもんなんだよ。――ああ、岡野さん、ごめんね」

「いいんです。私もよくわかってます。男のひとはそういうものですよね」

岡野の明るい声を聞いて、月子は苛立ちを感じた。

「お茶をもっていけばいいんですね」

「そうだよ。九時にタクシーを呼んであるから、そんな時間はないんだ。すぐに頼むよ」

北林はそう言うと部屋をでていった。

岡野がお茶を淹れてくれた。「ごめんね、私がいければいいんだけど」と優しげな顔で言う。やはり表情はどこか作りもののように見えるが、声には心がこもっているように感じた。

「ありがとうございます」と月子は素直に応じた。

湯飲みをお盆に載せ、二階に上がった。

吹き抜けのテラスから中央の通路に入った。最初に現れるのが北林の執務室だった。その前を通りすぎると、客室が並んでいる。廊下には毛足の長いカーペットが敷かれていた。踏み応えがなく、へんな感触だった。いちばん奥のドアまでいき、ノックをした。

声がしたので、ドアを開ける。「お茶をおもちしました」

ヘッドボードにもたれかかり、ベッドに足を伸ばす曽根の姿が目に入った。月子はベッドに近寄らず、壁際のデスクに向かった。

「ちょっとお、こっちにもってきてくれるかな。そんなところ、手が届かないよお」

曽根のからかうような声が聞こえた。

月子は無言で、サイドテーブルのほうに進路を変える。曽根のほうを見ないようにしていたが、どうやっても視界に入ってしまう。

すね毛が見えた。その上のほう――股間のあたりにはタオルがかけられている。盛り上がっているのがわかる。サイドテーブルに湯飲みを置いた。月子はすぐに踵を返す。

「ちょっと、ちょっとお――」

スプリングのきしむ音が聞こえた。すぐに背後から腕を掴まれた。強い力。足が止まる。

「どうして無視をするんだい。ちらっと見たよね。俺のこいつがどうなってるかわかっているのに、素知らぬ顔は冷たくないかい」

硬いものが腰のあたりに押しつけられた。

不快な気持ち。けれど、静かな興奮に息が乱れた。濡れていくのがわかる。

一度セックスに支配された人間はそこから逃れられない。いまでも自分の中心にあるのはそれだった。セックスをすることはないし、普段の生活のなかで強くしたいと思うこともない。けれど、十七歳のいっとき、セックスに溺れていたあのときと同じ快感を再び得られないかと絶えず望んでいた。その思いが、自分の進むべき方向を決めていた。

曽根の荒い息づかいと、自分の息づかいが重なっている。しかし、体の反応と心で求めるものは別だった。月子は腕を引いて曽根の手を振り解こうとした。

「月子ちゃんって言うんだって？　かわいいね。まだ、ここの仕事に慣れてないんだろ」

曽根の手は離れたが、すぐに腕ごと包むように抱きつかれた。

「今日はできません」月子は硬い声で言った。

「ああ、聞いたよ。ちょうど俺も時間がないから、本当の楽しみは次回にとっておくよ」

曽根の手が、乳房をまさぐった。

「口でしてもらおうと思ったけど、このままでもいいかもな」

下におりてきた手が、月子の股間にあてがわれる。月子は一歩足を踏みだし、体を捻った。

「口でします。あまりうまくはないですけど」曽根に向き直って言った。

「そうかい。じゃあ、お願いしよう。教えてあげるから、下手でも大丈夫」

嬉しそうに笑うと、月子の顎の下をなでた。

ベッドに腰かけるように言うと、曽根は素直に従った。月子はさっと移動し、サイドテーブルの湯飲みを手に取った。ずっと摑んでいられないほど、まだ熱い。

曽根に向き直ると、股間で反り返る肉の塊に、熱いお茶をぶちまけた。

情けないほどの悲鳴を上げ、曽根は立ち上がった。

「早く冷やしたほうがいいですよ。水ぶくれにでもなったら、大変です」

「なんなんだよ、おい」と怒りの声をあげながらも、曽根はバスルームに駆け込む。

月子は部屋をでて、気持ちの悪いふかふかの絨毯を早足で進む。執務室のドアに拳を叩きつけ、帰りますと怒鳴った。

一階に下りて更衣室に入ると、岡野が着替えていた。

「あら」と小さく声を上げ、ブラウスで胸を隠す仕草をした。

月子はロッカーの扉を開け、脱いだパンプスを投げ込んだ。

「もういいの？」

岡野の問いかけに、月子は曖昧に首を振った。バンズのスニーカーに足を入れ、制服の上にコートを羽織る。パンツとシャツをトートバッグに押し込め、肩に担いだ。

「お先に失礼します」

そう言ってドアに向かった月子に、声が追いかけてきた。

「またここで会いましょう。きっと明日はいい日になるわよ」

さっと浮かべた笑みと同じように、とってつけたような軽い言葉に感じた。いったいなんなんだろう、このひとは。月子は軽く頭を下げて、更衣室をでた。廊下を小走りに進み、エントランスホールにでたとき、階段の上から声が降ってきた。

「おい、月子ちゃん、いったい何やったんだよ。曽根さん、かんかんで――」

月子はそのまま、自動ドアを潜り、外にでた。きっと北林のクビも長くはもたないだろう。だからこの接待所にしがみつく理由などないのだ。

木製の門が開いていた。曽根のタクシーがやってくるからだろう。初めて門から外にでた。

接待所の正面にある家の前に車が停まっていた。その傍らで煙草を吸っている男がこちらを向いた。日に焼けた整った顔。遠慮のない視線。外国人だろうか。顔立ちは日本人でもおかしくない東洋系だが、大使館や外国人の居住者の多い場所だから、月子はそう考えた。

革のブルゾンを着た男は、すぐに視線をそらした。月子も背を向け、歩きだす。

男の視線が気になった。体を求めるような不躾《ぶしつけ》な視線。ほんの短い間のことだったが、全身を隈なく目に焼きつけようとするような、強烈な視線が、いまなお体に貼りついている。また濡れていた。それだけでなく、子宮が疼くような感覚など、いつ以来だろう。十七歳の、あのころの感覚がよみがえるのでは――、と月子は興奮しかけた。

足が止まった。性的な興奮の芽など一瞬で吹っ飛んだ。視線ではないのではないか。子宮を疼かせたのは、視線が強烈だったからではなく、その視線を送りだしたのが自分にとって特別なひとだったからではないのか。月子は振り返った。暗い路地に目を凝らした。

男の姿はない。車のブレーキランプが赤く灯っていた。

道を引き返した。夜道を駆けた。頭も心臓も子宮も、すべてが興奮していた。

迎賓館の門を通り過ぎ、車に近づく。そのとき停まっていた車のブレーキランプが消えた。月子は車に駆け寄った。車体に手をつき止まる。車も急ブレーキでがくんと停止した。月子は運転席の真横にいた。ハンドルを握る男が見開いていた目を細め、月子を見上げた。日に焼けた肌が暗がりに融け込み、白い目だけがぽっかり浮かんでいるようにも見えた。

車がゆっくりと動きだす。月子は反射的に手を離した。車を止めようともせず、放心したように、白い目の残像を思い浮かべていた。

はっきりわかった。まちがいないと確信できた。あの男だ。

車は思いの外、ゆっくり進んでいた。それでも、追いつけるような速度ではなかった。いけない。このままでは帰れない。月子ははたと気づいて、振り返った。門はまだ開いている。はたしてまだ自分が入り込める余地は残っているのだろうか。

月子はとって返し、迎賓館のなかに駆け込んだ。

18

「くそっ」

田伏は小さく声にだして悪態をついた。

前をいくカップルの歩調がいらつくほど遅い。前からやってくる三人並んだ学生風がじゃまだ。尾行の対象が視界から消えているのに前へでられない。田伏はマル対から見られるリスクを冒して、車道にでた。そこにも歩行者はいる。蹴散らす勢いで田伏は坂道を進んだ。

マル対は室田尚幸。昨日、植草から教えてもらった、ディスカウントされた覚醒剤を仕入れる元ムサシの売人だ。中迫にその情報を伝え、そのまま新たな依頼を受けた。依頼内容は、室田が売りものを隠している場所を見つけだせ、というものだった。

中迫の息がかかった元ムサシのメンバーを使って室田を呼びだし、そこから尾行を始めたから楽ではあった。先ほどまで渋谷駅に近い、ガード下にあるカフェでひとりお茶をしていた。携帯に電話がかかってきて、すぐに店をでた室田は、スクランブル交差点を渡り、道玄坂を上っていった。

売人は売りものをもち歩かない。注文が入ると隠し場所にいき、必要な量だけ取ってくるものだ。金曜の夜のかき入れどき、時間は九時を過ぎた。注文があってもおかしくはない。田伏は早くも隠し場所に辿り着けるかもしれないと意気込んであとをつけたのだが。

　ひとが多かった。週明けから十二月に入るとはいえ、まだクリスマスまでひと月近くもあるのに、もうそんな気分なのだろうか。田伏は歩道に戻った。首を伸ばして前を見る。かきわけるように進んでいった。本当に見失ってしまったかもしれない。

　田伏は少し戻り、しぶや百軒店《ひゃっけんだな》にそれた。金曜の夜とあって、裏町風情のこの界隈も賑わっているが、歩くのに支障がでるほどではなかった。視線を振り、室田の姿を追い求めた。

　こんな失敗は久しぶりだった。人出が多いとわかった時点で、もっと近づいておくべきだったのだ。いったん見失ったマル対を再び捕捉できる幸運などめったにあるものではないが、田伏は駆けた。暗闇に目を凝らした。

　その姿を見つけたのは、ラブホテル街を抜け、クラブやライブハウスが立ち並ぶ通りにでたときだった。坂道の上にいくか下にいくか迷って、首を左右に振っていたら、黒いフライトジャケットにジーンズ姿——室田らしき男の後ろ姿が目に入った。坂の下、クラブと思われる建物の前にある筒形の灰皿の傍らで、携帯を耳に当てながら煙草を吸っていた。田伏は近づいていき、室田だと確認した。すぐに坂を上り、離れたところから監視した。

　煙草を一本吸い終えると、室田は動きだした。坂を上がり、すぐに角を曲がった。井の頭線神泉駅の方向だ。田伏は急いで坂を下りた。室田が入っていった路地を、角から窺った。ラブホテルの看板がいくつか見えた。週末だからすでに満室になっているのか、さまようカップルの姿が目立つ。室田は十メートルほど先を歩いていた。田伏はさらに五メートル距離があくのを待って路地に入った。

しばらく進むと人通りが少なくなり、さらに距離をあけた。田伏は携帯を取りだし、地図アプリで街路の様子を確認した。この先でT字路にぶつかるようだ。左に曲がると神泉駅、右に曲がると文化村通りの方向だ。もう間もなく、室田はT字路にでる。どちらに曲がるか田伏は目を凝らした。

室田の姿がふっと消えた。角を曲がる様子などまるでなかった。真っ直ぐ進んだところに暗闇があるのか。アプリを確認した。建物と建物の間に私道のようなものがありそうだ。

携帯をしまい、足を速めたとき、男の怒鳴り声のようなものが聞こえた。田伏は耳に意識を集中させた。次に聞こえたのは、くぐもったような声。言葉になっていない。悲鳴か。田伏はすっかり遅くなっていた足を、大きく踏みだした。

夜道を駆けた。耳にも意識を集中させようと試みたが、聞こえるのは自分の靴音だけだ。

交差する道にでて、正面の暗がりに突っ込む。街灯もない細い道。下り坂になったコンクリートの道は、ところどころひび割れ、地面が見えていた。仄明るい路地の出口まで見通せるが、ひとの姿はない。田伏はいったん足を止め、呼吸を整えてから足を踏みだした。

自分の心臓の音が聞こえていた。まだ息が上がっていることを伝えているが、それだけでなく、これから起こることへの警告でもあるような気がした。何かが起こる。田伏は半ば確信している。やや腰を落とし、足音を立てないようにゆっくり足を繰りだす。心の準備はしていたつもりだったが、次の瞬間、建物の陰からひとが現れ、肩がびくりと震えた。

何が起きたわけでもない。ただ、ひとがなんてことのない足取りで、すーっとでてきたのがかえって不気味に感じられた。小柄で子供に見えたことも。

あらためて見ると、子供ではない。がっしりとした、筋肉質の体をしている。それがわかるくらいの薄着。この寒空に、なんで半袖のTシャツなのか。

頭はスキンヘッドなのだろう、闇にぼーっと白く浮かんで見える。背を向け、ゆっくりと坂を下りていく。田伏は「おい」と声をかけた。

男は足を止めた。三メートルの距離。田伏も止まった。

男がこちらを向く。田伏は腰を落とし、瞬時に身がまえた。

こいつはまともじゃない。黒々とした瞳は虚ろだ。白い歯を見せ、口元だけが笑っていた。鼻のあたりにアルファベットで何か書いてある。たぶん、アジア系の外国人だろう。

男が手を突きだした。手に握られたものを見て、足を一歩引く。しかし、それ以上はさがらない。心の準備はできていた。

にやにやと笑いながら、男はナイフを突きだしてくる。ただの威嚇。あるいは戯《たわむ》れか。

田伏はジャケットを脱いだ。それを左手に巻きつけ、男に近づいていく。ナイフに血のすじが見えた。いや、それよりも手だ。手がべっとり血にまみれていた。

突然男は背中を向けた。弾むように坂を駆け下りる。田伏は反射的にあとを追おうとしたが、すぐに方向を変え、男がでてきたアパートの敷地に入っていった。

室田はすぐに見つかった。外階段の下で、仰向けに倒れていた。胸の真ん中から血が溢れていた。口を大きく開け、虚空を見つめる目には、すでに生命の光は宿っていなかった。

田伏はアパートの敷地から飛びだした。坂を駆け下りる。小柄な男の姿はもうない。駆け下りてきた勢いのまま、前を横切る道路にでた。男の姿を求めて振った視線が、車のドアが閉まるのを捉えた。坂を下ったところに駐車するスカイライン。ブレーキランプが消えた。

駆け寄ると同時に車が動きだす。田伏はサイドミラーを摑んで、車と併走する。後部座席に座るスキンヘッドが見えた。スピードについていけず、手を離したが、車は交通量の多い通りにでる前にスピードを緩めた。田伏は車の前を塞ごうと必死に駆けたが、間に合わない。

咄嗟に横様に飛んで、ボンネットの上に覆い被さる。フロントガラスがぶつかってきた。田伏はしゃにむにボディーにしがみつく。エンジンフードの隙間に右手の指がひっかかった。

顔を上げると、運転手と目が合った。怒りか驚きか、目が見開いていた。それがすぐに笑みに変わる。差し込んだ明かりで一瞬、男の顔が露わになった。日に焼けた精悍な顔立ち。

この顔は……。

車はスピードを上げながら、左にカーブする。タイヤのきしむ音が聞こえた。

田伏の体が振り子のように振られた。なんとかボンネットの上に留まろうとするが、片手ではどうにもならない。頭のなかでは先ほどの光景がフラッシュバックのように浮かんでいた。青白く照らされた男の顔。あいつだ、あの男だ。絶対に逃がすまいと思った。ジャケットが巻きついた左手を伸ばし、ドアミラーを摑もうとしたが、うまくかからない。体がボンネットの上を飛びだし、右手が離れた。田伏は腰を打ち、アスファルトの上を転がった。

すぐに手をつき、上体を起こす。走り去る車のナンバーに目を注いだ。

取り逃がした落胆はなかった。むしろ獲物を見つけたような、興奮が全身に広がっていく。顔をはっきり見たのは一瞬だったが、確信は揺るがなかった。海外逃亡中だが、と疑問に思うこともない。ただ、日本に戻ってきていたことに驚くだけだった。

真嶋貴士。悪いやつが戻ってきた。父さんはどうしたらいい？

なぜか田伏は娘に訊ねていた。

19

七十八回までかぞえて、床に突っ伏した。自分の息づかいを聞いているうち、妙に胸苦しくなってきた。

死を連想したからだろうか。それとも、自分が生きていることを実感しそうになったからだろうか。いずれにしても、命の問題である気がした。

別に、命を重要視しているわけではない。ひとの命の軽さを、この国にいても信じられるだろうか、というような不安なのだろう。自分に起きていることをすべて理解する必要などないが、ふいに襲った不快な感覚に説明をつけ、自分自身納得した。暇潰しの合間の、さらなる暇潰しだった。

真嶋は肩幅より少し広めに手をつき、床から体を上げた。足はベッドにかけたままだ。また一からかぞえながら、腕立て伏せを始めた。ヘブンリーランチに滞在している間に身についた暇潰し。腕立て伏せ、スクワット、腹筋運動に背筋運動。とにかく暇で他にやることもなかったから、筋トレに励んだ。海外の刑務所で囚人が筋トレに励む姿を映画などで見かけるが、あれと似たようなものだ。

今度は六十三回でダウンした。また荒い息をついていると、ドアが開いた。

「リズ、入るときは、ノックぐらいしてくれないか」

真嶋はベッドから足を下ろして言った。

「ベッドがギシギシなってるし、うーうー変な声、聞こえるから、女、連れ込んでるんじゃないか思ったよ」

家政婦のリズはそう言うと、大きな体を揺すって笑った。

「そうだとしたら麻理亜だな。連れ込むというより、俺のベッドに勝手に潜り込むんだと思うが」

「あの子、そうなの？」

リズは目を丸くした。

「俺は子供を相手にする気はまったくないがな」

麻理亜はリズの娘だ。フィリピン人のリズと日本人の父親との間に生まれたハーフで、中学生だった。リズは離婚していて、ここでは住み込みで働いている。離れに暮らしているが、麻理亜は時折露出度の高い格好で真嶋の部屋を訪ねてくる。いくら暇でも中学生の話し相手など求めていないから、とっとと追い返すが、周りをうろうろされるのは鬱陶しかった。

「あの子、男を見る目ないね。がっかりよ。幸せにしてくれる男を探せって、いつも言ってるのに」

真嶋は頷いた。リズの意見に、なんら異論はない。

「とにかく、俺に近づかないよう注意してくれ」

「自分で言えばいいのに。真嶋さん、案外優しいね」

異論はあったが、いちいち言う気もなく、真嶋は肩をすくめた。

「真嶋さんなら、妊娠させたりする心配なさそうだから、へたな悪がきに夢中になるよりまだいいよ。この間も、麻理亜の学校で妊娠した子がいたよ。お母さんはみんな心配よ」

「俺に子守をさせようっていうのか。ずうずうしいぜ。ちゃんと注意してくれ」

リズがわかったようと萎《しお》れた声で言った。

「旦那様が帰ってきてるよ。話があるって」

「わかった。シャワーを浴びたらすぐいくと伝えてくれ」

「洗ってあげよか。旦那様、早くきてほしそうだったよ。なんかいい話があるんだと思う」

「そうか。だったら、やめておく。洗ってもらったら、よけいに時間がかかりそうだ」

真嶋がそう言うと、リズはその体格に見合った長い舌をだし、べろりと口の周りを舐めた。ウィンクをし、早くねと言っててていった。

この家政婦は、旦那様の仕事内容をどれほど把握しているのだろうか。真嶋はふと気になった。

シャワーを浴び、一階のリビングに下りていくと、宋はスーツ姿のままソファーに座っていた。アイリッシュウィスキーを氷の入ったグラスに注ぎ、真嶋が座るであろう向かいの席に、ゆっくりと、敬意を払うように両手で滑らせた。

真嶋は向かいのソファーに腰を下ろした。無言でグラスを取り、老華僑に向けて掲げた。

スーツ姿だからか、一日の仕事を終えたような脱力感が宋には見られない。上唇を巻き込むようにしっかり口を閉じ、何か考え込むような表情で背筋を伸ばしていた。とうに隠居していてもおかしくない年齢であるのに、宋はいまだに力を抜かずに現役で裏社会を歩いている。いまのこの佇まいは、この老人を象徴する姿と言えるのかもしれない。

「予定が決まった。二週間後だ」

宋は待ちきれなかったように、いきなり切りだした。

真嶋はその期間の長短を考慮することなく、頷いた。グラスをテーブルに置いた。

「大丈夫か。間に合うか」

「それは宋さんがもってくる情報しだいです」

宋はグラスを取った。顔に近づけたが、口をつけることなく言った。

「場所はわかる。うまくいけば、時間もわかるかもしれないが、それだけだ」

あとは、相手の人数ぐらいは把握しておきたいところだが、車を二台、三台も連ねてくることはないだろう。せいぜい五人と考えれば対処はできる。

「なんとかなるでしょう。ありがとうございます」

宋は大きく頷くと、ようやくグラスに口をつけた。

「今日はでかけていたらしいね」

「ええ、車で移動していただけなので問題はないでしょう」

ここのところあまりないが、出歩くときはサングラスをかけるようにしていた。それで充分だと真嶋は思っていたが、宋からは整形手術を勧められていた。

それにしても、今日はおかしな日だった。ふたりに車に詰め寄られた。しかもよくないシチュエーションで。とくに二回目のときは、殺人現場を押さえられている。カオを追いかけ、ボンネットに飛び乗るような無謀なまねをするのは、刑事だろうか。顔を見られた可能性はあるものの、もし身元がばれたとしても、これまで通り逃亡生活を続けるだけなので、それほど気にはしていなかった。ただ車だけはどうにかしなければならない。

「宋さん。いま借りている車は処分してもらえますか。早急に消してもらいたい」

「わかった、そうする必要があるんだな」

真嶋は頷いた。宋がそれ以上訊いてこないので、真嶋は何があったか、具体的なことは話さなかった。真嶋は新たな車の手配も頼んだ。

「今日、第二の計画の現場を見てきました」

「ほおー、そうか」

老華僑は緊張を解いたように顔を綻ばせ、ソファーの背もたれに片手をのせた。

「何か見えてきたか」

「これまでわかっている以上のことは何も。ただ、普通の企業の接待所ではないという印象は深めました」

広尾の接待所からでてきたスタッフと思われる女。一度駅のほうへ向かい、戻ってきて車に詰め寄った。どういうつもりかまったくわからないが、そのまともでない行動は、あの接待所の成り立ちを表している気がした。

「普通のわけがないよ。あそこはもともと紅倫教《こうりんきょう》の施設だったんだからね」

宋は皮膚の薄い小さな顔に笑みを浮かべて言った。

真嶋も笑みを浮かべて応じた。紅倫教の話はこの老人から何度も聞かされていた。

「頼みごとばかりで申しわけないですが、あそこを監視できる部屋を用意してほしい。あのへんは低層マンションが多くて、あまり選択肢は多くないですが、よろしくお願いします」

「わかった。なんとかしよう」

考える間も置かずに言った。さすが、裏社会を長年渡り歩いてきたブローカーだ。

宋大建《たいけん》は華僑の二世で、父親が戦前に日本に渡ってきた。父親は貿易商を営み、戦後は物資に乏しい日本にいろんなものを運び入れた。進駐軍とも交流をもち、横流しの物資もあったそうだ。合法、非合法、なんでもありの時代だったが、高度成長期の安定した時代になってもそれを続けた。表の貿易会社を経営しながら銃や麻薬の他、頼まれればなんでも調達し、闇社会に流していたそうだ。二代目の宋はそれを受け継いだが、仕事をより洗練させた。自ら密輸し売ったりすることなく、親が築いたコネクションを利用し、売りたい人間と買いたい人間を結びつける、ブローカー業に転換した。長年暗躍してきたが、二〇〇〇年代に入って、北朝鮮の覚醒剤が衰退し、台湾や中国の覚醒剤が台頭してくると、その人脈をもつ宋は、ブローカーとしてさらに大きな役割を担うようになった。だから七十代半ばを過ぎても引退できない。跡継ぎがいないという理由もあった。

「すみませんが、部屋のほうも早急にお願いします」

宋は苦笑いを浮かべ、わかったと答えた。

タイミングが大切だ。第一の計画が二週間後と決まったから、それに合わせてことを運ばなければならない。第一の計画から、それほど間を置かずに次も決行するのがベストだった。

「部屋が決まったらそっちに移っていくんだな」

「ええ。監視のためですが、しばらくそこに住み込むつもりです」

「話し相手がいなくなるのは寂しくなるねえ」

この広い屋敷に宋はひとりで暮らしていた。家政婦のリズはいるが、裏社会の話はさすがにできないだろう。

「打ち合わせもあるので、時々戻ってきます。そのときまた話を聞かせてください」

リップサービスのつもりはなかった。宋の昔話、戦後から高度成長期にかけての話は面白かった。宋もまだ子供だったから、伝聞なのだろうが、ＣＩＡがからんできたりと、スケールの大きな話が多かった。その知見を活かした現代日本に対する考察も傾聴するに値した。

宋は空になった自分のグラスに、ブッシュミルズを注いだ。音をたてて氷を足し、口へと運ぶ。長年、裏社会で生きてきた男だが、その所作に品格のようなものが窺えた。話をしていても、それは感じる。しかし、それがすべてではない。短いつき合いなので、この男のことをよく知っているわけではないが、真嶋にはわかった。

この男は狂っている。自分の計画にのってくるのだから、そういうことになる。そして計画をたてた真嶋も、自分が狂っていることを自覚していた。

20

「殺害された室田さんとは面識がないということでまちがいないんですね。殺害現場を通ったのはあくまで偶然ということで、本当にいいんですね」

四十代後半と思われる刑事は、語調を強めてそう訊いた。

田伏は面識のない所轄署の刑事に、まちがいない、かまいませんと落ち着いた声で答えた。

昨晩に引き続き、田伏は渋谷署にて、死体の第一発見者として事情聴取を受けていた。

昨晩は現場で顔見知りの機動捜査隊の刑事に、発見経緯や容疑者の特徴などを話し、その後、あくまで昔のよしみで、署のほうで話もした。その前に中迫と連絡をとり、室田が殺されたことを伝えた。中迫はすぐにディスカウントされた覚醒剤の入手先を隠蔽するために殺されたと結論づけ、怒りを露わにした。どうも中迫は、鼻のあたりにアルファベットの刺青があるアジア系外国人という実行犯の特徴に思い当たるふしがあるようだった。詳しいことは何も話さなかったが。

警察には犯人の背格好など、背後から見た特徴しか伝えなかった。スキンヘッドであることは話したが、鼻のアルファベットについては話していない。真嶋を見たことや、車のナンバーを記憶していることは中迫にも伝えていなかった。

「田伏さん、あなたは元刑事で現在は探偵だ。そのあなたが、あんな人通りのない場所にいて、暴力団員がすぐ近くで殺された。どうも偶然という感じがしないんですよね」

「確かに自分でも驚きますよ。偶然、そんな現場に居合わせるなんて。しかし、私も刑事時代、そんな偶然をなんども目にしてますけどね」

「ただねえ、尾行の練習をしていて、あのへんまで知らないひとをつけていって、そのあとに殺害現場にでくわした、っていう説明がね、どうにも信じられないんですよ」

また同じ話。そのへんのことはなんどもやりとりをしていた。この刑事はしつこく粘るしかないのだ。こちらの証言を突き崩すものをもっていないということだ。

「なんで信じられないんですかね。腕がなまらないよう尾行の練習をするというのは、探偵として当然のことでしょ。とくに私はいつも単独だから、高い技術を必要とするんです」

尾行の練習のため、カップルをホテル街までつけていったというのは、その場で考えたにしてはなかなかうまい言い訳だと思っていた。

「すみません、水でいいんでもらえませんか。喉が渇いて」

取調室に入るとき、お茶のペットボトルをもらっていたが、すでに飲み干していた。

刑事は開けていなかった自分のを、田伏の前に置いた。田伏はキャップを開け、ごくごくと飲んだ。

「しかしねえ、室田と田伏さんは因縁がある。それを考えると、やはりすっきりしない」

「私と被害者に因縁？」

「室田は元武蔵野連合なんですよ」

田伏は息を吐きだし、ゆっくり首を振った。「私は武蔵野連合と因縁なんてありませんよ」

「私はもちろん知ってます。田伏さんが刑事を辞めることになった経緯を」

「勘違いしていますよ。私が取り調べた高橋刑事は確かに武蔵野連合の真嶋を殺そうと考えていた。けれどそれは高橋刑事の問題で、私には関係がない。それで高橋刑事は自殺しましたが、私には因縁のような心もちは残りませんでした」

「なるほど、そういうものですか」刑事は納得したような感じではなかった。

田伏は本当のことを語っていた。武蔵野連合に関して、なんらこだわりはなく、因縁のようなものがあるとは思っていなかった。――これまでは。

しかし昨日、真嶋の姿を見て変わった。あそこで出会った因果は、四年前の事件のときからずっと続いてきたものだと思えた。やはり高橋が動機を語ったのは、娘のために復讐を決意した父親の思いを託したかったからだと信じられた。託されたからといって、殺そうとは思わないが、この手で真嶋を捕まえようと決意した。春奈も、きっとそれを望んでいるはずだ。だから、警察には真嶋のことを話さなかった。

刑事の聴取は続いたが、時折沈黙が続き、手詰まり感が顕著だった。最初から時間を区切っていたのだろう、十六時ちょうどにご協力ありがとうございましたと終了を告げた。田伏が立ち上がろうとしたとき、刑事は言った。

「田伏さん、あなた、すごく汗かいてるよ」

田伏は刑事が意味するところを理解できず、きょとんとした。

「お茶もがぶがぶ飲んでた。まあ、喉が渇くよな、あれをやってると。表情にもでてるぜ」

田伏は顔を強ばらせた。そんなはずはない。端《はた》から見て、わかるはずはないと信じていた。

「今回は見逃してやるよ。元の仲間だし、同期の借りがある。高橋に自殺をするチャンスをくれただろ。高橋とは同期だったんだ」

田伏は刑事の顔を見た。四十代だと思ったが、もっと年がいっていたのか。高橋と同期なら五十代のはずだ。急に目の前の刑事が老けて見えた。

「やめておけよ。退職してまで刑事のプライドをもてとは言わないが、あんなもので捕まるのはな」

田伏は立ち上がった。何も言葉はでてこない。軽く頭を下げ、取調室をあとにした。

渋谷からそのまま、新宿のオフィス兼自宅に戻った。何もやる気にならず、ソファーに横になっていた。夜の七時ごろ植草から電話があった。すっかり忘れていたが、今朝、電話で、真嶋が運転していた車の所有者を照会するよう頼んでいたのだ。

植草は室田が殺されたことは知っていたが、田伏が第一発見者であることは知らなかった。ともあれ、それを知る前から怒っていた。田伏が市錬会関係者に室田のことを告げたから殺害されたのだと、刑事らしからぬ短絡さで決めつけた。頼み事ができる雰囲気ではなかったが、田伏はなんとか引き受けさせた。もちろん、真嶋については話していない。

「わかったか」

「ええ、横浜に在住の男のものです」

そう言って名前と住所を告げた。

「これって、昨日の事件に関係あることなんですよね」

「そんなことを言った覚えはないぞ。俺だって急ぎの仕事はいくつも抱えているんだ」

植草はそれ以上訊いてこなかった。

電話を切ると、田伏は外出のしたくをした。顔を洗ったが眠気がとれず、でかけるのが億劫だった。ひとまず横浜にいってみようと思ったのだが、どうも体が動かない。

田伏は流しの下の扉を開け、奥にしまってあったポーチをもってソファーに戻った。なかから道具を取りだし、準備を始めた。

仕事のためだからしかたのないことだ。動かない体を動かすには、これしかなかった。残りが少なくなってきたのを惜しみながら、がりがりと結晶を削っていった。途中で、半端な量を残しても、と思いつき、全部削って体内に摂取した。

さすがに効きはよかった。一晩中歩き回れそうなほどの活力を得て、横浜に向かった。

21

リズが玄関の外まででてきた。その後ろに麻理亜もいるようだが、リズの大きな体に隠れてはっきりはしなかった。

見送られるほどの別れではなかった。真嶋はヘッドライトを点灯させ、合図も送らず、アクセルに足をのせた。夜景を眼下に望む、見晴らしのいい宋の邸宅をでた。急な坂道を下っていく。京浜急行と並行して走る幹線道路にでて、桜木町方向に進んだ。

初めて運転する車だが、違和感はなかった。宋が新たに用意した車は、名前を覚えるほどでもない、普通のセダンだった。先日まで乗っていたスカイラインはすでに処分してある。車だけでなく所有者まで処分してしまったほうが確実だが、まあいいだろう。あの男の使い道はまだあるし、あの男から自分にまで辿り着くのはそう簡単ではないはずだ。

黄金町の駅前で右折した。垢抜けのしない街だが、普通の街の顔をしていた。つい十年ほど前までは売春宿が軒を並べていたらしい。真嶋は幼いころ、この界隈で暮らしていた。やくざだった父親が刑務所に入る前、といっても、ひとから聞いただけで記憶はなかった。

真っ直ぐ進み、首都高の手前を左折し、石川町方面に向かった。車の運転は慎重だった。タイのパスポートと国際免許証はもっているが、警察に止められたらまずばれるだろう。真嶋はタイ語を話せない。ヘブンリーランチにはいい通訳がいたから、覚える必要がなかった。神懸かり的にタイ語を理解したのは、ドライバーが発した、神が見えたぞ、という言葉だけだった。あのとき、自分がそう理解したことを、いまだに疑ってはいなかった。不思議だとも思っていないのは、狂っていることを自覚しているからだろう。あの国にいっていちばんよかったのはそこに気づいたことだ。なんでもそれで片付けられるから便利だった。

長者町の交差点を右折した。すぐに首都高沿いの道に入り、交番の裏手に車を駐めた。車を降りたところでサングラスをかけ忘れたことに気づいたが、そのまま歩きだした。

ブルゾンの襟を立て、肩をすくめた。四年、日本を離れている間に、すっかり寒さに弱くなった。薄汚い街路に飲食店が数軒並んでいた。タイの裏道にでもありそうな、おそろしく簡素な店ばかりだった。その前を通りすぎ、真嶋は足を止めた。

そこも、かつては何かの店を営んでいたらしい二階家だった。家の前に置かれた一斗缶から火が上がっている。老人が、家からもちだしたらしい椅子に腰かけ、ねじって棒状にした新聞紙を火にくべていた。真嶋が傍らに立っても、老人は顔を向けず、燃えやすいようにか、木の棒でつついて新聞紙の位置を調節した。

「今晩は」真嶋は声をかけた。

老人は声のでどころを探すように、首を大きく振った。すぐに真嶋のほうに顔を向け、今晩はとだけ返した。

「私ですよ、小川です」真嶋は言った。

「ああ、小川さんかい。どうもどうも。またくるとは思わなかったよ」

歓迎の意味なのか、老人は真嶋の腕を叩いた。

「また、ちょくちょくくると、この間きたときに言ったじゃないですか」

「そうだけども、こんなところにわざわざまた足を運んでくるとはね。よほど暇らしい」

「吉岡さんには本当に世話になったものですから」

「そんなことを言っても、俺は喜ばないよ。やくざの世話なんて、どうせろくなもんじゃない。あなたの役にはたったかもしれんが、世間の迷惑になったはずだ。自慢の倅《せがれ》ではないんだよ、あいつは」

老人の言葉はそれほど頑《かたく》なではなかった。自慢はできなくても、息子は息子ということか。

「ホームレスのために火を焚いてるんですか」

「この季節にホームレスなんていないよ。いまはみんな屋根のあるところに収まってる。年末も近いから、ただゴミを焼いているだけさ」

老人は新聞紙の棒を缶に向かって放り投げる。縁にあたって地面に落ちた。真嶋はそれを拾い、缶のなかにくべた。

「何しにここへきたんだい」

「ただ顔を見にきただけです。吉岡さんに世話になったから。さっきそう言いました」

この老人は糖尿病を患い、視力がかなり落ちている。前回きたときにそう聞いた。記憶力もだいぶ衰えているのか。

「倅がタイにいったきり行方不明になったのは、もう七年も前だ。世話になったのはその前だろ。なんでそんな時間がたってから、やってきたんだ」

どうやら頭は目ほど衰えてはいないようだ。

「このあたりのホームレスは、施設に入ったりでたり自由なんですか」

老人はこちらに顔を向け、怪訝そうな表情をした。「自由ってこともないらしい。いろいろ資格みたいなものがあったりするようだ。働き口が決まっていて、住居を探しているひとは半年までいられるが、なんにもしていないひとはひと月だけとかね。この季節にむりやり追いだすこともないだろうが、施設によっていろいろあるようなことを聞いた」

「そうですか。案外厳しいもんだ。吉岡さんや俺の業界では、もっと厳しい施設があって、いったんなかに入ったら、一歩も外にだしてもらえないし、そのなかで働かされるし、でたらでたで世間の目は冷たいし、ってね、ひどいもんでしょ」

　そう言うと、老人は乾いた笑い声をたてた。

「同情する気にはならないが、お勤めご苦労様です。長いこと、入れられていたんだな」

　真嶋は煙草をくわえ、火をつけた。老人に勧めたが、やめたと言われた。

「実は、遠くにいくことになりましてね。ちょくちょくくると言ったのに、しばらくこられなくなりそうなので、今日は挨拶に伺ったんです」

「まさかまた――」

「いやいや、そんなドジじゃないですよ。仕事が見つかったので、越すだけです」

「それは何よりだな。男は仕事をしてなんぼだからね。どんな仕事かは訊かないよ。倅にも訊いたことはない。タイにいく前、珍しく顔を見せたんだが、そのときも訊ねなかった」

「もし知りたければ、教えてあげますよ」

　老人は炎に顔を向けたまま、首を横に振った。

「そうですね。知ったところで、何がどうなるものでもない。ただ、それを知れば、吉岡さんがその後どうなったか推測できる。もし吉岡さんが戻ってくるのを待っているのでしたら、諦めたほうがいい。亡くなったものと思って、線香でもあげてやってください」

「もう七年だよ。ちょうど失踪宣告とやらで、死亡とみなされる年月だ。諦めてるよ。あいつが戻ってくることはないって」

「よけいなことでしたね」

真嶋は火から離れた。日雇労働者風の男がやってきて、手を火にかざした。

「おい、俺の火に勝手にあたるな」老人が男に言った。

「なんだよじじい。火なんて減るもんじゃねえだろ」

「だまってあたるんじゃないと言ってるんだ」

「ふざけんな、じじい。誰にもの言ってんだ。おい」

男は肩をいからせ、凄みをきかせた。

「いま、話しちゅうなんだ。消えてくんないか」真嶋が言った。

「なんだ、お前。関係ねえだろ」

「消えろ」

もう一度言うと、男はこすり合わせていた手を止め、離れていった。

「礼を言うべきなんだろうが、言う気にならない」

「かまいません。その代わり、これを受け取ってください」

真嶋はブルゾンのポケットから、二十万円の束を取りだした。

「金は受け取れん」

「どうして。前回きたときは受け取ってくれた」

「金はもういらない」

「いくらあってもいいもんだと思いますけどね」

「この年だ。そんなに使うことはない」

「だったら、吉岡さんの、線香代として置いていく」

真嶋は老人の手にねじ込んだ。

「それじゃあ、失礼します。また機会があったらきます」

老人は手のなかの札束を見ていた。

「あんたは、ほんとは誰なんだ」

歩き始めた真嶋の背中を老人の声が追ってきた。真嶋はかまわず、歩き続けた。

車を駐めたところに戻ると、傍らに人影がひとつ立っていた。

「もの好きだな。ほんとにきてたのか」真嶋は人影に向かって言った。

近づいていくと、ナムの顔がはっきりと確認できた。

「どうだった、日本の貧民街は」

「貴士に日本にも貧民街があるって聞いて、どんなものかと思ったけど、たいしたことない。こんなのは貧民街じゃないね。ぼろぼろの小屋もないし、外で寝ているひともいない。ちょっと貧しそうなひとが多いのは他の町と違うけど、私が想像したものとは違ったよ」

「冬は外で寝るひとはいなくなったらしい。ちょっと前まではいたんだと思うが」

「当たり前といえば当たり前ですけどね。ここはお金持ちの国、日本なんですから。こんな寒いところで寝ているひとを放っておいたら、それはそれで驚くかもしれない」

たいしたことなかったと言ったわりには、ナムはどこか興奮しているように見えた。

「それで、どうだった、吉岡のお父さんは」

「どうってことはない。金を渡してきただけだ。もう死んでいるだろう、とは伝えた」

「貴士は律儀ね。死んだ男との約束を守るんだから」

「律儀なのか。誰だって世話になったら、礼ぐらいはするだろ」

いま進めている計画は、吉岡から聞いた情報をもとに練り上げたものだった。

「自分の手で殺したから、それくらいしないと化けてでてくると思っているとか?」

ナムがからかうように言った。

「俺がそんなことを気にすると思うのか」

しかもタイで殺したのだ。命の軽い、あの国で。

「カオはどうしたんだ。一緒じゃないのか」

「まだメイのところにいるよ。遠くにいくわけでもないのに、送別会をやってもらってる」

メイはナムやカオと同じ村出身のタイ人で、日本人と結婚して、いまは川崎でパブを開いていた。日本に密入国した当初、真嶋もしばらくはそこにやっかいになっていた。

パスポートも国際免許証も本物のナムに運転をまかせた。川崎の店でカオをピックアップし広尾に向かった。カオはひどく酔っぱらい、ぶつぶつと独り言を言い続けていた。

宋に手配を頼んでから四日目、接待所を監視するマンションの用意が調った。かなり早かったと思うが、第一の計画決行まで十日しかなかった。計画の準備も進めなければならないので、無駄にできる時間はない。マンションに着いたらすぐに監視を始めるつもりだ。

住所は南麻布。パーリオ麻布の六〇二号室が用意された部屋だった。荷物を運び入れ、さっそく西向きの窓のカーテンを開いた。暗くうち沈んだ住宅街を見下ろし、真嶋は満足した。

思いの外小さく見えたが、接待所ははっきり確認できた。宋がどれほど、この窓からの眺めを理解して借りたのかわからないが、あの接待所の監視場所として、ベストと言っていいだろう。門に面した道路がはっきり見えているから、車やひとの出入りが確実にわかる。さらにエントランス前の車寄せも見渡せるので、車でやってきた人物の確認もできる。

尖塔が屋根から飛びでたシルエット。門の前から見たときは気づかなかった。まるで教会のような形をしていた。あれが吉岡の言っていたブラックホールなのだろうか。正義か悪かの境界も消し去り、すべて呑み込んでしまう黒い穴。

なんとしてもそれを確かめなければならなかった。

22

ＪＲ東海道本線の上り電車は川崎駅を出発した。間もなく多摩川に架かる鉄橋に差しかかり、東京に入った。

田伏は車窓から見える川沿いのマンション群に目を向けた。うら寂しくも見える冷たい光を放ち、日がすっかり沈んだ暗い淵を両岸から挟み込んでいた。

マル対の加藤拓巳《かとうたくみ》を窺うことはなかった。次の停車駅である品川まで動きようはない。平日の午後七時前で、車内は適度に混雑していた。

加藤は真嶋が運転していた車の所有者だった。植草から情報を得て、すぐに加藤の身辺を洗い始め、五日がたっていた。見えてきたのは、真嶋とは何も結びつかない可能性だ。

横浜市戸塚区在住の加藤は、住まうアパートの近くに月極駐車場を借りているはずだった。

そこが所有するスカイラインの保管場所として登録されていた。しかし実際にいってみたら、別の車が駐まっていた。張り込んでみたところ、その車の所有者は加藤とは赤の他人であることがわかった。加藤の尾行をしばらく続けてみても、車の影はまるでなかった。たぶん、車を登録するさい、加藤は名義を貸しただけなのだろう。

　この数日見た限り、加藤が働いている様子はなかった。三十過ぎた男が昼間から漫画の立ち読みにふけったり、ゲームセンターで襲いかかるゾンビに銃弾を浴びせかけたりしている。長い髪をポニーテールに結わえた加藤は、オタクっぽい風貌だった。やくざ者という感じではなく、その手の人間に使われるタイプだ。小遣い稼ぎに名義を貸しただけなら、加藤はただの末端、誰がなんの目的で車を使っているかなど、知る由もないだろう。適当なところで踏ん切りをつけ、別の線をあたったほうがいいと考え始めていた。

　電車が品川に近づき、田伏は加藤を窺う。花柄の刺繍が入ったフェルト帽をかぶり、マントのようなたっぷりとしたコートを着込んだ加藤は、離れたところからでも簡単に確認できる。周囲に警戒の目を配ることもないし、尾行するには楽だった。

　加藤は品川で山手線に乗り換え、ふた駅先の五反田駅で降りた。

　風俗にでもいくのだろうとあたりをつけたが、東口の交差点を渡り、オフィスが立ち並ぶ桜田通りの歩道を進んだ。このあたりは田伏自身馴染みのある場所だった。仕事でよくこの先にあるビルを訪ねるのだ。そんなことを考えていたら、加藤が焦げ茶色のコートを翻し、そのビルに入っていった。田伏は足を速めて、ビルに向かった。

ホルス五反田ビルの前に立った。七階建てのオフィスビル。加藤が訪ねていきそうなところは、と考えて何階かに歯科医院が入っているのを思いだした。他に保険代理店が思い浮かんだが、それよりも弁護士事務所のほうが可能性があるのではないかと気づき、田伏ははっとなった。犯罪に絡んでいるなら、弁護士の世話になることもあるだろう。五階に事務所をかまえる五木法律事務所は刑事事件の弁護に定評があった。田伏はそこから下請けの調査をよく依頼されるのだ。

加藤がエレベーターに乗り込んだ。外から見ていた田伏はエントランスを潜り、エレベーターに向かった。扉の上の階数表示を見つめた。三階、四階と数字が移っていき、五階で動かなくなった。

田伏はその場で五分ほど待ち、携帯を取りだした。五木法律事務所の番号にかけると、馴染みのある事務職員、上川敦子が応対した。

「お世話になっています。田伏です。依頼人の加藤さんは、もう事務所にいらしてますか」

「ええ、いましがたいらっしゃいました」

上川はためらいなくそう答えた。

「加藤さんが帰られたころ、五木先生と話をしたいと思うんですが、大丈夫ですか」

「加藤様の件は尾立先生の担当ですけど？」

不審を表すように声が低くなった。

「じゃあ尾立先生で――。ちょっとだけでいいんです。もう下まできていましてね」


加藤がビルからでてきたのを見届け、田伏はなかに入った。

事務所を訪ねると尾立が迎えた。面談室に案内した尾立は「上川さん、騙されたって怒ってましたよ」と笑った。

尾立は三十歳ちょうどで、この事務所に所属する三人の弁護士のうち、いちばん若かった。いかにもいまどきの若者といった外見で、弁護士としては頼りなげに見えるが、頭は抜群に切れる男だった。

「まともに訊いても、答えてくれないと思いましてね」

田伏はテーブルを挟んで尾立の向かいに腰を下ろした。

「まあそうです。私だって、依頼人については何も話せません。たとえ、田伏さんでも」

尾立は穏やかな表情のまま言った。

「加藤さんのあとをつけていて、偶然、うちに入るのを見たというところなんですか」

「そうです。本当に偶然でね、驚きましたよ」

きっと偶然ではない。高橋刑事の思いが引き寄せたのだ。だから、なんとしても話を聞きだしたかった。加藤がここにやってきた用件は、何か真嶋に関係していると思えた。

「お願いします。加藤の依頼がどんな事件に関わるものなのか教えてください。もちろんひとに漏らしたりしませんし、加藤本人にも訊ねたりしないと約束します。だから――」

「いや、困るな。大先輩にそんな頭さげられると。いや、ほんと、頭あげてください」

尾立の手が腕に触れた。

「実を言えば、これは仕事ではない。個人で動いている。どうしても聞いておかなければならないんですよ。加藤はあくまで脇役で、俺が追っている人間に繋がる可能性があるので調べているだけです。先生には絶対に迷惑をかけないと約束する。だから、頼みます」

しばしの沈黙ののち、尾立はわかりましたと口にした。

「加藤さんは、刑事事件の弁護を依頼しているわけではないんですよ。まあ、だからといって、話していいわけではないんですけど、何か必要なことがあれば田伏さんに調査をお願いするということで、先にお話ししてしまいましょうか」

顔を上げると尾立はにやりと笑った。

「ありがとうございます。彼に対してはどんな感情ももっていない。だから調査の依頼があれば誠心誠意、力を尽くすことを約束します」

　尾立は大きく頷いた。

「それで、加藤の依頼は民事で、ということなんですね。何か訴えられたんですか」

「いえいえ。彼のほうが訴訟を提起しているのです。契約の履行を訴えて、といえば普通に聞こえますけど、実際はちょっとありえないと言いますか、聞いたら驚きますよ」

　もったいをつける尾立に苛立ちを感じた。同時に期待がわき上がる。普通ではないこと。真嶋に繋がる何かがあると確信を深めた。

「加藤さんは、高額当籤金詐欺を契約不履行で訴えているんですよ。よく聞くでしょ。あなたに一千万円が当たりました。つきましては事務手続きに五万円が必要となりますので、振り込んでくださいというような話です。加藤さんはそれに引っかかって五万円を振り込んだ。こっちはちゃんと払ったのだから、そっちもちゃんと一千万円を払えということです」

　田伏は前のめりになって言った。「それは詐欺に引っかかったわけじゃないでしょ。加藤は最初から金をせしめるつもりで、五万円を振り込んだんだ」

「まあ、そういうことなんでしょうね。実は、加藤さんの依頼はこれが初めてではないんですよ。四ヶ月ほど前にも、ほぼ同じような訴訟を提起してる。前回はどうだかわかりませんが、今回は最初からそのつもりだったと私も思います」

一緒だ。元市錬会の組員、花井と同じことをしている。これは偶然ではない。

23

「さあさあ、もう一回、乾杯しようか」

会話が途切れたのを見はからい、島本は大きな声で言った。

「ラブ慈、何回、乾杯すれば気がすむんですか。もう四回目くらいでしょ」

隣に座る舞子が呆れたように言った。

「何度やっても飽きない。なんか、気持ちがぶぁーっと盛り上がる感じがさ――」

「はい乾杯！」

舞子が遮るように言うと、みんなばらばらに乾杯を言って、島本のほうにグラスを掲げた。

「おいおい、なんだよ。――乾杯」島本も渋々グラスを掲げた。

ぶぁーっと盛り上がりはしなかったが、みんなのからかうような笑顔が親密な気がして、心がなごんだ。

渋谷にある居酒屋で「天国祭」の打ち上げをしていた。

昨日行われた、ライク・ヘブン主催のイベント、「天国祭」は大成功だった。客の入りもまで成功するとは、島本自身思わなかった。ステージと観客が一体となって大いに盛り上がった。物販の売り上げもこれまでになくよく、商業的にも成功だったから、経営者としては手放しで喜べた。

　みんなのやりきったという満足感が伝わってきた。これで、明日美の事件を乗り越えることができたのだと思う。島本自身、ひとつの区切りがついたような気がした。

「ラブ慈、ちょっとキモイよ。ひとりで、にやにやしてる」舞子が横目で睨みながら言った。

「そうかい。なんか、みんなの笑顔を見てると、にやけてくるんだよな。俺の宝物だ」

「やっぱ、キモイかも。みんなっていっても、ちょっと欠けてるし」

「そうだな。翔子はどうしたんだろ。くるっていってたんだろ」

　ここに集まっているのは六人。翔子だけがきていなかった。携帯に電話しても繋がらず、ちょっと心配ではあった。

「翔子ちゃんだけじゃなく、月子ちゃんも。辞めたにしても、呼んだらよかったのに」

「そうですよね」と、舞子の向こうに座る葉香が同意した。「月子さん、すごい頑張ってくれた。物販でいちばん売れたの、月子さんが企画したTシャツだったし」

「それなのに、なんで辞めたんだろ」

　冗談めかした感じではあるが、舞子は疑うような、咎めるような目を島本に向けた。

「俺にもわからない。色々事情があるんだと思う」

みんなには、月子が急に辞めることになったとしか伝えていなかった。本当のことを知っているのは翔子だけだ。

「彼女には、みんなが感謝していたと伝えておくよ」

「月ちゃんと、会うことがあるんですか」

「退職の手続きとかあるからね。たぶん、会うことになると思うよ」

退職の手続き云々は嘘だが、会う予定は実際にあった。

昨日、「天国祭」が終わって、ひと区切りがついた。明日美の事件に始まり、この数週間、いろんなことがあったが、最後はイベントの成功で綺麗に着地することができた。

この年になっても、ひとは成長できるのだと島本は知った。明日美が逮捕されたときはおたおたしたが、先日は勇気を振り絞って、やくざ者のバズと対決し、翔子から手を引かせることができた。そしてイベントを成功に導いたし、ほんの数週間の間のことだけれど、人間がひとまわり大きくなった気がした。そう意識すると心も広くなる。

ずっと月子のことは心にひっかかっていた。とても悪い子には見えなかった。一生懸命働いてくれたばかりでなく、うちの事務所に対する愛情みたいなものさえ感じた。明日美や翔子におかしなバイトを紹介したのには深い事情がある。複雑な心模様が胸の奥に刻まれているに違いなかった。

島本は心が潰れてしまいそうなほど明日美のことを心配し、翔子のためには立ち上がった。月子だけ切り捨ててしまっていいのかと、自問が心に刺さった。

だから昨日、月子に電話をして、今日、オフィスにくるように言った。あなたの心を救いたいのだと言ってもくるはずはないから、とにかくこい、こないとアルバイトのことを警察に話すと脅して約束させた。きっと月子はすけべおやじが何かよからぬことを考えていると勘違いしただろう。実際、ちょっと前の自分は、そんなすけべおやじと大差なかったかもしれないが、いまは違う。ひとは短期間のうちに成長するものだ。

八時過ぎに打ち上げは終わった。結局、翔子は現れなかった。二次会の誘いに後ろ髪を引かれながら、島本はオフィスに向かった。

井の頭線渋谷駅の脇の道を上がっていった。コンビニの前を通りすぎ、次の角を左に曲がった。路上にワンボックスカーが駐まっている。その前を通りすぎ、薄汚れた雑居ビルのエントランスに向かった。

スライドドアの閉まる音が聞こえた。すぐに男の声が背後から追いかけてきた。

「遅いよ。どんだけ待たせたせんの」

あまりに自然な口調だったから、驚きもせず、振り返った。

男が向かってくる。白っぽいニット帽、黒い革のジャンパー。その服装に見覚えがあった。

バズだ。背を向けたが遅かった。後ろから髪の毛を摑まれ、体を引き戻された。逃れようと体を捻ったら、腰を蹴り飛ばされた。つんのめって、アスファルトに膝を打ちつけた。靴が一瞬見えた。すぐに顔に衝撃がきて倒れ込んだ。頭がぐらぐらした。

バズが馬乗りになってきた。頰を平手で張られた。

「やめてっ」叫んだつもりが、小さな声しかでなかった。

「お前のせいで、室田先輩が殺されたぞ。どうするつもりだよ」

また頰を張られた。

「ごめんなさい。何を言っているかわからない」

「とぼけんな。お前がアパートにきたあと、先輩はあそこで殺されたんだ。お前が誰かにあの場所を話したとしか考えらんねえんだよ」

拳が鼻に叩き込まれた。続けざまに左右から拳が降ってくる。島本は手で鼻を押さえながら、自分でもわからない言葉を喚いていた。

「市錬会あたりに売ったんだろ。俺のことも話したんだろ」

「ごめんなさい。なんのことか、ほんとに――。先日のことは謝ります。だから――」

「謝ってすむかよ。俺も殺されんのか」

髪の毛を摑まれ、頭をアスファルトに打ちつけられた。

「やめてください」島本は涙を流して言った。

胸にかかっていた重みがふいに消えた。また髪を引っぱられた。

「立てよ」

もう動けないような気がしていたが、頭皮の痛みに促されて立ち上がることができた。

「こっちこい」

髪の毛を引っぱられ、つんのめるように歩いた。車のところまでくると、頭皮の痛みが消えた。バズがスライドドアを開く。

「ほら、見てみろ」

車のなかには人影が見えたが、薄暗くてよくわからない。おかしな方向を向いて座っている。バズが車のなかに体を入れ、明かりをつけた。

男の尻が見えた。後部のシートは背もたれが倒されフラットになっていた。そこに女が横たわっている。裸足だ。

「先輩、勘弁してくださいよ。もうたちませんって」男が言った。

「気合いでたたせろ。こいつに見せてやれ」

バズはそう言うと後退した。島本の背中を押す。

バズの陰に隠れていた女の顔が見えた。翔子だった。ぽっかり口を開け、薄目で宙に視線をさまよわせている。萎《しな》びた男の陰茎。赤黒く濡れた翔子の陰門。

「ひーっ」と悲鳴を上げ、島本は後ろに下がる。何かにつまずき、尻もちをついた。

「お前が、よけいなことするから、女もこんな目に遭うんだよ。どうするんだ」

靴底が迫ってきて、顔面を打った。

「すみません。なんでもしますから、許してください」

島本はアスファルトに伸びたまま、声を上げた。打ち上げの飲み会に戻りたいと思った。

「そうか、なんでもするか。じゃあ、お願いしようかね」

しゃがみ込んだバズが、言った。

ねっとり糸を引く唾液の塊が、島本の顔に降ってきた。

24

「ほんとですか。同じようなことをやっている人間が他にもいるんですか」

尾立が眉根を寄せて訊ねた。

「ええ、その男によれば、やくざの間で流行っていたそうです」

田伏は花井から聞いた話を伝えた。

「その男は何者ですか。差し支えなければ」

「そいつも元やくざです。いまもあまり変わらない生活をしているようだ」

「なんだろうな。他にもいるというだけで驚くのに、やくざの間で流行っていたなんてありえますかね。つまり、それほどドジな詐欺師が世の中にあふれているものかという疑問なんですが」尾立は顎に手を当て、首を捻った。

「その話をしたやつも、もしかしたら都市伝説のようなものかもしれないとは言ってました。ただ、自分はその噂を聞いて、実際にやり遂げたのだと。三件の訴訟に勝って、七百万円をせしめたようです。判決書を確認しています」

「三件ですか。そして加藤さんは二件。ただ、加藤さんは同じような訴訟を以前にも起こしている可能性があります。最初に依頼にきたとき、妙に慣れている感じがしたんですよ」

「先生、五件や六件、その手の訴訟が続いたとして、ありえないくらい多いと思いますか」

「会社を登記しているドジな詐欺師がどれほどいるかってことですよね」

　尾立は考え込むようにぎゅっと目をつむった。きめの細かい肌に皺が寄った。

「加藤さんから依頼を受けたとき、私はこう考えたんです。高額当籤金詐欺で会社を登記している意味はあまりない。それでも登記していたのは、以前は別の形態の詐欺をやっていたからではないのかと。情報商材を売りつける詐欺があるでしょ。パチスロの必勝法を教えますなどとうたって、いいかげんなマニュアルを売りつける悪徳商法。あれはネットに広告をだしたり、クレジットカード払いやコンビニ決済をしたりするから、会社を登記しているケースが多いんです。それをやっていた連中が高額当籤金詐欺に移行したため、会社を登記していたのだろうと。それにしても、同じ社名で詐欺を続けるのだから、ドジとは言える」

ただし、ドジな犯罪者というのは珍しくない。というか、こちらが思ってもみない理由で行動していたりする。だから犯人は捕まるのだし、ときに捜査は難航するのだ。

「二件目の依頼がきたときは、驚きましたよ。会社を登記している詐欺師が他にもいたのかと。ただ、加藤さんはネットで執念深く情報を収集してひとの素性を晒したりするタイプにも見える。執念深く、登記している詐欺師を探しだすこともあり得るかなと考えたんです。それが他にもやっているひとがいるとしたら、どうなんでしょうね。五件、六件あるということは、世の中にはもっとたくさんそんな詐欺師が潜んでいるということですからね」

「やはりありえないと言っていいんですかね」

田伏はそう訊ねたが、尾立は弁護士らしく、慎重に即答は避けた。しばらく沈黙が続いた。

「ありえないかどうか論じるより、ありえないと仮定して考えてみてもいいかもしれない。ドジな詐欺師はそんなにいない。じゃあ、どうして加藤さんは訴えることができたのか」

田伏は深く頷き、考え始めた。ドジな詐欺師はそんなにいない。つまりは、理由があって会社を登記していた。いったいどんな理由が考えられるか。

すぐに田伏はいき詰まった。詐欺は専門外で詐欺師の思考をうまくなぞることができない。尾立は突きだした顎をさすっていた。考えているようだ。尾立が答えをだしてくれるなら、自分は考えなくていいかもしれない。なんだか、考える気力がわかない。考えなければと思うのだが、楽をしたがる脳が、思考を拒否して逃走をはかろうとする。喉が渇いた。

考えに集中できなくても、ぽんと何か思いつくことはある。田伏の頭にふいに浮かんだのは、登記していたそれぞれのグループは、実はひとつの詐欺団なのではないかというものだ。ただの思いつきで、根拠はなかったが、あらためて考えてみると、悪い考えではない気がした。それぞれのグループがそれぞれの理由をもって登記していたとするよりも、ひとつの詐欺団がひとつの理由からそれぞれの会社を登記していたと考えるほうが、ありえそうだ。

ひとつの詐欺団というのは、花井が訴えた会社も含めてのことだ。花井は三件で七百万円をせしめている。加藤は一件ですでに六百万円を勝ちとっていた。詐欺で得られる額は、一件、三万円から五万円と考えると、詐欺団はおよそ三、四百人分の収入をこの半年ほどの間に失ったことになる。これは相当の損失であるはずだ。なのにいまだに登記した会社を使っているのはどういうわけだ。

いつのまにか、頭がうまく回転していた。ひとつ筋道ができると、思考するのもあまり苦でなくなる。あらたな疑問にもすぐ答えを導きだした。その答えに、田伏自身が胸を突かれたように息を呑み込んだ。

損失をだしながらも会社を登記していたのは、そうする必要があったからだ。その必要性として浮かぶものはひとつだけ。詐欺団は訴えられたかったのだ。金を吐きだしたかった。あまりにばかばかしい答えだ。訴えられ、金を奪われることを望む者などいるわけはないのに、田伏はこれが正しい答えだと直感していた。それは、何か花井が語ったことに起因しているのだと、そこまではわかるのだが、具体的なことまでは浮かばない。

尾立に目を向けた。腕組みをして天井を見上げていた。熟考しているようだ。ここまでくると、尾立にまかせてしまえとは思わない。できれば自分が先に答えを導きだしたかった。どうして詐欺団は訴えられたがったのか。金を吐きだしたかったのか。その答えを求めて、花井の部屋に追い込みをかけたときのことを思い返していた。あのとき花井は何を語ったか。田伏の頭は思った以上に明敏に働いていたようだ。しばらく考えていると、花井の言動を飛び越し、直接、どうして詐欺団が金を吐きだしたかったのか答えが浮かんだ。思わず、あっと声を上げた。

こちらに顔を向けた尾立と目が合った。眉根を寄せ、鋭い目つきをした。

「わかったよ。詐欺団がなぜ登記していたか。加藤がそれを見つけられたわけもな」

　田伏がそう言うと、尾立は眉間に刻んだ皺をいっそう深めた。田伏が再び口を開こうとしたら、尾立は表情を崩して、笑みを浮かべた。

「先を越されましたね。いま私もわかりましたよ。加藤が見つけられたわけと聞き、いっきに答えがでた。加藤さんは見つけたのではなく、最初から知っていた、ということでしょ」

「そういうことです」

　そこがわかっているなら、たぶん全体的にも自分の考えと同じはずだ。

「詐欺団と加藤さんはグルだった。たぶん訴えられた会社はもとから詐欺なんてやっていない。加藤さんに訴訟を経て金を渡すため、加藤さんにだけ高額当籤のメールを送ったりしていたんでしょうね。どうしてそんなことをしていたか、と考えると答えはひとつしかない」

　尾立は言葉を切り、田伏に視線を送る。

「マネーロンダリングだ」田伏はあとを引き取るように言った。

　最初から答えは見えていたのだ。花井はあの日、マネーロンダリングをやっていると言った。それが頭にひっかかっていたようだ。

「それが本当なら、なかなかすごい話ですよ。よくできている」尾立は声を弾ませて言った。

「裁判所のお墨付きなんだから、これほどクリーンな金はない。しかもそのでどころは、犯罪収益だと最初から申告しているわけで、どこからもってこようとかまわないんですから。

民事裁判の結果をもとに警察が自動的に捜査に乗りだすなんてことはないから、じっくり姿を消すことができる。実態を解明するのはなかなか難しいでしょう」

花井たちは特殊詐欺をやっている。そこで稼いだ金をこの方法で表の金にすることができるのだ。加藤が勝ちとった金も、元は花井たちが稼いだ金なのだろうか。こういうマネロンの方法があると複数の犯罪者が知るならば、複数のグループがやっていても不思議ではない。

「デメリットは裁判費用がかかることですが、たいていのマネロンはコストがかかるものだから、容認できるでしょう。あとは、公の機関を通すわけだから、目立ちすぎてしまう。これが実際に行われているのだとしたら、地方でも裁判を提起しているんじゃないですかね。ちょっと調べてみます。あと、このマネロンは、まだトライアル期間なんじゃないかと思います。一回で数百万円単位じゃ物足りないはずだし、コスパも悪い。まずは様子見といったところなんでしょう。今後は、一回の裁判で勝ちとる金額を上げてくるはずです」

実際、花井より加藤のほうが、一回でせしめる金額が格段に多くなっている。

「加藤さんの依頼を今後どうするか、ちょっと考えてしまいますね。マネロンだと確定したわけではないですが。五木先生に相談してみます。——ありがとうございます。犯罪に手を貸すわけにはいきませんからね」

「役に立ったのならいいですが」田伏はそう言って立ち上がった。「何かわかったら、お知らせします。話せないことがでてくるかもしれませんが」

「個人的な調査でしたよね。守秘義務より重いものがきっとおありでしょう。こっちでも、何かわかったらお伝えします」尾立も立ち上がって言った。

まったくの個人的調査ではない。花井も関わってきそうだし、真嶋は室田殺害に関わっている。そして、加藤が登録した車を真嶋が使っていた。わかっていることをより合わせるといったいどういう相関図ができあがるのか。考えるのがまた億劫になってきたが、これは自分でやるしかなかった。

25

「お疲れ様」

月子が更衣室に入っていくと、岡野智代が笑顔を向けて言った。

「お疲れ様です。ありがとうございました。いろいろ教えていただいて」

「いいのよ。まだ三回目でしょ。わからないことはいっぱいあるはず。なんでも訊いてください。わからないまま、ゲストの前に立たれるより、よっぽどいいわ」

厳しい言葉にも受け取れそうなものだったが、いつものとってつけたような笑みが、ほどよく緩和した。退屈なひとだけれど、悪いひとではないようだった。

「緊張したでしょ。今日は偉いひとだったから」

今日、迎賓館を訪れたのは、会長の東原と取締役で作家の山中。そしてゲストとして、閣僚級の政治家がSPを引き連れてやってきた。

「緊張しました」と月子は素直に認めた。

初めてパーティーの手伝いにやってきたときも、大物がいたが、さほど緊張はしなかった。いまはここを辞めさせられたら大変だという思いがあるから緊張してしまうのだ。

「でも、偉いひとのほうが、うるさいことをあまり言わないから、楽でいいかもしれない。ああだこうだ面倒なことを言うのは、中途半端なひとが多いのよ」

そういうものなのかもしれない。今日も緊張した以外は、注文も少なく楽なものだった。特別サービスの必要もなく、三人揃って帰っていった。

真嶋を見かけたあの日、月子は迎賓館に戻り、北林に頭を下げた。今日みたいなことは二度としないから、ここで働かせてほしいと頼み込んだ。北林は怒り心頭で、最初はとりつく島もなかった。間に入って取りなしてくれたのは岡野だった。最初は大目に見てあげてほしいと。意外だったのは北林もバイトの岡野に言われ、耳を貸す姿勢を見せたことだ。そして被害を受けた当の曽根が、もう一度チャンスをくれてやれと言った。このままでは俺のやられ損だからと。このことは会長に話したりしないから、というのが北林にとっては決め手になったのだろう。今度やったら叩きだすからと、どうにか迎賓館で働けるようになった。

岡野は月子が着替え終わるのを待っていた。月子は手早く着替え、一緒に更衣室をでた。

「お年寄りたちはあまり遅くならないからいいわ。だいたい、いつもこんなものよ」

エントランスをでると、岡野は言った。

時間は午後八時半。夜の仕事が続いたが、昼に迎賓館を使うことも多いようだ。夜はどんなに遅くなっても、日付が変わる前には閉めるそうだ。丸山啓輔らが使っていたマンションには制約がなかったが、あの事件以来使っていないと北林は言っていた。

「大物の政治家のひとも、特別サービスを希望することがあるのですか」月子は訊ねた。

「そうね、色々気になることはあるわよね。でもね高橋さん、特別サービスについては、女の子同士でもなるべく話さないで。とくにここの門をでたら、いっさい話してはだめ。ここのいいお給料は、それも含めたお金だから」

声が冷たく響いた。思わず岡野の顔に目をやると、岡野もこちらに顔を向けた。目を細め、慈愛に満ちた、とでも呼べそうな笑みを浮かべた。

「わかりました」月子はすぐさま答えた。

不思議だなと思った。岡野はただのバイトのはずなのに、いまの言葉は迎賓館側、会社側の人間の言葉のように感じられた。岡野は会長の愛人。そういう噂は、とくに具体的な根拠があるわけでもなく、こういう言動からくるものなのかもしれない。

「政治家のかたは、お茶を頼んで、女の子とお話だけ楽しまれることも多いです。だから、新聞などよく目を通しておいたほうがいいわよ」

銀座の高級クラブで、先輩が後輩に言いそうなことだと月子は思った。しかし、そんなクラブにくらべれば、迎賓館の仕事はずっと楽なものだろう。セックスだって覚悟を決めてしまえば、それほど苦でもないはずだ。

月子にとっても苦ではない。ただ、あの男以外とは寝ないと決めていた。その決意を破ることについてまだ気持ちの整理がついているわけではなかった。どうせ寝ても何も感じない。体は反応するかもしれないが、悦びを覚えないなら、何もしていないのと同じこと。そう割り切ろうと思っているものの、今日アパートをでるとき、なかなか足が前にでなかった。

門の横の扉から外にでた。月子はあたりを見回したが、ひとも車も目に入らなかった。

あの日、真嶋は迎賓館からでてきた月子に、強い視線を向けた。それは迎賓館に関心をもっている証拠に思えた。迎賓館には関係があったと思われる北林もいるし、真嶋が関心を向けそうなものは色々考えられた。ここにいればまたきっと会える。そう信じた月子は、この迎賓館にしがみつくしかなかった。

「高橋さん、まだ早いから広尾でお茶でもしていかない？　お腹がすいているならお食事でもいいけど。私、お酒はだめなの。でも高橋さんが飲むなら、居酒屋とかでも全然平気」

岡野が唐突に誘った。月子が顔を向けるとちょっと自信のなさそうな笑みを浮かべた。

「いいですね。このへんなら素敵なお店がいっぱいありそうですものね。でも残念ながら、今日はこのあとちょっとひとと会わなければならないんです。またぜひ、誘ってください」

岡野は大袈裟な表情も見せず、頷く。自分の残念な気持ちが伝わらなかったのだろうか。なんであれ、これからいくところよりは楽しいだろう。島本に呼ばれてオフィスにいかなければならなかった。なんの用かわからない。こなければ迎賓館のことを警察に話す、と脅しもしたけれど、たぶん、むりやりこさせて、お節介でも焼くつもりなのだろう。

悪いことはできないひとだ。かといって特別いいひとというわけでもない。いってみれば普通のひと。自分の心境など話したところでわかってもらえるわけはないし、はなから話すつもりはなかった。とにかく、金輪際、自分に関わらせないようにしなければならない。何かきつい言葉でも用意しておこうと考え、ふーっと溜息をついた。

生きることは疲れる。けれど、死が、それよりましだと感じさせるほどの魅力を備えているとは思えない。母を早くに亡くした月子は、死がもたらす重たい空気というものを子供のころから感じていた。悲しさや、喪失感といったものとはまた別の持続性のある不快感がまとわりついた。父親が死んで、悲しさもないのにその不快感はひっそりと忍び寄ってきた。そのうちこれが死そのものなのだと思えてきた。どんな形であるかわからないけれど、死んだ当人にもこの重たさと不快感はわかるはずだ。それが死なのだから。死んでもこれが残るのなら、月子にとって、死は魅力的なものではなかった。

生きていこうと思った月子は、生を彩るものを望んだ。かつて美しいものがそうだったように、単調で疲れる生に彩りを与えてくれるもの。それを意識したときにはすでに見つけていた。月子はいつか真嶋に会えるのではと期待して、モデル事務所のヘリテージを訪ねた。私に影響を与えていた男。私を性に向かわせ、ラウンジに足を向けさせ、父親の生を吸い取り、私に重い空気を背負わせた。いったいどんな力だ。きっと、大きな力だ。忘れてしまった性の悦びを思いださせてくれるくらいに。月子はそう信じた。子宮がはっきりとそれを感じた。そして、先日真嶋を見かけたとき、その感覚が正しいことが証明された。

一度だけでいい。真嶋と交わり、十七歳のときに知った、あの悦びをまたこの体に甦らせたかった。それが実現したら、あの男はもういらない。私に影響を与えるその力を消してしまわねばならない。

「それじゃあ、私、ひとりでお茶していくので」駅の近くまできて岡野が言った。

「いいですね。これからいくところ、ほんとにつまんないんです」

つまらないことはつまらないが、それでも生の彩りを身近に感じられるいま、それほど億劫ではなかった。岡野に手を振り、月子は駅に降りる階段へと向かった。

いつか彩りは消える。この手で消してしまうのだ。生が萎れるとしてもそうしなければならない。

一度のセックスが終わったあと、月子は真嶋を殺そうと決めていた。

26

島本はコンクリートがひび割れた薄暗い坂道を上っていった。見えるところに警官はいないと聞いていたが、それでもあたりを窺った。先日バズが入っていったアパートの前にでた。外階段の下に黄色い規制線が張られていた。ひとが殺された痕跡に、思わず足を止めた。

警官の姿はやはりない。それでも、どこかから窺っている可能性はある。だからこそバズは自分にこさせたのだ。島本はごくりと唾を飲み込み、アパートの敷地に入っていった。

もし誰かに呼び止められたら、殺人現場を直に見たくて足を踏み入れただけ、という言い訳を用意していた。オタクっぽくも見える自分なら、そんな言い訳も通用するだろう。しかしそれも、バズに頼まれたものを回収するまでだ。洗濯機が置いてある外廊下をきょろきょろと窺い、忍び足で進む。

いちばん奥の部屋までできた。外廊下から地面に下り、すぐに塀と建物の隙間に入った。横向きでも窮屈な空間だったが、なんとかしゃがみ込む。アパートの外壁の地面に近いところに視線を向けると、バズに言われた通りのものが見つかった。床下の換気口があった。

顔を近づけて見ると、金属製の格子が一本折れていた。これも言われた通りだ。手を差し込み壁の裏側を探ると柔らかいものに触れた。それを摑んで手を抜いた。

ビニール袋に収まったナイロンポーチ。これでまちがいない。島本は立ち上がった。

ポーチはそれなりの重さがあった。大量の覚醒剤が入っているのだろう。こんなものをもって警官に呼び止められでもしたらとんでもないことになる。ひとの気配がないことを確認して、外廊下に入った。

警察に駆け込んでしまったほうがよかったのではないかと、後悔の念が繰り返し浮かんだ。しかし、実際はそんな選択肢はなかった。ポーチを回収してすぐに戻ってこなければ、翔子をもっとひどい目に遭わせると言われたら、言いなりになるしかない。バズは坂を下ったところで、車に乗って待っている。翔子ともうひとりの男はライク・ヘブンの事務所にいた。

外廊下を抜け、敷地からでようとしたとき、少し坂を上がったところにスーツ姿の男が立っているのが見えた。島本は驚き、男の顔を直視した。すぐに男に背を向け、坂を下り始めた。声をかけてくるなと念じた。ぎこちない歩き方に気づかないでくれと願った。男の厳めしい顔が頭にちらつく。あれは刑事ではないのか、と問いかける声が、盛んに聞こえる。

「おい、いま何やっていた」

男の声がして、内なる声は消え去った。

一瞬、足が止まりかけた。振り返りたくなるのを抑え込み、島本はいきなり駆けだした。坂道を駆け下り、少し広い道にでた。神泉駅のほう、緩い上り坂を駆け上がる。バズの黒いワンボックスカーが見えた。アイドリング状態で、リアから白いガスが立ちのぼっていた。

大丈夫だ。あとちょっと。火事場の馬鹿力なのか、自分にしてはやけに速い気がした。

ドアを開けておいてくれ、と心のなかで叫んだ。そうすれば、勢いを止めずに車に飛び込める。確実に逃げ切れそうなのだが——。島本は走りながら目を剝いた。目の前で起きていることがにわかには信じられなかった。車が動きだしたのだ。

それでも最初は、自分が乗りやすい位置に移動しようとしているのでは、と希望ももっていた。しかし、スピードを上げていくのを見て「おい！」と声を上げた。

島本は絶望的な気持ちで、背後を振り返った。男との距離は四、五メートル。意外にまだ差があると思い、力が湧いた。速度を上げようとして足がもつれた。大きく前につんのめる。

ナイロンのポーチを投げだした。手をつき、膝を打ち、止まった。すぐさま、立ち上がろうとしたとき、背中を蹴り飛ばされた。そのままアスファルトに倒れ込んだ。

終わりだ。警察に逮捕されると覚悟を決めたら、気持ちがいくらか楽になった。

男がポーチを拾ってこちらに歩いてきた。ビニール袋を取り払い、ファスナーを開く。中身を確認してにやりと笑った。

27

真嶋は双眼鏡を手にもち、窓に張りついていた。その横でナムが三脚を立て、望遠レンズを装着したカメラを設置している。一台目をセットし終わり、二台目に取りかかった。

明かりはつけていなかった。ナムは時折懐中電灯をつけ、手元を照らしていた。

カメラはすぐに写せるよう、門のあたりとエントランスの車寄せあたりにピントを合わせ固定する。写す対象は接待所にやってくるゲストたちだ。どれほどの大物がやってくるのかは知らないが、日本の政治経済に大きな影響力をもつ権力者の写真が撮れればと思っている。

真嶋が窓に張りついてからでてきたのは、接待所のスタッフと思われる三人だけだった。三十分ほど前に、ふたりの女性スタッフが帰っていった。そのうちひとりは、先日、車に向かってきた女と思われた。いったい、あれがなんだったのか、いまだにわからなかった。指名手配犯の真嶋だと気づいたのだとしても、車に詰め寄るのは普通のことではない。

三人目は五分ほど前にでてきた。驚くことに、見覚えのある顔だった。真嶋が実質的オーナーだったモデルクラブのマネージャーで、真嶋の接待所、「F」に女を送り込む役割も担っていた男だ。

自分は何かの力に導かれ、この接待所にやってきた気がしていた。何かの縁で最初から繋がっている。そこに知った顔があっても不思議ではなかった。そして本当にそうであるなら、やはりここが、自分が探し求めていた場所、ということになる。

「さあ、ふたつ目もセットできたよ」ナムが言った。

真嶋は台の上に乗り、カメラの液晶画面に目を向けた。門のあたりをしっかり捉えていた。ベランダの手すりが邪魔になるため、手前の門を狙うカメラは高いところに設置してあった。

「カオにはカメラを動かさないよう、よく言っておけよ」

超望遠のレンズは、ちょっと動かしただけで、映しだす画面がずいぶんずれてしまう。

カオにはいっさい触らないように言っておけばいいでしょうとナムは言った。

カオは肉体の動きの制御装置を、自らの意思で切っているような状態だった。たとえシャッターを押す程度のことでも、力かげんをうまく調節できない可能性はあった。

カオは殺し屋でもボディーガードでもなく、ナムの友人だった。ヘブンリーランチの大ボス、トレインがカオの旅費をだしているものの、カオに日本にいけと命令したわけでもなく、あくまでナムの連れだった。
　不思議なことに、真嶋もカオやナムを友人と考えていた。大人になって友人と呼べる相手ができたためしはなかったし、求めたこともなかった。自分が狂っていることに気づかせてくれたこともあるし、同類であるふたりに、親しみを覚えるのだった。

　真嶋は窓際に戻り、接待所に目を向けながら、右手の薬指の先を舐めた。第一関節から先がない薬指は、ないはずの爪の間に針を差し込まれたような痛みを感じることがあった。唇できつくはさみ、舌で先を舐めてやると、いくらか痛みが緩和する。

　ヘブンリーランチに到着した日に切り落とされたのは左手の小指だった。あの日、切り離された指の先が感じていた風をいまでも思いだすことができた。それは自分を遠くから眺めているのと似ていた。自分から離れたところにいる自分の存在を確かめられたような気がした。しかし、それも束の間、切り落とされた指先はボスの手下に踏みにじられた。潰される痛みを感じることはさすがになく、離れたところにいる自分の存在もぺしゃんこに潰れ、消えてしまった。子供のころから、自分を遠くから眺めているような気になることがあったが、それ以来、その感覚が現れることはなくなった。

　指を切り落としたのは、ボスに会うための儀式みたいなものだった。トレインは何かを相手に施すとき、体の一部を要求する。どこの馬の骨ともわからないやつに面会してやるのだから、小指の先を寄越せということだった。小屋にいた四肢の関節から先がなかった者たちも、同じだ。ベビーと呼ばれるあの者たちは、組織を裏切ったりして、トレインから大きな怒りを買った。命は助けてやるから、手足の半分を寄越せということのようだ。その後はあの小屋で暮らさなければならないが、食事や介助などの費用はすべてボスがだしてくれる。

小指を代償として、大ボスにお目通りがかなった。真嶋は通訳を介して、仕事をさせてくれと頼んだ。何ができるかと訊くから、詐欺のやり方を知っていると答えた。日本で行っていた振り込め詐欺の手法を説明し、タイの実情に合わせた内容に変更して行えば、大金を稼ぐことができると売り込んだ。

タイに渡ってから四ヶ月、真嶋はこの国の犯罪組織の現状を調べてあった。タクシン政権だった二〇〇〇年代なかごろ、首相の号令で麻薬組織の撲滅に政府は乗りだした。それは組織メンバーの暗殺も辞さない、苛烈なものだった。結局数千名の死者と十万人近い逮捕者をだし、タイの麻薬ビジネスはほぼ壊滅した。

もともとタイの麻薬ビジネスは、海外向けが主で、それが壊滅したことでいちばん喜んだのはその最大の輸入国アメリカだったろう。生き残ったボスたちは、合成麻薬や覚醒剤を輸入し、国内で密売するビジネスに転換した。既存の麻薬ビジネスを撲滅させることはできたが、国内に薬物が蔓延する結果となった。犯罪組織にとっては一大転換期で、中小の組織も乱立し、かつてのような安定したビジネスを行うのは難しい状況だった。ドラッグビジネスを補完するうまみのある商売があれば飛びつくのではないかと真嶋は考えていた。

トレインもタイ北部でかつてはケシの栽培からヘロインの精製、密売までを手がける麻薬王のひとりだった。タクシンの撲滅作戦で仲間を何人も殺され、自分も警察に逮捕されていた。ただ同じ北部出身の中国系、タクシンにコネがあり、のちに釈放された。トレインだけでなく、そんな大物は当時何人もいたそうだ。それがのちの覚醒剤の蔓延に繋がったようだ。

真嶋が面会にいったところ、トレインはちょうど組織の立て直しに躍起になっていた。詐欺での初期投資はトレインにとって大した額ではなかったため、とりあえずやらせてみようと、真嶋を組織に受け容れた。ふたりの部下と日本人の通訳をつけてもらい、詐欺グループを組織した。いちばん食いつきがよかったのが高額当籤金詐欺だった。欲の皮の突っ張った若者が簡単に引っかかった。他に投資詐欺をアレンジしたものも大きな収益を挙げた。そうやって真嶋はトレインの信頼を勝ちとった。

真嶋がヘブンリーランチからでることはほとんどなかった。ひとつの村のような機能をもつランチの一角に家をあてがわれ、そこで生活をし、仕事もした。真嶋は詐欺の陣頭指揮をとるというより、計画を立案し、実際の運営にアドバイスをするコンサルタント的な役割だった。通訳を介してのコミュニケーションでは、それくらいが限度だった。

通訳はトレインの部下ではなく、ランチの外の村に住む、葉山良一という七十に近い男だった。日本で小学校の教師をしていた葉山は校長まで務め、定年退職してから、ひとりでタイに移住してきた。真面目に教職を務めてきただろう男は長年の夢を実現し、タイの田舎にハーレムを築いた。金で年端もいかない少女たちを買い、周りにはべらして生活していた。少女たちの家族の面倒も見ていることで、葉山はトレインから一目置かれているようだった。

トレインに初めて面会するときから葉山が通訳についた。葉山はロリコンの変態だが、プロの犯罪者ではない。タイ語を完全にマスターしているわけでもなく、こちらの伝えたいニュアンスを伝えきれていないことはわかっていた。詐欺が金になるとわかり、トレインは通訳を換えた。それがトレインの手下で、バンコクで表の事業を営んでいたナムだった。

ナムはただの通訳ではなく、詐欺ビジネスを取り仕切るリーダーでもあった。ヘブンリーランチで育ったナムは、幼いころから頭がよく、トレインに目をかけられていた。中学、高校はチェンマイの学校で学び、大学は日本、アメリカに留学した。学費はすべてトレインがもった。タイに戻ってきて、トレインの手下になった。トレインの息子とバンコクで合法的な事業を起こし、それを経営しながら、ドラッグの密売なども手伝っていたようだ。そして三十歳を過ぎてヘブンリーランチに戻ってきた。

ナムがきて詐欺の質が変わった。日本でやっていたときと同じくらいの練度で、騙しのトークができるようになった。真嶋が采配を振っているのと変わらないほど、ナムは真嶋の考えを呑み込んでいた。加えて、タイの実情を考え、自分でアレンジする思考力をもっているから、悪くなるはずがない。

高額当籤金詐欺の存在が世間に認知され始めて、途中、情報商材詐欺に移行したりしながら、二年半ほどナムと仕事をした。ナムは日々の仕事で真嶋からアドバイスを受ける必要はなかった。だからバンコクに戻って事業を見ながら、詐欺グループに指示をだしていた。ただ、時折、真嶋の顔を立てるように、ヘブンリーランチに戻ってきて、詐欺グループの現況を説明したり、真嶋の意見を聞いたりはした。

似たような詐欺を働くグループも増えだし、仕事がやりにくくなったころだった。詐欺グループは残したまま、真嶋とナムは詐欺から手を引いた。トレインは別の非合法事業にふたりの力を差し向けようとした。できれば、何か新しい事業を立ち上げたいと。現在の主力事業である覚醒剤の密売は、すでに頭打ちの状態だった。安定はしているが、またいつ、政府がしめつけてくるかもわからない。トレインはもうひとつ柱になる事業を探していた。

真嶋はそんな思いを汲みつつ、大ボスに提案した。覚醒剤の販路を海外にまで広げませんか。東京を手に入れるんです。東京の覚醒剤ビジネスをやくざの手から奪い取ってやりましようと。

提案するタイミングとしては悪くなかった。ただ、どんなタイミングであれ、こんな大それた話にのってくる者など、普通はいない。いるとしたら、何十人ものベビーを小屋に飼っているような、頭のネジの緩んだいかれた男、うちの大ボスだけだと思っていた。

しばらく考えていたトレインは答えをだした。通訳したナムによれば、いいね、東京を息子にプレゼントしてやったら大喜びするぞと言ったようだ。

トレインの息子は日本のファッションや文化が好きで、毎年東京に遊びにもいっていた。初めて父親に日本人の手下ができたと知り、わざわざヘブンリーランチまで真嶋に会いにきたほどだった。

息子を喜ばせるため、東京をとる。なんとも気楽なもんだが、それくらいで充分だった。実際に行動するのは自分で、力さえ貸してくれれば、あとは自分の覚悟の問題だった。

日本をでるときから、いつか戻るつもりでいた。自分の居場所を取り戻す。自分を海外へ追いやったやくざどもを蹴散らしてやろうと考えていた。しかし、このとき東京の覚醒剤ビジネスを乗っ取ってやろうと決意した理由はそれだけではなかった。

日本にいたころ、真嶋はドラッグビジネスに関わったことはなかった。覚醒剤がどういう流れで市中にでまわるのかも知らなかったが、それはタイにきてから学んだ。

時間をもてあましていた真嶋は、時々へブンリーランチのなかを散歩した。ベビーたちのいる小屋を覗くこともあった。ある日、ひとりのベビーがこちらを見ていることに気づいた。五十歳くらいのやせた男。顔つきが日本人に見えた。向こうもそう思って見ていたのだろう。

「おい、日本人なんだろ」と大きな声で言った。それが吉岡だった。

やくざだった吉岡から、日本の覚醒剤ビジネスのいろはを学んだ。他にも色々な話をした。

真嶋は吉岡の話を聞くうちに、東京の覚醒剤ビジネスを乗っ取ることを思いついた。どうやればそれを達成できるか、大まかな計画も頭に浮かんだ。うまくことを運べば必ず達成できる、というようなものではなかった。最後は相手のでかたしだいなのだから、心許ない計画といえた。それでもやろうというのだから、トレインもナムもやはり壊れていた。

接待所に近づいてきた車が、スピードを緩めず、通り過ぎていった。真嶋はくわえていた指を抜き取り、ズボンにこすりつけた。まだ爪の存在を感じたが、痛みはだいぶ治まった。

「眠くなったら、寝てかまわないぞ」窓の外に目を向けたまま、ナムに言った。

とくに返答はなかった。ナムは横に並んで窓に目を向けた。

「また、ないはずの指の先が痛んだの?」

真嶋は、「ああ」と頷いた。

「それは指先が痛んだんじゃなくて、心が痛んだんだと思いますよ」

真嶋はナムに顔を向けた。「くだらない。俺の心に神経が通っていると思うか」

「人間の心には神経が通ってるものですよ。たとえ狂っていても」

言いたいことはわかるが、的外れだ。指の痛みは純粋に、指の痛みでしかなかった。

右手の薬指は、勝手に吉岡を殺したことに対する詫びのつもりで、自ら切り落とし、トレインに差しだしたのだ。トレインは、言われてもないのに、指なんてもってくるなと怒った。それでも、真嶋は無駄なことをしたとは思っていなかった。切断した指先は、吉岡の遺体とともに埋めた。軽い命だったが、それでわずかでも重さが増したはずだ。

吉岡は自分が暮らす小さな世界にうんざりしていた。不自由な体以上に景色の変わらない単調な生活を苦にしていた。故郷に帰れる望みもなく、ある日吉岡は、殺してくれと頼んだ。

真嶋は吉岡を背負い、見晴らしのいい丘に連れていった。この景色はどうだ、と訊ねたら、だめだ、自分で立ち上がって景色が見たいと吉岡は答えた。

真嶋はその場で吉岡の首を絞めた。それは色々話をしてくれたことへの礼であったし、命の軽い国での戯れだった。真嶋はまた背負って丘を下りた。

28

「これは本当に俺のものじゃなくてバズという売人に脅されて取りにいっただけなんだ」

島本は道端に座り込み、必死になって言った。

「大丈夫、それはもう何度も聞いてわかってる」男は静かな声で言った。

「接待所は広尾の駅から少し歩いたところにあると言っていた。うちの子たちが、みんなそんなことをやってるわけじゃないですよ。やっている子だって、ほんとにいい子なんだ」

「わかるよ。そういうもんだと思う」

島本は顔を上げ、男を見た。厳めしい顔が頷いた。

「俺はどうしたらいいんだろう。やっぱり警察にいったほうがいいんですかね」

島本は建物の外壁にもたれかかった。正直、考えるのが億劫だった。この目の前の男に判断を任せてしまえるなら、それも楽でいいかと思っていた。

島本を追いかけてきた男は刑事ではなく、探偵だった。あのアパートでバズの先輩が殺されたとき、それを目撃して警察に通報したのがこのひとなのだそうだ。

ポーチは自分のものではないと言い訳しているうち、すべてを話してしまった。厳めしい探偵の顔は、頼りがいがありそうで口がゆるんだ。明日美の事件に始まり、翔子が脅されていたことや月子がアルバイトに誘ったことまで、思いつくまま話した。探偵はあまり口を挟まなかった。時折口にする、「わかるよ」とか「大変だったな」という言葉が心に染みた。

「そりゃあ警察にはいったほうがいい。しかし、いくならもっと早くいくべきだったんだ」

探偵の言葉が厳しく響いた。島本は心をすくませながら、ますます探偵に頼りたくなった。

「そのポーチがネックだな」と探偵は言った。

きっちりファスナーを閉めたポーチは、島本の傍らに置いてある。

「もし警察にいかないんだったら、このポーチをどうするか。もっているのはまずいし、こんなものをそのへんに捨てるわけにもいかないしな」

探偵は腕を組み、しばらく何か考えているようだったが、腰を屈め、ポーチを手に取った。

「なあ、このポーチ、俺に預からせてくれないか。悪いようにはしないから」

田伏は五反田の弁護士事務所をでたあと、渋谷にやってきた。

最初は花井のところにでもいってみようかと思ったが、気を変えて渋谷の室田が殺された現場に向かった。真嶋が姿を現したその場所をもう一度見ておこうと思っただけだった。

アパートに下っていく路地の入り口にきたとき、男がアパートの敷地に入っていくのが見えた。急いで下りていき、隣家の塀越しに覗くと、男はアパートの裏に入っていった。

何かをもってでてきたところで声をかけたら逃げだした。またもや、オタクっぽくも見える男でやくざ者ではなかった。

転んだところを捕まえたら、べらべらと喋り始めた。世間の大きな関心を呼んだ、芸能人の覚醒剤事件の知られざる話まででてきて驚いた。驚いただけで関心は引かれなかった。とにかく、この島本という男を警察にいかせないほうがいい。いくならもっと早くいくべきだったと脅しかけ、そして、このポーチを俺に預からせてくれないかと提案した。

この男は自分の頭で考える気力をなくしている。いまなら何を提案しても頷きそうな気がしたが、その通りで、島本はすぐに「お願いします」と答えた。

「バズはどこへいったと思う?」

「うちの子ともうひとりの男が、うちの事務所にいるから、そっちにいったかもしれない」

島本が警察に捕まったと思っているなら、ひとりでそのまま逃げてしまう可能性もあった。

「ちょっと、このままここにいてくれ。俺は電話かけるんで」

田伏はポーチを小脇に抱え、島本から離れた。携帯を取りだし、中迫の番号にかけた。

「おう、探偵、どうした」田伏が名乗ると中迫は言った。

「いま、室田が殺された現場の近くにいる。室田が隠していたと思われるシャブを回収しにきたやつを捕まえたんだ」

田伏は島本から聞いた話を大まかに伝えた。

「その接待所について、何か知ってるか。バズという売人についても」

田伏は振り返り、島本に目を向けた。疲れたようにうなだれ、膝に手を置いていた。

「その話は丸山の事件のときに聞いてる。その接待所に売人を送ったのは俺とも関係ある組織だ」

「それじゃあ、バズって売人もわかるな」

「訊いてみればわかるはずだ。いい情報をくれた。そのバズってやつを叩けば、どこから、安もんのシャブを手に入れたか、わかりそうだな」

中迫にバズを探すあてがあるなら、慌てて島本の事務所にいく必要もなかった。

「室田が隠していたシャブ、どうする。必要なら渡すよ」

「ああ、売りものを見ておきたい。俺が引き取るよ」

「わかった。明日にでも渡す。ただ、ひとつ条件がある」

「何、ぬかしてるんだ。俺に条件なんてつけられる立場か。そもそも、お前、室田のシャブを見つける依頼を受けてるんだろうが」中迫は激した声で言った。

「そういきり立たないで、ひとまず条件を聞いてくれ。たいしたもんじゃない。室田を殺した男は誰なんだ。知ってるんだろ」

「そんなの、教えられるか」

「だったら、渡さない。これを警察にもっていく。バズってやつのこともちろん話す。接待所だかなんだかもすべてな」

　息を吸い込むような音が携帯から聞こえた。

「お前、いつからそんな偉そうなこと言えるようになったんだ。このシャブ中が。一度、世間に恥をさらしてみるか。もう探偵もできなくなるぞ」

「いつから言えるようになったかと言えば、最近だよ。俺はあんたの仕事に関して、多くを知るようになった。俺をシャブ中として警察に売るなんてもうできないだろう。だから、大口を叩けるんだよ。見くびるな。俺はもともとそれほどあんたのことを恐れていなかった」

「なんか、おかしいな」中迫は急に静かな声をだした。

「なんで、そんな啖呵を切ってまで、知りたがるんだ。お前は俺に雇われて室田を追っていただけだ。それなのに、なんで必要以上のことを知りたがる」

　相変わらず、頭の回転は悪くないやつだ。

「俺はいつか、あんたに、驚くような情報をもたらすかもしれない。そう伝えておこう」

「何か隠していたのか。あの現場で何かを見たんだな」

「質問するより、俺に必要な情報を与えたほうが、あんたの利益になる可能性がある」

「むかつくぜ」中迫はそう言って黙った。

田伏は中迫が話し始めるのを待った。話すだろうと思った。

「室田をやったのは合成麻薬を供給するタイの組織の人間じゃないかと思ってる。お前が言っていた人相に思い当たるやつがいる」

「じゃあ、その組織が、ディスカウントされた覚醒剤を流しているのか」

「さあね。そんなのはわからん。とにかく室田を殺した」

タイの組織。真嶋が逃亡したのもタイだった。綺麗に繋がる。

田伏が明日にでも室田の覚醒剤を渡すと伝えたとき、おかしな声が聞こえた。女性の悲鳴のような甲高い声。続いてひとの名を呼んだのだろうか。そんなような言葉が発せられた。

振り返って見ると、島本が立ち上がっていた。何かに取り憑かれたような足取りで、一歩二歩、前に進んだ。

29

渋谷駅に着いた月子は、マークシティのなかを通り抜けて、道玄坂にでた。すぐに国道2

46号のほうに向かい、路地に入っていった。

約束の時間を過ぎていたが、とくに急ぎはしなかった。黒いワンボックスカーを通りすぎ、ビルのエントランスを潜った。

エレベーターで二階に上がり、廊下を進んだ。事務所のドアの前に立ち、ノックをした。何も声は聞こえてこなかったが、月子はドアのノブを捻った。鍵がかかっていた。

もう一回ノックをしても反応がないので、エレベーターのほうに引き返した。

いったい、どういうつもりだろう。呼びだしておいて、待っていないなんて——。そう考えはしたが、腹は立たなかった。島本のことだから、悪気があるとは思えない。遅れると連絡もしてこないところを見ると、すっかり忘れているのだろう。きっと何かトラブルでもあって、走り回っているところなのだ。その姿が月子には容易に想像できた。

エレベーターは五階で止まったまま、なかなか下りてこない。ようやく動きだしたと思ったら、今度は三階で止まった。階段で下りようと、足を踏みだしたとき、背後でもの音が聞こえた。振り返って見ると、事務所のドアが開いていた。なかにひとの姿があった。

月子は足を向けた。ライダースジャケットに白いニット帽という姿が、ミュージシャンにも見えた。この事務所に客が訪ねてくることなど、めったにない。何かあったのだろうか。

「島本社長は……?」ドアの横に立ちながら月子は訊ねた。

「ああ、あのひとなら、飲み物を買いにいったよ」

アルコール臭とは違った、いやな臭いが口から漂った。

「わかりました。じゃあ、また出直してきます」

男はだらしなく口を開け、月子の顔をじっと見つめていた。

「ここで、待ってたらいいじゃん」男の手が伸びてきて、月子の腕を摑んだ。

「いえ――」

そう言っただけで言葉は消えた。男が強い力で部屋に引きずり込もうとする。抗ったが、力の差がありすぎた。コートを摑まれ、ぐいっと引かれたら、あっけなく部屋のなかに吸い込まれた。ドアが閉まった。

「やめてください」

ようやく声がでたが、それがこの状況になんの影響も与えないとすぐにわかった。

男の目がぎらぎらしていた。暴力と性、動物の本能が充満し、出口を求めて輝いていた。壁に押しつけられて胸を摑まれた。手で押しやろうとしたら、男は体ごとのしかかってきた。

「先輩、何やってんすか。もう警察がきますよ。そんなことやってる場合じゃないすよ」

もうひとりいた。Tシャツ姿の男。いや、さらにもうひとり。島本の椅子に座っているのは――。「翔子さん」

翔子は目を向けなかった。虚ろな顔で、ぼんやりどこかを見ている。

「この女、やらしい臭いがすんだよ。こんなかわいい顔してんのによ。たまんねえよ」

セーターのなかに手が入ってきた。下着を押し上げ、直に胸をもみしだく。

「こんなときに、何、言ってんすか。早くいきましょうよ」

「うるせえな。早く終わらせるから、心配すんな」

月子は身をよじりながら、男の顔を手で押しやった。

男が体を離した。とたん、腹を殴られた。月子は息が止まりそうな痛みに、うずくまった。

「おとなしくしてろ。おらっ」

男に思いきり頭をはたかれた。痛みはいまだに腹のほうが強い。内臓を鷲掴みにされたような痛みに腹を抱えていた。床に押し倒された。男が上にのしかかってきた。

暴力に対する恐怖はあまりなかった。とにかく、この男のものを受け容れるわけにはいかなかった。貞操観念や生理的な嫌悪とは関係なく、自分の中心を貫く、一本の主義をねじ曲げるわけにはいかない。冷静だった。男の口から漏れる臭いがいちばん不快だった。セーターをたくし上げられ、胸が露わになっても、あまり気にはならない。

月子はきつく足を閉じていた。男が股の間に手を差し込もうとしていたが、どうにか撃退できた。男の手がそこから離れていった。

「時間がないのに、抵抗なんてすんじゃねえよ」

また腹を殴られ、顔を殴られた。主義すら消えてしまいそうな、激しい痛みだった。

「カツシ、手伝え。そのほうが早く終わんだ」

腹を押さえていた手を摑まれ、頭の上のほうに引き上げられた。

ジーンズのボタンを外された。体をよじってみるが、力が入らず、ほとんど抵抗にならない。男がジーンズを引き下ろしにかかる。月子は足を広げて抵抗を試みる。閉じられてもまた開く。それでも力任せに引っぱられ、下着とともに腿のあたりまで下ろされた。

足を抱え上げられた。

「やっぱ、この女、いやらしいぜ。ぐしょぐしょに濡れてやがる」

男の手が月子の股間に触れる。指が入ってくるのがわかったが何も感じなかった。ぴちゃぴちゃ音がするので、本当に濡れているのがわかった。

不思議だった。濡れるような感覚はまるでなかった。しかも触られてもまるで感じない。たとえ望まない行為だろうと、触れられれば一定の高まりはあるものだった。

月子は体の力を抜き、目をつむった。感じないならばいい。月子は開き直ったようにそう考えた。この男が何をしようと、ひとりでやっているだけ。セックスではない。

「そうか、やっぱ気持ちいいんだろ」

月子が力を抜いたのを勘違いしたようだ。

この男がどう思おうとかまわない。自分が感じていなければ、悔しくもない。ただ、悔しくはないが、じょじょに不安が広がり始めていた。もしかしたら、自分はまったく感じなくなってしまったのではないかという不安。男に体を触られるのはもう三年ぶりくらいだ。その間に、そんな体になってしまったのか。性的な興奮を感じることはわかっている。そんな高まりをよそに、体は何も感じなくなっているとしたら、恐ろしいことだった。

いったん、下ろされた足がまた抱え上げられた。男の硬くなったものが、股間にあてがわれた。男のものがなかに入ってきたとき、月子の腕を押さえていた手が離れた。

音と振動を感じた。廊下を駆けてくる靴音だと理解し、月子は目を開けた。

事務所のドアがいきなり開いた。飛び込んできた男がいやに大きく見えた。一瞬、部屋のなかのすべての動きが止まったように感じた。

「何やってんだ、お前」

入ってきた男が叫ぶとともに、ライダースジャケットの男の頭に蹴りを入れた。

男は月子の足を抱えたまま横に倒れた。月子も横に転がった。

争う声、音が聞こえた。首を巡らすと、Tシャツの男がスーツの男に組みついていた。

ライダースジャケットを着た男が起き上がった。組み合った男たちの脇をすり抜け、ズボンを引き上げながら、ドアからでていく。廊下を走っていく音が聞こえた。

Ｔシャツの男が床に崩れ落ちながら、相手の足にしがみついた。スーツの男は膝で男の顔を蹴り上げた。Ｔシャツの男は仰向けに倒れ込んだ。

ドアのところに、島本の姿が見えた。月子は慌てて、ジーンズを引き上げた。起き上がり、まくれ上がったセーターを直した。

「バズはいってしまいました」島本がスーツの男に言った。

「お前もいけ」

スーツの男は、床に転がるＴシャツの男の腰を蹴りつけた。

男がのろのろと起き上がり、ぎくしゃくした動きで、部屋からでていった。

「……月子ちゃん」島本が、いまにも息が止まるのではないかと思える顔をして言った。

「すまない。……こんなことになるなんて」

「社長がやらせたんじゃないんですか」月子は立ち上がって言った。

「そんな……。そんなことするわけないよ」

「だったら、謝らないでください」

「すまない。ああ、いや……」

このひとは、何をうろたえているのだ。こんなのはたいしたことではないのに。しかも、ひとのことだ。月子はそう考えながら、はたと気づいた。

「翔子さん」

月子は椅子に腰かける翔子に駆け寄った。「大丈夫ですか」

「うん、大丈夫」思いのほか、しっかりとした声で言った。

翔子は月子の腕をとり、頭をもたせかけた。

「ふたりとも、病院にいったほうがいいな」スーツの男が言った。

最初に見たときほど、男は大きくなかった。場慣れした感じで、つい先ほどの暴力の余韻も引きずらず、静かな声だった。

「私、どこにもいきたくない」翔子が言った。

「私も大丈夫です」月子は翔子の背中をさすりながら言った。

さすがに疲れていた。早く部屋に帰りたいと思った。

「高橋月子さんですね」スーツの男がこちらに近づいてきて言った。

なんだか、刑事が容疑者を確認しているような感じがした。月子はそうですと答えた。

「私は、以前、刑事をしていました。あなたのお父さんには大変お世話になったんですよ」

男は田伏だと名乗った。どういうわけか、ひどく熱っぽい目で月子を見ていた。

田伏は月子を目にしながら、高橋刑事と似たところを探していた。

まだ少女のようにも見える月子に、ベテラン刑事の面影を探すのは難しい。しかし、意志の強そうな厚ぼったい唇や、筋の通った鼻など、ひとつ見つかると、あそこもここも似て見えてくる。レイプされても、さほど動転していないのは、さすがに刑事の娘と言うべきなのかもしれない。

先ほど、元従業員が事務所を訪ねてくることになっていたのを島本が思いだした。バズたちとかちあったらまずいことになると、慌てて事務所に向かった。そのとき月子という名がでたので、名字を訊ねたら高橋だと答えた。島本は月子の父親が元刑事で、ひとを殺していることを知っていた。

月子は、田伏が父親に世話になったと言っても、とくに表情を変えることはなかった。島本とどういう関係かと訊くこともない。父親の話はあまりしたくないのだろう。

「もし何か困ったことがあったら、遠慮なく連絡してください」

田伏は月子に名刺を渡した。

「今日のことや、あるいは何か犯罪がらみのことでトラブルに巻き込まれたら、とくに力になれると思う。もう刑事じゃないから、かなり融通はきくよ」

月子はありがとうございますと言うと、コートのポケットに名刺をしまった。関心をもった様子はなかった。田伏が融通がきくと言った意味も理解していないだろう。きっといまは深刻なトラブルを抱えていない。いつか必要になったとき、思いだしてくれればよかった。

島本が接待所の話をしたとき、従業員の女の子が接待所の仕事をタレントに紹介したと言っていた。従業員はひとりしかいなかったというから、それが月子のはずだ。

父親の事件の影響なのか、あるいは真嶋にはめられ、男の相手をさせられたことが尾を引いているのか、月子はまともな道を歩んではいないようだった。もし何かトラブルにでも巻き込まれたら、田伏はできるかぎりのことをしてやりたいと思った。それはほとんど義務といってよかった。

月子は刑事の娘。だから自分は何があろうと手を差し伸べるのだ。

30

翌日の夕刻、室田のポーチを受け取りに、中迫が西新宿のオフィスにやってきた。

一家をかまえる組長は、玄関先で受け取り、そそくさと帰るようなことはしない。ドアを開けると無言で入ってきて、どっかとソファーに腰を下ろした。昨晩の電話でのやりとりが気に入らなかったからだろう、テーブルの上に靴を履いたままの足をのせた。「珍しく綺麗に片づいてるじゃねえか。相変わらず臭いけどな」と、とってつけたような嫌味も添えた。

田伏は流しの下に隠してあったポーチを取ってきて、向かいのソファーに座った。

「これが例のブツです。どうぞお納めください」

田伏は中迫の靴の横にポーチを置いた。

中迫は「ああ」と返事をしたが、しばらくポーチを見ていた。そのままの体勢ではポーチに手が伸びないのだ。気まずそうな顔をしてテーブルから足を下ろし、ポーチを手にした。

「抜いたりしてねえだろうな」中身をざっと確かめると、中迫は言った。

「ひとのものに手をだすほど、落ちぶれてはいない」

「バズについて何かわかったか」

「ああ、どこのどいつかはわかった。だが、お前に教える気はない」

バズを捜す気はなかったので、田伏としてもそれでかまわなかった。

「昨日の話はあれで終わりなのかよ。さんざん生意気な口叩いて、それきりか」

「謝れって言うんだったら、謝りましょうか。生意気言って失礼しました」田伏は慇懃《いんぎん》に頭を下げた。「昨日の今日じゃ、進展もないので、何か話せと言っても、言うことはない」

進展はないが、昨晩、ここに帰ってきてから、昨日一日でわかったことを思い返し、頭の整理はだいぶついていた。

真嶋は室田が殺された現場にいた。ディスカウントされた覚醒剤に関わっていた可能性はもともと高かったのだが、殺害の実行犯がタイのドラッグを扱う組織の人間であることがわかり、疑いはさらに濃くなった。

真嶋が使っていた車の名義人、加藤が高額当籤金詐欺グループを民事裁判で訴えていた。花井と加藤が同様の裁判を起こしていたのは果たして偶然なのか。考えれば考えるほど、そうは思えなかった。

加藤は車で真嶋と繋がっている。花井と真嶋を直接結びつけるものはない。しかし、真嶋はタイの組織とつるみ、市錬会にくい込んでいたと思われる。中迫の周辺で起きていたトラブルを仕組んだ可能性を疑ってみたくなる。花井は元市錬会で、トラブルに関わる情報を売ったのではないかと疑われていた。そこに、真嶋と繋がる加藤と同じ訴訟を起こしていた事実を加えれば、真嶋との繋がりがぼんやり見えてくる。

中迫の前任者と思しき花井は、覚醒剤売買のエキスパートのはずだ。タイの組織が覚醒剤の現物をもってきたとしても、日本の市場で簡単に売ることはできない。花井は単に情報を売っただけではなく、真嶋らとがっちりと組んで、もっと積極的な役割を担っているのではないかとも考えられた。半グレやくざは、特殊詐欺だけでなく、ほんもののやくざ並みに覚醒剤売買の組織を構築したのではないか。花井ならそれができるのだ。

「おい探偵、昨日、室田を殺したやつが誰だか訊いたろ。あれはどういうわけだったんだ」

中迫は思いだしたように、またテーブルに足をのせた。

「それは昨日言ったはずだ。何か有力な情報を摑んで借りを返すって」

「俺は気が短いんだ。情報がないなら、そっちを話せ」

よほど昨晩はむかついたのだろう。脅しかけるわけでもなく、静かに訊いてくるのは、かなり本気で怒っている証拠だ。

「わかった、聞かせよう。昨日、中迫さんが言った通り、ひとつ隠していたことがある。あの殺害現場で、犯人が逃走に使った車のナンバーを記憶していたんだ。それを照会して所有者を突き止めた」

「やっぱりそうか」

「ただ、そいつは名義を貸しただけで、実際は誰の車かよくわからない」

「まあ、そんなものだろう。殺人現場に足がつく車でいくわけねえよ」

中迫はばかにしたようにそう言った。

「いちおう、その名義を貸した男を調べてみた。そうしたら、意外なことがわかった。その加藤という男も高額当籤金詐欺を裁判で訴えて、大金をせしめていたんだ。花井と一緒だ」

「ほんとの話か」中迫は目を剝いて、大声を発した。

「本当だ。担当した弁護士がたまたま知り合いだった。加藤も二件、訴訟を起こしている」

中迫は頷いた。そして、黙り込んだ。何か考えている様子だ。

「ふたつの件は、偶然とは思えない。花井と加藤は繋がっている。つまり、室田を殺害した男の組織にふたりとも取り込まれているんじゃないかと思う。花井はそのタイの組織と組んで、中迫さんの組織を攻撃していたんじゃないか。そして、覚醒剤の密売組織を作った。安売りの覚醒剤はその組織からでたものじゃないかと思っている」

中迫は表情を変えずに聞いていた。田伏が話し終えてからもすぐには口を開かなかった。

「なあ、お前の話は、ところどころ飛んでないか。偶然とは思えないと言ったが、いまの話だけなら、偶然の可能性だって、あるだろうが」

真嶋の存在を端折っているから、インパクトは薄い。なんとか花井が暗躍しているという方向で納得させようと思ったが、ばかではないから、そのまま呑み込んではくれなかった。

「もちろん、ひとつの可能性だから、別の見方もできる。ただ、花井と加藤が同じ訴訟を起こしていたのを、ただの偶然で片づけるわけにはいかないだろ」

「確かに、そこは何かありそうだ。だがな、なんにしても、お前の結論には乗れないんだよ。花井が覚醒剤の密売組織をやっているっていう話はまずありえない」

「どうしてそう言い切れる」

田伏は焦っていた。田伏は最初から花井の話を中迫に伝えるつもりだった。花井が密売組織を立ち上げたとすれば、たとえ小規模なものであろうと、万が一の場合を考え、ピラミッドの上の組織、この場合は覚醒剤の供給元に捜査が及ばないよう策を講じているはずだ。真嶋が供給元に留まっているなら、一介の探偵ひとりで調べてみても、花井から真嶋のところへ辿り着くのは難しい。だったら、やくざを巻き込んで、揺さぶりをかけたほうが、真嶋に辿り着くチャンスがでてくるのではないかと考えたのだ。

「いいか、花井は覚醒剤流通の現場にいた。末端ではなく、その業界がはっきりと見える場所にだ。覚醒剤はやくざの専売なんだ。末端ならともかく、供給元から直接仕入れ、それを市場に流す役割をやくざ以外がやることは許されない。もしそんなやつが現れたら、俺たちは総動員でそいつを潰す。内部にいた花井はそれを肌で感じて、よくわかっているはずだ。どんなに金を稼げても、確実に死が待っているなら意味がねえだろ。花井はばかじゃない。そんなことに手をだすはずがない」

ばかじゃないが、狂っているとしたらどうだ。田伏の頭にそんな言葉が浮かんだが、口にすることはなかった。そこまで、自分が考えだした仮定に、しがみつく気はなかった。

「ただそれでも、タイの組織と繋がっている可能性はある。最初考えていた通り、何か情報を売っていたのかもしれない。引き続き、花井の周辺を調べてくれ」

「タイの組織が、ディスカウントされた覚醒剤を流していた可能性は否定しないんだな」

「室田を殺害したんだから、その可能性はあるだろうな」中迫は考えるような間を置いて言った。「やっているとしたら、どこか、小さい組織と組んでいるんだろう。花井じゃねえよ」

中迫はばかにしたような笑みを浮かべた。

「室田以外にそのシャブを扱っていた売人は見つかっているのか」

「いや、まだいない」

「安いシャブが市場に流れてきているという情報は？」

「きいてねえな」

結局、いまのところ、ひとりの売人が室田から誘いを受けただけだった。

「なあ、探偵さんよ、なんでそんなに一生懸命になってんだ。頼まれもしないのに、車のナンバーを照会して所有者を割りだしたり、花井が悪さをしてるんじゃないかと心配してみたり、どうも腑に落ちないんだよ、あんたの行動は」

中迫はだるそうに首を傾けて言った。

「信じないかもしれないが、血が騒いでるんだよ。殺人現場に出くわし、犯人を取り逃がした。いまの俺は探偵じゃなく、刑事なんだ」

田伏は本当の気持ちを伝えた。

中迫は首を巡らし、痰でも詰まらせたような、おかしな笑い方をした。

「お前、恥ずかしげもなく、よくそんなこと言えるな。言ってることは信じるが、そんなシャブ臭い息をまき散らして、何が刑事だ。お前なんかに、犯人が追えるわけがないだろ」

田伏は顔を火照らせながら、立ち上がった。

「なんだよ、怒ったのか。そんなのはシャブを抜いてからにしろ」

「帰ってくれるか、仕事にでかけなきゃならない」田伏はデスクに向かった。

中迫は珍しく素直に立ち上がった。「帰るぜ。こんなくせえ部屋に、いつまでもいられるか」

中迫はポーチをもって、ドアへと向かった。

「仕事にいく前に一発きめておいたほうがいいんじゃねえか」

田伏はドアのほうに目を向けた。ドアを開けた中迫は怒ったような、厳しい顔をしていた。

田伏は何も言い返せないまま、部屋をでていく中迫を見送った。

中迫に言われた通りだった。昨晩、覚醒剤を打ち、今日は昼ごろ起きた。花井の周辺でも洗おうとでかけるしたくをしたが、億劫に感じてまた覚醒剤を打った。やる気はでたが、無性に掃除をしたくなり、ずっと部屋の片づけをしていて、結局、いきそびれてしまった。

そういう日もあるさと、田伏は自分を慰めた。

中迫はわかっていない。自分はシャブ中毒ではないし、刑事であることに、覚醒剤を打っているかどうかなど、関係なかった。

怒りも憎しみもなく、ただ捕まえたいというこの純粋な気持ちは、犯人を逮捕した経験のある者しかもちえないものだった。だからいま自分は刑事だった。真嶋を捕まえるまでそれは続く。

31

ゲストがでてきたと、窓に張りつくナムが声を張り上げた。

真嶋は液晶画面に目を凝らし、シャッターボタンを押した。ドライブモードで連写。画面に写る三人が、左のほうへ消えていく。真嶋はシャッターボタンから指を離した。

「門のほうへ歩いていくよ」ナムが真嶋を振り返って言った。

真嶋は撮ったばかりの画像を確認した。まだ日がある時間で、はっきりと顔が写っている。

「もう、いまので充分だろう」

スーツ姿の三人は、二十代、三十代のビジネスマン風だった。徒歩でやってきたし、接遇したのも若い社員で、たいして重要な人物たちではないと判断した。

重要人物の写真なら、昨晩撮れていた。会長の東原と取締役で元閣僚の山中が出迎えたのは、現職の外務大臣、家入兼人だった。真嶋でも知っている民自党の大物政治家だった。

写真はなお必要だが、大物の度合いでいえば、家入の上は首相くらいしかおらず、その写真が撮れているなら、やっきになってなんでもかんでもレンズを向ける必要はなかった。

監視を始めてから六日がたつ。迎賓館の様相はだいぶ見えてきた。表の顔、企業の接待所としての運営は実にシンプルだった。常駐のスタッフはふたりだけのようだ。ゲストがくるときなどは女性スタッフが加わるが、これもたいていはひとりかふたり。北林の他、もうひとりいる常駐スタッフは、白髪交じりの初老の男。いつもスーツ姿で、定年間近の出向になったサラリーマンといった印象だ。たいてい北林よりも早く、朝の八時にやってくる。帰りはゲストの有無によってまちまちだが、やはり北林よりも遅くに帰っていった。

監視を始めて二日目の夜、窓に張りついていた真嶋は驚いた。その二日間、接待所に入っていくのを見た覚えのない男が、深夜零時前、エントランスからでてきたのだ。三十代前半くらいで、暴力の臭いがする、なかなかの面《つら》がまえをした男だった。

たぶん、真嶋たちが監視する以前に接待所に入り、寝泊まりしていたのだろう。男がでてくる十分ほど前に別の男が入っていったが、それが交替要員だと思われた。その交替要員は、二日後の一昨日、迎賓館からでてきた。交替したのは、その二日前にでてきた男だった。

なかで二泊しながら、昼夜、警備に当たっているのだろう。警備会社に任せないのは、外部の者に見られてまずいものがあるからだ。そこをとってみても、接待所が、真嶋が探し求めるブラックホールである可能性が高まる。他にも、その可能性を示唆する動きがあった。六日間の間に二回、深夜にタクシーが出入りした。エントランスに乗りつけ、男がひとりなかに入る。すぐに男は大きな荷物をもってでてきた。タクシーの運転手と一緒にトランクに荷物を積み、去っていった。

二回とも同じような光景であったばかりでなく、タクシーも同じ個人タクシーだった。たまたま街で拾ったのではないだろう。組織と関係のある人間に個人タクシーの認可をとらせるなどして、やばいものを運ぶときの足としているにちがいない。タクシーならどんな時間にどんな場所を走っていても怪しまれることはない。

この迎賓館こそがブラックホールであると、確信に近い印象をもった。深夜に訪れるタクシーを襲い、荷物の中身を確かめればすぐにわかることだが、それをやったら、接待所の警備が強化される。最悪、ブラックホールの機能を移転される。できるものではなかった。

「あと五日ね。ここまでくるのは長かった気もするけど、ここから先は、あっという間に過ぎていきそうだ」双眼鏡から目を離して、ナムが言った。

東京の覚醒剤ビジネスを乗っ取るための第一の計画は、五日後に迫っていた。昨日、宋から場所が判明したと連絡があった。時間ははっきりしないが、たぶん午前中のうちに行われるだろうとのことだった。追加の情報が得られる可能性もある。

　真嶋たちが狙うのは、関東における覚醒剤の一大供給源、剣応会の覚醒剤だった。台湾の供給元と取引した直後のブツを強奪する予定だった。宋が金を摑ませ、入手した供給元の関係者からの情報は信頼できた。ひと月ほど前には、密輸業者の保管場所に関する情報を伝えてきた。真嶋たちはその情報をもとに、倉庫をでた車両を尾行し、剣応会との取引現場に辿り着いた。しかし、場所は駐車場のなかで不用意には近づけなかった。でてきた車のうち、これはと思う一台のあとをつけて辿り着いたのが、この広尾の接待所だった。

　その後、剣応会に納める予定の覚醒剤が、倉庫に搬入されるという情報を得て警察に垂れ込んだ。重さ百キロ、末端価格にしておよそ七十億円相当の覚醒剤が押収された。剣応会に金銭的な損害はなかったはずだが、入る予定だったブツが押収され、仲卸しへの対応には苦労しただろう。今度の取引はその穴を埋めるもので、相当の額と量がやりとりされるはずだ。それを強奪されれば、今度は金と覚醒剤を一挙に失う。剣応会の打撃ははかりしれない。

　ナムが市錬会の合成麻薬ビジネスに近づいたのは、まず合成麻薬を扱っていて、宋が紹介できうる組織が、そこくらいしかなかったからだ。ナムは内部に入り込み、日本のドラッグビジネスがどんなものか、肌で感じ取った。そして、様々な混乱を引き起こしたのは、これから決行する計画の前奏曲みたいなもので、日本に戻ってきた真嶋の挨拶代わりでもあった。

「五日で計画を練るのはきついですね」

ナムは顔をしかめたが、茶化したような表情で、まるできつそうには見えなかった。

「計画なんてまともに練る気だったのか」

「それが私の役目ですから。昔から行動するより、考えるほうが得意でした」

ナムが動けないとは思わないが、その頭脳のほうに価値があるのはまちがいない。かたやカオは、行動する以外に能がなかった。かたときもじっとしていられない。なるべく外出しないよう言っていたのに、いまもどこかにでかけて部屋にはいなかった。

「計画よりも、その場その場の判断のほうが大事になる。期待してる」

ナムは優雅に頭を下げて、窓のほうに顔を戻した。

その場の判断。つまりはでたとこ勝負だ。得られる情報が少ないから、必然的にそうなる。

とはいえ、勝算がないわけではない。こちらにとって有利なのは、強奪するといっても、覚醒剤が欲しいわけではないことだった。要は剣応会に損害を与えられればいいわけで、奪うことができないなら、運ぶ車ごと燃やしてしまってもかまわなかった。

いってみれば、これも剣応会への挨拶みたいなもので、絶対に成功させなければならないものでもない。剣応会に、これから起こることを予感させてやりたかった。何か起こるのではと、じわじわ不安を煽ってやりたかった。重要なのは第二の計画だった。

真嶋はカメラから離れ、窓に近寄った。ナムと並んで、接待所を見下ろした。

あの接待所に侵入し、制圧するのが第二の計画だった。そのためにはここから見ているだけではだめだ。内部を知らなければならない。ナムは考えるだけの男ではなかった。内部を知るための行動をしっかりとっている。それがうまくいったら、あとは真嶋の出番だ。

宗教団体の施設の地下に、ブラックホールがあると吉岡は言った。そこは、関東の一大供給源である剣応会の覚醒剤の保管庫だった。

32

三人のゲストが帰っていったのは午後の四時。日があるうちに上がれるのは珍しかった。

月子が更衣室で着替えているとき、岡野が遅れてやってきた。またお茶にでも誘われるような気がしていたら、「早く終わったから、お茶でもしていかない？」とやはり誘ってきた。

先日岡野に誘われた日のことを思いだし、月子は少し暗い気分になった。あのあとライク・ヘブンのオフィスにいき、男に襲われたのだ。

襲われたときは案外冷静だったが、暴力に対する漠然とした恐怖のようなものが、その後、ふとした瞬間に甦る。ひとから本気で殴られたことなど、それまでにないことだった。

あのとき、男に触られてもまるで感じなくなってしまったのでは、という不安も覚えた。

もし真嶋とセックスをしても何も感じないのだとしたら、いったい何を目標に生きていけばいいのかわからなくなる。だから、そのことは努めて気にしないようにしていた。

岡野が着替え終わるのを待って、一緒に迎賓館をでた。

ここで働くようになって、ずっと岡野と一緒だったが、どうも明日美の事件以来、辞めたり、仕事に入りたがらないひとが多いようだ。たぶんゲストのほうも、丸山の事件はここが舞台になったと気づいているようで、月子が働き始めてから特別サービスを求めたのはあの経済評論家だけ。月子はここでただのウェイトレスをしているのとかわりなかった。

「高橋さん、ほんとにいつもセンスいいわね。シンプルなんだけど、バッグとか小物の合わせ方がすごくうまい。私が真似してもそういう風にはならないんだろうな」

有栖川公園の横の坂まででてきたとき、岡野が言った。

相変わらず、岡野はひとを褒める。いつも一緒に仕事に入るものだから、もう新たに褒めるところもないようで、服装について褒めるのは、これで三度目くらいだ。それでも、いくらかニュアンスを変えてくるところに、褒めなれた人間の技を感じた。

月子は岡野に好意をもっているわけではないが、一緒にいて楽なひとだと感じていた。最初はとってつけたような褒め言葉に違和感があったが、結局のところ自分をさらけだすことなく、うわべの言葉を口にしているだけで、月子とあまり違いはなかった。自分を隠しているから、相手に対しても踏み込んでくることがないので、安心して接することができた。

基本的にはいいひとを演じていて、それを破綻なくこなしている。感情も抑えているのか、落ち込んだり、腹を立てたりするのを見たことがない。それでも、感情の起伏はある。今日はいつになく機嫌がよく、浮かれているようにも見えた。だから帰りがけ、誘ってくると思ったのだ。

「今度、時間があるとき、買い物につき合ってくれたらうれしいな。高橋さんに見てもらったら、少しは私のセンスも向上する気がするのよ。私、ほんとセンスないから」

そんなことを誘ってくるのも、やはり気持ちが浮き立っているからなのだろう。

「いいですよ、今度ぜひ。でも、岡野さんのセンス、悪くないですよ」月子は言った。

うわべの言葉を並べるのは、ライク・ヘブンにいるときに慣れた。それでも、できるだけ嘘はつかないようにしていたが、いまはなぜか、センスが悪くないなどと、嘘を言ってしまった。言わなくてもいいのに、わざわざつけ足したのは、自分でも意外に感じた。

駅の近くにある、リゾート地にあるような、広いカフェにふたりで入っていった。

席は七割がた埋まっていた。お洒落をしてわざわざ広尾までやってきたようなひともいるし、地元なのにわざわざお洒落をしているママ友のようなグループもいた。総じて広尾っぽい店で、居心地はよくなかった。月子はココアを、岡野はダージリンティーを注文した。

迎賓館の外で腰を落ち着けて話すのは初めてだが、いつもと変わらず、会話はうわべのもの。高橋さん、どんなところでお洋服買うの、どんな映画が好き、などと岡野が訊いてくれば、月子はそれに答えつつ、同じ質問を返した。答えを聞くまでもなく、互いの趣味や嗜好がまるで相容れないものであることはわかっていた。

とはいえ、月子は岡野にまるで興味がないわけではなかった。会長の愛人ではないかと噂される岡野。それが本当かどうかはわからないが、岡野が迎賓館にいるのには、それも含めて何か理由があるのではないかと思い始めていた。

あそこにいる女の子たちは、たいてい何か夢をもっていた。タレント活動をしていたり、留学の費用を貯めようとしている学生だったり、みな、他に属しているところがあった。迎賓館の仕事以外に何もしていないのは月子と岡野くらいしかいないようだ。

岡野は大学を卒業していて、教養も感じられる。普通の企業に勤めようと思えばできるはずだ。派手な暮らしをしているようには思えず、迎賓館で楽してお金を稼ぐ目的が見えなかった。自分と同じように、あそこにいなければならない理由があるのかもしれない。

不思議なひとだなと思う。自分を隠し、上っ面の言葉だけを並べる。芯も信念もなく、空っぽで叩けばすぐに壊れてしまいそうな印象はあるが、実は自分の感情を自在にコントロールできる、ものすごく心の強いひとなのではないかという気もした。

　ただ今日は、それほどコントロールは利いていなかった。たわいのない会話を続けながらも、岡野の心が浮き立っているのが、表情や言葉の抑揚から感じられた。そして、会話がいったん途切れたとき、その理由のようなものを語りだした。

「私、この間のパーティーのあと、男のひとに声をかけられたの」

　先週、早めの忘年会ともいえるパーティーが迎賓館で行われた。女の子が多く、帰りの更衣室も混雑していたから、岡野に挨拶することもなく月子はひとりで帰った。

「有栖川公園の横の道にでたあたりで声をかけられたの。最初はパーティーに出席していたひとかと思ったら違った。外国のひとで、元麻布の二丁目はどのあたりだか訊ねてきたの」

　岡野は丁寧に教えてあげたそうだ。するとその外国人が、これから知り合いのパーティーにいくのだが、とても退屈なもので乗り気がしない、あなたが途中まで話し相手になってくれたら、気が紛れてありがたいのですがと、散歩に誘った。岡野は時間があったし、とても感じのいい紳士だったので、坂を上った愛育病院のあたりまで話し相手になったそうだ。そして別れ際に、メールアドレスの交換をした。

　話を聞いた瞬間、月子は怪しいと思った。最初から何かの魂胆をもって近づいたとしか思えなかった。しかし岡野を誘ったのは外国人だ。外国人なら、軽い気持ちで、そんな見え透いた誘い方をするひともいるかもしれない。岡野がはしゃいでしまうくらい素敵なひとだったというのが、なお月子の心に引っかかった。

日本の大学を卒業して流暢な日本語をあやつるその外国人は、アジア各国で不動産投資を行う企業の幹部だそうだ。その男の出身国を聞いたとき、月子は胸騒ぎを感じた。

「どうして、外国人の教養のあるひとって、あんなに丁寧で綺麗な日本語を話すのかしら。日本のエリートだって、そんなひとはめったにいない。紳士的で、耳に優しく響くのよね」

岡野はまるで昨晩のセックスでも語るかのように、目を潤ませ、陶酔した顔をした。

33

中迫から電話があったとき、田伏は川崎市の久地にいた。花井のマネーロンダリングの指南役で元市錬会の幹部、宮越武夫の家を張っていた。

中迫はバズこと杉原昇平を捕まえたと伝えてきた。

「杉原は俺が関係している密売組織に属していて、杯は受けていない半グレみたいなやつだった。殺された室田とは地元が一緒でよくつるんでいたようだ。さんざん叩いてみたが、デイスカウトされた覚醒剤の入手先は知らないの一点張りで通した。室田が取引したらしく、本当に知らないようだ」

そう言い切れるのだから、そうとうに痛めつけたのだろう。半殺し程度ではないはずだ。

「ただ杉原は、室田が安いシャブを仕入れられると誰かを誘っているのを聞いたらしいんだが、そのとき室田の憧れの先輩が関係しているようなことを言っていたらしい。杉原によれば、地元にはそんな先輩はいないというから、ムサシの先輩のことなのかもしれない」

それは真嶋のことだろう。田伏にとってはやはりそうか、というような話だった。

「落ち目の半グレが一発大逆転で大もうけしようと、覚醒剤の密売に手をだすというのはありそうなことだ。やつらは、やくざに対抗するのがかつては売りだったしな。ただ、半グレがいくら誘っても、やくざと結びついた売人はそうなびくもんじゃない。こっちにとって大した脅威にはならない。もちろん、だからといって見逃す気はないがな。――ところで、杉原になんか訊いておくことはあるか」

先日渡した覚醒剤の礼といったところか。

「バズはまだ生きてるのか」

「当たり前だ。こんなことで雑魚を殺しても割が合わねえよ」

割が合うかどうかばかり気にしているから、やくざは落ち目になってきたのではないか。

「訊きたいことはとくにない」

田伏はそう言いながら、宮越の家に目を向けた。

中迫との電話を切って、十分もたたないうちに宮越が家からでてきた。徒歩で駅のほうへ向かう。距離を置いて田伏はあとをつけた。

一昨日まで花井の動向を三日ほど窺った。花井の動きに目立ったものはなかった。相変わらず、夜のクラブ活動だけは活発だった。街を歩く姿に、以前見たようなチンピラっぽい狂気は窺えなかった。ポケットに手を突っ込み、一見すると十二月の寒さに耐えているようにも感じられるが、三日間見続けるうち、鉄砲玉がターゲットに向かうような張りつめたものを感じるようになった。この男は何かに向かっている、と確信のようなものが芽生えた。しかし実際の行動は、無駄に夜の街で精力を発散させるばかり。そのギャップをどう考えたらいいのかと思案していたとき、田伏ははたと気づいた。宮越を見落としていると。

花井から宮越はマネーロンダリングの指南役だと言われて、それを鵜呑みにしていた。あの時点ではそれを疑ってみる必要もなかったが、その後、真嶋が姿を見せたり、加藤が当籤金詐欺を訴えていることが明らかになったり、いろんな要素が見えてきたところで、花井の言葉が真実だったのかどうか再考してみる必要があったのだ。

昨日から宮越を張っているが、いまのところこれといった動きはない。昨日はほとんど内妻と一緒に動いていた。今日はずっと家にとじこもりきりで、ようやく夜の七時を過ぎて、動きだした。

宮越は最寄り駅の津田山から川崎ゆきの南武線に乗った。二十分ほど乗って川崎駅で降りた。そこが目的地かと思ったが、京急川崎駅までけっこうな距離を歩いての乗り換えだった。川崎競馬場のある港町駅を過ぎ、次の鈴木町駅で宮越は降りた。

駅は工場や大規模商業施設に囲まれていたが、幹線道路を渡ると住宅街に変わった。田伏は充分な距離を置いてあとをつけた。

住宅街のなかを十分ほど歩くと、突然、賑やかな明かりが見えた。宮越が進む先に空き地があり、その先に明かりの灯る看板がいくつか並んでいた。しばらく進むと、宮越はいちばん手前の店の前で立ち止まった。すぐにドアを開け、なかに入っていった。

田伏は歩く速度を速めて進んだ。闇が広がる空間には、車が数台駐まっていたが、とくに駐車スペースが区切られているわけでもなく、やはり空き地なのだろう。その先のカーブを描く道沿いに店が四軒並んでいた。宮越が入っていったのは、空き地の端に食い込むように建つ、プレハブ建築の比較的新しい建物だ。二階建てで、一見、住宅にも思えるが、木製のドアはいかにもスナック風だ。なかからカラオケに合わせた歌声が漏れ聞こえていた。

田伏は路上に置かれた看板に目を向けた。「タイパブ・メイちゃんの店」と書かれている。目にした瞬間から田伏の心は反応した。心臓が跳ねた気がした。

タイだ。真嶋が日本から逃れた国。室田を殺したのもタイの組織の人間だった。

田伏は空き地に入り込み、煙草を吸った。それほど時間はかからないだろうと思って待っていたら、案の定、宮越は三十分もしないうちに店からでてきた。田伏は、宮越がそのまま家に帰るのを見届け、その日の調査を終了した。

34

「城戸崎さん、まさかあんたじゃないよな」

中迫が焼酎の入ったグラスを置き、真顔で訊いた。

「冗談はやめてくださいよ。俺が後輩から憧れの目で見られると思いますか」

「なんだよ、否定するのはそこか」中迫は呆れたように笑った。

杉原が吐いた内容は電話で聞いていたが、中迫は城戸崎の事務所にやってきて、再度語った。詳細に語るほどの内容もなく、同じ話を繰り返し、それに杉原への暴力描写を加えた。

酒を飲みながら、ここで何かを吐きだしたかったんだろう。案外神経の細いやつだ。

「あんたは、ナムと仲がよさそうだったからよ。――まあ、本気で疑っちゃいないよ」

「ともかく俺は、ムサシでも下のほうの代とは、ほとんどからみがなかった。だから、室田が誰に憧れていたかなんて、知りませんよ」城戸崎は先回りしてそう言った。

しかし、よくわからなかった。室田を殺したのは、カオだと思われる。口封じの殺しであるなら、安売りの覚醒剤を卸していたのはナムたちだということになる。室田が語っていた憧れの先輩が元ムサシの人間だとして、そいつはナムたちといったいどこで知り合ったのだ。残り目端の利く元ムサシは自分で事業などをやっているか、どこかの暴力団に属している。残りものとナムたちが組むとも思えないし、そんなやつに室田が憧れるとも思えなかった。

先輩といっても、色々いる。年上ならなんでも先輩と呼ぶやつもいるし、ムサシとは関係ないのだろう。城戸崎は適当にそう片づけた。

それより城戸崎にとって問題なのは、ナムたちとの取引を切ってから、新たに取引を始めた供給元の合成麻薬が、ナムたちのものにくらべると質が落ちるらしいということだった。仕入れ先を変えたことなど知らない顧客ふたりから、質が落ちた、効きが弱いという指摘を受けた。どうにかするよう、中迫に頼んであるが、いまはそれどころじゃないだろう。

供給元の選定など、自分がタッチできることではなく、もどかしいかぎりだった。自分で選んだわけではなくても、ドラッグの質が悪いなどと言われると、自分がけなされたような気分になる。それは商売人の感覚ではなく、パーティーの主催者としての矜持だった。

最高のパーティーには最高のドラッグを。最高のドラッグがなければ、最高のパーティーとは呼べやしない。――なあ、そうだろ。心のなかでそう呼びかけながらソファーにもたれた。頭が下を向くまで反り返る。タイミングよく背後のドアが開いて大竹が入ってきた。

「やっぱり、お前もそう思うか」城戸崎はいきなり訊ねた。

一瞬、怪訝な顔をした大竹だが、はいと言って頷いた。

最高のパーティー主催者には最高の部下がついているもんだ。

大竹はトレーに、お湯と氷をのせて運んできた。城戸崎はちょうどおかわりがほしいと思っていたところだ。大竹は中迫のグラスに氷を足し、城戸崎のお湯割りを作った。

「おい大竹、室田が憧れていたって先輩は、お前なんじゃないのか」

中迫はその冗談が気に入ったのか、また言った。

「中迫さん、勘弁してください。俺はあいつと同期です。先輩じゃないっすよ」

「そんな慌てて否定すんな。わかってるぜ。だけど、お前はナムと面識もあったからな。元ムサシとしていちばん怪しいぜ」

確かにそうだなと、城戸崎は思った。元ムサシでナムたちと知り合う機会があった人間がここにいたのだ。しかし、先輩ではない。

「室田の言う先輩に心当たりはないのか」城戸崎は訊ねた。

「あいつは、河川敷の乱闘にも参加していませんし、ムサシの活動から距離を置いている感じだったんですよ。だから、誰かに憧れるとか、なんかぴんとこないですね」

「そういうやつは、だいたい真嶋に憧れていたんじゃないのか」

自分よりかは、あいつのほうがいくらか人気があっただろう。

「ええ。室田がそうだったかはわかりませんが、そんなやつは多かった。――いや、そうだったのかもしれないっすね。真嶋はタイに逃亡したわけだから、そこでナムたちと知り合ったとしたら――」

「おい、何言いだすんだ」城戸崎はひやっとするものを感じて、声を上げた。

「そういうことですよね、城戸崎さんが言いたかったのは。室田があのひとに憧れていたとしたら、真嶋がナムたちの背後にいるということになります」

「いや、別に、ちょっと口にしてみただけで、そんなことまで考えちゃいなかったが……。真嶋が日本に戻ってきてるって？」

大竹がいやに真剣な目を向けてくる。あなたの答えこそが真実だと言わんばかりの目。

「まさかそんなことはないよな。言葉もわからないのに、あっちの組織とちゃっかり手を結ぶなんてできねえだろ。だいたい、覚醒剤のことなんて、なんにも知らねえはずだ」

言っていることにまちがいはない。しかし、正しいかどうかよりも、とりあえず、真嶋が絡んでいる可能性を否定したかった。これ以上、事態を面倒なものにしたくなかった。

中迫のほうに目を向けると、中迫は薄い笑みを浮かべた。首を横に振りながら、声にださずに何か言った。口の形で、ありえないと言ったのだとわかり、城戸崎はほっとした。

35

真嶋は羽田空港にナムとカオと三人でいった。

国際線ターミナルで到着を待ったのは、トレインの息子、アイスだった。

タイからの飛行機は十分遅れの十八時五分に到着した。スーツケースを引いてロビーにでてきたアイスは、手に持っていた迷彩柄のダウンジャケットを着た。冷房の利きすぎているタイの空港のほうが寒いと思うが、出迎えたナムに日本の寒さをぼやいているのがわかった。日本びいきのアイスは、そんなことを口にするのもうれしそうだった。

真嶋は一度会ったきりの、ボスの息子と握手をした。旅の疲れを労い、準備は万端整っていると、部外者向けの社交辞令を言った。すかさずナムが通訳した。

アイスは、トレインの名代として覚醒剤強奪計画を見届けにやってきた。東京の覚醒剤ビジネスを乗っ取ることに、いちばん興奮しているのはこの男だろう。成功したら、原宿にスタイリッシュな事務所をかまえようと冗談にもならないことをトレインに提案したらしい。ナムによれば、アイスは商売のセンスは悪くないが、世間知らずのところがあるそうだ。

カオが控えめなトーンでアイスに話しかけた。アイスがカオのスキンヘッドをなでると、カオはその手を振り払い、興奮したような早口でまくしたてる。アイスはにやにやと笑った。

タイ語で話す三人から、真嶋は距離を置いて立っていた。バゲッジエリアの出口に視線を据えていた。ビジネスクラスに続いて、エコノミーの旅客もロビーにでてきた。家族連れや若者の姿が目立つようになった。そんななか、三人の男がロビーに姿を現した。

二人は革のジャンパー、ひとりは軍もののジャケットを羽織っている。なかはシャツ一枚で、外にでたら震え上がりそうな格好だ。荷物も小さいボストンバッグをひとつ提げただけの軽装だった。目立つような体格ではないが、みな引き締まった顔をしており、短く刈った髪から軍人や警官を連想させる。実際、三人はタイ国家警察の現役警察官だった。

男たちはアイスに近づいた。アイスがナムに簡単に紹介する感じで、挨拶はすぐに終わる。ナムを先頭に六人は動き始めた。

警官のひとり、浅黒い肌にあばたが目立つ男が真嶋のほうに目を向けた。真嶋は、軽く頷くようにして挨拶を送った。警官も目を伏せるだけの挨拶をした。

三人とはまた改めて挨拶をすることになる。言葉も通じないし、限られた時間しかないが、ある程度のチームワークを築いておかなければならない。三人の警察官は、覚醒剤強奪計画の実行部隊だった。細部まで計画を練られるほどの情報もなく、適宜その場で対応しなければばならないため、実行部隊は経験のあるプロが必要だった。

タイの警察官は給料が安く、副収入を得ていることが多い。たんに賄賂を受け取り、小遣い銭を稼ぐ者もいれば、ボディーガードをしたり、警官らしい副業をもつ者もいる。逆に、殺しを請け負ったり、犯罪に手をかす警察官も珍しくなかった。この三人も、たんに銃器の扱いに慣れているだけでなく、何度も金銭やドラッグの強奪を働いているプロだった。海外での活動は初めてらしいが、ナムが参謀につくから大丈夫だろう。もちろん、当日は真嶋も同行し、適宜、指示をだしたり手を貸したりする予定だった。

アイスと警官たちのホテルは別だった。アイスは東京に慣れているので途中で別れ、ナムが警官たちをホテルまで案内して計画の概要を説明することになっていた。

ここから真嶋は別行動だった。京急空港線に乗り、空港から四駅目の糀谷《こうじや》で降りた。駅をでて多摩川のほうに五分ほど歩いた。住宅街の一角に、生け垣に囲われた民家があった。

庭に車とバイクが駐めてある。真嶋は玄関に進んだ。

鍵を開け、なかに入ると、壁を探って玄関の明かりをつけた。

廊下を通って奥の部屋に入った。明かりをつけると、庭に面した和室だとわかった。畳の上にラグを敷き、洒落た家具を配置していた。ここの家主はカメラマンで長期間、家を空けるときは、民泊の宿として貸しだしているそうだ。強奪に使用する車や武器の保管場所として宋が用意してくれたものだ。

イージーチェアーに腰を下ろして待っていると、約束の七時ちょうどに、宋が姿を現した。

宋はコートを着たままソファーに腰を下ろすと、持参したブッシュミルズをテーブルに置いた。真嶋は台所へいき、グラスをふたつもってきた。

「悪いしらせがある」老華僑はウィスキーを注ぎ終えると言った。

「台湾の供給元の内通者が殺された。家族もろとも無惨な殺され方をしたそうだ。組織を裏切ったことがばれたのはまちがいないようだ」

宋はいささかも痛みの感じられない話し方をした。

「宋さんへ情報を流したことによる報復だとはっきりしているんですか」

「細かいことはまるでわからない。他にも裏切っていてそれがばれただけかもしれないし、百キロの覚醒剤の保管場所を漏らした件だけがばれた可能性もある。もちろん、殺される前にすべてを吐かされて、今回の取引の情報を漏らしたことを知られている可能性も高い」

普通に考えれば、いきなり殺さずそうするだろう。

「もしすべてばれていたとしたら、向こうはどうすると思いますか」

「そりゃあ、取引の場所や日時を変更するだろう」

「罠を張って、待ちかまえていることはありえませんか」

「それはないだろう。情報をもとに強奪計画を練っているとは、内通者にも伝えていない。前回は警察に垂れ込んだだけだから、今回もその程度のことだと考えるはずだ。もし強奪の可能性に気づいたとしても、そんな面倒なことをするとは思えない」

真嶋もまったく同じ考えだった。覚醒剤ビジネスを大事にする日本のやくざは絶対にやらないし、現地のやくざの協力が得られないなら、台湾の組織も動かないだろう。

「でしたら、このまま計画は続行します。当日、現場にやってくるかこないか、それでばれているかどうかがわかる」

宋は、それでいいという風に大きく頷いた。

「これが頓挫しても、次の計画はどうにかなるね」宋は目の下の隈を指で押さえた。

「大丈夫。交渉が多少長引くとか、その程度の影響だけですから」

今回、取引された覚醒剤がすべて迎賓館に保管されるなら、まったく影響はなかった。ただ、剣応会の保管所は他にもあるらしく、そちらへ分割して保管されるなら、第二の計画時、剣応会の心理的圧迫はいくらか軽減されることになる。

「宋さんはどうされるんですか。もし台湾の組織にすべてばれているとしたら」

「私のことは気にするな。自分の身の守り方くらいは知っている」

宋はめずらしく苛立ったように、強い調子で言った。

「気をつけて。いずれ一緒に東京を牛耳るんですから」

宋は背筋をぴんと伸ばした。表情は逆に緩んだ。真嶋は宋が掲げたグラスに、自分のを合わせた。

宋は必ずしも、東京を手に入れたいと強く望んでいるわけではなかった。

宋にはふたりの子供がいるが、ふたりともアメリカに留学にだしたら、向こうで就職してそのまま戻ってこなかった。家業を継ぎたくなくてそうしたようだ。宋は親から受け継いだ仕事を発展させ、人生で成し遂げたものはあったが、それを継ぐ者はおらず、いずれ消えていくことを残念に思っていた。そんなときにトレインから、今回の計画に協力してくれないかともちかけられた。

トレインと宋は客家《ハッカ》の出で、遠い親戚だった。客家の結びつきは強いらしく、遠い縁でも頼まれればなんとかしようと考えるものらしい。宋の場合はそればかりでなく、そのあまりにも無謀な計画に衝撃を受けたようだ。コロンビアのマフィアがコカインを日本にもちこむなど、覚醒剤以外のドラッグ密売をやくざ以外が画策したことはあったが、本気で覚醒剤の市場に割り込もうとした者などいないし、しかも東京を牛耳るなどというのは、ほとんど夢物語に近いものだ。しかし、トレインは本気でそれをやろうとしている。ほんの少人数で。

そんなありえないような計画を成功させれば、それはこれまでの人生で成し遂げてきたものよりも大きな成果と呼べるかもしれない。そして若い真嶋やその仲間がそれを継続させるならば、自分の死後も成果は残る。そう考えた宋は、深くこの計画に関わるようになった。

「前にも話したと思うが、私の父親は粗暴な男でね、何かというと私を殴りつけた。悔しかったら、俺より強くなってみろ、大きくなってみろとね――、口癖だった。男としての教育のつもりだったんだろうが、子供の私にはまったく響かなかった。悔しさなんてまるで湧かず、ただ怖くてね。子供のころの私は運動も好きだったが、勉強も本を読むのも好きだった。将来は学者になりたいと漠然と思っていた。暴力になどなじめない子供だったんだよ」

宋の昔話。自分のことを語ることはあまり多くないが、戦後の裏話的なものにくらべると退屈だった。それでも真嶋は黙って耳を傾けた。

「父親の仕事を継ぎたいなどと思ったことはなかったが、結局逆らうことができなくてね。意外なことに、子供のころに聞いた、父親の口癖が心に響きだしたんだ。悔しかったら俺より強くなれ、大きくなれ。それが、私が仕事に向かう原動力になった。父親の遺したものをどんどん変えていった。仕事のやり方も人間も変えていきながら、自分の仕事といえるものを作った。裏社会で父親より大きな影響力をもち、金も稼げるようになった。実際、父親の言葉に動かされていたのは、最初の五年くらいで、自分の仕事が回り始めてしまえば、仕事そのものが原動力になっていたがね。ただ、子供たちに逃げられたときに、また思いだしたよ。結局父親を超えられていないと。子供たちが継ぎたいと思えるような仕事にできなかったのだから、父親と同じじゃないかと。しょせん父親の仕事をベースにして発展させたものだから、それはそうなんだよ。とはいえ、いまさら一から仕事を始めてみようという気にはならなかったんだが、トレインから話を聞いてね、心に火がついたんだ」

　心に火がついたのではなく、狂っていった頭の最後のネジが、吹っ飛んだのだろう。

　狂気は少年のころに芽生えていた。仕事を始めてそれが花開いた。少年のころ学者になりたかったような男が、裏社会で成功を収めるのだから、確実に狂気に突き動かされていたはずだ。老いが狂気にどう影響するものか、わからないが、宋の場合は一段と拍車がかかったのだろう。あまりに無謀であるからこそ、この計画に乗ってきた。トレインやナムと一緒だ。

「心の火はもちろん消えてはいないが、計画が始まってしまうと、やはり計画そのものが私をかり立ててくれる。とくに、ブラックホールと呼ばれるものが、紅倫教の施設があったところだと知ってからは、なんだか、これは自分のために作られた計画ではないかと思えてきた。——失礼。もちろん、これは真嶋さんが、自分のために計画したものだとわかってる。ただ、運命を感じてしまうのだ」

「そう思ってもらえれば、光栄です」

　真嶋も何か運命のようなものに引き寄せられてこの計画のなかにいる気がした。

「七〇年代、ブローカーでなくまだ現物を密輸していたころ、薬物をもちこむ運び屋が立て続けに摘発されたことがあった。まだヘロインも扱っていた懐かしい時代だ。金銭的な損害も大変なものだったが、卸し先からの信用をなくすのが痛手だった。私がブローカーに転じたのはそれが大きなきっかけだった。当時、私の部下に紅倫教の信者がいた。私は宗教に興味がなくて、部下がどんな宗教に入ってようが気にも留めなかった。そいつは在日朝鮮人で、目端の利く有能な男だったんだが、運び屋を警察に売ったのがそいつだとあとからわかった。気づいたときには姿をくらましていてね、最後まで目端の利くやつだった」

宋は気の利いた冗談でも言ったというように、にやりと笑った。

宋が紅倫教に対して何かしらのこだわりをもっていることはわかっていたが、個人的な因縁を語るのは初めてだった。

「それからだよ、私が紅倫教というものに目を向けるようになったのは。まあ、それまでにもある程度のことは知っていた。戦前に御供涌観が始めた神道系の宗教団体ではあるものの、神はひとつの空に漂うものとして、仏教でもキリスト教でも受け容れていた。まあなんでもありの新興宗教らしい宗教だった。なんでもありだからか、二代目の小口春臣の時代になると、やけに国粋主義的な言動が目立つようになった。戦後になって青年部に強力な反共団体ができたのはその流れなんだろうが、ＣＩＡあたりが画策していたのではないかと思っている。日本のＣＩＡエージェントとも呼ばれる、当時の谷首相と紅倫教は急接近しているんだからね。当時の紅倫教の集会に、谷首相はたびたび顔をだしているんだ。ただそれも六〇年代後半になると変わってくる。教主が現在も続く岸本大三郎の代になると、政治色を消し、世界平和と個人の幸福を追求する、いわば口当たりのいい宗教に鞍替えした。その代わりに強引な勧誘や、寄付の強要で社会問題になったりしたが、とにかく大幅に信者を増やし、岸本は紅倫教で絶対的な存在になった。――そう、私が紅倫教信者の部下にしてやられたのは、岸本が教主になって以降のことだ」

岸本はいま現在いくつなのだろうかと真嶋は思った。九十歳は超えているのだろう。

「紅倫教は政治色を消したと言ったが、表だって政治的な発言をしなくなっただけで、政治家とのつき合いは続いていた。金とひとが集まるところを政治家が放っておくはずはないからね。反共団体は解散したが、つき合う政治家は与党の民自党ばかりで、保守的であることに変わりはないものと思っていた。しかしね、現物の密輸をやめ、ブローカーに転じたころ、取引のある暴力団の組長から、紅倫教が覚醒剤の取引に関わっていると聞いたんだ。教主の岸本は日本に帰化した朝鮮人で、北朝鮮と太いパイプがあった。それで、北朝鮮から流れてくる覚醒剤の取引に関わるようになったそうなんだが、紅倫教が担っていたのはマネロンとか北朝鮮への送金の部分が主だったようだ。それを語ってくれた組長も半島出身者でね、確かな話のようだった。そう聞いてしまうとね、私の運び屋を売った紅倫教の男は、教団の命を受けて動いていたんじゃないかとも思えてくる。紅倫教が関わる北朝鮮ルートのライバルとなる、私を潰そうとしたんじゃないかとね。別にその恨みを晴らそうとこの計画を推し進めるわけではないが、因果応報ということなのかね、結果的には仕返しとなるわけだ」

宋はさらりと言うと、グラスに口をつけた。

「いまでもあの施設に紅倫教が関わっていると思いますか」

「関わりはあるだろう。剣応会が保管庫としていたのは、紅倫教の教会だったころからのはずだ。剣応会の会長も在日朝鮮人だから、そのへんの繋がりで手を結んだのだろう。紅倫教がアイトーク社に教会を売ったのは北朝鮮の覚醒剤が日本に入ってこなくなったころと一致するから、紅倫教としては、意義を失ったということなのかもしれない。ただ、それで完全に手を引いたわけではないはずだ。保管庫を残したまま売ることができる相手となれば、相当、関係の深い間柄のはずだからね。たぶん、アイトーク社の代表は紅倫教の熱心な信者なんだろう。だとすれば、紅倫教はあの施設に大きな影響力をもっていることになる」

真嶋は納得して頷いた。第二の計画で迎賓館に侵入し、保管庫を襲うとなれば、自ずと紅倫教を巻き込むことになるわけだ。

「現在、紅倫教ともっとも深い関係にある政治家は誰ですか」

「もっとも深いかどうかわからないが、紅倫教と近い関係にあってもっとも力のある政治家といったらあれだよ。かつて親しい関係にあった谷首相の孫、現総理大臣の伊庭克敏だ」

36

今日も仕事は案外早くに終わった。外は真っ暗になっているが、六時半だった。

岡野と一緒に食器を片づけ終わると、今日は急ぐもので、と月子は更衣室へ駆けていった。

制服を脱いだあたりで、岡野が更衣室に入ってきた。

「高橋さんも、もしかして待ち合わせ」

「待ち合わせですけど、岡野さんみたいに心が弾むようなものじゃないんです。親戚に会うだけで」

月子はグレーのセーターを頭から被って着た。

「そんな、心弾むなんて。いい年して恥ずかしいけど、正直に言えば、そうね、浮かれているかも」

岡野ははにかんだ顔をした。

後ろめたく思う必要もないのに、その自然な表情を見たら、そんな気分になった。月子はジーンズをはき、コートを取った。

「今日はすごくカラフル。グレーと赤が綺麗。すてきよ。ほんとに会うのは親戚のひと？」

「ほんとです。時間に厳しい叔母なんです。すみません、お先に失礼します」

月子は赤いコートに袖を通し、トートバッグをもってドアに向かった。

迎賓館をでて小走りに駆けた。有栖川公園の横の道にでて、駅とは反対方向に進んだ。

月子は公園のなかに入った。赤いコートを脱いで、トートバッグのなかにしまってあった黒いパーカを着た。紺の帽子をかぶり、赤いコートを折りたたんでバッグのなかにしまった。

木立のなかに隠れ、そのまま待った。五分ほどで岡野の姿が坂道に現れた。月子はあとをつけた。先日、出会った男との初めてのデートに向かう岡野は、まるで周囲のことなど気にしていない。楽々と駅までつけ、同じ電車に乗った。

岡野は恵比寿駅で降りた。西口の改札をでて、明治通りを渡ると、そのまま真っ直ぐ路地に入った。しばらく進むと足を止めた。いったいどういうわけか、店の前で佇んでいる。月子はその様子を路地の入り口から窺った。

何かためらうものがあるのだろうか。なかなか動こうとしない。がんばれと、月子は心よりエールを送った。男に会ってもらわなければ困るのだ。さあ、勇気をだして——。

岡野が腕を伸ばした。ドアを開き、なかに入っていった。

月子は路地に入り、ゆっくりと店に近づいていった。

こぢんまりとしたビストロだった。窓から覗くと、岡野がひとりで座っていた。男はまだきていない、というより、岡野が早くきたのだろう。

月子は店の前の道をいったりきたりした。三往復、十分くらい歩いたときだった。明治通りからひとりの男が入ってきた。スーツの上にウールのコートを羽織っていた。綺麗に七三に分けた髪型。ぱっと見た瞬間、この男だと思った。全体的なその佇まいが、普通のサラリーマンという感じではない。華やかというか、艶のようなものがあった。

遠目に見る限り、日本人と違いはなかった。肌はいくらか浅黒いだろうか。タイ人だといわれればそんな気もする。

先日、岡野から、声をかけてきた男がタイ出身だと聞き、胸が騒いだ。真嶋が逃亡していた場所もタイだ。真嶋はやはり迎賓館に関心をもっている。それで、仲間を使って内部を知る者から情報を聞きだそうとしているのではないか。そんな風にも思えた。四年前、月子を接待所で働かせるため、真嶋のグループは男を使って誘い込んだ。それと同じやり方だ。

男とすれ違うとき、趣味のいい香水の匂いがした。明治通りにでて、立ち止まった。振り返って見ると、コートの男は岡野が入っていったビストロの前で立ち止まった。男がこちらを振り向きそうな気がしたので、月子は歩道を歩きだした。

駅のほうに戻り、コーヒーショップで軽い食事をとりながら、時間を潰した。

一時間を過ぎたころ、ビストロに戻ったが、初デートのディナーがそんなもので終わるわけがない。ふたりが店をでてきたのは、それから一時間ほどしてからだった。岡野がごちそうさまですと言うように、頭を二度下げた。岡野らしく、よそよそしさはまだ消えない。歩き始めると、男は岡野の肩や腕にさりげなく触れる。二軒目に誘ったりしているのだろうか。

明治通りにでて駅のほうに向かった。駅前の通りに入り、ふたりは一度立ち止まった。月子も足を止め、携帯電話を取りだす。歩道の端に寄って、メールを確認するふりをしようとしたら、岡野たちはまた歩きだした。駅に続く路地にそれ、そのまま駅に入っていった。

月子は遅れて駅に入った。改札の前で向かい合って立つふたりの姿を見つけた。岡野がまた丁寧に頭を下げていた。すぐに背を向け、改札に向かう。男は手を振った。

岡野がいってしまっても男はしばらくその場で見送り、やがて駅をでた。月子はそのあとを追った。

月子はどうすべきか迷っていた。どこまでもあとをつけるか、見失う前にこちらから声をかけるかのどちらかだと思っていたが、結局、自力で選択することはできなかった。

明治通りを進んだ男は交差点で足を止めた。信号待ちをするのだと思ったら、綺麗にターンをして、こちらに引き返してきた。

胸の鼓動が速くなった。反射的に、どこか男の目から隠れるところはないか探した。けれど、それは無駄なことだった。男は最初から、月子に視線を向けていた。口を横に引き、親しみのある、しかし作りものめいた笑みを浮かべていた。

隠れる必要などない。自分も男に声をかける選択肢をもっていたのだ。

「真嶋さんに会わせてください」足を止めた男に言った。

「私は真嶋さんを知っています。前に会ったことがあるんです。広尾の迎賓館で岡野さんと一緒に働いています。何か知りたいことがあれば、私が教えます。だから、真嶋さんに会わせてください」

困惑した表情で首を傾げるタイの男に、頭を下げた。

37

田伏はひとりで、「タイパブ・メイちゃんの店」のドアを潜った。ある程度の緊張をもって、足を踏み入れたが、それは案外早くに解れた。

タイの組織と繋がっているなら、一見《いちげん》のひとり客を警戒するだろうと思ったが、あらかじめ考えていた来店の理由——営業途中に見かけて気になっていたという言葉を、ママのメイもホステスたちもすんなり受け容れ、それ以上、細かいことは訊いてこなかった。とにかく、日本語が達者なメイは、よく喋る。初めての客には必ず話すのか、日本にきてから店を開くまでの苦労話を、冗談を織りまぜ、軽妙に語った。適当に相づちを打っているうちに、田伏の緊張は解れた。

宮越を追って、この店に辿り着いてから、四日がたっていた。あのあとも宮越の尾行を続けたが、真嶋に結びつきそうなことは何も目にしなかった。そこで田伏はここに潜入してみることにした。

先客は、奥のテーブル席に座るサラリーマン風、ひとりだけ。かなり美形の女の子がついていた。だからほっといても大丈夫と考えたのか、ママのメイは、ずっと田伏のテーブルに張りついていた。他に日本にきてまだ半年もたたない女の子がふたり。メイはふたりに手本を示そうというのか、十五分ごとに、「ボトルを入れたら、とんでもないサービスがあるかもよ」と太った体を密着させた。最初は断っていたが、三回目に、いかにも根負けしたという風に、田伏は焼酎のボトルを入れた。とくに何かを聞きだそうとはしていなかった。宮越の名前をだすつもりはなかったし、ましてやドラッグ関係の話をもちだす気もなかった。饒《じょう》舌《ぜっ》なメイが語る言葉に、密売組織との繋がりを嗅ぎ取ろうと耳を澄ました。

ママのメイは、背はさほど高くないが横幅があり、エネルギッシュな印象を受けた。来日して二十年になるそうだから、年齢は四十代前半あたりだろう。

最初は茨城のタイパブで働いていたが、そこで資産家の男に見初められて結婚した。わずか三年の結婚生活で夫は亡くなり、その家を夫の親族から追いだされたそうだ。その後、東京、埼玉、神奈川で働き、現在の内縁の夫と出会ったのが七年前。ふたりで苦労してお金を貯め、五年前にこの店を始めた。

店で雇っている女の子は、日本にきて間もないふたりだけだった。メイはタイから送り込まれる女の子たちに、ホステスとしての仕事のいろはから日本で暮らすノウハウにいたるまで、手取り足取り教育する役割を担っているそうだ。女の子たちにとってみたら、日本の母のようなもので、ここから巣立ったのちも、休日や空いてる時間にやってきて、店を手伝ってくれる。だからメイは、多くの女の子を雇う必要がなく、経営は楽なのだと言った。

教育を任されるということは、ホステスを呼び寄せる会社などと契約しているのだろう。そのことをメイに訊ねてみたら、契約なんてほどのものじゃないと答えた。

「ひとから頼まれたら、断れないよー。女の子たちは、あたしと同じタイの北の出身で、だからほんとに妹や娘みたいでかわいいの。もう三十人くらいになるかね。あたしの宝物よ」

そうは言ったが、タイから女の子を呼び寄せるのは個人ではない。なんらかの組織と繋がりがあるはずだ。しかし、それがドラッグに結びつくかというと、なんともいえなかった。

「ボトルを入れたら、とんでもないサービスがあるとか言ってたけど、なんなんだい」

メイも女の子たちも、遠慮なく田伏のボトルから焼酎を飲む。

「それは、ボトルを入れて、またお店にきてくれたら、あるかもよ、ってこと。内容もそのときにならないと、教えられないよー」

メイはなかなか商売上手だった。

「お客さん、すけべそうだから、絶対またくる」

女の子のひとりが、そう言って田伏の腿をさすった。

メイのホステスに対する教育が正しいものなのかどうか、田伏には判断できないが、女の子たちが話す、かたことの日本語は、ほとんどが下ネタがらみだった。

田伏はトイレに立った。トイレからでてくると、女の子がおしぼりをもって待っていた。田伏は手を拭き、礼を言った。

席に戻る途中、カウンターの前で足を止めた。カウンターのなかの壁に、タイ王室関係者のものと思われる大きな写真が飾られていた。その下に、数枚の写真が貼られている。

「楽しそうな写真だな。これも何か特別サービスかい?」田伏は写真を指さして訊いた。

「それは五周年のお祝いの写真。先月よ」メイが答えた。

大勢の客が小さな店に詰め込まれている。みんな陽気な酔っぱらいに見えた。

「ずいぶん、女の子もいるね」

田伏はそう言いながら、宮越や花井の姿がないか、視線を走らせた。

「あたしの娘たちが、みんなお祝いにきてくれたの。嬉しかったよー」

「いいね。俺も来年の六周年にはきたいな。それまでに、常連にならないとだめなんだろ」

「そうよ。いっぱい通わなくちゃ」

花井も宮越も見つからなかった。しかし、五枚目の写真に見覚えのある顔を見つけた。田伏は興奮を表にださないよう気をつけながら、テーブル席に戻った。

「じゃあ、ボトルが残っているうちに帰るとしよう」田伏はすぐに腰を上げた。

なくなったら、またボトルを入れればいいじゃない、とママは無責任なことを言って引き留めようとするが、田伏はもう何も気をつかう必要はなかった。財布を取りだした。

すべてがはっきりした。この店がドラッグの密売組織と繋がっていることも、宮越や花井が覚醒剤の密売に絡んでいることも、そして花井たちが真嶋と繋がっていることもだ。

壁に貼られた写真に写っていたのは、室田を殺害した、スキンヘッドの男だった。

メイちゃんの店をでた。

今後、どうやって真嶋の居場所を探りだそうかと考えながら、空き地の前を進んだ。

車のドアが閉まる音が聞こえた。空き地を通りすぎた田伏は振り返った。

空き地からふたりの人影がでてきた。手に長い棒のようなものをもっている。田伏は背後を見ながら、しばらく駅のほうに進んだが、ふいに気を変え、道を引き返した。

メイちゃんの店の前で、ふたりは立ち止まった。足音に気づいたらしく、こちらを向いた。

ひとりは、ジャージの上下を着ていた。もうひとりは、いまどき珍しい、鮮やかな模様のニットを着ていた。どちらも大柄で、年は田伏とあまりかわりはない。手にもった金属バットを握り替えたり、背後に隠してみたり、もてあましている感じだった。

「おい、やめとけ。俺は元警視庁の刑事だ」

そう言って通用する連中に見えた。警察の厄介になったことのあるプロに――。

「だから、なんだって言うんだ」

ジャージ姿が凄みをきかせた。いきなり暴力にうったえようという気配はない。

「知っている神奈川県警の刑事の名前をここで並べ立てる気はない。とにかく、今日はやめておけ。俺の目がないときに好きにやってくれ」

刑事ごっこをしている田伏の本音だった。

「出直せって言うのかよ。そんな暇じゃねえんだよ。お前が消えろ」

ニットの男は気が短そうだった。服装も古くさいが、もみあげを伸ばした髪型も古くさい。

「だったら早くやれ。警察がくるまでの間、楽しむんだな」

田伏は踵を返し、駅のほうに足を向けながら、コートのポケットから携帯を取りだした。

「お前らの車のナンバーも一応伝えておく。もちろん、盗難車とか、ばれない車を使ってるんだろ」

田伏は振り返った。男たちは焦った表情で顔を見合わせていた。車は自前のようだ。

足早に男たちから遠ざかる。繋がっていない携帯を耳に当て、事件ですと大声で言った。

ニットの男がこちらに向かってきた。田伏は肩越しにそれを見ながら歩き続ける。ポケットに携帯をしまった。

男が金属バットを振りかぶり、歩調を合わせるようにスピードを緩めた。田伏は振り向きざま、男の懐に飛び込んだ。左手でバットを握る手を押さえ、右の拳を鳩尾にめり込ませた。

男はバットを落とし、腹を抱えた。田伏は男の後頭部に肘を撃ち込んだ。

男は道に崩れ落ちた。田伏は金属バットを拾い上げ、倒れた男の頭をそれで小突いた。

「神奈川のやくざをなめんじゃねえ」

メイの店の前にいた、ジャージの男が叫んだ。バットを振り回し、向かってくる。

メイの店のドアが開いた。太った体に似合わず、機敏な動きで、メイが外にでてきた。

「あんたたち、またきた。今度きたら、ただじゃおかないと言っただろ」

メイはよく通る声で言った。手にはフライパンをもっている。ジャージ姿が足を止めた。

「店のなかに入っていろ」田伏はそう叫びながら、店のほうに向かった。

ジャージの男がメイに向かった。メイはフライパンを振り回すものの、男は気にも留めずに近づく。バットを横に振り、メイの腰を打ちすえた。メイは悲鳴を上げて、倒れ込んだ。

田伏は男に駆け寄る。男はバットを振り回しながら、こちらを向いた。田伏が狙っているのは手だけだ。無闇に振り回すバットが当たらないだけの間合いを取り、タイミングを窺う。

ジャージ姿が横にバットを大きく振った。田伏は足を踏みだし、動きが止まった男の手にバットを打ちつけようとした。そのとき、後ろから、どんと腰に衝撃を受け、体のバランスを崩した。腰に絡みつく腕。タックルを受けたのだと理解した。神奈川のやくざをなめちゃいけなかった、と思いながら、アスファルトに倒れ込んだ。

男の怒声を聞いた。頭に硬い衝撃を受けて、瞼の裏に火花が散った。足蹴にされ、体を丸めた。頭に受けた二度目の衝撃で、意識が暗い淵に沈んだ。

38

糀谷の隠れ家で最後の打ち合わせをして、真嶋は先に現場に向かった。

板橋区上板橋にある住宅の解体現場が、宋から聞いた覚醒剤受け渡しの場所だった。

電車を乗り継ぎ、一時間以上かかった。東京の南の端から北の端まで縦断したかっこうだ。

夜の十一時過ぎ。解体現場で作業が行われているわけはなく、シートが張り巡らされた現場はひっそりしていた。

ここへは、何度か足を運んでいる。解体は七割がた終わっていて、敷地の奥のほうに内部を晒した建物の一部が残っているだけだ。作業中は安全を考慮し、シートを張り巡らしていることが多く、なかを窺うのは難しい。覚醒剤の受け渡しをするのであれば、ひと目につかない場所がいいのは当然だが、それにしても、作業中の解体現場で受け渡しをすることにどんな意味があるのか、よくわからない。ただひと目につかないだけだったら、山のなかでもいいわけで、わざわざここでやる意味が何かあるはずだった。

解体現場をじろじろ窺うことはせず、前を素通りした。松の木が塀から突きでた隣家の角を曲がると、緩い上り坂になっている。真嶋は坂を上っていった。

角から三軒目が三階建ての小規模なマンションだった。その先のアパートの前に車が駐まっていた。車の横で足を止めた。ウィンドウが下りて、花井が顔を見せた。

「遅かったじゃないすか。間に合わなければ、ひとりでやってましたけどね」

そのほうがよかったとでも言いたげに、花井は口の端を曲げて笑った。

「確実にできるというなら、お前ひとりにまかせてもいいんだがな」

「やりたいとこですけど、ここは万全を期して、ふたりでいきましょう」

「俺は三階の上の踊り場に身を隠していればいいんだな」

「ええ。水野がやってきたら、携帯を鳴らしますんで」

こんなもんでも使ってくださいと、花井は粘着テープを差しだした。真嶋は革の手袋をはめて、それを受け取った。革のブルゾンのポケットにむりやり押し込め、歩きだした。

先ほど通りすぎたマンションの敷地に入った。三階建てで、エレベーターもなかった。外階段を上り、三階を通り越した。その上の踊り場まできてしゃがみ込んだ。

花井は、剣応会から東京の覚醒剤市場を乗っ取ったとき、真嶋の片腕となって密売組織を仕切ることになっていた。真嶋たちのプランでは、組織は、剣応会が現在担っている大卸しの役割をそのまま引き継ぐつもりでいた。ただし、仲卸しの組織が、真嶋たちからの供給を拒否することもありえた。その場合は、仲卸しも、ことによったら末端の売人の役割も引き受けるつもりはあった。

花井は、市錬会時代に覚醒剤ビジネスを大きく見渡せる位置にいて、その道の専門家とも呼べた。しかし、あくまで携わっていたのは仲卸しの仕事で、大卸しの実務をどれほどこなせるかは未知数だった。それでも、花井を頭にすえることに、迷いはなかった。覚醒剤売買の現場を知っていて、なお真嶋たちの計画に乗ってくる者など、他にはいないのだから。

花井はやくざの世界でしか生きられない男だった。しかし、その世界に幻滅してしまった男でもある。金と暴力、食うか食われるかの世界で、神経をひりひりとさせながら、鋭利な刃物の上を歩いていくのが生き甲斐のような男だった。市錬会では、仲卸しの仕事を仕切る立場で、他の組織と交渉したり、矢面に立たされていた。警察の摘発を受けるときは真っ先に挙げられるだろうし、他の組織とぶつかるときは真っ先に狙われる。もっとも危険なはずだった。しかし実際は、上の指示で動くだけであったし、その指示も、摘発を恐れ、ひたすら他の組織とぶつかることを回避するようなものばかりで、危険など感じることはなかったと言う。やくざとして引いてはいけないような局面でも、シノギを守るため、引くこともあったようで、他に確実に稼げるシノギがないという事情はわかっていたが、やくざをやっている意味を見出せなくなり、花井はやくざの世界から足を洗った。

かたぎに戻ったところで、神経がひりひりするような稼業はなく、花井はある意味、終わった人間だった。しかし、真嶋と出会い、かたぎだからこそできることがあるし、かたぎでも食うか食われるかのような生き方ができるのだと知り、息を吹き返した。花井は市錬会に厄介になる前、真嶋がぶつかった夷能会の下で花井組をかまえていた。真嶋がやくざ相手にどれほど戦えるのかよく知っていた。

踊り場にしゃがみ込んでから十分ほどがたって、携帯電話の着信音が鳴り、すぐに切れた。花井からの合図だ。耳を澄まして待っていると、階段を上がってくる足音が聞こえた。

腰を屈めたまま、階段を下りた。足音がすぐそばを通って、外廊下を進む。真嶋は階段の手すりから顔を覗かせた。階段からふたつ目の部屋の前に、スーツ姿の男が立っていた。

男がドアを開くのを見はからって、真嶋は手すりの陰からでた。

「水野さんですね」足早に廊下を進みながら、声をかけた。

若い男は怪訝な顔をしながら、頷いた。真嶋は男に近寄り、いきなり拳で腹を殴りつけた。男は息を詰まらせたような音を発し、手で腹を押さえた。真嶋は部屋のなかに男を突き飛ばした。自分もなかに入り、もう一度、腹を殴る。男は廊下に崩れ落ちた。

口に粘着テープを貼っているとき、ドアが開いた。花井が入ってきた。

「おみごと。声も音も、ほとんど聞こえませんでしたよ」

真嶋はテープを花井に渡し、手足の縛《いまし》めをまかせた。

靴を脱いで部屋に上がった。ワンルームタイプの間取りで、玄関の明かりだけでこと足りた。ベランダに面した掃きだし窓に近寄る。レースのカーテンを少し開き、外を覗いた。

申し分なかった。シートに囲まれた、解体現場のなかが、すっかり見下ろせた。

明日の午前中に行われる予定の取引をここから監視するつもりだった。

宋に監視できる場所の手配を頼んでみたが、時間もなかったし、都合よく空いている物件も見つからなかった。それで、監視できそうな部屋に押し入ることにした。

「大丈夫。これからひとが訪ねてくるようなこともなさそうだ。さんざん脅してやったから、嘘は言わんでしょう」花井が真嶋の横にきて言った。

「しばらくは、のんびりできる」

内部を晒した解体途中の建物と、アームを折り曲げたショベルカーが闇にうち沈んでいるだけで、朝までは何も動きはない、と真嶋は思っていた。

しかし、夜中の一時過ぎだった。なんの気なしにカーテンをめくってみた花井が、おかしなものを見つけた。

「真嶋さん、ショベルカーの運転台にひとがいる。煙草の火がいま見えたんですよ」

真嶋は窓に近づいたが、覗きはしなかった。

警察の目を恐れて警戒するなら、この現場の周辺にひとを配置するだろう。なのに、このシートを張り巡らした解体現場のなかで不《ふ》寝番《しんばん》をするのはどういうわけだ。

39

自分の体の下で、か細いあえぎ声が聞こえていた。何度耳にしても、それは興奮を呼び覚まし、腰の動きに力を与え、あっけない幕切れへといざなった。

まだいかないでと翔子は口にしたが、島本にそんなコントロールができるわけはなかった。精を放出したあとも、しばらく腰を動かし、どうにか翔子の要望に応えようとした。すっかり貫く力をなくしてから、島本は翔子の横に寝そべった。

翔子は目をつむり肩で息をしていた。やがて目を開き、満足したような笑みを浮かべ、島本の乳首の毛を引っぱった。

「痛いよ、翔子ちゃん」

そうは言ったが、島本は無理にやめさせようとはしなかった。翔子もやめる気はなさそうで、くいくいと引っぱり続ける。いたずらっ子のような、意地の悪い笑みを見せた。

翔子はことが終わると、毎回、何かを引っぱる。もともとそういう癖があったのか、あるいは、島本と初めてセックスをしたあと、たまたま目についた髭の剃り残しを引っぱり、痛がる島本がおかしくて味をしめただけなのかもしれない。いや、あれは二回目のときか。

セックス、セックス、セックス。

島本のぼろアパートは、セックスの匂いしかしない。翔子はあまり食事を摂らない。朝は食べないし、昼間、島本が仕事にでかけている間、暇潰しに、外にでかけて食べるだけで、夜もほとんど食べない。島本が帰ってくるとセックスをせがんだ。島本がそれを拒むことはない。バズに拉致され、その後輩に乱暴されたあの日、島本は翔子を自分の部屋に連れてきた。病院にはいきたくないと言うし、ひとりになりたくないと言うので、うちでもいいかと島本が訊ねたら、翔子は頷いた。

風呂に入れ、布団を敷いて寝かせた。島本は壁にもたれて体育座りで眠った。朝方、翔子が隣にやってきた。体に汚いものが入っているからとってほしいと、切実な声で訴えた。意味がわからなかったし、寝ぼけているのかと思い、島本は翔子を布団のほうに導いた。

翔子は布団に入ってもなお、訴えた。社長ならきっと大丈夫だと言った。お父さんみたいなものだから、きっと汚くないと、島本の股間をまさぐった。島本は布団をかけ、寝かしつけるように肩を優しく叩いた。それでおとなしく寝てくれればと思った。しかし同時に、もっと誘ってくれないかという期待もあった。翔子がそれを本当に必要とし、懇願し続けるなら自分は断れないとわかっていた。

翔子は布団をはねのけ、島本にしがみついてきた。お願いしますと何度も言った。硬くなった島本のものを手でしごいた。

島本は自分が必要とされていると感じた。あとで翔子は後悔するかもしれないが、いまだけは救われると信じられた。それは言い訳ではなかった。翔子に頼まれ、バズに会ったときと同じ。彼女たちのためにできることがあるなら、自分はやらなければならない。

翔子とのセックスに興奮したことを恥じる気はなかった。セックスとはそういうものだ。翔子は若かった。事務所の子と寝る背徳感で、いつにない興奮と快感を得た。山が高ければ谷は深くなる。果てたあとの罪悪感はひどかった。しかし、それがあるから、翔子とのセックスを続けられる気がした。

二度目からは、翔子がそれを必要としているかどうかは関係なく、島本にとってはただのセックスだった。翔子が求めてくるからという言い訳もあったが、皮肉でも冗談でもなく、罪悪感が免罪符となって快感を求めることができた。

いまも、罪悪感のまっただなかだった。島本は翔子にされるがままになっていた。セックスは翔子の心を癒すことが第一義ではなくなっても、翔子の心の状態は気になっているし、傷つけるようなことはしたくない。そそくさとシャワーを浴びにいくことはできなかった。

電池がきれたように、突然翔子の動きが止まった。裸のまま、寝息をたて始めた。島本は起き上がり、翔子に布団をかけ、シャワーを浴びにいった。

翔子がやってきて、ほぼ十日がたった。翔子がこのまま、ずっと自分の部屋で暮らすとは思っていなかった。心の傷がいくらかでも癒えたら、でていくだろう。それでタレントと所属事務所の社長の関係に戻ることになるが、その日が早くくればいいと島本は思っていた。

風呂場からでた。布団には戻らず、壁にもたれて床に座った。携帯を手にしたが、もう夜中の一時過ぎで、かけるところはどこもない。島本は月子について誰かと話をしたかった。

結局あの日、月子とは何も話ができなかった。自分はあなたのことを救いたいのだと伝えることがまだできていなかった。

翔子から、月子があの接待所で働いているらしいと昨日聞いた。

翔子や明日美がそういうところで働くのは、いいことではないが、気持ちは理解できる。タレント活動をしながら、少ない時間で生活費を稼げるし、将来に向けたコネをそこで見つけることができるかもしれない。しかし、月子はタレントではない。派手な生活を望んでいるようにも見えない。どうしてそんな接待所で働くのか理解できなかった。

もともと接待所のアルバイトを明日美や翔子に紹介したのも、複雑な心境があるのだろうとは思っていた。接待所と何か深い関わりがあるのかもしれない。

島本は立ち上がり、布団の近くにあった、自分のバッグから名刺入れを取りだした。

島本はやはり誰かと月子の話がしたくなった。月子は何かをしようとしているのではないかとふと思え、騒ぐ心をどうにか鎮めたかった。

翔子とのセックスの後ろめたさが、月子への急激な関心に変わっていた。

40

目を開いたとき、明かりのまぶしさにおののいた。ふいにこの世ではないのでは——と思い、田伏は妙な安堵を胸に湧き上がらせた。

天井の明かり。まぶしさの原因はすぐに見つかった。この世だとわかっても、自分がいったいどこにいるのか、目覚めの当惑はなお残る。

目をしっかりと開き、見回してみても、覚えのない部屋だった。起き上がろうとして、脇腹に痛みを感じた。頭痛もすると気づいて、眠りに就く前——意識が途切れる前の記憶を取り戻した。それでもここがどこだかわからない。メイの店に関係する場所なのだろうか。

狭い和室だった。低いチェストとその上に載ったテレビがあるだけで、生活感はない。壁に田伏のコートとジャケットがハンガーにかけて吊されていた。

部屋には暖房もなく、かけ布団をのけると寒気を感じた。立ち上がると、頭の痛みが増した気もするが、ふらつくことはない。体の痛みも打撲程度で、骨折まではしていないだろう。

尻のポケットに入れていた財布がなくなっていた。ハンガーに吊されたコートのポケットを探ってみたら、財布はそこにあった。携帯電話も入っていた。

足音が聞こえた。階段を上がってくる音のようだ。田伏はシャツの裾をズボンのなかに入れ、ベルトを締めた。引き戸が開いて、メイが姿を見せた。

「やっぱり起きてた。足音が聞こえたよ」

メイが水の入ったグラスを差しだした。田伏は受け取り、半分くらいいっきに飲んだ。

「ここは店の上?」

「そうよ。お店はさっき閉めたところ」

「俺をここまで運んでくれたのか」

「あら、覚えてないの。お客さん、自分で歩いてここまできたよ」

「そうなのか」

「病院にはいかないって言うから、しばらく二階で休んでいくように勧めたら、ぐーぐーいびきをかいて寝ちゃったんだよ」

昨日は覚醒剤を打って、夜はほとんど寝ていなかったから、いっきに眠気がきたのだろう。

「あの男たちはなんだったんだ。大丈夫だったのか」

「大丈夫、べつに怖くないよ。もう慣れてる。ここの土地のことでもめているのよ」

「いまどき地上げか」

「それ、よくわかんないけど、ここ、借地なのよ。空き地をもってたおじいさんいいひとで、安く貸してくれた。だけどおじいさんが死んで持ち主が変わったら、マンション建てるからでてけって。冗談じゃないよ。こっちはお店も建てたし、ちゃんと契約してるんだから」

「警察に通報しないのか。これまでも、今日も」

「警察に言ったって、あたしは外国人だから、何もしてくれないよ」

そんなことはないと思うが、メイのトラブルに関わる気はなく、何も口にしなかった。

「やっぱり、探偵は悪いやつ見ると、やっつけたくなるもんなんだね」

メイは腰に手を当て、皮肉っぽく言った。

「なんで探偵だと知ってるんだ」

「ちょっと財布のなかを見させてもらった。やくざ相手に、ひとりで向かっていくなんて、普通のひとじゃないと思ったから」

「警察かと思ったのか」

「警察とか探偵とか」

メイはそう言いながら、嫌悪感を表情にだした。

「どっちでも正解だ。もともと警察官で、いまは探偵だ」

「どちらもひとを疑って調べるのが商売ね」

「その通り、そういう仕事だ。だけど、いまはただの客だよ。浮気調査でこのへんをうろうろしているときに見かけて、気になったから飲みにきただけさ」

「ほんとに？」

「そりゃそうだよ。メイさんのことを調べてるなら、直接会ったりはしない。お客さんのことを調べてるなら、それとなくそのひとのことを訊くはずだろ」

メイは曖昧に頷いた。

「だいたい、調査しているなら、やくざに向かっていったりしない。まともな探偵なら、調査の現場で、暴力沙汰を起こしたりはしないもんだ」

実際、まともじゃないと自分でも思う。頭痛がひどくなってきて田伏は畳に座り込んだ。

「大丈夫？　寒いのに汗かいてるよ」

それは殴られた影響ではないだろう。田伏は水をごくごくと飲んだ。

「ありがとう。なんにしても、探偵さんは、あたしたちを助けようとしてくれたんだね」

メイは表情を緩めて、田伏の頬に手を当てた。

「もう少し、休んでいったらいいよ。もう帰る電車はないだろ。ビールでも飲む？」

「アルコールはいい。水をもう一杯頼む」

メイがでていった。田伏は壁によりかかって目をつむった。眠気がまだ残っていた。うとうととしていたときだった。戸が開いた気配がして、目を向けた。メイではなく、若い女が入ってくる。

「ママから水もっていくようにって――」

店の奥で、サラリーマン風の客についていたホステスだ。近くで見ると、はっと息を呑むほどの美形だった。腰を屈めてグラスを手渡した。

「冷たくてきもちいいよ」冷えたおしぼりを、田伏の手に握らせた。

田伏はグラスを傍らに置き、おしぼりを後頭部に当てた。

「ママは後片付けで忙しいのか」

「ママはお酒が好きね。飲むのに忙しい」

女は田伏の正面に腰を下ろした。笑みを浮かべた顔には、まだあどけなさが残っていた。

「ねえ、エッチなことしたい？」

女はあっけらかんと訊く。かといって、ビジネスライクという感じでもない。

「さあどうだろ。眠くてよくわからない」女の意図がわからず、田伏はそう答えた。

「お金はいらないよ。ただ、お願い聞いてほしい。探偵なんでしょ。ひとを捜したりするの仕事でしょ。あたし、捜してほしいひとといる」

「君はなんていう名前だい」

「ジャスミン」女はスカートの裾を引っぱり、膝小僧を隠して言った。

「ジャスミン、探偵は仕事なんだ。エッチで調査はやらない」

ジャスミンは目を伏せ、がっかりした表情を見せた。これが演技であるなら、大女優も顔負けだろう。ママから何かを頼まれたのではないかと考えていた田伏は、その疑いを退けた。

「日本の探偵すごく高い聞いた。ジャスミン、そんなお金ないよ。でも、あのひとに会いたいよ」

「男か」

ジャスミンは頷いた。「ここに少し住んでた日本人。ママに言われて、食事を運んだりした。とってもクールでかっこいいひと。日本の有名なギャングだって聞いた。真嶋さんに会いたいよ。もう一度ハグしてほしいよ。探偵さん、見つけてくれたらなんでもするよ」

「真嶋が、ここに暮らしていたのか」田伏は思わず、女の肩を摑んだ。

「やっぱり、有名なひとなんだね。他にタイのひともいたけど、ここに一ヶ月くらいいた」

「いつごろのことなんだ」

「六ヶ月くらい前」

きっと日本に密入国して、しばらくここに隠れていたのだろう。

「ひと月してどこへいったんだ」

「わからないよ。だから捜してほしい」お願い、とジャスミンは田伏の腕を摑んだ。

「何か、手がかりはないのか。でないと、いくら探偵だからって、捜しだすのは難しい」

ジャスミンは黙り込んだ。

「一緒にいたタイ人というのは、鼻にタトゥーを入れた、スキンヘッドの男か」

「探偵さん、よく知ってる。その男よ。だけどその男もどこにいるかわからない」

田伏は立ち上がり、コートのポケットから携帯電話を取りだした。捜してみるからと、ジャスミンに携帯の番号を訊ねた。ジャスミンは、またあとでくるから、そのときラインの交換をしようと言った。長くいたら、ママに怒られちゃうと、慌ててでていった。

田伏は部屋のなかをあらためてしげしげと眺めた。ここで真嶋が暮らしていた。その気配を感じ取れば、どっちの方向に進めばいいかぐらいは、わかるような気がした。

手に持っていた携帯電話が鳴りだした。画面に番号が表示されている。こんな時間にいったい誰だと思いながらでてみた。

先日お会いした島本ですと、電話口で名乗った。一瞬考える間をおいて、田伏は誰だか理解した。なぜこんな時間に、となお思う。

「何かあったか」

「ええ、ちょっと、月子さんのことでお耳に入れておきたいことがありまして」

島本は、月子が例の接待所で働き始めたようだと言った。スカウトではなく、男たちの相手をするほうに回ってしまったと、心を痛めている様子がはっきり伝わってくる言葉だった。

田伏は、かつて月子が同じような接待所で男の相手をしていたことを知っていた。一度、身を落とした人間は同じ失敗をしやすいものだということもよく見知っている。彼女の現状を聞いてもさほど心配はしなかった。しかしそこで何かトラブルにみまわれ、助けを乞われたら、自分はすぐさま駆けつけるだろう。どちらかといえば、自分はそれを期待している。

「なぜ彼女がそんなところで働くのか、どうしてもわからないんです」島本は声を揺らした。

「俺もわからない。朝起きたら、ゆっくり考えてみるよ」

「すみません。こんな時間に電話するのは非常識だとわかっています。ただ、彼女のことを考えていたら、誰かと話をしたくなって。他にこんな話ができるひとは、誰もいなかったものですから……」

「その気持ちは理解できる。女の子ばかりだと、きっと気苦労が多くて大変なんだろうな」

「意外と、刑事の仕事と似ているところがありそうだ。犯罪者は嘘をつくでしょ。女の子たちも同じで、嘘をつくんです。どうでもいい嘘から、深刻な嘘まで。私はそれに気づかないときもあるし、気づいても気づかないふりをするときもある。自分自身に対してもです」

女の子は嘘をつくと言い切ってしまっていいものなのか田伏にはわからなかった。ただ、男がそれに振り回されやすいのは、確かなような気がした。

「もしかしたら、月子さんがいちばん嘘をついていたのかもしれない。それは、本心を隠すという意味を含めて。ただ、彼女と最初にあったとき、お父さんが殺人を犯していることを私に正直に話したんです。言わなくてもいいことだし、嘘を言っても不思議ではないことなのに、なぜかそこは正直に話した。きっと彼女は私に近づいてほしくなかったんだと思います。そのためにあらかじめ壁を作ったんじゃないかと最近になって気づきました。それは裏を返せば、私が踏み込んでくる可能性があると思っていた。踏み込んできたら、それを跳ね返せないと思っていたということではないでしょうか。私のただの妄想かもしれないが、私は彼女を変えられるかもしれないと、自分自身に少し期待しています」

月子が変わってしまったら、自分の出番はなくなるかもしれないと田伏は思ったが、それならそれでいいという気もした。それより、女の子は嘘をつくという話が心に引っかかっていた。女の子は嘘をつくという前提で一度疑ってみるのが、探偵として正しい態度なのではないかとにわかに思えた。

「すみません、長々と話してしまいました」島本は恐縮したように言った。

「いいんだ。誰でも話をしたくなる夜はある」

島本は再び詫びの言葉を言って、電話を切った。

田伏はすぐに頭を切り換えた。先ほどのジャスミンの話を思い返した。いったい、自分は彼女の話をどこで信用したのだろう。

彼女の表情が演技ではないと思えたことがひとつの要因だ。しかし、女は女優なのだ。女の子は嘘をつくという前提と被るが、田伏としては、それより確実な前提である気がした。タイの女の子は開けっぴろげで演技などしない、という先入観が、彼女の表情を本物だと思わせたのかもしれない。あとは単純に、真嶋という名前を聞いただけで、すっかり平常心を失い、ジャスミンの話に引き込まれてしまったことも、信用した要因だった。

疑え、と田伏は自分に命じた。嘘をついているなら、どこかおかしな点のひとつやふたつはあるはずだ。田伏は疑ってかかりながら、ジャスミンの言葉を思いだしていった。

真嶋がここにいたのは本当なのか。たぶんそれは嘘ではないだろう。真嶋と一緒にいた、あのスキンヘッドの男がここの五周年パーティーにきていた。あの男が真嶋と一緒にここで暮らしていたというのも本当である気がした。

そうであるならおかしい。田伏は早くも、ジャスミンの話の不自然な点を見つけた。

あのスキンヘッドの男がきていたパーティーは先月あったとメイは言っていた。つまり真嶋たちがここをでたあと、あのスキンヘッドの男はここへきている。ジャスミンもあのパーティーにきていたから、スキンヘッドの男に真嶋がどこにいるのか、訊くことができたはずなのだ。男は真嶋の居所を教えなかったかもしれないが、手がかりがないかと田伏が訊ねたとき、そのことに触れそうなものだ。スキンヘッドの男の話もしているのに、なぜパーティーで会ったことを言わなかったのか。

女の子は嘘をつく。うまい嘘をつく子は、事実に沿った話に嘘を潜ませる。

きっと真嶋に会いたいというのが嘘なのだ。真嶋の話をして食いついてくるかどうか、かまをかけたのだろう。探偵は何か探りにきたのではないかと疑う、メイの差し金だ。

田伏は真嶋の話に食いつくばかりか、スキンヘッドの男の話までしてしまった。

まったく、不用心だ。我ながら呆れるが、後悔などしている暇はなかった。立ち上がった田伏は窓に近寄り、カーテンを引き開けた。だめだ。窓には格子がはまっていた。

携帯の通話履歴を開き、ひとつの番号を発信させた。発信音を聞く前に、別の音を耳が捉えた。足音。階段を上がってくる、複数の人間のたてる音だ。

田伏は室内を見回す。テレビが置かれたチェストに近寄る。壁とチェストの隙間に携帯を落とした。「川崎市、タイパブ・メイちゃんの店、川崎市、タイパブ・メイちゃんの店」と呪文のように唱えた。

足音が近づいた。田伏は畳に腰を下ろした。引き戸が勢いよく開いた。

メイの姿が最初に目に入ったが、すぐにその横に立つ男に視線が引き寄せられた。よく切れそうな牛刀を両手で握りしめ、右の肩あたりにかまえていた。気の弱そうな細い眼をしているが、一文字に結ばれた口にやる気が漲っていた。しかし、だからといって興奮している様子もない。なかなかインパクトのある、五十がらみの男だった。

「探偵、おとなしくしてろ」メイが言った。

そのメイの手にも、出刃包丁が握られていることに初めて気づいた。メイの後ろに、田伏のテーブルについた若いふたりもいた。ふたりとも包丁を握りしめていた。

「よくもこの夜中に、それだけ包丁を集められたな」

しかもどれも、刃渡りがかなりある。女の子のうちひとりは、日本刀かと見まちがえそうなほど長い刺身包丁をもっていた。

「うちの父ちゃんは、もともと和食の料理人だよ。だから包丁はたくさんある」

メイの横に立つ男が、得意げな顔をして頷いた。

メイはだらんと手を下ろしていたが、刃をこちらに向けていた。なかなかやる気のあるかまえだ。やはりメイも興奮などしていなかった。しかし、この女もひとを殺せると、田伏ははっきりと感じた。たぶん、これまでにひとを殺している。ひとりやふたりではないと思う。

「あんた、あたしの店を探りにきただろ」

「真嶋はほんとに、このメイちゃんの店にいたんだな。まったくそんなことは予想していなかったよ。俺は、宮越がここにきたのを見て、タイのドラッグ密売組織と関係があるんだろうと思って探りにきただけだ」

「誰に頼まれてきた」

「日本の組織に依頼されたに決まってるだろ。タイの組織は日本で覚醒剤を売ろうとしてるんじゃないのか。そんなことを日本の組織が許すはずがないだろ」

「あんた、生きて帰すわけにはいかないね」

「俺が殺されれば、ここが密売組織に関係していると確信するだけだ。同じことさ」

「夜だから組織のひとと連絡とれない。朝まで生かしておいてやるよ。おとなしくしてな」

　メイが部屋のなかに入ってきた。男も、包丁で十字を切りながら、がにまたでやってくる。メイは旦那に包丁を渡すと、粘着テープをロールから引きはがした。

「ちょっとでもおかしなまねしたら刺すよ。こっちに背中を向けて。手を後ろに回して」

　包丁のでかさが抵抗する気を失わせる。腹に刺さりでもしたら、即、致命傷となりそうだ。田伏はメイに背を向け、手を後ろに回した。手首に粘着テープが巻きつけられた。

「朝までの命の俺に、ひとつ教えてくれないか。真嶋はいま、どこにいるんだ」

「貴士はタイ人じゃないけど、あたしたちの友人よ。教えられるわけないだろ」

いい答えではあるが、さほど情がこもっているようには感じなかった。

41

朝がきた。薄曇りで、まだ寝ぼけたような空だが、もう八時近くになっている。

真嶋たちは、結局、一睡もせず、交替で窓に張りついていた。ショベルカーの男は闇にまぎれてどこかへ消えていた。日が解体現場を露わにしたとき、男の姿はどこにもなかった。夜の間に起きたのはそれだけで、他に動きはなかった。

八時に、一部、シートを外し、作業員が三人、入ってきた。真嶋は携帯電話で、現場が動きだしたことをナムに伝えた。ナムたちは、午前三時ごろ、この現場近くにやってきた。コインパーキングに車とバイクを駐め、車のなかで待機している。

八時半ごろ、解体作業が本格的に始まった。ショベルカーが残った建物――かつてはアパートだったと思われる――を破壊していく。ひとりが、粉塵が上がらないようにホースで水撒きをする。ひとりが、瓦礫を運びだしやすいように整理していた。解体現場をよく知るわけではないが、きっとこれが普通の現場なのだろう。

九時過ぎにトラックが一台やってきた。産業廃棄物処理業者の車両で、瓦礫を荷台に積み込み始めた。

「ちょっと、早い気もするな。廃棄物を運びだすのが」カーテンの隙間から覗いていた花井が言った。「俺も廃棄物処理に携わっていたといっても、工場の廃棄物専門で、解体現場のことは詳しいわけじゃないですけど、まだ建物はだいぶ残っているし、最後にいっきに運びだしたほうが効率がいい気がするんですよ。ショベルカーが動き回れないほど、瓦礫が積み上がっているわけでもないですし」

「つまりこれは、何かのカモフラージュかもしれないということか」

花井とは反対側のカーテンの端をめくっていた真嶋は、窓から離れ、花井に顔を向けた。

「カモフラージュか、あるいはこれが取引そのものなのかもしれない」

真嶋は花井の言葉を聞き、めまぐるしく頭を回転させた。

「なるほど、ブツと金を交換する一般的な取引を想像したのがまちがいだったのか。それだったらここで取引する意味がないと思っていたが、確かに、廃棄物として覚醒剤を運びだすならこの現場を選んだのは納得できる」

昨晩、ショベルカーの運転台に見張りがいたのも、それで説明がつく。すでに覚醒剤をこの現場に運び入れていたから、見張りが必要だったのだ。

しかしそれで、本当に警察の摘発を回避できる安全かつ効率のいい取引になるのだろうか。

すぐに疑問が湧いた。

「もともと、金は別のところで渡したり、振り込んだりして、それが確認できてから、ブツを渡すことも多いから、これがかなり特殊ということでもないと思いますよ」

「そう、特殊じゃないんだ。結局、供給元はここにブツを運び込まなければならない。取引で危険なのは受け渡しの場面だけじゃない。ブツを移動させる間も危険がつきまとう。保管場所から取引場所まで覚醒剤を移動させ、さらに、ひと晩から数日の間、現場に置いておく。見張りをつけるにしても、危険が大きい。受け渡しは廃棄物処理でカモフラージュできても、供給元からしたら、危険が大きくて意味がない」

保管場所が摘発され、前回、取引が行えなかったから、今回は絶対に成功させると、凝ったやり方をすることはありえる。しかしあらかじめブツを仕込むというのは違う気がした。

「それじゃあ、ブツを保管場所から運ぶトラックがやってきて、それを剣応会のトラックに積み替えるとか、そういう単純なやりかたなのかもしれないすね」

単純で悪いことはないが、この現場でなくてもできることだった。

「真嶋さん、もうひとつ考え方がありますよ」いったん窓に顔を向けた花井は、真嶋のほうを向いた。歯を剝きだし、凄みのある笑みを見せた。

「ブツは移動させていないのかもしれない。もともとここが、供給元の覚醒剤の保管場所だとしたらどうです。アパート一棟まるごと所有していたんです。解体現場を取引場所に選んだんじゃなくて、取引のために解体させた。廃棄物処理をカモフラージュに、もともと保管してあった覚醒剤を運びだそうとしているんじゃないですか」

「なるほど、それなら両者とも、メリットがある」

供給元は解体する費用など必要になるが、今回は絶対に成功させなければならないから、それくらいの負担は気にしないだろう。ようやく、納得できる答えを見つけた気がする。

真嶋はカーテンの隙間から解体現場に目を向けた。産業廃棄物処理業の男たちは三人。外国人も交ざっている。無造作に、瓦礫をトラックの荷台に積み上げているように見える。

「ここにもともとあった覚醒剤は、いったいどういう形で保管しているんだ。金庫みたいなものに入れてあって、それが瓦礫の下にあるなら、見ていて荷台に載せるところがわかる。しかし、そんなんじゃなくて、瓦礫と区別がつかないような保管のしかたをしていたとしたら、積み込んだかどうか俺たちにはわからない。トラックはこれから何台もくるんだよな」

「ええ、一回で運べるような瓦礫の量じゃありませんから」

「どのトラックを襲えばいいのかわかんねえじゃねえかよ」

もうすでに覚醒剤を積み込んでいるかもしれない。しかし、襲撃してみて違ったから、次のトラックを――、というわけにはいかないのだ。

とにかく、現在瓦礫を積み込んでいるトラックがターゲットである可能性はある。真嶋はナムに電話した。状況を説明し、追跡する態勢を整えておくように言った。

瓦礫を荷台いっぱいに積んだトラックが出発した。花井とふたりで、目を皿のようにして、おかしな動きはないか積み込む作業を監視したが、何も見つからなかった。わからないのだから、積んでいないと判断するしかなく、一台目は見送った。

二台目がやってきたのは、十時の休憩時間で、解体作業が中断しているときだった。廃棄物処理業の男たちはふたり。先ほどと同じように、無造作に瓦礫を積み込んでいた。

休憩を終えたらしい作業員が、ショベルカーの運転台に戻った。しかし、解体作業には入らなかった。内部が剝きだしになった建物に背を向け、トラックのほうに向かった。

解体用のショベルカーはアームの先がかにのはさみのようになっている。それで瓦礫をはさみ、トラックの荷台に積んだ。一台目のときにはやらなかったことだ。たまたま、休憩の合間だから手伝っただけなのか。それとも、覚醒剤が仕込まれた瓦礫を選別したのか。ショベルカーは、四回、瓦礫をはさんで荷台の上に落とした。どれも木材片で、塊のようなものはない。しかし厚みのある板状のものなど、なかに覚醒剤を仕込んでおくことはできるはずだ。

「どうしますか」花井が訊いてきた。

産業廃棄物処理の作業員はまだ積み上げていた。覚醒剤を積んだのなら、すぐに出発しそうなものだが、覚醒剤を隠すため、上に積んでいると考えられないこともない。ショベルカーが積んだのは特別なことと言えた。それをどう判断するか。ナムにはいつでも出発できるよう伝えてはあったが。

「俺が、近くまでいって見てきましょうか」花井が言った。

「見て何かわかるのか」

真嶋はトラックから視線を外し、解体作業に戻ったショベルカーを見ていた。

「近くにいきゃあ、何かわかる可能性もある。あるいは、作業員に話しかけて、揺さぶりをかけてみるのもひとつの手じゃないすか。とにかく、早くしないと、いってしまいますよ」

花井は苛立ったように言った。

ナムにつけさせるだけつけさせ、次のトラックがきてから、その作業の様子を見て判断するか。とにかく、いまの時点で、襲撃のゴーサインをだすことはできない。

「真嶋さん」花井が判断を促すように、強い調子で言った。

真嶋は答えなかった。ショベルカーがたったいま壊した外壁の、その向こうに現れたものに目を凝らした。

「おい、花井あれを見てみろ。建物の左側の奥だ。シートの手前に塀が見える」

　奥に残った建物に隠れて見えなかった部分が、作業が進んで見えてきた。ほとんどシートにくっついているから、隣家との境をなす塀だろう。そのブロック塀がやけに白く見えた。

「ブロック塀ですね」

　敷地全体を囲っているわけではなかった。表の道から見て奥のほう、残っている建物の裏のほうにかけて一部を囲っているだけなのだろう。いま見えるのはそのほんの一部だった。

「白っぽく見える。新品なんじゃないか。取り壊すアパートの塀を新しくする必要なんてあるか」

「トラックが動きだしました」花井が焦ったように言った。

「かまうな。あのトラックはスルーだ。それより、塀だ。花井、近くにいって見てこい。正面からは見えないかもしれない。そんときは、隣人にいつ造ったものか訊いてみろ」

　ほとんど怒鳴りつけるように言った。

「わかりました」と花井は怒鳴り返すと、部屋を飛びだしていった。

　それから十分ほどして携帯が鳴った。花井の興奮したような声が聞こえてきた。

「真嶋さん、当たりですよ。裏の家のばあさんに訊いたら、二、三週間前に塀を立てたそうです。建物を取り壊すと聞いていたから、変だなとは思ったって言ってました。しかも、中途半端に囲っているだけなんだそうで」

——まちがいない。

花井が戻ってきてから二十分ほどして、建物と格闘していたショベルカーは、建物の裏に回った。塀を取り壊し始めた。建物の陰になってよく見えないが、位置と音からいって間違いない。トラックがやってきたのは、それから十五分後のことだ。

解体作業員に誘導され、トラックは奥のほうまで入っていった。別の車に分乗してきたのか、廃棄物処理の作業員は六人と、これまでになく多い。作業員風の格好をしているが、剣応会の関係者なのだろう。瓦礫となった、ブロックを荷台に積み込み始めた。

「よし、ここは撤収だ」真嶋は言った。

「花井、風呂場の水野を忘れるな」

部屋の主は風呂場に押し込めていた。とりあえず、足の縛めだけは解いてやるつもりだ。

「真嶋さん、俺もいっちゃだめすか」

花井の役目はここの監視までだ。危険を好む、いかれた男は、どうしても最後まで見届けたくなったのだろう。懇願するような目が異常に輝いていた。

「よし、こい。お前の知識が必要になる気もする」

花井はまるで何かを企んでいるような怪しい笑みを浮かべた。

「俺は先にいく。遅れるなよ」

自分も遅れるわけにはいかなかった。すでにナムたちは、所定の位置で待機している。靴に足を押し込め、部屋をでた。

いよいよだ。剣応会に戦いの狼煙《のろし》を見せつけてやる。

42

「おい、そこにいるんだろ」田伏は影に向かって言った。

影は上下の歯をこすり合わせて笑った。言葉を発することはない。

「かゆいんだ。背中がかゆくてどうしようもない。こっちきてかいてくれよ。じゃなかったら、このテープをとってくれ」

汗でかぶれたのか、粘着テープを巻かれた手首も足首もかゆかった。しかしそれより、何か虫でも這い回っているのか、背中が異常にかゆい。手を後ろに回され、畳にこすりつけることもできなかった。影が戸の隙間から目を向けた。感情が読み取れない観察者の目だった。

足首に巻きついたテープは長めにとられ、端が窓の格子にくくりつけられていた。立ち上がれはしても、動き回ることはできず、田伏は畳に寝そべっていた。夜はぐっすり眠れたが、日が昇ってからはずっと起きていた。戸の向こうにいる見張りは、一睡もせず、こちらの寝息を聞き取ろうと耳をそばだてていたはずだ。その息の根を早く止めてしまいたいと、胸の鼓動を速め、呼吸を荒くしていたのだ。影は冷静な目で観察しながらも、俺を殺したくてうずうずしている。それが、その生臭い体臭からありありと伝わってきた。

「殺したいなら殺せ。俺は怖くなんかねえぞ。その前に背中をがりがりとやってくれ」

自分の激した大声に苛立った。なんの反応も見せない影にも怒りが沸いた。

田伏は勢いをつけて膝を胸のほうに引き寄せた。足首に巻かれたテープがぴんと張り、足が止まる。足首、膝関節にがつんと衝撃を感じた。

なんで、いままで気づかなかったのか。テープを引っぱり、衝撃を与えれば、いつか足首のテープが抜けるかもしれない。あるいは、窓の格子が外れる。田伏は連続して膝を引き寄せた。足首、膝に痛みはあるが、背中のかゆみにくらべたら、どうということはない。影は目を向けるだけで、止めようとはしない。やつは待っている。俺が向かってくるのを——。

戸を叩くような音。いや、これは足音だと気づいたとき、戸が激しい音を立てて開いた。

「あんた、何やってる。そんなことやっても無駄だよ」

メイが部屋のなかに入ってきた。田伏に近づくと、大きな足で脇腹を蹴った。

「大声だして、まったく近所迷惑だよ。ずっとひとりごと言ってたんだって？　見張りに置いていた女の子、気持ち悪がって、下で震えているよ」

背中を蹴られた。一瞬、息が詰まったが、かゆみが和らいだ。

「影はどこにいったんだ。女の子の代わりに、見張りをさせていただろ」

開いた戸に目を向けても、誰も目に入らない。

「何、言ってる。もう三十分も前から誰もいない。大声でわめくから、飛んできたんだ」

メイはなぜ嘘をつくのだ。ついさっきまで、戸の向こうに影がいたのは間違いないのだ。もしかしたら、鼻にタトゥーのある男がいたのだろうか。あの男なら生臭い体臭を発していても不思議ではない気がした。しかし、あのタイ人がここにいたとして、それを隠す必要などあるだろうか。そう考えたとき、田伏はあの影の正体を悟った。

「真嶋だ。真嶋がここにいるんだな。あの男が、ずっと俺を見つめていたんだ」

自分を追ってきた探偵がどんな人物か、観察していたのだ。殺さなければと思うほど、手強い人間だと感じたのか。

「なんでそんな勘違いするんだか、わけわからないよ。ここにいるわけないだろ」

「もう遅い。あの男がいるのはわかってる。このテープを外せ。あいつを捕まえてやる」

「あー、もううるさいね」

メイは田伏に背中を向けた。軽く弾みをつけて飛び上がる。巨大な尻が降ってきた。

衝撃で意識が飛びそうになった。息苦しさのあとに、じわじわと痛みが襲う。居座り続ける尻を排除することもできず、田伏はただ口を大きく開け、空気を求めた。

「口をテープで塞いでおけばよかったね。クールな探偵に見えたから、わめいたり、叫んだりしないと思ったよ。まさか、いかれたジャンキーだったとは。――そうなんだろ。こんな汗かいて、おかしなこと言うのは、覚醒剤やってるからだろ」

覚醒剤のやりすぎで幻覚を見たのだと思わせたいのだ。しかし、そんな手にはのらない。自分ははっきりと影を見たのだし、それを真嶋だと認識することができた。

「ねえ、あんた、どうする。連絡は取れないけど、あたしたちの判断でやってしまうかい」

メイの言葉は自分に向いていなかった。田伏は薄く目を開けた。いつの間にか、メイの旦那が部屋のなかにいた。

「ずっとこいつを見張ってるのも面倒だ。どうせ、連絡取れても、殺せと言うに決まってるし、やってしまおうよ、ママちゃん」

初めて聞く旦那の声は、声変わりしていない少年のように甲高かった。木のうろのような、黒々とした目からこぼれでたのではないかと思える声。その肉体のなかにもうひとり入っているのではないかと思えた。手にもった包丁よりも、そのことに田伏は恐怖を覚えた。

「殺すな。連絡を待て」田伏は言った。

「なんでお前が命令するんだよ」男は言った。

手にもっていた包丁が、田伏の顔めがけて降ってくる。田伏は反射的に顔をそむけた。横目で見ると、顔のすぐ横、畳に包丁が突き刺さっていた。

「あんた、ブルーシートをもってきて。血で汚れたら面倒だから」

「わかってるよ、ママちゃん。すぐ取ってくる。ラブリーにも手伝わせようか」

「あの子には、終わったあとの処理を手伝わせるよ。そうしたら、一生、あたしの言うことを聞くようになるからね」

「ママちゃんは天才だからな。まちがいないね」

男はそう言うと、急いで部屋からでていった。

メイが畳に刺さった包丁を抜き取り、立ち上がった。

「あんた、ここの土地の地主と元の旦那を殺したろ」田伏は思いついたことを口にした。昨晩、短い時間のなかで、ふたりの資産家が話にでてきた。そして両人とも死んでいる。

「このあとすぐ死ぬ人間にだろうと、あたしは秘密を喋ったりしないよ。用心は大事さ。そうしないと生きていけない。あたしは子供のころから、そういうところで生きてきたんだ」

メイは包丁を顔の前にもってきて、ひらひらと振った。そこに影が映っているのを見つけ、田伏は周囲に首を巡らした。どこにも真嶋の姿は見あたらなかった。

「どうしたんだい。また幻覚でも見たのかい」

田伏はメイに目を向けた。

「俺は死なない！」そう叫んで、膝を勢いよく胸に引きつけた。テープがぴんと張り、窓の格子がずんと音を立てた。

「やめろ」とメイは言ったが、田伏は続けた。

死にたくなかった。包丁で切り刻まれるのが恐ろしくなった。

これまで、春奈の近くにいけるなら自ら命を絶ってもいいと思っていた。それは死を恐れていないということだった。なのにいまは恐れている。もし天国にいけるとわかっていても、田伏は死にたくなかった。それは春奈に対する裏切りだった。そのもどかしさをぶつける行為が他に浮かばず、膝を引き寄せる。足首の痛みなど気にしない。

メイが包丁を高く上げた。殺気を感じた。怯えながらも、死を受け容れるべきだと、突然、原点回帰したように思えた。田伏は動きを止めた。メイが包丁を振り下ろす。

ぴんと貼った粘着テープに刃が叩きつけられた。しかし、切れない。メイはテープを摑み、刃を引いてそれを断ち切った。

「今度暴れたりしたら、容赦しないよ。目玉をくり抜いてやる」

ズボンのなかが生温かくなっているのに気づいた。下着が肌に張りつき、気持ちが悪い。

やはり死を受け容れてなどいなかった。俺は刑事としても父親としてもだめだ。

涙がでてきた。死への恐怖と、だめな自分への情けなさが目から溢れでた。それだけでは足りず、田伏は動いた。足を上げ、腰を捻りながら、横に倒れ込む。メイに足が当たった。よろけたメイの足を膝を伸ばして蹴った。バランスを崩して、メイは畳に尻もちをついた。

「お前！」

メイの声は怒りで震えていた。立ち上がり、包丁をかまえた。

「お前、殺すよ。畳が汚れても気にしないよ、もう」

窓の格子に繋がれていないだけで、足首にも手首にもテープが巻かれ、自由になど動けなかった。立ち上がるより、このまま寝そべり、応戦しようと田伏は決めた。

近づいてきたら、蹴り飛ばしてやろうと、膝を胸につけてかまえた。しかし、勢いをつけて飛びかかってこられたら、目方のあるメイを跳ね返すことはできない。大きな包丁が目に入った。あれでひと突きされたら、致命傷となるのはまちがいない。

「やめてくれ。俺を殺さないでくれ」涙声で言った。

メイは嫌悪の目で見ていた。包丁をかまえて、田伏の周囲を回り始めた。田伏も後ろに回された手を使い、メイに合わせて体を回転させようとするが、遅れがちだ。いたぶるように、メイはゆっくり近づいてきた。包丁を振り上げ、観察するような目を田伏に向けた。

田伏は目をつむる。「やめてくれ」と叫ぶ。

動きを止め、畳に足をつけた。

何も起こらないので、田伏は目を開いた。

メイは包丁を振り上げたまま、開いた戸のほうに顔を向けていた。

音がしていた。階下で、騒々しい足音。怒鳴るようなひとの声も聞こえた。

階段を駆け上がってくる音がして、メイは戸口のほうに体を向けた。

戸の前にひとの姿が現れた。顔に血の滴を散らした男は、鬼気迫る表情をしていた。それが中迫だと気づくのに、それほど時間はかからなかった。

「父ちゃんはどうした。うちの父ちゃんをどうしたんだよ」

メイはそう言って、中迫に近づいていく。

田伏は膝を胸に引き寄せ、思いきり蹴りだした。膝の裏に直撃し、メイは倒れ込んだ。

中迫が部屋に入ってきた。後ろに、以前見たことがある若い衆もいた。

中迫はもっていた木刀でメイを打ち据えた。メイは悲鳴を上げて畳に伏した。

「おう、待たせたな。助けにきてやったぜ」中迫は田伏を見下ろして言った。

田伏は口をきく気にならず、宙に向かって、二度、三度、足を蹴りだした。

43

真嶋たちが乗る車の横を、トラックが通り過ぎていく。ダンプだ。その後ろ、十メートルも離れずに、赤いハッチバックの車がついている。たぶん、護衛の車だろう。通りすぎていくとき、三人乗っているのが見えた。

護衛が何人いようが関係なかった。車一台だけなら、いくらでも対処できる。

すぐには追いかけなかった。まず、バイクにあとを追わせた。ヘッドセットをつけたナムがバイクチームに指示を飛ばした。

「高速に乗るようなら、そのあとで護衛とトラックを切り離せ」

助手席に座る真嶋は運転席のナムに言った。

「それがいいですね。バイクチームにはもうそう伝えています」ナムがにやりとした。

二台のバイクは距離をあけて護衛の車を追った。一台はタンデムで、後ろにひとり乗せていた。

「よし、いきましょう」

ナムが言うと、後部に座る花井が「ひょーっ」と奇声を発した。その横に座るカオも、まねて声を上げた。振り返って見ると、カオは興奮してはおらず、怪訝な顔で花井を見ていた。

ナムはスピードを上げていった。赤いハッチバックもバイクも見えなくなっている。

「タンデムの一号車を先にいかせた。たぶん環八に向かいそうなので、先に環八にでて待ってるように指示してます」

タイの警官たちは、もちろん東京の道路に明るくない。取引場所がわかってから、このへんの道を徹底的に頭に叩き込んだというが、どれほど対応できるのかわからなかった。

「ずっと後ろについていると警戒されるので、バイクと交替して、私たちが護衛の後ろにつきます」少し広い道にでて、しばらく走ったところでナムが言った。

いま走っているのは、国道環状八号線に続く道で、国道にでるまで後ろについていても不思議ではないのだが、念のためだった。前方の車との距離を詰めた。その前のバイクが横道にそれていった。真嶋たちは間に一台置いて、護衛の車を追った。

環八にでてトラックと赤いハッチバックは、首都高のほうに向かった。そこで、先回りしていたタンデムの一号車に、護衛の車の追尾を交替した。

「やはり首都高に乗りますね。高速下の道に入ろうと、信号待ちをしているようです」

高速下の道に入ると、すぐに中台の入り口がある。

環八と立体交差する、高速下の道に入ろうと真嶋たちも右折レーンに入った。

「中台から入ると、すぐその先に志村の料金所がありますね」ナムが言った。

「料金所を抜けたところで、護衛を引き離せ」

「ただ、料金所のあと、五分もいけば板橋本町の出口がある。護衛から連絡がいって、一般道に下りられたら、面倒ではあるね」

「首都高の出口の間隔なんて、たいていそんなもんだ。五分の間にかたをつける。

「わかりました。一号車に指示をだします」ナムは早口でマイクに向かって指示をだした。

決まったのはまだとっかかりだけ。頭をフル回転させ、この先の行動を早急に考えなければならない。トラックでの運搬、しかも、ブツが積みかえられない形になっているのは想定外で、頭のなかは、ほとんど白紙の状態だった。

「板橋本町まで、渋滞はないか」真嶋は訊いた。

「ナビを見る限り、ないですね」

「どうやって止めるか」

ブツを移しかえられるなら、タイヤを撃って止めればいいのだが、ブロックに仕込んだ覚醒剤は、そのままトラックで運ぶしかなかった。

「荷台に乗り移るしかないでしょ」後ろから花井が乗りだしてきて言った。

「そうだな。それしかない」真嶋は即断した。

花井は満足したようにバックレストを叩き、後方に消えた。

「一号車の後ろのやつは、乗り移ることができるな」

真嶋が訊ねると、ナムはすぐにマイクに向かって喋った。

「大丈夫だと言ってる。何度もやったことがあるって」

ナムはそう言いながら、真嶋から少し視線をずらした。その視線を追って、真嶋は助手席の窓に顔を振った。途中で脇道にそれた二号車がすぐ横にいた。

「ちょうどいい。二号車に、志村の料金所の前で、待っているように言ってくれ」

「待たせてどうするんですか」

「俺が後ろに乗るんだ。俺もトラックに乗り移る。バックアップは必要だ」

「面白そうですね。俺にやらせてもらえませんか」花井が後ろから言った。

「お前は元やくざだろ。俺は元暴走族だ。似たようなことをやったことがある」

ナムはタイ語で指示を飛ばしていた。

二号車のライダーが、こちらに向かって親指を立てて見せた。ゆっくりと先に進んだ。

右折信号が青に変わった。真嶋たちもぎりぎり右折できた。高速下の道に入り、首都高の入り口がある中央に寄った。

「護衛の車を止めるタイミングは、料金所を潜ってできるだけ早い段階がいいが、そのへんは一号車の判断にまかせる」

ほどなく、首都高の入り口にはいり、ランプを上っていった。

スムーズに本線に合流すると、ナムは少しスピードを上げた。正面には料金所がもう見えている。左の車線に寄るよう真嶋は言った。

料金所が近づいてきて、真嶋は視線を走らせた。正面にあるレーンをトラックが潜った。その後ろから、赤いハッチバックが同じレーンに入っていく。ふたつ右のレーンにタンデムの一号車が入るところだ。タイミングはいい。すぐにでも銃撃できそうだ。

視線を振ると、料金所の端、現金払いのレーンの前に二号車が止まっていた。真嶋たちもそちらへ向かう。カオから銃を受け取った真嶋は、車が止まるやいなや、外に飛びだした。二号車の後ろにまたがる。ライダーの腰に手を回すと同時に、バイクは発進した。

料金所を潜り抜けながら、パンクするような音を二度聞いた。止まりかけている赤いハッチバックが見えた。一号車はもうだいぶ先にいっている。料金所をあとにし、護衛車の横を通り過ぎる。すっかりタイヤがぺしゃんこになっているのが見えた。

本線、右車線に入りスピードを上げた。すぐにトラックに迫る。青いトラックは左車線にいた。その真後ろに一号車がついていた。

真嶋たちが一号車に並ぶと、一号車は右にでてトラックに並ぶ。トラックが右に寄せてくるので、危険を感じた一号車は後ろに戻ってくる。今度は真嶋たち二号車が左にでる。同じように、トラックが左に寄せてくる。コンクリートフェンスに挟まれそうになって、ライダーは急制動をかけて後ろに逃れた。そんなようなことを何度か繰り返し、トラックの背後に並んだ一号車を見て真嶋ははっとなった。ライダーがひとり。後ろの相棒の姿がなかった。

強風を受けながら、ライダーの肩越しに前を見ると、荷台にヘルメット姿の男がいた。真嶋もあとに続こうとライダーの肩を叩いたとき、トラックが急ハンドルを切って、左車線に猛然と突っ込む。後続車のクラクションが泡を食ったように鳴り響いた。

トラックは車体を揺らすように、右に蛇行する。荷台にいたタイの警官はバランスを崩して倒れ込む。荷台の外に体がでた。どうにか荷台を摑んで落下をまぬがれたが、体はすっかり荷台の外だった。

「ゴー・フォワード・トラック」真嶋はライダーの背中を叩いて叫んだ。

ライダーはトラックが左に寄ると予測し、右に車体を傾け、前へでた。

「ステイ」

左に寄ったトラックに並んで言った。ちょうど、トラックの運転席の横に真嶋はいた。

「アイ・ウィル・シュート」

通じたようだ。ライダーはトラックを窺いながら、スピードの調節をした。

真嶋は背中に手を回し、腰にさした拳銃を抜き取った。

荷台にぶら下がった男を振り落とそうと、トラックは右に左に蛇行する。真嶋は腕を伸ばし、運転席のサイドウィンドウに狙いをつけた。運転手に当てるつもりはないが、当たったらそれもしかたがないと思っていた。

運転手がこちらに気づいて目を剝いた。真嶋は二回、引き金を絞った。

二発ともサイドウィンドウを貫通した。運転手は頭を低くして、ハンドルを握っている。どうやら運転手には当たらなかったようだ。運がいいやつだ。

これで少しはおとなしくなるかと思ったが、そうでもない。蛇行はやめたが、こちらに車体を寄せてくる。銃を向けても、強気でくる。ライダーは前にでようとしたが、真嶋は「ステイ」と怒鳴った。銃を腰に差し、両手でライダーの肩を摑み、片足をシートの上にのせた。

「ゴー・スローリー」トラックがすぐ横まできたとき、真嶋は言った。

腰を浮かし、足に力を込めた。肩から手を放し、トラックのサイドミラーに飛びついた。ミラーに腕をからませ、ぶら下がる。バンパーに足をかけると体は安定した。

腰から銃を抜き取った。グリップをウィンドウに叩きつけると、簡単に砕け散った。

あっけにとられる運転手に、銃を向けた。

「路肩に寄せて車を止めろ。お前に残された時間は十秒だ。それまでに停車の動作に入れ。

「——十」真嶋はカウントを始めた。

トラックは加速した。なかなかの面構えをした運転手は、スピードを上げれば撃てないと思っているのだろう。とんだ勘違いだ。真嶋は気にせずカウントを続ける。助手席の男が、青い顔をして、真嶋のほうを見ていた。

銃声がした。荷台に戻ったタイの警官が、リアウィンドウに向けて発砲したのだ。ただの威嚇射撃ではなかった。助手席の男が、肩を押さえて悲鳴を上げた。

「三、二……」真嶋はゆっくりと言った。

運転手の目が、飛びでそうなほど広がった。慌てた手つきで、ウィンカーを左にだした。スピードが急速に落ちていく。ちょうど板橋本町の出口まできていた。出口のランプに入る車線にハザードランプをつけて止まった。

運転手と助手席の男を降ろしたとき、ナムの運転する車がやってきた。

二発銃弾を放つと、ふたりはランプを徒歩で下りていった。

「やっちまいましたね。いったい、何十億の覚醒剤を積んでるんだか」

車からでてきた花井が、興奮ぎみに言った。

「喜んでる暇はない。襲撃しているところを、何人もに見られてる。警察が動きだす前に、できるだけ遠くへいかないと。花井、お前が運転しろ」

花井は最初からそのつもりだったように、軽く頷くと運転席のドアを開けた。

真嶋はナムについてくるように言った。もし警察に追われるようなことになったら、離脱してかまわないと伝えた。

真嶋はトラックに向かった。

バイクはここで離脱し、隠れ家に戻ることになっている。二号車はすでにはるか先まで首都高を進んでいるはずだ。一号車は後ろに相棒を乗せ、まさに出発するところだった。

後ろに乗った警官は銃を荷台に投げ入れた。真嶋に向かって敬礼し、走り去った。

「さあ、いくぞ」真嶋は助手席に乗って言った。「ゆき先はお前の好きなところでいい。トラックを乗りつけ、直接、荷を廃棄できる河原のひとつやふたつ、知ってるだろ」

「もちろん。産廃業を始めて最初に教え込まれるのは、そういう場所のありかですから」

花井は声を弾ませて言うと、トラックを勢いよく発進させた。

44

「うるせえぞ、このデブ」

中迫は大声で泣くメイを蹴りつけた。

メイは痛みを表すこともなく、畳に転がり、手で顔を覆ったまま泣き続けた。

メイは夫が死んだとしらされてから、ずっとこの調子だった。

メイの夫はでかい包丁を振り回しながら、向かってきて、四人を相手にまったく怯むことがなかったそうだ。そう語った中迫の目に恐怖のようなものを見た。

「ほんとに、面倒なことに引き込んでくれたな」中迫は田伏に目を向けて言った。

「引き込んでないだろ。関心があるから、きたんだ。助けてもらったことは感謝している」

田伏は思いだして、テレビが置いてあるチェストのところにいった。チェストと壁の隙間に手を入れ、携帯電話を取りだした。

「最初、声が聞こえてきたときはイタデンかと思ったぜ。宮越やタイのドラッグ密売組織の話がでてきて、ようやく俺に何か伝えようとしているんだとわかった」

「それにしても遅かった」田伏は畳に腰を下ろし、小刻みに頭を揺らした。

「メイちゃんの店っていうのが、店の名前だと最初はわからなかったんだ。あんときは酔っぱらっていたしな。まあ、助かったからよかったろ。俺はどっちでもかまわなかったが」

中迫はメイに目を向けた。

「お前、ひとのことでめそめそしている余裕なんてないだろ。自分の命の心配をしろよ」

メイに言葉が届いている様子はない。中迫はメイの頭を踏みつけた。

「お前の命なんてどうでもいい。宮越とナムたちの関係を洗いざらい話すなら、生かしておいてやるぜ。お前の旦那の死体の処理はこっちでやるから、お前は旦那が失踪したと周りに言えばいい。どうせたいした男じゃないんだろ。そう言っておけば、どうにかなるんじゃないか。なあ、約束するなら、明日あたりからお前は普通の生活に戻れる。どうする」

中迫は頭にのせていた足を下ろした。メイの泣き声がやんだ。

メイは意外なほど機敏に起き上がった。手で涙を拭ったが、目はさほど腫れていなかった。

「明日から商売できんのかい。ちゃんと飛び散った血とかも、綺麗にしてくれるのか」

「お前の協力しだいだ。死体の処理というのは、飛び散った血も何もかも含めてだ」

中迫は口の端を上げたが、決して笑ってはいなかった。

「話せっていっても、あたしはたいしたこと知らないよ。ナムとは同じ村の出身だから世話しただけで、組織とはなんの関係もないから」

「それでも宮越がこの店にやってきたろ。なんの用だったんだ」

「覚醒剤の代金をあたしが預かってる。銀行に振り込むわけにもいかないし」

「つまり、ナムたちが宮越の組織に覚醒剤を卸し、宮越はそれを売っているってことだな」

「そうだよ。宮越さんたちのことはあたしはよくわからない。とにかくあたしは、代金を受け取って、それをアンダーグラウンドの銀行でタイに送金するだけ」

「がっちり金の流れを摑んでるじゃないか。それでも組織と関係ないのか」

「あたしたちが育ったのはほんとに小さな村よ。みんな家族みたいなもの。金の出し入れを家族にまかせるのは普通のことだろ」

「しかしお前は、その家族同然のナムの組織について、いま、べらべら喋っている」

中迫は本気で咎めるような顔をしていた。

「あたしは日本にきて二十年も生きてきたんだよ。家族より大切なものがあると知ってるよ」メイの顔には、侮蔑するような笑みが浮かんでいた。

「真嶋はどこにいるんだ」田伏は訊ねた。

「ほんとに知らないよう。ここをでたあとは横浜のほうに滞在するようなことは言ってたけど、あたしに住むところを教える理由なんてないだろ」

「違う。さっきいただろ。俺を見張ってた。そのあとどこにいったか訊いてるんだ」

「もう、このひと、おかしいんだよ。クスリのやりすぎで幻覚見ているようだよ」

「俺がきたとき、この女と旦那しかいなかったぞ」

中迫は部屋の隅にいるラブリーのほうを顎でしゃくった。

「俺は影を見た。俺を見つめる影を見たんだ」

「なんでこんな明るい昼間に、影なんて見るんだい。おかしいよ」メイが言った。

「この男はジャンキーだから気にするな。小便漏らすようなやつの話など聞く必要はない」

「俺は――」

「いいから黙ってろ」中迫は語気を強めて言った。

こちらに向けた目が憐れむようなものだったから、田伏は何も言えなくなった。

「真嶋というのは、あの真嶋なのか」

「そうだ。ムサシの真嶋だ。タイから日本に戻って、しばらくここに滞在していたそうだ」

中迫はメイに目を向けた。

「ナムの友達。宮越さんのボスだよ」メイは言った。

「じゃあ、真嶋が密売組織をしきっているのか」

「そうだ。あの男が花井にもちかけたんだろう。もちろん、タイの組織と繋がっている。タイで関係を結んで、日本に進出しようとそそのかしたんだろう」田伏は言った。

「あんた、前から知ってたのか」

「室田が殺されたとき、現場近くで見かけた」

「ずっと、隠していやがったのか」

中迫がこちらに顔を向けた。その凄むような表情を見て、田伏はなぜかほっとした。

「俺の手で捕まえようと思ったんだ。捕まえたら、教えるつもりだった。刑事ごっこをしたかっただけだ。悪意はない」

「だったら刑事ごっこを続けろよ。なんで話すんだ。俺たちに見つけだせというのか」

「ああ。もう俺はいい。あんたたち組織の敵なんだから、草の根をかきわけても、見つけだすんだろ。俺のでる幕なんてない」

　刑事ごっこなんてやるから、命が惜しくなったのではないかと田伏は思っていた。

「あんた、どんどん情けなくなる。クソになってきた。見てるだけで反吐《へど》がでるぜ」

「あんたと初めて会ったときから、俺はクソだったと思う。すこし、かっこをつけていただけだ。――なあ、シャブをもってないか。あるなら、ちょっと回してくれ。金は払うから」

「いまでも充分かっこつけてんだよ。シャブをお願いしますと、額を畳にこすりつけてもいいくらい、欲しいんだろ。金は払うとか、当たり前のこと言ってんじゃねえよ」

　中迫の足の裏を見た。胸に食らって、仰向けに倒れ込んだ。

　田伏ははっとした。影がいた。戸の向こうで、影がじっと自分の様子を窺っていることに気づいた。

45

小さい爆発でも起きたような音に、真嶋は驚き、背後を振り返った。

何十匹という魚がいっせいに川面に浮かびあがり、飛び跳ねていた。体長三、四十センチのでかい魚たちだった。

真嶋はトラックのほうに目を戻した。ゆっくりと後退するタイヤに意識を集中させた。

花井は的確にルートを選び、一時間もかからず、取手《とりで》の利根川河川敷までやってきた。車で直接入ってこられる河川敷で、草を踏み潰してできた轍《わだち》があった。

「ストップ」真嶋は大声で言った。

川に落ち込む断崖まで、あとほんの数十センチといったところまできてタイヤは止まった。

「いきますよ」と花井は窓から顔をだして言った。真嶋の横に立つナムが、腕を伸ばし、親指を立てた。すぐに携帯電話をトラックに向け、撮影を始めた。

音を立てて荷台が傾いていく。川を眺めていたカオも、そばにきてトラックを見つめた。

貼りついたように動かなかったコンクリートブロックが、いっせいに動きだした。傾斜を強めた荷台を滑り、勢いをつけて宙に飛びだした。

魚が浮かび上がってきたときほどの騒々しさもなく、ブロックは川の底に沈んでいった。

「気持ちいい。数十億がいっきに川のなかだなんて。とてつもない大物になった気分だよ」

ナムは断崖の端までいき、まだ撮影を続けていた。

「ほんとにそうっすね。剣応会のやつらに見せてやりたかった」

トラックから降りてきた花井が、川を覗き込んだ。

この第一の計画は第二の計画の効果を高めるためのものだったが、わざわざここまできて川に廃棄したのは、半分、気分の問題だった。剣応会の大事な商品を川に沈めてやったという満足感がほしかった。

こんなものはやってみると、想像したほど気分は上がらないものだが、真嶋もみんなと同じく、すっきりした気分を味わっていた。同時に、この第一の計画はすでに終わったものという感覚が早くもあった。心は次に向かっていた。

「トラックはそのへんの近場に乗り捨てていこう。花井、助かったぜ」

「また俺の出番が回ってくることを期待してますよ」

花井はそう言って、トラックに戻っていった。

「さあ、いよいよ本番ね」

携帯をしまったナムは、気持ちを切り替えたようで、笑みから浮ついたものは消えていた。

「間を空けずに次の攻撃といきたいところだけど、ちょっと時間がかかりそうね」

ここのところ第一の計画にかかりきりで、第二の計画の準備がおろそかになっていた。

「例の件はどうする。何かの罠である可能性が高いと思うけど」

「確かにそうだ。普通に考えたら、あの女が俺に協力するわけがない」

「やめておきますかね」ナムは答えを促すようにそう言った。

「そうだな」ここで答えをだす必要はないと思い、真嶋はあいまいに返事をした。

接待所の内部を知らなければならない。そのためにナムが接待所で働く女に近づいた。しかし、そのナムに接待所で働く別な女が声をかけてきた。真嶋に会わせろ、何か思惑があるなら協力すると。

真嶋がかつて経営していたクラブFで働いていた女。娘を連れて帰ろうと乗り込んできた高橋刑事の娘だった。自分に協力する理由があるとは思えなかった。

ただ、あの女は広尾の接待所で働いている。それはたぶん、モデル事務所・ヘリテージのマネージャーだった北林から誘われたものだと思うが、それにしても、自分と関係のある人間が他にもいたという事実に接し、運命に引き寄せられたような感覚は強まるばかりだった。

「その女を使うかどうかが、この計画の成否を分けることになるような気がする」

真嶋は唐突にそう感じ、口にした。

「この件について、私は何も口だししないことにした。貴士の判断にまかせる。ただし、早急にね」

46

パーティー荒し。

中迫から話を聞いたとき、城戸崎の頭に浮かんだのはその言葉だった。

真嶋が戻ってきた。タイの組織と手を結び、何やら企んでいるらしい。

実際、城戸崎はパーティーに参加していた。そこに中迫がわざわざやってきて耳打ちした。これは大きなことになるぜと、まるでそれを期待しているかのように声を弾ませた。期待はしていないだろうが、興奮はあっただろう。誰かに話をしたくて、わざわざ居所を調べてまで会いにきた。ほんとに友達の少ない男だ。パーティー会場で大声で話せることでもないから、そのまま六本木の城戸崎の事務所に場所を移して詳しい話を聞いた。

真嶋がナムたちと日本のドラッグマーケットに食い込もうとしているのはまちがいないようだ。中迫は、日本に密入国した際に真嶋をかくまっていたタイ人の女を押さえていた。

いずれにしても中迫は、あの真嶋が暗躍していたのには驚くが、連中が扱う覚醒剤が市場に浸透する気配はないし、それほど大事《おおごと》だとは考えていなかった。ただ、これは業界全体に関わることで、他の団体の耳にも入れておいたほうがいいだろうと、尾越に報告した。そして尾越から剣応会に話が伝わり、思いもよらぬ大事となった。

どうやら剣応会は、取引直後の覚醒剤を強奪されたらしい。一昨日のことだったようだ。強奪犯と直接対した剣応会の関係者に真嶋の写真を見せたところ、強奪グループのひとりにまちがいないと証言した。犯人がわかり、剣応会がいきりたっているのは想像にかたくない。

タイ人の女を剣応会に奪われたと中迫は言ったが、悔しそうではなかった。ただ、剣応会関係者から、真嶋やナムについて、まるで尋問のように根掘り葉掘り訊かれ、くさくさした気持ちになったようだ。

これまでやくざがしきって、安定していた日本の覚醒剤市場を、真嶋はかき回そうとしている。パーティー荒し。まさにあの男がやりそうなことだった。

剣応会は甲統会系だった。真嶋を海外に追いやったのも甲統会系の夷能会で、たぶん復讐的な意味合いもあるのだろう。

城戸崎としては、自分のパーティーに影響さえでなければ、さほど気にしないのだが、あの男と自分との関係上、そうもいかないのだろうと憂鬱な気分になった。

「それにしても、大卸しの覚醒剤強奪なんて、どういうつもりだ。それを売りさばく販路なんてないはずだし、ただの嫌がらせにしちゃ、リスクが高すぎる。実際、あの男の命なんて、もうないにひとしい。剣応会、甲統会が全力をあげて捜しだすはずだ。俺からしたら、狂ってるとしか思えない」

　中迫は話してすっきりしたのか、のんびりした口調で言った。

「真嶋は確かに狂っているんでしょうけど、それは俺や中迫さんと同じ程度のこと。嫌がらせだとしても、それだけじゃない。何か明確な目的があるはずですよ」

「剣応会は、密輸業者の倉庫が摘発されて、前回、取引ができなかったのも、真嶋が関係しているんじゃないかと考えてるようだ」

「だったらまず、剣応会の在庫を枯渇させようと企んでるんじゃないかと考えられますね」

「枯渇させてどうしようってんだよ」

「そこまでは――。枯渇させて自分たちのシャブを売りつけるというのは、相手が小さい組織ならありえますが、大卸しにそれが通用するとは真嶋も考えないはずですからね」

「ずいぶん真嶋のことがわかるんだな」中迫は皮肉っぽく言った。

「俺が考えつくことは、あいつもわかるだろうというだけのことですよ」

　城戸崎はグラスに手を伸ばした。空になっていたので、ウィスキーの水割りを自分で作った。大竹はすでに帰っていた。

「とにかく、これで終わりじゃねえってことだよな。真嶋は何かを企んでいる」

「だと思いますよ」

「まあ、その前に見つかって、殺される確率のほうが高いと思うが」

「やくざのひと捜しの能力っていうのはどんなもんなんですかね」

長いこと業界の周辺にいるが、はっきりとその能力を見たことはない。

「それは相手の行動パターンによる。縁もゆかりもない住宅街にひっそり引きこもっていられたら、お手上げだろう。しかし、盛り場に足を踏み入れるやつなら、案外かんたんに見つけだすかもな」

「真嶋はそれほど盛り場をうろつくタイプじゃないんですよね」

城戸崎はがっかりした。自分に何か降りかかることを覚悟したほうがいいかもしれない。

「あんっ」

中迫が声を発してドアのほうを振り返った。何か音がしたのを城戸崎も聞いた。

ドアをノックする音が響いた。

「誰だ」城戸崎はいつになく強い調子で訊ねた。

「俺です。大竹です」

大竹の戸惑った声が聞こえた。

入れと言うと、ドアが開き、大竹が顔を見せた。

「すみませんお話し中のところ。ポワソンのパーティーにいったら、帰ったと聞いたもので、こっちに寄ってみたんです」

「何かあったのか」

「いえ、このあと忙しくなるんで、パーティーにいっておこうと思っただけで。城戸崎さんにしては帰るのが早いので、何かあったんじゃないかと思って立ち寄ってみたんですが」

「中迫さんと一緒にいるんだから、わかるだろ。何かあったんだよ」

城戸崎はもったいをつけて、そう言った。

「真嶋だ。あの男がとんでもないことをしでかしたんだ。日本に戻ってきてたんだよ」

大竹は大きく目を見開き、怯えたような顔をした。

「そうだよな。俺なんかよりお前のほうがやばいよな。真嶋の親友を殺したんだから」

できればしばらく自分に近づかないでほしいと思ったが、さすがにそうは言えない。

「お前、しばらく身を隠したらどうだ」

大竹は即座に首を横に振った。「自分のことはなんとかします。それより城戸崎さんが心配です。そばにいさせてください。俺が守ります」

「城戸崎さん、あんたいい手下をもってるな。うらやましいぜ」

中迫は目を細めて、小さく頷いた。

「大竹、ありがとよ。もちろん、ここにいてかまわない。くれぐれも身辺には気をつけろ」

息を吐くように自然に言葉がでてきた。しかし、心のなかは複雑だった。やはりできれば近づいてほしくない。

47

八時過ぎ、月子は広尾の駅をでて、急ぎ足で迎賓館に向かった。

今日は北林から突然電話があって、シフトに入ってほしいと頼まれた。突然ゲストがやってくることもあるので、予定がない日でも、ひとり、ふたりは予備でシフトに入れていたが、最近、確保が難しいようだった。

更衣室に入ると、すでに着替え終わったスタッフがひとりいた。たぶんまた岡野と一緒だろうと予想していたが、違った。月子と同じくらい小柄なひと。月子がドアを閉めるところを向いた。その顔を見て月子は驚いた。ライク・ヘブンの織田翔子だった。

翔子は月子を見て笑みを浮かべた。驚いた様子もないから、北林に聞いていたのだろう。

「翔子さん、ここの仕事、やめたんじゃないんですか」

「うん、やめると伝えていたんだけど、今日、電話がかかってきて、どうしてもひとが足りないからって言われて」

「でも社長に知られているし」

翔子は首を横に振った。「言わなければ大丈夫。それに、最近ゲストの相手をすることはほとんどないんでしょ。当然クスリを使うことは絶対ないって聞いた。だったら、普通のウエイトレスと変わらないかなと思って」

確かに、ゲストの相手をすることはほとんどない。

「翔子さん、もう大丈夫なんですか」

翔子が、ちらっと月子を見た。なんのこと、と問うような目だった。

「大丈夫」ふーっと息をつき、口を一文字に引いた。「こういう仕事をしていたし、たぶん普通のひとより、ああいうことには全然つよいと思う」

翔子が無理をしているのがわかる。ただ、表情にださないくらい自分をコントロールできている。これ以上、触れられるほうが辛いだろうと思い、月子はただ頷いた。

「最近、芸能の仕事もバイトもしてないから、お金が必要なんだ。今日、一回だけだから」

翔子は、先に準備室にいってると言って更衣室をでていった。

翔子は生きようとしているだけだ。それならいいじゃないかと思った。自分がやっていることもそうだ。ただ生きようとしているだけ。普通のことだと、すごく自然に納得できた。

今日は二日ぶりのシフトだった。前回のシフトは岡野と一緒だった。岡野にとくに変わった様子はなかった。心の浮き沈みを表にだすひとではないから、何かあったかどうかを見極めるのは難しい。

　月子がデートする岡野のあとをつけ、タイ人の男に声をかけたのはその三日前だ。

　月子は真嶋が運営する接待所のFでも働いたことがあると男に伝えた。タイの男は、なんのことかわからない、きっとひと違いだよと、綺麗な笑みを浮かべて去っていった。

　それから五日、まだなんの接触もない。真嶋が月子の手を借りるとしたら、あのタイ人は岡野との接触を断つだろう。その心の動揺が表れないかと思うのだが、前回会ったのは三日後だったから、まだ男の変化に気づいていない可能性は高かった。月子の手を借りる気がなくても、おかしな女が近くにいると、岡野から手を引くこともありえた。もちろん、岡野を利用しようと、たぶらかし続けることもあるだろう。あのタイ人が、なんの思惑もなく、岡野とつき合おうとしている可能性は消えた。

　準備を終え、九時過ぎにゲストを迎えた。会長とともに現れたのは六十代半ばくらいの白髪の男。佐野喜四郎は投資家だと北林から聞いた。

　ふたりとも酒を飲んできたようだ。迎賓館にきても、酒を飲み続けた。スコッチのソーダ割りを、翔子と交互に運んだ。

　佐野は投資家というより、政治家かやくざの親分といった印象があった。傍若無人の態度。

得体の知れない権力をもっていそうな、王様顔をしていた。色気もある。発散させているだけでなく、あからさまに目で訴えてくる。それがただのすけべえなものであるならまだいいが、嗜虐的な笑みが絶えず浮かんでいた。今日は悪い日だと月子は確信した。

だらだらと飲みそうな気配があったが、十時半には見送りにでた。予想通りというか、エントランスからでていったのは会長だけだった。

「翔子ちゃん、残ってくれる」会長がいってしまうと、北林が言った。

翔子は驚いた顔をした。「あの」と口にしただけで、言葉が続かない。

「北林さん、ゲストへの特別なサービスはないと翔子さんに言ったんじゃないんですか」

月子が代わりに言った。

「ここのところほとんどない、と言ったんだよ。それは嘘じゃないし、今日もないだろうなと思っていたけど、ゲストはリクエストした。それだけのことだ」

「いいんです、月子さん。そういう可能性があることはもちろんわかってた。だから……」

翔子は何かに気をとられたような表情をしていた。

北林は何か文句あるかというような目で月子を見、翔子の肩を押した。

「制服のままでいいそうだ。十二時までだから、たいして時間はない。まあ、気楽に」

翔子は頷いて、階段へ向かっていった。

「あとかたづけは俺がやっておくから、月子ちゃんはもう帰っていいよ。お疲れさん」

ほとんど厄介払いだった。月子は何も言わず、更衣室に向かった。

翔子は自分の意思でこの迎賓館にやってきた。どこかで覚悟はしていただろう。アパートに帰れば社長はいるし、何も問題はない。仕事の合間、社長と暮らしていることを翔子から聞いていた。

月子はエントランスをでてからも翔子のことを考えていた。

きっと社長がいるから大丈夫。門を潜るときもそう考えた。まるで自分が社長を心の支えにしているようだと思い、少しおかしかった。

十一時前。お屋敷町に、ひとの姿はない。有栖川公園横の坂道にでても、車は通るが、歩行者は見なかった。車道を渡って公園のほうの歩道に移ったとき、どこからでてきたのか、黒い人影を見た。

黒い上下を着た、男のものと思われる人影が、坂の上から近づいてきた。仕事の途中で浮かんだ、今日は悪い日、という言葉が頭に甦った。

腕を摑まれた。声をだすなと言われたが、すぐに腹を殴られ、声などでなかった。

強い力で公園に引っぱり込まれる。山奥と変わらぬほどの心細さを感じる人工の森。めまぐるしさにパニックになりかけたとき、子宮が反応した。腹を押さえ、うつむいていたが、無理に顔を上げた。

「顔が見たいのか」

男はそう言って、髪の毛を引っぱり、月子の顔をめいっぱい上に向かせる。

胃に痙攣するような痛み。子宮が熱く重い。背中のほうに熱が逃げ始めて、足が震えた。

感じる。いまセックスをしたなら、十七歳のときと同じ快感が甦ると確信がもてた。

「真嶋さん、ですね」嗄《しゃが》れた声で言った。

「俺に会いたいとはどういうつもりなんだ。何が目的だ」

「私を犯してください」

すぐに頬をはたかれた。

「もっとましな答えを考えろ」

「私をここで犯してください。なんでも言うことをききますから」

本当にそれでいいのか。いきなりいま目的を達成してしまうことに恐れを感じた。

また頬をはたかれた。

「お前は頭がおかしいのか」

「私の人生がおかしくなっているんだと思います。それをどうにかしたいんです。迎賓館に興味があるなら、私に何か手伝わせてください。そして、いつか犯してください」

足が震え、月子はへたりこみそうだった。溢れたものが内腿を伝って垂れていく。

「なんでお前を犯さなきゃならないんだ」

唾を吐きかけられた。

「いいんです。何もしなくてもいいんです。だけど、これで消えたりしないでください。私に影を見せてください。それだけでなんでもします」

いいのだ。まずはそれだけでいい。月子は気が遠くなりかけた。

48

原宿から渋谷に向かって明治通り沿いを進んだ。平日の昼間でも、クリスマス前だから、歩行者は多かった。

ボスの息子、アイスのお供でショッピングをしていた。ナムとカオを含めた四人で、青山から表参道を歩き、店を見て回った。アジアの国からやってきた買い物客は、いまやこの街ではいちばん目立たない存在だ。

剣応会の覚醒剤を強奪してから四日がたった。

真嶋は第二の計画に向けて準備を進めている。麻布のマンションに戻り、このところ滞っていた接待所の監視を、夜を徹して行った。二晩続けた結果、警戒が強まっている兆候はなかった。なかの様子さえ把握できれば、いつでも第二の計画を決行できる。

そんな確認ができて、ようやく昨晩は覚醒剤強奪成功の祝勝会だった。スポンサーであるボスの名代、アイスへの接待みたいなもので、夜おそくまで飲み、さほど睡眠をとらないまま、今日はショッピングのお供だった。明日、アイスはタイに帰国する。実行部隊の警官たちはすでに帰国していた。

アイスが店のなかに入っていった。洋服だけでなく、雑貨や家具などを揃えた大型ショップはカントリー調の内装で洒落ていた。きっと話題のショップなのだろう。アイスは幅の広い木製の階段に片足をかけ、ナムに写真を撮らせた。SNSにアップするためのものだ。

機嫌のいいアイスは、ちょうどクリスマスだし、欲しいものをなんでもプレゼントすると言った。ナムは、計画がすべて成功したときにいただくとか、そんなようなことを言っているようだった。真嶋も断ろうかと思ったが、ちょうど今日は冷え込みがきつく、革のブルゾン一枚では寒く感じたので、ダウンジャケットを買ってもらい、そのまま着ていた。カオはずっと迷っていたが、二階の雑貨コーナーで、野球ボール大の石の置物を選んだ。丸くつるつるしているとはいえ、探せばヘブンリーランチにも転がっていそうなものだった。

カオは店をでると、ラッピングを乱暴に開け、箱から取りだしてジャンパーのポケットにねじ込んだ。石の重みで、ジャンパーは不自然に傾いていた。アイスがそれを見て笑った。

渋谷と原宿の境目はよくわからないが、宮下公園までくれば、まちがいなく渋谷なのだろう。ガード下をくぐり、公園通りのほうに向かった。

坂を上り、パルコが建物ごとすっぽり工事フェンスに囲まれているのに真嶋は驚いた。かき入れどきのこの時期に工事をするということは、そうとう大規模なものだろう。世間へのアナウンスはいき届いているらしく、フェンスに沿ってスペイン坂のほうへ進んでみたが、不気味に思えるくらい、ひとの流れは絶えていた。

アイスは、スペイン坂を通り過ぎたところにある店に入った。ベイプストアの渋谷店。原宿店にも寄っているから、今日、二店目だった。

三十五歳のアイスにとっては、日本のカルチャーの象徴といえば、いまだにエイプであるようだ。バンコクにもショップがあったはずだが、日本にくると必ず訪れるのだという。

原宿店でも買っていたが、アイスはスウェットシャツを一枚購入した。柄の入った袋を嫌ったのか、カオがもてと指図するので、真嶋が受け取った。両手が塞がれた。

店員に見送られ、店をでた。アイスはスペイン坂のほうに足を向ける。

変わらず、人通りはなかった。店をでてすぐのところに、車が一台、フェンスに貼りつくように駐まっていた。くるときには見かけなかった。

車のドアが開いた。

どうしてそんな反応ができたのかはわからない。ひとが車から降りてきた瞬間、カオがもっていた荷物を車のほうに投げつけた。

真嶋がそれを捉えたのは視界の隅でだ。何が起きているのか見極めようと動いたのは視線だけ。真嶋の前を歩いていたアイスは体が反応した。投げだされた自分の荷物を追うように足を踏みだす。

銃声が鳴り響いたのは、ふたり目が車から降りてきたのと同時だった。

アイスが悲鳴を上げ、肩を押さえた。車から降りてきた男たちと真嶋の間に入っていた。真嶋は自分を狙った銃弾だと瞬時に判断し、もっていたショッピングバッグを投げ捨てた。男たちが動く。真嶋は咄嗟に手を伸ばし、アイスが着ているダウンジャケットのフードを摑む。ぐいっと引き寄せ、アイスを後ろから抱きかかえた。

回り込むように近づいてきた男のほうに体を向ける。火薬の弾ける音が連続して響いた。抱きかかえるアイスの体がびくびくと震えた。もうひとりが、横からも撃ってきた。真嶋はアイスを引きずるように後退する。

カオがジャンパーを脱いで振り回し始めた。ポケットに入っている石を重しに、大きな弧を描く。回り込んできた男がカオに銃口を向けた。真嶋は後退をやめ、アイスを抱えたまま男に向かっていった。銃口がまた真嶋のほうを向いた。

カオが跳ねるように男との間合いを詰める。振り回したジャンパーの先端が男の頭部を直撃し、鈍い音を立てた。男はアスファルトに崩れ落ちた。

横から銃弾が飛んできた。発砲しながら男が急速に近づいてくる。肩の裏側に激痛が走った。白いダウンが舞い上がった。真嶋は痛みも気にせず、アイスを振り回すようにして、近づいてくる男に向き直った。ぐったりしているアイスの体は重みを増していた。

男は真嶋の横に回り込もうとするが、真嶋もその方向に向きを変える。男が足を止めた。真嶋はアイスを盾にして、男に近づいていく。男は顔を引きつらせ、トリガーを引く。銃弾がアイスの体にめり込んだ。衝撃がこちらにまで伝わってきた。貫通したらそれまでだと思ったが、体の前面に痛みはこなかった。

乾いた鉄の音が響いた。空撃ち——弾が尽きた。男は歯を剝きだしにし、銃を投げつける。

カオの奇声が横から聞こえた。真嶋は気配を感じて、アイスから手を離し、腰を屈めた。真嶋の頭上でジャンパーが弧を描く。石の重しが顔にめり込み、男をなぎ倒した。

音が聞こえた。

井ノ頭通りに下ったほうにも車が駐まっていた。そこから降りてきたらしい男たちが、こちらに向かってくる。

「いくぞ」真嶋は言った。

ナムが動かない。珍しく、途方に暮れたような表情をしてアイスを見下ろしていた。

「もう死んでいる。さあ――」

真嶋はナムの腕を引いて駆けだした。カオがジャンパーを振り回し、追い抜いていく。

公園通りにでた。カオはホーホーと声を上げながら坂を駆け下りていく。

「ここで別れよう。お前はカオと一緒にいけ」真嶋は駆けながら言った。

ナムは怒ったような表情で真嶋を見た。

「貴士、これで計画は終わりかもしれない」

「終わっていない。俺はまだ生きている」

「どうしてアイスを――」

「俺は狂っている」真嶋はナムの言葉を遮った。「最初からそれはわかっていたはずだ」

真嶋は振り返り、車道を窺った。

「麻布のマンションで会おう。あとをつけられていないかよく確認しろ」

ナムは何も答えなかった。車道に下りた真嶋と、どんどん距離が離れていった。

真嶋は車道を突っ切った。車の急ブレーキの音を聞きながら反対側の歩道に上がった。

背後に目をやると、男たちも車道を渡っていた。

49

深夜に入って雨が降り始めた。用意のいい人間が多いらしく、そこここで折りたたみの傘が開き始める。今日はもともとそういう空模様だったのかもしれない。

田伏は雨に打たれながら、上野にあるタイパブ「イエロールビー」を張っていた。店が終わる時間を狙ってきているから、それほど待たされることはなかった。十二時を過ぎたあたりでマル対がビルからでてきた。

冷えるクリスマス間近の夜、暖を取るように女ふたりで腕を組んでできた。ロングのストレートへアが似合わない老け顔は、真っ赤なコートを着ていた。タイパブではなかなか出会えないような美形のもうひとりは、コントラストよく白いコート。田伏が待っていたのは美形のほう、メイちゃんの店で会ったジャスミンだった。この店ではエマと名乗っている。

田伏はガードレールから腰を上げ、ふたりに近づいていった。「よう」と声をかけると、ふたりとも足を止めた。ジャスミンは田伏に目を向け、驚いた顔をした。

「そんなに驚くことはないだろ。簡単に見つけることができたぞ。――それとも、俺が生きていたことに驚いたのか」田伏は軽い調子で言った。

実際、ジャスミンが働く店を見つけるのはそれほど難しくなかった。これほどの美形ならそれなりにいい店で働いているだろうし、店は客を呼び込む宣伝に使うはずだと考え、タイパブのホームページを手当たりしだい見ていっただけだった。

「ちょっと話がしたい。メイと連絡が取れなくなっているだろ。どうしたか、気になるよな。そんなことも含めて、話をしよう」

「あなた、何。これから、アフターにいくよ。エマと話したいなら、お店にくるよ」

赤いコートの女が、強い調子で言った。声が若いから、やはり老け顔だ。

「いいのか、俺と話さなくて。あの日、お前もあそこにいた。それで、自分にも何か悪いことが起きるかもしれないと、考えないのか」

ジャスミンは怯えた顔をしていた。頭は悪くなさそうだ。消えたメイや自分の立場について、あれこれ想像を巡らすことはできるだろう。

「いこう」と老け顔が腕を引っぱった。ジャスミンは顔を背けるようにし、歩きだした。

田伏はあとをつけた。客と待ち合わせしているらしい焼き肉店に入るのを見届けた。

ビルのなかで待っていたが、三十分もしたら飽きた。田伏は階を上がり、焼き肉店に入った。待ち合わせだと言って店内を探すと、ジャスミンたちは奥のほうにいた。老け顔が田伏に気づいて、ジャスミンの腕を肘で突いた。

「もう、お腹いっぱい食べただろ。そろそろいこうか。話をしようぜ」

田伏がそう言うと、ジャスミンは首を横に振った。「あたしいかない」

「あなた、なんですか」ジャスミンの客が言った。

スーツを着た、四十半ばくらいの勤め人だった。真面目そうだとしか言い表せない外見だ。

「こんなつまんなそうな男といたいのか。俺と話をしよう。色々ためになると思うぞ」

ジャスミンは強く首を振った。

「そうか」田伏はそれだけ言ってテーブルを離れた。「おい、ちょっと、あなた」と男の声が追いかけてきたが、かまわず店をでた。

なんだか今日は根気がなかった。ビルをでて五分待っただけでもういいだろうと思えた。またの機会にしようと諦め、やってきたタクシーに手を上げた。

タクシーが停まり、ドアが開いた。乗り込もうとしたとき、ビルのなかのエレベーターが開くのが見えた。なかから白いコートの美人が降りてきた。

そのままタクシーの横に立っていると、ジャスミンがそばにやってきた。

「お客さん、突然怒りだしたよ。だから、ジャスミン、逃げてきた」

怒る客より、まとわりつく探偵のほうがましだというのだろうか。先ほどまであった、怯えのようなものは表情に窺えなかった。

「乗れよ。家まで送っていってやる。あの客に送ってもらうつもりだったんだろ」

ジャスミンはいったんビルのほうに目を向けてから、タクシーに乗った。

「家に着くまで、話を聞かせてくれ」

田伏が聞きたいのは、真嶋のことだった。どこにいるのか、その手がかりの一端でも摑めやしないかと藁にもすがる思いだった。

メイに殺されかけた日、田伏はもう真嶋はいいと思った。真嶋を追い求める気持ちが、死を恐れることに繋がったのだと考え、それならもう追うのはよそうと決めた。

小便臭いズボンを捨てたらいくらか気持ちは解れた。覚醒剤を多めに打ったら、自分の情けなさを嗤えるようになった。死が怖かったんじゃない、真嶋を追えなくなることが怖かっただけだと、強気で思えるようになった。

真嶋を追おうと再び思った。刑事に戻るのだ。犯人を追う父親の姿を見れば、春奈もきっと喜ぶはずだ。

ジャスミンは、メイの店で真嶋に会ったことがあるのは認めた。ただ、いまどこにいるかは知らないと言った。田伏もジャスミンが真嶋のいどころを知っているとは思っていなかった。何か小さな手がかりでも引きだせやしないかと、タクシーのなかで質問を続けた。

「メイは横浜のほうに移っていったと言っていた。それについて思い当たることはないか」

「ジャスミン、横浜いったことないよ」

「真嶋が横浜に住んだんだ。何か知らないか」

ジャスミンは首を横に振った。

だいたいがこんな感じだ。はぐらかそうと、わざととぼけているのではないかとも思えた。

ジャスミンは赤羽に住んでいた。深夜だから二十分もかからず到着した。田伏はタクシーを降りても話を訊くつもりだった。しかしジャスミンは、降りるとすぐにアパートに向かう。

「待てよ、もうちょっとだけ話を聞かせろ」

外階段を上がろうとしたジャスミンの腕を摑んだ。

「あたし、もう話した。タクシーのなかだけ、言ったよ」

「なかだけでとは言っていない。もう少しだけ」

「大きい声だすよ。警察呼ぶよ」

すでに大きい声だった。

「メイのことを心配しろ。お前が話をしたら、メイが早く帰れるよう頼んでやるから」

「メイはもういい。一緒にいると怖いことばっかし。帰ってこなくていい」

「メイはお母さんみたいなものじゃないのか」

「親と同じ。ジャスミンを働かせて、お金稼ぐことばかり考えてる。だから、もういい。私は、ひとりがいちばんいいよ。早くひとりになりたいよ」

「だったら、自分の心配をしろ。お前も組織に狙われる。俺が組織に話をつけてやるから」

「探偵さんは、あんまり怖くないよ。最初見たときは驚いたけど、話してると、探偵さんはやっぱり探偵さんよ。探偵さんが悪いひとに言わなきゃ、あたしは危なくないから大丈夫」

ジャスミンは田伏の手を振り解き、階段を上り始めた。田伏も階段を上がった。ジャスミンの腕を捕まえる。ジャスミンが悲鳴を上げたので手を離した。

田伏は怒りに沸き返っていた。ジャスミンが言った言葉の何かに反応したようだが、それが何か、自分でもはっきりしない。首を絞めてやろうかと思うほどの強い怒りに当惑した。

ジャスミンは、階段を上がってすぐのドアの前に立った。鍵を開けて、なかに入った。

田伏は階段を下りて、庭のあるアパートのベランダ側に移動した。いちばん手前のジャスミンの部屋に、明かりが灯るのが見えた。カーテンが閉められた。

新しくはないが、間取りは1DKほどの広さがありそうだった。田伏は携帯電話を取りだし、地図アプリを開いた。近くにあるコンビニを確認し、そこへ向かった。

コンビニのATMで金を下ろし、すぐにアパートに戻った。一時間ほど立っていると、アパートの前にワンボックスカーが停まった。降りてきたのは東南アジア系の女だ。

車が走り去ると、女は階段に向かった。田伏は女に近寄り、声をかけた。

「こんばんは、ジャスミンのルームメイトかい」

「そうだけど」

女は怪訝な顔をして答えた。ジャスミンより年齢が上だろう。落ち着いた感じがする。

「俺は彼女の客でさ、今日はプレゼントをもってきたんだ。実はさっき、タクシーで送って別れたばかりなんだけど、突然、押しかけて驚かせたいんだ」

女は口を開かなかった。顔に不信感がありありと浮かんでいる。

「部屋の鍵を開けてほしいんだ。あと、一、二時間、どこかで時間を潰してくれるかな」

女は怒ったように目をつり上がらせ、階段に足をかけた。

「待って。もちろん、お礼はするよ」

田伏はコートのポケットから封筒を取りだし、札束を引きだした。

「ここに二十万円ある。これをあげるよ」

「二十万？」女は甲高い声を上げて、差しだされた封筒をまじまじと見た。

「さあ、これを受け取って、鍵を開けてくれ」

田伏は女の手を取った。抵抗はない。その手に封筒を握らせた。

「鍵を開けたら、一時間だけ」女は怒ったような顔で言った。

「わかった。一時間だね。そーっと開けてくれよ。気づかれないように」

女は音をたてずに階段を上がっていった。鍵を開け、すぐに下りてきた。

「ありがとう。ちょっと、どきどきするんで、ここで気を静めてから上がるよ」

田伏が言い終わらないうちに、女は駅のほうに歩きだした。

田伏はベランダ側に移動して、窓の明かりが消えていることを確認し、階段を上がった。息が荒かった。ドアの前で深呼吸して息を鎮めた。ドアを開けると、外廊下の明かりが、部屋に差し込む。部屋の様子を頭に刻み、ドアを閉めた。

靴を脱いで、部屋に上がった。そこはダイニングキッチンだ。奥に引き戸があって、その向こうでジャスミンは寝ているのだろう。田伏は明かりをつけようとスイッチを探した。声が聞こえていた。部屋の奥のほうからだ。それを聞きながら、スイッチを見つけた。

明かりが灯った。部屋の奥を見ると、引き戸に隙間があった。そこから、声が聞こえていたのだ。田伏は足音を立てて戸に近づき、勢いよく引き開けた。

掛け布団が動いた。ジャスミンが起き上がった。寝ぼけたような顔で、首を振る。

田伏は奥の部屋に足を踏み入れた。ジャスミンを押し倒し、その上にまたがった。ジャスミンが、「ひっ」と短い悲鳴を上げたが、田伏は口を塞いだ。頰を平手で一発張った。

「大きな声をだすなよ」

口を塞いでいた手を離し、ジャスミンの首に手をかけた。ジャスミンが大きく息を吸ったので、また頬を張った。首を軽く絞める。

「いいな、声を上げるなよ」

　ジャスミンは小刻みに頷く。田伏は首にかけていた手の力を弱めた。

「俺がそんなに、情けないか。娘が見放すほど情けないのか」

「そんなこと思ってない」ジャスミンは首を振った。

「そう言っただろ」

「そんなこと言ってないよ。探偵さんは怖くないって言っただけだよ」

「それは外での話だろ。たったいま、ここで言ってたろ。戸の隙間から声が漏れてた。――え？　俺が情けないって」

「そんなことない」

「じゃあ、なんで言った」

　首にかけた手に力を込めた。

「なんでだろ。ごめんなさい。許して」

「泣いてすむことじゃない」

「ごめんなさい。本当にごめんなさい。――探偵さん、怖い」

　田伏は首から手を離し、頭をはたいた。

「お前は、適当なことしか口にしない。タクシーのなかでもずっとはぐらかしていただろ」

田伏は腰を浮かせて、かけ布団を剝ぎ取った。

「もう一度、最初からやり直しだ。一時間しかないんだから、さっさと答えろよ」

ジャスミンのＴシャツをまくり上げた。小振りで形のいい胸が現れた。

「やめて」ジャスミンは小さな声で言った。

田伏はジャスミンのショートパンツに手をかけた。

「やめて。こんなのやだ」

「ふざけんな。お前がやろうと言ったんだろ」田伏はジャスミンの顔をはたいた。「この間、お金の代わりにエッチをさせてあげるから、真嶋を捜せって言ったろ。俺はいま、真嶋を捜してるんだ。だから、当然のことだろ。大人しくしてろ」

ショートパンツとショーツを一緒に引き下ろす。ジャスミンが手で押さえようとするので、またはたく。首を絞める。

「お前はいいかげんなことばかり言う。だからわからせなければならない」

大人しくなった。ショートパンツとショーツを剝ぎ取った。田伏もベルトを外し、ズボンとブリーフを下ろした。硬くなったペニスが、高く上を向いていた。まったく意識をしていなかったが、たぶん、この部屋に入る前から、そうなっていた気がする。

これは怒りだ。性欲とは関係がない。刑事の怒りがここに詰まっている。

「さあ、答えろ。真嶋はどこにいる。手がかりになるようなことを、何か知っているはずなんだ。真剣に考えれば、何かでてくるはずだ」

田伏はジャスミンの上に重なった。手で陰門を探り、そこにペニスの先をあてがった。

「真嶋は横浜にいった。それに関してはどうだ。タトゥーの男は何か言ってなかったか」

田伏はずぶずぶと女のなかに入っていった。強く吸う息の音を聞いた。

「感じるんじゃないぞ。これはセックスじゃない。取調べだ。しっかり頭を働かせるんだ」

強く腰を突いた。間隔をおいて、規則正しく突く。

50

「貴士、どうして？」

ナムがビールの缶を床に置いて言った。

「何度、同じことを訊くんだ。アイスの命より自分の命のほうが大切だっただけだ。俺たちの計画にとっても、まちがいなく俺のほうが必要なはずだ」

真嶋は冷静に答えた。

「悪かった。終わったことをほじくり返しても意味がないとはわかっている」

反省して、次に生かせるようなことではない。合理的な考えをする普段のナムなら、何も言わないはずだった。

「ただ、貴士の考えは正解ではないよ。アイスが殺されたことで、この計画が中止になるなら、貴士が必要かどうかなんて、考えても意味がなくなるんだ」

「中止と決まったのか」真嶋は目を剝いた。

「まだ何も決まってないよ。だけど、その可能性は高いと思う」

「なんで。中止にしたからって、アイスが生き返るわけじゃない」

「息子を殺された親に、そんな合理的な判断を期待しても無駄だよ」

ナムは咎めるような目を真嶋に向けた。

「お前はそれでいいのか」

「いいとか悪いとかは関係ない。トレインは俺のボスだよ。決まればそれに従うしかない」

真嶋はその言葉に理解を示した。トレインはただの組織のボスではない。都会の学校にいかせてもらったり、留学費用をだしてもらったり、ナムは少年のころからトレインの世話になっている。会社に忠誠を誓うサラリーマンの言葉と大差ないが、重みはまったく違った。

真嶋は床から腰を上げ、バルコニーに面した窓の近くに座っているカオのほうに向かった。

カオは鶏の骨にしゃぶりついていた。骨つきの鶏肉は、カオの好物だった。渋谷でやくざどもをまき、麻布のマンションに戻る途中、真嶋が惣菜屋で見つけて買ってきた。肉はとっくに食べ終わっていたが、カオはいつまでも骨を放さなかった。

真嶋はカオの隣に腰を下ろした。カオは骨に夢中で目もくれない。真嶋は床に並んだ骨に手を伸ばすまねをした。カオはこちらに顔を向け、嚙みつかんばかりに歯を剝きだした。

「冗談に決まってるだろ。そんなもの、カオ以外にありがたがるやつはいない」

カオに理解できたはずはないが、納得した表情で頷いた。何を思ったか、骨を一本取り、真嶋の前に置いた。

「ありがとうな」諸々の感謝の意を込めて言った。

今日、この男がいなかったら、自分は死んでいた。

渋谷で、男が車からでてきた瞬間、カオはショッピングバッグを男に向かって投げつけた。あれで男たちが発砲するのは遅れたし、アイスが動いて真嶋の盾になった。それがなかったら、自分は銃弾を浴びていただろう。どうもカオは火薬の臭いに反応したようだ。

「貴士は計画が中止になったら、どうするつもりなんだ」

ナムの声から硬さが消えた。普段通りの声に戻った。

「そんなのは、そのときになって考える。宋さんがどうするかもわからない」

宋の援助があれば、計画を続行できる。第二の計画が成功し、覚醒剤の密売に乗りだしてからも、宋の人脈があれば、覚醒剤を仕入れることができるし、組織を回していけるだろう。

「貴士は続けるよ。何がどうなろうと計画を続ける。そのときになってみなくてもわかる」

「わかっているなら訊くな」真嶋は大きな声をだした。

ナムの考えていることが真嶋にはわからなかった。ボスの命令に従うと言ったが、それ以外に選択の余地はないのだろうか。どんな命令にでも従うつもりなのか。たとえば、真嶋を殺せと命令されたならば実行するのだろうか。

ナムは友人であるばかりでなく、真嶋にとっては、恩人みたいなものでもあった。

真嶋は子供のころから、自分は人間ではないような気がしていた。いつも周りを人間に囲まれ、疎外感を覚えた。タイに逃れ、ナムと出会い、そんな話を聞かせた。真嶋はもともと自分の心のなかを他人に覗かせることはしない。海外にでて日本語で話すのに飢えていたからというわけでもなく、ただナムと話しているうちにそんなことまで打ち明けてしまった。

自分が人間ではないと感じるのは、真嶋の心が狂っているからだとナムは言った。鏡をもってきて、真嶋の顔を映し、ほら、どう見ても人間でしょと――。実際に狂っているかどうかより、そう考えたほうが楽だろうということのようだった。この世で、人間でないものに出会うより、狂った人間に出会うほうが簡単で、疎外感はいくらか和らぐはずだと説いた。

そう言われて、考えを切り替えられるものでもないが、不思議とナムに言われたらすんなり納得でき、妙に気が楽になった。ナムは自分も仲間だと言って、狂っている証拠となる話を聞かせてくれた。なるほどこの男は狂っていると真嶋は親近感を抱くようになった。

どこの国の人間でも、他者との違いを気にするし、それによって疎外感をもつものだが、とくに日本人は異質な者に敏感だから、ひとと違うことで、疎外感を強めるものだとナムは言う。狂っているだけで、自分は普通の人間であり、日本人的なのかと思ったら、急に異質な存在であり続けたくなった。そうナムに伝えると、それは一種の贅沢病だよと笑った。

それから数日たったとき、本当に異質な存在に憧れるなら、この男を見習いなさいと言って、ナムはカオを連れてきた。カオは人間ではないものになりたいと望み、徹底的にひとと異質であろうと努めてきた。自ら指を切り落とし、歯を抜いたのもその表れだった。顔の夕トゥーもそうだ。それはカオにとって喜びであり、疎外感を抱くことなどなかった。

それが天性のものであるならすごいが、残念ながら、カオがそうありたいと願うようになったのには理由があった。カオの両親はベビーだった。トレインの怒りをかって、四肢を関節から切断され、あの小屋で暮らしていた。カオは自分も両親と一緒にそこで暮らしたいと願ったようだ。自分の形を変えれば、あそこで暮らせると思い、指を切断し、歯を抜いた。さすがに、手足の半分を自分で切り落とすことはできなかった。カオが大人になる前の話だ。

ナムによれば、現在のカオはそれほどベビーの住む小屋に執着はしていないそうだ。それでも、日々の努力は怠らず、髪の毛や眉を一本一本、ピンセットで抜いているし、白目に塗料を注射し、着色することを計画している。その喜びが、真嶋にはなんとなく想像ができた。他人の、ひとでなしと呼べそうな行為や性癖を見たとき、自分のなかで湧きあがる喜びと、近いものがあるような気がした。真嶋はカオが好きになった。カオも、中途半端に指がないだけだったが、真嶋を仲間と思ったのか、なついてくれた。

もともと、人間のなかで暮らす疎外感に苦痛を感じていたわけではない。ただ、自分の行動に裏付けができたことで、迷いがなくなり、動きが軽くなった。自分は狂っているから――ですべて納得できてしまう。そんな便利なものを与えてくれたナムに感謝していた。

「いまはまだ計画が続行中と考えていいんだろ」

「明日、またトレインと話すことになる。そのとき、貴士がアイスを盾にして銃弾から逃れたことを説明しなければならない。トレインはボスだ。正確な話を伝えなければならない」

「別に言い訳する必要はない。伝えたいことを伝えればいい」

「伝えたいわけじゃない」ナムはひび割れた大声で言った。

真嶋はナムに目を向けた。頬が震えるほど、顔が強ばっていた。

「わかったよ」理解したことを伝えるため、さらに頷いた。

　真嶋は理解した。ナムは伝えたくなくても伝える。トレインに命令されれば、殺したくなくても、自分を殺そうとするだろうとはっきりわかった。

51

「すごい」と声を上げたのは、たまたま事務所に立ち寄った舞子だった。

「すごいよな」と島本は確認するように言った。

　たったいま、番組制作会社から電話があり、ライク・ヘブン所属の葉香の歌を、番組のエンディングテーマに使いたいと打診されたのだ。

「深夜枠のBSのバラエティーでもすごいよな」

「もちろん、それでもすごいよ。テレビの影響力ははんぱないから。ほんとよかった。葉香ちゃん、すっごい喜ぶよ」

　そういう舞子も、本当にうれしそうだった。こういう顔が見たくて、この仕事をやっているようなものだった。久しぶりに舞い込んだ、我が事務所のビッグニュースに島本の心は大きく弾んだ。

「ねえ、葉香ちゃんに早くしらせてあげてくださいよ」

舞子に言われて島本は携帯電話を握った。忘れていたわけではなく、ただ自分にもったいをつけていたのだ。葉香の喜ぶ声を想像し、表情が緩んだ。

履歴から葉香の番号に発信した。すぐに葉香がでた。

「おい、葉香。すごいニュースがあるぞ。なんだと思う、当ててみて」

島本はさらにもったいをつけて、胸をどきどきさせた。

駅をでて、アパートに向かった。今日は早めに事務所をでてきたが、もう、すっかり日が暮れていた。たぶん冷え込んできているのだと思うが、ちっとも寒いとは感じなかった。

本当に今日はいい日だった。電話の向こうで涙ぐんでいる葉香の声が忘れられない。

きっと翔子も、話を聞いたら喜ぶだろう。また芸能の仕事をやろうという気になるかもしれない。たぶん仕事を始めれば、翔子は元の生活に戻れるだろうと思っていた。

翔子の調子は悪くもなく、よくもない。特別、塞ぎ込んだりすることもないが、活発に行動することもなかった。島本がでかけている間は、アパート周辺ですごしているようだった。

そういえば数日前、翔子はケーキを買ってきた。このへんのものではなく、どこかのデパ地下で買ってきたようで、社長とふたりで食べたかったんだと言った。様子は変わりなかったけれど、ケーキとはいえ、食べることに意欲がでたのはいい兆候といえるかもしれない。

アパートの外階段を上がっていった。翔子に帰ると連絡していなかったが、島本が帰るころにはたいてい部屋にいた。先日は珍しく、友達のところに遊びにいくから遅くなるとメールがきて、そのままひと晩帰ってこないことがあった。――そうだ、その帰りに、ケーキを買ってきたのだ、と思いだした。やはりでかけたほうが心に張りがでるのだろう。ただいまと言いながら、部屋のドアを開けた。明かりがついていなかった。寝ているのだろうか。靴を脱ぎ、壁を探って明かりをつけた。

いない。布団も敷いていない。鍵を開けっ放しでどこへいったのだろう。

水の音が聞こえた。風呂場からだ。なんだ風呂に入っていただけか。

「翔子ちゃん、帰ったよ」

そう呼びかけてみたけれど、返事はない。ふと見ると、ドアの横、風呂場の明かりのスイッチが入っていないのがわかった。ここでもない。

だしっぱなしの水を止めようと、スイッチを入れ、ドアを開けた。

目にした光景は、一瞬の誤解も許さないほど、死の色彩に満ちていた。島本は叫んだ。

「だめだあ！」

風呂場に入り、赤く染まった水に手を突っ込んだ。水面に真っ白な翔子の顔が浮かんでいた。体に手を回し、持ち上げる。浮かび上がった体は、着衣が水を吸って重かった。それでも、しっかりと抱きかかえ、風呂場の外へと運んだ。

床に翔子の体を横たえた。胸の中心に手を当て、繰り返し押した。

「頼むから息をしてくれよ。お願いです、助けてください」

島本は無理を承知で神に祈った。

翔子の手首に、赤い肉が見えるほど、深い裂け目があった。そこからは、もう一滴も血が流れてこなかった。

52

「ねえ高橋さん、ちょっと話、聞いてもらえる？」

ゲストにコーヒーをサーブし、戻ってきた岡野が言った。

「もちろんいいですよ」どんな話かと月子は訊ねたが、だいたい想像はついた。

「この間、タイのビジネスマンとお食事にいくって話したでしょ。その後の話なんだけど」

やはりその話だ。前回一緒になったシフトは忙しく、ほとんど話はできなかった。

「聞かせてください。どんな感じだったか、気になってたんです」

「それがね、どうもふられてしまったみたいなの。お食事のときは、最初のデートとしては悪くないと思ったんだけど、その後連絡がこなくなってしまったの。一回、また会いましょうってメールがきたけど、その後がなくて。私からも一回メールしたけど、返信がないし」

「そうなんですか。電話はかけてみたんですか」

「電話番号は聞いてなかったの。知っていたとしても、メールに返信がないのに、こちらからかけるのはなんだか焦っているみたいで、ちょっとね——」

岡野は淡々と話している。もともとストレートに感情を表にだすひとではないけれど、本当にそれほどショックは感じていないのかもしれない。

「お食事の日、なんか有頂天になっていたのが恥ずかしい。それだけに、高橋さんには伝えておこうと思ったの。言わないと、隠しているみたいでみっともないでしょ」

「そんな、全然恥ずかしいことじゃないですよ」

岡野はありがとうと言った。

「でもね、恥ずかしいくらいで、あとはなんとも思ってないの。素敵なひとではあったけど、一回会っただけだし、連絡がなくても、それほどショックではなかった。ほんとよ」

月子は岡野を安心させるように、大きく頷いた。

「ただ、一昨日、渋谷でタイ人が射殺された事件が起きたでしょ。それを聞いて、もしかしたら、あのひとなんじゃないかと思って、けっこう驚いたの」

その話がでると思っていなかった月子は、はっと息を呑んだ。

「――あっ、驚かせてごめんなさい。結局、違ったのよ。被害者の写真を見たら、全然違うひとだった。でも最初聞いたときは、連絡できなかったのはそういうことかって、ほとんど確信しかけた」

「じゃあ、そっちのほうがショックだったんですね」

「そうなの」

岡野が見せた笑みはわざとらしかったが、本当に事件のほうがショックだったのだろう。その話がしたくて、ふられたことを打ち明けることにしたのかもしれない。

ショックとまではいかないが、月子も渋谷の事件を知って、胸騒ぎを感じた。タイ人が射殺され、犯人は暴力団と見られている。ニュースの概要を知った月子はすぐに真嶋と結びつけて考えた。事件の背後関係がわからないため、そうだとも違うとも、確信できず、胸騒ぎはいまも続いていた。

先日、真嶋に公園に連れ込まれたとき、最後に真嶋はお前に頼みがあると言ってくれた。この迎賓館の警備状況を探ること、建物のなかにあるはずの、隠し部屋のようなものを見つけだすことが真嶋の頼みだった。

月子はもちろんそれを引き受けた。危険がともなうことは承知で、絶対に探りだそうと思う。しかしそれを見つけてしまったら、自分は真嶋にとって用のない存在になってしまう。真嶋はできるだけ早くと言ったが、そう簡単に終わらせるわけにもいかなかった。

ゲストは十時前に帰った。楽な仕事だったが、思いのほか時間は遅くなった。洗い物を終え、更衣室に入ったときには、十時半近くになっていた。

「岡野さん、着替え終わったら先にどうぞ」月子はブラウスのボタンに手をかけて言った。

「どうして。北林さんに何か用でもあるの」

「ただ、今日はなんだか疲れていて、だらだら着替えそうなので」

「そんなことなら、待ってる。ひとりで黙々と歩くと冷え冷えしてくるもの」

断る言葉が見つからず、月子は「ありがとうございます」と言った。

月子は本当にゆっくりと着替えた。岡野が着替え終わり、更衣室をでていったのを見て、トートバッグに入れていた財布をロッカーの棚の上に置いた。

着替え終わって、更衣室をでた。エントランスロビーまできたら、北林がクラッチバッグをもって階段を下りてきた。「珍しくお急ぎですね」と岡野が言った。

「今日はひとと会う予定があってね。急ぐんで先にいくよ」

北林は早足でエントランスをでていった。月子と岡野もエントランスをでて、門へ向かった。車が通る門は閉まっていた。門の横の通用口から、外にでた。

クリスマスの予定が互いにないことなどを確認し合いながら、住宅街を歩いた。有栖川公園の沿道まできて、月子はポケットを探った。コートのポケットに手を突っ込み、ジーンズのヒップポケットを上から触り、立ち止まった。

トートバッグを肩から下ろし、なかを漁った。岡野が足を止めて、振り返った。

「ごめんなさい。財布をロッカーに置いてきちゃったみたいです。取りに戻らないと。もうここまできてるんで、ほんとに先にいってください」

岡野は素直に頷いた。「いったりきたりでたいへんね」

「しょうがないです。なんだかぼーっとしてるんですよね」

「気をつけてね、それじゃあまた」

岡野は笑みを浮かべて、手を振った。月子も手を振り、ゆっくりと引き返していった。

迎賓館の通用口の前に立って、インターフォンを押した。忘れ物をしたので取りに戻ったとカメラのほうを見て言った。いつもと変わらず、管理人は何も口にしない。ほどなく、戸のロックが外れる音が聞こえた。月子はなかに入った。

早速真嶋から頼まれたことを実行するつもりだった。ただし、隠し部屋まで見つけようとは思っていない。今日はひとまず、セキュリティーがどうなっているのか、確認するだけだ。

月子はエントランスを潜り、廊下を進んで更衣室に入った。財布をピックアップし、すぐに更衣室をでた。同じ経路で通用口の前まで戻った。通用口を内側から開けるときは管理人を通す必要はなく、そのまま鍵が開く。月子は戸を開き、外にでないまま、戸を閉めた。

戸の開閉は管理人室で把握できるようになっているのではないかと月子は考えていた。でないと開けっ放しになっていても、気づくことができない。そうであるなら、開閉しておかないと、月子が館内に残っていることがばれてしまう。ただ、外側についている防犯カメラで、でていく者をいちいち確認しているのだとしたら、結局はばれてしまう。そんなことを確かめるのが今日の目的だった。

門の前を通り、建物から離れ、塀沿いを進んでエントランスに向かった。

エントランスにも防犯カメラがある。ひさしに設置され、横から見下ろす形になっていた。月子は塀沿いから回り込むようにエントランスに近づき、防犯カメラの下にきた。

体を低くして自動ドアの左端を通れば、カメラの死角になるはずだった。月子は自撮り棒をバッグから取りだし、伸ばした。自動ドアのセンサーにその先を近づける。ドアが開いた。

月子はしゃがみ込み、アヒル歩きでなかに入った。すでに管理人に気づかれているのだろうか。もし探しにきたら、トイレががまんできなくて戻ってきたと言い訳するつもりだった。

月子は立ち上がり、足音をたてないよう気をつけながら、ロビーにあるトイレに向かった。ロビーに防犯カメラはなかった。館内のカメラは、月子が確認した限りでは、地下に続く階段がある一階の廊下と、二階に上がってすぐの階段前にあった。

トイレに入った。ゆっくりと音を立てないように戸を開閉し、個室に隠れた。十分たっても何も聞こえてこないので、気づかれることはなかったのだと判断した。

月子はそのままトイレに隠れ続けた。せっかくここまでうまくいったのだから、もう少し様子を見てみたかった。管理人が帰ったあと、館内のセキュリティーはどうなるのか。

真嶋から聞いたところによると、管理人が帰っても、セキュリティー要員がひとり残っているらしい。詳しくは説明しなかったが、危険な人間だから、充分に気をつけろと言った。

二十分ほどして、何か音がした。フロアーを歩く足音。管理人のものだろう。帰る前の巡回かもしれない。トイレにやってこないことを、月子は祈った。

五分もすると、足音が聞こえなくなった。

月子はゆっくりと音をたてないようにドアを開き、個室からでた。様子を窺おうと、トイレの出入り口近くまでいった。やはり寝静まったように、もの音ひとつしない。

フロアーの様子を探りにでてみようかと考えていたときだった。かすかなもの音を聞いた。音が近づいている。忍ばせた足音だと気づいた。

まずい。こちらに向かってくる。隠れないと。月子は個室に目を向けた。しかし、音を立てずにドアを開閉する時間はなさそうだ。足音をすぐ近くに聞いて、出入り口のほうに顔を戻す。床に影が見えた。

すぐにひとの姿が現れ、月子は大きく息を吸い込んだ。

「どうして」

思わず声を漏らした。目の前に岡野が立っていた。

「それは私の台詞だと思う」岡野は小声で言った。「高橋さん、あなたはここで何をしてるの。財布を取りにいって三十分以上も留まってる」

岡野は笑っていた。しかし言葉は確実に責めていた。

月子は答えを探すこともなく、口を閉じていた。

岡野が手を伸ばし、月子の手首を摑んだ。「さあ、時間がない。いくわよ」

「どこへ」

「ここをでるの。管理人がいるうちならでられる。あのひとはモニターなんて見てないから。でも交替したら、あなたは見つかる。ここから、生きてでられないかもしれない」

「どうして、そんなことを――」

「いいから、早く。足音は抑えて。さっき上にあがっていく音を聞いたから」

岡野に腕を引かれて、早歩きでエントランスに向かった。

いったいこのひとは、何者なのだ。

53

ドアが開き男が入ってきた。地味なコートを着た大柄は、植草でまちがいない。店の奥のほうに座っていた田伏は、手を上げて居場所を伝えた。

昨日、飲みに誘ったとき、何時になるかわかりませんよと、つっけんどんに言った植草だったが、思いの外、早かった。まだ十二時前だ。自宅兼事務所に近い小滝橋《おたきばし》通りから一本入ったところにあるビアバーが待ち合わせの場所で、田伏は何時まででも待つつもりでいた。

「どうも」と、愛想のない声で言って、植草は田伏の正面に座った。「忙しいところ、すまないな」と、田伏は精いっぱい愛想を見せた。

売人の室田が殺されたあと電話で話したとき、植草は今後、田伏との関係を絶つようなことを言っていた。だから、こうして会いにきただけで、充分先輩の顔を立ててくれている。

店員がやってきて、田伏は生ビールのおかわりを頼んだ。仕事に戻る予定はないようで植草もビールを注文した。とくに雑談もなく、運ばれてきたビールで喉を潤すと、田伏は本題を切りだした。

「三日前、渋谷でタイ人が銃撃された事件が起きただろ。あれに、ムサシの真嶋が関わっているような気がする」

田伏がそう言うと、植草はグラスから口を離し、目を見開いた。

「どうして、そう思ったんですか」

「どうしてそう思ったのかというのは、どうしてそれを知っているのか、と訊いているのと同じことだと解釈してかまわないか」田伏は尋問するような口調で言った。

植草は眉間に皺を寄せたが、ふっと息を吐きだすと笑みを浮かべた。

「まあ、いいでしょう。その解釈でまちがっていない。で、どうして知っているんです」

真嶋があの事件に関わっていると植草は認めた。早くも知りたいことが確認できた。

「真嶋を東京で見たという人間がいる。その情報にどこかのやくざが関心をもっているという噂を聞いた。真嶋はタイに逃亡した。その三つをかけあわせて想像しただけだ。だから気がすると言った」

三日前、渋谷の繁華街で起きた銃撃事件は大きく報道された。被害者がタイ人と知り、田伏はすぐに真嶋と結びつけた。

「現場から真嶋の指紋がでたようです。もちろん俺はその事件の捜査に関わってはいないですが、防犯カメラに映ったガイシャの連れに真嶋がいないか確認するため、昨日、捜査本部に呼ばれたんです。四年前の事件のとき、俺は真嶋のマンションを張り込みましたから」

「で、どうだっ。真嶋が映っていたのか」

「サングラスをかけた男が、真嶋かと言われればそうかもしれないと思えるくらいには似てましたが、確実だとは言えなかった。ショッピングで回った店の人間に訊いてみても、三人ともどこか東南アジア系に見えたという答えばかりだったそうです。あと、その真嶋かもしれない男は両手の指が一本ずつ欠損していた。真嶋にそんな特徴はなかったから、それが真嶋だとしたら、逃亡後になんらかの理由で欠損したと考えられる」

「あるいは、その男は真嶋ではないか」

植草は頷きはしたが、その可能性を真剣には考えていないだろう。指紋がでたのだから、似ているだけで充分。田伏もそうだ。現場に真嶋がいたことが確実となり、あの銃撃事件は真嶋を狙ったものだと確信していた。

やはりやくざが追うとなると、こういう結果になる。次に真嶋を捕捉したときは、確実に仕留めるかもしれない。その前にあの男を見つけだし、この手で捕まえなければならないと田伏は焦っていた。

「どこの組織が動いているか、わからないのか」

「いまのところ、何もわかっていないと思います。俺のアンテナにも何も引っかかってこない。わかったとしても、教える気はないですが」

田伏は気にせず、「そうか」と頷いた。訊いてはみたものの、それがわかったところで自分に有利になることは何もなかった。とにかく、向こうよりも先に見つける他なかった。

「田伏さん、警察は真嶋が現場にいたことを公表する予定はいまのところありません。日本に戻っていることも。ですので、そのへんは、田伏さんもご協力願います」

植草はいくらか硬い声でそう言った。

「大丈夫だ。この件について、誰かに話す気はいまのところない」

植草はひとまず安心したように頷いた。グラスを手に取り、ビールに口をつけた。

「その代わりではないが、ひとつ頼みを聞いてほしいんだ。本当に簡単なことでね。俺の事務所までついてきてくれれば、五分もかからず終わることだ」

「なんです?」眉をひそめて疑《うたぐ》るような目を向けた。

「俺を部屋に閉じこめてほしい。部屋の外から鍵をかけるだけだから。簡単だろ」

田伏は鍵を開け、事務所のドアを開いた。

「まあ、入ってくれ。靴のままで大丈夫だ」

植草は無言で田伏のあとに続いた。いまだに、いやいやついてきたという顔をしている。

「お前しか、こんなことを頼める相手はいないんだ」

「お前しかって、普通、刑事には頼まないでしょ、こんなこと」

植草は吐き捨てるように言った。

なんと言おうと、ここまでついてきてくれたのだから、やってくれるだろう。田伏は靴を脱いでスリッパに履き替え、廊下に向かった。

「この部屋だ」物置部屋の前に立って、田伏は言った。

ドアには簡易な錠前となる掛け金を三つ取りつけていた。ドア枠に取りつけた蝶番《ちょうつがい》の板を、ドアに取りつけたつまみに差し入れ、つまみを回転すれば、鍵がかかる。つまみに南京錠をかけることもできるが、今回は必要なかった。

「これで田伏さんを閉じこめるんですか。ずいぶん華奢な鍵ですね」

「見た目以上にしっかりしてる。外からかけて体当たりしてみたが、びくともしなかった」

田伏はドアを開き、物置部屋の明かりをつけた。

「三日後に開けにきてくれ」

植草は部屋のなかを覗き、田伏のほうに顔を向けた。

「そんなもんで、シャブが抜けるんですか」

「今日はやっていないから、今晩から苦しくなる。三日三晩、耐えられれば大丈夫だろう」

田伏は覚醒剤を断つ、と決めた。真嶋を襲ったと思われる渋谷の事件を知り、早く捕まえなければという焦りが、このままではいけないという気にさせた。覚醒剤による幻聴を聞きながらでは、総力をあげて真嶋を追いかけるやくざを出し抜くことなどできはしない。

その幻聴を聞きたくないという思いも、覚醒剤をやめようと考えた理由のひとつではあった。ジャスミンの部屋にいったときもそうだったが、自分を責めるような言葉を聞くことがここのところ多かった。娘が見放すほど情けないとか、だめな刑事だとか、犯罪者だとか、耳を塞ぎたくなるような言葉が聞こえてくる。ただし、実際に耳を塞いでも、声は消えない。だから、これは幻聴なのだと気づくことができた。

物置部屋には三日こもるための準備はしてあった。パンやスナック菓子などの食料がストックしてあるし、水のペットボトルもある。トイレがわりに、バケツもふたつ用意した。

田伏はトイレにいき、ビール臭い小便をしてから部屋に入った。

「大丈夫ですかね。もし体調が悪くなったらどうするんですか」

「まちがいなく、体調は悪くなるさ」田伏は笑って言った。「死ぬようなことがなければ、問題ないだろう。携帯はもっているから、やばくなったときは連絡する」

植草は露骨に迷惑そうな顔をした。

「外にでたくて、開けにこいと連絡するかもしれないが、そのときは無視してくれ」

「死にそうだと、嘘をつくかもしれない」

「そのためにお前に頼んだんだ。刑事なんだから、シャブ中の嘘くらい見抜けるだろ。植草の判断にまかせるよ」

田伏はカーペット敷きの床に腰を下ろした。

植草は諦めたような顔をして頷いた。

「じゃあ、閉めます」

「頼む」

田伏はそう言って頷いたが、植草はドアを半分閉めただけで止めた。こちらを見ている。

「田伏さん、俺は自分を悪徳警官だとは思っていない。道は踏み外してますが、最終的には世の中のためになると思ってる。俺は田伏さんに、何かしら情は感じていますが、それだけで頼みを聞いてきたわけでもないんですよ」

植草は恨みでも込めたような陰鬱な声で言った。田伏は表情を消して、それを聞いていた。

「田伏さん、世の中の役に立ってくださいよ」植草は言い終わらないうちに、ドアの陰に消えた。ドアが閉まり、掛け金をかける音が聞こえた。

青臭いことを言う。しかし、その青臭さを自分もまるごともっている。悪臭や腐臭に塗《まみ》れながら、消えかかったその青臭さに導かれて、いまこの部屋に閉じこもったのだ。

玄関のドアが閉まる音が聞こえた。急に気分の悪さがくっきりと輪郭を見せた。体の芯に悪寒を感じながらも、額に汗がにじむほど体の表面は火照っていた。

　これから三日間続く、地獄の幕開けを予感した。

54

　玄関のドアが開いた気配がした。

　真嶋は顔を振り向け、耳を澄ました。ドアが閉まる音。廊下をやってくる足音が聞こえた。すぐにリビングのドアが開き、ナムとカオが姿を見せた。

「貴士、まだ窓に張りついていたんだね」

　部屋に入ってくると、ナムが言った。茶化すような言い方だったが、顔は笑っていない。

「他にやることがないからな」

　この二日はずっとひとりだった。ナムとカオはどこかへいっていた。

「貴士、計画は中止と正式に決まった」

「そうか。意外に時間がかかったな」

　そうなることは予想がついていたので、驚きはなかった。

　真嶋はカオに目を向けた。マスクを外したカオが、ナムの横で執拗に睨みつけてくる。

「トレインは日本にアイスの遺体を引き取りにこようと、色々折衝していて、忙しかったようだ。トレインはドラッグがらみの逮捕歴があるから、日本に入国するのは難しい。なんとかならないかと、役所や有力者に頼んでいたみたいだけど、だめだったようだ」

「それが中止に何か影響したのか」

「中止することには影響していないでしょう。もうそれは最初から心に決めていたはずだ」

真嶋はカオを見ていた。くすんだ色のジャンパーのポケットに手を突っ込み、ひたすらこちらを睨んでいる。まるで人慣れしていない犬のようで、いまにも歯を剝きだしそうだった。

「トレインは剣応会に報復するように命じました。いくら金を使ってもいいから一週間以内にやれと無茶なことを言うのは、日本にこられないもどかしさが影響したのかもしれない」

真嶋は笑みを浮かべ、カオの頭に手を伸ばした。カオは素早くポケットから手を抜き、真嶋の手を払おうとする。真嶋はそれを避けようと手を上げる。

「貴士を殺せと命令したのはどうだろう。たぶん影響はなかったと思う」

真嶋はナムのほうに目を向けたが、すぐに自分の手に視線を移した。掌が一直線に裂けていた。たいして深くはないが、血がにじみだし、端のほうで玉を作った。

カオの手に目をやると、欠損した指先に金属のピックが装着されていた。カオは指先から延びる尖った金属のキャップを顔の前にもってきて、にやりと笑った。

「俺を殺すのか。手足を切断するんじゃないのか」

「大人しくタイまでついてくるとは思えないし、切断してから連れていくのも難しい。それは私の考えで、トレインはそんなことも考えなかっただろうね。息子の死には、死をもって償わせるしかないと思ったに違いない」

ナムの声は硬かった。心が緩むような普段の声をもう聞くことはないのだろう。

カオが後ろに下がった。この男の動きを予測することは難しい。真嶋も後ろに下がり、窓際に立つカメラの三脚に手を伸ばした。

「いまここで殺す気はない。まず剣応会に報復するのが先だ。貴士も手伝ってくれるかい」

「どうして俺が?」

「訊いてみただけだよ。なかなか大変そうなミッションだから、誰の手でも借りたい」

「次の計画がなければ、手伝ってやってもよかったがな」

真嶋がそう言うと、ナムは目を大きく見開いた。すぐに頭を大きく振った。

「貴士が狂っていることを忘れていた。残念だよ、まだ計画を諦めていなかったことが」

「自分も狂っているくせに、なんで素直にボスの言うことをきくんだ。考え直して、俺と一緒に計画を進めないか」

表情を引きしめたナムは、ゆっくりと首を横に振った。

「俺も訊いただけだ」

誰の手でも借りたいわけではなかった。

「宋さんには、計画を中止することを伝えたのか」

「伝えた。貴士がそのまま計画を続行しそうなこともいちおう伝えておいたよ。宋さんはどうするとも明言しなかった。ただ、剣応会への報復に協力してほしいと頼んだら、はっきりと断られた。計画が中止なら、手を貸す義理はないということなのだろうね」

宋が計画に協力してくれる可能性は残っている。このマンションは宋が借りたものだが、まだなんとも言ってきていなかった。早急に連絡を取ろうと真嶋は心に留めた。

「貴士、花井たちに預けている覚醒剤を返してくれるか。まだそうとう残っているはずだ」

花井が率いる密売組織を構築するために、トレインの組織が覚醒剤を用意した。本来、それを買い取ることになるが、真嶋たちにそんな資金はないため、覚醒剤を預かり、売った分から仕入れ代金として月ごとに金を払っていた。

「確かにそうとう残っている。あれは手切れ金としてもらっておこう」

「ふざけるな」ナムは抑えた声で言った。

日本語を理解しないカオが、興奮したように歯を剝きだしにした。

「殺すつもりなんだから、奪えばいい。殺す理由が増えて、お前も気が楽になるだろ」

「――わかった」じっと視線を合わせていたナムが、間を置いて言った。「苦しみながら死んでもらうことになる。残念だけど」

「さっさと殺したほうがいいと思うがな。後悔することになるぞ」

真嶋はナムに近づき、腕を摑んだ。掌の血をナムの頬になすりつけた。

カオが奇声を上げ、ピックのついた手を振り上げた。真嶋は摑んだ腕を引いてナムの体を反転させ、カオのほうに突き飛ばした。

よろけたカオはすぐに体勢を立て直す。真嶋のほうに向かってきた。

ナムが何か言葉を発した。カオはいったん動きを止め、ナムの横に戻っていった。

「さあ、でてってくれ。剣応会への報復をすませて、殺しにくるのを待ってる」

真嶋はふたりに背中を向け、窓のほうに向かった。

「でていくのは貴士のほうだ。いますぐ、ここからでていってもらえるかい」

「このマンションは宋さんが手配したものだ。お前がとやかく言えるもんじゃない。でていかないなら、殺す気になるまで、一緒に生活しても俺はかまわないがな」

「誰のものかは関係ない。ここをでていけと言ってるんだ。さもないと、ここに真嶋がいると剣応会に伝える」

「よせ！」真嶋はナムに向き直った。「わかった、でていく。俺がここをでていったら、殺そうとするとき、どこにいるかわからないだろ。どうやって捜すつもりなんだ」

「携帯にかけて訊ねるよ」

「なるほど。狂っている俺なら、教えるかもな」

そのときの気分によっては、本当に教えるかもしれないと真嶋は思った。

「接待所のあたりをうろうろしていれば、いずれは会えるだろうし」

「くれぐれも、俺の計画の邪魔にならないようにしてくれ」

そんなことは知ったことではないとでも言うように、ナムは首を傾げる。「さあ――」と言って、玄関のほうを手で指し示した。

「俺たちも貴士がでたあとに、ここをでる。あとをつけたりしないでくれよ」

「なんだ、でていくのか」

じゃあ、なんのためにでていけと言ったのかわからない。三脚のカメラをはずして、バッグに入れ、革のブルゾンを羽織った。

廊下に向かう真嶋を、カオが敵意のこもった目でじっと見ていた。この男はためらいもなく自分を殺そうとするだろう。それを悲しいとは思わない。かかってくるなら、自分だって眉ひとつ動かさずに、カオを殺すことはできる。ナムも同じだ。そのときがくれば自分に襲いかかってくる。何か思うところがあるにしても。

真嶋は廊下の手前で足を止めた。

「ナム、少しは俺に感謝しているのか」振り返って訊ねた。

「何を」ナムは眉をひそめ、訝しげな表情をした。

「俺がアイスの命を奪ったようなものだろ。それを感謝しているんじゃないかと思ったんだ。アイスはお前にとって、殺したいほど憎い相手だもんな」

ナムは表情を消し、宙に視線を漂わせた。

アイスはナムの妹をレイプした犯人のひとりだった。それはナムが高校生のころのことだ。

都会の高校で寮生活をしていたナムだが、夏休みにヘブンリーランチに戻ってきていた。朝、川に洗濯にいくからついてきてと妹に言われたとき、ナムは起きたばかりで、面倒くさく感じた。あとからいくと言って妹を送りだした。そのあと朝飯を食べたらますます億劫になり、帰ってきた妹に文句を言われる道を選んだ。しかし、妹はなかなか帰ってこなかった。

タイの田舎ではレイプの話をよく聞くそうだ。ひとけのない道はいやというほどある。川に洗濯や水浴びをしにくる女を狙うことも多い。外で交わるカップルを狙う連中もいる。女たちはなるべくひとりにならないように気をつけているのだという。

ナムは妹を迎えにでた。ランチから歩いて二十分ほどの距離にある谷に向かった。川沿いの道を歩いていると、三人の男たちが見えた。三人に囲まれた妹の姿を見つけて、ナムは駆けだした。

男たちは、みな下半身を剝きだしにしていた。みんな知った顔だ。ナムと同年代。ひとりはアイスだった。アイスもナムと同様、都会の高校にでていたが、夏休みで戻ってきていた。ボスの息子らしく、アイスは中学のころから、村の不良のリーダー的存在だった。

ナムが向かっていっても三人は妹を犯し続けた。殴りかかっていったが、まったく相手にならず、すぐに伸《の》されてしまった。

邪魔をされて腹を立てたからか、アイスはとんでもないことを言った。ナムに妹を犯してみろと強要した。そんなことができるわけがない。殴られてもナムは動かなかった。そのうち、三人がかりで、下半身を裸にされ、妹の上に覆い被さるように押さえつけられた。ひとりがナムのペニスをしごき、妹に無理矢理挿入させた。奥まで入ることはなかったが、ナムは射精してしまった。

ナムが果てると、三人は笑いながら去っていった。兄と妹、ふたりだけ残され、いたたまれなくなってナムは死のうと思ったそうだ。川に入っていったが、死ねなかった。

その間に、妹は黙って帰っていった。翌日、ナムは寮に戻ったので、それから長い間、妹と話すことはなかった。

ナムはずっと気に病んだ。妹を助けられなかったこともだが、押さえつけられたとはいえ、射精したことが何よりナムの心をえぐった。妹のなかに入るとき、興奮してしまったのだと、ナムは正直に真嶋に告白した。そんな自分が許せなかったナムは、それからしばらくして、自分のペニスを切り落とそうと決意した。ナイフで思いきり斬りつけたが、切断までにはいたらなかった。寮の同室の生徒が見つけ、病院に運ばれ、手術を受けた。縫合は成功したが、神経が切れたままで、それ以来、ナムのペニスは一度も勃起したことがない。

妹はそれが影響したのか、立派な淫売になったとナムは言った。

次にナムが帰省する冬休み前に、妹は家出をした。再会したのは六年後のバンコクでだった。妹は売春婦になっていた。あのとき以来話すのは初めてだったが、ナムはそのことは触れずに、元気にしていたか、何か困っていることはないかと、家出した妹に対する普通の兄として接した。しかし、妹は違った。金に困っていたら、あたしを買って、セックスする気なんだろ、気持ち悪いから消えろ、と激昂した。それ以来、妹とは会っていないそうだ。

ナムがその話をしたのは、自分が狂っていることを真嶋に証明するためだった。そんなことがあったのに、アイスと協力して事業を営む自分は狂っているだろ、と。

真嶋は納得し、ナムを仲間と認めた。しかし、ナムがどんな気持ちでアイスと働いているのか、想像することはできなかった。仲間だろうと、狂った人間の心のなかなど知ることはできない。だから、アイスの命を奪って感謝しているだろうと言ったが、まるで確信などなどなかった。

宙に漂っていたナムの視線が、真嶋に向けられた。真嶋は片手を上げて、玄関に向かった。

ナムの心はわからない。ただ、ひとつはっきりしているのは、ナムと自分の関係は、もう元に戻ることはないだろうということだった。

55

青山通りを歩き、月子は目当ての店を見つけた。

どこかヨーロッパの国のチョコレート専門店。二階のカフェに上がると、席は埋まっているように見えた。平日の午後二時。全員が女性で、その賑やかさに圧倒された。女性スタッフがやってきて、満席であることを詫びた。月子は待ち合わせだと告げて、ホールを進んだ。

約束の時間より十分早かったが、いた。壁際に並んだ二人席のまんなかあたりで、岡野がこちらを向いて、微笑んでいた。グレーのタートルネックセーターにネイビーのラップスカート。いつもと変わらぬありきたりな格好で、ゆったり席に腰をかけている。

「お待たせしました」テーブルに近づき、月子は言った。硬い声になった。

「大丈夫。私もきたばっかり。ここのガトーショコラ、濃厚でほんとにおいしいの。座って座って」

見た目だけでなく、話す感じもいつもと変わらなかった。本性を現し、これまでと違った態度を見せるのではないかと思っていた。

迎賓館で岡野に助けられたのは、二日前のことだった。迎賓館をでて広尾の駅へ向かう間、岡野は、もうこんなことをしちゃだめよと言った。その言葉は、これまでになく強く耳に響いた。月子は訊ねた。いったいあなたは何者なのかと。

岡野は、今夜はおとなしく帰りなさいと言った。そのことについてはまた今度話すからと。

翌日、お茶でもしましょうとラインがきて、約束したのがこの待ち合わせだった。

月子は岡野の薦めに従い、ガトーショコラとコーヒーを頼んだ。いつもはあまりコーヒーを飲まない岡野も、ガトーショコラには合うからとコーヒーを注文した。

店内は頭痛がしそうなほどの喧騒だった。女性ばかりの客は、年齢層が高めで、声の圧力が若い子よりも強い気がした。

「ここなら、何を話しても大丈夫そうでしょ」注文の品がテーブルに並べられると、岡野は言った。「うるさくて聞こえないというのもあるけど、みんな自分のお喋りに夢中で、ひとのことなんて関心を向けないはずだから。私、こういうところ好きよ。でも、ここにきているひとたちは、たぶん好きになれないと思うけれど」

岡野はくすくすと笑った。皮肉めいた言葉は、岡野らしくないと思った。

「岡野さん、教えてください。岡野さんは、あの迎賓館と、どういう繋がりがあるんですか。どうして、色んなことを知っていたんですか」

岡野は月子の言葉を無視してケーキを食べ始めた。月子もケーキに手をつけた。

「私ね、あの迎賓館のぬしなのよ」ガトーショコラを半分くらい食べたところで岡野は言った。「子供のころから、あそこに出入りしているの。だから、色々知っていても不思議じゃないのよ」

「子供のころからですか？」

そこが不思議だった。

「私のことより、まず高橋さんの話を聞かせて。あそこで何をしようとしていたのか。それがわからないと、詳しいことは言えない」

「何をしていたか話す前に、私自身のことを話さないと。長い話になりますがいいですか」

岡野は優しげな顔をして頷いた。

「私の父親は刑事だったんですが、ひとを殺しました。殺したあとすぐに捕まり、警察署で自殺をしたんです」

岡野は少し眉を上げたが、ほとんど表情を変えずに、また頷いた。

月子はどこまで話したものか、迷ったが、結局すべてを話すことにした。

真嶋の接待所で働くことになった経緯と、父親が自殺するにいたる経緯を詳細に話した。そして、セックスに溺れていたときの、あの快感をもう一度味わうために、真嶋とセックスしなければならないこと、そのために迎賓館で働き始めたことを話していった。

真嶋を求める自分の気持ちなど、他人にはどうやっても理解されないものだとは思ったが、正直に打ち明けた。そのあと、殺すつもりであることだけは隠した。

真嶋に会えたこと。それには岡野に声をかけてきたタイ人が絡んでいたことも話した。真嶋と密な関係を築くため、真嶋の依頼を実行して、迎賓館に忍び込んだのだと伝えた。

「真嶋さんが何を企んでいるのかは、私にはわかりません。本当です。ただ隠し部屋のようなものがあるから、それを探せと言われて実行したのです」

すべてを話し終え、月子はコーヒーに口をつけた。

「なるほどね」と岡野は言った。「私には、その真嶋という男の目的がなんとなくわかる。高橋さんが本当のことを話してくれたのだということも、よくわかるわ」

岡野は頷きかけると、優しげな目で月子を見つめた。

「高橋さん、若いのに本当に大変な目に遭ったのね。私に高橋さんの気持ちがわかるわけはないけど、行動せずにはいられなかった衝動のようなものは理解できる気がする」

上っ面の言葉だと思った。しかし、上っ面の下に、何かを隠しているらしい岡野なら、本当に理解できるのかもしれないとも思った。

「どうですか。いまの話を誰かに伝えますか。それとも、黙っていてくれますか。もし黙っていてくれるのなら、私に協力してもらえませんか」

「高橋さん、あなたは自分が思っている以上に、大変なことを私に頼んでいるのよ。とてもすぐには答えをだせないわ。先に私が何者か、話をしましょうか。でもその前に、ここをでましょう。ひとのいるところでは差し障りがある話になりそうだから」

岡野はそう言うと立ち上がり、床のかごからバッグとコートを取り上げた。

「真嶋という男が起こした事件はなんとなく覚えてる。武蔵野連合はひところ話題になっていたから。海外に逃亡したと聞いていたけど、戻ってきていたのね」

月子と岡野は青山通りを渋谷のほうに向かって歩きながら、話をしていた。

「さっきも言いましたけど、真嶋が狙っているものが何か想像がつく。でもそれは高橋さんには教えない。知らないほうが高橋さんのためになると思う。とにかく真嶋は、隠し部屋──私たちは単に地下とよんでいるけど、そこに保管してあるものに関心があるんだと思う」

迎賓館では何かを保管している。それだけでも知りすぎたような気がした。

「私のことを話すんだったのよね」

国連大学の前を歩きながら、岡野は言った。

「高橋さん、紅倫教っていう宗教団体を知ってる？」

「よくはわからないですけど、名前は知っています」

しつこい勧誘をすると聞いたことがあり、あまりいい印象はなかった。

「あの迎賓館は、もともと紅倫教の教会だったの。私は親が信者の二世信者だから、子供のころから、よく出入りしていた。私のいちばんの遊び場だったかもしれない。私の母は、教主の岸本大三郎の愛人だったから、けっこう自由がきいたんだと思う。好き勝手に動き回っていた。好きだったのが、屋根の上に突きでた鐘楼。見晴らしもいいし、ひともこないから、秘密基地みたいな感じだったの」

「岡野さんは、教主の娘さんなんですか」

「――ああ、違うの。母は私が生まれたあとに父と離婚して、それから愛人になったの」

岡野が振り返った。納得した、と問いかけるような目をするので、月子は頷いた。岡野は正面に顔を戻したが、すぐにこちらに向けた。からかうような笑みが浮かんでいた。

「私が教主の娘であるはずがないの。大人になって、私も教主の愛人になったんだから。

――ううん、大人じゃないわね。あれは十七歳のときだから、本当に子供だった。八十に近い年寄りの愛人に、どうしてなれたのか、いまでは自分でもわからないわ」

月子は岡野の顔を見ていた。じっと見すぎて、前から歩いてくるひとと、危うく、ぶつかりそうになった。

青山ケンネルの角を曲がり、路地に入っていった。人通りの少ない、静かな道だ。

「いまではもう、そういう関係ではないわ。私、一時期、教団を離れていたの。好きなひとができて、そのひとと一緒にいたかったから、家をでて教会にも通わなくなった。教主とも会わなかった。教団のひとが戻ってくるよう、説得にやってきたわ。私は彼と一緒にいるって固く決意していたから、追い返すんだけど、しつこく何度もやってきた。そのうち、彼のほうがそんな状態に嫌気がさして、私から離れていったの。それでも最初は教団に戻るつもりはなかった。だけど、恋愛という大きなイベントがなくなったら、いわゆる普通の生活に馴染めないとわかった。私は幼稚園にもいってないし、小学校もクラスに融け込めず、教会にいることが多かった。宗教をふんだんに浴びて育ったようなものだから、その生活が染みついてそこから離れられないとよくわかった。それで教団に戻ったの」

「すんなり戻れたんですか」

月子が訊ねると、岡野は大袈裟に強く首を縦に振った。

「戻ってこいと説得にきたくらいだから、戻るのは簡単だった。ただ、それ以前と同じ地位で復帰というわけにはいかないのは当然よね。青年部の役職はすべて外された。かわりに迎賓館で働くことを教主から直接言い渡されたの。ちょうどそのころ、あそこはアイトーク社に売却されたところだった。アイトーク社の会長は紅倫教の熱心な信者で、私も子供のころからよく知っているひとだったけど、その関係で売り渡されたのだと思う。あの建物のなかには部外者には絶対に教えられない秘密があるから」

それが真嶋が関心をもつ秘密の部屋なのだろう。

「迎賓館で働かせたのは、教団を離れた私へのお仕置きみたいなもの。でもね、それだけじゃないの。あの建物には秘密があるから、誰かその事情を知る人間をあそこに置いておきたかったみたい。あそこの秘密は教団内部でも、一部のひとしか知らないの。私はあそこで働き、何か異変を察知したら、教主の秘書に連絡することになっている。だから私は、迎賓館のぬしであり、監視役でもあるの」

月子は岡野に顔を向けた。「私のことは――」

「報告してないわ」

「どうして――」

岡野は角を曲がり、静かな住宅街に入っていく。どこか目的地でもあるのだろうか。てっきり渋谷駅のほうに適当に歩いているだけだと思っていた。

「私も戸惑っていたんだと思う。八年ほどあそこで働いているけど、報告するようなことなどほとんどなかったから。高橋さんのことを報告すれば、大事になると思ったら、なんか言えなかった。もちろん、しょっちゅう一緒に働いていた高橋さんのことだからというのもある。せめてどういう理由か聞いてからでも遅くはないと思ったの」

「理由を聞いて、どうでしたか。務めを果たすために、やはり報告するんですか」

月子が訊ねても、岡野は答えなかった。黙って歩き続け、やがて足を止めた。

大きな建物の前だった。マンションにも見えるが、エントランスがなかった。

「ここが紅倫教の本部よ」

「えっ?」月子は思わず声を発して、建物を見上げた。

「どうして私をここに……?」

逃げるべきなのか。岡野は報告するどころか、自分をここへ連れ込もうとしている。

「高橋さん」

月子はびくっと体を震わせた。岡野が月子の肩に手をのせた。

「私、嘘を言ったわ。高橋さんのことを報告しなかったのは、戸惑っていたからではない。

これから何か大事が起こるかもしれないとどきどきしていた。それは期待でもあるし、怯えでもあったけど」

岡野の声は、抑制されてはいたものの、どこか弾んでいた。

「高橋さん、私もあなたに頼みたいことがあるの」

56

ふざけんな。俺が東京のドラッグをしきってやろうか。そうすれば、この業界もきらびやかになって、ひとも金も、もっと集まってくるんだ。

顔にシェービングクリームを塗った城戸崎は、鏡に向かいながら、ひとり愚痴をこぼした。

昨年のこの時期の五割増しの売り上げを達成しろ。中迫がノルマみたいなことを言ってきたのはつい先ほどのことだった。昨年はクラブ・ポワソンもなかったから、前年を上回る売り上げを望むのも当然かもしれない。しかし、五割増しとは無茶だ。昨年だって、遊んでいたわけではないのだから、それなりに売り上げはあったのだ。しゃかりきになって営業をかければ、それに近い数字は叩きだせるだろう。しかし、そんな売り方はしたくない。

ドラッグは文化だ。パーティーは人生だ。でっかい花火を打ち上げてみたところでそんなのは一瞬だ。あとで揺り戻しがくるのは目に見えている。

ただ、中迫が無茶なことを言いたくなる気持ちも、少しは理解できた。真嶋の襲撃にあって、剣応会の覚醒剤供給はますます細っているらしい。市錬会に供給されるブツも絞られ、需要があっても売り上げを伸ばすことができないのだ。

かみそりで丁寧に髭を剃った。朝も剃っているから、これからパーティーに向かう儀式みたいなものだ。中迫に発破をかけられたから、今日は早めにクラブにいくつもりだった。タオルで顔を拭き、アフターシェーブローションをつけた。整髪料を手につけ、髪をなでつけているとき、玄関のほうでもの音が聞こえた。

売人のところにブツを届けに回っていた大竹が戻ってきたのだろう。

「おう、大竹、俺は洗面所にいるぞ」

大竹にも中迫の言葉を伝えなければならない。あとは細かい指示をださなくても、末端の売人にあいつが何かしら発破をかけるだろう。できる部下をもつと本当に楽だ。できるくせに、ボスを蹴落とし、自分が這い上がってやろうなどという野心をもっていないところがまたいい。——いや、どうなんだ。そう見えるだけで野心の塊だったりするのか。

「おい、どうした」

大竹が姿を見せない。洗面所のドアは開いているから、声が聞こえなかったはずもない。

廊下をやってくる足音が聞こえた。

「おい、ちょっと話があるんだ」鏡に向かい、髪に櫛を入れながら言った。「今日な、中迫さんから電話があってな、あのひと、ほんとに――」

ドア口に立つひとの姿が鏡の隅に映っていた。大竹だと思って喋っていた城戸崎は、櫛を入れる手を止めた。

違う。大竹ではない。サングラスをかけた見知らぬ男の姿に、肌が粟立った。

「誰だ！」城戸崎は振り返った。

「俺だよ」

そう言ってサングラスに手をかける。サングラスを取る前に、城戸崎はわかった。真嶋だ。こじ開けられでもしたように、自分の目が見開いていくのがわかった。

「なんでお前、どうやって入ってきた」

サングラスを取った真嶋が笑っていた。見たことのない笑顔だった。日に焼け、薄く髭が生えているだけでなく、顔自体もどこか違って見えた。

「どうやってって、玄関から入ったに決まってる。鍵は開いてましたよ」

「開いていた？　かけたはずだぞ」

いつもはかける。しかし今日、かけたかどうかなど、覚えてはいない。

「そんなのは、どうでもいいでしょ。こうしてここにいるんだから。四年ぶりに会ったんだ。

温かい言葉をかけてくれてもいいんじゃないですか」

「何しにきた」

「日本に戻ってきたから、挨拶にきたんだ。俺が戻っていると、知ってたでしょ」

「そう言って大騒ぎしている連中がいることは知ってる」

この男がやってきたのは挨拶のためじゃない。目的は俺か、大竹か。あるいは両方か。

「武蔵野連合は消滅した。河原の乱闘に参加したやつは、みんな逮捕された。祭りは終わったんだ」

「そうらしい。だけど、城戸崎さんのパーティーは続いているんだろ。さすがですね。警察にも目をつけられていただろうに、しぶとく生き残った」

真嶋の体が一回り大きくなっているのに城戸崎は気づいた。何もかまえたところがないのに、威圧感があるのはそのせいなのだろう。

「城戸崎さん、一緒に仕事をしませんか。ドラッグ関係のビジネスをやろうと思ってる」

「本気で言っているのか」

「本気とは?」

「――いや、以前はドラッグビジネスなんて、興味なかっただろ」

「タイで色々学んだんだ。コネもできた。そうだ、ナムが世話になっていたんですよね。

色々迷惑をかけたと思う、失礼しました」

それを認めるとはどういうことだ。真嶋の真意が読めない。城戸崎は手にもった櫛がふいに間抜けに思え、洗面台に投げ捨てた。

「俺とナムが繋がっていることに気づいていたんでしょ」

「お前が戻ってきていると知って、なんとなくはな」

「先日、ナムのボスの息子が渋谷で殺された。それでナムたちは日本から撤退することになった。完全に縁は切れた。だから城戸崎さんと組みたいんだ」

「――なるほど」

渋谷の事件についてはマスコミで報道されていることくらいしか知らない。タイ人が被害者になった銃撃事件と聞き、剣応会の覚醒剤強奪に絡んだことではないかと思ってはいた。

ますます真嶋の真意がわからなくなった。殺されたのが本当にボスの息子なら、話の筋は通っている。本気で俺と組もうと思っているのか。こっちはまったくその気はないが。

「なあ、どのくらいの規模のビジネスを考えているんだ」

「俺と城戸崎さんが組むんだから、それは無限大さ。俺ひとりなら、せいぜい東京を牛耳るくらいだが、城戸崎さんと一緒なら、東日本をまるごといけるかもしれない」

「ふざけてんのか」

「言いすぎたか。だが、東京を牛耳るというのは本気だ。そのくらいの意気込みは必要だ」

「ちょっと考えさせてくれ。簡単に答えをだせるもんじゃないぜ」

真嶋にペースを摑まれていると思い、そう言った。

「なあ真嶋、なんでこんなところで立ち話してるんだ。どこか外へ飲みにいかないか」

「確かに、なんでずっとこんなところに立たされているのかと考えていたところでしたよ。歓迎されていないんじゃないかと、心配になった」

真嶋はそう言うと、大きな笑みを見せた。笑みを振り払うように、大きく首を振った。

「どうしたんだ」

「考えさせてくれと言いましたね。それが今日のNGワードだ。それがでたら、くだらないお喋りは終わりだと、最初から決めていた」

「なんだ？　考えさせてくれ、が悪いのかよ」

「城戸崎さんは、考えなきゃならないようなものは、即、断るだろ。考えさせてくれ、というのは不誠実な答えだ」

「それがどうした。俺が誠実な人間だとでも思っていたのか」

こいつはいったい何しにきたんだ。城戸崎はだんだんと腹が立ってきた。

やるか。素手の殴り合いなら、どうにかなる。一回り大きくなった体は不気味だが、それでも喧嘩にはなるだろう。そろそろ大竹が戻ってくる。ふたりがかりなら、楽勝だ。

「仲間に不誠実なのはまずいだろ。四年前、やくざが俺たちを排除することに決めたとき、あんたはやくざのほうについたんだ。おかげで俺は海外に逃げだすはめになった」

「なんだ、やっぱりそんな話か。だったら回りくどいこと言わずに、さっさとそう言え。俺は何も隠す気なんてないぜ。俺がやくざのほうについていたのは最初からだ。タイから帰ってきたんだかなんだか知らんが、いまごろそんなことでがたがた言うな」

「その通りだ。あんたがそういう人間だということはわかってる。だから、不思議でもないし、俺は怒りも感じてない。だが、戻ってきて、何も挨拶しないわけにはいかないだろ」

「じゃあよ、挨拶してやる。これが俺の挨拶だ」

城戸崎は拳を丸め、真嶋に殴りかかった。

右の拳が真嶋の顔面を捉えた。最高の手応えを忘れないうちに、左を繰りだす。拳に手応えを感じると同時に顎にくらった。たいしたことない。体勢をくずしながらも、右フック。大ぶりの拳が真嶋を捉える前に、顔面に衝撃がきた。そのまま連打を浴びた。すごい圧だった。拳を繰りだしても届かない。後退するうち、腹を蹴られ、洗面台まで飛んだ。

打ちつけた腰を手でさすった。真嶋がこちらを見ている。軽く肩で息をしていた。休ませないぞ。殴り疲れさせてやる。俺の勝負は、たいていそこからだ。

洗面台から離れた。向かっていこうとしたとき、何かもの音が聞こえた。

「戻りました」

大竹の声だ。

「大竹、洗面所だ。真嶋がきた！」城戸崎は叫んだ。

すぐに足音が聞こえた。靴を履いたまま、やってくる。真嶋は後退して、壁の陰に消えた。入れ替わるように、大竹の姿が現れた。

「城戸崎さん」大竹はドア口に立って言った。

真嶋はどうしたんだ。応接室のほうにでもいったのか。

「真嶋がいるぞ」

城戸崎がそう言うと、真嶋がドア口に姿を見せた。大竹の横に並んだ。ふたりは目を合わせることもなく、ただこちらを見ている。「大竹、真嶋だぞ」

城戸崎は不可思議な光景を見ている気になった。ふたりは互いに相手が見えていないのではないかと、ありえない想像をした。

「大竹、城戸崎さんに別れの挨拶をしろ」真嶋が言った。

大竹が初めて真嶋のほうに顔を向け、頷いた。

「おい、大竹、お前まさか――」

城戸崎はそう言いながら、早くも現実を受け容れていた。拳をかまえた。一歩踏みだした大竹に、向かっていく。右の拳を突きだした瞬間、足を蹴られた。鋭い痛みを感じて、腿を抱える。上から顔に拳を叩きつけられ、床にしゃがみこんだ。

「どーも、お世話になりました」大竹が間延びした声で言った。

「お前、真嶋の幼なじみを殺したんじゃないのか」

それでこの男を信用したのだ。

「殺しましたよ。本当のことだ」

城戸崎は真嶋に視線を向けた。まるで表情を変えていなかった。

大竹が足を上げた。蹴りだされた足を、城戸崎は腕で受けた。そのまま後ろに倒れ、洗面台に頭を打ちつけた。

「あんたの下で働くのは、毎日苦痛でしたよ」

大竹が腹を蹴りつけた。城戸崎は背中を丸めて、痛みに耐えた。

「もうそのへんでやめとけ」真嶋が言った。

「大竹を預かってくれてありがとうよ。その感謝の気持ちだ、このくらいにしておいてやるよ。大竹は連れて帰る。その挨拶も兼ねてきたんだ」

「ちきしょう。俺を間抜けだと思ってんだろ」

「ババを引き当てたんだから、そうとう運は悪いよな」真嶋がばかにしたように言った。

確かに大竹に声をかけたのは自分自身だ。ばかだとは思うが、ひとには思われたくない。

――くそっ。城戸崎は痛みを堪えて床に起き上がった。

「さあ、いくぜ」真嶋はそう言うと廊下に消えた。大竹もあとについていく。

そんなに、あっさりいってしまうのか。捨て台詞どころか、目もくれなかった。軽く扱われるのは、ばかにされたのと同じだ。城戸崎は立ち上がろうとした。しかし足腰が痛くてスムーズに動けない。そのうち、玄関のドアが閉まる音が聞こえた。

城戸崎は床に腰を下ろした。いってしまうと、急に怒りは萎んでいく。ほっとした。殺されなくてよかった。心からこぼれだすように、そんな感慨が自然に湧いた。

運が悪いと言ったが、ある意味、大竹を部下につけたのはよかったのかもしれない。間抜けなやつとほくそ笑むことで、真嶋は四年前の恨みをいくらか解消できたはずだ。それがなかったら、真嶋は自分を殺していたかもしれないのだ。

ひとまず自分は運がいい、で気持ちは収まった。しかし、中迫や尾越に、大竹のことをどう説明したものか考え、城戸崎は憂鬱になった。

真嶋たちは城戸崎のマンションをでて、六本木通りでタクシーを拾った。

「ご苦労だったな」

タクシーに乗り込み、大竹が行き先を告げると、真嶋は言った。

「いえ。むかつくだけで、別にたいした苦労はなかったですよ」

大竹は感情が表にでやすい。それを抑えて、よくも三年、城戸崎の下で働いたと思う。

大竹と顔を合わせるのは久しぶりだったが、電話では頻繁に連絡をとりあっていた。連絡をとりあうようになったのは、タイにいるころからで、最初は、慌ただしく出国する際に言い忘れたことがあったので、それを伝えるためだった。それから時折連絡をとるようになり、三年ほど前に城戸崎から自分の下で働かないかと誘われていると、相談を受けた。そのとき、真嶋の頭には現在の計画の輪郭のようなものがおぼろげに浮かんでいた。城戸崎の懐に入ればいずれ何かの役に立つかもしれないと思い、そう伝えた。

真嶋が日本に戻り、計画を実際に進め始めて、大竹の存在はおおいに役立った。市錬会の内部情報を入手しただけでなく、花井をリクルートして真嶋に引き合わせたのも大竹だった。ナムたちとの協力関係が完全に壊れ、片腕となって動く人間が必要だったため、城戸崎のところから大竹を引き揚げさせた。もともと、第二の計画に入る前にはそうするつもりだったので、ほぼ計画通りでもあった。城戸崎のマンションへ向かう前、高橋月子から連絡があった。迎賓館の内部に詳しい者から、秘密の部屋の詳細を教えてもらえることになったという報告だった。その情報が満足いくものであったら、すぐに決行するつもりだ。

「真嶋さん、マンションは狭いんで、覚悟していてください」

「大丈夫だ。雨露さえしのげれば、文句はない」

いま向かっているのは、大竹が用意した隠れ家だった。大竹に引き継いだ資産で用意したものだった。真嶋たちが向かっているのは祐天寺のマンションで、他に武蔵小山にもマンションがあり、そこは花井や宮越が使っている。真嶋も訪れるのは初めてだった。

「城戸崎は、あんなもんでよかったんですかね。あいつのおかげで、俺たちはちりぢりになったんですから——」

「まあな。しかし、OB組織としての武蔵野連合を生みだしたのは城戸崎だ。やくざの命を受けて組織したはずだ。いわば俺たちは最初からやくざの掌のなかで遊ばされていた。それに気づけなかったのは、俺たちが間抜けだったということさ。まあ、あれで気がすまないんだったら、またいつか襲撃にいけばいい。あの男が地下に潜るはずはないんだ」

大竹は納得した顔で頷いた。

真嶋は正面を向いた。しばらく口を閉じていると、大竹が真嶋に顔を向けた。

「あの、真嶋さん——」

「お前が和幸を殺したのか」真嶋は顔を近づけ、小声で言った。

「そうです。俺がやりました」

　大竹は当てつけるように、強い口調で言った。

　増田和幸は真嶋の幼なじみで、まったくの堅気だったが、真嶋がタイへ逃れる少し前に、真嶋の片腕として組織に引き入れた男だった。タイへ出発する際、組織から離れてもかまわないと伝えていたが、しばらく大竹とふたりで活動を続けていたようだ。組織を解散したのち、殺されたとは聞いていたが、大竹は自分がやったとは言わなかった。

「真嶋さん、知ってましたか。あいつホモだったんですよ。俺のことを好きだと言いやがった。二回目は俺の腕に手をからめてきて、ほんとに気持ち悪かった。だから――」

「そうか、わかった」

「いいんですか」大竹は呆れたような声で言った。

「いいわけはないが、しょうがない。いまは、あいつよりお前のほうが大切だ。俺はそれで気持ちを収めることができる」

　和幸はまともな人間だった。狂ってはいない。仲間ではなかったのだから、殺した人間にとやかく言う気はない。

　結局のところ、狂っているかどうかを、また都合よく指標にしているだけではないかと、自分自身、薄々気づいていた。大竹を排除するわけにはいかない。いま必要な人間だ。

そしてこいつは仲間だ。やはり狂っている。

57

現れた刑事から香水の匂いがした。

月子は思わず笑みを浮かべた。妙に趣味のいい匂いが、癇《かん》に障るほど違和感があった。今日は、やる気満々なのではないかと考えたら、笑えてきた。

父親の後輩刑事、植草を呼び出し待ち合わせしたのは、月子が住むアパートの最寄り駅、東小金井のコーヒーハウスだった。

月子はパンケーキとコーヒーを注文した。植草はアイスコーヒーを頼んだ。夏でも冬でも、このひとはアイスコーヒーなのだろう。長身でがっしりとした体形の植草らしい。しかし、すべてが見た目通りというわけではない。やけに声は小さかったし、目を合わせることもあまりない。きっと繊細なところもあるのだろう。月子とどう接するべきか迷っている。

植草が元気でやっていましたかと訊ねたので、月子は元気かどうかはよくわかりませんが、なんとかやっていますと答えた。それで沈黙ができたので、さっそく頼みごとをした。月子は友人の父親の消息を調べてほしいと伝えた。

それは岡野の父親だった。岡野は、彼女が子供のころに離婚して、それ以来会ったことのない父親の現在の消息を知りたいのだそうだ。岡野の父親は暴力団員で、月子の父親が刑事だったと知った岡野は、もし警察に知り合いがいるなら調べてもらってほしいと言った。その頼みを聞いてくれるならば、迎賓館の内部がどうなっているかを教えると約束した。

暴力団員なら、警察に何か資料があるかもしれず、その範囲で調べて教えてほしいと、岡野に言われたまま、植草に伝えた。植草はすぐに調べてみると請け合った。

頼みごとが終わって話すこともなくなった。ちょうど注文したパンケーキが運ばれてきた。夕飯どきで、まだ食事をしていなかった月子は、それを黙々と食べた。すでにアイスコーヒーを飲み干していた植草は、何もすることがなく、見るからに居心地が悪そうだった。

この男は繊細なところもあるが、見た目通り粗野で、図々しいところもある。家に上がり込み、酔っぱらった女子高生を押し倒して、その股間に割って入り込むような男だった。

父親の葬儀は親族だけで行った。植草は葬儀から数日たったとき、線香を上げたいと、自宅を訪ねてきた。そのとき祖母はでかけていて、自宅にいたのは月子だけだった。月子はひとりでビールを飲んでいた。

植草は寡黙だった。居間に設置した祭壇の前に正座し、線香をあげた。そのあと、自分に向かって何か悔やみの言葉を言っていたように思うがよくは覚えていない。

向かい合っていた植草が、突然月子の手を摑み、床に押し倒した。抵抗はしなかったが、受け容れたわけではない。あえぎ声を上げたが、悦んでいたわけではない。そのころ、いつも思っていたのと同じく、早く時間が過ぎていくのを願っていた。ことが終わり、横になったままの自分の傍らで、何か必死に謝る植草の声が聞こえていた。

その後、植草は何度か月子の前に姿を見せた。次に現れたときは、暗い表情でまた謝罪の言葉をくどくどと並べた。月子は鬱陶しかったので、わかりましたとその謝罪を受け容れた。そのあとに現れたときも、陰鬱な顔だった。見ていて苛立つような表情で、頼んでもいないのに、なんでそんな顔を見せにくるのか、月子は実際に苛立った。なんて図々しい男だと思った。事後に平気な顔で姿を見せる図太さもないくせに、祭壇の前で同僚の娘を犯すなんて図々しいと、矛盾したような評価を下し、植草を見下すようになった。

パンケーキを食べ終わり、コーヒーをひと口飲んで、月子は立ち上がった。

「それでは、よろしくお願いします」

植草は月子の唐突さに驚いたような表情を浮かべ、「すぐに調べてみるよ」と言った。

「私はここで失礼します」

月子がそう言うと植草は頷き、伝票に手を伸ばした。月子はその存在をすっかり忘れていた。ここは自分が払うべき——少なくともそう申しでるべきだとわかっていたが、何も言わずに席を離れた。

植草はほっとした顔をしていた。ここで終わり、この先はないと知ってもがっかりした表情を見せない。香水までつけて、やる気満々のはずなのになぜだ。

まさにがっかりしているのは自分のほうだった。


植草は東小金井からＪＲに乗って新宿にでた。まだ仕事は終わっておらず、早く署に戻らなければならないが、寄り道をしたくなった。

小滝橋通りを進んで、職安通りの手前で路地に入ると、田伏のオフィスがあった。田伏を部屋に閉じこめておくのは明日までだった。どんな様子か見ておこうと思い、寄り道をした。気が重いが、月子に会うことにくらべれば、なんてことはなかった。

月子も田伏も、自分が引いた引き金で人生がおかしくなったのだと植草は考えていた。先輩刑事の高橋が、真嶋と誤認して追っていた男を殺害した、と気づいたのは植草だった。それを見逃す選択肢などなかったし、後悔があるわけではない。ふたりに対しても責任を感じているわけではなかった。ただ自分がふたりの人生が狂い始める起点となったのはまちがいなく、その事実を重く受け止めていた。

月子に対してもっている後ろめたさは、それとはまた別にあった。高橋の自宅に線香を上げにいったとき、月子と交わったことを植草は恥じていた。月子に対してすまないという気持ちもあるが、それ以上に、自分自身にがまんならなかった。

あのとき起きたことを言い訳することはできる。向こうのほうから誘ったのだと。畳の上に座る月子は足を開き、自分の股間を指でさすっていた。誘うような目で自分を見ていた。だからといって、その誘いに乗っていいわけではない。月子は父親を失ったばかりだったし、酒にも酔っていた。きっと、どこかおかしくなっていたのだろう。そんな娘の誘いに乗った自分を恥じていた。そして月子と会うと、自分への嫌悪でいたたまれなくなる。だからこそ、呼びだされたら、何をおいても会いにいく。それがせめてもの罰だと思っていた。

エレベーターのなかに、自分の香水の匂いが漂った。月子に会う前、店に入って、サンプルの香水をつけてみた。自分の体から獣じみた臭いがするような気がしたので、それを消したかったのだ。

エレベーターをでて、廊下を進んだ。田伏から預かっている鍵で、部屋に入った。先日きたときは気にならなかったが、この部屋にも、獣じみた臭いが漂っていた。

事務所を抜け、廊下に入った。その前から、何か声が聞こえていた。それこそ獣じみたものので、唸りに近い。ドアの前に立つと、まるで見えているかのようにぴたりと声は消えた。一瞬、静寂が訪れたような気がしたが、違った。床を叩くような音がずんずんと響いていた。

声をかけようとしたとき、ドア越しに声が聞こえた。それは唸りではなく、言葉だった。

「お前がそこにいるのはわかっているんだ」と田伏の声が言った。盗み聞きしている意識はなかったが、響いてきた言葉の強さに植草は背筋を凍りつかせた。

「お前はそこに隠れて、俺が自ら命を絶つのを、いまかいまかと期待しているんだろ。残念ながら期待はずれだよ。俺は死なない。なぜならお前の言葉が嘘だとわかっているからさ」

嗄れた聞き取りにくい声だったが、そう聞こえた。自分に向けた言葉ではないようだ。

「春奈が地獄にいるなんて嘘さ。お前がそこに案内しただって？　お前はいったいどういう資格をもっているんだ。天国にいくはずの幼い子供をどうやって地獄に導けるっていうんだ。答えろ。その影からでてきて答えてみろよ」

ずんずんと響く音も変わらず聞こえていた。だんだんと大きくなっている気がした。唸り声がまた聞こえた。ごつごつと重く響く音は、頭を床にでもぶつけているのだろうか。大丈夫だろう。この二日、ずっとそんなことを続けてきたはずだ。それでもまだ声に力がある。

植草はドアから離れた。とたん、ドアを叩く大きな音が響いて、思わず後ろに飛びのいた。

「わかってんだよ、ほんとはお前なんかいないことは。幻覚でもなんでもいいから、春奈をここに連れてきてみろよ、おい――」

そのあとに続いた言葉は、こもったような声でよく聞き取れなかった。涙声にも聞こえた。田伏は自分自身と戦っている。あの男がこの二日間、ここでやってきたのはそういうことだろう。田伏が見る幻覚は、自分の鏡のようなものである気がした。

果たして田伏はその戦いに勝利することができるのか。難しいだろうと植草は思った。

58

真嶋は早朝に隠れ家をでて、東急東横線で横浜に向かった。

横浜からはタクシーに乗って、黄金町を目指した。真嶋は宋大建の家に向かっていた。宋に今後の協力を頼もうと電話をかけているのだが、繋がらなかった。電話にでないということは、縁を絶つつもりなのかもしれないが、真嶋は直接会って話をすることにした。

黄金町の駅を過ぎたところでタクシーを降りた。まだ七時前で、会社に向かうサラリーマンの姿もあまりない。坂道を上っていった。途中から、断崖の上に建つ宋の屋敷が見えていた。この時間なら宋はもう起きているはずだが、リビングの明かりは見えなかった。

坂を上り切った。息を乱しながら、小走りに住宅街を進んだ。

門の前に立ち、インターフォンを押しても、応答はなかった。断崖側の宋の家の手前は雑木林の空き地になっている。真嶋は林のなかに入っていった。

雑木林から宋邸の塀を乗り越えた。敷地に入ってすぐのところに建つ、小さな家は、リズ親子が暮らす離れだ。念のためドアをノックしたが、反応はない。すぐに母屋に向かった。

母屋の玄関まできて、真嶋は異変に気がついた。玄関の脇の外灯がつけっぱなしになっていた。普段、この時間までつけていることはないし、でかけるときは端からつけない。

玄関の鍵はかかっていた。呼び鈴を押してみたが、反応がないのは変わらない。

真嶋は庭のほうに回った。坂の下から見えたのは、この庭に面したリビングの窓だった。

真嶋はガーデンチェアを取ってきて、窓ガラスの回転錠に近いところにぶち当てた。手袋をはめた手で、大きな破片を取り除く。できた穴に手を入れ、回転錠を回した。

窓を開け、なかに入った。カーテンを開けると、いくらか明るくなった。ざっと見た限り、とくに異変は感じられない。窓際から離れ、奥に二、三歩進んだときだった。真嶋の嗅覚が異変を捉えた。思わず足を止めさせるほどの、汚物の不快な臭いが、鼻を衝いた。

広いリビングのどちらに向かおうか一瞬迷ったが、この部屋のなかで、何かが隠れている場所はそれほどない。真嶋は応接セットのほうに足を進めた。

臭いは確実に強くなっていった。手前のソファーを通り越し、奥のソファーの後ろを覗いた。何かを見つけるだろうと覚悟はしていた。それでも、目にしたものに慄然となった。斬りつけられた痕が無数に残る白い裸体。リズの娘、麻理亜の遺体だった。

レイプされたあと殺されたのだと、瞬時に理解した。漏らした便が目に入った。臭いの発生源が確認できた。それ以上のことを知る気はない。真嶋はダイニングに向かった。

部屋の入り口で明かりをつけた。白いタイルに、赤い足跡が無数に見えた。キッチンのほうに続いている。真嶋は足跡を追うように、キッチンに向かう。入り口に立って、明かりをつけた。ひと目見て、そこが終着点であることがわかった。

血の海。ふたり分の血が、すっかり流れでた結果か。ふたりの死体が床にあった。手前にリズの死体。首が胴体から離れかかっていた。リズの死体をまたぎ越して、奥に進んだ。流しの下に宋の死体があった。致命傷は首の傷だろう。そこから血が流れでていた。他のふたりにくらべて、意外なほど傷つけられていないと思ったが、違った。手の指がいくつか切断されている。宋の手は血だらけで、流しの上に残された指が目に入った。

しゃがみ込んで、宋の頬に手を当てた。真嶋は驚いて手を離した。わずかに体温が感じられた。殺されてから、まだそれほど時間がたっていないのか。

真嶋は立ち上がった。自分の頬をなでつけ、歩きだした。

外国にいるような錯覚を起こしていた。この命の軽さは、どうにも日本にはなじまない。

ダイニングを抜け、リビングに戻った。真嶋は異様な光景を目にした。

ひとが列を作って、ゆっくりと歩いている。音も立てず、階段を下りて玄関に向かっていく。目出し帽をかぶった四人の男たち。

　この死の館で見る整然とした行進は、この世のものとは感じられなかった。玄関のドアが開き、先頭の男が外にでる。目出し帽を取った。

　真嶋は何かが頭のなかで弾けたような気がした。怒りとも違う、もっと、どろっとした感情が湧きだし、男たちに向かっていった。

　最後部にいた男が振り向いた。かまえた手にナイフが見えた。それでも真嶋は突き進む。

「よせ、真嶋」

　目出し帽の男から発せられた言葉に、真嶋は思わず足を止めた。

「誰だ、お前は」

　背が高く、がっしりした体形。知り合いにそんなやつは大勢いる。

「時間がないんだ」男はそう言って、目出し帽に手をかけた。

　ふたりはそのまま外にでていった。家のなかにいるのは、この男ひとり。

　目出し帽の頭頂部を摑んで、脱ごうとする。真嶋はそれを見て、飛びかかる。ナイフをもった腕を摑み、ねじり上げた。男は倒れ込みながら、真嶋の服を摑んで引きずり込む。振り回されるようにして、真嶋はバランスを崩した。男もろとも、床に倒れ込んだ。

男が真嶋の上に馬乗りになる。真嶋は腕を伸ばして男の肩口を摑んだ。強く腕を引きながら、体を捻る。男を引き倒し、そのまま上に乗った。すぐさま同じように服を引っぱられた。力強いブリッジで、真嶋は弾き飛ばされた。

仰向けに転がった真嶋の上に、男は乗ってこなかった。大柄にしては機敏な動作で立ち上がり、真嶋から離れた。

男は目出し帽を摑んで、それを引き抜いた。現れた男の顔を見て、真嶋は目を剝いた。

「……お前」

特別な表情も浮かべず、ただ真嶋を見下ろしていた。変わっていないな、と真嶋は思った。男は毒龍《どくりゅう》の元頭領、酒井《さかい》建一《けんいち》だった。

毒龍は中国残留孤児の二世、三世が中核となって結成された暴走族で、武蔵野連合と同じく、そのOBが集まり犯罪組織となった。真嶋がタイに逃れる前、酒井は真嶋と同じく、夷能会の松中の下で、闇金組織を率いていた。組織はまったく別で、仲間というわけではなかったが、互いに一目置いていた。真嶋が松中とぶつかったとき、酒井はそのまま松中のほうについていて、真嶋を捕らえたが、最終的には見逃してくれた。会うのはそのとき以来だった。

「わかったなら、さっさと消えてくれ。お前を殺す気はない」酒井は静かな声で言った。

「なんだ、四年ぶりに会って、挨拶のひとつもないのか」

「昔より、体の切れがよさそうだな。話は相変わらず、無駄口ばかりだ」

酒井がそう言う間に、真嶋は立ち上がった。

「お前はなんでこんなところにいるんだ。台湾の組織の手先に成り下がったのか。あれは、台湾の連中がやったことだろ」

「手先になったわけじゃない。俺はただの現地コーディネーターだ。外国からきた客を案内するだけだ。撤収する前に、現場に問題はないか確認しにきたら、お前が現れた。連中は金にならない殺しはやらないから、お前を相手にしない。だが、邪魔をするなら俺がやる」

この男が本気で自分を殺す気であることになんの疑いもなかった。

「しょぼい仕事をしてるな。頭領自ら旗をもって外国人のガイド役か」

「お前のせいさ。お前が派手に暴れたから、警察の目が厳しくなって、仕事がやりにくくなった。できることはなんでもやるさ。これが、今後大きな仕事に繋がる可能性もある」

「ずいぶん口数が多くなったな。言い訳する必要はない。お前ら、中国からの帰国組は、糞を食って育ったんだ。どんな汚いことだってやるだろ」

「そんな挑発に乗る暇はない。復讐したいなら、台湾でもどこへでもいけ。邪魔をするな」

復讐と聞いて、真嶋は鼻白んだ。そんな情緒的な行動を自分がするわけがない。この男に向かっていったのは、ただの衝動だ。

「酒井、俺はお前の弱みを握ったことになるな」ドアからでていこうとした酒井に言った。「お互いさまだ。お前はここの主と手を組んでいたんだろ。組織にそれを話せば、お前は殺人のリストに載るかもしれない」

相変わらず脅す様子もなく、酒井は静かに言った。

突然、酒井が腕を振り上げ、ナイフを放った。飛び退く間もなく、足元の床に刺さった。

「いつでも、やばいのはお前のほうだ。取っておけ。いつか役に立つかもしれない」

酒井はそう言うと、ドアからでていった。真嶋は刺さったナイフを抜き取り、外にでた。

酒井が門をでるところだった。正面の道に、ワンボックスカーが停まっていた。

酒井は車に駆け寄り、乗り込んだ。急いでいるのは、飛行機の時間を気にしているからだろう。このまま羽田にでもいき、殺し屋たちは、日本を離れるはずだ。

真嶋はナイフを折りたたみ、ポケットにしまった。門をでたとき、ちょうど車が出発した。

真嶋は屋敷を振り返り、簡単に、宋に別れを告げた。宋の死を悼む気持ちもないではないが、それよりも、今後の計画への影響について思考を集中させた。

ナムたちと袂を分かち、宋も死んでしまったとなると、計画がうまく運んでも、覚醒剤の供給を受ける当てがなかった。そんな先のことばかりでなく、接待所の襲撃もままならなくなったと気づいてしまった。

59

　ここのところ携帯の電池の減りが速いと月子は感じた。

　月子にとって携帯はあまり重要なものではない。頻繁に連絡を取り合うような相手もいないし、ＳＮＳで何かを発信する気もない。もう何年も買い換えていなかった。

　そろそろ買い換えておいたほうがいいのだろうか。真嶋の計画に協力するようになって、携帯電話の重要性が増したということもないが、それでもふだんよりは、かけることが多くなっているし、もし重大な局面で使いものにならなくなったら、と思うと心配だった。

　月子はランチを食べに、アパートから近いカフェにきていた。木に囲まれたお城みたいな店は、最近テレビで取り上げられたらしく、駅から離れているのに、満席だった。食事が終わり、ゆっくりコーヒーを飲もうと思っていたが、待っている客もいて落ち着かなかった。

　先ほど、植草から電話がかかってきた。昨日頼んだことをさっそく調べて報告してきた。岡野の父親の資料は警察内部に存在していたようだ。会って話してもいいが、電話でも用が足りる内容だと言うので、月子はそのまま植草の報告を聞いた。

　これで、岡野は協力してくれるはずだ。真嶋に約束の情報を伝えることができると、にわかに心を弾ませた。デザートも頼もうかと考えていたのだが、落ち着かないのでやめにした。

そろそろでようとコーヒーを飲み干したとき、携帯電話が鳴った。島本からだった。

なんだろうと思いながらでた。島本は名乗ると、いますぐ会えないかと言った。

「いま東小金井の駅まできているんだ。ちょっとでもいいから、会えないか。高橋さんのアパートにいってもいい」

おかしかった。いつもの島本ではない。島本の声が突き抜けていた。月子が知る島本の声は、怒っていてさえ、どこか丸みがあった。それがいまは、ひたすら前に向かう、線のような声だった。それにこれまで月子ちゃんと呼んでいたのに、高橋さんと言った。

「急にそんなことを言われても困ります。いま外にでてるんです」

「そうだね、そういうこともあるね。わかった。とにかく、駅のあたりで待ってる。どうしても話したいことがあるんだ。ずっと待ってるから、戻ってきたら、連絡してくれるかい」

「話ってなんでしょう。もう仕事もやめたし、話すことがあるとは思えないのですが」

「翔子が亡くなったことは聞いている？」

「えっ」と思わず大きな声をだした。

冗談ではないかと思えるほど、信じられないことだった。先日、会ったばかりなのに。

「自殺だった。そのことで話したいことがある。話さなければならないことだ。いいね、会

える ね」

細い線が真っ直ぐ向かってきて、全身に絡みついた。

島本とは、昨日植草と会ったコーヒーハウスで待ち合わせをした。

月子が入っていくと、島本は立ち上がった。眉をひそめ、目を細め、口を引き結んだ。自分も死を悲しみながら、同じ悲しみに暮れる相手を思いやる——悲しみを分かち合うための表情だった。両親を亡くしている月子は、そんな表情に何度となくあった。

月子も翔子の死を悲しんでいる。しかし、島本の悲しみには比較にならないだろう。いま見せている表情は、悲しみの度合いが似通ったひとに見せるべきものだった。

釣り合いの取れない気持ちに引きずられて、心が重くなった。

「四日前だったんだ」月子が向かいの席に座ると、島本は静かに語りだした。翔子の死について島本が知る限りのことを聞いた気がする。

「翔子ちゃんと暮らしていたことは、事務所の子たちに、ばれちゃったよ。でも、みんなすごく気をつかってくれてね。まともに仕事などできないだろうからって、舞子が事務的な仕事を手伝ってくれてる。今日も、舞子に事務所を任せてきたんだ」

島本は電話のときのような、突き抜けた話し方はしなかった。葬儀のあとの会食で、死者の思い出を語るように、柔らかく、いくらか湿り気を帯びた話し方だった。

月子は注文もせずに話を聞いていたことに気づいて、ウェイトレスを呼び止めた。

「高橋さん、実は、翔子ちゃんの遺書があったんだ」

注文を聞いたウェイトレスが離れていくと、島本は言った。

「警察にも、翔子ちゃんの親御さんにも、その存在は話していない。そこに書かれていたのは、あの接待所のことだったんだ。親御さんにはショックを与えたくないし、警察に話すには色々差し障りがある。明日美のこともあるし、翔子ちゃん自身の名誉のこともある。それに、高橋さんにも影響してくるからね。そのままあれを公表するわけにはいかなかった」

月子は、島本が自分に会って話したかった理由を、おぼろげながら理解した。

「高橋さん、翔子が先週、あの接待所でバイトしたことを知ってる？」

やはりそのことか。

「知ってます。その日、私も一緒のシフトだったんです」

「そうだったのか」とくに驚いた様子はなかった。「もしかして、高橋さんが誘ったの」

「人手が足りなくて、マネージャーが連絡をとったようです」

月子はあの日、翔子がシフトに入ることになった経緯——ここのところ、夜の特別サービスがほとんどなかったこと、翔子はバイトをしていなくて、お金が必要だったことを話した。

「でも、サービスをしたんだろ」

「本当に、最近はほとんどなかったんです。でもあの日はたまたまあって、ゲストが翔子ちゃんを指名したんです」

「別にそのことで高橋さんを責める気なんてない。とにかく遺書にはその日、そういうことをしたと書かれていた。約束を破って、あそこでバイトしたことを俺に詫びていた。そして、自殺の理由――それがすべてではないのかもしれないが、そうとれることが書いてあった」

注文したコーヒーが届き、島本は口を閉じた。ウェイトレスが離れると、また話し始めた。

「具体的なことはさすがに書いてなかったけれど、ゲストにとても恥ずかしいことを強要されたようだ。人間の尊厳を傷つけるような行為で、心がぺしゃんこに潰れてしまった、もう元には戻らないと思うと書かれてあったんだ。だから自ら命を絶つ、とは書いてなかったけど、遺書のなかにあったのだから、それがいちばんの理由じゃないかと思う」

翔子は暴行されて、もともと抑鬱状態にあった。それがなかったら、心がぺしゃんこに潰れても、生きていくことはできたかもしれない。そう考えると、何がいちばんの理由かなどわかりはしない。本人に訊いてもわからないものかもしれない。

「――そう、ひとつだけ、具体的なことがあった。そのゲストとの行為を、迎賓館のマネージャーが見ていたそうだ。ゲストにそういう趣味があったからなんだろうけど、彼女はそれもひどく傷ついたと書いていた」

あの日、北林が月子に早く帰るように言ったのは、そういうことも関係していたのだろう。

「ひどい話だ。俺には、それだけで、ひとの尊厳を傷つけているように思える。あそこでは、ゲストが望めば、なんでもやらせるのか」

「そんなことはないと思いますけど……、よくわかりません」

「ああ、すまない。別に、高橋さんを責めてるわけじゃないんだ」

島本は目を閉じ、まるで呪文でも唱えるように言った。

「本当に高橋さんを責めていない。責められるとしたら、それは自分だ。だって俺は翔子ちゃんのすぐ近くにずっといたんだ。それなのに、彼女の苦しみに気づいてやれなかった」

島本の声の調子が変わった。電話で聞いたあの突き抜けるような声に近い。

「それだけじゃない。俺は接待所がひどいところだと知っていた。明日美の事件でそれがわかっていたのに、何もしなかった。翔子ちゃんにやめるように言ったけど、それだけじゃ足りなかったんだ」

電話と違って直に向かってくる声は、熱い息でも吹きかけられたようで、少し不快だった。

「いまさら何を言っても、何をしても遅いとわかってる。翔子ちゃんが戻ってくることはないんだから。それでも、やらなきゃと思う。彼女の死を無駄にしてはいけないと思う」

「何をするんですか」

「あの接待所を告発するんだ。世間に存在を知らせて、二度と活動できないようにする」

月子は、ひゅっと喉を鳴らして息を吸い込んだ。

「どうして。さっき、差し障りがあるから公表しないって――」

「警察には言わないってことだよ。明日美のときに取材を受けた、週刊誌の記者がいる。そのひとならきっと興味をもってくれると思うんだ。翔子ちゃんのことは言わない。ただ、あそこの存在を暴露してもらう。それだけで充分スクープネタになるはずだ」

島本の声がびゅんびゅんと吹きつけてきた。しかしそれを不快と思う余裕などなかった。胸の鼓動が速くなっていた。このひとはとんでもないことをしでかそうとしている。

「高橋さんにも影響がでるかもしれない。だから、すぐにあそこを離れて。そうすれば大丈夫だよ」

このひとは、自分と真嶋の接点を奪おうとしている。月子は、なんでもいいから大きな声で叫びたくなった。

「今日、会いにきたのは、高橋さんにお願いするためだ。あの接待所のことを教えてほしい。あそこを運営している会社のことや、具体的な接待内容など、すべて話してほしいんだ。高橋さんはそうする義務があるんだよ。翔子ちゃんをあそこに引き込んだのだし、それでお金も得たんだから。でも大丈夫。すっかり話してしまえば、高橋さんの罪は消えるんだ」

島本の手が伸びてきた。それは月子に触れることなく、テーブルのなかほどで、止まった。

いったいこの手はなんだろう。救いの手、とでもいうのだろうか。その手を握ってはいけない。邪悪なもの以上に恐ろしいものだと月子の本能が告げていた。

「高橋さん、話してくれるね。たぶん、これが最後のチャンスのような気がする」

いったいなんのチャンスなのかわからなかった。わかっているのは、この男に自分のチャンスを潰されてはならないということだった。

怯えてなどいられなかった。湧きあがってきた怒りが、月子に勇気と万能感を与えた。この男に邪魔をさせてはならない。

「わかりました、話します。でも今日はだめです。あそこの仕事を辞めて、身軽になってから話します。だから少し時間をください」

60

目が覚めたとき、覚えていた夢の断片は、ロールキャベツとシャボテン公園だけだった。

田伏はもっと思いだそうと努めたが、もやもやとした夢の輪郭は逃げ足が速く、一度のがすと、あとかたもなく消えてしまう。結局、具体的な内容はほとんどわからず、キーワード的に、ロールキャベツとシャボテン公園だけが、記憶に定着した。

ともかく、夢だ。悪夢ではなかったし、ましてや、幻覚でもなかった。健全な睡眠をとることができるようになったとわかり、田伏は自分を祝福した。同時に、再び夢のなかに戻りたくなるが、――音がしている。

どんどんと振動をともなう音。現実の音だ。田伏さんと呼ぶ声も聞こえた。

田伏は起き上がり、ドアに近づいた。

「田伏さん、大丈夫ですか」

植草の声が聞こえた。

「ああ、大丈夫だ。寝ていただけだ」

「約束通り、開けにきましたよ。三日たった」

植草がきたのだから、そういうことだとは思ったが、感覚としては、一週間もたったような気もするし、まだ一日やそこらのような気もした。

「もうすっかりいい。開けてくれ」

壁を探り、部屋の明かりをつけた。同時に、ドアが開いた。

まぶしさに目をすがめ、植草に視線を向ける。植草の顔がひどく歪むのがわかった。

「どうした」

「いや、ちょっと臭いが――」

「ああ」田伏は振り返り、部屋の隅にあるバケツを見た。

用足しに使ったバケツから、確かに悪臭がしていた。田伏は廊下にでて、ドアを閉めた。

「すまんな、忙しいところ。ほんとに世話になった」

田伏は冷蔵庫に向かい、水のペットボトルを取りだした。

「どうですか、調子は」

「大丈夫そうだ。適当に決めた三日という期間だったが、どうやら本当に抜けた気がする」

「どうもそんな感じですね。表情がいいですよ」

「いま何時だ」

「まだ、夕方の五時です」

どうやら、十時間ほど眠り続けていたようだ。田伏はソファーに座り、水を飲んだ。

ここのところ、眠ろうとしても、ひどい悪夢と幻覚の挟み撃ちで、ほとんど眠れない日が続いていた。物置部屋に閉じこもってからは、誰かに監視されているような気がして、眠ろうともしていなかった。それが、悪夢も見ずに、十時間も寝られたのだから、覚醒剤の影響から脱したといえそうだった。誰かに見られているような、不安感もなくなった。

「苦しかったですか」植草が向かいのソファーに腰を下ろして言った。

「ああ、最悪だった。ドアが開いたら、真っ先に覚醒剤を買いに走ろうと決めていた」

田伏はペットボトルに口をつけた。冷えた水がうまい。いまはそれで充分だった。

「わかっていると思いますが、これで終わりではないはずですよ。幻覚とか見なくなったとしても、ふいに覚醒剤をほしくなるときがくる。それをやり過ごせるかどうかが、本当にやめられるかどうかの分かれ目です」

「わかってる。だが、自分のどこをつついても、覚醒剤を求める感覚は見あたらないんだ。

——まあ、いまがそうだというだけだ。用心するよ」

植草は神妙な顔をして頷いた。

「田伏さん、昨日、高橋さんの娘に会ったんですよ」

しばらく口を閉じていた植草が言った。

「元気そうだったか」

島本の事務所で会ってから、まったく連絡を取っていなかった。

「ええ、元気そうではありました。ただ、会ったときにおかしなことを頼まれましてね」

「おかしなこと？」

植草は頷いた。「友人から頼まれたらしいんですが、あるやくざの消息を調べてほしいという依頼でした。まあ、その頼み自体は、それほどおかしいわけでもないんですがね。そのやくざが離婚して、生き別れになった娘に頼まれたということで、とくに問題が起きそうなことでもなかったんで調べてみたんです。そのやくざは神奈川の市新会の幹部でした。甲統会系で剣応会の幹部と兄弟の杯を交わしていた」

神奈川のやくざは、ほぼ甲統会系だった。一丸となって関西のやくざの進出を阻止した、希有な地域だった。だからなのか、繁華街を見ても、ぎらぎらした感じが薄かった。

「消息ということでいうと結論は簡単です。七年前にタイに出国して、それ以来、消息不明です。日本に帰国した記録も、タイからでた記録もありません」

「タイ?」田伏は思わず、口にした。

植草がにやりとした。

「やっぱりそこに反応しますすね。しかし、もう七年も前ですからね。その男、吉岡っていうんですが、別に逃亡して、タイにいったわけではない。本来、一週間の滞在で帰国する予定になっていました。それだけで真嶋と結びつけるのは無理がありますよ」

真嶋がタイに逃亡したのは四年前。三年の開きがある。

「しかし、真嶋との接点が他にもあるとなると、関係を疑ってみたくもなる」

「あるのか、他に」

「ええ。吉岡は若いころ、市新会と枝違いの丸共一家にいた。当時その丸共一家に真嶋の父親も所属していたんですよ。以前に調べたことがあったので、すぐに気づきました。高橋さんは真嶋を追っていて、あんなことになった。その娘が調べてくれと言ったやくざが、その真嶋と接点があった。これは偶然なのかどうか、ちょっと気になりましてね」

なんともいえない話だが、もし偶然でなかったとしたら、どういうことになるのだろう。植草は知らないはずだが、月子は真嶋と会ったことがある。真嶋の接待所で男の相手をさせられていた。父親のこと以外でも、恨みをもっている可能性があった。ただ、月子は、真嶋が日本に戻ってきていることを知らないはずだが——。

「植草、まさか娘に、真嶋が日本に戻ってきていることを話していないよな」

「そんなこと、言いませんよ」

植草はくだらないことを言うな、とでもいうような目を向けて言った。

「真嶋の父親はやくざだったんだな。しかも甲統会系の」

「それを知った当時、その事実をあまり深くは考えなかったんですよ。真嶋が後ろ盾である、甲統会系の夷能会と反目していることを知らなかったですから。真嶋が逃亡して、夷能会の松中を逮捕してから、真嶋が夷能会と衝突していた可能性がでてきた。途中から松中がだんまりを決め込んだので、はっきりはしませんでしたがね。ただ、それが事実だという前提で考えると、真嶋は夷能会に父親の復讐をしていた可能性があるんですよ」

「復讐？」

田伏は真嶋という男をよく知らなかった。ただ、イメージとしては、クールな犯罪者で、情で動くタイプではないと思っていた。

植草は、真嶋の父親が受けた丸共一家——甲統会からの仕打ちを語った。もう三十年以上も前の話だが、真嶋がそれによって、幼少期、不幸な環境に置かれていたとしたら、自分自身のために復讐を考えることはあるのかもしれない。

吉岡はタイで消息を絶った。真嶋の父親のことも知っていた。田伏は想像を膨らませた。

61

真嶋と大竹は、花井たちのいる武蔵小山のマンションにいった。

祐天寺のマンションは手狭で、全員が顔を合わせて話をするのには窮屈だった。

武蔵小山のマンションには、花井と宮越の他に、花井の部下の谷口も暮らしていた。五人全員が顔を揃えるのは初めてのことで、大竹を宮越と谷口に紹介した。

家具など何もない部屋に車座になって話を始めた。真嶋はまず、計画が頓挫しかねない大きな問題が発生していることを告げた。

「これまで物資の調達などの支援をしてくれていた犯罪ブローカーが台湾の組織に殺された。海外の供給元に口をきいてくれることになっていたひとだ。タイのトレインとは敵対関係になってしまったし、いまのところ、覚醒剤を仕入れるあてはない。この先、剣応会から東京の市場を奪取できたとしても、売るものが何もないということになりかねない」

「覚醒剤の仕入れなんて、なんとでもなりますよ」花井が気楽な調子で言った。

「本当に、なんとでもなるのか」

真嶋が問うと、花井はしょぼくれた顔をしただけで、口を開かなかった。

「諦めたわけじゃない。なんとしても、卸してくれるところを見つけてやろうと思っている。しかし、なんの保証もできない。もし先行き不安で、ここから抜けたいというなら、抜けてもらってかまわない。何も無理強いする気はない」

真嶋はそれぞれの顔を見回した。

谷口が指示を仰ぐように、花井に目を向けた。

「そいつは、逆に厳しい話だな。剣応会に追われて、元の生活には戻れない。この歳で、ひとりで隠れて生きていくのは、難しい選択だ」年長の宮越が言った。

「この期におよんで、すまんな。だが、先の目処が立たない計画に、気乗りしないが、他にいくところがないから、このままついていく、と言うんだったらやめてくれ。少しばかりの金とナムから預かっている覚醒剤の一部を渡すから、いますぐここを去れ」

「真嶋さん、厳しいこと言うね。だけど、逆に、頭のネジが緩んでるんじゃないかと思えるくらい楽観的なんで驚きましたよ」花井が、度が過ぎるくらいの明るい声で言った。

「もともとの計画が、すんなり成功すると思ってたんですか。甲統会を脅して、覚醒剤の市場をぶんどるなんて計画が、まともにリスクを計算できる人間が乗ってくるようなものだとでも、思ってたんですかね。だとしたら、真嶋さん、言っちゃ悪いが、どうしようもなく頭のネジが緩いですよ」

笑った口から覗く犬歯が、いやに獣じみて見えた。

「最初から、これが成功を約束された計画だなんて、誰も思っちゃいない。命の保証すらないもんだとわかってる。それでも、やってやろうと思ったんだ。理屈じゃなく、血が滾ったんですよ。この話を聞いた瞬間、こりゃあ痛快だと心が躍った。やくざだなんだと言ったって、でっかい仕事は細心の注意を払ってこそ動き回る。ちっちゃい金にしかならないときだけ、やけに鼻息が荒くなる。――つまんねえよ、そんなの。男だったら、途方もなくでっかいことに、人生を賭けて勝負したいぜ。俺たちはみんなそうさ。先の目処が立つとか立たないとか気にしちゃいない。とにかく成功させてやると、途中を端折って突き進める。そんな人間が集まってたんじゃなかったでしたっけ」

花井が口を閉じた。顎を突きだし手でさすった。横目で宮越や谷口を窺っている。

「どうだ、花井が言った通りなのか。これまでと変わらず、ついてこられるのか」

大竹の意思はすでに確認していた。宮越と谷口に目を向けた。

宮越が浅黒い肌に深い皺を寄せて、口を開けた。

「俺は賭ける人生もたいして残っていない。それがチャラになったってそれほど惜しいもんじゃない。それより、この計画のなかでもまれているほうが、得るものはずっと大きい。

――ああ、抜ける気はない。どこまでもついていきますよ」

細い体に似合わず、豪快な笑い声を上げた。

「きたねえな」谷口が面白くなさそうな顔で言った。

「最後に回ってきて、抜けるなんて言えますか。年寄りがああ言ってるのに、若い俺が、先が見えないから、やめますなんてつまんないこと言えないっすよ」

宮越が「お前なあ――」と、真剣に怒った顔を見せた。兄貴分の花井は、苦笑していた。

やくざの世界にいたとき、宮越は谷口にとって、雲の上の存在だったはずだ。真嶋はあまり谷口のことを知らなかった。大竹と同年代のこの男は、なかなか神経が太そうだ。

「失礼しました。やりますよ、俺も。赤ん坊のころ、俺は母親に殺されかけたそうなんすよ。

いらない命、真嶋さんに預けます」谷口はそう言って頭を下げた。

　大竹に目を向けると、笑みを嚙み殺して頷いた。

「預かった命を粗末にするようなことはしないから安心しろ。なんといっても替えがきかないメンツだからな」

　替えがきかないだけに、ここで固めておきたかった。最後のふるい落とし。ここで残ったならば、いくところまでいくだろう。

「真嶋さんこそ、命を粗末にしないでくださいよ。こんな計画を引っぱっていける人間なんてほかにいないんだ」

　男気たっぷりな花井のもの言いは、芝居がかっていていかにもやくざ者らしかった。

「いっとくが、俺はそれほど頭のネジは緩んでいない。だから、銃もたずに、接待所に侵入する気はない。いちばん差し迫った問題は、銃だ。ブローカーが殺害されて、銃の手配もままならない。花井、宮越、すぐに用意してくれる人間のあてはあるか」

　花井は首を捻って、宮越のほうを見た。

「何人かは――。しかし、当然ながら、みんな組織の人間と繋がっている。どこかの組織の耳に入る危険を覚悟しないとならない。時間もないですから、一か八かあたってみますか」

「いや、一か八かだったら、やめておこう。替えのきかない命を、危険にさらすわけにはいかない。俺のほうで、なんとか都合をつける」

いちばんの課題が残ってしまった。都合をつけるあてなどなかったが、どうにかしなければならない。こんなことで、計画が流れるようなことが、あってはならなかった。

62

「お父さんは死んだと思えばいいのね」

仕事の前に、岡野と恵比寿のカフェで会った。昨日、植草から聞いた話を伝えると、岡野はそう言った。皮肉でも口にするように、薄い笑みを浮かべていた。

「ありがとう。高橋さんのお父さんが刑事さんだったと知って、もしわかるならと思ってお願いしただけだから、そんなもので充分よ」

たいしたこともわからなかったが、これでいいかと月子が訊ねると、岡野は答えた。取り繕ったように、大袈裟な笑みを浮かべたが、そのあとすぐにつけ加えた、「お父さんのことはそれほど重要ではないから」といった言葉は、とても自然な感じだった。

父親が死んでも涙を流さなかった自分と同じだと思った。父親の死は重要なことではない。自分の人生になんら影響をおよぼすものではないと月子も考えていた。

「迎賓館の内部のことを教えてくれますね」月子は声に力をこめて言った。

「私にとって重要なのはそちらのほう。私のこれからの生き方を大きく左右するかもしれないんですものね」

迎賓館は自分の居場所だと言った。真嶋はそこで何か大きなことをしでかそうとしている。ことによったら、迎賓館はなくなってしまうかもしれない。自分の居場所がなくなるのは不安でもあるが、自分を縛りつけるものが消え、解放されるのではないかというような、わくわくした気持ちもある。そちらのほうがずっと大きいのだと岡野は言う。

他人のことを思い、人類のために祈る。自分のための蓄えはもたずに教団に献金し、教えを広めるために信者を勧誘する。それだけやっていれば、宗教的に充実した生活が送れる。他に何も考えなくていい。岡野の場合、それに加えて迎賓館で働くこと。教主から与えられた仕事は、岡野の宗教的生活でいちばん重要なことだった。そこはまさに岡野の居場所で、その存在が心に平安を与える。でも、それだけなの、と岡野は言った。何も考える必要はないし、悩むこともないが、それだけ。自分の人生を歩むような喜びは何もない。迎賓館がなくなったからといって、紅倫教から離れられるものかわからないが、自分のなかで何かが起きるかもしれないと、岡野は期待をしているようだ。

「私は、高橋さんみたいに行動力がないから、知っていることを教えるくらいしかできないけど、協力させてもらいます。真嶋が迎賓館を大きく揺さぶってくれることを期待してる」

岡野の言葉には切実な響きがあった。

自分はこのひとと同じだと月子は感じた。自分の人生も空っぽなのだ。その人生に彩りを与えるために、真嶋とセックスして殺すことを望んだ。その実現を期待し、行動さえしていれば心の平安を得られた。他のことは忘れられる。

このあとシフトに入ってから、実地で迎賓館の構造などを教えてくれることになった。店をでようと腰を上げたとき、岡野は「高橋さんの行動力がうらやましい」と言った。

果たして自分に行動力があるのだろうか。今日、仕事のあと、それを試される厄介事が待っている。自分にならできると、ずっと鼓舞しているが、なかなか自己暗示にはかからない。結局、できるかどうかは、そのときになってみなければわからないと、月子は珍しく、自分の弱気を許していた。

今日の迎賓館は、アイトークの子会社が取引先を招待して開く忘年会だった。立食形式の大きなパーティーで、サーブする女の子は何人もいた。だから月子は時折岡野と会場を抜けだし、岡野の説明を受けた。

真嶋が言う隠し部屋のようなものとは、地下室のことだろうと岡野は言った。そこに案内する岡野は、なぜか二階に上がった。

吹き抜けのテラスから廊下に入ると、すぐに岡野は足を止めた。北林の執務室の前だった。

「このなかに、鐘楼に上がる階段がある。それはとくに秘密でもなんでもないけど」

秘密でなくても、月子は知らなかった。上がる階段など見あたらないから、あれはただの飾りなのだろうと思っていた。

地下の隠し部屋に下りるには、いったん鐘楼に上がる必要があるのだそうだ。鐘楼の真ん中に鐘を鳴らすための鉄製の台がある。コンクリートの床に埋め込まれているように見えるが、掛け金を外すと、スライドさせることができるのだと岡野は説明した。

台をずらすと、真下に延びる煙突みたいな空間が現れる。そこから地下にある隠し部屋に直接下りることができる。とは言うものの、岡野は地下まで下りたことはなかった。台をずらすと大きな音がする。それが下まで聞こえるらしく、地下にいるおじさんから、いたずらするなと怒鳴られ、いつも下りるのは断念していたそうだ。

執務室の鍵はかかっていなかった。なかを覗くと、奥に鉄の螺旋階段があった。それも靴音がかなり響くそうで、見るだけにした。台の掛け金の外し方を口頭で教わった。

一階の廊下にある階段から地下に下りた。そこは管理人室だった。

岡野は、管理人の小森という男を紹介してくれた。六十代半ばくらいだろうか。管理人という感じではなく、なかなか紳士的な物腰の男だった。ただ、吐く息はかなり酒臭かった。

岡野によると、小森も紅倫教の信者で子供のころからよく知っているそうだ。もともと政治家の秘書をやっていたが、不祥事を起こしてここの管理人になったのだという。小森は常勤で、ゲストがない日でも平日は朝の九時から夜の八時まで詰めている。もし真嶋が迎賓館に忍び込む気であるなら、小森がいる時間にしたほうがいいとアドバイスをくれた。

岡野が知っているのはそんなところだった。小森が帰ったあと、地下にいる男がでてきて、モニターの確認などをしているらしいが、詳しいことはわからなかった。

仕事上がりに、岡野から食事に誘われたが、月子は用事があるからと断った。東小金井まで真っ直ぐ帰り、駅の改札前でしばらく待っていると、島本が改札からでてきた。

「お待たせしました」

島本は月子の前にやってくると、妙に硬い声で言った。

「いえ、そんなに待っていないです」月子も硬い声になった。

「ありがとう。こんな早く、話が聞けるとは思わなかった」

「もう週刊誌の記者とは話をしたんですか」

「まだだよ。高橋さんの話を聞いてから、連絡を取ろうと思っていたんだ」

「よかった。じゃあ、これで明日にでも連絡できますね」

月子がそう言うと、島本は怪訝な表情を浮かべた。

「本当に、いいのかい。高橋さんは、働くところがなくなってしまうんだ」

昨日はあれほど、迎賓館の内情を話せと迫ったくせに、なぜそんなことを気にするのだろう。今日の島本は、昨日のような突き抜けた感じはなかった。

「何を言ってるんですか。私はさっき、あそこを辞めてきたんです。もうすでに、働くところはないんです。とにかく、さっき電話で話したように、翔子さんのことはショックだったし、私が話さなくても、きっと社長は調べ上げるだろうと思えた。それだったら、すっぱり仕事を辞めて、私が話をしようと決心したんです。ちょうど年末で区切りもいいし——」

途中から、自分自身、言い訳がましく思えたが、止まらなかった。落ち着けと自分に言い聞かせた。

「よく決心してくれた。翔子ちゃんも喜ぶと思う」島本は嬉しそうに頷いた。

「こんなところで立ち話をしていても——。さあ、うちにいきましょう」

月子は歩きだした。

島本に、今日、うちまでくるなら、すべて話す、と昼間にかけた電話で伝えていた。もちろん、月子は話す気などなかった。いや、話はしてもいいが、それを誰にも伝えられないようにするつもりだ。こちらの意図を悟られないようにと考えれば考えるほど、喋りがぎこちなくなる。しかし、そんなことを気にする必要はないのだ。様子がおかしいと島本が気づいたとしても、月子が何をしようとしているか、悟られることはまずあり得ないのだから。

駅をでて北に進んだ。北大通りを渡り、さらに北に進む。コンビニの前にきて足を止めた。

「ちょっと、コンビニに寄っていいですか。お酒を買っていきたいんです」

「お酒を飲むのかい」島本は驚いたような顔をして言った。

「ええ。だって明日はクリスマスイブだし、今日、仕事を辞めてさっぱりしたから、飲みながら話したいなと思って。それくらい、つき合っていただけますよね」

「ああ、酒くらいなら、いくらでもつき合うけど」

声に戸惑いが表れていた。何か怪しいと思ったかもしれない。それでもかまわない。こちらが何をしようとしているか、島本が気づくはずはない。どれほど疑おうと、まさか目の前にいる女が、自分を殺そうとしているなどとは、思いつきもしないひとだった。


ワインのボトルが空になった。月子は日本酒の瓶を取り上げ栓を開けた。

「あれえ、まだ飲むの」

島本の口調はろれつが怪しくなっていた。

「何、言ってるんですか。まだまだ飲みますよ。話が聞きたいなら、つき合ってください」

明るい声を容易にだせた。酔いが回ってきていると自覚している。それでも、自分がやるべきことはしっかり理解していた。

島本のグラスと空いたボトルをもって、キッチンへいった。グラスを水でそそいだ。空になったワインのボトルに水を入れて、スクリューキャップでしっかり栓をした。

酔いがいくらか恐怖心を鈍麻させた。恐怖という言葉が正しいのかどうかわからないが、暗い穴蔵に足を踏み入れたような感覚があった。もうそこから引き返すことはできない。月子はあらかじめ、境界を設定していた。迎賓館の特別サービスについて話をしたら、もう何があっても先に進むしかないのだと決めていた。週刊誌が記事にするとしたら、そこがいちばんの読みどころになるのだから、そこを話さないうちはまだ引き返せるとも考えていた。

ついさっき、特別サービスについて島本に話して聞かせた。あたしは境界を越えたのだ。

グラスを島本の前に置き、月子は腰を下ろした。瓶を取って、日本酒をなみなみと注いだ。真っ赤な顔をした島本はグラスにちょこっと口をつけた。月子が視線を注ぐと、ぐいぐいっとふた口飲んで、どうだすごいだろ、とでも言いたげに笑った。その少年のような顔を見て、腹の底が凍りつくような感じがした。月子は慌ててマグカップを摑み、残っていたワインを飲み干した。

迎賓館と紅倫教との関係について島本に聞かせた。島本は時折グラスに口をつけながら聞いていたが、そのうち、うとうとし始めた。テーブルに片方の肘をついて、こくりこくりと首を垂らし、大袈裟に体を震わせて顔を上げた。目はほとんど閉じていた。

島本の体が、片肘ついたほうに傾きだしたとき、月子は立ち上がった。

キッチンへいき、先ほど水を詰めたワインのボトルを手に取った。細いネックのほうを両手でしっかりと摑む。ずしりとした重さを感じるが、女の力で扱えないほどのものではない。頭の上に振り上げた。同じ軌道で振り下ろすのはたやすいことに感じた。

島本のほうに目を向けた。傾いていた体が跳ねるように起きた。寝ぼけたような目でこちらを見る。月子はボトルを下ろし、背中に隠した。すぐに島本は船を漕ぎだした。

月子はボトルをもって、島本に向かった。島本の体はすっかり傾き、頭がテーブルの上の肘に乗っている。このまま寝てしまうだろう。月子は島本の真後ろに立った。

緑色のテーブルに突っ伏す男が視界の中心にあった。その風景が急激に遠ざかり、小さくなっていくように感じた。自分の心臓の鼓動と息をつく音。世界はそれだけになった。

腕に重さを感じた。ボトルがゆっくりと上がっていく。心臓の鼓動がばかみたいにいっそう速くなった。ふいに、男の頭が上がった。月子はボトルを止め、息を詰めた。

すぐに島本はまた突っ伏した。月子は大きく息を吐きだす。ボトルがやけに重く感じられて、いったん腕を下ろした。ふたたび、ボトルを振りかぶろうとしたとき、それに気づいた。

最初、自分が震えているのだと思った。それで、風景が揺れているのだと考えたが、違った。島本の肩が揺れていた。震えているのは島本だ。

酔いがひどくなったのか。――違う。突っ伏したこの男の意識が、背後に向けられていると月子にはわかった。島本は後ろで月子が何をしようとしているのか、わかっている。いまにも振り下ろされるボトルに怯え、震えている。わかっていて、どうして逃げないのだ。

月子も震えだした。急に恐ろしくなってきた。殺すことができではなく、島本が――。

何を考えているかわからないが、この男は自分に殺されることを受け容れているのだ。殺されることで、この男が得られるものなど、あるはずがないのに。

月子は腹が立ってきた。同時に、涙が溢れてきた。腹が立つ理由はわかる。この男の頭の鈍さに腹が立ったのだ。意味もなく死を受け容れるくらいなら、迎賓館を告発することをやめればいいのだ。

涙の理由はよくわからない。嗚咽するような感覚もなく、ただ涙が溢れてくる。

ボトルが手から抜け、床に落ちた。びくっと痙攣するように島本の頭が上がった。すぐに下がっていく頭を、月子は思わず拳で殴りつけた。

「ひゃーっ」と悲鳴を上げ、島本が振り返った。怯えた顔の島本と目が合った。

月子はその場にしゃがみ込んだ。膝に額をくっつけ、突然始まった嗚咽を抑えようとした。

「月子ちゃん、どうして――」

島本の声が聞こえた。

「どうして寝てるんですか。ひとの話も聞かないで」

「……ああ、すまない。すっかり酔っぱらっちゃって」

月子は手探りでボトルを見つけ、それを床に立てた。

「飲んでください。水を用意しました」

「……ありがとう。月子ちゃん、どうして泣いているんだい。俺が寝たからじゃないよね」

月子は顔を上げ、セーターの袖で涙を拭った。

島本は体を起こして、座っていた。見ると、島本も目頭に涙を溜めていた。

「月子ちゃん、俺は翔子ちゃんのために、あの迎賓館を世間に告発しようと思ってる。でも、それをしたからって、翔子ちゃんが生き返るわけはないし、死んだひとがあの世で喜んでくれるわけもないとわかっている。だから、できることがあるなら、死んだ翔子ちゃんよりも、生きているひとのために、何かしてあげたいと思う。ほんとに、そう思う」

「だったら、私の願いをひとつ聞いてください。迎賓館のことを記者に言うのは、半年ほど待ってください。――いえ、二、三ヶ月でいいんです。お願いします」

「そんなことでいいのかい。わかった、約束する。三ヶ月くらいは誰にも言わない」

島本は拍子抜けするくらい、あっさりそう言った。

いったいなんなのだ。昨日はあれほど、思い詰めたように、迎賓館を告発すると言っていたのに。最初から頼めば、こうしてくれたのだろうか。月子は徒労感にぐったりした。殺さずにすんでほっとした気持ちもあった。ただ、不可解な涙が、心をざわつかせていた。頭には、テーブルに突っ伏す、島本の姿が浮かんでいる。

違う。これはあの日の父の姿だ。震える父の背中を、月子ははっきりと思い浮かべていた。

63

午前九時に花井と谷口が祐天寺のマンションに車で迎えにきた。迎賓館に侵入する際に必要な機材を調達しにいくところだった。その前に、真嶋は代々木公園に向かった。

公園沿いの道で、真嶋はひとり、車から降りた。地下鉄の代々木公園駅から近い、裏口ともいえる西門から公園に入っていった。

真っ直ぐ進むとトイレがあった。表の原宿門から入るとずいぶん奥に位置し、周囲にひとの姿はほとんどなかった。しばらくそこで待っていると、月子がやってきた。昨日、迎賓館のなかの隠し部屋がわかったと報告してきたので、会って話を聞くことにした。

月子からの報告は満足のいくものだった。地下にある保管庫への入り方までしっかり押さえていた。それを教えてくれたのが、紅倫教の二世信者で、教主の元愛人だというから、信憑性は高い。しかし、その女がなぜそれを月子に話したかは、気になるところだった。

いま手元にある情報で計画を進めるつもりだった。決行は二、三日以内だろう。年内に、ゲストがくる日を訊ねたら、三日後に月子が入るシフトが年内最後だろうとのことだった。時間は夜の七時から九時ぐらい。たぶん、その日に決行することになるなと真嶋は考えた。

次のシフトに入るとき、カップ麺やレトルトなどでいいから、できるだけ食料をもちこみ、どこかに隠しておくよう、月子に伝えた。それで、この女の役目は終わりだ。

食料の隠し場所を電話で報告してくれと言って真嶋はベンチから腰を上げようとした。月子が、「あの、すみません」と慌てたように言った。

「真嶋さんは、吉岡というやくざを知っていますか。タイにいって、その後、行方がわからなくなってしまったそうなんですが」

「なんでお前が、吉岡を知っているんだ」真嶋は驚いて、月子の腕を摑んだ。

「じゃあ、知っているんですね。さっき言った、私に迎賓館の内部のことを話してくれたひとの父親が、吉岡さんなんです」

「そうだったのか」

驚きは消えない。しかし、腑に落ちたような、すっきりした感覚もあった。

「吉岡さんとタイで会ったんですか。生きているんですか」

「よけいなことは訊くな。その娘にも何も言うなよ」

月子はわかりましたと素直に答えた。

「じゃあ、もういけ」

月子はベンチから腰を上げた。しかし立ち去ろうとはしない。

「なんだ、今日はクリスマスだから、プレゼントでもほしいと言うのか。まあそうだな、しっかり情報を聞きだしてくれたんだから、礼ぐらいするか。——じゃあ、こうしよう。俺の仕事がうまくいったら、一度だけ、また会ってやる。それでいいか」

月子は頷き、ありがとうございますと言った。前に会ったときにも増して、今日はずっと物腰が硬かった。しかも、あの日ほどの必死さは感じられない。そう気づきはしても、狂った人間の気まぐれなど、いちいち気にはしなかった。月子は去っていった。

真嶋はベンチに座ったまま、吉岡の娘のことを考えていた。これまでも、何か見えない力に引き寄せられて迎賓館に辿り着いたような気がしていたが、いっそう、そんな思いを強くした。その女がなぜ月子に迎賓館の内情を教えたか、疑問も解消された。やはり、運命に導かれたようなものだったのだろう。だから、話した内容にも嘘はないはずだ。

とはいえ、吉岡の娘がそこにいたことは、信じられないほどの偶然というものでもないはずだ。吉岡がブラックホールの存在を知っていたのは、覚醒剤の密売に関わるうち、たまたまそんな噂を耳にしたのだとこれまで思っていた。しかし、そうではなく、ブラックホールの近くにいた、元妻かその娘から話を聞いたに違いなかった。

真嶋は湧き上がる力に突き動かされるように立ち上がった。無謀な計画ではあったが、見えない力が自分を助けてくれているような気がした。きっとこの計画はうまくいく。

歩きだそうとしたとき、気配を感じた。真嶋はあたりを窺う。背後に目を向けると、近づいてくるひとの姿を見た。コートを着た男が駆け出した。かまえる暇もなく、男はベンチを越えて飛びかかってきた。

男とともに地面に倒れた。何か硬いものに頭を打ちつけた。意識が飛びそうになるが、なんとか踏み留まる。視界が暗転した。顔面を拳が襲う。真嶋と憎々しげに呼ぶ声を聞いた。

腕を上げて、顔をガードした。自分の上に馬乗りになっているのはいったい誰だ。やくざか、刑事か。ガードをかいくぐって、拳が降ってくる。

つむっていた目を開いた。見えた。降ってくる拳を体を捻ってよけた。相手の腕を摑み、引き寄せながら、横殴りに拳を振るう。男は横様に倒れた。

真嶋は飛び起き、男の上に乗ろうとした。男は上体を起こし、真嶋の服を摑んだ。体を捻りながら、真嶋の服を強く引く。真嶋はまた地面に引き倒された。

上になった男は馬乗りにはならなかった。ぴったり張りつくように上に乗り、体で真嶋の右腕をはさみ込んだ。右手で真嶋の左腕を押さえ、左手で真嶋の顔を地面に押さえつける。

「真嶋、捕まえたぞ」

真嶋は体を揺すってみたが、がっちり押さえ込まれていた。男は無闇に痛めつける気はなく、自分を捕らえる気だ。そうなると、この状態から抜けだすのは困難だ。

顔を横向きに押さえつけられ、相手の顔がよく見えなかった。相変わらず何者だかわからない。駆けてくる足音が地面を伝って聞こえた。

「おい、警察を呼んでくれ」男が誰かに呼びかけた。

男がやくざでも刑事でもないとわかったが、状況はますます悪くなっている。

足音が近づいてきた。


体を押さえつけながら、「真嶋、捕まえたぞ」と田伏は声を上げた。

もうこれで俺のものだ。しっかり押さえ込んでいる。逃すことはないと確信した。

田伏は月子のあとを追って、ここまでやってきた。尾行を始めて、たった二日で真嶋に辿り着いた。覚醒剤を抜いて、運まで回ってきたようだ。

足音が聞こえた。ちらっと目をやり、男が駆けてくるのを確認した。戸惑うような足取りで、さほど速くはない。野次馬だろう。

「おい、警察を呼んでくれ」田伏は叫んだ。

男はすぐ横まできた。立ち止まり、片足を上げた。

田伏はその動作の意味をはっきり理解したわけではなかった。ただ、本能のようにやばいと感じ、体を起こした。手で防御する間もなく、男が繰りだした足に顔面を蹴られた。

田伏はうめき声を上げて、地面に転がった。

「真嶋さん、ここは俺にまかせて。車のほうへ――」

男は田伏の脇を蹴りつけながら言った。迂闊だった。真嶋の仲間だったのだ。

田伏は地面を転がり、男の蹴りをかわした。体を起こし、立ち上がろうとしたとき、男が間を詰めてきた。

「久しぶりじゃないか」

そう聞こえたと同時に、顎に拳をくらった。田伏は二発目を予想して、腰を屈めた。完全にすきができている相手の胸を、田伏は両手で突き飛ばした。

男は後ろによろけた。田伏はさっとあたりを窺ったが真嶋の姿がない。首を振って捜すと、駆けていく後ろ姿を見つけた。あとを追おうとしたとき、後ろから蹴り飛ばされた。田伏は手を突き、地面に倒れ込んだ。すぐさま、立ち上がる。男が正面に立ち塞がった。

花井だった。

「あんた、前に俺のアパートにきたよな」花井はにやりと笑って言った。

真嶋の姿が小さくなっていた。もう追っても無駄か。

「なんでわかる。俺はあのときマスクをしていた」

「俺をまぬけだと思ってるのか。市錬会を抜けるとき、調査が入ることはわかっていた。そう意識してれば、尾行している人間を見つけるのは簡単だ。何度か、あんたを目にしたよ。この間、アパートにきたとき、背格好でなんとなくわかった」

花井は言い終わらないうちに踏み込んできた。振り回した右の拳がフェイントだとはわかっていたが、反応してしまった。頭を下げたとたん、下から突き上げるように拳が襲った。

連打を浴びながら、頭から突っ込んでいった。首を抱えられ腰投げされた。田伏は、地面を転がり、距離を開けて、立ち上がった。

「あのとき、しょぼくれてたのは演技だったのか。見ていて胸糞悪くなるほどしょぼくれてたのに、最近はずいぶんと威勢がいいじゃないか。半グレと組んで、やくざごっこしてるだけだろ。本物のやくざに踏み潰されるのがわからないほど、ばかでもないだろうに」

「なんとでも言え。俺は命をかけられるものを見つけたんだ。踏み潰されるのは覚悟の上さ。

だがその前に、いやってほど、冷や汗かかせてやるぜ」

「死に場所を見つけたのか」

田伏はにじり寄ってくる花井に言った。

「違うね。死に様を見つけたのさ」花井は目を細め、陶酔したような表情で言った。「あんたデカくずれだろ。見てりゃ、わかるぜ。やくざの手先になっても、生きながらえようとするやつには、その違いなんてわかりはしないだろうな」

「くだらん。かっこいいことばかり言って、中身がない。やくざのころと何もかわらない」

言葉を投げつけてやっても、花井の表情は揺るがなかった。田伏は間を詰め、右の拳を繰りだす。頭を低くしてかわされた。大振りの花井のパンチを顔面に受けた。続けて連打を浴びた。田伏は両腕を振り上げ、花井の拳を払う。そのまま組みつき、腰払いをかけた。

花井を下敷きにし、地面に倒れ込んだ。足を絡ませ、片手で腕を押さえ、もう一方の腕で花井の首を絞め上げた。自由な花井の右拳が、後頭部を叩くが、たいして効きはしない。

「死に様を見せてみろ」田伏は体重をかけ、花井の首を押し潰す。

花井がうめき声を上げた。顔がみるみる赤くなっていく。

「死を受け容れることができたんだろ。見せてくれよ」

田伏は何も見逃すまいと、目を見開き、花井の苦悶の表情を見つめた。

「お父さんは意気地なしだ」

か細い声が聞こえた。田伏は首を振った。公園で遊ぶ春奈の姿を求めて視線を走らせた。

「嘘つきで意気地なし」

また聞こえた。

「違う」嘘じゃないんだ。俺は本当にお前のそばにいきたいんだ。ただ、どうしたらいけるかわからないだけだ。

「うっ」と田伏はうめいた。左目に痛み。手で押さえた。指で突かれたのだと悟った。

髪の毛を摑まれ、顔面を強打された。田伏は地面に転がった。

「お前、頭がおかしいんじゃねえか」

立ち上がった花井に腹を蹴られた。次の蹴りで足を捕まえた。しかし、花井が足を強く引くと、すっぽりと抜けた。顔面を蹴られた。

どうにか起き上がったときには、その場に花井の姿はなかった。

田伏は垂れた鼻血を拭い、公園を見回した。探しているのは花井でも真嶋でもなかった。

家電量販店で買った機材の説明を、その方面に明るい谷口から受けた。

あのあと花井は、ほどなく合流できた。花井の話では、あの男は、中迫が使っている探偵らしい。

武蔵小山のマンションで、機材に触りながら二時間ほど説明を受け、だいたいのことはわかった。夜八時に祐天寺のマンションに戻った。

部屋に入ると、大竹が待ちかまえていたように言った。

「真嶋さん、剣応会の幹部が殺されました。ナムたちの仕業じゃないかと思います」

大竹は携帯電話を差しだした。受け取って見ると、ネットのニュースサイトが開いていた。

今日の午後三時ごろ、江東区の自宅からでかけようとした、甲統会系の暴力団幹部、新井昌武の車に乗用車が激突したとあった。

乗用車からでてきた二人組が車に向けて発砲し、新井ともうひとり暴力団関係者が死亡し、ひとりが重傷を負った。二人組は徒歩で現場から逃走したが、重傷を負った男が応射しており、二人組もけがをしている可能性があるという。

「この新井というのは、剣応会でまちがいないのか」

「甲統会系にいる後輩に確認しました。理事長補佐で剣応会のナンバー3だそうです」

ナムたちの仕業と考えて、まずまちがいない。となると、次は自分の番か。

ほどなく、そのつもりであることがはっきりした。

午後十時過ぎ、真嶋の携帯にナムから電話がかかってきた。

「剣応会の幹部をやったのは、やはりお前たちか」

「さあどうだかね。それより貴士を殺しにいくから、どこにいるか教えて」

「それは教えられない」真嶋は半笑いで答えた。

「だが、どこか場所を指定してくれたら、そこへ出向こう。もちろん、ひとりでいく」

ナムはしばらく沈黙を作った。

クリスマスが終わっても、それらしい飾りつけは街中に残っていた。谷口が運転する車で、新宿の高層ビル街を通り抜けた。青梅街道沿いのホテルの前に停め、真嶋はひとりで車を降りた。チェックアウトの時間だからか、ロビーに入ると、客でごったがえしていた。

エレベーターで五階に上がり、廊下を進んだ。

部屋番号を確認し、ドアをノックした。「真嶋だ」と名乗ると、ドアが薄く開いた。

「ひとりできたぞ」真嶋は指を一本立てて言った。

隙間から覗くのはカオだった。いったんドアを閉め、チェーンロックを外してから開いた。

「おい、そんなものを、いま、ぶっぱなすんじゃないぞ。タイに帰りたいだろ」

真嶋はカオが手にした銃を指さして言った。

カオは銃口を真嶋に向けたまま、後ろに下がった。もともと、ぬめるようなカオの肌はてらてら光って見えるが、いまはびっしょり汗をかいてますます艶やかだった。

「カオ、お前、けがをしているのか」真嶋はなかに入り、ドアを閉めて言った。

狭い歩幅、丸まった背中。後退する動きはぎこちなかった。

カオは口を尖らせ、威嚇するように、歯の隙間から、シューッと息を鳴らした。

「ナムはどうしたんだ。どこにいる」

狭い部屋に、ナムの姿は見えなかった。

「ナムはどこだ」

カオの視線が動いた。バスルームと思われるドアのほうを向いた。真嶋は後退してドアを開けた。甘ったるい嫌な臭いが鼻を衝く。床に座り込むナムの姿を見たら、臭いは消えた。

白かっただろうシャツが、血で赤黒く変色していた。対照的に、浅黒かったナムの肌は真っ白だ。便器を抱えるように座り込み、真嶋を見上げている。

「撃たれたのか」

真嶋はドアの段差に座り込み、ナムの顔を覗き込んだ。

「やられた、腹に二発。痛いよ。だけど、だいぶ感じなくなった」

ナムは乾いた唇をもどかしそうに動かした。

「医者にいこう。警察に捕まっても、死ぬよりはましだろ」

「同じでしょ。日本はふたり殺したら死刑だ。それに、捕まったら、ボスに迷惑がかかる」

「どこまでも忠実だな。俺も殺す気だし」

「ああ、そこの銃を取ってくれないか」

真嶋は腕を伸ばし、床に落ちていた銃を拾い上げた。

「こんなの重くて使えないだろ。この銃は剣応会の覚醒剤を強奪したときのものか」

「アイスが殺されたあと、糀谷の隠れ家に取りにいったんだ。あのときはまだ回収されてなかった」

宋の協力が得られなくなることを見越していたわけだ。さすがの機転だと真嶋は思った。

「ほら、握れ」

真嶋はナムの手元に差しだした。ナムはグリップを握り、その手を床に下ろす。突然、伸び上がるように背筋を伸ばすと体を折り曲げ、便器に向かって吐いた。ほとんどが血だ。

ナムはそのまま便器にもたれた。痛みに顔を歪めている。

カオの声がすぐ後ろで聞こえた。何か、かけ声のように、言葉を短く切って、発声した。

ナムは顔を向けただけで、それには何も答えなかった。

「俺の人生は狂っている割に自由がなかった。最後ぐらい、好きにやっても悪くないだろ」

ナムは苦しそうに息をつきながら言った。

真嶋が頷く前に、ナムは背筋を伸ばした。こめかみに銃口を当てると、ためらいなく引き金をひいた。

火薬が弾ける音。血しぶきが壁まで飛んだ。

後ろに倒れるナムを真嶋は抱き止めた。ゆっくりと床に横たえた。

クーンと、まるで叱られた犬のような声を上げ、カオは悲しみを表した。

「カオ、お前はタイに帰るんだ。ヘブンリーランチに帰れ。いますぐ――」

真嶋は言いながら振り返った。

カオが腕を上げ、銃口を真嶋に向ける。真嶋は後ろに倒れ込みながら、足を跳ね上げた。

銃声が響くのと、カオの手を蹴り上げたのは同時だった。

銃弾はユニットバスの壁を貫いたようだ。音と振動が響いた。

真嶋はすぐに体を起こす。銃を拾おうと腰を屈めているカオの脇腹を蹴りつけた。

カオが絶叫を上げた。腰を伸ばし、前衛舞踊でも舞うように、ゆっくりと体をくねらせる。固く目を閉じ、恍惚とした表情にも見えた。けがをしているところを蹴ったようだ。

真嶋は立ち上がった。銃を拾おうと腰を屈めたとき、カオが背中に飛びのってきた。体勢を崩した真嶋は、肩を壁にぶつけ、床に倒れた。

いったん背中から離れたカオが、真嶋の上に乗ってきた。顔面に乱打を浴びたが、脇のあたりに拳を当てるとやんだ。しかし動きを止めることはない。ホーホーと叫びながら首を絞めてきた。真嶋の足を蟹挟みのようにして足ではさみ、体をぴったりくっつけてきた。頭は胸のあたりにあった。

両手ががっちり喉にくい込んでいた。手でそれを取り除こうとしても、まるで動かない。慌てることはなかった。がら空きの脇腹を攻めれば一発で終わると、拳で思い切り叩いた。

首を後ろに反らし、ムーッとこもった声を発した。しかし、それだけだった。手が離れることも、力が緩むこともなかった。真嶋は脇腹を攻撃し続けた。カオの声はしだいに大きくなった。朝を告げる鶏のような声を発しても、絞める力は弱まらない。

息苦しい。光が差したように、視界が白く、明るい。意識が飛んでしまったら終わりだ。

「カオ、よせ。もうナムは死んだ。お前はアイスに忠誠を誓ってるわけではないだろ」真嶋は声を絞りだした。「タイに帰るんだ。お前だけでも帰れ。日本の土はお前には合わない」

真嶋はパンツのポケットに手を入れた。

カオは犬が甘えるような声をだした。しかし、絞める力に変化はなかった。

真嶋はポケットから、フォールディングナイフを取りだした。毒龍の酒井からもらったもの。カオの頭の上にもってきて、刃を開きだした。

「カオ、やめてくれ」

左手でカオの腕を叩いた。脇腹のあたりにナイフをもっていった。

犬の鳴き声。甘えているようでも、どこかもの悲しい。

視界が暗転しそうになったが、どうにか光が残った。もう限界だ。

「カオ、死ね」

真嶋は腕に力を入れた。覆うのはTシャツ一枚だから、肉に入っていく感触だけだった。何も変わらない。犬の声も首を絞める力も。真嶋はナイフを逆手にもち替え、背中に突き立てた。二回、三回。声が聞こえなくなった。咳き込むような息をして、急速に力も弱まった。四回目で、すっかり静かになった。まだわずかに息はしている。手も首にかかっていたが、手首を摑んで引くと、簡単に外れた。

ナイフを床に置き、カオの体を上からのけた。真嶋は起き上がった。床に横たわったカオは目をつむっていた。口を大きく開き、喉を詰まらせたように、胸をひくひくさせていた。

真嶋はバスルームに入り、ナムの遺体をもち上げた。外に運びだし、カオの横に並べた。カオはまだ空気を取り込もうと喘いでいた。真嶋は手でカオの口を塞いだ。しゃっくりでもするように、肩が大きく動いたが、ほどなく、静かになった。

ふたりを見下ろした。そこに並びたいとは思わないが、並んでいる自分を想像しても違和感はなかった。ベッドのところにいき、床に置いてあるボストンバッグのなかを調べた。

あった。銃弾の詰まった箱が三箱収まっていた。真嶋はボストンバッグをもって、バスルームのほうに向かった。ナイフと銃二丁をバッグに投げ入れた。礼を言うのは、皮肉めいてはいたが、真嶋は素直に感謝の気持ちを口にした。

「ありがとう、助かる」

宗のときと同じだ。死を悼むよりも、計画のことで頭はいっぱいだった。

65

田伏はコートを着て、ポケットに手袋を押し込んだ。尻に手を当てたら、財布が入っていない。昨晩、どこに置いたか思いだそうと努めながら、部屋のなかを探した。

昨日の夜は久しぶりに深酒をした。それで、寝ぼうをして、すっかりでかけるのが遅くなってしまった。今日も、朝から月子の張り込みをするつもりでいた。昨日の今日で、真嶋と会うことはないだろうが、月子の行動を知っておきたかった。

昨日はもうほとんど、真嶋の首に手をかけていた。それがすりぬけていってしまったのは悔しいが、一度、あそこまで迫れたのだから、またチャンスはくるだろうと思っていた。

デスクの引き出しに財布を見つけた。尻のポケットに入れ、鍵を取りだした。ドアに向かおうとしたとき、チャイムが鳴った。

田伏はドアに向かいながら、「はい？」と声を張り上げた。

「警察です。田伏孝治さんはご在宅ですか」

「私ですけど、どんな用件で」田伏はドア越しに言った。

「逮捕状がでています。ドアを開けてください」

田伏は大きく息を吸って呼吸を整えた。ほんの四、五秒のことだが、ドアの向こうの連中にとっては、長い時間に感じられることを知っている。田伏はロックを外し、ドアを開けた。

刑事が四人立っていた。いちばん年かさの刑事が、「なんの容疑か、わかるね」と言った。

「言っておきますが、俺は覚醒剤はやってないし、もってないよ」

田伏がそう言った瞬間、刑事たちは、一瞬固まったように見えた。すぐ、後方にいるふたりが、顔を見合わせ、にやついた。

田伏は、へたをうったと悟った。自分にかけられた容疑は覚醒剤ではない。

「タイパブのホステス、エマとかジャスミンとか名乗っている女性を知っているね。当該女性からあなたに強姦されたと被害届がだされている」

「それは違う。あれは合意の上での交渉だ」

「言い分は署のほうで聞かせてもらう。上がりますよ。覚醒剤の話を訊かなきゃならん」

田伏は溜息をついて言った。「どうぞ。靴は履いたままでいいですよ」

四人の男がぞろぞろと入ってきた。あとひとりかふたり、外にいるはずだ。

「覚醒剤があるならだせ。田伏さん、隠しても無駄なことは、よくわかってるでしょ」

年かさの刑事は、ソファーに向かい合うとそう言った。

「言ったでしょ。もってないし、やってもいないって」

「どうして、いきなりそんなことを言ったんだ。心あたりがなければ言うはずがないだろ。あんたに、薬物で捕まった前歴などないことはわかってる」

「昨日、酒を飲みすぎてぼけていたんだろ」

実際、先ほどのはそういうことだろう。刑事相手に、へたをうったことが腹立たしかった。

容疑を認める気はなく、このまま逮捕されたら、勾留期限いっぱいまで留置されるのは目に見えていた。その間に真嶋はやくざどもに見つかってしまうだろう。

「おい、ふざけたこと言ってるなよ。元刑事だったら元刑事らしく、潔く罪を認めろよ。ぐだぐだ言ってるのは、みっともないぞ」

ソファーの後ろに立つ、田伏よりいくらか若そうな刑事がそう言った。

「わかったよ。俺はほんとにやっていない。ただ、以前にひとから預かったブツがある」

田伏はそう言って、ゆっくりと立ち上がった。

刑事たちを引きつれ、物置部屋に入った。

「もう何年も前だから、どこにあるのかはっきりはしないんだが」

「そんな大事なものを忘れるはずないだろ。早く、だせ」

田伏は積んである収納ボックスを下ろしていった。

「隠すとしたら、下の収納ボックスに入れるはずなんだ」

上に積んであったものをドアのほうまで並べ、下の収納ボックスを当たっていった。

三人の刑事に囲まれていた。年かさの刑事は、物置部屋の外で携帯電話をかけていた。外で待っている刑事に、状況を伝えているのだろう。

下に置いていた三つのボックスを漁り終えたときに、年かさの刑事が入ってきた。

「なんだよ、まだでてこないのか」

「下のほうだと思ったんですがね」

田伏は中腰になって移動した。上に積んであった収納ボックスのふたを開けた。

「いや、これは違う。靴と一緒にはしないな」

刑事たちの位置を確認しながら、また中腰で移動した。いちばん端、ドアに近いところに置いたボックスのところへいき、ふたを開けた。

田伏はそのまま後退した。ドアのノブを引っ掴み、物置部屋の外にでた。素早く掛け金をかけた。

怒鳴り声が聞こえた。ドアにぶつかる音。田伏は念のため、もうひとつの掛け金をかけた。男たちの怒声が大きくなった。事務所を抜け、玄関をでるときになっても声が聞こえた。

部屋をでて駆けた。エレベーターは使わず、階段で二階まで下りた。一階の入り口には刑事が待っている。閉じこめられた刑事が、携帯で連絡しているはずだ。

二階の廊下を駆けた。突き当たりまでいき、そこの窓を開けた。隣のビルとの隙間は五十センチほど。田伏は窓を乗り越え、いったん、窓枠にぶら下がって飛び降りた。

地面に降り立ち、ビルの隙間を表のほうに進んだ。隙間から顔を覗かせると、刑事の姿は見あたらなかった。田伏は道に飛び出し駆けだした。

大久保の駅の近くまできて中迫に電話をかけた。

「俺に逮捕状がでてる。執行される前に逃亡した」

中迫がでると、田伏はそう伝えた。

「お前、何やってるんだ。シャブで令状《フダ》がでたのか」

「違う、強姦だ。メイの店にいたタイ人のホステスが被害届をだした。それに近いことはあったが、強姦はしていない」

「何、いばって言ってんだよ。――知るか。やくざだからって、犯罪者を庇うと思ったら大まちがいだ」

「そんなこと言っていいのか。俺はあんたの仕事について知りすぎてないか。取調べで、ついよけいなことまで喋ってしまわないとも限らない」

「何をしてほしいんだよ」

しばらく沈黙したあと、中迫は言った。

「匿ってもらおうとは思っていない。いまはとりあえず、自分でなんとかする。頼みたいのは、女に被害届を取り下げるように、プレッシャーをかけてほしい。メイが俺を殺そうとしたとき、その女、あのパブにいたんだ。メイの片棒を担いで、俺を罠にはめた。言ってみれば殺人未遂の共犯だ。そのあたりで揺さぶりをかけてやれば、取り下げそうな気がする」

「簡単に言うな。お前のために、誰かが懲役くらうかもしれないんだぞ」

「やってくれるな」

「わかったよ」中迫は溜息とともに言った。

田伏はジャスミンの働いている店や、住まいなど、必要なことを伝えた。

「もうひとつ頼みたい。これは中迫さんにとって、本当に簡単なことだ。――シャブを用意してくれ。俺が使う分だけだから、たいした量はいらない」

66

「よいお年を」

月子のほうを向いてそう言うと、小峰は更衣室をでていった。

小峰とは、今日初めてシフトに入った。とても馴れ馴れしいひとで、一緒に仕事をしていて疲れてしまった。今年最後の仕事は気分が落ち着かなかった。

着替え終わった月子は、リュックを背負って更衣室をでた。そのままトイレにいった。リュックから、買い込んだ食料の詰まった袋を取りだし、清掃道具が置いてあるロッカーに押し込んだ。ドアを閉め、トイレをでた。

「よい年を」

エントランスホールに声が響いた。振り返って見ると、二階に北林が立っていた。月子は軽く会釈をしてエントランスを潜った。

よい年になるのだろうか。

先日、真嶋が会ってやると言ったのはどういうつもりだろう。それはセックスも含めてのことなのかもしれない。そう考えても、月子の心は弾まなかった。子宮が疼くこともない。あれほど真嶋とのセックスを求めていたのに、あれ以来、火が消えたように心が動かない。島本を殺そうとした日以来。

あの日のことは、遠い昔の出来事のように感じる。記憶の輪郭がぼやけ始めているのだ。つい先日のことだというのに。

島本は本当に殺されると気づいていたのだろうか。あのときはそう確信したが、いまではなんとも言えなくなっていた。

あのとき月子は父親のことを思いだした。真嶋の接待所から連れて帰るときの父親の後ろ姿。途中、車を停めてハンドルに突っ伏し、背中を震わせていた。

その姿と島本の後ろ姿が重なって見えた。島本に父親的なものを感じたのだろうか。娘が殺そうとしていることに気づいても、父親なら無条件でそれを受け容れると信じているのだろうか。そんなはずはないと、否定の言葉しか浮かばない。父親の存在は無に等しいもの。生きていても死んでいても変わらないもの。いつから、そんな頑なになったのかはわからないが、父親の存在を無にしたいという気持ちが強まっている。

広尾から地下鉄に乗り、恵比寿で山手線に乗り換えた。いつもの帰り道。新宿で中央線に乗り換えようとしていたとき、携帯電話の着信音がふいに耳に入った。コートのポケットから取りだしてみたら、自分の携帯が鳴っていた。画面を見ると、岡野からだった。

「ああ、よかった。でないんじゃないかと思った」

電話にでると、岡野はそう言った。ずっと鳴らしていたようだ。

月子は上りかけていた階段で足を止めた。

「何かありましたか」

「高橋さんに伝えておいたほうがいいかなと思うことがあって。——あの真嶋っていうひとに伝えておくべきことと言ったほうがいいのかしら」

「なんですか」岡野のもったいをつけたような言い回しに軽い苛立ちを感じた。

「今日、管理人の小森さんに年末の挨拶をしようと思って迎賓館を訪ねたの。表のインターフォンで名前を告げたら、今日はシフトに入っていませんよねって、知らない男のひとの声が返ってきてびっくりしちゃったわ。小森さんに用があってきたと言ったら、今日は休みでいませんってすごく冷たい感じで言われたの。諦めて帰ってきたんだけど、そんなこと初めてだから、ちょっと驚いた。とりあえず、知らせておいたほうがいいと思って」

月子は最初ぼんやりと聞いていた。しかし、聞いているうちに、我がことのように危機感を募らせた。

岡野が思っている以上にこれは重大事だ。飲んだくれの小森から他の者に管理が移るということは、セキュリティーが強化されるに等しい。今日がゲストのある最後の日だ。先日、真嶋にそう伝えた。まさにいま塀を越えようとしている最中かもしれない。

月子は岡野に礼を言って、携帯を切った。すぐに履歴を開いて真嶋の携帯番号に発信した。

食料をどこに隠したか、真嶋に伝えるのをすっかり忘れていたが、いまとなってはどうでもいいことだった。早く管理人が交替したことを教えなければ。

発信音が鳴り続けている。音が途切れることはない。電話を切った。

月子は階段を下りた。通路を歩きながら、もう一度、発信したがやはりでない。本当にいま、侵入しようとしているのではないか。そう考えた瞬間、月子は駆けだした。

真嶋に伝えなければ。知らないまま迎賓館に侵入したら、どうなってしまうのだ。真嶋を殺すのは自分だ。他の誰にも手を触れさせない。月子のなかで、激しい感情が湧き上がった。殺すべき相手を守ろうとすることに矛盾も感じず、我が子を思う母親と変わらないくらいに強く真嶋の身を案じた。

「どいてください。急いでるんです」

月子はホームへの階段を、真っ直ぐ駆け上がっていった。

67

真嶋は胸と腰のハーネスをしっかりと留め、ザックを固定した。

「まるで、登山にいくみたいだな」

真嶋はフリースジャケットを着、大きなサイドポケットがついたハイキング用のパンツをはいていた。深く被ったニット帽も含めて、すべて黒だった。

「おんなじようなもんでしょう。登ったり、下ったり、ぶっぱなしたり」

「それはやくざの登山だろ」

真嶋はそう言いながら、サイドポケットの拳銃を手で触れた。

「いくぞ」

「気をつけて。しばらくは、このへんで待機してますので」

「いてもいなくても同じだ。逃げ帰ってくることはない」

真嶋は素早く車を降りた。ボンネットを踏み台にして、車の屋根に上がった。ザックのショルダーパッドに取りつけてある、小型のアクションカメラの位置を調節し、スイッチを入れた。手袋をはめて腹ばいになる。屋根を叩くと、車は発進した。

迎賓館の手前まできて、車はスピードを落とす。ぎりぎりまで塀に寄せて進んだ。真嶋は体を起こし、肩のカメラを塀に向けた。通用口を過ぎ、門に差しかかったとき、膝立ちになった。片足を前にだし、体の重心を前に傾ける。門を通りすぎて、宙に飛びだした。

塀に飛び移った真嶋は、すぐに敷地のなかに下りた。休む間もなく、塀から離れて、敷地の端まで進んだ。隣家とを隔てる塀沿いを駆け足で進み、エントランスを目指した。

真嶋はさほど緊張していなかった。敵はひとりかふたり。ふたりだとしても、そのうちひとりはアル中のじいさんだ。とにかく、時間をかけずにいっきに攻める。

エントランスのあたりまできて、塀から離れた。パンツのサイドポケットのフラップを開け、拳銃を取りだす。正面からエントランスに向かっていく。

ガラスの自動ドアの脇に監視カメラがあった。真嶋はカメラの真下にいき、ガラス越しに、建物の内部を窺う。ひとが動く気配はなかった。ドアの前に移動すると開いた。真嶋は建物のなかに駆け込み、右手にある通路の入り口を目指した。

緊張はしていないが、神経が緩んでもいなかった。背後で何かが動く気配を感じて、振り返った。ひとの姿を捉え、足を止める。冗談だろ、と思えるほど大きな体をしていた。それが俊敏な動きで迫ってくる。真嶋は当てやすい的に銃を向けたが、ぶつかってきた巨体にはね飛ばされ、引き金をひくことができなかった。

床に倒れ込んだ。打ちつけた肩の痛みも気にせず、銃を向ける。狙いもつけずに一発銃弾を放った。弾は当たらなかったようだ。突きだした手を蹴られ、銃が飛んだ。そのまま巨体が真嶋の上にのしかかる。体が押し潰され、肋骨がみしみしと音を立てた。

「なんなんだお前は。どっから入ってきた」

男は真嶋が壁を越えたのをモニターで確認したわけではない。ではいったいなぜ、待ちかまえるようにここにいたのだ。

顔面に拳が降ってきた。頬骨が砕けたのではないかというほどの衝撃だった。まるで相撲取りのような体つきに体力だった。この男こそ何者だ。アル中の管理人はどこにいった。

「まさかお前が真嶋か」男はそう言ってにやりと笑った。

また顔を殴られた。腕でガードしてもそれを吹っ飛ばし、次のパンチが顔面を襲う。三発ほどまともにくらっただろうか。意識が一瞬飛んだようでよくわからなくなっていた。

手を押さえられていないから抵抗はできるが、一発、顔面に当てたところで、なんのダメージも与えることはできない。左のサイドポケットに、もう一丁銃が入っていたが、男の足が邪魔で手が届かなかった。ナイフは尻のポケットで、手をねじ込むこともできなかった。

この男が自分をどうしようとしているのかわからない。普通であれば捕らえて縛って、しかるべきところに報告するのだろうが、そんな様子ではなかった。

「真嶋か」

やはり訊ねているわけではなかった。男は真嶋の首に手をかけ、力を込めた。声などだせない。

男の顔が近かった。苦しむ様子を眺めて楽しんでいる。真嶋はちかちかと光が散る目を瞬いた。男の顔をじっと見る。狙いすまして、手を伸ばす。男の鼻の穴に指先を思い切り突っ込んだ。

男は声を上げて、体をのけぞらせた。手で鼻を押さえ、くしゃみをした。

体の上にのしかかる重さがいくらか軽くなった。しかし、腰を浮かそうとしても、びくともしない。足を跳ね上げ、体を揺すってみても、何も変わらなかった。

「お前、やりやがったな」

男は真嶋の顔を鷲摑みにした。目を剝き、怒りに震えている。鼻血が降り注いだ。

「ちょっと遊んでやろうと思ったが、もう許さねえ。ぶっ殺してやる」

あれで遊びか、と思い、真嶋は笑った。その表情を消し去ろうとするように、拳が降ってきた。狙いなどつけず、力任せに乱打する。真嶋は必死に腕でガードをした。まともに当たるのは三発に一発くらいのものだったが、それで充分だった。視界の揺れがひどくなった。

いつの間にか腕が下がっていた。また意識が飛んでいたようだ。真嶋は腕を上げて、ガードした。しかし、なんの衝撃もこなかった。

静まり返ったフロアーに足音が響いていた。他に誰かいる。

「おい、お前、何やってる」体の上で男の声が響いた。

腹の上の重しが消えた。真嶋はわずかに体を反らし、床との間に隙間を作る。素早く尻に手を回し、ポケットのフラップを開く。ナイフを取りだした。

「おい、冗談はやめろ。おもちゃで遊ぶんじゃない」男が誰かに向かって言った。

真嶋はナイフの刃を開きだした。足で床を蹴り、男の体の下からぬけだした。素早く体を起こし、ナイフを横にひとふりする。男の顔の皮膚がぱっくりと裂けた。

男は目を剝き摑みかかってきた。真嶋を押し倒したが、ひっと悲鳴のような声を上げた。男は顔から溢れでる血を押さえようと手を当てていた。筋肉が切れたのか、だらしなく口が開きっぱなしになっていた。

真嶋は腕を伸ばし、男の首にナイフを突き立てた。男の表情に変化はない。ただ、絞りだすような声を上げ、床に倒れた。

真嶋は体を起こし、背後を振り返った。

そこに意外なものを見た。女が銃をかまえて立っていた。

月子だった。放心したような表情で、床に転がる男に目を向けていた。

「なんで、お前がここにいるんだ」

真嶋は立ち上がった。ザックを肩から下ろして月子に向かった。

月子が真嶋に視線を向けた。脱力したように銃を下ろした。

「よかった。真嶋さんが無事で。助けにきました。真嶋さんに死んでもらっては困るので」

月子はそう言うと、震える手で銃を差しだした。

68

月子は床に倒れた巨体から目を離した。血の残像が頭に残った。

近づいてくる真嶋に視線を移すと、そこも血だらけだった。自分の血だけではないのだろうが、腫れ上がり、傷ついた顔を見て、生身の人間の温かみを初めて真嶋に感じた。

死ななくて良かった。銃を下ろして、その気持ちを真嶋に伝えた。

銃を返した。震える手を見て、自分とは別の生き物であるような気がした。

「助けにきたとはどういうことだ。ここで何か起きると知っていたのか」真嶋が訊ねた。

「ここのことを教えてくれた友人から連絡があったんです。管理人が替わったと。それを真嶋さんに伝えようと思ったんですけど、携帯が繋がらなかったので、ここまできたんです」

新宿駅から急いで迎賓館の前まできた月子は、真嶋がやってこないか、そこで待った。しかし五分もすると、すでに忍び込んでいるかもしれないと焦り、なかの様子を窺うことにした。通用口のインターフォンを押して、以前と同じく忘れ物をしたと言って、なかに入った。

館内は静かで、異変は見受けられない。真嶋が侵入し、管理人がそれに気づいているなら、そもそも月子をなかにいれるはずはなかった。真嶋はまだ侵入していないはずだ。いったん更衣室に入り、外へでた。通用口に向かいながら、今度の管理人がどの程度モニターを見ているのか、確認してみようと思い立った。月子は前と同じように、通用門をいったん開けて館内に戻り、トイレに入った。

戻ってから十分ほどたったとき、ロビーのほうで足音が響いた。しかし、近づいてきた足音がふいに消えた。耳に意識を集中させたとき、自動ドアが開く音が聞こえた。それからほどなく、争うようなもの音が聞こえ、銃声が響いた。真嶋がやってきたのだと悟った。トイレから顔を覗かせ、様子を窺い、このままでは真嶋が殺されると思い、ロビーにでていった。

「助かった。礼を言っておく」真嶋はしきりに目を瞬き、そう言った。

「大丈夫ですか」

「大丈夫だ。お前が心配することではない」

真嶋は突き放すように言ったが、月子は怯まず、真嶋の顔に手を伸ばした。頬に触れた。

血でぬるっとしたが、温かい。月子はその生々しさにぞくっとした。

「痛くないんですか」表情を変えない真嶋に訊いた。

「痛みをひとにしらせて、どうなるもんでもない。――もういいだろ。帰れ。ここで見たことは忘れられるな」

忘れられはしないが、誰に言うこともない。月子は真嶋に頷きかけた。

真嶋は月子から離れた。ザックを背負い、息絶えている男を見下ろした。

月子は軽く頭を下げ、エントランスへ向かった。

自動ドアを潜った。ドアが閉まる寸前、携帯電話の着信音がなかから聞こえた。

寒かった。それほど時間がたっているわけでもないのに、ここに戻ってきたときよりも、冷え込んでいる気がした。手がまだ震えている。

ひとが死んだ。真嶋がこともなげにひとを殺すのを見た。自分の人生に影響を与えた、あの男の力をこの目で見た気がする。やはりあの男を殺さなければ。そのために必要な力は、あの男と寝れば得られる。

いつの間にか濡れていた。歩くと下着のなかが冷たい。だから寒かったのだ。

背後で音がした。自動ドアが開いた音。振り返って見ると、真嶋がさかんに手を振っている。どうやら、戻ってこいと伝えているようだ。何かあったのだろうか。

真嶋は月子から離れ、死体に向かった。ザックを背負い、カメラの位置を調整して、床に横たわる死体にレンズを向けた。

ナイフで首を刺したところは、うまく映っていない可能性が高い。インパクトには欠けるが、せめてもと思い、死体をじっくりと撮った。

自動ドアの開く音が聞こえた。月子が外にでたようだ。そのとき、携帯の着信音が鳴り始めた。死体から聞こえてくる。

真嶋はしゃがみ込んで、男の体を探った。スウェットパンツのポケットに携帯が入っていた。取りだしてみると、着信表示は根岸となっていた。

このままほうっておいてもいいが、でてまずいこともなかった。

真嶋は通話の表示をスライドした。

「はい」とでると、俺だと根岸は言った。

「高速ががら空きで、早く着いた。もう門の前にいる。開けてくれ」

真嶋は聞いた瞬間、覚醒剤の搬出にきたのだと思った。しかし、どうも違うとすぐに気づいた。ルーティンワークの搬出にわざわざ高速に乗ってやってくるわけもない。真嶋はひとつの可能性に気づき、思わずにやついた。同時に、どう答えるか言葉遣いに迷って焦った。

根岸は、死んだ男より格上なのか、それとも同格なのか。

「了解です。すぐに開けます」真嶋は格上の可能性に賭けた。

根岸は早くしろと言って、電話を切った。

真嶋は詰めていた息を吐きだした。しかし、ほっとしてはいられない。

真嶋は自動ドアを潜り、外にでた。門まであと五メートルほどのところを歩く月子が振り返った。真嶋は戻ってこいというように手を振った。月子はすぐに察して、引き返してくる。

真嶋は館内に戻ると管理人室を目指し、右手の通路に向かった。

階段を下り、管理人室に入った。狭い部屋で、デスクにモニターが並んでいた。配線が剝きだしになったスイッチ類も置かれていたが、どれが何に対応しているのか表示はない。やってきた月子に訊ねても、わからないと言った。

「門は手動で開くのか」

「開くはずです。閉めているのは見たことがあります。重そうでした」

月子に館内に留まるように言って、真嶋は部屋を飛びだした。

自動ドアを潜り、門に向かった。途中から足音を忍ばせ、ゆっくり近づく。閂《かんぬき》を外し、門扉を引いた。レールの上をゆっくりスライドし始める。確かに重かった。自動で動かすギアが固いようだ。それでも、じょじょに隙間を広げた。車のライトが敷地内に差し込んだ。

三メートルほど開いたところで止めた。車がなかに入ってきた。やはり搬出のときのいつものタクシーではなかった。セダンが入ってきて、そのあとにワンボックスカーが続いた。真嶋は門を閉める。いくらか隙間を残して止めた。二台の車はエントランス前で停まった。真嶋は二丁の銃を取りだし、塀に沿って車のほうに駆けた。あの車は取引を終えた覚醒剤を運んできたのだ。また大量のブツを剣応会から奪うことになる。

車に近づいたとき、ちょうど男たちが車から降りてきた。前の車から三人、後ろの車からふたり。エントランスのほうを向き、こちらには気づいていない。真嶋は二丁の銃を突きだしながら、「ご苦労さん」と声をかけた。

男たちは驚いたように振り返った。真嶋を見てさらに、ぎょっと目を見開いた。

「動くな。ここで撃ち合いになってもいいのか」

コートのポケットに手を突っ込んだ男に、銃口を向けた。真嶋は忙しなく視線を動かしながら、移動を続けた。二台目の後ろを通り、男たちのすぐそばまできた。

「この住宅街で銃声が響いたら、すぐに警察がやってくる。ここの存在が公になったら、お前たちの組だけでなく、色々なところに影響がでる。本家の会長も頭を抱え込むだろう」

「そんなことは言われなくたってわかってんだよ」

一台目の車の横に立つ、小柄な男が言った。これが根岸だろうか。真嶋は動き続ける。男たちから離れ、建物のほうへ寄った。

「運転席のやつも、でてくるように言え。キーは差し込んだままにしろ」

真嶋が言うと、男たちはそれぞれの車のドアを開けて言葉をかけた。二台の車からひとりずつ降りてきた。

「俺が誰だかわかるな」

「やっぱり真嶋なのか」先ほどの小柄な男が言った。

「そうだ。この迎賓館は俺が制圧した。このあと、お前たちの幹部にこちらから連絡して話し合いをもつ予定だ。悪いようにはしない。車を置いてここから立ち去れ」

「なんだと」

男たちは口々に悪態をつき、気色ばんだ。

「一発、隣家の窓を狙って撃ってやろうか。それだけで、剣応会の屋台骨は崩れる。お前たちが剣応会を潰すことになるんだ。それでもいいのか」

真嶋は左手の銃を、隣家のほうに向けた。

この男たちにそんな計算ができるのかわからない。末端価格が何十億にもなる覚醒剤を置いてすごすご逃げ帰ることのほうが不名誉だと思えば、向かってくる。真嶋は銃を下ろした。

「それとも、お前たち自ら引き金をひくか。さあ、やってみろよ」

ふたりが上着に手を入れた。真嶋は銃を上げない。

「よせ。挑発にのるな」小柄な男が言った「いくぞ」

不満げな顔を見せた者もいたが、男が肩を押すと、歩きだした。

「車は置いていく。しかし、こっからださねえからな。生きてでられると思うなよ」

小柄な男はそう言って歩きだした。

「俺が死ぬときは、剣応会が潰れるときだ。心の準備ぐらいしておけ」

真嶋は男たちについていった。男たちは真嶋を睨みながら、門の隙間からでていく。

全員がでると、真嶋は門を閉めた。車に戻り、キーを抜いて、自動ドアに向かった。

館内に入ったとき、驚きで発したような声を聞いた。視線を上げると、二階の吹き抜けのテラスに男が立っていた。

踵を返し、男は奥の通路に向かう。真嶋は男に向けて一発はなった。男は倒れることなく、通路に消えた。真嶋もすぐさま階段に向かい、駆け上がる。

いまのは地下の保管庫で覚醒剤の番をしている男だ。それを排除して、初めてここを制圧したといえる。どうやって、気づかれずに地下まで下りようかと考えていたが、向こうからのこのこでてきてくれた。しかし、ここで逃がしたら、厄介だ。間違いなく、地下には銃器も保管してあるはずだ。

階段を上がり、角を曲がって通路に入った。男の姿はなかった。最初のドアが支配人の執務室——鐘楼に上がる階段がある。なかに入ると、螺旋階段が見えた。ひとの姿はなかったが、上のほうで何か音が聞こえた。真嶋はすぐさま階段を上っていった。

上がりきると鐘楼のなかだった。照明はなく、執務室から漏れ入る明かりだけで薄暗い。梯子を下りる金属の音が響いていた。真嶋は中央の踏み台の傍らにしゃがみ込んだ。

長方形の踏み台は金属の土台の上に板が一枚のっている。その板のふたつの角が寄せ木細工のようになっていて引きだせるという。真嶋は月子から聞いていた通りに、板の端に入った細い溝に爪をひっかけ、引っぱった。角から五センチ四方ほどが、板から離れて引きだせた。その角の対角も同じようにして引きだす。板を押すと、九十度回転し、その下にある金属の土台の天板が現れた。ひとつの角の近くがへこんでいて、そのなかにラッチがあった。ラッチを捻り、土台を横に押すと、ひとつの角を支点に回転する。かなり重く、いっきには開かなかった。

梯子の音はまだ聞こえていたが、だいぶ小さい。真嶋は焦りながら、力いっぱい押した。

床にぽっかり開いた丸い穴が現れた。なかは暗かった。よく見ると、底のほうが仄明るい。真嶋は穴に向かって、立て続けに三発撃ち込んだ。何かどさっと落ちるような音が底のほうから響いた。仕留めたかと思ったが、人影がさっと動いて消えた。

そのまま銃をかまえていた。かすかな足音が聞こえてきた。真嶋はてきとうなタイミングで引き金を絞った。同時に向こうからも撃ってきた。真嶋は慌てて体を後ろに退いた。

面倒なことになった。保管庫を制圧しないことには、剣応会との交渉のテーブルにはつけない。持久戦にもち込めば、こちらに分があるが、そんなに時間をかける気はなかった。

ザックを下ろし、ロープを取りだした。銃のクリップを引きだし、弾を補充していった。

真嶋はこのまま決着をつける気になった。でてくるのは、待たない。こちらから、下りていってやる。

69

島本は、途中、コンビニで缶ビールを買ってアパートに帰ってきた。先日、ひどい二日酔いで目覚めたとき、もう酒は飲まないと誓ったのだが、今日は仕事納めだし、いいだろう。

部屋に入って暖房をつけた。着替えをすませ、ヒーターの近くに座ってビールを開けた。

この部屋で酒を飲むのは不謹慎なことだろうか。ここに住み続けるのがおかしいことであるなら、やはり、眉をひそめるひとはいるだろう。昨日、引っ越しするんですよね、と当然のように大家に言われた。まったく考えていなかったのでそう伝えると、呆れたような顔をされた。

　自分が引っ越さないほうが、新たに入居者を探さなくていいし、事故物件として家賃を下げなくてすむのだから、大家にとっても本当は都合がいいはずなのだ。きっとそういう場合、引っ越すひとが多いから、まともなひとならそうするものだと思い込んでいるのだろう。そして自殺を忌まわしいものだと決め込んでいる。自殺も死のひとつにすぎない。当事者の家族にとっては、大きく違うだろうが、赤の他人がことさら他の死と区別するのはどうかと思う。結局のところ、死そのものを忌まわしいものと思っているのだろう。

　教会で育った自分は、死に対する捉え方が普通とは違うのかもしれない。ひとに死が訪れるのは当たり前のことで、特別不吉なこととは考えていなかった。ただひたすら悲しいだけだ。だから、翔子が死んだこの部屋で暮らすことは、なんてことない。

　死はただひたすら悲しいもの。それ以上のものではない。死者の魂がこの世に残るわけでもないし、天国で幸せに暮らしているわけでもない。死んだひととの生前の思いを大切にするのはいいけれど、死者があの世でそれを見守ってくれたりはしないのだ。それが島本の死に対する態度だった。多分に、父親への反発、宗教的なものへの反発から、形成された考えだと自覚していた。ただ、翔子の死に際して、それほど割り切れるものでもなかった。死んだ翔子の無念を晴らそう、そうすることで翔子がいくらか救われるような気がして、あの迎賓館を告発しようと考えた。それは、残された者が救われる道でもあった。翔子としっかり向き合い、心を癒してやることができなかった自分や、翔子を迎賓館に引き込んだ月子の贖罪の行為だった。それで島本は月子に会いにいったのだ。

月子は自分を酔っぱらわせて、殺そうとしている。あの夜、島本はそう考えた。しかしそれは酔いが回った頭で考えたことで、翌日、酔いが覚めたとき、いくらなんでもそれはないと、正常な判断ができるようになった。ただ、そうなると、なんで酔わせたのかわからなくなる。あのときもそれを考えていて、殺そうとしているのではないかと思いついた。空いた瓶に水をくんでいるのを見て、あれで殺すつもりだと確信してしまった。そして酔っぱらいはとんでもないことを考える。月子が殺したいと思っているなら、しかたがない、殺されようと、覚悟を決めたのだ。

本当にあれは酔っぱらっていたからだ。しかし、たとえ酔っぱらっていても、勘違いだったとしても、そう思えた自分に感心していた。

月子がひとを殺そうと思うなら、よっぽどの事情があるはずだ。自分が殺されることで彼女が救われるならと、覚悟を決めたのだ。自分の命を差しだしてまでも、彼女を救おうとしたその覚悟は褒めてもいいと思う。けれど、酔っぱらった頭で考えたことだけあって、根本的なところがまちがっている。ひとを殺して救われるなんてことがあるはずなかった。それこそ救いようのない状況に陥ってしまうはずだ。

殺そうとしたことが勘違いではあったとしても、月子が何かトラブルを抱えていることはまちがいない。接待所を告発するのを待ってほしいと彼女は頼んできたのだから。いったい、あの接待所に何があるというのだろう。

同じ過ちを繰り返すのはよそうと島本は考えた。明日美のときも翔子のときも、踏み込みが足りなかった。月子が何を抱えているのかわからないが、取り返しのつかないことになる前に、どうにかしないといけない。これまでも、力になろうとしたことはあったが、やはり踏み込みが足りなかった。命を差しだす覚悟があるならなんだってできるはずだ。

缶から口を離し、自分の心の声に耳を澄ました。大丈夫だ。ほとんど酔っていない。ほぼ素面《しらふ》で決めたことだ。どんな言い訳もできないぞ、と自分に脅しをかけた。

70

階段の手すりにロープを結びつけているとき、月子が螺旋階段を上がってきた。

「止まれ。何しにきた」

真嶋が言うと、月子は階段の途中で足を止めた。真嶋は肩のカメラを上に向けた。

「私はどうしたらいいのかと思って」

「タイミングが悪かったな。残念だが、当分帰ることはできなくなった。外でやくざたちが待ちかまえているはずだ」

「わかりました。ここにいればいいんですね」月子はとくに表情も変えずにそう言った。なかなか度胸のいい女だ。狂っているのだから当たり前か。

「何かやることはありますか」

「地下でモニターを見ていろ。連中に何か動きがあったら、携帯にかけてこい。でられたでる」結びつけたロープをもって、真嶋は穴の傍らに立った。

「気をつけてください」と月子が言った。穴に飛び込もうと集中していた真嶋は、気が削がれて苛立った。しかも、気をつけようがない。大きく息を吸った。

いや、気をつけようはあるか。深呼吸をしているうち、ひとつ考えが浮かんだ。

「ここには布団とか、用意はあるのか」

「あります」月子は即答した。

「一枚、掛け布団を取ってきてくれ。至急だ」

月子はすぐさま階段を駆け下りていった。

二分もかからず戻ってきた。真嶋は布団を受け取り、管理人室に戻るように言った。ダブルベッド用の掛け布団らしく、大きさはあるが、軽いものだった。くしゃっと丸めるとちょうどいい大きさになった。真嶋は丸めた布団をもって穴の縁に立った。穴は直径一メートルほど。穴に向かって、布団を投げ入れた。

布団は二メートルも落ちずに、穴に詰まって止まった。重みでずるずると落ちて、また止まる。鈍い銃声が聞こえた。三発立て続け。一発が布団に当たり、またずるっと落ちた。

白い布団が四メートルほど下に見えた。この穴の深さは三階分、十メートルほどだろう。せめて半分くらいのところまで落ちればと期待したが、まあいい。ずっとやりやすくなった。

真嶋は手すりとは反対側の縁に立った。ロープを両手でしっかりと握り、軽く踏み切った。足から穴に飛び込んだ。すぐにロープが伸びきり、肘、肩に衝撃。握ったロープが滑る。足を前にだして、迫る壁面を受け止めた。落下が止まった。

真嶋はすかさず、足を伸ばし、背中も壁面につけて突っ張った。片手を離し、銃を一丁ベルトから抜き取った。突っ張る力を弱める。後ろ歩きするように壁面を蹴って、降下し始める。下のほうから銃声が聞こえた。コンクリートの壁面を打つ音が響いた。

足を壁面から離した。とたんに落下を始めた。銃口を下に向けて、連続して引き金を絞る。みるみる迫った布団を足で突き破り、落下を続ける。羽毛が口に入った。混じり合った銃声が落雷のように反響した。

弾が尽きた銃を捨て、ロープを摑む。足の裏を壁にこすりつけ、ブレーキをかけた。新たな一丁を抜き取る。すぐさま下に向けて銃弾を放つ。しかし、撃ち返してはこない。底まではあと三メートルほど。ロープから手を離した。先に落ちていた布団の上に着地した。

保管庫のなかが見えた。高さ一メートル半ほどの口が開いていた。あたふたと奥に逃げ込む男の姿が見えた。真嶋は腰を屈めたまま、保管庫のなかに入っていった。

銃声が響いた。しかし当たらない。真嶋は男に向かっていく。

銃をかまえた男に見覚えがあった。監視していたときに何度も見ている。いい面構えだと感じたが、いまはぎりぎりと音がしそうなほど歯を食いしばり、震えていた。

「そんなんじゃ、当たらないぞ」真嶋は近づきながら、銃をかまえた。

男が二発撃ってきた。頭の近くで、空気を切り裂く音がした。

真嶋は三発撃った。男は背にした壁に体を打ちつけ、床に沈んだ。

壁際に近づき、男を見下ろした。壁にもたれ、餌をもとめる鯉のように口をぱくぱくさせていた。真嶋は腰を屈め、カメラを男に向けた。引き金を絞る。胸から煙が噴いた。

真嶋は腰を伸ばし、部屋を見回した。

二十畳ほどの広い地下室だった。壁に二段重ねのキャビネットが並び、簡易ベッドや冷蔵庫などが用意されている。他の部屋に通じるドアはなかった。トイレにすらドアはなく、天井に監視カメラが三台設置されていた。覚醒剤をくすねる者がいないか警戒しているのだ。

真嶋はキャビネットに向かい、ドローワーをすべて開いてみた。十六あるうち、覚醒剤が保管されているのは五つだけ。他にひとつ、油紙に包まれた銃が保管されたものがあった。あとは空だった。ストックがかなり枯渇してきているようだ。今日、搬入してきたものを入れても、必要な量にはほど遠いのだろう。いずれにしても、ここは制圧した。やつらは一グラムも搬出できない。

真嶋は花井に電話し、保管庫を制圧したことを伝えた。早めに剣応会の幹部に連絡をとるように指示した。剣応会と電話でやりとりするのは花井の役目だ。そのあと直接会って交渉するのは大竹だった。すぐに映像を送ると谷口に伝えるよう言って、真嶋は電話を切った。

真嶋はドアのない洗面所にいき、血を被った悪鬼のような顔を、少しばかりさっぱりさせた。月子から携帯に電話があった。銃声が聞こえて心配になったようだ。無事であることを伝えて部屋をでた。

梯子を上り、鐘楼に戻った。パソコンを立ち上げ、撮影した映像を取り込み、圧縮ファイルにした。ワイファイに繋げて、それを谷口に送った。

パソコンを閉じ、いったんだしたものをまたすべてザックに詰め込んだ。外の様子を窺いにいってみようと思っていた。搬入してきた覚醒剤を館内に入れておきたかった。

ザックを担ぎ上げたときだった。穴の底から音が聞こえた。ひとが歩き回るような音。

——そんな、ありえない。


デスクの前に座り、月子はモニターを監視していた。門の外を映しだしたモニターに男たちの姿があった。みんな、やくざだと言われれば、そうだろうなという風貌をしていた。

ここは企業の接待所で、宗教団体が関わっている。そこに、やくざも絡んでいるというのはいったいどういうことだろう。月子には想像できなかった。

ひとが死んだ。門をやくざに塞がれている。激しい銃声が響いていた。想像を遥かに超えた現実がここにある。恐ろしいかと言われれば、恐ろしいが、慣れ親しんだ世界にいるようで、違和感はなかった。暴力が身近な生活など送ったことはないのに。きっと真嶋の世界に足を踏み入れたからなのだろう。あの男がこの世界の入り口。自分はそのなかに入ることができた。きっと普通の生活の入り口は島本である気がした。

とうぶん、ここからはでられそうになかった。でられるのは真嶋の計画が成功してからになるのだろうが、月子はその前になんとか、自分の計画を実行したいと思っていた。

門の外の男たちの様子が変わった。門のほうを向いていたのに、いっせいに背を向けた。何人かがカメラの視界の外にでていく。画面が明るくなり、仲間が車でやってきたのだと推察できた。真嶋に報告しようと、携帯電話を取りだした。しかし、メインボタンを押しても、画面に変化はない。

電池が切れている。今朝、充電したのに、もうなくなった。最近、本当に電池の減りが速い。月子は携帯をデスクの上に置いた。

そのとき、廊下を駆け抜けるような音を聞いた。真嶋だろうか。月子はモニターを見た。廊下を映しだすモニターに、ひとの姿はなかった。月子は立ち上がり、ドアに向かった。開けっ放しのドアを潜り、階段を上がった。真嶋さんと声をかけたが、返事はなかった。

違う、いまのは真嶋ではない。鐘楼の梯子を踏む金属音が聞こえていた。それが真嶋なら、いまさっき、この通路を通るはずはなかった。他に誰かいる。

71

真新しい針を血管に射し込んだ。ゆっくりポンプを押していく。逆流した血ごと、最後の一滴まで送り込む。ベルトを外して、鼻から大きく息を吐きだした。

静寂。安寧。ビジネスホテルのベッドの上で、田伏は世界中の孤独と平和をひとり占めしていた。

薬が効き始める前のこの時間がいつまでも続いてくれたらといつも思う。正常でありながら、心に深く手を差し込める。あるいは、そうする必要もなく、ただ天井をぼーっと見ていることもできた。田伏は、横になった。やにばんだ天井に視線を撒いた。

あれから二日がたった。田伏の逃亡はいちおう報道されたようだ。名前もでない小さな記事だったというから、ジャスミンが訴えを取り下げさえすれば、普通の生活に戻れるだろう。

この二日はおとなしくしていた。蒲田のビジネスホテルに入り、ほとんどその周辺で過ごした。ただ今日は、少し足を延ばして品川まででた。そこで中迫に会い、覚醒剤を譲ってもらった。まだ、ジャスミンとは接触していないという。近いうちにやってくれるだろう。

覚醒剤も手に入ったし、明日からは、また真嶋捜しに力を注ぐ。まずは月子に張りつこう。

田伏は、「約束するよ」と声にだして言った。真嶋を捕まえることを約束する。逆に言えば、それ以外は約束できない。正義の味方でいることも、覚醒剤をやめることも——。

お父さんは嘘つきなのではない。ただ弱い人間なのだ。だから、それを認めた上で、たったひとつだけ約束する。

真嶋を捕まえる意義はあった。あの男がすべての始まりなのだ。月子を騙して接待所で働かせたことから始まって、いま自分がこの部屋にいることまで繋がっている。この手で捕まえることで、おとしまえはつくし、あの男を檻に閉じ込めてしまえばきっと何かが変わる。

ただ、捕まえても、特別、すっきりすることはないだろう。あの男に対して、怒りや復讐心といったようなものが湧かなかった。かといって、なんらかの共感を抱いているわけでもない。剣応会に対して父親の復讐をしているのだとしても、知ったことではなかった。

植草から真嶋の父親の話を聞いた。真嶋の父親は横浜にシマをもつ丸共一家の構成員だった。横浜は現在も当時も甲統会系の組織一色だった。いまどき関西系の組織の事務所がない大都市など珍しかった。三十年以上前、関西の組織が関東に進出してきたころ、当然横浜にも触手を伸ばした。横浜の甲統会系の組織は、一丸となってそれを阻止していた。ところが、ある組織が、関西の組織の傘下に入る動きを見せた。それを阻止しようと、真嶋の父親が鉄砲玉となって、その組織の組長を射殺したのだ。父親は拳銃をもって出頭し、公判を経て刑務所に収監された。そこにはなんの問題もない。問題があるとすれば、父親が刑務所に入ったあと、残された家族の面倒を組織がみなかったことだ。普通、組織のために鉄砲玉となって懲役をくらったならば、組織がその家族の面倒をみるものだ。真嶋の父親の場合、強大な関西の組織の顔色を窺った上部団体の甲統会が、あくまで真嶋個人がやったことにするよう、丸共一家に指示をだした。そのため、家族に援助をすることもなかったのだ。

もしそのことを真嶋が知っているなら、復讐を考える可能性はあった。父親の無念を思ってか、あるいは約束された援助を受けられずにひもじい思いをさせられた記憶が甦ってか、甲統会にひと泡吹かせてやろうと日本に戻ってきたのかもしれない。

真嶋が何を目的にしていようと、基本的にはどうでもよかった。ただ、復讐を目的としているなら、感情的になって無茶なことをしでかす可能性もある。それで捕まえる機会を失ってしまうことを田伏は恐れた。たったひとつの約束を守ることができなかったら、どうなってしまうのだろう。春奈の幻聴に、ひっきりなしに責め立てられるかもしれない。

いやな焦りを感じた。しばらくはそれに耐えていたが、どうにもがまんできなくなって、着替えを始めた。これから街にでても、何も見つかりはしないとわかっていたが、それでも動き回りたかった。一晩中でも動き回れるだけの気力が充満していた。

静かなひとりの時間は終わったようだ。

72

真嶋は梯子を下り、地下の保管庫に戻った。

そこにひとの姿はなかった。亡骸《なきがら》ならあるが、それが動くわけはなかった。

鐘楼に戻ろうとしたとき、ドローワーのひとつがほんのわずかに開いているのに気づいた。

先ほど開けたあと、すべてきっちり閉めたはずだ。しかし、確信まではなかった。開いていたのは銃を保管するドローワーだった。二十丁ほど収められている。

　この部屋からではなかったのかもしれないが、音が聞こえたのはまちがいないことだ。もうひとり誰かがいると考えたほうがいいだろう。

　出入り口まできていた真嶋は足を止めた。たとえまだ敵が残っていようと、この部屋を押さえていれば、剣応会と交渉はできる。逆にこの部屋をでて、その間に入られると厄介だった。ひとまずここを離れないほうがいい。真嶋はなかのほうに戻って、椅子に腰を下ろした。

　携帯を取りだし、月子の携帯にかけた。こっちにくるように伝えるつもりだった。その際、車のなかの覚醒剤をできるだけもってこさせようと考えていたときだった。電源が入っていないというアナウンスが聞こえた。

「くたばれ」思わず口にした。

　敵がうろついているならここへ呼んだほうがいいと思ったが、連絡がとれないならこのままでかまいはしない。あの女が殺されようと、捕まろうと、なんのデメリットもないのだ。

　真嶋は椅子に座ったまま、携帯を弄《もてあそ》んでいた。頭ではまだ月子のことを考えていた。あの狂った女を必要とすることはなかったかと探っている。他にも考えることはあり、どうでもいいことだというのに。真嶋は頭を切り換えた。三人目がいるなら、それをはっきりさせ、排除する方法はないものか、考えを巡らせた。ぼーっと視線を一点に集中させて――。

真嶋はふいに自分が目にしているものの意味に気づいた。それが、月子の必要性、という考えに直結した。自分はあの女に、頼みごとをしていたのを思いだした。

真嶋の視線の先にあったのは冷蔵庫だった。真嶋は腰を上げ、冷蔵庫に向かった。扉を開けてみると、水と缶コーヒーしか入っていなかった。食べるものは何もなかった。

真嶋は大きく息をついた。あの女を呼びにいかなければならない。月子に食料を運び込むよう、頼んでいたが、その隠し場所をまだ聞いていなかったのだ。

出入り口のほうに向かって歩きだした。携帯が鳴った。画面を見ると、花井からだった。

「連絡はとれたか」真嶋はいきなりそう訊いた。

「理事長の福元と連絡がつきました」

剣応会のナンバー2だ。

「こちらの要求をほいほい呑むわけはないですがね。案外おとなしく話は聞きましたよ」

「要求も脅し文句も、すべて伝えられたんだな」

「大丈夫、接待所に出入りしていた政治家の件も映像の件も伝えました。まだ映像は見せてませんが、あれを見れば、こちらが握っているものがどれほどの破壊力かわかるでしょう」

いまの段階では、要求よりも、脅しのほうが重要だ。この件がどこまで波及するのか、しっかり理解させることが大切だった。

映像を見ればそのやばさがわかる。侵入から保管庫制圧までの映像をノーカットでネットに公開すると脅しているはずだ。あとは、住所だけでなく、アイトーク社の迎賓館であり、剣応会の覚醒剤の保管庫であると、文字で説明も入れる予定だ。ひとがふたり死ぬ場面もあるし、覚醒剤らしき薬物が保管されているドローワーも映しだされる。もしこれが公開されたら、見る者にとてつもないインパクトを与える。映像はそれだけではない。迎賓館を訪れていた政治家の写真も添える。やくざの覚醒剤保管庫である建物に現役の閣僚が訪れていたのだから、大きなスキャンダルになるはずだ。知らなかったで収まる話ではない。

政治的には、訪れた閣僚が辞職すればすむことで、真嶋から見たら、大した問題ではない。アイトーク社と剣応会が存続することは難しいだろう。しかし、映像を公開することで、もっと大きな影響がある。与党民自党と甲統会の関係に変化を及ぼす可能性だ。

民自党と甲統会は古くから密接な関係だった。関西のやくざにくらべ、関東のやくざへの締めつけが緩いことを見ても、よくわかる。民政党に政権交代していた時期、暴力団排除条例の施行が加速し、暴力団に対する締めつけが強まったことからも、その関係を窺うことはできる。おかげで、縮こまったやくざを尻目に、武蔵野連合など、元暴走族のOB集団が、力を伸ばしたのだ。

ともかく、もしその映像が公開されたなら、民自党と甲統会の関係に大きく影響する。閣僚の辞職で野党やマスコミの追及を逃れたとしても、世間に大きなインパクトを残す。民自党としては、甲統会と距離を置かざるを得ない。甲統会はこれまでのような便宜を受けられなくなるだろう。そこまではっきり連中に理解させなければならない。

交渉相手は剣応会だが、標的は上部団体である甲統会だ。民自党とのこれまでの関係が崩れると甲統会が理解したなら、こちらの要求を呑むよう、剣応会に指示をだす可能性も高い。

真嶋たちの勝機はそこだ。剣応会だけを相手にしていても、東京の覚醒剤市場をやくざから奪うことはできない。たとえ剣応会が了承しても、他の組織が真嶋たちを潰しにかかる。しかし、関東の二大指定暴力団の一翼、甲統会が認めるなら、みなそれに従うだろう。

このあと、谷口が編集を終えた映像を剣応会の福元に見せることになる。そのあと何か交渉に進展があればまた連絡すると言って花井は電話を切った。

交渉に関して、今夜中に大きな進展はないだろう。しかし、攻めてくる可能性はある。早く月子を呼びにいって、ここに戻ってきたほうがいい。

真嶋は腰を屈めて、茶室みたいに高さのない開口部を潜った。保管庫からでると、十畳ほどの広さのスペースがあった。もともと保管庫とそのスペースはひとつの部屋だったのだろう。コンクリートに囲まれた部屋に板で壁を作り、出入り口を設けている。そのスペースの天井に、鐘楼に上がる縦穴が開いている。穴を見上げると、真嶋が下りてきたときのまま、土台は閉じていた。明かりは差さず、床から延びる梯子を、黒い円が呑み込んでいた。

　部屋から漏れる明かりが照らすのは足元だけだった。穴の下に立って、梯子を摑んだ。梯子に足をかけたとき、上のほうでもの音がした。見上げようとした瞬間、銃声が響いた。左肩に痛み。——銃声。背中に痛み。真嶋はコンクリートの床に倒れ込んだ。

　いったいなんなんだ。どこから撃ってる。

「ウォーッ」と叫びながら床を転がった。痛みでもなく、怒りでもなく、自分の体に銃弾を受けたことがやりきれなかった。

　銃声が連続して響いた。床を打つ音が耳に届く。転がりながら、見えた。天井から一メートルくらい上がった穴のなかで、銃口から火が噴きだした。壁から突きでた腕も見えた。

　開口部の手前まできて、転がるのを止めた。もう、向こうからは見えない。真嶋は銃を取りだし、起き上がった。使えるのは右手だけだ。左腕は上がらない。

　穴の下を避けて回り込み、梯子の裏から穴に向けて銃弾を放った。三発立て続けに引き金を絞ったが、撃ち返してこない。真嶋は銃をかまえたまま、穴の下までいった。

　目を凝らすと、縦穴の壁面に横穴がうっすらと口を開けているのが見えた。真嶋はその場に座り込んだ。

　脇腹を押さえた。背中から入った弾が、脇腹——骨盤の上あたりから抜けたようだ。それがいいことなのか、悪いことなのかわからなかった。

「ウォーッ」と叫んだ。今度は痛みからだった。

73

銃声が聞こえて、月子は立ち上がった。

コンクリートの壁を通して伝わったくぐもった音は、確かに銃声だった。

撃ち合いは一分も続かなかった。そのあとの静けさに、言いしれぬ不安を湧き上がらせた。

耳を澄ましていると、今度は天井から音が響いた。背筋が凍りついた。

なんだこれは。上の階から聞こえる音ではなかった。天井裏を何かが移動している。それが真嶋ならいいが、そうとは思えなかった。

月子は管理人室をでて、階段を上がった。管理人室の上は調理室だった。そのドアがいまにも開き、ひとが飛びだしてくるのではないかと怯えた。月子は大きく息を吸い込み、調理室のドアの前を駆け抜けた。エントランスホールにでて、階段を上がった。

二階に上がり、廊下に入った。いちばん手前のドアに向かったとき、薄暗い廊下の奥に、人影が見えた。客室のドアが開いており、そのなかに恰幅のいい人影がすっと消えていった。

月子は亡霊にでも出くわしたような戦慄を覚え、その場に立ちすくんだ。

すぐに執務室に入り、螺旋階段を目指して足早に進んだ。

あの人影はなんだったのだろう。いちばんの疑問は、なぜ、こちらに向かってこなかったのだろう。あの男は銃をもっていないのだろうか。

螺旋階段を途中まで上がった月子は、ふいに思いいたった。あの人影はいったん姿を隠し、ここへやってくるのではないか。――しまった、ドアに鍵をかけておけばよかった。月子は引き返した。

階段を下りたとき、廊下をやってくる気配を感じた。月子は執務デスクの陰に隠れた。

しばらくすると、ドアが開くかすかな音が聞こえた。カーペットを擦るような足音が続き、階段を上がる金属音が響いた。

月子はドアのほうにゆっくりと移動した。デスクの陰から顔をだす。

見えた。階段を上がっていく後ろ姿。鮮やかな緑色の上着に目がいった。横幅のあるシルエットは廊下の奥に見えたときと同じだが、思ったより背が低く、ずんぐりとした印象だった。肩から上は、すでに鐘楼に入っていた。月子は腰を上げ、デスクの陰からでた。

足音を立てずに、半分開いたドアに近づいていく。そのとき、階段から響く足音が変化していることに気づいた。軽やかに響く乾いた音が、ごつごつと重い音に変わっていた。思わず振り返った月子の目に、螺旋階段を下りてくるずんぐりとした姿が映った。

月子は目を剝き、息を吞んだが、体は動いた。足音などかまわず、大きく足を踏みだした。

「待って、高橋さん」

女の声が聞こえた。

月子は足を止めて振り返った。声と姿を一致させるのに、月子の脳は手間取った。声は岡野のものだったが、ずんぐりした体形が邪魔をして、すぐに岡野だと認識できなかった。ニット帽をかぶり、そのなかに長い髪をたくし込んでいるようで、顔の印象もいくらか違った。

「どうして……」月子は訊ねた。

どうしてここにいるのか。どうしてそんな格好をしているのか。岡野が着ているゆったりした服は、どう見てもスノーボード用だ。ニット帽も含めて、ゲレンデにいるようだった。

「高橋さんを助けにきたのよ」

岡野は階段の途中で横向きになって立ち止まり、顔だけこちらに向けていた。

「電話で話したときの様子がおかしかったから。何かまずいことが起こるんじゃないかと思って、きてみたのよ。そうしたら、銃声が聞こえて――」

「どうやって入ってきたんですか。外で、やくざみたいなひとたちが見張ってたはずです」

「そんなの、へいきよ。私はここのぬしなんですから、いろいろ抜け道を知ってるの」

岡野の口元に笑みが現れた。前にここから助けだしてくれたときよりも落ち着いていた。

「さあ、ぐずぐずしてられないわ。私と一緒にここから逃げましょう」

岡野は階段を駆け下り始めた。螺旋を描く階段に沿って、体が回る。横向きだった岡野の体が背を向け、再び横を向く。先ほどは陰になっていた体の右側が見えた。スノーボードウエア以上の違和感を発見した。月子は慌ててドアのほうに向き直り、ドアノブを摑んだ。

「止まりなさい！」

大声とともに銃声が響いた。

ドアの上のほうの壁が弾けた。月子は思わず、しゃがみ込んだ。

岡野は銃を手にしていた。階段を下り、向かってくる。肩をすくめ、ぐるりと首を回す。

「弾を発射する反動って、けっこうすごいものなのね。びっくりした」岡野は驚いた表情を見せて言った。「でも、もうわかった。しっかりかまえればいいのね。次は外さないから」

岡野は一メートルほど手前で止まった。両手で銃をかまえ、しゃがんでいる月子に向けた。

「どうして、気持ちを変えたんですか。それとも、最初から、力を貸すと見せかけて教団のために動いていたんですか。ここへおびき寄せて殺すつもりだったんですか」

「最初は本当に高橋さんの手助けをするつもりだった。でも、時間がたつにつれて怖くなってきたのよ。これまでの生活が変わってしまうかもしれないんだから、当然でしょ」

「怖くなってどうしたんですか。どうして岡野さんが、ここにやってくる必要があるんですか。スノーボードをする格好をして、銃をかまえている岡野さんが私には信じられない」

月子は何かを知りたいとは思っていなかった。この状況を変えるための時間稼ぎだった。

岡野は顎を引いて、自分の出で立ちを確認した。顔を上げると、大きく股を開き、腰を落として、月子に銃口を向けた。

「私、普段、運動なんてやらないから、スポーツ系の服ってこれしかなくて。なんかやる気がでるから、着てきてよかった。もう失敗はできない。教主様の側に戻る、これが最後のチャンスだから」

「いまやっていることはスポーツみたいなものなんですか。岡野さんは、私が頼んだことを教主様に話したんですか」

「どうしていくつも質問するのかしら。そんな、一度に答えられないわよ」

岡野は本当に運動をしないようだ。早くも腿が震えてきて、落としていた腰を上げた。

「とにかく、怖くなってきて教主様に打ち明けたのよ。もちろん、教主様はいい顔されなかったけど、私を赦してくださった。お前のせいではない、信仰心を試すように、悪魔が忍び寄ってくるのはしかたがないことだと。信仰が揺らいでも、また神の下に戻ってきたのだから、救いはあるとおっしゃってくださった。ただ、その悪魔を私の手で退治しなければならない。教団を攻撃する悪魔を退けたなら、また教主様の側に戻れる。そう約束してくださったのよ。それでここにやってきた」

「私も悪魔なんですか」

月子は、狙いがずいぶんと下がってきた銃口を見つめていた。

「高橋さんは、悪魔にそそのかされた、ただの愚かな人間よ。悪魔はあの真嶋という男」

「どうして、管理人が替わったと教えてくれたんですか。私をおびき寄せるためですか」

「違うわ。言ったでしょ、私たちの手で、悪魔を退治しなければならないと。何も知らずに、のこのこ忍び込んで、あのやくざたちに捕まったりしたら、私たちの手に届かなくなってしまう。だからしらせたの。高橋さんは予定外だけど、悪魔と一緒に葬ってあげる」

銃はすっかり下がっていたが、岡野は思いだしたように銃口を月子に向けた。

「悪魔って、なんです。そんなもの、本当にいるんですか」

月子は挑発するように、強い口調で言った。岡野はわざとらしい笑みを浮かべた。

「そんなもの、というくらいだから、高橋さんは、きっと悪魔というもののイメージをもっているのでしょうね。でもね、私たちが言う悪魔はそれとはちょっと違う。紅倫教は神道系で、もともと悪魔という概念はないの。降りかかる災難や、教団を攻撃してくるひとを説明するために、悪魔という言葉をキリスト教から借りただけ。だから、私たちの言う悪魔というものは存在するの」

岡野の言っていることはおおよそ理解できた。ただレッテルを貼っているだけなのだから、悪魔が存在することもわかった。しかし、ただそれだけのもののために、銃を振り回して退治しようとやってくる熱意がわからなかった。

「ねえ高橋さん、宗教はゲームなのよ。念仏を唱えれば成仏できるとか、ルールが決められている。ルールは時折変化したり、新たに加えられたりする。そしてそのルールに従っていれば心の平安を得られる。それだけのこと。ルールに関わる、神や仏や天国の存在を真剣に論じることは、本来、あまり意味がないの。ただし、ゲームとしてはそれもありうる。神の存在を疑ったりすれば、ゲームは盛り上がるから」

「ずいぶん、冷めた目で見ているんですね」

「冷めているんじゃなく、本質が見えているんだと思ってる。私、子供のころから教団にいるでしょ。何もわからないうちから、親や周りの大人に洗脳された、とひとから思われているよ。確かに素直に教えを鵜呑みにしていたところはある。でも、子供もばかにできないものよ。素直な心で、大人たちの言っていることやしていることが現実とは違っていると感じることもあった。ものごとが見える年になっても、その疑問は残ったわ。私なりにだした答えが、ゲームだから現実から離れていても不思議ではないということ。本質を突いていると自負しているけど、大した発見ではないんだと思う。だって、この社会そのものがゲームみたいなものでしょ。ルールを決めてそのなかでプレイしている。結局、社会に含まれるものはすべてゲームなの。宗教もそう。経済活動や企業経営なんて、どこからどう見てもゲームだし。ひとの人生だって、しょせんゲームなのよ。それがわかっているから、私の心は揺れるんだと思う。違うルールのゲームに憧れたり、やっぱり、元のゲームに戻りたくなったり」

岡野は眉をひそめ、困ったような表情を作った。

岡野の言いたいことはわかるし、納得できるところもある。社会の活動はゲームに似ている。しかし、ひとの人生はゲームだとおしなべて言ってしまうことに、反発を感じた。それは論理的に考えてのことではなく、ただ、言葉の響きに、無性に違和感をもった。ゲームと人生。そんな重さの違う言葉を、等しく結べるものとは思えない。

もやもやとした頭のなかに、突然、はっきりとした像が浮かんだ。島本の顔だった。

酔っぱらった、頼りなげな表情。そんな表情をしていながら、あのとき殺されてもいいと覚悟を決めた。そこのどこにルールがあるというのだ。人生がゲームだったら、絶対にそんな決意をするはずはなかった。絶対に違う。人生はゲームではない。

「高橋さん、どうしたの。笑ってる」

月子は視線を上げた。岡野の腕が下がっているのを見て、床に滑り込むように体を伸ばした。岡野の足に手を伸ばし、抱きかかえるように前に引く。

きゃっと岡野が悲鳴を上げた。銃声が響く。傾いた岡野の体が床に倒れた。

月子は岡野の上に乗った。銃は岡野の手から離れていた。拳を丸め、岡野の顔を殴った。

この拳もゲームの一部だと感じるのだろうか。初めてひとを殴った拳は痛かった。月子は金鎚を振るうように拳を叩きつけた。

「お願い、もうやめて」

岡野は叫んだ。鼻血が頬を伝っていく。

やめたら、そのあと何をすればいいかわからなかった。だから月子は拳を振り上げた。岡野がひときわ大きな悲鳴を上げたとき、廊下のほうで何か音が聞こえた。月子が振り返ると同時に、部屋のドアが大きく開いた。男の姿が見えた。

白いキャップを被った、上下のジャージ姿。まるで朝の公園でゲートボールをする老人だった。しかし、手にもっているのは銃だった。管理人の小森だとわかった。

かまえた銃が、自分に向けられる。月子は岡野の上に倒れ込んだ。

岡野に押し返され、月子は横に転がった。どこかに銃が落ちているはずだと床を手で探りながら転がる。しかしゲームではない。そんな都合がよく、手が銃に触れることはなかった。

銃声が響いた。月子のすぐ近くに着弾した。月子は背中を丸めて動きを止めた。

「小森さんは、昔、自衛隊にいたのよ。銃の扱いに慣れている。諦めなさい」

勝ち誇った岡野の声が聞こえた。

「悪魔はもう片づけた。こいつで終わりだな」

小森の言葉に、月子は顔を上げた。ジャージ姿の初老の男が、まったくぶれることなく銃口を向けている。その銃で真嶋を殺したというのか。月子は一瞬、異様な力が湧き上がるのを感じた。しかしそれは、すぐに抜けていった。頭を床につけ、目をつむった。

足音がすぐ近くまできて止まった。かすかな火薬の臭いを嗅ぎとった。

銃声が響き渡った。二発続けて。岡野の悲鳴が耳に飛び込む。ドンとすぐ横に何かが落ちてきた。目を開き、首を捻った。すぐ横にジャージ姿が倒れていた。月子は体を起こした。

ドアのところに真嶋が立っていた。かまえた銃から煙が立ち上っている。体は大きく左に傾き、いまにも倒れそうに見えた。

74

パソコンに向かって暇を潰している谷口が、煙草に火をつけた。それを見て、花井も煙草に手をのばした。ひとが吸い始めると吸いたくなる。煙草をくわえ、ジッポで火をつけた。

メールの着信をしらせるアラームが鳴った。花井は床に置いてある自分の携帯に目を向けたが、宮越が携帯を手にしたのが見えた。

またか。さっきから、何度も私用のメールを受けていた。

「すまん。またかみさんからだ。犬の体調が悪いようでな」

花井の視線に気づいたようで、宮越はそう言った。

宮越の内縁の妻は、郷里の山梨に帰っていた。一緒に暮らす家族のいない花井や谷口と違い、剣応会とことをかまえるに当たり、宮越はリスクを背負っていた。心配なのはわかるが、こんなときに、のんびりと家族とのやりとりなどよくできるものだ。年をとるとあらゆる感覚が鈍るのだろう。花井はちっと舌打ちをした。

「これで終わりにする」

宮越は腰を上げ、廊下にでていった。外にでたようだ。ドアを開け閉めする音が聞こえた。

パソコンに向かっていた谷口が、廊下のほうに顔を向けた。

谷口も緊張感のない顔をしていたが、やることはやっていた。真嶋から届いた画像を編集し、動画の共有サイトにアップロードしていた。それを見るための暗証番号を剣応会の福元にすでに伝えてあった。そろそろ何か言ってくるころだろう。

花井は、女がほしくてしょうがなかった。ショーツを半分下ろして、後ろから突っ込みたかった。それは緊張感の欠如ではない。緊張感が高まり、ストレスが溜まると、無性にセックスしたくなるのは男なら誰でも経験があることだ。

四十も過ぎれば男も少しは枯れてくるのだろうと若いころは想像していた。実際、性欲をなくしていた時期もあったが、ここのところはガキのころと変わらないくらいに強かった。同時に、闘争心や体力も復活した。男に戻った証のようで誇らしかったが、いまは少し邪魔に感じる。男の一生は性欲との戦いみたいなもので、勝っても負けても、嬉しかったりするが、いまは負けるわけにはいかない。ただひたすら、頭を明敏に研ぎ澄ましていたかった。

宮越が外にでてから二分ほどして、福元から電話がかかってきた。

コール音を四、五回聞いてから花井は携帯電話にでた。

「どうも、福元さん。映像はご覧になりましたか」

「ああ、見た。楽しませてもらったよ。――それで、なんだっけ。あれで、俺たちのシマを寄越せと脅してるんだったっけ？」

ふふっと鼻で笑う音が聞こえた。「花井さん、あんなもんで脅せると思ってんのかい。ひとが撃たれるとこや、覚醒剤みたいなもんが映っていたが、映画ほどの迫力もなかったぜ。あんなのは、映画研究会の学生にでも撮れるだろう」

「ふざけたことを――。あれが本物であることは、誰よりよくわかってるはずですぜ」

「俺がどう思うかなんて関係ない。あれを見て演技じゃないとわかるか。あの結晶みたいなもので、本当にぶっ飛ぶのか見ただけでわかるわけないだろ。あれは、その程度のもんだ」

余裕のある声だった。はったり半分だろうが、確かにそう言い逃れできないことはない。

「なるほどね。言われてみれば確かにそうだ。困りましたね、どうしたらいいと思いますか」

「ふざけんな。俺に聞くな」

「わかりました。こっちで考えますよ。また連絡しますんで」

花井は相手の言葉を待たずに携帯を切った。

交渉に進展はなかったものの、悪い結果ではない。向こうとしては、自分たちが脅しにのらないことで、こっちが焦ると考えていたはずだが、不備を認めて軽く受け流してやった。こちらがどうでるか読めず、いまごろ戸惑っているだろう。

最初から、剣応会が素直に交渉のテーブルにつくとは考えていなかった。何を言われても、反発するな。受け流せとアドバイスをもらっていた。電話は一方的に自分のほうから切れと細かい指示も受けた。交渉中、少しでも心理的に上に立つ方法を真嶋から学んでいた。

戸惑わせることができたとは言っても、立場はまだイーブンといったところだ。向こうの上にでるため、あとひと押しが必要だった。

真嶋の携帯に電話をかけようとしたとき、玄関のほうで音がした。

廊下をやってくる足音が聞こえ、ドアから宮越が入ってきた。

「終わった。もう今晩は連絡してこないように言ってあるから、大丈夫だ」

「いま、福元から電話がありましたよ。映像が本物だという証拠はないと突っぱねてきた」

「強がっているだけだ。あれが表にでたらまずいと怯えてるはずだ」宮越は硬い声で言った。

「だとは思います。それでも、要求を呑ませるためには、もうちょっと強力な材料が必要だ。真嶋さんに相談してみます」

「ああ、そうすべきだな」

宮越はそう言って、部屋の奥に腰を下ろした。

まったく年寄りというのは困ったもんだ。こんなときに、犬の体調が悪いくらいで、なんでそんな暗い顔ができるのだ。見ているこっちまで、気が滅入りそうなほどだった。

75

岡野が小森の傍らに立ち、呆然と見下ろしていた。

銃弾は小森の胸を貫いていた。倒れた当初、月子の横で喘いでいたが、長く苦しむこともなく、静かになった。

真嶋は体を左に傾けたまま入ってきて、デスクによりかかった。顔は青ざめていた。

小森が真嶋を殺したようなことを言ったのは、嘘ではなかったのだ。真嶋に銃弾を浴びせたようだ。

月子が大丈夫かと訊ねても真嶋は答えなかった。視線を向けることさえしなかった。

月子は床に落ちていた銃を拾い上げ、真嶋のそばにいった。

「誰なんだ」

真嶋が岡野のほうに目を向けて言った。声の調子はこれまでと変わりなく聞こえた。

「私にここのことを教えてくれた岡野さんです。男のほうは、管理人の小森さんです」

月子は、岡野が教主に真嶋のことを話し、教主の命令で殺しにやってきたことを伝えた。

「狂った人間は、思った以上に多いようだな」

真嶋はかすかに笑みを見せた。

「ありがとうございます。わざわざ助けにきてくれたんですよね」

銃声を聞いて、駆けつけたのだろう。しかし、地下にいたはずなのに、どうやってこの部屋の外から現れたのか不思議だった。

「食料はどこに隠してあるんだ。まだ聞いていなかった」

「食料は女子トイレの清掃道具をしまうロッカーに隠してあります」

真嶋は頷き、デスクから体を離した。岡野のほうに向かった。

「お前が吉岡の娘か」

岡野は真嶋に顔を向け、首を傾げた。

「父親の記憶はほとんどないんだな」

「ありません。――私を殺すんですか」幼女のような、甘く高い声で言った。

「俺を殺すためにここにきたんだろ」

岡野はスノーボードウエアの裾を握りしめた。ぱくぱくと口を開けたが、声はでなかった。

「因果応報という言葉が相応しいのかよくわからないが、そういうことなんだろうな。人質として使えるのかわからないが、ひとまずお前は生かしておく。面倒はかけるなよ」

「はい」と岡野はこれ以上ないくらい素直な声で答えた。

「地下に通じる横穴があるのは知ってるな」

「はい。ちょっと前までそこに隠れていました」

横穴とはなんのことだろう。月子にはわからなかった。

「あれは剣応会の連中も知っているのか」

「いえ、知らないはずです」

「そうか。なら、上の入り口を塞いでしまえば、やつらは出入りできなくなるな。――高橋月子、鐘楼に上がって、踏み台の細工を壊してきてくれ」

板の細工を引きだし、つまみの部分を銃で破壊しろと言った。

月子は鐘楼に上がり、言われた通り、溝に爪を引っかけ細工を引きだし、銃で破壊した。初めて銃を撃った。ひとに向けるわけでなくても、その暴力性に心が拒否反応を示した――最初だけは。二発目からは、突然自分に備わった力に高揚感を覚えた。真嶋の世界では、生きるために不可欠な力だ。きっと岡野も、先ほどまでは感じていただろう。

下に戻ると携帯の着信音が鳴りだした。真嶋の携帯のようだ。真嶋は銃を腰に差し、携帯を取りだした。月子は念のため、岡野に銃を向けた。

「ふざけやがって。そんなことを言っていたか」

電話にでて、しばらく相手の話を聞いたのち、真嶋はそう言った。顔には笑みがあった。

「大丈夫だ。そんな戯言《たわごと》を言わせない、迫力のある映像をすぐ送ってやる」

真嶋はそう言って電話を切った。

部屋をでて、階段を下りた。真嶋のペースに合わせてゆっくりだった。エントランスホールに下りて真嶋は大きな死体のそばで立ち止まった。

「こいつの服をまくり上げて、肌を露わにしろ」月子のほうを向いて、真嶋が言った。

月子は死体の傍らにしゃがみ込んだ。死体に対する嫌悪はなかったが、血の臭いがきつかった。スウェットシャツをまくり上げると、筋肉質な腹が露わになった。

「それぐらいでいい」

真嶋はそう言い、ザックのショルダーパッドに取りつけたカメラの調節をした。

「この娘も連れて、トイレに隠した食料を取ってこい」

月子は立ち上がり、銃を振って、岡野に先にいくよう促した。岡野が歩きだした。トイレに向かってすぐ、銃声が聞こえた。


腹に三発銃弾を撃ち込んだが、血が噴きでるわけでもなく、迫力が足りなかった。

真嶋は体の向きを変え、顔に銃口を向けた。引き金を絞った。

もともと裂け目のあった顔が変形していく。穴が空き、肉が削がれ、眼球が潰れた。

こんなものでいい。これでさえ、特殊撮影だと言い張れないことはないが、たぶん、もう難癖はつけないはずだ。連中も、腹を割いて内臓を露出させた映像など見たくないだろう。

月子たちがトイレから戻ってきて、真嶋は管理人室に向かった。

体を左に傾けて歩いた。我ながらなさけない格好だと思う。まっすぐ立てないことはないが、伸ばすと脇腹に痛みがくる。無理をすることはなかった。

背中から入って脇腹から抜けた銃弾が、内臓を傷つけているのではないかと恐れたが、めまいや吐き気を感じることもなく、これまで平気だったのだから、問題はなさそうだ。それよりも、肩の痛みの方が激しかった。

背中から斜めに入った銃弾が、肩胛骨に当たって止まったようだ。何もしなくても痛いが、動かすと弾が骨に当たるのか、激痛が走った。弾さえ取り除けば、楽になるような気がした。

階段を下り、管理人室に入った。地下の保管庫にはいかず、ここを拠点にするつもりだった。ここなら、モニターで外の様子を監視できるし、この上の調理室に保管庫に通じる横穴の入り口があるため、いざとなれば、すぐにそこに移動できる。

月子の助けを借りて、ザックを肩から下ろした。ザックの上部に銃弾が貫通した穴が空いていたが、パソコンには支障がなかった。映像を取り込み、無事、谷口に送ることができた。ロープを切って、吉岡の娘の手足を縛った。吉岡の娘がこの場に現れたことに驚きはなかった。やはり何かの力に引き寄せられたのだろう。自分を殺そうとしたのも、そうだ。

月子に言って、外の車から覚醒剤を取ってこさせた。スーツケース三個に詰め込まれた覚醒剤をさらに手元に確保した。

モニターの監視を続けながら、月子と交替で仮眠をとることにした。寝れば痛みも和らぐだろうと考えていた。しかし、深夜になると痛みは増し、寝るどころではなかった。交渉に動きはないようで、花井からの連絡もなく、気をまぎらわすものは何もない。終わりの見えない、長い夜になった。

76

朝がきた。

月子は管理人室をでて、エントランスホールに立った。まだ日は昇りきらず、外は白っぽい風景だが、いい天気になりそうだった。今日という日にもったいない気もするが、せめて天気ぐらいいいほうが、とも思う。なんの期待感も湧かない朝だった。

トイレにいき、顔を洗った。目の周りの強ばりが、いくらか解れた。真嶋と交替で仮眠をとったが、ほとんど眠れなかった。体は疲れていて、いくらでも眠れると思ったのに。

真嶋も寝ていなかった。モニターのチェックを交替し、床に腰を下ろしたが、寝る体勢をとることはなかった。ひっきりなしにどこか体を動かしていたのは、痛みを紛らすためだったのだろう。一度だけ、「うっ」と痛みに耐えかねたような声を発した。

真嶋は大丈夫だろうか。自分が殺すまでは生きていてもらわなければならない。そう言ってしまうと冷たく響くが、月子は我が子を思う母親と同じくらいに真嶋の身を案じていた。

やくざたちと戦っている真嶋が、どういう結果を思い描いているのか、月子は知らない。交渉しているようだが、いったい、どれほどの勝算があるのだろう。月子は、その勝ち負けにあまり関心がなかった。ただ、負けるにしても、ある程度の時間は踏ん張ってほしかった。

管理人室に戻ると、真嶋は回転椅子に座り、モニターに向かっていた。首がゆらゆらと揺れている。まるで自分ではコントロールが利かないような、不規則な揺れだった。

「真嶋さん」と声をかけたら、真嶋が椅子を回転させてこちらを向いた。拳で机を叩いた。

「無駄だな。いくらモニターを監視しても、隣や裏の敷地から塀を越えて入ってくることはできる。もしかしたら、すでに入ってきているかもしれない」

真嶋が苛立ったように言った。

外の監視カメラは裏や側面にもあるが、死角が多いことがわかった。ここの監視をやっていた者ならそれを把握しているはずで、気づかないうちに侵入される恐れがあった。

「逆に、そのルートで逃げだすこともできる。帰りたければ、帰っていいぞ」

「帰りません。けがをしている真嶋さんを置いていけません」

「そうか、俺を助けてくれるのか。だったら、肩の弾を取りだしてくれよ」

月子は答えなかった。やけになって悪い冗談を言っているのだと思った。

「おい、冗談で言っているわけじゃない。弾はそんな深いところに入っていないはずだ。取りだしてしまえば、痛みも少しはましになるだろう」

「無理です。なんの設備もないし、知識もありません」

「ナイフがあれば充分だ。弾の場所がわかれば、そこを切ってほじくり返せばいい。俺の痛みなど気にするな」

「できません」

殺すならともかく、それ以外でひとの体に刃物を差し入れるなんて、できそうになかった。

「私がやってもいいですよ」床に横たわっている岡野が言った。「血を見るのは怖いですけど、手先は器用なほうです」

「俺を殺そうと考えていたお前に、ナイフをもたせるのか」真嶋はそう言って空笑いした。

「面白い。本当にやってくれるんだな」

「だめです」月子は割り込むように言った。「私がやります。できます」

岡野が月子を見上げて笑った。頭のなかを見透かしたような感じだった。

たぶん、岡野は見抜いている。月子がやると言ったのは、嫉妬心に近いものだった。真嶋の体に岡野が刃物を入れることを想像したら、なんだか我慢ならなかったのだ。

「できるのか」

「できます。外から見て、弾の位置がわかるならですけど。あと、抗生剤と痛み止めの薬があったほうがいいと思います」

「覚醒剤なら、売るほどあるがな」

月子は強く首を横に振った。

「誰か、仲間にもってきてもらうことはできないんですか」

「仲間をここに呼ぶ気はない」

「私の知り合いに頼んでもいいですか。口が堅く、信用できるひとです」

「何も訊かずにもってきてくれるならかまわない」

「大丈夫です。外にいるひとたちはじゃましないですかね」

「強くでればなんとかなるだろう。連中もここで騒ぎは起こしたくないはずだからな」

「では、頼んでみます。でも、その前に傷を見せてください。できるかどうか、見極めないと」

月子も手伝い、フリースのジャケットを脱がせた。なかに着ていたのはプルオーバーのシャツで、脱がせるのは困難だった。裾をまくり上げ、覗き込むようにして傷を確認した。

弾は首のすぐ下から斜めに入り、肩胛骨のところで止まったようだ。前屈みになってもらい、肩胛骨上部の筋肉を触ってみたら、弾の感触があった。それほど深いところではない。

これならできそうな気がした。しかし、精神力が強そうな真嶋でも、麻酔なしで耐えられるものだろうか。弾を探って筋肉に触れているだけでも、真嶋は何度か声を漏らした。

77

花井は電話の音で目が覚めた。

昨晩、動画共有サイトへの二回目の送信のあと、もう連絡はないだろうと思いながらも、気になってなかなか寝つけなかった。たぶん、眠りに落ちたのは、四時ごろだったろう。

目が覚めた瞬間、きたぞ、と思った。眠気など跡形もなかった。

着信は剣応会の福元からだ。すでに起きていた宮越と谷口に頷きかけ、花井は電話にでた。

「どうでした、追加の映像はご覧になったでしょ」花井はいきなりそう言った。

「ああ、見た。ああいうのはもう見たくないね」

「そうでしょう。こっちもああいうことはしたくない。あの映像が偽物じゃないかと疑うやつがいなければいいんですがね」

沈黙ができた。福元は答えない。映像について、これ以上難癖をつける気はないようだ。

「で、なんだっけ。俺たちと話がしたいんだっけ」

「ええ、交渉をしたいんですよ。おたくの仕事をすべて引き継ぐための」

「そいつは無理な話だ。だが、話はしたほうがいいな。電話じゃらちが明かないから、直接会って話そうじゃないか」

どういう言い方をしようと、剣応会は交渉のテーブルについた。この早さは、たぶん、甲統会の指示がでているからなのだろうと、花井は考えた。

「そうしましょう。こちらからは、大竹という者がひとりで伺います。どこか、ホテルの部屋とかラウンジがいいでしょう。決まったら連絡ください。時間は何時でもかまいません」

「わかった。今日中に連絡する」そう言って福元は電話を切った。

先に電話を切られたが、いいだろう。交渉が始まれば、たいていの場合、こちらが心理的に優位に立てる。向こうは守るべきものが多いが、こちらは失うものなど何もないからだ。自分の命はもちろん、仲間の命も交渉材料にはならない。

「交渉開始すか」電話を切ると谷口が声を弾ませた。

「ああ、ここからは着実に前に進んでいくはずだ」

一回の交渉で終わるはずはなかった。獲物が大きいだけに、どれほどの時間がかかるのか想像もできなかった。大竹が直接やり取りするだけでなく、映像を小出しに公開し、揺さぶりをかけるつもりだった。

「早く真嶋さんに連絡してやれ」宮越が言った。

「そうします。交渉のテーブルについたとわかれば、ほっとするでしょう」

交渉が続いている間は、接待所の奪還に動くことはない。そう思わせて襲うことも考えられないではないが、こちらには映像がある。まず、いまの段階で襲うはずはなかった。

「大竹さんには俺が連絡を入れます」谷口が自分の携帯をもって言った。

「場所と時間は今日中に福元から連絡が入ることになってる。そう伝えてくれ」

花井はそう言って、もっていた携帯を操作した。履歴から真嶋の番号に発信した。


大竹は静かな朝を迎えていた。

六時に目が覚め、シャワーを浴びた。髭をあたってさっぱりしたあとは、床に座ってしばらくぼんやりした。

気持ち自体はずっと昂ぶっていた。それを鎮めるように、ゆっくりと時間を過ごした。

元来、大竹は感情を抑えるのが苦手だった。湧き上がった怒りや激情をそのまま行動に表してしまうことがかつてはよくあった。城戸崎のところに潜りこんだことがいい修業になった。城戸崎に対する嫌悪を表にだしたら、追いだされるし、無理矢理抑えてストレスを溜め込んでいたら、身がもたない。気を鎮め、感情をコントロールする術《すべ》を実地で身につけた。

七時過ぎに谷口から電話があり、剣応会が交渉のテーブルについたと伝えてきた。いよいよ俺の出番だと、ますます気持ちは昂ぶるが、はしゃぐことはない。本番に向けて、気を鎮める。やくざたちを前にして、優雅に振る舞ってみせる。手強い交渉人として。

コンビニでパンと牛乳を買ってきて、ひとりで食べた。子供のころから変わらない、朝食のメニューだ。

大竹の家は母子家庭で、母親は夜の仕事をしていた。遊び回ってもいたからだろう、母親はうちにいないことが多く、大竹は小さいころから、コンビニでパンと牛乳を買って朝ごはんをすませていた。牛乳は好きではなかったが、母親から甘い飲み物はだめ、牛乳にしなさいと言われていたので、それに従っていた。牛乳を飲ませておけばなんとか育つと、低レベルながらも、一応は母親的な目線がそこにはあったのだろう。そんな母親がある日突然うちに連れてきた男はやくざだった。大竹が小学三年のときだ。女にたかるしか能のない、できの悪いやくざだったが、さすが女には優しい。大竹にも優しさを見せた。ヒロさんと呼んでいたその男がきてからも朝の牛乳とパンに変化はなかったが、一品増えた。朝が弱そうな男だったが、起きてきて、卵で目玉焼きやオムレツを作ってくれた。ハムエッグをパンに挟んで、それまでの人生でいちばんおいしい朝食を食べさせてくれたこともあった。

ある日、ヒロさんを訪ねてふたりの男がやってきた。それも、見るからにやくざだった。最初は三人で話をしていたが、そのうち、ふたりが、ヒロさんを殴り始めた。ヒロさんはたいして抵抗することもなく、殴られ続けた。せいぜい十五分やそこらのことだったのだろう。

ヒロさんは意識を失い、男たちは帰っていった。大竹はどうしたらいいかわからなかった。救急車を呼んだら警察まできたり、大変なことになりそうで怖かったので、ヒロさんは寝ているだけだと思いこもうとした。そのまま遊びにでかけ、戻ってきたときには、ヒロさんの姿はなかった。母親が見つけ、救急車で病院に搬送されたが、すでに死んでいたようだ。

　暴行を加えたふたりの男たちは警察に捕まった。のちにわかったことだが、ヒロさんは組織のシノギの売り上げをちょろまかして懐にいれていた。たいした額ではないようだが、それがばれて、やきをいれられたのが、大竹が目撃した件だった。

　それ以来、大竹はやくざを憎むようになった。当初は、優しかったヒロさんを殺したのがやくざだから、それを憎んでいるのだと思っていたが、年齢が上がるにつれ、情けない姿をさらして死んだヒロさんを自分は嫌っているのだと気づいた。さらに年を重ねると、理由などどうでもよく、やくざが嫌いだという気持ちが強く残った。

　武蔵野連合はやくざにも屈しない、最強のワルの集団と恐れられていたが、実際、内部にいるとそうでもなかった。やくざに向かっていっても、最後まで突っ張ることはほとんどない。しかし、真嶋は違った。夷能会とぶつかったとき、一歩も引かずにいくところまでいった。罠をしかけて相手を翻弄し、本気で怒らせた。真嶋の気持ちなど聞いたこともないが、あのひともやくざを毛嫌いしているはずだ。逃亡中の真嶋から今回の計画をもちかけられたとき、大竹は一も二もなくその話に乗った。憎いやくざに復讐してやろうなどと考えたわけではない。ただ、嫌いなやくざをぶっ潰してやったら、これほど楽しいことはないと思えた。

　弱い者いじめも嫌いじゃない。おどおどしたやつを見ると、ちょっかいをだしたくなる。しかし、強い者を踏みつけにするほうが数倍楽しい。やめてくれと泣きを入れてきたときの爽快感はもちろん、こちらがやられるかもしれないスリルもたまらない。生きていることを実感できる。花井も同じようなことを言っていた。あの男も生き埋めにされる夢を見るのだろうか。夢だとわかったときの安堵感と充足感を知っているような気がした。

　早ければ今日中に交渉が始まる。長時間に亘る可能性もあり、しっかり食べておいたほうがいいと頭では理解していた。しかし、朝はパンと牛乳以外受けつけなかった。卵くらい食べてもいいとは思うが、ヒロさんよりうまくできる自信がなかったので、大竹は作ったことはなかった。

　もの足りなさを感じながら、牛乳を飲み干した。剣応会のやつらの地団駄が、そのもの足りなさを埋めてくれるはずだ。

島本は広尾の駅をでて、有栖川公園のほうに向かった。

携帯電話の地図アプリで確認しながら、公園沿いの坂を上っていく。早歩きで息が上がってきたころ、脇道にそれた。

月子に頼まれた、抗生剤や痛み止め、ガーゼやアルコール消毒液など、様々な医薬品を買いそろえてやってきた。

月子は詳しい話はしなかった。ただ、けがをしたけれど病院にいけないひとがいるので助けてほしいと頼まれた。あとは、外に怖いひとたちがいて、入るのを阻止しようとするかもしれないが、強気にでれば入れるとも言っていた。

怖いひととはやくざみたいな者だろうか。どんなに凄まれようと、月子を助けるためなら、逃げたりはしない。しかし、怖いものは怖い。目的地に近づき、緊張してきた。

やはり月子はあの接待所で何かをしようとしていたのだ。そしてトラブルに巻き込まれた。彼女に助けてほしいと言われれば、助けにいかざるをえない。しかし、それが彼女の心を救う結果にはならないと想像がついた。また、手遅れなのだろうか。月子を救う方法がまだ残されていればいいが。

地図アプリによると、接待所はもうすぐだった。路上にひとの姿は見えない。島本は少し緊張を解いた。近づいたら、月子に連絡することになっていたのを思いだし、電話をかけた。

「もう近くまできている」月子がでると島本は言った。

「ありがとうございます。グレーの高い塀に囲まれたところです。木製の門があって、その横に通用口があるんですが」

「いま、その横を通ってる」

高い塀、茶色い木製の大きな門がすぐ先にあった。

「怖いひとなんていないよ。——ああ、でも門のちょっと先に、車が駐まってる」

「その車を通り過ぎてもらえますか。しばらくいって引き返してきたときに、また電話をください。私が通用口を開けますので、さっと買ってきたものを渡してくれればいいです」

「ちょっと待って、俺はなかに入れないの?」

「入れないわけじゃないですが、いったん入ったら、でたとき危険なことになるかもしれない。だからさっと手渡しするだけのほうが——」

「あとのことはどうだっていい。なかに入って、月子ちゃんと話がしたいんだ」

「わかりました。社長がそうおっしゃるなら、なかに入ってください。申しわけないですが、でてからは、ご自身で対処してください」

「俺だって男だ。自分のことは自分でどうにかする」

いったん電話を切って、車の横を通り過ぎる。そのまま歩き続け、T字路にぶつかるところまでいって、引き返した。月子に再び電話をかけた。少し間をおき、コール音が途切れた。

「もう通用口のところにいます。前までできたら、言ってください。ドアを開けますので」

「いま、引き返しているところだ。もう少しで着く」

駐まっている車のドアが開いた。男がひとり降りてきた。煙草をくわえ、火をつけた。その所作だけでも、やくざかそれに類する人間だとわかる。

「――ちょっと道に迷って、いま引き返しているところなんだ。もう少しで着くと思うよ」

車に近づき、男の耳を意識して、適当なことを言った。

車の前を通り過ぎた。通用口まであと少し。男は後ろにいる。

「走れば、ほんとにすぐだ。もうドアを開けといてくれてかまわないよ」

そう言うと島本は駆けだした。「おい」と叫ぶ声が背後で響いた。

ドアが内側に向かって、少し開いた。島本は体ごとぶつかるように、ドアに突進した。なかに入りながら振り返ると、男がこちらに向かってくる。島本は肩をぶつけてドアを閉めた。

ロックしようと手を伸ばしたが、ノブにそれらしきものがない。

「大丈夫です。閉めれば自動的にロックされます」

月子が言った。同時に、ドアが外から強く叩かれ、島本は驚いてドアから離れた。

「このなかに無理に入ってくるようなことはないはずです。ここにいれば、それほど危険なことはないんですよ」

月子はコートのポケットに突っ込んでいた手をだすと、頭を下げた。

「ありがとうございます。助かります」

島本は頷いて、医薬品の入った袋を差しだした。月子はそれを受け取るとぶるっと肩を震わせ、もう一度、頭を下げた。

「いったいどうしたんだい。ここで何が起こっているんだ」

素直に答えるはずはないと思ったが、やはり、月子は首を横に振った。

疲れた顔をしているのに、目だけはぎらぎら光っていた。

「ここをでよう。君はこんなところにいちゃいけないんだ。一緒に、帰ろう」

月子は違う世界にいる。早くそこから連れださないと、手遅れになる。島本は月子の腕を摑んだ。


月子は差しだされたレジ袋に手を伸ばした。

受け取るとき、島本の手がかすかに触れた。何か汚れたもの、邪悪なものにでも触れたように、寒気が走って震えた。それをごまかすように、もう一度、頭を下げた。

いったいどうしたのかと島本は訊ねてくる。月子は首を振った。

もう会うことはないだろうと思っていたのに、自分から呼んでしまった。薬を買ってきてもらって助かったはずなのに、後悔していた。ここへ呼んだことだけではない。あの日、殺してしまえばよかったのではないかという思い。殺意ではなく、後悔だった。

「ここをでよう。君はこんなところにいちゃいけないんだ。一緒に、帰ろう」

島本が腕を掴んできた。月子は強く振ってその手を払いのける。

「私は帰りません」

私はどこからきたのだ。真嶋の世界に入る前から、自分は島本と違うところにいた。その前にいた場所がどんなところだったか月子は思いだせなかった。その世界の感触がどんなだったか。セックスの刺激だけしか覚えていない。——いや、いまはそれすらも薄れていた。

「ここにいたら取り返しのつかないことになる。だから、でよう。ここをいますぐでよう」

月子は首を横に振り続けた。目も合わせないようにした。島本は岡野の言うところの悪魔だ。私のなかの宗教を壊そうとする。だから何を言われても首を横に振った。

「わかった。ここをでていく」

どれほど首を振っていたのだろう。島本はようやく言った。

「でていくけど、すぐ近くにいるから、何かあったら呼んで」

月子は最後にもう一度首を横に振った。

島本が通用口から出ていった。

「なかで何やってた」

剣呑な男の声が響いた。

月子は島本の身を案じることもなく、踵を返した。エントランスに向かって駆けていった。

管理人室に戻った。椅子に座った真嶋が、こちらに青白い顔を向けた。無表情だが、熱っぽい目が、自分を求めていた。

「すぐに始めましょう。さあ、調理室のほうへ——。肩を貸します」

「この女はどうする」

真嶋は岡野に目をやり、月子に意見を求めた。

「逃げたら逃げたでかまわないじゃないですか。このまま、放っておきましょう」

岡野は意外そうな顔をして見上げた。

真嶋のザックを手に取った。真嶋の腕を肩に回し、ドアに向かった。

真嶋の肉体に刃物を入れることを想像しても、もうなんの抵抗もなかった。ナイフ、血、肉、銃弾。それらは、小学校のころから勉強机に並べられていたもののような気さえした。

私は最初からここにいた。それはもう、錯覚とはいえないくらい、リアルな感覚になっていた。

79

昨夜は一晩中動き回っていた。電車が動き始めてからは、山手線に乗って、都内をぐるぐる回った。大きな輪を描く山手線は、広い範囲をカバーしていて、なんの手がかりもない人間を捜すのに最適なように思えた。駅に着くたび、ホームに佇むひとの顔をチェックしたり、車両を移動してみたり、すこしでも真嶋か月子に、偶然でくわす確率を上げようと努力もした。しかし、実際に出会う可能性など、ほとんどないとわかっていた。

電車は池袋駅のホームに滑り込んだ。ホームに佇むひとがたくさんいた。田伏は視線を走らせ、窓の外に見える無数の顔をチェックする。電車が止まると、そこで降りた。

地下や駅前の雑踏に立ってみた。手配犯の顔を頭に焼き付け、街中に立って見つけだす見当たり捜査の手法を取り入れてみた。しかしあれは、不特定多数の犯罪者に対して行うもので、特定の者を捜すのには向かない。実際、人混みに立ってみても、全然見つかる気がしなかった。それどころか、自分が見つけられてしまうような気がして、退散することにした。

蒲田に戻りたくなった。ホテルに覚醒剤を置いてきていた。しかし、まだ午前中だ。いくらなんでも、歩き足りない。田伏は、思いついて、西武池袋線に乗った。

各駅停車で四駅目、桜台で降りた。住宅街を歩いて着いたのは、元妻、美枝子の家だ。

インターフォンを押すと、すぐに美枝子の声が応答した。田伏だと名乗った。

「待ってて、すぐいく」

その言葉通り、駆けてくるような足音が聞こえて、ほどなく玄関が開いた。

「ちょっと入って」

美枝子は顔を見せると田伏の腕を引いた。田伏は玄関のなかに入った。前回きたときとは対応が違うなと考えたとき、田伏は思い至った。

「警察がきたのか」

「当たり前でしょ。別れてまだ三年しかたってないのよ」

「警察にしらせたのか」田伏は斬りつけるように言った。

「そんな時間がなかったの、わかってるでしょ」

「旦那がいるだろ」

もう会社は休みに入っている。しかしここにくるとき、そんなことも考えていなかった。

「朝からいそいそと実家に帰ったわ。大掃除するって」

「なんで、警察にしらせない。ご近所の目を気にしてるのか」

「そりゃあそうよ。この家の前にパトカーがいっぱい停まっているところを想像したら、ぞっとする。しかも逮捕されたのが、元夫だと知られたら、もうここには住めない」美枝子は当てつけるように言った。「どうしてきたの」

「ただ、年末の挨拶にきただけさ。子供が風邪でもひいてないか心配になった」

「やめて。あなたの子供じゃない。心配なんてしないでください」

「俺の子供はどうした。離婚の話がでる前、また子供を作ろうと言ってただろ」

「なんでそんな話を」美枝子は体を引いた。「あなたがいらないと言ったんでしょ」

記憶は曖昧だったが、自分ならそう言うだろうなと想像がつく。

「とにかく、うちの子供は風邪をひいてません。それでいいでしょ。帰ってください」

「俺は何もしていない。警察に追われるようなことはしていない。もうすぐ、相手も訴えを取り下げるはずだ」

「そんなこと言ってるんじゃないの。ただ帰ってって言ってるの。用はないんでしょ」

「俺はいま、俺が警視庁を辞めることになった事件の関係者を追っている。そいつを捕まえることができたら、俺の気持ちもひと区切りつくような気がする」

なんでそんなことを話し始めたのか、自分でもよくわからなかった。

「それがすべての始まりだった。だから、そいつを捕まえれば、すべて元に戻るんだ」

「何が戻るの。私は戻ってなんてほしくない。いまがあるから」妙に落ち着いた声で言った。

何が戻るのか。心が平静に戻るのか。刑事は戻らない。この女は戻らない。春奈も戻らない。何が戻るのか。

「壊せ。いまなんて壊しちまえよ」

田伏は自分の言葉を、どこか近くから語りかけられたように聞いた。

「どうしたの。やめて」

田伏は美枝子の腕を強く摑んだ。セーターの上から乳房を揉みしだいた。

「やめて」

「どうして。もともと夫婦だろ。何度もした」

美枝子の手が胸を強く突いた。田伏はもう片方の腕も摑み、壁に押しつけた。

「子供を作ってくれ。俺にもくれよ。お前と俺なら、また春奈ができるかもしれない」

「何、言ってるの。お願いやめて。子供がいるのよ」

「お前には子供がいる。だから、俺にも子供をくれ」

股間をまさぐった。ジーンズのボタンに手をかける。

「やめて」

手をおもいきりつねられた。田伏は美枝子の手を払いのけ、体を密着させた。

「電話が鳴ってる。あなたの携帯よ」

そんなことはどうでもよかった。田伏は興奮していた。性的興奮ではなく、子供を作るということに対してだった。自分の子供は春奈だけで、他に子供ができたら春奈がかわいそうだと考えていたが、春奈を作るならいいのではないかと急に思えたのだ。

美枝子の背中に手を回し、ジーンズの隙間から手をねじ込んだ。尻をなで、股間を探り当てようと手を伸ばしたとき、ふいに気づいた。どうして携帯が鳴っているんだ。警察からかかってきたり、電波で位置を特定されたりするのを防ぐために電源を切っていたはずなのに。

田伏は思いだした。始発に乗ってしばらくたったとき腹が空いた。駅ナカの食堂でいちばん早く開くところをネットで探したのだった。そのあと電源を切り忘れた。

「いや」

美枝子に顔を叩かれた。

電話は鳴り続けていた。誰からなのか気になってきた。

田伏を押しのけようとした美枝子の手が目に入った。痛みを感じて動きを止めた。田伏はジーンズから手を抜いた。美枝子から体を離し、携帯を取りだした。

島本からだった。すっかりこの男の存在を忘れていた。月子の居所に心当たりがないか、いちおう訊いておくべきだったのだ。

美枝子はその場にしゃがみ込んで、顔を手で覆っていた。田伏はそのまま電話にでた。

「はい、田伏です」

「すみません、また突然電話しまして」島本は心なしか、早口にそう言った。

「いや、かまわない。何か？」

「高橋月子さんがトラブルに巻き込まれたようで、田伏さんに相談したいと思いまして」

「彼女の居場所を知っているのか」田伏は勢い込んで訊ねた。

「ええ、知っています。いまその近くにいるんですが――」

「わかった。俺もすぐそこにいく。ちょっと待っててくれ」

田伏は携帯を耳から離して、手で塞いだ。

「すまなかった。警察に追われたりで、ちょっとおかしくなっていたんだ。もうこない。お前は好きなように、いまを楽しめ」

美枝子は顔を覆ったまま、何も答えなかった。

「それで、場所はどこなんだ」玄関をでて訊ねた。

月子はきっと真嶋の近くにいる。田伏は島本の説明を聞きながら、駆けだした。

市錬会の幹部、尾越の車に乗って、城戸崎はホテルに向かった。

尾越は城戸崎のケツ持ちだが、連れだってどこかにでかけるのは珍しいことだった。しかも、まだ午前の十時過ぎ。城戸崎にとって、そんな時間にでかけることが珍しかった。

有楽町近くにある外資系のホテルに入った。初めてきたが、オリエンタルな設《しつら》えの、シックな都会のリゾートといった印象だ。

高層階に上がり、部屋のベルを鳴らすと、いかにもやくざな強面がドアを開けた。「尾越だ」と名乗ると、男は頭を下げてなかに招き入れた。広々としたエグゼクティブスイートは、入ってすぐがリビングで、奥に長いダイニングテーブルがあった。そこにはすでに男たちが着席し、何やら話し込んでいる。ひとりが、そちらのテーブルからやってきた。

「これはこれは尾越さん、こんな時間からすみませんね。助かりますよ」

「福元さん、大変なことになったようですな。私らにも関わることですからね、ひとごとじゃない。なんでも協力しますよ。これが、城戸崎です」

剣応会のナンバー2、福元が城戸崎に目を向けた。

城戸崎は初めて会う男に頭を下げた。「真嶋のことでしたら、なんでも訊いてください」

福元は頷いた。

「ソファーのほうで寛いでいてください。あっちがもうしばらくかかりそうなので。——飲み物を用意して差し上げろ」

福元は案内した強面にそう言うと、ダイニングテーブルのほうに戻っていった。

城戸崎と尾越はソファーに座り、コーヒーを飲んだ。寛いではいないが、テーブルについている男たちみたいな切迫感はなかった。尾越は「大変そうだな」と、ひとごとのように城戸崎の耳元で囁いた。城戸崎にしても、何か滑稽な芝居でも観る感覚で、テーブルの男たちの様子を眺めていた。

福元の他に、四人いた。どれもやくざという雰囲気ではない。いちばんよくしゃべっているのは、五十代半ばくらいの、スーツを着た男だった。坊主頭で眼光が鋭く、そこだけとってみれば、やくざ風とも言えなくはないが、喋り方が感情過多でねちっこく、女性的だった。

「福元さん、あなたがたの希望なんて訊いていないんですよ。この状況をどう解決するか、明確な答えを早急にもらいたい」坊主頭は甲高い声でまくしたてた。

福元は真摯な表情で頷いていた。他の三人はうつむき気味にじっとしている。この場でいちばん力をもつのが、坊主頭ということになるのだろう。ここに集まっているのは真嶋が起こした騒動に利害をもつ者たちのはずだ。そのなかで、剣応会の幹部よりも上にくる者とは、いったい誰なんだ。

「大峰さん、お気持ちは察します。しかし、もう少し状況を見ないと、答えはだせないですよ。なんと言っても、相手との交渉はこれからなんですから」福元はなだめるように言った。

「答えをだすのを渋っているだけなんじゃないの」

坊主頭は容赦ない。

「あれは林原代議士の秘書だ」尾越が城戸崎に耳打ちした。

林原は言わずと知れた元首相だ。八十歳を過ぎて、いまだに政界に隠然とした力を残す民自党の大物代議士。かつて、甲統会の総裁、大島広政と並んで写った写真が週刊誌に掲載され、問題になったこともある。林原とやくざの繋がりはその筋ではよく知られたことだ。なるほど。林原本人か民自党に不都合なことが絡んでいるようだ。それも、そうとう表にでたらやばいことにちがいない。

城戸崎は、現在の状況を、はっきりと把握してはいなかった。剣応会が年末の出荷を完全に停止したこと、何か真嶋が剣応会に攻撃をしかけたらしいことを尾越から聞いているだけだ。それにともない、真嶋について話を聞きたいということで、ここに呼ばれていた。

「今回のことは、国政を揺るがす大きな問題に発展しかねない。そんなことにならないよう、手を尽くせと、甲統会のほうにも申し入れている。大島さんも全力を尽くすと約束しているんだ。もうねえ、腹を括って、できることはやってもらわないと」

大峰の言葉に、福元は大きく二回頷いた。ただ聞き流しているようにも見えた。

「向こうが、おたくの仕事をやりたいというなら、くれてやればいいわけでしょ。それで解決するなら、選択肢として真剣に考えてもらわないと」

「いやいや、それは——」福元は苦笑いしながら言った。

「福元さん、笑いごとじゃないですよ。おたくの組織が消滅するかどうかなんて小さなことだ。甲統会が今後、生き延びられるかどうか、そういう大きな問題なんだよ、これは」

「わかりました」福元は表情を引き締めた。「シノギを譲ることも、選択肢に入れますよ」

城戸崎は福元の言葉に目を見開いた。尾越も驚きの表情を浮かべて、城戸崎のほうを見た。福元は本気なのだろうか。真嶋たちにシャブの大卸しを譲る気があるのか。断片的にしかわからないが、いまのはそういう話に聞こえた。

「大峰さん、シノギを譲るなんていうのは、こっちにとって最悪の選択だ。それを考えれば、どんなことだってできる。もちろん、大峰さんたちが、速やかに、穏便に解決することを望んでいるのはわかってますよ。向こうの要求を呑むわけだから、それがいちばん安全なのはまちがいない。ただ、同じように速やかに解決できる他の方法があるなら、まずそちらを試してみてもかまわないでしょ」

「速やかだけでなく、穏便に解決できるならばだ」

「穏便に解決できるかどうかは、そちらさんの、力添えしだいだと思うんですがね。なんといっても、日本で最高の権力をもっているわけですから」

「いったん警察が感知したら、それをもみ消すことは難しい。もうそういう時代じゃない」

「時代ね。——まあ、それが難しいことはわかりますよ。ただ、私たちも、最悪の解決方法を選択肢に入れようと腹を括ったんですから、そちらもできる限りのことをやっていただけると助かるんですがね。国家権力を使って、どこまでできるんですか。それを教えていただけませんかね、まず」

福元は、大峰のほうに体を乗りだすようにして言った。


「すみません、お待たせしまして」

男たちを送りだし、福元はようやくソファーのところにやってきた。

結局、大峰は具体的なことは明言しなかった。ケースバイケースで、これができると提示できるものはないと言った。あくまで大峰は、シノギを真嶋に譲って、あっさり決着をつけることを望んでいた。他の男たちも、口を挟むことはなかったが、大峰と同じ気持ちのようだ。うつむきながら、大峰の言葉に頷いていた。話し合いの結論としては、どういう解決の方法をとるか今日中に決断を下すというものだった。剣応会に残された時間は少ない。いよいよ真嶋がドラッグビジネスに乗りだす可能性が高まった。

「大変ですな。相手が相手ですから」

向かいに腰を下ろした福元に、尾越が労いの言葉をかけた。

「まあ、政治家どもなんて屁とも思っちゃいないんですがね、本家の今後に関わってくる問題なんで気を遣います。とはいえ、こっちの選択肢があまりないことはよくわかってるんですよ。ただ、そのなかでも最善の着地点を見つけようと努力はしている」

福元はそう言って城戸崎のほうに目を向けた。

「今日、うちとの交渉にやってくるのは大竹という男だ。城戸崎さん、あなたの右腕だったらしいね」

城戸崎はびくりと背中を震わせた。そんな話になるのをいちばん恐れていた。隣に座る尾越の顔が強ばるのがわかる。陰険な目でこちらを睨んでいることだろう。

「面目ないです。あの男が真嶋と繋がっていることを見抜けなかった。俺みたいな下っ端のところにいても、大した情報を得られなかったとは思いますが、それでもいろいろ迷惑かけることになったんだと思います。申しわけありません」

「そのことでがたがた言う気はない。謝罪の気持ちがあるなら、真剣に力を貸してほしい」

「なんでも言ってください」城戸崎はそう言わざるをえなくなった。

「聞きたいことはひとつだけだ。真嶋はパソコンとかネットとかに詳しいのかい」

「……どうでしょうね。あいつとそんな話はしたことなかったな」

あまりに具体的な質問なので、城戸崎は戸惑った。

「話にでなかったっていうことは、そんなに興味がなかったともいえるんじゃねえか」

「まあそうですね。普通に仕事とかで使ったりはしていたでしょうが、あいつのタイプから言って、その手のものに特別な興味があったとは思えないですね。――そう、メールを使いだしたのも、だいぶ遅かったですよ」

「映像関係も、興味はなさそうか」

福元は眉間に皺を寄せ、探るような目をして訊いてきた。

「映像って、なんです。カメラやビデオを撮ったりすることですか。あいつにそんな趣味はないですよ。だいたいどんな趣味ももってないはずだ。あいつが興味あるのは――」

城戸崎は言葉を止めた。

「真嶋が興味あるのは、なんなんだい」

「いや、犯罪で金を稼ぐことだと言おうと思ったんですが、あいつは金に興味があったのかと疑問に思えましてね。金を稼いでも、それを派手に使っていた様子はなかったですから」

「金に興味がないなら、何を目的として犯罪に手を染めていたんだ」

「なんでしょうね」城戸崎は考えを巡らせた。「初めてあいつと一緒に仕事をしたのは学生パーティーの主催だった。当時、パーティーの会場となるクラブのハコ貸しは、暴力団が仕切っていたでしょ。真嶋はそこを通さずにクラブを借りて、よくその筋とぶつかっていた。それを楽しんでいたようでしたよ。結局、それはずっと変わらなかったのかもしれない。いまも楽しんでいる」

「それじゃあ、ガキと同じじゃねえか。くだらねえ」福元は吐き捨てるように言った。

言ってしまえばそんなものだ。しかし、そのへんのいきがっているガキと同じに考えると、痛い目に遭う。あいつは、ガキのころからそのへんのやつとはどこか違った。

「とにかく、ネットや映像に興味はなかったということでまちがいはないんだな」

「まちがいないかと訊かれると、ちょっと答えに迷いますね。でもまあ、俺が知る真嶋は、そんなものに興味をもつ人間ではなかったと断言できますよ」

最後のほうは半ばやけだった。それがまちがっていようが知ったことではない。

福元は満足そうに頷いた。

「訊きたかったのはそれだけです。真嶋という人間の感触は摑めたので、充分です。判断する上でおおいに助けになる。ご協力、感謝します」福元は尾越のほうを向いて言った。

いったい何を判断するのだ。シノギを譲るのに相応しい相手かどうか、ということではないはずだ。福元は何か別の方法を考えている。しかし、それを大峰に話さなかったのだから、自信があるわけではないだろう。

福元に策を練っている時間はない。結局は真嶋にシノギを譲ることになるのか。

81

もう何度目か、痛みで意識が飛んだ。しかし、痛みがその状態に留まることを許さない。すぐに意識が戻り、脳の芯までかき回されるような痛みが襲う。

真嶋は口に詰めたシャツの切れ端を嚙みしめた。ナイフが体に入っているから、悶え苦しむこともできない。ただ、じっと耐えるしかなかった。

手術前、指を切断したときと同じ程度の痛みと高をくっていたが、その何倍も苦しかった。痛みのピークが続くことが精神力を溶かす。もともと狂っていた気が、さらにおかしくなりそうだった。

いったいどれほど、この状態が続いているのだ。五分か十分か、一時間かもしれない。俺の心臓をくれてやるから、痛みを取り除いてくれと、神に本気で祈っている。しかし、この館はやれない。誰にもやれない。

真嶋は痛みが和らぐなら、死すら受け容れてもいい気になっていたが、それでもなお、計画を手放す気にはなれなかった。

　月子は精製水を振りかけ、溢れた真嶋の血を流した。

　すぐにまた血がにじみだすが、その前に一瞬見えた赤い肉に向かって、ナイフを刺し込んだ。刃を滑らし、肉を切る。細かく動かす。生きたひとの肉は、なかなか切れなかった。

　思いのほか、時間がかかっていた。外から触って、弾の位置がわかるのだから、二、三分もあれば摘出できると思っていたが、もう五分も肉を切っていた。発達した真嶋の筋肉が、銃弾をがっちりとくわえ込んでいた。

　真嶋がうめき声を漏らした。びくびくと肩を震わす。しかし、体をくねらし、悶え苦しむことはない。すごい精神力だと感心はするものの、月子はその痛みを想像し、心を痛めることはなかった。ひとの痛みだと割り切っていた。だから、ナイフを操る手にためらいはない。

　精製水を振りかけ、血を流した。見えた。鉛色の銃弾が鮮やかな肉にめりこんでいる。月子はナイフの切っ先を、弾と肉の境界めがけて繰りだした。

　真嶋が肩を震わせ、漏らした声は、悲しげだった。月子は弾をほじくりだしながら、真嶋を犯しているような気分になった。

花井のところに、福元から交渉場所を伝える電話がかかってきたのは、昼前だった。思っていたよりも早かった。

実際に交渉が始まるのも早い。今日の午後四時でいいかと福元が訊くから、花井は四時半でと答え、それで時間が決まった。三十分遅らせたのは、相手の言うままに決めたくなかったからでもあるが、剣応会に焦りが窺えるので、少し様子を見たかったのだ。

すぐに真嶋に電話をかけた。しかし、真嶋はでなかった。少し時間を置いてかけ直してもでない。わざわざ交渉の時間まで決めて、その裏で接待所を襲うはずはないと思ったが、不安を感じた。

ひとまず、大竹に電話し、品川にある外資系ホテルの一室で交渉が行われることと、その時間を伝えた。意外に早かったですね、と言った大竹の声が上ずっていた。十歳ほど若い大竹の気持ちが、花井にはよくわかった。

ひとりで敵のなかに飛び込んでいくのだから、怖くないわけはなかった。しかし、恐怖はスリルであり、エクスタシーでもある。興奮が膨らみ喉を詰まらせる。それが快感に変わるのを期待して、胸を躍らせていることだろう。

大竹への連絡を終えて、また真嶋にかけたが、繋がらない。不安は恐怖ほど居心地のいいものではない。ひとの身を案じたところで、スリルもエクスタシーもなかった。

福元の電話から三十分ほどして、花井の携帯が鳴った。真嶋からだった。

画面に指を滑らせ、耳に当てた。口を開く前に、真嶋の声が聞こえた。

「おい花井、俺は生きてるぞ。これからも絶対にくたばりはしない」

これまで聞いたこともない明るい声に、花井は困惑した。

82

電話で話してから、田伏は一時間ほどで待ち合わせの有栖川公園に姿を現した。

島本は迎賓館で見たものを田伏に話した。門を固める男たち。

月子に医薬品を渡して外にでたとき、島本は三人の男たちに囲まれた。なかで何をやっていたんだと凄まれた。島本は言われた通り、強気にでた。――いや、強気とはほど遠かったかもしれないが、警察を呼ぶぞと大声で喚いたら、男たちは手を放し、道を開けた。

田伏は、月子はやくざに追われている男と一緒にいるようだと興奮気味に言った。どうやら田伏は、その男をもともと捜していたらしい。

しばらく外から様子を窺ってみることにした。田伏に言われて、島本はレンタカーを借りてきた。田伏を乗せ、館から離れたところ――住宅街の奥に進んだT字路に車を駐め、迎賓館を監視した。

時折、車から出入りするひとの姿が見えた。煙草を吸ったり、とくに緊迫した様子ではない。膠着《こうちゃく》状態が永遠に続くはずはなかった。この先、いったい何が起き、どういう結末を迎えるのかと考えると、島本は不安だった。元刑事の田伏なら、自分よりも適切に対処できるだろうと思って相談したのだが、いまひとつ何を考えているのかわからず、そこも不安だった。警察に頼らず、穏便に解決を図ろうというのだけは一致していた。

三時過ぎ、コンビニでおにぎりを買ってきて遅い昼食を車のなかで摂った。島本は朝から何も食べていなかったし、田伏も昼はまだだった。田伏は、まるで何日も食事をしていなかったかのように、がつがつとおにぎりを三つ食べた。しかしその間、迎賓館から目を離すことはなかった。集中力というより、何かに魅入られたような感じだった。

遅れて食べ終わった島本は田伏に訊ねた。

「田伏さんは、このあと、どういう風な状況になっていくと思いますか。もし、やくざたちがなかに入ろうとしたら、どういうタイミングで、警察に通報したらいいですかね。その状況によるとは思いますが、あらかじめ聞いておけば、心の準備もできますので」

田伏はゆっくりとこちらを振り向き、口を開いた。

「たぶん連中は、暗くなってから動きだすはずだ。なかのふたりが動かないのであれば、深夜まで待つ可能性が高い。だからその前に、こちらが動く。暗くなったら、どこか裏のほうから、なかに入ってみようと思っている」

「入ってどうするんですか」

島本は湧き上がる不安を意識しながら、訊ねた。

「月子と一緒にいる男を捕まえる。男を捕まえてしまえば、月子は諦めて館からでるだろう。そうしたら、警察に通報する。男は指名手配を受けているからすぐに警察はやってくる」

「そんな簡単に男を捕まえられるんですか」

「簡単とは言っていない。だが、不意をつけば、どうにかなる」

田伏は自信ありげな顔で言った。いったいその自信がどこからくるのか島本は訝った。

「じゃあ、もし、田伏さんが館に入ろうとしているときに、やくざたちが侵入したら、私はどうしたらいいんでしょう。なかの様子はわからないし、あなたは電話にでられない状態かもしれない。そのときは、もう警察に通報するしかないですよね」

「だめだ。俺がなんとかする。俺が捕まえるまで警察には通報するな」

「なんとかするって、やくざを相手に、ひとりでどうなるもんでもないでしょ」

「大丈夫だ。俺は命をかけている。どうにかなる」

「命をかけているからって、ことがうまく運ぶと決まっているわけじゃない。あなたはひとの命までかけようとしている。月子ちゃんを危険にさらすことはしないでください」

「彼女を危険にさらす気などない。俺が命をかけて守る。心配するな」

田伏は怒ったように言った。本気の言葉ではあるようだ。根拠は何もなさそうだったが。

警察を呼ぶタイミングは自分ひとりで判断するしかないと島本は腹を括った。

田伏はしばらく窓に視線を向けていたが、ふいにこちらに顔を向けた。

「天国はあると思うか」田伏はいきなりそう訊いた。

「えっ、急になんでそんなことを――」

「島本さんの事務所は、そんな名前だろ。だから、なんとなく訊いてみた」

迎賓館の監視に集中していた田伏が、なんとなくで訊ねるとも思えないが、島本は頷いた。

「厄介なことを訊きますね。ちょっと前ならないと断言していたと思います。いまなら、ないとも言えるし、あるとも言える、という答えになるでしょうか」

島本は田伏の表情を窺いながら言った。

「ないのか？　あるのか？」田伏は苛立ったように訊いた。

「ひとが死んだあと、天国にいくなんてことはありません。そういう意味では天国は存在しない。でも、ひとの心のなかに存在する。近親者を亡くしたとき、たいがいのひとが心のなかで、死者を天国に送っていると思います。天国にいる死者に語りかけたりする。死者を収める心の領域ともいえるのかもしれない。そういった意味の天国は存在するし、誰にも否定できないものなのだと思います」

そんなふうに思うようになったのは、翔子の死の影響だった。死んだ翔子に見られているような気がした。実際に、死者が天国から見下ろしているわけはないが、そういう感覚を必死になって自ら否定する必要もなかった。心のなかに死者を収める天国ができたのだと、気楽に考えればいいと島本には思えた。

「同じように、死んだら天国にいけると信じているひとの心のなかにも、やはり天国は存在するんだと思います」

とてもそう信じているとは思えない元刑事を横目で見ながら、島本は言った。

「宗教は生きているひとのためにある。だから、実際にいけるかどうかより、生きているひとの心のなかにあるかどうかのほうが、宗教的にみても重要であるように思います」

田伏は口を半開きにして、視線を上に向けていた。手を胸に当てると、視線が下りてきた。

「あんたは、宗教学者かなんかか」

「違います」島本は笑みを浮かべて言った。「ただの牧師の倅です。親に背を向け、芸能事務所の社長になった。そういう背景のある男の考えだと思ってください」

田伏は胸に当てていた手を、膝の上に置いた。

「俺は天国にいけないのか」

「……それは、私が答えるべきことではないと思います。田伏さんが、何を信じるかという問題だと思います」

いけると信じればいけますよ、と言ってもよかったのだが、田伏の表情が死にゆく者のそれのような気がして、島本は慎重に言葉を選んだ。

田伏はどこか窓の外に目を向け、大きく溜息をついた。

死者から見たら、決して辿り着けない約束の地が天国なのだろうと、島本は皮肉に考えた。

田伏は何も口にしないまま、いつの間にか探偵の顔に戻って、迎賓館の監視を続けた。

午後四時を過ぎ、あたりが薄暗くなってきたころ、田伏は迎賓館の裏の様子を確認してくると言って、車を降りた。

迎賓館の裏側にマンションが立ち並んでいるのは、この車を借りてきたときに見ていた。何かあったら携帯に電話してくれと言って、早足で離れていった。

夕暮れどきの街路には、ひとの動きも車の通りもなかった。島本はひとりになって不安を感じた。急速に闇が深まり、何かが起こりそうな気がしてくる。

島本の勘は当たった。深夜を待たずに動きがあった。

田伏が車を降りてから十分ほどたったとき、有栖川公園のほうから、車が入ってきた。へッドライトを灯した二台の車が迎賓館の門の前を通り過ぎ、塀際に寄って停まった。一台はトラック。もう一台はワンボックスカーのようだ。

もともと駐車していたセダンからひとり降りてきて、ワンボックスカーに近づいた。車の傍らに立ち、なかの人間と話をしている様子だ。セダンからもうひとり降りてきて、話をしていた男とともにワンボックスカーに乗り込む。セダンがヘッドライトを灯して走り去った。

男たちの動きは活発だった。トラックから降りてきた男ふたりが、壁際に赤いコーンを並べ始めた。何か工事をするようだ。しかし、それは普通の工事ではないはずだ。迎賓館のなかにいる者に、何かしかけるためのカモフラージュなのではないか。島本はコンソールの上に置いた携帯電話を取り上げた。発信履歴を開き、田伏にかけようとしたが、気を変えた。

83

花井と電話で話してから、調理室でしばらく横になった。月子が敷いてくれた毛布に腹這いになっていると、痛みがこれでもかというくらいに襲ってきた。それでも、なんとか眠ることはできた。横になる前に飲んだ鎮痛剤が効いたようで、目覚めたときには、いくらか痛みも和らいでいた。

弾の摘出に成功し、腕を上げられるようになった。痛みもかまわず、腕を上げ下げしたため、簡単にテープで留めていた傷口が開いてしまった。真嶋は管理人室に下り、月子に傷口の処置をしてもらった。傷口を力いっぱい寄せてテープを貼っていく。さらにその上にガーゼを当ててまたテープで留める。月子はひとの痛みなどかまわず、てきぱきと処置を施した。真嶋は痛みに悶え、声を漏らした。しかし、それほど苦にはしていなかった。このあとに訪れるはずの、痛みが引いていくときの快感を知っているから、いくらでも耐えられる。

弾を摘出しているとき、死を望んだ。それほど耐えがたい痛みだった。手術が終わって、痛みが半減した。もうあの痛みを味わわなくてすむのだと思ったら、ほっとしたし、なお強い痛みは残っているのに、妙に心が浮き立った。あの痛みにくらべれば、死の苦しみは怖くない。しかし、死を受容したはずなのに、生への執着がにわかに芽生えていた。

もともと死を恐れていなかった。ひとの命も自分の命も軽かった。この接待所をひとりで襲撃するときに特別な覚悟は必要なかった。失敗すれば死が待っていることを、無頓着に意識していただけだった。痛みに耐えかね、死を望んだ。死こそ安らぎだと、あのときは悟った気になっていたが、痛みが和らいだとき、充足感に心が浮き立っていた。生きていることをこれほど実感したことはなかった。

生への執着が確実に根づいた。それによって、この計画を成功させようという気持ちがさらに強まった。失敗は死を意味する。暗い無の世界に墜ちる気はなかった。

月子が、脇腹の傷に当てていたガーゼも替えてくれた。背中側はだいぶ出血が収まってい
た。骨盤の上の前側に当てていたガーゼを外したら、どろっとした血の塊が穴から垂れた。

気持ちが悪いことは気持ちが悪かった。

「真嶋さん、フリースを着たほうがよくないですか」

ガーゼをテープで留め終えた月子が言った。

「しばらくはこのままでいい。傷が冷えて気持ちがいいんだ」

二枚アンダーシャツを着ていたが、手術前に、二枚とも背中の真ん中から切り裂いていた。

「すごいですね。それだけの傷を負って、よく平気で動けますね。尊敬してしまいます」

床に転がる、吉岡の娘が言った。

「褒めるなら、もう少し心を込めたらどうだ。わざとらしすぎるんだよ」

どうでもいいことだが、いちおう知り合いの娘だから、助言してやった。

「私、だめですね。うちの教団では、ひとのいいところを見つけ、褒めることを、心づけと言って奨励しているんです。信者のコミュニケーションの基本です。私も子供のころからやっているので、いいところを見つけるのは得意なんですけど、口にだすのはいつまでたってもうまくならないですね」

「どうせゲームなんだから、わざとらしいくらいでいいんじゃないですか」

　しゃがんでいた月子は立ち上がり、冷たい声で言った。

「そう、どうせゲーム。たいそうなものではないわ。だから高橋さんも、気軽にゲームに参加しない？　真嶋さんとふたりで、うちの教団に入信しませんか。そうすれば、うちの教団がふたりを守ります。ここから生きてでられますよ」

「そんなわけない。紅倫教は剣応会と繋がっている。剣応会を攻撃する俺は紅倫教にとっても敵だ。そもそも俺は悪魔なんだろ。守るどころか、入信もできないはずだ」

「悪魔が回心することはあります。私が口をきけば入信できますよ。信者になれば、教団の力が及ぶ限り、守ってくれます」

　吉岡の娘はきっぱりと言った。嘘くさくは聞こえなかった。

「剣応会とは、もともと北朝鮮の覚醒剤を密売することで繋がっていました。北朝鮮に多額の利益をもたらすことになるので、教主様にとって意義のあることでした。けれど、二十年くらい前に、北朝鮮は覚醒剤の供給をやめたんです。剣応会は他から密輸し、商売を続けました。覚醒剤の保管場所が必要なので、教主様に頼んで、そのままここが使えることになった。だから教主様にとって、剣応会とは腐れ縁みたいなもので、意義はないんです」

「そうは思えないがな。金のやりとりはあるんだろ」

「確かに、いくらか家賃のようなものはもらっているようです。でもそんなのは、微々たるものです。私が真嶋さんのことを打ち明けたとき、教主様は剣応会にそのことを伝えませんでした。私たちの手で悪魔を撃退しなければならないからですけど、もし私たちが悪魔退治に失敗すれば、ここは崩壊するかもしれないし、もっと大きな災難が教団に降りかかるかもしれないんです。剣応会に伝えなかったということは、それもしかたがないと教主様は受け容れているということです。教主様はかなりの高齢ですから、自分の後継のことを常々考えていらっしゃいます。あとの者にこの場所を受け継がせたくないと思っているようです」

確かに、この女を刺客として送り込むぐらいだから、失敗も覚悟していただろう。

「しかし、大きな教団を率いる教祖が、そんなどっちつかずでいいのか」

「そうですね。教団を運営していくには、経営者的な感覚も必要でしょう。だけど、やはり会社の社長とは違うんです。たとえどんなに教団が大きくなっても、合理性だけでは動けない。神を信じ、運命を信じているのです。何か問題が起きたとき、ある程度の対処をしたら、あとはどう動くか、運命にまかせるようなところがあります。それが思うような結果でなくても、運命だと受け容れる。今回もそういう感じでした。とにかく、ここを襲った真嶋さんが、教団にとって絶対的な敵ではないとわかっていただけたでしょうか」

「ああ、わかった」

教団が、必ずしも剣応会と一枚岩ではないと納得した。

「いまやっていることが失敗に終わりそうになったら、入信も考えてみる。よろしく頼む」

真嶋は軽く言ったが、本気だった。それで生き延びられるなら、入信してもいいと思った。

「高橋さんはどう?」

「これも何かのゲームなんですか」月子は感情のこもらない声で言った。

「そうね。これは完全にゲームね」吉岡の娘はそう言って、真嶋に目を向けた。「私、教団から離れられそうにないでしょ。だから、その生活のなかで、ゲームの流れを変えてみたら面白いかもと思ったの。真嶋さんみたいなひとが信者になったら、きっと何か変わる。いつの日か、教主になることもありうる気がするの。ねえ、面白そうでしょ」

月子は答えなかった。

できた沈黙を破るように、携帯電話の着信音が響いた。デスクの上の、月子の携帯だ。真嶋の充電器で、充電しているところだった。月子はデスクに近寄り、携帯を取り上げた。画面を見て、こちらに顔を向けた。「薬をもってきてくれたひとからです」

「でてみろ」

月子は電話にでた。相手の声がかすかに漏れ聞こえた。しばらく頷いていた月子が、驚いたように「えっ」と声を発した。

「外で動きがあったみたいです。外のひとたちが何か工事を始めようとしているって」

「工事だって？　外にいた連中がやるのか」

「トラックとワンボックスカーがやってきたそうです。もともといた男たちが、そっちの車に乗り込んだというので、仲間であるのはまちがいないです。赤いコーンを塀際に並べているらしく、いかにもこれから工事を始めるという感じで――」

「わかった。いってみる。電話の相手に、近づかないよう、言っておけ」

真嶋はそう言いながら、床のザックの上にかけたフリースジャケットを手に取った。電話を終えた月子に手伝ってもらい、ジャケットを着、ザックを背負った。

「すみません、教団に電話してみるんで、手のロープを解いてもらえませんか。真嶋さんの入信を打診してみます」吉岡の娘が甘えるような声で言った。

「そんなのはいよいよ危なくなってからでいい。まだそんな状態じゃない」

真嶋はザックのハーネスをしっかり留め、ドアに向かった。

もう間もなく四時半になる。ちょうど直接交渉が始まるころだ。いったい、連中はどういうつもりなのだ。保管庫を奪還しようと襲いかかるつもりなら、交渉などしない。何よりこちらには映像がある。あの映像を使っての脅しはきいているはずだ。

日が落ち、外は薄暗くなっていた。門のほうに向かったが、思いついて引き返した。剣応会が残していったセダンに乗り込んだ。方向転換し、門に向かう。通用口を塞ぐように、塀際に停めた。

車から降り、ボンネットに飛び乗った。車の屋根の上にあがると、塀の外が見えた。四、五メートル離れたところにワンボックスカーとトラックが駐まっていた。その向こうで、ひとが動いているようだが、車の陰になってよく見えない。工事を始めようとしている男たちがいるのは庭側で、建物が隔てているため、車をそちらへ移動させることはできなかった。

「おい、何やってんだ。交渉を打ち切ってもいいのか」真嶋は大声で叫んだ。

車の向こうの人影が動きを止めた。しかし何も返事はない。すぐに人影は動きだす。

真嶋は腿のポケットから銃を取りだし、ワンボックスカーのほうに銃口を向けた。

「おい、でてこい。窓に撃ち込むぞ」

ほどなく、スライドドアの開く音が聞こえた。真嶋は腰を屈め、頭を低くした。

男がワンボックスカーから降りてきた。ヘルメットを被り、作業着を着ていたが、どうやら、仕入れたブツを運んできた男たちのひとり、あの小柄な男のようだった。

「おい、そんなぶっそうなもんはしまえ。俺は何ももっていない」

男は、車の後方にでてきた。手を上げ、何ももっていないことをアピールする。

「いったい、何をしてるんだ」真嶋は銃を突きだしたまま、訊ねた。

「そろそろ交渉が始まるだろ。お前たちが、何かとんでもないことをしでかさないように、プレッシャーをかけてるだけだ。別に何もしやしない」

「ふざけるな。俺たちの代表はひとりだ。何ができるっていうんだ」

「さあな。俺たちは上の命令で動いているだけだ。それよりそいつをしまえ。車がきたぞ」

真嶋は公園のほうをちらっと窺った。車のヘッドライトが見えた。

「作業しているやつらを車に戻せ。それが先だ」

男は車のほうに引き返していく。ヘッドライトが近づいてきて、真嶋は銃を引っ込めた。

小柄な男はワンボックスカーの陰に消えた。すぐに話し声が聞こえた。それから間もなく、荷台の脇を通りすぎ、トラックの前方に消えた。

また話し声がした。塀際にいた人影が見えなくなった。トラックのドアが開き、ふたりが乗り込む。すぐに、小柄な男がワンボックスカーの陰から姿を現した。真嶋は銃を向けた。

「言われた通り、車に戻した。そいつを引っ込めろ」

「ここから消えろ」

「そんなこと簡単にできねえよ。上の確認を取らないとな」

「だったら、まず車を移動させろ。向こう側のマンションの横に停めるんだ」

車の陰にひとが隠れている可能性がある。

「それだってなあ」

「二、三発、撃ち込んでやろうか。ごちゃごちゃ言ってないで、早く動かせ」

「それにしたって――」

真嶋は銃口を地面に向けて、引き金を引いた。銃声が響き渡る。

「――おい」小柄な男は目を剝き、声を上げた。

「いまので警察がやってくるかもしれないな」

真嶋は宗教家と同じように、運命に身をまかせてみようと思った。

「……ばかなことを」

「さあ、早く車を動かせ」真嶋は男に銃口を向けた。

「くそったれ」

吐き捨てるように言うと、男は車のほうへ駆けていった。

84

二十六階でエレベーターを降りた。そこはロビーで、ビルの高層階にあるとは思えない吹き抜けが壮麗だった。大竹は見とれることなく、ロビーを進んだ。

どこかで剣応会の人間が監視しているはずだが、それらしいやくざ者は見当たらない。大竹は手を肩ぐらいまで上げ、中指を立ててやった。

客室に上がるエレベーターに乗り、二十九階で降りた。目的の部屋の前に立ち、花井に電話をかけた。これから部屋に入ることを告げた。携帯をしまい、軽く拳でノックした。

思いのほかドアが開くまでに時間がかかった。ドアを開いた男は、何も言わず、仏頂面で睨みつけてきた。その後ろにもうひとりいて、身体検査をすると言った。大竹は苦笑いを浮かべて、腕を広げた。男が隈なく体を触り、武器などもっていないことを確認した。

部屋は広いスイートルームで、四人の男がいた。出迎えたのを入れて六人だ。

「ずいぶん手厚い歓迎をしてくれるんだな。てっきり嫌われているもんだと思っていた」

四人は応接セットの周りにいた。ひとりだけソファーに座っている。それが福元だろう。

「よくひとりでこれたな。ふざけたまねしやがって、生きて帰れると思うなよ」

ソファーの後ろに立つひとりが言った。

福元以外はみな若い。いちばん年がいってそうなやつでも、せいぜい三十歳くらいだった。血の気の多そうなやつばかりを集めている。

「あんたが福元さんだな。俺が大竹だ」大竹は福元の向かいに腰を下ろした。

「誰が座っていいって言ったんだよ」福元の背後に立つ、別の男が言った。

大竹はソファーにもたれ、足を組んだ。

「福元さん、話し合う気はあんのかい。俺はべつにいいぜ。交渉がうまくいかなくても、時間を無駄にしただけですむ。しかし、あんたたちは違う。仕事も組織も失うことになる。剣応会を潰した男、という汚名も一生ついて回るんだろうな。好きにしろ」

それでも福元は口を閉じたままだ。

「おしまいだな。あの映像を公開する」と言って、大竹は携帯を取りだした。

「待てよ。何、焦ってんだよ」

福元がようやく口を開いた。

「おい、この部屋で携帯を使うのは禁止だ。預からせてもらうぜ」

大竹の背後で言ったのは、先ほど身体検査をした男だった。

「言い忘れたが、仲間から三十分おきに電話が入る。俺がそれにでなきゃ、自動的に映像はネットで公開されることになっている」

大竹はそう言って、携帯をコートのポケットにしまった。

「なあ、大竹さんよ、みんなあんたたちにむかついてんだよ。これは実際、手厚いもてなしと言えるもんだ。そうとう、気持ちを抑えてるんだからよ」福元は腕を組み、静かに言った。

「あんたたちは、やくざも汚いことをやってるんだから、このくらいのことをやったっていいと思ってるんだろうな。同じ土俵にいると考えているんだろ。――なあ、いいか、俺たちやくざは、犯罪や暴力の世界に秩序を作りながら生きてるんだ。できるだけはみださないよう、最小限の暴力ですむよう、注意を払いながらやってきた。お前たちにはなんの秩序もない。ただの破壊者だ」

「驚いたね。ここへきて、説教を受けるとは思わなかった。結局、やくざは半端もんなんだよ。社会からはみだしているようではみだし切れない。はみだす勇気がないのさ。俺たちにはそれができたというだけのことさ。あんたたちこそ勘違いしている。一般社会のひとと同じ土俵にいると思っているんじゃないのか。はみだし者だということを忘れてるぜ」

大竹はいっきにそう言って、かぶりを振った。くだらないお喋りにつき合ってしまった。

「じゃあ、今日は思い切りはみだしてやろうか。お前をここの窓から吊してやってもいいんだぞ」

「だから、お好きにと言っている。交渉する気がないなら、それまでだ。いいんだな」

福元は口をへの字に結んで、答えない。

いいわけがない。こいつらは誰ひとりとしてはみだせない。自分の組織から飛びだすことも、それを潰すこともできやしない。だからこちらに勝ち目があるのだ。

「今日はやめにしておくか。気持ちの整理がついたら連絡してくれ」大竹は立ち上がった。

「まあ、そう言わずに。お茶ぐらい飲んでってくださいよ」

出迎えたひとりが、そう言って茶碗を運んできた。

「話し合いは、まだこれからだろ。何、焦ってんだよ。座ってくれ、話をしようじゃないか」福元は急に声を和らげ、言った。

大竹は腰を下ろした。とたん、頭に熱湯が降ってきた。

予想していたわけではないが、何か起きるのではないかとかまえていたから、さほど驚きはなかった。反射的に首をすくめた以外は、黙って茶を浴び続けた。熱湯による痛みが頭頂部からじんわり広がる。首筋までいくとさほど熱くはない。膝の上にぼたぼたと滴が垂れた。

「これが話し合いか。だったら、いくらでも話し相手になってやるぜ」

大竹は脇に立つ男を見上げ、福元に視線を移す。福元の背後の男たちがくすくすと笑う。

「そんなわけないだろ。若いやつは抑えがきかなくていけねえ。すまねえな」

大竹は福元の言葉に頷いた。背筋を伸ばし、濡れた髪をかき上げる。脇に立つ男をまた見上げた。男はにやにやと笑い、こちらを見ていた。

口に溜まった唾を吐きかけた。うまく男の頬にかかった。一瞬にして顔が強ばり、歪んだ。

「やるか？」大竹は訊いた。

こいつらはどこまでやる気なのだ。最初はただのはったり、つっぱっているだけだと思った。あの映像がある限り、どこかで折れるはずだと高をくっていたが、どうも様子がおかしい。この連中がむかついているのは当然としても、どこか余裕が見えるのだ。いつでもやってやる、というような余裕が——。大竹はキレていなかった。ただ確かめたかった。

「おい、やんのか。それで交渉は打ち切りだと言っても、やんのかよ」

「まあ、楽しめよ。気をつけてな」

花井は大竹にそう声をかけ、通話を切った。

「いよいよ始まりますか」谷口がこちらに顔を向けて言った。

「ああ、ホテルの部屋の前からだった。いまごろ部屋に入ってるだろう」

「大竹さんなら、いきなりぶちかましてくれんでしょう」

「あの男はぶちかましたりしない。真嶋さんの教えを守って冷静に計算を働かせていくさ」

花井は携帯の画面で時刻を確認した。三十分後には大竹に電話をかけなければならない。

「なあ、酒を飲まないか。ここまでこぎ着けた祝いに」

谷口の後ろからパソコンを覗いていた、宮越が言った。

「ここまでって、まだこれからでしょうよ」花井は呆れ気味に言った。

「一杯だけでも、どうだ。ここで飲んでおかなきゃ、次にいつ機会がくるかわからんぞ」

確かに、長い交渉になる可能性も充分にありえた。

「いいですね。一杯だけならかまわないんじゃないですか」谷口もそう言った。

花井は頷いた。一杯ぐらいなら、と考えたのだが、すぐに気をかえた。

「やっぱ、やめておこう。大竹が敵のなかで奮闘してるのかと思うと、後ろめたい。真嶋さんも、傷だらけで踏ん張ってるんだし。また機会はある」

「そうだな。また機会があるだろう」やけにがっかりした顔で宮越は言った。

「確かに、俺たちだけで飲むのはまずいっすね。だけど、いったんその気になるときついっすよ。酒のことばかり考えそうで」

「そんな暇、あんのか。映像の編集は終わったのかよ」花井は谷口に言った。

脅しを強固なものにするため、一部を抜きだした映像を、誰でもアクセスできる動画サイトに逐次、公開する予定だった。谷口はその編集を行っていた。

「大丈夫っす。短いのを三本、編集済みです」

谷口が自慢げに口の端を上げた。宮越が廊下のほうに目を向けた。何か、音が聞こえた気がする。

宮越がこちらに顔を向けた。まるでひどい腹痛にでも襲われたような表情をしていた。

「やっぱりだめだ。花井、逃げてくれ。窓から逃げろ」

「──何、言ってんです」

花井は困惑した。しかし、廊下で音が聞こえて、おぼろげに理解した。

「谷口、映像をアップしろ！　オリジナルのほうだ」

そう言って、腰を浮かした。廊下をやってくる靴音。──間に合わない。

「谷口、パソコンをもって逃げろ」

花井は立ち上がって、かまえた。その瞬間、ドアが開いた。男が飛び込んできた。花井は腕を広げ、向かっていった。

ひとり、ふたり。その後ろにもいる。先頭の男が横殴りに、棒のようなものを振り回す。花井は腕で受け止めたが、次の攻撃にはなんの対処もできなかった。脳天に振ってきた棒をまともにくらった。

痛みを意識したのは一瞬だった。突如、スローモーションの映像を見ているような感覚になった。それでも、黒い影に向かっていった。腕を伸ばすが届かない。後ろに体を引かれ、床に押し倒された。

頭や背中をしたたかに打ち据えられた。背中にひとの重さを感じた。首筋に硬いもの──棒で押さえつけられた。

窓際で、同じように谷口がふたりの男に押さえつけられているのが見えた。宮越は床に座ったまま、天井を見上げていた。

「宮越、あんた、裏切りやがったな」

花井は声を絞りだした。首筋を押さえる力が強まった。

「すまねえ。かみさんがこいつらに捕まって、ひどいことを……。自分の命ならいいが、あいつを見捨てることはできなかった。ほんと、すまねえ」

「死んじまえ、じじい」谷口が罵声を浴びせた。

男が谷口の顔に棒を叩き込んだ。谷口は声を上げて、床に突っ伏した。

「てめえら！」

それしか声がでなかった。花井は顔に蹴りを食らった。

谷口と花井に、ふたりずつ男がついていた。もうひとりいたはずだが、姿は見えない。

玄関のドアが開く気配がした。廊下をやってくる靴音がした。

ふたりの姿が見えた。たぶん、ひとりは最初に入ってきたなかにいた。大柄で、いかにも、やくざといった面構えをしていた。もうひとりは、スーツを着た、ひょろっと背の高い男だった。長めの髪を七三に分けている。学校の教師とか塾の講師のイメージだった。

スーツの男が谷口のパソコンに向かい、キーを叩いて何か操作を始めた。

「映像というのはこれですか」

スーツの男が訊ねると、大柄な男はそうだと答えた。

終わった。自分たちの計画は失敗に終わったと花井ははっきり理解した。

スーツの男は、ぶつぶつ言いながらパソコンを操作し続けた。二、三分たったとき、男は手を止め、背後に立つ大柄な男を振り返った。

「誰かに送ったり、メディアにコピーした形跡はないですね。聞いていた動画共有サイトにアップしただけです。タイマーかけて、動画サイトにアップされるようになってるとか、そんなしかけもない。ここにあるファイルがすべてです」

「じゃあ、これを消してしまえば、問題なくなるんだな」

「ええ、まず。――もちろん、ここに送ってきたオリジナルがどこかにありますけど」

「それはいい。これから、なんとでもする」

大柄な男はそう言うと、携帯を取りだした。手元で操作し、耳に当てた。

「オーケー、完了です」

すぐに耳から外し、またかける。

「オーケー、完了です」

もう一度、同じことを繰り返した。

「オーケー、完了だ」

花井は「うぉー」と大きく叫び、腕に力を込めた。背中に乗った男ごと、体を浮かした。男を振り落とそうと、体を揺すった。どうにかしないと。仲間が全滅になってしまう。何かを残したいと、これまで思いもしなかった欲求が湧いた。

後頭部に一撃を食らって、床に突っ伏した。首に棒を押し当てられ、頭をもち上げられた。苦しい。息ができない。

「もうそいつに用はない。好きにしろ」

男の声が聞こえた。花井は棒を摑んで、体を揺すった。

「逃げろー！」

声を限りに叫んだ。

脇に立つ男と睨み合った。視線がわずかに揺れる。福元の指示を待っているのだろう。大竹は福元に向き直った。福元も合わせた視線を揺らす。この男も何かを待っているのか。

「どうした、誰もかかってこないのか」大竹はそう言って、携帯電話を取りだした。

「かかってこないなら交渉を取りやめる。映像を公開しろと、仲間に連絡するぞ」

揺さぶりをかけてみた。しかし変化はない。男たちの視線が、少し強くなったくらいだ。携帯の着信音が鳴った。手にした携帯に目を向ける。自分のではなかった。

「すまない、電話だ」

福元がそう言って、上着のポケットに手を差し入れた。携帯を取りだし、耳に当てた。

「ああ、わかった。オーケー、了解」

そう言っただけで、携帯を耳から離す。ポケットにしまった。こちらに目を向けない。背後の男たちの肩から、力が抜けるのがわかった。

大竹もポケットに携帯をしまい、「福元さん」と声をかけた。福元がこちらに目を向けた。これまでになく硬い表情をしている。大竹は足を上げた。テーブルを思い切り蹴った。

移動したテーブルが、福元の脛を打つ。福元が悲鳴を上げた。

大竹はすぐさま、男が立つのとは反対側に飛んだ。床を転がり、膝をついて起き上がる。

大竹が飛んだのは、部屋の奥だった。ドアを目指すには、出迎えたふたりを蹴散らさなければならない。

「やれっ！」と叫ぶ福元の声を聞いた。

やはり、こいつらはとことんやるつもりだったのだ。何かの指示を待っていた。大竹はクラウチングスタートの体勢で、床を蹴った。頭を低くしたまま、突っ込んでいく。男の腹に、頭をめりこませ、肘で突き上げた。男はソファーのほうに飛んだ。

大竹に茶をかけた男がソファーの脇からでてきて、立ち塞がった。大竹は頭から床に向かった。床に手をつき、前転する。回転で勢いをつけた足を、男の体に叩きつけた。男もろとも、倒れ込んだ。すぐに足を引き寄せ、横に転がる。手をつき、起き上がった。福元の後ろにいた三人が向かってきた。ひとりが大竹に飛びかかる。

大竹は一瞬、迷った。逃げても間に合わない。ならば、迎え討つか。それでも逃げるか。

ふいに何かが外れたように、感情が溢れだした。怒りが心に充満した。大竹は叫びを上げながら、拳を繰りだした。

飛び込んできた男の顔面に拳を叩きつけた。しかし、勢いに押され、そのまま後ろに倒れ込む。のしかかってきた男を押しのけ、その上に乗った。さらに殴りつけようとしたとき、後ろから羽交い締めにされた。下にいた男が這いでると、床に押し倒された。大竹は暴れた。顔の前にきた手に噛みついた。獣のような自分の声を久しぶりに聞いた。

何人がかりなのか、手足を押さえられ、動けなくなった。髪の毛を引っぱられ、頭を上げたとたん、首に紐が巻かれた。男がふたりで両側から引っぱった。

顔が膨れあがるような感覚があった。声がだせない。怒りが出口を失った。

俺もやくざに殺されるのか、ヒロさんのように。

頭が爆発しそうだった。体を揺すった。上に引っぱられる首を、無理矢理ねじった。見開いた目を、男の目に合わせた。紐を引く男は、視線をそらす。大竹は声を絞りだした。

「見ろよ。俺の目を見てろ」

視線で殺せると思った。

85

真嶋はワンボックスカーに狙いをつけた。

小柄な男は車に戻ったが、一向に動きだす気配がなかった。エンジンをかけていないし、ドアを閉める音も聞こえてこない。車の窓に一発撃ち込んでやろうかと考えていた。

携帯電話の着信音がどこからか聞こえていた。意識がその音に向かったとき、車のエンジンがかかり、着信音はかき消された。

ワンボックスカーのライトが灯った。トラックの荷台が照らしだされる。やっと車を移動させるのかと思ったとき、ライトが消えた。

「いけっ！」と叫ぶ、男の声が聞こえた。

いきなりけたたましい音が上がった。よりかかる塀が震えた。思考を麻痺させるほどの音量だった。

コンクリートをドリルで穿《うが》つ音と振動。トラックの向こうで何かを始めた。やはりひとが隠れていたのだ。

　トラックの荷台に人影が現れた。真嶋はとっさに銃を向けたが、ふいにこの音の意味に気づいて、車の屋根の上に伏せた。とたん、塀に着弾した音がかすかに聞こえた。

　塀の上にひとの姿を見た。ふたりいる。真嶋は伏せたまま、腕を伸ばす。引き金を引いたときには、ふたりの姿は宙にあった。

　真嶋のすぐ横、車の屋根の上にいきなり穴が空いた。視線を上げると、塀の上からひとの上半身が覗いていた。そちらに向けて銃弾を発射しながら、塀を強く蹴った。反動で転がり、屋根の上から落下した。

　背中から落ちた。ひどい痛みを感じたが、動けた。敷地に下りたふたりが建物の間を通ってこちらに向かってくる。真嶋は車の下に潜り込んだ。

　先頭の男の足に狙いをつけた。充分、引きつけ、引き金をゆっくり絞る。どさっと人影が地面に倒れた。後ろにいた男が慌てて引き返す。真嶋は車の下から這いだし、駆けた。

　弾はあと一発だけだが、替えの銃を取りだすことなく、全速力でエントランスに向かった。

　ドリルの音をものともせず、銃弾が空気を切り裂き、耳元で不気味な音を響かせた。いまにも頭に撃ち込まれるような焦りを感じながら、逃げた。死から遠ざかろうと必死だった。

　なんなんだ、この気持ちの悪さは。必死に逃げる自分に真嶋は苛ついた。

いずれにしても死ぬ気はない。連中に大きな打撃を与えなければ気がすまなかった。剣応会が襲ってきたことで、花井たちや大竹の運命を悟った。連中はあの映像を確保したのだ。

エントランスに近づいてきた。正面に見える裏の塀の上に動くものを見つけた。人影だ。真嶋は腕を伸ばし、銃弾を放った。

急速にあたりは暗くなった。これなら闇に融け込めると確信し、田伏はフェンスを越えた。高級マンションだから、建物のなかに入るのは難しそうだったが、敷地内に入るのにはそれほど困難はなかった。建物の側面にある駐輪場に入り、奥に進むと、建物の途中にフェンスがあった。そのさらに奥はコンクリートの塀で行き止まりになっている。それが迎賓館の裏の塀だと思われた。

フェンスを乗り越えた田伏は、奥まで進んだ。建物と塀の間は一メートル以上あり、楽に入れた。塀の高さは二メートルほど。塀には横に延びる浅い溝があり、そこに足をかければなんとか上れそうだと確認できた。

四時半過ぎ。ちょうど日没を迎えたあたりだ。空はまだいくらか明るさを残していた。忍び込むのはもう少したってからのほうがいい。一度、車に戻ろうかと考えていたときだった。静かな住宅街に、突如、騒音が響きだした。ドリルの掘削音のようだ。

こんな時間から工事だろうか。しかも、年末のこの時期に。どの方向か特定できなかったが、そんな遠くではなかった。まさか剣応会の連中が動きだしたのか。田伏は島本に訊いてみようと、携帯電話を取りだした。そのとき、ドリルの音に混じって、別の音が聞こえた気がした。耳を澄ましているとまた聞こえた。火薬の弾けるような音。銃声だ。

携帯をポケットにしまい、田伏は塀に飛びついた。爪先を溝にかけて、必死によじ登る。上半身が塀の上にでて顔を上げた。

見えた。初めて見る塀の内側。目に飛び込んできたのは、ひとの姿。こちらのほうに駆けてくる。

広い敷地は照明に乏しくても、明るく見えた。駆けてくるのは真嶋である気がした。後ろから追いかけてくる姿もあった。

遅かったか。やくざたちは、日没とともに襲いかかったのだ。どうする。このままなかに入るか。そう考えていたとき、真嶋らしき男の腕が上がった。

銃だ。そう意識に浮かんだ瞬間、かすかな銃声を聞いた。空気を切り裂く音。田伏は反射的に体を後ろにひいた。バランスを崩し、手が塀から離れた。恐怖を感じる間もなく、後頭部を壁面にぶつけた。体を地面に打ちつける。意識が遠のいていった。

男たちの動きが活発になってきた。これは田伏にしらせたほうがいいかもしれない。島本がそんなことを考えていたとき、ふいにワンボックスカーのヘッドライトがついた。移動するのかもしれないと見ていたら、ライトは消えた。トラックが駐まるあたりがいっそう暗くなったように感じた。

大きな音が響いた。車の窓をびりびり震わせそうなほどの騒音。工事が始まった。ドリルの音だ。

ワンボックスカーからひとが飛びだしてきた。四人いる。トラックに向かい、次々に荷台に上る。

荷台に上がったふたりが塀に飛びついた。とうとうそのときがきた。やくざたちが館のなかに攻め込むのだ。

島本は携帯を摑んで、車を降りた。一度、深呼吸をして、迎賓館のほうへ向かった。

残りのふたりも塀を乗り越えた。赤いコーンで仕切られた現場でひとりが塀に向かって作業をしている。島本は道の反対側を歩いて近づいた。

車を通り過ぎて、道を横切った。塀に沿って進み、門の端までできて立ち止まった。

何か音が聞こえた。ドリルの音にかき消されそうだったが、タイヤがパンクしたような音が、塀の向こうで確かにした。しかし、あれはパンクではない。銃声だ。

島本は携帯電話の発信履歴を開いた。迷わず、田伏の番号に発信した。しかし、こんなときに限ってでない。コール音を聞き続けた。

島本は電話をいったん切り、月子の番号にかけた。こちらはすぐに繋がった。

「はい」と静かにでた月子に、「たいへんだ、撃ち合いになっている」と早口に言った。

「わかってます。でも、心配しないで。私は安全なところにいるので大丈夫ですから」

「ほんとに？」

月子は、はいと答えた。確かに、電話の向こうは静かだった。月子の声も落ち着いていた。

「私のことだけ考えてください。私は大丈夫、警察には通報しないで。お願いします」

「わかった。その安全な場所にいて。また安否の確認の電話をするから」

「はい。——あっ、でも、この携帯の電池、すぐになくなってしまうんです。だから、電源が入っていなくても、気にしないでください」

「そんな。充電器はないのかい」

「いまいるところにはないんです。でも、でられたら、でます」

「わかった。とにかく、早く電話を切ったほうがいいんだね」

島本は焦ってきていた。自分のバッテリー残量が残りわずかになったような気分だった。

「社長、ありがとうございました」

「なんだよ、あらたまって。これが最後みたいでいやだな」

「言っておきたかったんです。私は社長と別の世界に生きています。社長の世界にいくことはできない。でも、その世界に触れられて、よかったと思っています」

「そうなのかい。でも別の世界ってなんだい。いまいるところ？　それは違うよ。それは月子ちゃんとのいるところじゃない。こっちへおいでよ。まだ間に合う」

月子を救う最後のチャンスだと思った。島本は必死で言った。

「いきたくありません」月子の声が冷たく響いた。「社長に会いたくもありません。電話だから話せるんです」

うぬぼれじゃなく、やはり自分には月子を救う力がある。きっと彼女はそれを恐れているのだと思った。

「僕はずっとそばにいるから。何かあったらすぐそこにいくから。僕は諦めない。月子ちゃんを連れ戻すよ」

気持ちが届け、と念じながら島本は言った。

しかし、言葉すら届いていなかった。通話は切れていた。

86

自動ドアが開き、エントランスを潜った。壁の陰に座り込み、替えの銃を取りだした。

真嶋は大きく息を吐きだした。心に怒りが充満していた。この期におよんで命を惜しむ自分に腹が立っていた。生きている実感、生への執着などを、なんで歓迎したのだ。

命の価値が低いタイで四年過ごし、自分の命もずいぶん軽くなったと思っていた。命の軽さは、身の軽さと一緒だ。死の重たさから解放され、動きが軽くなる。どんな無謀な計画にも向かっていける。自分にとって、最強の武器だった。

仲間たちを失い、自分の命はさらに軽くなった。惜しむほどの重さなどあるわけはない。

真嶋はザックから弾を取りだし、装塡した。

自動ドアの前に立った。扉が開いて外に顔を覗かせた。いた。三人が壁に張りついていた。すぐに体を退く。ドリルの音を衝いて、銃声が耳に届く。真嶋は腕だけをだして、連射した。

男たちが駆けだした。隣家とを仕切る塀のほうへ走っていく。真嶋も外にでた。エントランスの前に駐めたワンボックスカーに乗り込んだ。エンジンをかけ、ライトを点灯させた。片手で大きくハンドルを切りながら、発進する。ヘッドライトで塀際を照らしていく。

いた。車を停め、サイドウィンドウを下ろす。腕を突きだし、立て続けに引き金を絞った。男たちが塀を離れて駆けだす。ふたりが、門のほうへ向かった。真嶋はアクセルを踏み込み、そのふたりを追った。途中、ひとりが塀のほうに戻った。真嶋はハンドルを切って、その男に向かった。男が振り返って銃をかまえる。真嶋はそのまま男に突っ込んだ。

鈍い音を立てて、男をはねた。同時にブレーキを踏んだ。塀の手前でなんとか停まった。いったんバックし、Uターンする。もうひとりの男は、建物の脇を通って、庭のほうへ逃げ込んだ。別の方向にいった男はどこへいったのかと、ターンをしながら見回した。

見つけた。エントランスに向かって走っていた。真嶋はアクセルを踏んだ。みるみる近づいていくが、男はもうエントランスの手前だ。真嶋はスピードを落とし、大きくハンドルを切る。男がなかに入り、自動ドアがしまるところだった。

アクセルを踏み込んだ。ドアの前の段差に乗り上げ、弾んだ。そのままガラスのドアを突き破り、建物のなかに飛び込んだ。膝に手をつき、休んでいた男が振り返って目を見開く。真嶋は急ブレーキを踏んだ。男をはね飛ばし、壁のぎりぎり手前で停止した。

ひとまず、これで、撃ち合いはいったん休止だ。向こうもひとりでは襲ってこないはずだ。車をバックさせ、通路を塞ぐように駐めた。助手席側から降りて、通路を進んだ。

地下におり、管理人室のドアを開けた。月子の姿がなかった。外の様子でも窺いにいったのか。そう考えたとき、吉岡の娘が目に入った。床にうつぶせになっている。その周りに血が広がっていた。

部屋に入った。肩を摑み、ひっくり返す。大きく開いた口、目は虚空を見つめていた。

血は喉から流れでていた。傷口を見ていた真嶋は、はっと息を吞んだ。刃物を横に引いてできた傷だ。真嶋は、月子が殺したのだろうと漠然と考えていた。あの狂った女ならやっても不思議ではないと。しかし、やるなら銃で撃つはずだ。刃物はここにはない。手術に使った真嶋のナイフは――。

部屋をでて階段を駆け上がった。廊下を進み、調理室に入った。流しの上にあるナイフがすぐ目に入る。綺麗に洗浄され、血はついていない。真嶋は刃を閉じ、ポケットにしまった。

月子でないのなら、剣応会のやつらだ。塀を乗り越えたあと、庭のほうに回った者がいたにちがいない。あのとき、塀を乗り越える姿を最後まで見ていたわけではない。

しかし、おかしい。先になかに入っていたなら、女など襲う前に、外から戻ってくる自分を待ち伏せしていたはずだ。つまり、吉岡の娘を襲った者は、標的が外にでていることを知らなかったことになる。外にいたのとは別の部隊が入り込んでいる。

それにしても月子はどこだ。携帯を取りだし、月子の携帯にかけてみた。しかし繫がらない。電源が入っていないとアナウンスが流れた。

流しの下の扉を開けた。調理器具が並べられているのを見て、真嶋は落胆した。この収納スペースの底板を外すと、保管庫に通じる横穴の入り口が現れる。月子にそれを教えたとき、月子は底板の上に調理器具を並べて、偽装をしている。その状態のままだった。

調理室をでた。通路に並ぶその他の部屋を確認したが、月子はいなかった。通路を塞ぐワンボックスカーを潜り、エントランスホールにでた。

真嶋はホールの中央に立って、叫んだ。

「いったい、どうして襲ってこない。真嶋ならここにいるぞ。俺はここだ」

声の余韻が消え、静まり返った。かすかにもの音が聞こえた。二階からだ。

真嶋は階段に向かい、駆け上がった。吹き抜けのテラスに、腹這いになった男がいる――、と気づいたときには撃ってきた。真嶋は手すりの陰にしゃがみ込んだ。二階まではあと五段。真嶋は腰を屈めたまま一段上がり、倒れ込むように、体を伸び上がらせた。

胸、腹を強打した。頭と手が二階に達した。腕を伸ばし、床の男に向けて連射した。

男は転がって、通路のほうに逃げる。通路の角に、別の人影が現れた。銃を突きだし、撃ってきた。真嶋は手すりの陰に隠れた。転がっていた男が通路の角に消えた。

何か音が聞こえた。金属を叩くような音。敵も気づいたようで、音のほうを振り返る。真嶋は手すりから顔をだし、撃った。男は通路に隠れた。

銃声が聞こえた。こちらに向かって撃ってきてはいない。通路の向こうで撃ち合いをしている。

誰と撃ち合いをしているのだ。——もちろん、月子しかいない。先ほどの音がなんだったのかもわかった。螺旋階段を下りてきた足音だ。真嶋は立ち上がり、階段を駆け下りた。

腹に痛みを感じた。先ほど階段にぶつけたせいだろう。傷の痛みというより、腹痛に近いものだった。さほど苦痛ではないが、腹痛はいくらか気を萎えさせる。

銃声。階段の手すりに当たった。振り返って見ると、テラスの手すりのところまで、男がひとりでてきていた。真嶋は狙いもつけずに、一発撃ち返した。そのまま駆け下りる。二発銃声が響いたあと、「銃を寄越せ」と叫ぶ声が聞こえた。一階に下り、エントランスホールを駆け抜ける。車で塞いだ通路に近づいた。真嶋は体を低くし、床に向かってダイブした。降ってきた銃弾が床を打つ。跳弾か破片か、靴に何かが当たった。胸、腹を打ちつけ、床を滑った。

車の下に潜り込む。車体を打つ銃弾の音が聞こえた。そのまま滑って、車の下に隠れた。銃を腰に差し、這い進む。車の下から抜けだし、一階の通路を駆けた。

腹痛がひどくなったが、耐えられないほどではない。真嶋は調理室に入っていった。流しの下の扉を開いた。調理器具を脇に押しやり、底板の奥のほうを上から押すと、手前が浮き上がる。大きく開いて、足から狭い空間に入り込んだ。扉を閉め、体全体を横穴のなかに沈める。底板も閉まった。四つん這いで暗い穴のなかを進んだ。

十メートルほどで縦穴にぶつかる。扉はもともと開けっ放しだった。膝立ちになり、片足を前にだして、梯子に飛び移った。すぐに手足を動かし、上り始めた。左肩も体重さえかけなければ、普通に使えた。

上りながら、時折、銃のグリップで梯子を叩いた。向かっていることを月子に伝えた。先ほどの螺旋階段の足音は月子のものだ。鐘楼に逃げ込み、あの男たちと睨み合いとなっていたのだろう。この穴を塞ぐ踏み台の細工を破壊したが、なかからならロックを解除できる。

腰に差した銃を抜き取り、梯子を叩いた。手から銃がすっぽり抜け落ちた。思いのほか、長い時間を置いて底を打った。急に手に力が入らなくなっている。体全体、力が抜けだした感じだ。腹の痛みが便意に変わり、気が焦った。

いちばん上までできた。手探りでラッチを見つけ、捻った。踏み台を押してみたが、力が入らず動かない。真嶋は苛立ちをぶつけるように、鉄の台に拳を叩きつけた。それに応えるように、がつがつと蹴りつけるような音が、上から響いた。月子だ。踏み台が横にずれ始めた。

月が満ちるように、開口部が広がっていく。そこに敵の姿が見えたら——、と悲観的な想像をしたが、そんな事態にはならなかった。女の臭いがした。乱れた髪のシルエットが見えた。手からすっと伸びた銃の形が、体の一部のようになじんでいた。月子は一心不乱に踏み台を蹴りつけていた。

狂気に磨きがかかった気がした。やはり、この狂った女は仲間だ。

「さあ、下りるぞ。しばらく地下に立てこもる」

開口部がすっかり開き、真嶋は言った。

月子は「はい」と答えてその場にしゃがんだ。「真嶋さん、大丈夫ですか、顔が真っ白に見えます」

驚いた顔をしたが、声はそれほど心配そうではなかった。

「そんな感想はいい。急げ」

そう言ったときには、真嶋は下り始めていた。腹が張っていた。早くトイレにいきたかった。手術のときの痛みとは比べものにはならないが、案外、死を受け容れたくなるような切迫感があった。

87

月子は踏み台を閉めるのに手間取っていた。真嶋は先に下り、トイレにいった。

下痢だと思ったが違った。どろっとした血が大量に便器にまき散らされた。これまで他人の血と自分の血を区別したことはない。いずれもどうでもいいものだったが、これだけ大量だとさすがにぞっとした。腹の張りがなくなり、生きた心地はした。しかし、いくらなんでも、自分の状態に楽観的にはなれなかった。狂った人間にも限界はある。

暴れすぎてしまったようだ。貫通した銃弾は腸でも傷つけていたのだろう。それが、裂けるか何かしたのだと真嶋は理解した。

椅子に座った。力が抜けきったような感じで、痛みが和らいでいく快感に似たものを覚えた。命がさらに軽くなった気がした。

月子が下りてきて、再度、驚いた顔を見せた。下血したことは言わなかったが、すべてを悟ったような顔をした。とくに気づかうような言葉は口にしなかった。「お水、飲みますか」とだけ訊いた。

「いらない」と真嶋は言った。「何があった。なぜお前は生き延びることができたんだ」

月子は眉をひそめ、やがて目を見開いた。吉岡の娘が殺されたことは知らなかったようだ。

真嶋は娘の亡骸の様子を伝えた。

「私、ひとを殺しました」月子は突然そう言うと、何が起きたか語り始めた。

真嶋が外の様子を見にいったあと、月子はトイレにいった。それで命びろいをしたようだ。

トイレからでてきたとき、通路に入っていく三人の男を見かけ、トイレに隠れて様子を窺っていた。三人は管理人室に入り、すぐにひとりがでてきた。銃をかまえ、自動ドアの脇に立った。真嶋が戻ってくるのを待ちかまえているのだと察した。月子は男をそこから引き離そうと考え、銃を撃ちながら二階に駆け上がった。鐘楼に続く部屋に入り、机の陰に隠れた。部屋に入ってきた男は、いったん階段に向かったが、月子が隠れる机のほうに足を向けた。それで月子は、男に向けて発砲したそうだ。

そのあと、やってくる足音を聞いて、鐘楼に隠れた。やってきたふたりと、最初は撃ち合いになったが、その後、睨み合いの膠着状態が続いていたようだ。

「ふたりには姿は見られていないのか」話を終えた月子に訊ねた。

「ええ、たぶん」

なるほどと真嶋は理解した。ふたりは、鐘楼に隠れているのは、外から戻ってきた真嶋だと思っていたのだろう。

「真嶋さんの計画は失敗に終わったんですね」

月子はまるで今日の天気でも訊ねるように、気軽な感じだった。

「計画は失敗だった。だが、復讐はまだ終わっていない」

「これは、復讐なんですか」

月子は興味を示したのか、声に力がこもった。

「自分では復讐だと思っている。だが、一般的に考える復讐とは違うのかもしれない。――そんなのはどうでもいい。とにかく終わったわけではない」

「どういう復讐なんですか。自分が何かをされたんですか。それとも、友人や家族や、愛するひとのために復讐するんですか」

月子はまるで怒りでも抑えているように、硬い声をだした。

「お前には関係ない」

「真嶋さんに復讐なんて似合いません。そんな人間的な気持ちをもっていてほしくありません」

やはり怒りか。月子は冷たい目で見た。

「私は真嶋さんを殺そうと思っています。でもそれは復讐ではありません」

「俺を殺すのか」真嶋はさほど驚きもなく、静かに訊ねた。「それは父親の復讐でもなく、接待所で働かされた復讐でもないというんだな。じゃあ、なんで殺すんだ」

「それは……、殺してみればわかると思います。そのために殺そうと思います」

「最高だな。お前の狂気はキレがある」

真嶋は目の前の女をいまも仲間だと感じていた。

「俺の復讐にはそんなキレはない。それほど人間的だとも思わないが」

真嶋は腹の不快感を紛らわせようと、復讐について話をした。

もともと自分を裏社会から排除した甲統会に怒りをもっていた。父親が鉄砲玉となって服役したあと、自分たち家族が組織の庇護を受けることができなかった経緯を吉岡から聞いたときも怒りを感じた。しかし、今回の計画を考えたきっかけは別にあった。

小屋に集められたベビーたちを見ていたとき、こいつらはトレインに復讐しようと考えないのかと疑問に思った。手足を切り落とされ、狭い世界に閉じこめれれているのに、怒りは見えなかった。実際、そんな考えをもっている者などいなかったろう。トレインにしても、自分に向かってくる者などいないと思っているから、好きにできる。

大きな力をもっているやつは、たいがいがそうだ。ちっぽけな者を踏み潰そうと自分に返ってくることはないと安心しきっている。真嶋はそう気づいて猛烈に腹がたった。いますぐ甲統会に打撃を与えたくなった。

「たぶん、これまで、個人で甲統会に復讐を試みた者など誰もいないんだ。甲統会もそんな心配をしたことはないはずだ。俺は小さい者もこれほど手強いのかと連中を青ざめさせたいんだ。だから、まだ終わりじゃない。刃向かい続ける」

まだできる、と真嶋は自分を信じていた。

「計画を実行しているとき、家族のことを考えたりしないんですね」

「ああ、考えたことはない。──これは面接か何かなのか」

「そうですね。そんなものかもしれない。私が殺すのに相応しいかどうか確認しています」

月子は観察するような目を向けた。

そのとき、縦穴からすさまじい音が響いてきて真嶋は立ち上がった。天井を見上げて、めまいを感じた。

コンクリートに反響し、重なり合った音が塊のように押し寄せる。あの音だ。ドリルの掘削音。

「くだらん話は終わりだ。やつらがきた」

真嶋は床に置いたザックをもって、保管庫の出入り口に向かった。

剣応会の刺客は、踏み台の板をドリルで破壊しているのだろう。あれを取り去ってしまえば、ラッチが現れる。真嶋は腰より低い開口部に向かって、ザックを投げた。

「私も手伝います」あとについてきた月子が言った。

「だったら、キャビネットの銃と弾をもってきてくれ。銃は二、三丁でいい」

真嶋は腰を屈め、開口部を潜り、縦穴のあるスペースにでた。

縦穴の真下から少しずれたところに座り込み、ザックから弾薬をすべて取りだした。

弾を込めていたとき、月子がやってきた。黙って座ると、もってきた銃に弾を込め始めた。

「俺は面接にパスしたのか」

「ええ、まあ」月子は手を休めずに言った。

「いつ殺す気なんだ」

「その前に真嶋さんとやらなければならないことがあります。それが終わらないと――」

「俺はお前を仲間だと思っている。頭の狂った同類だとな。たとえ俺を殺す気なのだとしてもそれは変わらない。仲間のよしみで、何か望みがあるなら、ひとつかなえてやる。だが、命はやらない。最終的な目標がそれなら、その前に俺がお前を殺す。いいな」

「やるか、やられるかですね」月子は器用に指に挟んだ弾を込めながら、ちらっとこちらに顔を向けた。「それでいいです。ありがとうございます」

月子は弾を込め終え、弾倉を閉じた。いったんグリップを握ったが、真嶋の横に置いた。

ぎぎぎーと床をこする音が上から響いた。

「くるぞ。もういい、部屋のなかに下がってろ。弾が跳ねる」

真嶋は体を斜めにして縦穴のほうに顔をだした。光が射し込むことはないが、踏み台が動いてできた空間がうっすらと確認できた。真嶋は真上に銃をかまえ、引き金を絞った。

88

ドリルの音がやんだのは五分ほど前だった。車に戻っていた島本は、何か変化があったのかと思い、月子に電話した。しかし繋がらなかった。言っていた通り、電池が切れてしまったようだ。田伏にもかけてみたが、相変わらずでなかった。

それ以来、外の男たちの動きはなかった。敷地内からひとが戻ってくることもなかったのだが、いま、ひとりが荷台の上にのぼった。塀を越えてなかに入るのだと思ったが、違った。何か機械のようなもの——たぶん、ドリルを、敷地内にいる者に渡した。

次に動きがあったのは、それから十分ほどがたったときだった。ふと気づいてみると、塀の内側から明かりが差していた。なかから車がでてきて、門が開いているのだとわかった。それが走り去ると、もう一台、ワンボックスカーがでてきた。

動きは慌ただしい。赤いコーンを荷台に積み、トラックが走り去る。外に駐めてあったワンボックスカーが門のなかに入った。塀の前には誰もいなくなった。島本は車を降りた。

すっかり後片付けを終えたみたいで不安が高まった。やくざたちの思い通りにことが運んだのだろうか。もっとも、やくざの狙いは月子と一緒にいる男だ。月子がどこかに隠れたままでであるなら、問題はない。私のことだけを考えてと言った月子の言葉が耳に甦る。

通用口の前まできたとき、門が閉まり始めた。自動のようで、一定のスピードで空間を狭めていく。もともとそんなつもりはなかったが、急かされるように足を速め、門を潜った。

エントランスの前にワンボックスカーが駐まっていた。人影もあった。島本は、闇の濃い塀際を進み、近づいた。リアゲートが開いていた。男がそこから何かを運びだしている。

暗がりにしゃがみ込み、様子を窺った。男はいったん車の外に置いたものを、建物に運んでいく。灯油やガソリンを入れるポリタンクだ。男はタンクをもってもう二往復すると、戻ってこなくなった。

ひとの気配はなかった。それでも、胃の痛みに耐えながら、怖々《こわごわ》、車に近づいた。車のなかに、ひとの姿はなかった。島本は、そのまま、エントランスに向かった。

エントランスの横に立った。ドアはなく、ガラスの破片がそこら中に散らばっていた。なかを覗くとひとの姿がすぐに目に入った。ふたりの男がポリタンクをもって階段を上がっていく。二階に上がり、吹き抜けのテラスを進み、通路に入った。姿が見えなくなって、島本はなかに足を踏み入れた。

階段の下に、まだポリタンクが三つ残っていた。蓋を開け、臭いを嗅いでみると、ガソリンだった。まさかこの館を燃やすつもりなのだろうか。火をつけるぞと脅すだけかもしれない。いや、それにしては量が多いか。

火をつけるにしても、こんなに必要だろうか。しかも二階に運ぶ。そうすべき理由が何かあるのだ。ならば、この三つがなくなってしまえば、用をなさなくなる可能性がある。

もうこの状況は警察にしらせるしかないと思っている。しかし、その前にこのポリタンクを片付けなければ。両手にタンクをもってみたが、重すぎる。ひとつずつ運ぶしかない。

よたよたしながらエントランスまで運んだ。蓋を開け、横倒しにして、外にガソリンを流した。すぐに階段に戻り、ポリタンクを摑んだ。先ほど蓋を開けてそのままだが、時間がないので、開けっぱなしでいくことにした。少しくらいこぼれたからといってどうということはない。よたよたと歩き始めた。

音が聞こえた。小気味のいい金属音。階段を駆け下りるような音だ。

まずい。あの男たちが戻ってくる。島本は慌てて、歩く速度を上げた。そのとたん足がもつれて、バランスを崩す。思わずタンクから手を離した。

床に落ちたタンクが横倒しになった。なんとか飛び越してタンクを避けた。崩れたバランスを立て直せず、床に手をつき、膝をついた。ズボンが濡れた。

「誰だ、何やってる！」

ホールに響いた大声に、背筋が震えた。恐る恐る、振り返る。

二階の吹き抜けの手すりのところに、男がふたり立っていた。ひとりが腕を突きだした。島本はその動作の意味を悟った。顔を正面に戻し、頭を抱えた。銃声が響いた。

自動ドアのレールのところで火花が散るのが見えた。

ぽっと青い炎が上がった。横に広がった炎が、ドミノ倒しのように外に向かって広がっていく。なかのほうへは、ゆっくりと進んだ。向かってくる炎を魅入られたように見つめていた。ふいに我に返り、島本は慌てて後ろに逃げた。

島本の手前で炎は止まった。尻もちをついた島本のズボンに、瞬間移動でもするように炎が飛び移った。

島本はひっと悲鳴を上げた。手で炎をはたいた。しかし、今度は、手に火がついた。


暗がりに目が慣れてきた。真嶋は体を前に傾け、上を見あげた。丸い鐘楼の出口がはっきりと見える。人影はなかった。体を後ろにひいた。

ひとが下りてこようとしたときだけ、真嶋は撃つことにしていた。最初に何発か撃っただけで、あとは撃っていない。だからといって、緊張感がないわけではないが、眠気を感じた。標的にされないよう、保管庫の明かりを消していた。それが影響したのかもしれない。

ごつごつと、上から音が聞こえた。真嶋は体を傾け、縦穴を覗いた。何かの気配を感じた瞬間、顔に冷たいものがかかった。びしゃと床を打ち、ズボンを濡らした。

真嶋は体を退いて、濡れた頬に手を当てた。ガソリンの臭いがした。ばしゃばしゃと音を立てて、降ってくる。真嶋は慌てて腰を上げた。何が起きているのか、はっきりと理解した。

一歩ふみだしたとたん、足元がふらついた。焦って動くと転倒しかねなかった。もどかしいが、一歩、一歩、確実に進むしかない。

「月子、明かりをつけて、部屋の奥へいけ」

真嶋は怒鳴った。はいと月子の返事が聞こえた。

ぴしゃぴしゃと音を立てて進んだ。ごんと音が響いた。何かが落下してきた。ちょうど明かりが灯った。床に目をやると、赤いポリタンクがコンクリートの床に転がっていた。空になったのを投げ入れたのだろう。軽い音だった。

天井の穴からまた何か降ってきた。激しい音を立てて床に叩きつけられたのは、やはりポリタンクだ。今度は中身をぶちまけるのが面倒になったのか、そのまま投げ入れたようだ。床が震動するくらいに響いた。開いた口から、ガソリンが流れでていた。

真嶋は足を動かした。床に広がるガソリンが追いかけてくる。

また落ちてきた。激しい響きに、思わず振り返った。しかし、今回、落ちてきたのはポリタンクだけではなかった。薄闇のなか、蛍火のような小さな明かりが降ってきた。煙草だ。

濡れた床に三本落ちた。青い炎が見えた。すぐに、顔を正面に戻し、足を速めた。ガソリンの広がりに追い抜かれていた。そこからでないと、ガソリンの染みこんだズボンに引火する。

保管庫の開口部の前まできて、腰を屈めた。

「早く！」開口部のすぐ脇で、月子が叫んだ。

中腰で進み、頭からなかに入る。バランスを崩して、手を前にだした。そのまま、床に倒れこんだ。

月子が両の手を摑んだ。足にふわっとシーツでもかけられたような感覚があった。月子が手を引く。足に焼け付く痛みを感じた。ずるずると、思いの外、力強く体を引かれた。

月子が手を離した。機敏に真嶋の足元に移動すると、火のついた足の上に覆い被さった。

「もう大丈夫だ」痛みが消えて、真嶋は言った。

月子はゆっくりと体を起こした。足から煙が上がった。皮膚がひりひりした。

真嶋は起き上がり、開口部から離れた。立ち上がった月子は、服をはたいていた。

「助かった」

狂った女、自分を殺そうとしている女に助けられた。

青い炎が開口部のあたりまできていた。ここはコンクリートでできているから、それほど燃え広がることはないのだろうか。剣応会のやつらも、そのへんがはっきりわかっているわけではないだろう。とにかく、覚醒剤が燃えてしまってもしかたがないと覚悟はしているはずだ。真嶋とカメラが燃えつきることを期待して。もう、やぶれかぶれになっている。

「奥のほうへいってよう」

立ち上がって言ったときだった。ぼんと爆発音が聞こえた。開口部から、赤い炎が渦を巻くように入り込んできた。

89

暗がりで目を覚ましたとき、田伏は自分がどこにいるのかわからなかった。灰色の塀と白い壁に挟まれた暗がり。自分はここに拘禁されているのだろうか。

美枝子を犯そうとしたからか。元妻のところへいったことは覚えている。そこで島本から連絡があり広尾にやってきた。

田伏は横たわり、闇を見つめていた。何が起きたか、すっかり思いだしていたが、動かなかった。塀と壁に挟まれ空間に、「戻らない」という文字が無数に飛び交っている。少年のころ、夕暮れどきの広場で見た、コウモリの群れを思いだした。

銃声が聞こえた。

田伏は、はっとなって起き上がった。幻覚は消えた。戻らないという言葉が頭に残る。慌てて立ち上がり、塀に飛びついた。溝に爪先を引っかけ、よじ登る。いったい、どれくらい意識を失っていたんだ。その間に真嶋が殺されてしまっていないか、狂いそうなほど心配になった。

戻らない。死んだ人間はどうやったって戻ることはない。どんな手段を使っても、その前に捕まえなければならない。捕まえるのは自分である必要はないと思えた。

塀の上に体を乗せた。顔を上げると、青い炎が見えた。エントランスの前、駐車するワンボックスカーのあたりまで燃えていた。

田伏は塀を乗り越え、迎賓館の敷地に降り立った。エントランスの脇に駆け寄った。何か可燃性の液体に引火したようだ。コンクリートのステップから炎が上がっている。

なかを覗くと、男がのたうち回っていた。すぐに島本だとわかった。田伏はコートを脱ぎ、頭から被って、炎のなかに飛び込んだ。

それほど、高く炎が上がっているわけでもなく、エントランスを入って、斜めに駆けたら、炎から抜けだせた。島本に駆け寄り、燃えている足にコートをかけた。その上から叩いて火を消し止めた。

「大丈夫か」

「ええ、たぶん。軽いやけどぐらいで」島本はズボンの裾をまくって確認していた。「でも、手に火がついたときはだめかと思いました。なんとか自分で消し止めましたけど」

島本はふいに気づいたとでもいうように、背筋を伸ばし、背後を振り返った。

「どうした」

「二階の手すりのところに、男がふたりいたんですが、いなくなってる。たぶん、どこかの部屋に戻ったんだ。さらに上にあがる階段があるようなんです」

島本が言い終わらないうちに、けたたましいベルの音が鳴りだした。火災報知器だった。その音に追い立てられるように、ひとの足音が聞こえた。怒鳴るような声も上がっている。田伏は二階を見上げた。吹き抜けの手すりの向こうに、ひとの姿が現れた。手すりに近づいてきたひとりが、銃を向けた。

「壁に寄れ」田伏は島本を突き飛ばした。

銃声。空気を切り裂く音を間近に聞いた。田伏は怖じけはしなかった。あたりを見回し、銃に対抗しうる武器を見つけた。階段の横に置かれたポリタンクに向かい、蓋を開けた。取っ手に手をかける。

底に手を当て、タンクをもち上げた。腰まで上がったが、それ以上は厳しい。男たち四人が階段を下りてくる。ひとりがこちらに銃口を向けた。田伏は声を上げ、腕に力を込めた。

まさに火事場の馬鹿力で、肩まで担ぎ上げ、手すりを越して階段に投げだした。銃声と同時に、田伏は床に倒れ込んだ。中身をまき散らしながら、タンクが階段を転がり落ちる。流れでたガソリンが炎に到達する前に、火が移った。逆流するように炎が階段に向かう。階段を下りてきた男たちは、炎に押し戻されるように後ずさりした。炎はタンクを呑み込み、階段を上る。男たちも段を上がる。ポリタンクが音を立てて破裂した。火柱が立ち、引火したしぶきが火の粉となって飛び散った。男たちは叫び声を上げて、階段を駆け上がる。田伏は立ち上がった。男たちの姿は消えていた。壁際でうずくまる島本に近づいた。

「おい、消火器を探せ」

島本はのろのろと立ち上がった。

「消火器でどうするんです。こんなに燃え広がったら、消すのは無理ですよ」

「床は大理石のタイルだ。そんな燃えるもんじゃない。階段の絨毯の火を消せば、燃え広がることはない」

「まだ自分の手で捕まえることにこだわってるんですか。警察や消防に通報するべきです」

「そんなことにこだわってはいない。警察に通報したければ、すればいい。消防は呼んだほうがいいだろう。とにかく、初期消火だ。消し止められるんだったら、やったほうがいい」

死んでしまったらおしまいだ。先ほど以来の考えが頭に残っていた。

ガラスが割れる音が聞こえた。二階のほうからだった。

「いまのはなんでしょう」島本が不安げな顔で訊いた。

「たぶん、さっきの連中が、二階から逃げだそうとしているんだろう」

田伏はエントランスのほうに足を向けた。ほどなく、炎が隔てるエントランスの向こうに、ひとの姿が現れた。こちらを窺う素振りも見せず、ワンボックスカーに乗り込んだ。

「やつらがいってしまう。二階はいったいどうなったんだ」島本はそう言って、二階を見上げた。「やつら、二階にタンクを運んでいた。それをどう使ったんだろう」

「二階にタンクを?」

真嶋を攻撃するために運んだのだろう。だとすれば、火を放つくらいしか使い道はない。

「やっぱり、消火器だ」

田伏はあたりを見回し、目についた大きなドアを開けた。そこは大広間のようだ。明かりのスイッチを探して壁を探ったが、わからない。部屋をでて、ドアが並ぶ通路に入った。

「島本さんは、消防署に通報してくれ」ついてきた島本に言った。

最初のドアを開けると、明かりがついていた。そこは調理室だった。ここなら、消火器があるはずだ、と探してみると、流しと調理棚との隙間に、小型の消火器を見つけた。消防に電話をかけている島本を置いて、田伏は調理室をでた。

もうひとつぐらい調達しようと、通路の奥に進んだ。すぐに地下に下りる階段が現れた。階段を下り、部屋のなかに入った。ここも明かりがついていて、防犯カメラのモニターが並んでいた。

部屋を見回すと、モニターの前のデスク脇にひとつ見つけた。腰を屈めてそれを取り上げようとしたとき、床の染みが目に入った。しゃがんで見ると、血を拭いたあとのようだった。誰かが大量の血を流した可能性より、誰かがその血を拭った事実のほうが気になった。

田伏は両手に消火器をもって、エントランスホールに戻った。

消火器をひとつ床に置き、手すりの外側から階段を上がった。思っていたよりも、火の手が広がっていた。階段を半分ほど上がったところで、消火器を二階に投げ上げた。床に敷かれた絨毯の毛足が長いから、壊れることはないだろう。田伏は一階に飛び降りた。

もう一本の消火器をもって階段を上がろうとしたとき、通路のほうから島本がやってきた。両手で寸胴鍋をもっている。ちょこまかとした足の動きから、それが重いことがわかった。

「消火器が見つからなかったんで、せめて水でもかけておこうと思って。流しの下を探したら、ちょうどいいのがあったんですよ」

消火にはほとんど役に立たないが、延焼を防ぐにはいくらか効果があるだろう。火がついている下のほうの段にも水を撒き、少し軽くしてから、段の上のほうに上った田伏が島本から受け取った。田伏は鍋を投げ捨てるようにして、水をかけた。

「もうここにいてもできることはない。島本さんは外にでてろ。広間のほうからでられるだろう」島本から消火器を受け取って、言った。

「私はここに残ります」島本は据わった目をして言った。

「消防を誘導する人間が外にいたほうがいいんだ。ぐだぐだ言ってないで、外にでろ」

島本は顔を伏せ、頷いた。「月子ちゃんをよろしくお願いしますよ」

「ああ。助けられるなら、なんとしても助ける」

それは田伏にとって、偽らざる気持ちだった。

田伏は消火器を二階に投げ上げ、手すりを乗り越えた。まだ火のついていない段に降り立った。水を撒いたのは、さほど効果がなかったようだ。見ている間に、火は段を昇ってきた。

階段を上がり、消火器を拾い上げた。吹き抜けのテラスの先に通路が見えた。その通路と並ぶように、階段の正面にドアがひとつある。田伏はそのドアに向かい、開けてみた。会議室のようで、長机が並んでいた。火の手は上がっていないし、机も乱れていない。ドアを閉めて、通路に向かった。

角を曲がると、廊下が一直線に延びていた。そこにも火の手は見えなかった。いちばん手前のドアが開いていた。明かりもついているようなので、なかに入ってみた。

とくに異変はなかった。いちばん気になるのは鉄の螺旋階段だった。田伏は上がってみた。上には小さな部屋があった。ひと目見て、ひとの気配がないことがわかる。中央に金属製の台があり、その上に鐘が置かれていた。かつては鐘楼として使われていた部屋なのだと理解した。ひとの姿もないが、何よりポリタンクがない。

田伏は下におり、廊下にでた。ひと部屋ひと部屋、覗いていった。宿泊施設のような部屋の、ベッドの下まで確認したが、ポリタンクはやはり見つからなかった。

通路からテラスにでて足を止めた。早くも炎は二階に達していた。毛足の長い絨毯はよく燃えるようだ。階段前の床から炎が高く立ち上っていた。

田伏は片方の消火器を床に置き、炎に近づいた。ピンを抜いて、レバーを握る。炎と壁の間に入り、炎に向かって消火剤を吹きかけた。火脹《ひぶく》れができそうなほどの熱を感じて、後退した。先ほどの会議室に入った。

照明のスイッチを探り当て、明かりを灯して机の間を見て回る。ひとの姿もポリタンクもなかった。

真嶋たちがいないだけなら、いくらでも説明をつけることはできる。しかし、ポリタンクが見つからないとなると、まるでわからなかった。火をつけた形跡もないし、いったいどこへやったのか。真嶋や月子までが、どこかに消えてしまったような感覚に陥る。

戻らない。耳元で、小声で囁かれたように、その言葉がはっきり耳に甦った。

先ほど、意識を取り戻したあと、その言葉が浮かんだときは、切迫感が心を締めつけた。しかしいまは、諦めにも似た感情が心にのしかかる。

まだ、諦める段階ではない。遺体を見つけたわけではないのだ。一階は見ていないところがたくさんあった。田伏は部屋のドアに向かった。

火はさらに近づいていた。熱さをこらえて一歩外に踏みだし、愕然とした。先ほどまであった通り道が消えていた。炎が開いたドアを回り込むようにして、壁まで達していた。壁際に消火剤を吹きかけたが、通路までの道は開けなかった。田伏は部屋のなかに戻った。熱くなったノブを握り、ドアを閉めた。

部屋に窓はなかった。脱出するには、火の壁を突っ切らねばならない。田伏は近くにあった椅子を引いて腰を下ろした。焦げ臭さが鼻を衝いた。目を向けると、廊下側の壁から煙が噴きだしていた。

消防は間に合いそうもない。それでも、焦る気持ちはなかった。もう何も戻ることはないとわかっているからだ。正義がこの手に戻ることはないし、春奈が戻ってくることもない。死んだら終わり。もう会えはしない。

火災報知器の音が大きくなったのは、二階に設置されたものも鳴りだしたからだろう。ドアのほうに向けていた背中に熱を感じるようになった。まだ火はでていなかったが、田伏は部屋の奥に移動した。椅子に腰を下ろそうとしたときだった。コーンと金属の音が響いた。

田伏はあたりを見回した。その音はすぐ近くから聞こえたような気もしたたし、地の底から湧き上がった響きにも聞こえた。いずれにしても、この建物のなかで響いた音だ。

真嶋だ。あの男が呼んでいる。俺はここにいる、捕まえてみろと挑発している。

真嶋の音。田伏はそれを美しいものと認識した。自分を起たせる唯一のもの。

ドアに向かい、ノブを握った。皮膚が焦げ、張りつきそうなほどの熱を感じて、手を離した。もう一度、握った。顔を歪め、唇を噛んで、ノブを捻る。足でドアを蹴り飛ばした。

炎が嘲笑うように踊っていた。吹き抜けの手すりからも、天井に届きそうな炎が上がっている。また聞こえた。金属の音がどこかから——たぶんこの建物の中心から響いた。きっと、あの鐘楼にあった鐘を鳴らすと、こんな音がするのだろうと思った。

田伏はコートを脱いだ。それを頭から被り、煉獄《れんごく》の炎のなかに飛び込んでいった。

90

真嶋の肌が汗ばんでいるのが、服の上からでもわかった。

コンクリートに囲まれた部屋は、熱がこもり、急激に温度を上げていた。火のついたガソリンが部屋のなかまで流れこんでくることはなかったが、鐘楼に繋がるスペースとを仕切る木製の壁が、下のほうから燃え始めていた。立ち上る煙が部屋の隅々までいき渡り、濃さを増していた。

月子と真嶋は部屋のいちばん奥まで避難し、床に座って壁にもたれていた。真嶋の傍らにはパソコンが置かれていた。ここに落ち着いてすぐ、何か作業をしようとして、故障していることに気づいたようだ。パソコンに向かって悪態をついていたが、長くは続かなかった。

並んで座る真嶋の腕が、月子の腕にぴたりとくっついていた。なぜ自分にこんなに寄り添っているのだろうと、当初、不思議に思っていた。しかし、しばらくして、真嶋の体が震えていることに気づいた。汗ばむほどの温度なのに、真嶋は寒気を感じているようだった。

真嶋の体調が心配だ。顔色は悪いし、動きも緩慢だった。何か異変が起きていることはまちがいない。どうか一段落するまでもってほしいと思う。ただ、息をしているだけでなく、セックスをする余力を残していてくれればと思う。

真嶋とのセックスを求めてこんなところまできてしまった。それが自分の生を彩るものであるとは思えなくなっていた。真嶋を殺すこととセックスすること、どちらが自分にとって先にくるのかもよくわからなくなっていた。

しかし、いまこの状況で、絶対に生き延びようという気力が湧くのは、それらを求めているからだ。真嶋と一緒に、もっと空気のいいところに逃げ延びるのだと諦めていなかった。だから、すばらしいというものでもないが、自分にとっては重要なことだった。

気力が湧いてくることが重要なのではなく、求めていることが重要だった。それは息をしているのと同じくらい大切なことだと月子は思っていた。

窓もないのに空気の動きを感じた。顔を正面に向けていると。煤臭い空気が、勝手に鼻から入ってくる。月子は体育座りをして、膝の上にのせた腕に顔をくっつけていた。

「少し息苦しくなってきた。動けなくなる前に、ここをでたほうがいいな」

ずっと黙っていた真嶋が言った。

月子も、貧血で倒れる前兆のように、頭のなかがちかちかし始めていた。

「どうやってでるんですか。抜け道を通るにしても、梯子は上らなくてはならないですよ」

煙は下のほうはまだ薄く、壁の開口部が正面に見えた。その向こうは炉のように赤々と燃えていた。

「火勢が衰えるのを待っている時間はなさそうだ。あのなかに入っていくしかない」

真嶋はこともなげにそう言った。

「どうやって？　そんなの無理です」

「俺に考えがある。一か八かだが、生き残るにはやってみるしかないだろう」

真嶋はそう言って腰を上げた。月子の肩に手を置き、よろよろと立ち上がる。青ざめた顔で、炎のほうに目を向けている。

こんな状態でもまだ生き残ろうとするこの男に、月子は凄みを感じた。

91

真嶋に言われて、月子はキャビネットから、空っぽのドローワーを引き抜き、床に置いた。

「ふたりは入れそうもないな。もうひとつ用意しろ」床にしゃがむ真嶋が言った。

月子は頷いて、もうひとつドローワーを引き抜いた。

「これで、本当に火のなかに入っていけるんですか」

「一か八かだと言ったろ。俺にもわからない」真嶋は笑みのようなものを浮かべた。

まずは実験だといって、炉のなかに空のドローワーを放出した。火勢はそれほどでもないのか、火をしっかり踏み消すように進み、炎がドローワーを包み込むようなことはなかった。

これならいけると、ドローワーをそれぞれひとつずつ押して、開口部の正面まで運んだ。

最初、真嶋が自分が押すからなかに入れと言ったが、自分が押すと月子が強く主張し、真嶋が乗り、月子が押すことになった。

　月子は着ていたセーターを脱ぎ、頭巾のように被って、袖を首に巻きつけた。

「手袋はもっていないのか」ドローワーに入った真嶋が訊ねた。

「管理人室に置いてきました」

　真嶋は自分の手袋を外して、月子に差しだした。月子は何も言わずに、それを受け取った。汗で湿った手袋をはめた。

「いきます」と月子は叫んで、ドローワーを押した。

　想像したよりも重かった。動くことは動くが、スピードが乗らない。足に腕に力を込めて、真嶋を乗せた箱を押していく。いくらか加速をするが、まだスピードが足りない。

　力を振り絞った。ドローワーが開口部を潜る。月子も目を閉じ、開口部に頭を突っ込んだ。ふいにドローワーが軽くなったと感じた瞬間、足を止め、手で思い切り押しだした。

　月子は後ろに体を引き、倒れ込んだ。ひりひりとする顔を手で押さえた。

　こーん、と金属を叩く音が響いた。月子は床を這って燃える壁から離れた。開口部のほうを振り返る。どうやら、ドローワーは快調に滑り、梯子にぶつかって止まったようだ。

「大丈夫だ、こい」

　真嶋の叫び声が聞こえた。

ぼやぼやしていられない。月子は空のドローワーを押し、駆けだした。

充分なスピードをだせた。すぐに開口部が近づいてきた。揺らめく炎を見て、緊張が走る。

月子は頭から、ドローワーのなかに飛び込んだ。

勢いを殺すことなく、突き進む。異様な熱を感じて、炎のなかに入ったのがわかった。梯子に向かっているのだろうかと、急に不安になった。離れたところに止まったら、もういき場はない。

急激にスピードが落ちて、不安が増したときだった。ごんと衝撃がきて、頭をぶつけた。

「すぐに、こっちに移れ」

真嶋の声が聞こえた。

無事、真嶋と合流できたらしいことを知って、安堵した。立ち上がると、すさまじい熱気に包まれた。露出した肌に刺すような痛みを感じて、手で顔を覆った。

「動け、止まるな。移ったら、そのまま、梯子を上るんだ」

真嶋がドローワーのなかにうずくまっていた。月子は枠をまたいで、真嶋のほうに移った。

「いけ」と真嶋は言った。しかし、月子は動かなかった。

真嶋の顔が赤くむくんでいた。熱にやられたようだ。

「私を待ってたんですか」

「いいから、早くいけ」

月子は顔を覆っていた手を真嶋に差しだした。

「立ち上がってください。じゃないと、私もいきません」

真嶋は顔をうつむけ、獣のような唸り声を上げた。月子の手を握らず、立ち上がった。

「先にいけ」

真嶋の言葉を聞くや否や、月子は動いた。もう一秒たりとも、じっと立ってはいられなかった。梯子を摑み、足をかける。上ろうとしたが、思わず手を離した。手袋をしていても焼けつきそうなほど熱せられていた。もしかしたら、真嶋も上ろうとはしたのかもしれない。

月子は梯子にかけた足を伸ばした。腕を伸ばし、より高い段を摑んだ。急いでもう片方の足を上の段にかけて伸ばす。なんとか、火傷をしないうちに手を移動させた。さらに二段上に手をかけたら、もうそこまでは熱さを感じなくなった。月子は手袋を外して、真嶋に投げた。さらに高いところ、横穴のあるところよりも上に上がって、真嶋がくるのを待った。

手袋をはめた真嶋が上ってくる。ゆっくりとした動きだから、手はかなり熱くなっているはずだが、しっかり梯子を握っていた。月子は熱さで気持ちが悪くなってきていた。空気が悪いせいもあるだろう。

上ってきた真嶋は肩で息をしていた。ここまで緩慢な動きにも見えたが、最後は危なげなく、横穴に飛び込んだ。

真嶋の姿がすっかり穴のなかに消えてから、月子も横穴に飛び移った。

穴のなかから咳が聞こえていた。足を引き上げ、少し進んだだけで、月子も咳がでた。穴のなかは煙がこもっていた。これまでよりも煙たい。

「もうすぐそこだ。いくぞ」

真嶋もそう言って咳き込んだ。体を低くし、進み始めた。

本当にすぐそこのはずなのに、真嶋は一度止まって休んだ。しかたがないことだけれど、正直、月子も息が苦しく、早く進んでほしいと思った。

再び、真嶋が進み始めてすぐ、ごつっと何かにぶつかる音が聞こえた。どうやら行き止まり、出口についたようだ。真嶋が体を起こして、座り込むのがわかった。両手を上に上げる。がたがたと、金属音が響いた。もうすぐ調理室と繋がる。月子は安堵の息をついた。

がたがた、かちゃかちゃ、金属音は続いていた。そのうち、音のピッチが速くなり、大きくなった。月子は顔を上げた。真嶋の苛立ちが表れたようなその音に、不安が広がった。

「どうしたんですか」

「開かない。何かがつっかえてる」真嶋が静かな声で言った。

最悪な答えに、月子の体は固まった。思わず大きく息を吸ってしまい、咳き込んだ。

つっかえているなどという感じではなかった。真嶋が押しても、ほんのわずかな隙間しかできない。ぴったりはまっていると言ったほうが正確だ。

「入るときに、もちろん調理器具をどかしている。誰かが、それを戻したんだ。連中はこの抜け道に気づいていたのかもしれない」

そんなことはどうでもいい。早く開かないと息がもたない。気を抜けば、昏倒しそうだ。

真嶋が寝そべった。足で底板を蹴り上げた。老人のような緩慢な動きだった。いくらか音が大きくなっただけで、期待できそうになかった。

「どうにかしてください。息がもちません」月子は懇願するように言った。

「こっちにこい。もち上げれば、少し隙間ができる。いくらかまともな空気が吸える」

真嶋は起き上がり、手で底板を押し上げた。

月子はその横にいき、底板に顔を近づけた。

調理室の明かりが隙間から糸のように見えた。月子も底板を押してみたが、それ以上はまったく開かなかった。これでは、振動で少しずつ移動させて取り除くこともできそうにない。音を立て続ければ、誰かが気づいてくれるかもしれない。外には島本がいる。

それまでもつだろうか。いくらか新鮮な空気を吸えた気はする。しかし、悪い空気も一緒に吸い込んでいる。息苦しさはいくらか治まったが、気持ちの悪さは変わらなかった。

ふと気づくと真嶋の姿がない。あたりを窺おうとしたとき、「うっ」と叫ぶ声を聞いた。

「真嶋さん」

真嶋は壁にもたれかかっていた。顔を近づけると、左手の薬指を口にくわえていた。

「どうしたんですか」

「ちょっと、体を軽くしようと思っただけだ」

「へっ」と月子は息を呑んだ。見ると真嶋は右手にナイフをもっていた。切り落としたのか。

「……どうして、指を」

「だから軽くしようと思っただけだ。五分だけ休ませてくれ。そうしたら出発しよう」

真嶋は指にバンダナを巻きつけ始めた。

「どこにいくんですか」

「上に決まっている。鐘楼にでる」

「上には、あの男たちが待ちかまえているじゃないですか」

「いるかもしれないし、いないかもしれない。ほら聞こえるだろ、火災報知器が鳴っている。あの音に恐れをなして、逃げだした可能性もある」

また一か八か。誰かが助けにきてくれるのを待つ、などという発想はないのだろう。

真嶋がどうしてもいくというなら、自分もついていく。しかし、休息をとるのはだめだ、五分後に目を覚ますという保証はなかった。

「真嶋さんも外の空気を吸って。こんなところで五分も寝ていたら、意識をなくします」

「心配するな。指を落としたのはそのためでもある。とにかく休息が必要だ」

「だめです。こんなところでは休息になんてなんない」

体を強く揺すってみても、起き上がろうとはしない。

月子は息苦しさを感じて、流しの下に戻った。底板を押し、隙間から新鮮な空気を貪《むさぼ》った。わずかながらも、涼しい風を感じることができて、頭の重さもいくらか緩和された。気持ちも少し前向きになれた。いや、攻撃的になったというほうが正しい。絶対に真嶋と生きてここをでてやると思った。

真嶋を窺うと、壁にもたれて目をつむっていた。月子は、底板の隙間に、尖らせた口をくっつくくらいまで近づけ、大きく息を吸った。胸を膨らませたまま息を止めた。

真嶋に近づいた。真嶋の顔がよくわからない。傍らに座って見ているうちに、なんとなく顔のパーツの配置がわかった。月子は顔を近づけた。真嶋の唇に自分の唇を重ねた。真嶋の血の味がした。舌で真嶋の口が開いていることを確認して、息を吐きだした。

真嶋が強く首を振った。月子は顔を離した。

「何をやってんだ」真嶋がいくらか間延びした口調で言った。

「空気を吹き込んでるんです。真嶋さんには新鮮な空気が必要です」

「本気でいってるのか。お前が吹き込んだのは、二酸化炭素だ。新鮮な空気じゃない」

「それでも、ここの空気よりましです。絶対に元気になると信じてください」

真嶋は何も答えなかった。

月子は底板の下に移動し、胸いっぱいに空気を溜めた。真嶋のところへ運んだ。

真嶋はおとなしく、二酸化炭素を受け容れた。次に吹き込んだときも、口を開けて待っていた。月子が二酸化炭素を注ぎ終わるや否や、月子の口内に舌を入れてきた。月子の舌を探し当てると、すくい上げるようにからませてきた。

月子は自分でも不思議なくらい、すぐに反応できなかった。口のなかで自在に暴れるものを、おかしな異物が入ってきたように感じただけだった。脇に差し込まれた真嶋の手が、月子の体を引き寄せた。そのときになって、始まったのだと認識した。

月子は吐息を漏らし、体の力を抜いた。真嶋の舌に吸いつき、自分の舌とからめる。真嶋の指が、背後から攻めてきた。じらすことなく、正確に股間をなぞった。月子は思わず腰を動かした。

真嶋の手がジーンズのなかに差し込まれた。これから殺す男の指が、自分のなかに入ってくると考えただけで、汁が溢れた。襞《ひだ》を分け入り、指が挿入されたとき、大きな声がでた。

もういい。充分興奮しているし、かつて性に溺れたころの快感を思いだしている。この男を殺す資格ができた、と思った。しかし、まだだ。真嶋も溢れさせてやろうと決めた。果てたときに命を奪えば、あとあと、自分に何かをもたらしてくれる気がした。それに、じょじょに息が荒くなってきていた。息苦しさのなかで、交われば、これまで味わったことのない快感が得られそうな気がした。月子はそれを確認したいと思った。

眩《まばゆ》い光が見えた。その奥から何か声が聞こえたような気がしたが、よくわからない。光のなかに、長い髪の女が見えた。口の端から血を流している。乳房が見えた。全裸だ。白い裸身をくねらせ、喘いでいる。真嶋はそれが自分の母親であることに気づいた。刺青を入れた男たちに囲まれ、かわるがわる犯されている。首を傾げ、目を閉じた顔は死人にも見えた。白い裸体は陶器のように艶やかだった。

これは夢だ。夢と現実の狭間でそう悟った。真嶋は目を開けた。

月子が真嶋の上にまたがっている。腰を浮かして、横たわる真嶋の体に負担がかからないようにしていた。一瞬、眠りに落ちてしまったようだ。月子は変わらず、真嶋のものを局部にこすりつけて喘いでいた。リズムは一定で、まだ抑制が利いている。

夢の余韻はなかった。これまで何度も見ている夢だ。やくざたちに犯される母親。それは実際に子供のころ、目にした光景でもあった。それがどういう意味をもつものなのか、タイで吉岡から父親の話を聞いて、真嶋は初めて理解した。

だからといってどうということもない。吉岡から話を聞いて以来、あの夢を見るようになったり、自殺した母親のことをたまに思いだすようになったりしたが、それだけのことだ。守ってくれなかった甲統会に、激しい怒りがあるわけではない。

月子の息がいくらか荒くなった。腰の動きも速くなった。自分が勃起しているのかどうかよくわからなかったが、たぶん固くなっていないだろう。できれば射精したいと思ったが、それほどこだわっていなかった。月子がいってくれればそれでいい。

腹の痛みはあまり感じなくなっていた。ひところ、体のいたるところに痛みがあるような気がしたが、そのうちぼやけてしまった。穏やかといえば穏やか。また眠気が差してきた。

光が見えた。目が眩《くら》むほど強い光。額に指先を押し当てられたような圧力を感じた。

神が見えたぞ。

光の奥から声が聞こえた。

光のなかで何かが蠢いていた。目を凝らして見ると、そこに神がいた。長い黒髪。白い裸身の神だった。

男たちがよってたかって、神を犯していた。反り返った男根を、陰門に、口に突き刺す。

神は抵抗することなく、それを受け容れていた。時折、快感に身をよじった。

子供の姿が見えた。男の子だ。四つん這いになって動き回るから、赤ん坊なのかと思っていたら、突然、立ち上がった。甲高い叫び声を上げて、男たちに突進していった。

刺青を入れた男が、平手で男の子を張り飛ばした。男の子は叫び声を上げて床に倒れ込む。しかし、すぐに立ち上がり、また向かっていく。男の子は張り倒されても立ち上がる。それを二回繰り返したあと、床に突っ伏したまま、動かなくなった。

光がいちだんと強くなった。目を凝らしても何も見えなくなった。いや、うっすらと、ひとの影が見えている。男の子の体が宙に浮かんだ。腕をだらんと垂らし、うつぶせのまま、天に昇っていく。光がさらに強くなった。もう目も開けていられない。

真嶋は目を閉じた。それでも光の存在を感じる。光に包まれながら、自分の体も上昇していくのがわかる。いってはいけない。そう思うのだが、抗うことはなかった。もう充分戦った。そろそろ休んでもいいだろう、とも思った。

昇っていく。男の子と一緒に、天に向かった。

真嶋ははっと、目を開けた。

月子の声が高まっていた。喉を詰まらせたように間隔が狭まった。快感が高まっているのか、息苦しいのか、区別がつかなかった。陶器のような滑らかな裸身が美しかった。快感を貪る獣のような声を聞いていたら、体のなかから何かが湧き上がってくる感覚があった。吐くな、と思った。精気も何もすべて吐きだしてしまうのだろう。真嶋は目をつむった。

しかし突然、射精の前兆が股間に現れ、身を硬くした。それを悟ったように、月子の腰の動きが強まった。

真嶋のほうが先だった。ぼやけた快感だったが、ある種の満足感はあった。そのあとすぐ、月子が背を反らして体を痙攣させた。十秒ほど続き、ぐったりと真嶋の胸にもたれかかった。

きたな、と真嶋は思った。かっと目を見開き、にやりと笑った。

月子の背中に手を乗せた。それを上のほうに滑らし、両の手を首にかける。ぐいっと力を込めた。月子が体を起こした。その手は、やはり真嶋の首のすぐ近くまできていた。月子がどすんと腰を落とし、腹の上に乗った。激痛が走った。

月子は真嶋の手を振り切り、体を起こす。真嶋の首を絞めてきた。

真嶋は痛みに没頭していなかった。戦う気力が身に充満していた。あの夢を見たあとはいつもそうだ。さらにいまは、最高に軽い。距離を測り、腕を伸ばした。月子の髪を摑み、引き寄せた。

「大きなものだろうが小さなものだろうが、俺に向かってくる者は叩き潰す」

真嶋は狂った女に頭突きをくらわせた。

迎賓館では消防士が消火活動を始めていた。公園にいって、顔や手を洗ってきた田伏は、野次馬にまぎれて敷地の外から、その様子を見ていた。

しばらくしてから、島本が隣にやってきた。

「終わったのか」田伏は小声で言った。

「ええ。ひとまずは。なんか、怪しまれた気がするんですけど」

島本は通報者として、警察と消防の事情聴取を受けていた。

「大丈夫さ。何も後ろぐらいことがなくても、たいていみんなそんな気になる」

田伏は安心させようと、適当なことを言った。

「病院にいかなくて大丈夫ですか」

「平気だ」

なんとか頭は守りきったが、手と足にけっこうな火傷を負った。そんなものですんで、幸運だったとは思う。

火から脱けだし、手すりを越えて、一階に飛び降りた。一階にある部屋をすべて調べたが、真嶋や月子の姿を見ることはなかった。

消防が遺体を見つければ、動きでわかるだろうと思い、ホワイトボードに張りつく指揮隊や警官の様子を窺っていた。しかし、それらしい動きはなかった。

「僕はレンタカーを返してきます。あまりずっといると、怪しまれそうですから」

月子のことで何かわかったら連絡してくれと言った。

「ああ。何か動きがあったら連絡する」田伏は島本のほうにちらっと目を向けて言った。

現場に視線を戻す。建物に目を向け、指揮隊のほうに視線を振った。その途中、おかしなものを見つけた。田伏たちがいるのとは反対側の、隣家と接する塀の上に、ひとのものらしい影があった。

「おい」歩きだした島本を呼び止めた。

「向こう側の塀の上を見てみろ。ひとがいる」田伏は小声で言った。

「えっ、どこです。隣の家との塀ですか」

「そうだ。——あっ、ふたりになった」

先にいたほうが、引っぱり上げるようにして、もうひとり現れた。

「どこにも、そんな影、見えませんよ」

「向こう側だぞ」

そう言っている間に、ふたつの影は消えた。隣家に飛び降りたのだ。

「いこう」

田伏は有栖川公園のほうに歩きだした。封鎖されているから、向こう側にいくには、ぐるっと住宅街を回らなければならない。

「田伏さん、見まちがいじゃないですか。塀をすべて見渡せましたけど、そんな影、なかったですよ。誰も騒いでいないし」

田伏は振り返った。消防も警察も下火になりつつある現場を窺うだけ。慌てた様子はない。

「田伏さんしか見ていない、っていうのはどうも……」

あれだけはっきり見えたのだ。確かに、誰ひとり気づかないというのはおかしい。幻覚なのか。それにしては、はっきりしている。これまで見た幻覚は、怪しげなものばかりだった。

しばらく歩いて、田伏は足を止めた。

「やっぱり、俺はもう少し現場を見ていく」

もし、あれが本当にふたりだとしても、ぐるっと回るうちに、どこかにいってしまうだろう。幻覚であるなら、ふたりはまだなかにいる。

島本と別れて、野次馬のなかに戻った。

結局、迎賓館から、遺体も生きた人間も見つかりはしなかった。

田伏は、自分が見たのは、やはりあのふたりだったのだと信じた。

広尾の駅へ向かう途中、夜空を飛び交う「戻らない」という文字を見かけた。

解説

内田剛

これは読む劇薬だ。そして生きづらい現実社会に牙を剝き、休むことなく蠢《うごめ》き続ける生き物だ。獰猛な吐息や荒々しい動き、むせ返るような体温までも伝わってくる。なんと危険極まりない物語なのだろう。眼前を覆い尽くすような暗黒の光景と手に負えないような凶暴さに満ちている。小説だからなし得ることのすべてが凝縮されているのだ。この世の闇という闇をかき集め、ひと思いに白日のもとに曝け出したような迫力がある。

どれほど残忍なシーンが現れたとしても目を背けてはならない。身を震わすスリリングな展開に一度出合ったら逃れることは不可能だ。ここには合法的な秩序はない。だから一線を越えた面白さがある。禁じられているからこそ脳内で膨らみ続ける怪しい魅力に全身が取り憑かれてしまうことだろう。真っ当な感性を麻痺させてしまうほどの毒性もまた感じられる。読む者すべてを徹底的にシビレさせる。正真正銘、まさに悪魔の棲まう作品なのだ。繰り出される言葉は炎となって肌をヒリヒリと焼きつける。心して読むべき一冊だ。

人はなぜダークヒーローを欲するのだろうか。品行方正な正義の味方では、綺麗事だけでは語れないこの世の地獄を救えないのかもしれない。光が眩しいほど、そこにできる影は暗黒だ。人間の営みは危うすぎるバランスで保たれているのだ。理不尽という言葉では語れない事象をこの物語は描き切っている。この世に光がある限り悪は絶対になくならない。考えうる限りの悪をつめこんだこの本は世界にとって必要不可欠な物語であるといえよう。健全な世にこそ圧倒的な闇が必要だ。

新型ウイルスの蔓延、長引く不況、社会的貧困の増大、人種を超えた憎しみ合い、フェイクニュースの暴走……不安、不信、不穏な空気に満ちた現代社会の闇は深まるばかりだ。目を背けたくなる現実の中で、いったい何を信じて生きていいかわからない。人々は刹那的で甘美な快楽に走り、唯一確かな「死」だけを目指して生きているのかもしれない。

既存の価値観や凝り固まった社会体制を、根こそぎひっくり返したい、という願望は誰もが持っているだろう。人間たちが内に秘めたその思いを存分に叶えてくれるのがこの『ヘブン』だ。登場人物たちの破天荒な躍動に手に汗握りながらエールを送る。邪悪と知りながら不思議なまでに共感してしまうのだ。読みながら確かに感じるのは名もなき庶民たちの高らかな声、そして社会に反発しようとする固い拳だ。既存の価値観を押しのけて、みなぎるような力強さがここにはある。

未知なる病原菌の出現で新たな日常が始まった。ソーシャルディスタンスの徹底で、あらゆる場面で非接触が当たり前になった。経済活動でも合理化が進行し対面からＡＩへの移行も顕著となっている。個人情報保護の観点からプライバシーも過度に守られて、とにかく顔のまったく見えない社会が作られた。だからこそ本作のような汗と涙と血にまみれ、土と埃と人間の匂いに満ちた物語が突き刺さるのかもしれない。

本書『ヘブン』は２０１５年に刊行された『キングダム』の続編にあたる。どちらからでも楽しめるが、時系列的に『キングダム』から読み始めた方がよりこのダークストーリーの核心に迫ることができる。挑むような堂々たるタイトルに吸い込まれるようなジャケット（文庫版はヘビが真正面から睨みつける画像）のイメージ。この世のすべてを破壊し尽くしてしまうかのような圧倒的な物語の登場に驚かされた。こうもあっけらかんと悪事が蔓延《はびこ》っていいのだろうか。すべてが規格外にして常識はずれ。何度も息を呑み、立ち尽くしながら読んだことを今でもはっきりと覚えている。居ても立っても居られなくなるような衝動がこの物語からはみなぎり溢れていたのだ。

そして『ヘブン』の単行本の刊行は『キングダム』の文庫化に合わせた2018年である。強烈すぎる前作同様、強烈な筆さばきに圧倒させられ、輪をかけた悪のオンパレードには嫌悪感を通り過ぎて爽快感さえをも感じてしまう。この快感にも似た凶暴さの表現も物語の魅力の一つであろう。

大都会・東京の裏社会に欲に塗《まみ》れた人間たちの象徴でもある「キングダム」を築き上げてその頂点に君臨した元「武蔵野連合」のクールな男・真嶋貴士。並の理性をはるかに超越した凄まじさでヤクザ組織に歯向かいグループを捨て、仲間たちを混乱の渦に巻きこんで姿をくらまし海外へと逃亡した。潜伏先はタイの奥深く、麻薬王のアジトであった。まさに正真正銘の闇である。『ヘブン』のプロローグはこのタイでのシーンから始まる。そして物語は真嶋が再び「東京を手に入れるために」舞い戻り、激しく転がり始める。

東京という街そのものが意思を持った巨大なモンスターのように感じられるが、この作品の読みどころの一つとして、人間の営みが地層となって折り重なった土地の声、地霊の叫びが聞こえる点だ。過去から現在へ、人の記憶は街の表情にも表れる。道のうねりや起伏を感じれば、音をたてながら呼吸する風景が見える。登場する街並みを追いかけるだけであたかも絵巻物に描かれたような生々しい都会の素顔を俯瞰できるはずだ。

陰のあるヒロイン役は芸能事務所の従業員・高橋月子。殺人容疑で逮捕された刑事の娘だ。

少女から大人になる年頃の美しく可憐な存在であるが、身も心も悪に染め上げられて復讐の炎をたぎらせる。尋常ならぬ恨みはこれもまた普通の感覚での理解を超える。精神を研ぎ澄ませて肉体を極限にまで昂らせる執念はぜひ本編で体感していただきたいが、その身を賭してまでという思いの丈に驚きを禁じえない。

指名手配を受けている真嶋をめぐる追いつ追われつの展開は息をつかせる暇もない。壮絶に折り重なった復讐譚がジェットコースター並の勢いで畳みかけるのだ。見せ場の作り方が極めて見事だ。五感を巧妙に刺激して、ページをめくる手を止めさせず、まったく飽きさせない手法は映像化を大いに期待させる。

真嶋と月子。復讐する者とされる者。本来まったく相容れない存在である男と女が激しく交錯するという運命の皮肉。偶然と必然が織りなす神様の悪戯《いたずら》のような成り行きに注目してもらいたい。生と死、希望と絶望、善と悪、光と影……対極にあるものが異様な熱を発して火花を散らし二人をつなぎ、眩《まばゆ》く照らすのだ。互いから同時に見えるのは天使と悪魔。死臭を漂わせながらどうしてこれほど活き活きと躍動できるのか。物語の中に生きる場所を見出し、奇妙な求心力を持った二つの魂の共鳴に、胸が締めつけられ心を奪われるに違いない。

覚醒剤ビジネス、大物政治家との癒着、アイドルの黒い噂、売春斡旋、当籤金詐欺、宗教団体の罠、暴力団の報復……社会の闇のオンパレードだ。そしてその一つ一つの闇には高額の報酬、抜きん出た栄誉、スポットライト、肉体的快楽、精神的な救済、我が身の保全……といった「光」の要素がある事実を忘れてはならない、現代の病理の象徴ともいえるこうした犯罪は決して日常とかけ離れた場所に蔓延っているわけではなく、当たり前の毎日と地続きで、しかもアメーバのようにつながっており、一度染まってしまったら寄生虫のように人の内面まで入りこみ蝕《むしば》んでしまう。極めて恐るべき存在であることをこの物語は教えてくれる。

『キングダム』が心に秘めた激情を外へ外へと溢れ出させた物語であれば、『ヘブン』はその零《こぼ》れ落ちた情念を掬いとって内へ内へと引き寄せたストーリー。どちらも破滅の道へと突き進み、迷わず奈落の底へと誘いながら、まさに合わせ鏡のような存在に感じられた。『キングダム』という過酷でありながらどこか甘美な風景も見られる王国から、『ヘブン』という名の理想郷を追い求める。地獄の中で夢見る天国の存在は死を強く意識しながら生き続ける者たちの最後の希望なのかもしれない。

「神が見えたぞ！」というフレーズから構成される『ヘブン』は本物の「神」の在処《ありか》を問いかける。ただ正直に直向《ひたむ》きに生きていても幸福は訪れない。悪魔の手先となって罪多き人生に光が注がれることもある。理不尽な運命を目の当たりにした者はいったい誰に祈りを捧げればよいのだろうか。虚しい感情が押し寄せながらも、己を信じて突き進む道と愛か憎しみか分からずとも誰かのために捧げる命の中に真実の信仰も見てとれるのだ。人生のある瞬間に信ずべきもの、それを「神」と呼ぶのかもしれない。『ヘブン』はそんな哲学的な思いを呼び起こす力を持っている。文字通り神がかった物語であるといえよう。

さてここで著者である新野剛志について触れておこう。1965年東京都生まれ。1999年『八月のマルクス』(講談社)で第45回江戸川乱歩賞を受賞し華々しくデビュー。以降も順調に注目作を世に送り続けていたが、第139回直木賞候補となった2008年刊『あぽやん』がターニングポイント。この作品が続編と合わせて「あぽやん〜走る国際空港」としてTVドラマ化されて、作家になる前に空港係員(あぽやん)としてキャリアのある著者は一躍押しも押されもせぬ人気作家となった。読者も「あぽやん」の作家として記憶している方も多いことだろう。他にも『罰』『FLY』『愛ならどうだ!』『パブリック・ブラザース』『溺れる月』『戦うハニー』などの作品がある。もちろん『キングダム』と『ヘブン』も揺るぎない代表作であることに間違いない。

近刊としては2021年5月に刊行された単行本『空の王』(中央公論新社)がある。戦争の色も濃くなった昭和11年の満洲国を舞台に新聞社の記者たちが命懸けの速報合戦を繰り広げる。サスペンスあればロマンスもあり。壮大なスケールで描かれた歴史冒険活劇で、とりわけ風を切り大空を飛行する臨場感がたまらなく印象的だ。湧きあがるような高揚感に天空からの光景も素晴らしく、心の底から描きたかった物語なのだろう。この作品のモデルである著者の祖父も実名で登場し、著者にとって特別な意味合いを持った一冊であることがわかる。『あぽやん』もそうだが「空」と特別な縁のある新野剛志が「自由」という名の翼をその背中に確かに繋ぎとめたと感じられた。

社会派ミステリーあれば刑事ドラマもある。痛快なビジネスコメディーあればダークサイドのエンターテイメントもあり爽快な冒険譚もある。デビューから20年を超え、たくましい翼を手に入れて、ますます作品の幅を膨らませている新野剛志の進化にはまったく目が離せない。今後いったいどんなテーマとアプローチで我々読者に挑んでくるのだろうか。この世の光と影をつぶさに感じとり、何をも恐れぬ真っ向勝負の筆致で切り裂いていく。そこにはまさに時代が求める文学世界が口を開けて待っているのだ。本書の編集者情報によれば、またしてもダークな物語を予定しているらしい。突き抜けた恐るべき一冊になることは間違いない。刮目して待とう。

——ブックジャーナリスト

この作品は二〇一八年十月小社より刊行されたものを一部改稿・修正したものです。

幻冬舎文庫

●好評既刊

いつかの岸辺に跳ねていく

加納朋子

俺の幼馴染・徹子は変わり者だ。突然見知らぬ人に抱きついたり、俺が交通事故で入院した時、なぜか枕元で泣いて謝ったり。徹子は何かを隠してる。俺は彼女の秘密を探ろうとするが……。

●好評既刊

某

川上弘美

「あたしは、突然この世にあらわれた。そこは病院だった」。性的に未分化で染色体が不安定な某は女子高生、ホステス、建設現場作業員に変化し、ついに仲間に出会う。愛と未来をめぐる破格の長編。

●好評既刊

めだか、太平洋を往け

重松　清

教師を引退した夜、息子夫婦を亡くしたアンミツ先生。遺された孫・翔也との生活に戸惑うなか、かつての教え子たちへ手紙を送る。返事をくれた二人を翔也と共に訪ねると――。温かな感動長篇。

●好評既刊

20 CONTACTS 消えない星々との短い接触

原田マハ

ポール・セザンヌ、フィンセント・ゴッホ、手塚治虫、東山魁夷、宮沢賢治――。アートを通じ世界とコンタクトした物故作家20名に、著者がいちアートファンとして妄想突撃インタビューを敢行。

●好評既刊

一度だけ

益田ミリ

夫の浮気で離婚した弥生は、妹と二人暮らし。ある日、叔母がブラジル旅行に妹を誘う。なぜ自分でなく、妹なのか。悶々とする弥生は、二人が旅行中、新しいことをすると決める。長編小説。

ヘブン

新野《しんの》剛志《たけし》

令和3年10月10日　初版発行

発行人――石原正康
編集人――高部真人
発行所――株式会社幻冬舎
〒151-0051東京都渋谷区千駄ヶ谷4-9-7
電話　03(5411)6222(営業)
　　　03(5411)6211(編集)
　　振替00120-8-767643
印刷・製本―図書印刷株式会社
装丁者――高橋雅之

幻冬舎文庫

ISBN978-4-344-43134-8　C0193　　し-19-3

幻冬舎ホームページアドレス　https://www.gentosha.co.jp/
この本に関するご意見・ご感想をメールでお寄せいただく場合は、
comment@gentosha.co.jpまで。